羅聯添教授八秩晉五壽慶論文集

編委會 編

臺灣 學生書局 印行

天地滃蓬壺一摡新萬卷

萋萋夜明珠暫開人玉雪馱児瓶

梅破凍春月来飄泊撲小覺山林

寒戸

為雪主人壬戌山花除夕

先生書法作品

先生書法作品

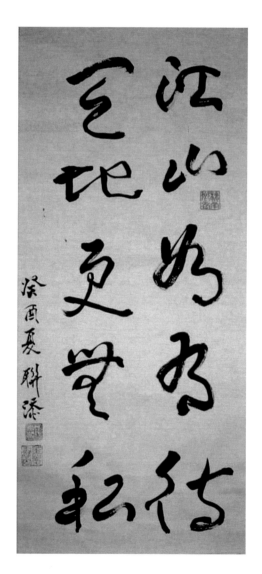

民國五十六年　　　　　　　　　　　民國七〇年代

民國七十五年
攝於臺大中文系第一研究室

民國七十五年與王仲孚、高明士、韓復智等先
生同謁錢賓四先生於外雙溪素書樓

民國七十七年一月　唐代學術討論會致詞

民國八十九年十月與楊承祖先生攝於武當山之巔金頂

民國九十一年四月與汪中先生及其夫人攝於湖北省荊州博物館

民國九十一年四月與學生黃奕珍、沈冬、康韻梅、王基倫攝於四川大足縣寶頂山

民國九十一年四月卅日
遊成都少陵草堂

民國九十一年與羅時進、孫夫人、孫昌武先生、邱琇環、蕭麗華合影

民國九十六年八十壽宴與方介、紀秋郎、阮廷瑜先生、呂正惠、劉漢初（前排從左到右）；
謝佩芬、蕭麗華、李文鈺、王基倫、邱琇環、王國良、葉國良、黃奕珍、康韻梅（後排
從左到右）合影於鹿鳴堂（原僑光堂）

民國九十八年九月與唐代文學研討會學者陳廣宏、查屏球、康韻梅、蕭麗華、張萬民（前排從左到右）；陳引馳、陳尚君、趙昌平、那仁、導覽志工、寧欣（後排從左到右）同遊惠蓀林場

民國一百年八月與學生李隆獻、蕭麗華、謝佩芬、王基倫攝於臺大新月台

民國一百年八月攝於臺大新月台

羅聯添教授八秩晉五
壽慶論文集
2011 年 11 月 頁 I-II

弁　言

　　民國九十七年九月間，弟子群聚臺灣大學鹿鳴宴餐廳，為羅聯添教授暖壽。席間在淡江大學中文系呂正惠教授倡議下，一致同意為吾　師羅聯添教授出版壽慶論文集。隨後多方邀稿，承蒙大陸學界傅璇琮先生、孫昌武先生、陳尚君先生、羅時進先生、汪涌豪先生及與會貴賓葉國良院長等，同意賜稿。稿件由門生王基倫搜集，交由蕭麗華教授排版，謝佩芬教授負責校對，再委由前述學生與方介教授、康韻梅教授、黃奕珍教授、李隆獻教授、廖美玉院長等人商討籌備祝壽茶會事宜，歷經三寒暑而終底於成。

　　羅聯添教授民國十六年生，福建省永安縣人。民國三十七年多事之秋，避亂來臺，入臺灣大學中國文學系就讀，四年後完成學業，旋即留校任助教、講師、副教授、教授，達四十載，期間曾出任中文系主任一職。　先生為人篤實，治學謹嚴，一生鑽研唐代文學，著述不輟，每能於故紙堆中，尋覓論題，追根究柢，闡述新見。在校期間，中文系第一研究室燈火微明，無分平日假日，無分寒暑，恆見其臨窗苦讀孜孜矻矻之身影，令人難忘。治學於斯，授課亦於斯，每當課間短暫休息時間，　先生輒命學生煮茶論文，師生交談熱絡，有陶然忘機之樂存焉。

　　猶憶　先生教學時，常常指正報告缺失，耳提面命，不假辭色。如多次告誡學生，論文寫作的「結論」部分，乃綜合前文討論而來，不可另添註解，再討論新問題；而　先生每篇論文之結論，常常分點敘明討論之結果，揭示心得見解，別具一格。學生報告尚可之作，則推薦至《國立編譯館館刊》等刊物發表。　先生亦帶領學生從事《韓愈古文校注彙輯》、《唐代文學研究論著集成》之工作，鼓勵學生發表著作；於博碩士論文口試場合，亦不吝讚美肯定學生。蓋　先生執教杏壇數十年，善待後學，提攜後進，不遺餘力。曾有一日，成功大學中文系楊文雄來訪，時未識　先生，經友朋引薦，乃貿然叩門請益。　先生不以楊係外校生為意，於學無所不談，傾囊相授，臨行之際，慨然以書贈之。多年後文雄教授言及此事，感激之情溢於言表。

先生著作等身，斐然成章，屢獲國科會研究獎勵，並擔任中國唐代學會第一屆會長，研治唐代文學，聲譽日隆。兩岸開放交流之後，與大陸學界泰斗傅璇琮先生結交。二老望重士林，相見恨晚，於交換著作後，始發覺海峽兩岸論文有討論相同主題者，或英雄所見略同，或可以互為補充，各有會心。爰此，傅先生嘗撰文表彰　聯添先生論文之卓識見解，蒙傅先生同意，該文收入本書之首。

先生心懷傳統中華文化，時常帶領學生走訪神州各地，嘗與程千帆先生交談，程先生憶及昔日遭受迫害之情景，涕泗縱流，　先生婉言寬解，悲憫之情感慨繫之。　先生參與兩岸學術會議，讜論侃侃，知無不言，令與會學者印象深刻；且不忘為來自寶島之弟子爭取發言機會，促進學術文化交流。蘇州大學羅時進教授讚美　先生指導後學，無私無我。臺灣大學王國瓔教授亦讚美　先生名揚海外有勝於島內者，蓋積學有年，學術成績有目共睹之故也。

先生曾主編《書目季刊》數年，於臺大中文系主任任內，創辦《臺大中文學報》、《中國文學研究》二刊物，分別提供系上教師與研究生發表園地，振興學術風氣，厥有功焉。於民國七十六年主編《毛子水先生九五壽慶論文集》(幼獅文化公司)；自臺大中文系榮退之後，再著手完成《臺靜農先生學術藝文編年考釋》(臺灣學生書局)，辨識文字，精覈考校，費時經年。此後，整理舊作，筆耕不輟，今秋再結集出版《韓柳文析論綱要暨研究資料》、《唐代文學研究綱要》(臺灣學生書局)二書，而　先生全集十二冊鉅著，陸續完成中。其一生用心治學，深造自得，以弘揚學術為己任，而尊師重道亦不落人後。

先生之人格與學術，不勞弟子贊一辭，而名聲遠揚矣。群弟子感念　師恩，遂有出版壽慶論文集之議。收稿之初，各方雲集響應；孰料　先生以未達整壽之數，再三謙辭，且反覆叮嚀，勿大肆宣揚，蓋　先生謙沖為懷，始終如一。洎乎今年春，始首肯出版此書。群弟子感謝所有撰稿學者專家，以鴻文祝嘏添壽，為此書增光生色不少。謹此祝賀　先生松鶴延年，聊表不忘　師恩於萬一。

民國百年《羅聯添教授八秩晉五壽慶論文集》編輯委員會謹啟

羅聯添教授八秩晉五壽慶論文集

目次

羅聯添教授八秩晉五
壽　慶　論　文　集
2011 年 11 月頁 1-10

於平實中創新

——記臺灣學者羅聯添先生的治學成就

傅　璇　琮[*]

　　在臺灣的古典文學研究領域中，羅聯添先生是耕耘極為辛勤，因而收穫也極為豐碩的一位學者。特別是在唐代文學研究方面，我以為羅先生是年資較深一輩學者的代表，他的治學思路的平實通達，他所追求的謹嚴的學風，都與大陸年齡相若的學人有極為相似之處，而同時羅先生又有著自己的特點。

　　我也是搞唐代文學研究的，與羅先生算是同行，而在一段時期內又著力於資料考證，因而對羅先生的不少考證文章感興趣。但在 80 年代前期，限於條件，所看到的臺灣書刊畢竟不多，對臺灣學者作出的成績只能有一鱗半爪的認識。近數年來，隨著我國改革開放事業的前進，海峽兩岸的學術文化交流也得到較大的發展，大陸的學者不但能及時看到臺灣地區的不少學術專著，而且與臺灣的學者通過學術會議有共同切磋學問的機緣。因此，我現在算是有條件來介紹羅先生的治學經歷和學術成就，我想，這對於海峽兩岸的學術界促進瞭解和增進友誼都會是有益的。

　　羅先生生於 1927 年，福建永安人。1948 年 8 月至 1952 年 6 月就讀於臺灣大學中國文學系，隨後即在臺大中文系執教，現為臺大中文系與臺大中國文學研究所教授。他曾任臺灣學生書局刊行的《書目季刊》的主編（8 卷 4 期至 15 卷 4 期，1975 年 9 月－1982 年 3 月），又曾被推選為臺灣的唐代研究學者聯誼會會長，現

---

[*]北京清華大學中國語言文學系教授。

在仍任臺灣的唐代研究學會常務監事。從這一簡單得不能再簡單的經歷介紹中，可以看出，他完全是一位所涉不出學界的讀書人，他的志趣愛好，似乎完全在於學問的探討上。

關於唐代文學，羅先生研究的重點在中唐，特別是韓愈與古文運動，更是其著力所在，這方面創獲尤多。因古文運動，遂旁及中唐時的幾個重要作家，如白居易、柳宗元、張籍、劉禹錫、李翱、獨孤及等，他都有專文、專著問世。因古文運動而又涉及隋唐五代的文學理論，他遂又從材料的輯集與理論的闡發著手，對這一時期的文學思想作全面的考索。另外，又從文史結合的路子，對唐代科舉制以及與中唐作家關係密切的牛李黨爭等若干問題，作了有意義的探索。另外，對唐宋時期若干著名筆記和詩文集，又作了校勘、整理和介紹，顯示其古典文獻學的扎實的功底。可以看出，羅先生在治學佈局上，是很講究點和面的結合的，是很講究層次和條理的，是作了精心的、科學的構想的。

1958 年，他發表了〈柳子厚年譜〉（《學術季刊》6 卷 4 期）和〈劉夢得年譜〉（《文史哲學報》8 期）兩文，可以算是研治中唐時期作家的開端。

60 年代，他全面鋪開對中唐幾位大家的研究，兼及文獻整理，顯示其文史結合，從史傳入手研究作家事蹟，進而研究其作品的治學道路。其中有：（一）對張籍生平的考察，如〈張籍年譜〉（《大陸雜誌》25 卷 4—6）期，1962 年 8—9 月），〈張籍之交遊及其作品繫年——張籍年譜附錄之一、二、三〉（《大陸雜誌》26 卷 12 期，1963 年 6 月），〈張籍軼事及詩話--張籍年譜附錄之四、五〉（《大陸雜誌》27 卷 10 期，1963 年 11 月）。（二）繼 50 年代劉禹錫事蹟之研究，有〈劉賓客嘉話錄校補及考證〉（《幼獅學志》2 卷 1—2 期，1963 年 1—4 月）。（三）白居易研究，有〈白香山年譜考辨〉（《大陸雜誌》31 卷 3 期，1965 年 8 月），〈白居易中書制諸年月考〉（《大陸雜誌》32 卷 2—3 期，1966 年 1—2 月），〈讀白居易的秦中吟〉（《思與言》5 卷 4 期，1967 年 11 月），〈白居易作品繫年〉（《大陸雜誌》38 卷 3 期，1959 年 2 月），〈白居易散文校記〉（《文史哲學報》19 期，1970 年 6 月）。白居易生平及作品的繫年考證，似乎是他在 60 年代最為用力之處。（四）韋應物與司空圖，他們一個是上接盛唐而為中唐的開端，

一個則已進入晚唐，似乎是就現有材料進行整理，作為面上的拓展的：〈韋應物事蹟繫年〉，（《幼獅學志》8 卷 1 期，1969 年 3 月），〈唐司空圖事蹟繫年〉（《大陸雜誌》39 卷 11 期。1969 年 12 月）。研究文獻的整理匯輯。在臺灣的條件下，羅先生很注意海內外研究動態的掌握，並及時彙編成書目文獻材料，顯示當代文學研究富於實用性的特色，在此時期他編有〈近六十年來日韓歐美唐代文學論著集目〉（《書目季刊》3 卷 3 期，1969 年 3 月）。

70 年代，他集中研究韓愈，並兼及前後的古文大家，卓有成果。這 10 年間也是他的學問臻於成熟的時期，奠定了他作為臺灣唐代文學研究界代表的地位。70 年代前期，仍承繼前 10 年對中唐時期古文家的研究，似乎有意打周邊戰，把與韓愈有關的作家先搞清楚，然後集中攻古文運動的主將韓愈，如關於李翱的二篇：〈李翱研究〉（臺灣《國立編譯館館刊》2 卷 3 期，1973 年 12 月），〈李文公集源流、佚文及偽文〉（《書目季刊》8 卷 3 期，1974 年 12 月）；關於獨孤及的二篇：〈獨孤及考證〉（《大陸雜誌》48 卷 3 期，1974 年 3 月），〈毘陵集及其偽文〉（《書目季刊》7 卷 4 期，1974 年 3 月）。韓愈研究。除〈韓愈家庭環境及其交遊〉（臺灣《國立編譯館館刊》3 卷 2 期，1974 年 12 月），〈韓愈事蹟考述〉（同上，4 卷 1 期）1975 年 6 月），〈韓文淵源與傳承〉（《書目季刊》10 卷 1 期，1976 年 6 月），〈韓文辭句來源與改創〉（同上，10 卷 3 期，1976 年 12 月）幾篇文章外，還出版了專著《韓愈傳》（臺北：河洛圖書出版社，140 面，1977 年）；及更具規模的《韓愈研究》（臺北：學生書局，1977 年）。這些論文與兩本專著使臺灣關於韓愈研究的層次有了明顯的提高。

關於隋唐五代文學理論：這似乎是在韓愈研究稍告一段落後，作為古文理論的前後串聯而作的一種縱向探索。他發表了專論〈隋唐五代文學理論的發展與演變〉（臺灣：《國立編譯館館刊》6 卷 2 期，1977 年 12 月），隨即出版了專題資料集《隋唐五代文學批評資料彙編》（臺北：成文出版社，1978 年）。（五）唐代詩人事蹟及文獻資料的考證與比勘，這方面有〈唐代文學史兩個問題的探討〉（《書目季刊》11 卷 3 期，1977 年 12 月），〈唐詩人軼事考辨〉（臺灣：《國立編譯館館刊》8 卷、期，1979 年 6 月），〈唐宋三十四種雜史筆記題解〉（《書

目季刊》12 卷 1、2 期合刊，1978 年 9 月），〈唐代三條文學資料的考辨〉（《書目季刊》13 卷、期，1979 年 6 月）。繼前 10 年所編文獻研究書目，這 10 年間又編印《中國文學史論文選集》（臺北：學生書局， 1978 年─1979 年），是一種較大規模的學術成果的匯輯。此外還有兩篇關於柳宗元山水遊記與議論文的評析，是作為普及古典文學知識向廣大讀者推廣的。

80 年代，羅聯添先生進一步深入研究了韓愈與古文運動，白居易的思想及其作品的評析，同時又對與文學的發展有較密切關係的唐代科舉制、中晚唐時期的牛李黨爭等若干問題作了考查，又將文學的審美趣味與校勘結合起來，對唐代詩文集中某些有爭議之點作了富有啟發性的探討。韓愈與古文運動，除了對已出版的《韓愈研究》加以增訂並於 1988 年 11 月再版外，還寫有專文：〈張籍上韓昌黎書的幾個問題〉（《臺靜農先生八十壽慶論文集》，1981 年 11 月），〈唐宋古文的發展與演變〉（《中華文化叢書‧中國文學的發展概述》，1982 年 9 月），〈韓愈原道篇寫作的年代與地點〉、（《毛子水先生九五壽慶論文集》，1987 年 4 月），〈宋儒對韓愈原道篇批評及其迴響〉（《書目季刊》22 卷 3 期，1988 年 12 月），〈論韓愈古文幾個問題〉，（南京唐代文學國際學術討論會，1990 年 11 月）。

白居易研究：出版了《白樂天年譜》專著（《中華叢書》1989 年 7 月），以及〈長恨歌與長恨歌傳一體結構問題及其主題探討〉（《傅樂成先生紀念論文集》，1985 年 8 月），〈白居易與佛道關係重探〉（《第一屆國際唐代學術會議論文集》，1989 年 2 月），〈白居易詩評論的分析〉（《第二屆國際漢學會議論文集》，1989 年 6 月）。有關唐代科舉與文學的，有〈杜甫「忤下考功第」的年歲與地點〉（《書目季刊》17 卷 3 期，1983 年 12 月），〈論唐人上書與行卷〉（《鄭因百先生八十壽慶論文集》，1985 年 6 月），〈唐代進士科試詩賦的開始及其相關問題〉（《中國歷史學會史學集刊》17 期，1985 年 5 月）。有關牛李黨爭的，為〈唐代牛李黨爭始因問題再探討〉（臺灣：《國立編譯館館刊》、14 卷 2 期，1985 年 12 月）。有關詩文校勘的，有〈唐代詩文集校勘問題〉（臺灣：《國立編譯館館刊》，12 卷 2 期，1983 年 12 月）。另外，還有對唐宋文化、李白事蹟的考述，，如〈從

兩個觀點試釋唐宋文化精神的差異〉（《唐宋史研究——中古史研討會論文集》），香港大學亞洲研究中心出版，1987 年），〈李白事蹟三個問題探討〉（《臺大中文學報》第 3 期，1989 年 12 月）。

　　我在上面之所以不憚其煩地按時間順序，開列羅聯添先生的論著目錄，一是由此可以看出，這是一位多麼勤奮而又能注意有效地組織課題而作出成果的學者。差不多從 50 年代起，中間沒有任何大的停頓，他總是把他的時間和精力專注於學術上，心不旁騖連續地作出成績，這是令人欽佩，也令人欽羨的。二是由於人為的阻隔，海峽兩岸的學術文化交流長期未能暢通，我們對臺灣學者的成果未能有具體的瞭解，現在從羅聯添先生的論著目錄中，我們就可以之與大陸學者的成果，作一番參照和比較。

　　就參照和比較而言，我們當會驚奇地發現，羅先生所研究的課題，大陸學者幾乎也都研究過，有不少的結論是彼此相同的。但我覺得，羅先生在唐代文學研究上的起步比較早，而且沒有中輟，他的研究計畫有層次的展開，連貫性極強，也便於研究課題的逐步拓展，而大陸則因某些客觀的社會因素，其間有較長時期的學術停頓，這樣就顯得在不少課題上由羅先生先占了一步。但我們畢竟是一個國家、臺灣學者在學術上所作出的貢獻，在整體上也是我們海峽兩岸學術界共同的成果。而且無可諱言，大陸關於古典文史研究畢竟有較雄厚的力量與基礎，70年代末、80 年代初以來，大陸的文史學界，無論老年前輩，或中青年學者，都有一批突過前人的、極富創見的著作問世，這在唐代文學研究中表現得尤其明顯。近 10 年來大陸學者在羅先生涉獵過的領域，多有新的補充和發展。而且，我們當會注意到，海峽兩岸的學術交往是逐步打開的，1987 年前只有零星的訊息交流，兩地的學者，雖然在研究同一課題，但在工作進行中，彼此竟全然未能得知任何音訊。我個人覺得，學術資訊之能得到交流總比阻隔為好，由於特殊的社會因素所造成的一定時期學術隔膜的狀態，當然有其缺陷，但從另一方面看，也未始沒有好的一面，這就是，無論彼此的結論有同有異，學術見解有是有非，但由於在互不得知的情況下進行同樣的工作，在學術思路上倒可以不受彼此的影響，而表現在最終成果上，有時倒可以起互相補益的作用。

　　羅聯添先生在他的研究進程中，在其條件所許可的範圍內，總是儘量吸收大陸學者的新見。如 1977 年 12 月刊出的〈唐代文學史兩個問題的探討〉；論及唐人傳奇與溫卷的關係，曾以肯定的態度引及大陸學者吳庚舜於 60 年代所發表的〈關於唐代傳奇繁榮的原因〉一文（《文學研究集刊》，第一冊）。在 70 年代所寫的其他一些文章中，引及錢仲聯《韓昌黎詩繫年集釋》、趙貞信《封氏聞見記校證》。不過那時所引還較零星，且都為五六十年代印行的。80 年代所寫，則多引及時間較近的論著，如〈唐代詩人集校勘問題〉引及萬曼《唐集敘錄》，卞孝萱《李益年譜稿》；〈論唐人上書與行卷〉、〈從兩個觀點試釋唐宋文化精神的差異〉引及傅璇琮《唐代詩人叢考》；〈白居易與佛道關係重探〉引及朱金城《白居易年譜》；〈李白事蹟三個問題的探討〉引及王瑤《詩人李白》、郭沫若《李白與杜甫》、詹鍈《李白詩文繫年》，以及 1982 年出版的《唐代文學論叢》刊物的文章；〈論韓愈古文幾個問題〉引及程千帆《以文為詩說》、閻琦《韓詩論稿》。但儘管如此，兩地的學者在過去相當一個時期中，彼此阻隔，交流極少，他們是獨立地進行各自的研究工作的，這就不免有所重複，但同時又各有所側重，共同在學術上作出貢獻。

　　這裏不妨舉幾個例子。

　　〈劉賓客嘉話錄校補及考證〉刊於《幼獅學志》2 卷 1、2 期，1963 年 1、4 月，其寫成則在 1962 年 1 月。稍後，北京中華書局編印的《文史》第 4 期（1965 年 6 月）刊出了唐蘭先生的〈劉賓客嘉話錄的校輯與辨偽〉。這是唐蘭 1950 年的舊作，1963 年應《文史》之約而修訂成稿。這兩篇都是用力甚深的古文獻整理的佳作。兩位原作者在彼此消息隔絕的情況下進行同樣的工作，所用的方法也大致相同，即對以顧氏文房小說為底本的《劉賓客嘉話錄》加以校勘、辨偽和輯補，所得的結論又大都相同。羅文的發表早於唐文三年，而作為前輩學者，唐蘭於 1950 年即已寫有初稿。現在看來，羅先生對《劉賓客嘉話錄》的整理，條理較清楚，所用的方法也較科學。《劉賓客嘉話錄》是唐人的一部筆記，史料價值很高，但此書錯字、脫句、誤倒、竄入的情況相當嚴重，總計全書記敘人事 113 條，誤竄的竟有 60 多條，占全書二分之一強。自清代的《四庫全書總目提要》曾指出一部份冒

入的以來，迄無人作過系統的整理。羅先生的工作分為三部分：（一）校補：以顧氏本為主，以說郛本、學海類編本為輔，參校《太平廣記》、《唐語林》、《唐詩紀事》等書所引，校其訛誤，補其脫編。（二）輯佚：凡《太平廣記》、《唐語林》等書所引而為今本《嘉話錄》所無者，均錄出，並校其訛誤。（三）考證：考辨其偽，並考辨其所記人事是否真實可信。這是近數十年來對《嘉話錄》所作的最有條理也最系統的清理。唐蘭先生所作大致相同，但對正文的校證，未及羅文清晰。不過唐文也有為羅文所未及的，如羅文正文中第 53 節「金鳳皇」、第 54 節「蔣潛」，唐文考出出自《續齊諧記》，羅文則未指出為他書冒入。《嘉話錄》中有不少夾入唐劉餗《隋唐嘉話》條文，羅、唐兩位均盡可能加以辨析，其中「東方虯」、「洛陽僧」兩條，羅文注意到《太平廣記》引錄，係出自《國史纂異》，唐文則進一步考訂此《國史纂異》即《隋唐嘉話》之異名（中華書局 1979 年出版的程毅中點校本《隋唐嘉話》進一步考訂此點）。唐文又有專節考證今本《嘉話錄》致誤的原因與時間，引宋人《道山清話》及《玉海》藝文類所錄《宋兩朝藝文志》，謂韋絢原書宋初尚有完整；日抄本，故王說作《唐語林》尚能引及，後真宗大中祥符年間三館被火，書殘，借太清樓所藏抄補，而太清樓所藏又為殘書，校輯者遂雜取他書以補之，遂致謬濫。這一點也為羅文所未及。我們今天如整理此書，則羅、唐兩位先生的成果都應珍視和汲取，他們都是獨立研究所得，各有特色，這也是彌足珍貴的。

又譬如，關於唐代舉子行卷與傳奇的關係，南宋《雲麓漫鈔》謂：「唐之舉人，先藉當時顯人以姓名達之於主司，然後以所業投獻，逾數日又投，謂之溫卷。如《幽怪錄》、《傳奇》等皆是也。蓋此等文備眾體，可以見史才、詩筆、議論。」近現代學者多據這一記載來說明唐代進士行卷之風促進傳奇的繁榮。羅聯添先生對這一相沿已久的說法提出質疑，他的〈唐代文學史兩個問題探討〉一文參照大陸學者吳庚舜的文章（見前），再增舉例證，得出明確的結論，認為裴鉶《傳奇》、牛僧孺《幽怪錄》並非投獻的溫卷，其他流傳的傳奇作品絕大部分是作者撰於把進士或進入仕途以後，也不是溫卷。傳奇和溫卷實在牽不上關係。羅文刊於 1977 年 12 月。1980 年 8 月上海古籍出版社出版了程千帆先生的《唐代進士行卷與文

學》，對唐代進士行卷作了系統的論述。我曾於此前數年見到過程先生的原稿，程先生寫作此文約在六七十年代，當然還未能見到羅先生的文章。程先生是看到過吳庚舜的文章的，但他不同意吳文的看法，舉出《國史補》及《南部新書》所載元和十年裴度為藩鎮派遣的刺客擊傷，其僕人王義為保護裴度而以身殉職，這一年，多數進士撰寫《王義傳》作為行卷。後來我在《唐代科舉與文學》一書中也引及此事。我現在細審二者的關係，認為羅先生的考述較為合理，唐人舉子以傳奇行卷，並無直接證明的材料，元和十年舉子們所作的《王義傳》，也沒有一篇傳下來，《王義傳》是否屬於傳奇，也還有待於證明。因此，以寫作《王義傳》來說明傳奇行卷，不僅是單文孤證，而且其本身也是難以成立的。

從〈唐代牛李黨爭始因問題再探討〉一文（1985 年 12 月），我們得知臺灣文史學界於六七十年代曾對牛李黨爭的起因與發展有過討論，也產生過一些論文和專著。大陸方面關於牛李黨爭的探討約始於 80 年代初，起步較晚，且大多集中於理論上的闡發，具體問題的考辨不是太多。我曾在牛李黨爭方面下過一些工夫，並集中力量對一些具體史實進行考析，於 1982 年寫成《李德裕年譜》一書（齊魯書社出版，1984 年 10 月）。限於條件，我當時還不可能見到臺灣學術界的有關論著。關於牛李黨爭的起因，我同意岑仲勉先生的主張，認為不始於元和三年的制科對策之爭。我們用的方法與羅先生上述的文章是相同的，即認為，「欲知此次對策究竟是攻擊李吉甫還是攻擊宦官，最確切的方法是研究策文的內容」。此次對策，皇甫湜、牛僧孺、李宗閔三人，只有皇甫湜文流傳下來；因此我與羅先生同樣，集中分析了皇甫湜的對策，但所得的結論卻有不同。我認為，皇甫湜對策中提至「陛下寢寐思理，宰相憂勤奉國」，並建議皇帝應「日延宰相與論文理」，是肯定宰相，而將批判的的鋒芒集中於宦官。羅先生逐項節錄了皇甫湜對策的要點，認為策文指斥宦官，措辭最為激烈，但並非集集矢宦官，也諷刺了皇帝、宰相反藩臣將。我的上述觀點曾得到大陸一些同行的贊同，我現在還是認為基本論點仍可成立，但覺得羅先生的說法更為全面，可以補充我的不足、至於羅先生從杜牧所作墓誌與李珏作神道碑，論證牛僧孺元和三年策文集中指斥李吉甫，我則認為尚可商榷，因二人作碑誌時，李德裕已被貶，牛黨正得勢，時勢造成曲文，

不足為據。不過,從這一問題的探討中,我覺得,在互不瞭解資訊、各自獨立研究的情況下,倒可以促使研究者發揮各自的特點,使不同的意見給學術界以有益的思考。

我曾經想過,羅先生論述過的不少問題,後來大陸學者從不同的方面也多作過探索,其間有相同的結論,也可能有分歧的意見,但羅先生的論著仍能給人以有意義的啟示,這是什麼原因呢?後來我讀他的〈論韓愈古文幾個問題〉一文,得到了啟發。他說他論這些問題,主要目的是期望對問題能「澄其源而清其流」,我覺得這句話頗能道出他的治學的特色,也是他的著作能給人以啟示的原因所在。澄其源,就是探尋問題的原始材料究竟如何,應當對原始材料作準確的搜討與把握,而不應該以後起的或已起過變化的材料當作原始材料。清其流,就是從最初的起因出發,不帶任何個人愛好與偏見,把由原始材料生發的種種解釋、議論、記載,按照事物的本身發展加以清理,唯有這樣,才能對課題的縱向發展與橫向聯繫有一個歷史的、全面的概括,而由此得出的結論,才會有充實的材料基礎,羅先生的文章,大多能追討問題的起因,從材料的源頭加以澄清,由此加以科學的推理,得出令人信服的結論,而於平實中創新。

譬如在〈論韓愈古文幾個問題〉一文中,討論蘇軾提出的韓愈「文起八代之衰」,列舉例證,說明自蘇轍開始,宋人有張耒、魏了翁、王柏,元代有吳澂,明代有胡應麟、方以智、歸莊,清代有王鳴盛、章學誠、方東樹,直至曾國藩,都無不這樣說。那末蘇軾的「起衰」之說是否有當呢?文章匯輯了李翱〈祭史部韓侍郎文〉、李漢〈昌黎先生文集序〉,以及韓愈卒後朝廷詔書中所說「承八代百家之微」,由此得出結論:「此可證韓愈『文起八代之衰』說法,原其根本,乃出於韓門弟子」,「又見載於唐代官方文書」,則蘇軾所謂「文起八代之衰」,實有其根據。應當說,所謂「文起八代之衰」,實在是一個習焉不察的說法,但經他作此「澄源清流」的考查,人們前後的認識就有了深淺的不同,從而把這一問題的研究向前推進。又如作於 1985 年的〈論唐代古文運動〉,從澄其源出發,舉出例證,說明唐人運用「古文」一詞實不甚普遍,遍檢柳宗元全部詩文,也未見「古文」一詞;「古文」一詞至韓愈始用,但也不多,至於「古文運動」一詞,

清代以前未曾有過，這一名詞是 1928 年胡適《白話文學史》始用，30 年代以後幾部文學史著作也就相沿用了起來。由此出發，羅先生對中唐時期韓愈等幾個人提倡寫作古文，能否稱得上是「運動」，甚表懷疑。我認為這是代表羅先生研究韓愈的新見，是很值得繼續探討的。他的這一新見解，正是由於他運用澄源清流方法之所得。

羅先生著作甚豐，方面又廣，我只不過作為唐代文學研究的同行，嘗試著作一粗淺的介紹，希望大陸的學者能從他的成就中得到有益的啟示，也希望大陸學者有關的研究成果也能為臺灣學者所認識，促進彼此的交流，為更好地研討中華文化作出共同的貢獻。

羅聯添教授八秩晉五
壽 慶 論 文 集
2011 年 11 月 頁 11-83

先秦至唐代復仇型態的省察與詮釋

李 隆 獻[*]

提 要

本文略依復仇事件發展的六階段,述論先秦至唐代復仇型態的諸面向:

一、就復仇動機言,概以「血緣復仇」為主,尤以「為父復仇」居多。此一現象充分顯示傳統社會「父仇不共戴天」的特質;至於「為君復仇」則主要繫於彼此「恩義」而非君臣「名分」,故真正為君復仇的事例並不多見。

二、就復仇對象言,一般皆以仇人本身為主,有時也會轉移到仇人親屬,更甚者則形成滅族行動;唯後者頗為少見,可見此一時期已脫離原始社會的復仇型態。

三、就復仇方式言,在可能情況下,概以能「手刃仇人」為優先,但也會因復仇者的條件,如年齡、財力、性別、社會地位,或父母是否在世等而做調整。

四、地方官吏對復仇的態度:史傳所載復仇案例,地方官吏大都同情或縱放復仇者,但若仔細考察,「依法正刑」實為歷代地方官吏處理復仇案的正常方式。

---

[*]國立臺灣大學中國文學系教授兼系主任。

　　五、中央政府對復仇的態度：歷代帝皇對復仇案的態度隨著時代需求、個人情感等因素而異；因復仇適用「殺人律」，地方官吏原可依法論處，故中央政府若主動介入則以寬宥為多，唯亦因時空因素而有所不同。

　　六、時人／史傳對復仇的評價：因復仇在傳統社會備受肯定，故時人與史傳對復仇行為亦多肯定、讚揚；唯若未能慮及父母尚須奉養，或動機不純，或僅為復一己之私怨而強行復仇，則即使一時之間受到時人的肯定，仍將遭到學者的檢討、批判。

關鍵詞：復仇、復仇觀、中古、倫理、禮／法衝突

先秦至唐代復仇型態的省察與詮釋

一、前言：研究資料與研究範疇

「復仇觀」堪稱重要的文化概念，影響中國／世界文化、社會至為深遠。傳統復仇觀的相關文獻，大致可分為以下幾類：一、先秦漢初經傳：此類文獻屬原始資料，提供復仇論述的理論根據與正當性，後世有關復仇的相關論述，大致由此衍生而來。掌握此類文獻，既可了解復仇理論的核心觀念，亦有助於掌握復仇觀的實際影響。[1] 二、歷代正史：此類文獻自《史記》至《明史》，往往涉及復仇行動及其相關處理程序，乃考察復仇觀／復仇行為與朝廷當局實際處理情形的重要依據。[2] 三、先秦兩漢諸子：此類文獻記述或異於經傳。透過詳細比較，可知同一事例可因敘事者與文獻性質的差異，而呈現不同的面貌。四、歷代經生對經傳的詮解：歷代經生詮解先秦漢初經傳時，往往針對復仇觀展開論述，其中不乏見解獨特者，且可藉此了解歷代復仇觀與學術思想的嬗變略況。[3] 五、歷代儒士關於復仇觀的論述：此類文獻多收錄於個人文集，

---

[1] 可參拙撰：〈復仇觀的省察與詮釋——以《春秋》三傳為重心〉，《臺大中文學報》第 22 期（2005 年 6 月），頁 99-150；〈兩漢復仇風氣與《公羊》復仇理論關係重探〉，《臺大中文學報》第 27 期（2007 年 12 月），頁 71-122。

[2] 可參拙撰：〈兩漢魏晉南北朝復仇與法律互涉的省察與詮釋〉，《臺大文史哲學報》第 68 期（2008 年 5 月），頁 39-78；〈隋唐時期復仇與法律互涉的省察與詮釋〉，《成大中文學報》第 20 期（2008 年 4 月），頁 79-110。

[3] 可參拙撰：〈宋代經生復仇觀的省察與詮釋〉，《臺大中文學報》第 31 期（2009 年 12 月），頁 147-196；〈元明復仇觀的省察與詮釋〉，「第一屆『中華經學』國際暨

雖蒐輯匪易，但對研究復仇的相關課題，亦頗有釐清、詮解之功。[4]六、鬼靈事例：傳統復仇觀，先秦時期已然成形，且此種觀念，往往以某種文化型態展現，如透過鬼靈故事／冥界小說幽微地傳達出復仇觀。透過此一類型資料的梳理、詮解，可以展現復仇的不同文化樣貌。[5]七、近代判牘、判例：此類文獻主要以宋元明清四朝為主。宋代以降，文獻流傳漸多，部分官吏往往於其文集中，留下相關案件的判牘、判例，其中頗有涉及復仇者。考察此類文獻，有助於釐清當時復仇與法律互涉的實際情形。[6]八、近代方志：此類文獻以明清為主。宋代以降，正史已少見復仇的相關記載；方志資料豐富，正可補正史之不足，據以覘知近代民間的復仇觀、復仇現象，並與經傳、史書，乃至鬼靈復仇事例作比較，略知各資料之間復仇觀／復仇現象的異同。[7]

筆者近年來不揣淺陋，陸續對歷代復仇觀進行系列討論；唯大抵集中於論析復仇／復仇觀的某個面向；對復仇的動機、對象、方式，地方官吏、中央政府對復仇的態度，乃至時人／史傳對復仇的評價等較具統整性的論題皆無暇詳為論列，實不能無憾。

第三屆全國經學學術討論會」，高雄：國立高雄師範大學經學研究所主辦，2010年 10 月 30 日；〈清代學者「禮書」復仇觀的省察與詮釋〉，「第三屆經學會議」，（臺灣大學文學院主辦），2011 年 3 月 18 日；〈清代學者「《春秋》三傳」復仇觀的省察與詮釋〉，待刊。

[4] 可參拙撰：〈宋代儒士復仇觀的省察與詮釋〉，《孔德成先生學術與薪傳學術研討會論文集》（臺北：國立臺灣大學中國文學系編印，2009 年 12 月），頁 369-394。

[5] 可參拙撰：〈先秦至唐代鬼靈復仇事例的省察與詮釋〉，《文與哲》第 16 期（2010年 6 月），頁 139-202。

[6] 可參拙撰：〈宋元明清復仇觀與法律互涉的省察與詮釋〉，待刊。

[7] 此一課題，學界尚少研究，筆者正蒐輯相關資料，擬專文討論，期能補足復仇觀的各種文化型態研究。

　　本文擬以先秦至唐代史傳所載復仇事例——尤以中古時期[8]為主
——鳥瞰此一時期復仇事件的發展過程，俾能具體而微地掌握此一時期
的復仇型態，使此一時期的復仇議題得以更為周延全面；唯本文所論以
「人間復仇」為主，其涉及「鬼靈復仇」者，筆者另有〈先秦至唐代鬼
靈復仇事例的省察與詮釋〉論之。

　　「復仇」之事，以其發展過程言，略可分為六階段：一、動機的產
生，二、復仇的對象，三、復仇的方式，四、地方官吏的態度，五、中
央政府的態度，六、時人／史傳的評價；但因史傳／文獻的相關載錄常
詳略不一，未必都可完整呈現上述六個階段。正史中最完整而可為代表
者，當推《晉書・孝友列傳》所載東晉・王談為父復仇事例：

> 王談……年十歲，父為鄰人竇度所殺。談陰有復讎志，而懼為度
> 所疑。寸刃不畜，日夜伺度，未得。至年十八，乃密市利鋸，陽
> 若耕鉏者。度常乘船出入，經一橋下，談伺度行還，伏草中；度
> 既過，談於橋上以鋸斬之，應手而死。
> 既而歸罪有司，<u>太守孔巖義其孝勇，列上宥之</u>。巖諸子為孫恩所
> 害，無嗣，談乃移居會稽，修理巖父子墳墓，盡其心力。後太守
> 孔廞究其義行，元興三年，舉談為孝廉，時稱其得人。談不應召，
> 終于家。……
> <u>史臣曰</u>：尊親之道，禮經之明訓；孝友之義，詩人之美談，是知
> 人倫之本，罔茲攸尚。……王談之復讎，……良守宥其罪。[9]

---

[8] 本文所謂「中古時期」，上起西漢，下及唐代，如雷家驥《中古史學觀念史》（臺
　　北：臺灣學生書局，1990 年）之斷代。唯舉證雖以「中古時期」為主，但亦溯及
　　先秦，故仍以「先秦至唐代」名篇。事非得已，讀者察之。

[9] 唐・房玄齡等：《晉書》（臺北：鼎文書局，1987 年），卷 87，頁 2291-2294。

王談十歲時，父為鄉人所殺，陰蓄復仇心志八年，始得一償夙願手刃仇敵，並自行歸罪有司；地方官吏「嘉其義勇」，為之上報朝廷，並得到帝王寬宥。《晉書》記載此事時將王談列於〈孝友傳〉，史臣贊語亦予以肯定褒揚，具體呈現史臣的肯定態度。

關於復仇事例的載述，常會因文獻性質的不同而有詳略之異。一般而言，官方性質的正史，記載多較簡略扼要，細節不多，如《三國志·魏書·龐淯列傳》載趙娥為父復仇事：

> 初，淯外祖父趙安為同縣李壽所殺，淯舅兄弟三人同時病死，壽家喜。淯母娥自傷父讎不報，乃幃車袖劍，白日刺壽於都亭前，訖，徐詣縣，顏色不變，曰：「父讎已報，請受戮。」祿福長尹嘉解印綬縱娥，娥不肯去，遂彊載還家。會赦得免，州郡歎貴，刊石表閭。[10]

此段記述，雖亦兼具復仇的各個過程，唯僅寥寥百餘字；相對的，非官方性質的文獻，記述則遠為詳審，如裴松之《三國志注》引晉·皇甫謐《列女傳》載：

> 酒泉烈女龐娥親者，表氏龐子夏之妻，祿福趙君安之女也。君安為同縣李壽所殺，娥親有男弟三人，皆欲報讎，壽深以為備。會遭災疫，三人皆死。壽聞大喜，請會宗族，共相慶賀，云：『趙氏彊壯已盡，唯有女弱，何足復憂！』防備懈弛。娥親子淯出行，聞壽此言，還以啟娥親。娥親既素有報讎之心，及聞壽言，感激愈深，愴然隕涕曰：『李壽，汝莫喜也，終不活汝！戴履天地，

---

10 晉·陳壽撰，劉宋·裴松之注：《三國志》（臺北：鼎文書局，1974年），卷18，頁548。

為吾門戶，吾三子之羞也。焉知娥親不手刃殺汝，而自儌倖邪？』陰市名刀，挾長持短，晝夜哀酸，志在殺壽。壽為人凶豪，聞娥親之言，更乘馬帶刀，鄉人皆畏憚之。比鄰有徐氏婦，憂娥親不能制，恐逆見中害，每諫止之，曰：『李壽，男子也，凶惡有素，加今備衛在身。趙雖有猛烈之志，而孱弱不敵。邂逅不制，則為重受禍於壽，絕滅門戶，痛辱不輕也。願詳舉動，為門戶之計。』娥親曰：『父母之讎，不同天地共日月者也。李壽不死，娥親視息世閒，活復何求！今雖三弟早死，門戶泯絕，而娥親猶在，豈可假手於人哉！若以卿心況我，則李壽不可得殺；論我之心，壽必為我所殺明矣。』夜數磨礪所持刀訖，扼腕切齒，悲涕長歎，家人及鄰里咸共笑之。娥親謂左右曰：『卿等笑我，直以我女弱不能殺壽故也。要當以壽頸血污此刀刃，令汝輩見之。』遂棄家事，乘鹿車伺壽。至光和二年二月上旬，以白日清時，於都亭之前，與壽相遇，便下車扣壽馬，叱之。壽驚愕，迴馬欲走。娥親奮刀斫之，并傷其馬。馬驚，壽擠道邊溝中。娥親尋復就地斫之，探中樹蘭，折所持刀。壽被創未死，娥親因前欲取壽所佩刀殺壽，壽護刀瞋目大呼，跳梁而起。娥親迺挺身奮手，左抵其額，右椿其喉，反覆盤旋，應手而倒。遂拔其刀以截壽頭，持詣都亭，歸罪有司，徐步詣獄，辭顏不變。時祿福長漢陽尹嘉不忍論娥親，即解印綬去官，弛法縱之。娥親曰：『讎塞身死，妾之明分也；治獄制刑，君之常典也。何敢貪生以枉官法？』鄉人聞之，傾城奔往，觀者如堵焉，莫不為之悲喜慷慨嗟嘆也。守尉不敢公縱，陰語使去，以便宜自匿。娥親抗聲大言曰：『枉法逃死，非妾本心。今讎人已雪，死則妾分，乞得歸法以全國體。雖復萬死，於娥親畢足，不敢貪生為明廷負也。』尉故不聽所執，娥親復言曰：『匹婦雖微，猶知憲制。殺人之罪，法所不縱。今既犯之，義無可逃。乞就刑戮，隕身朝市，肅明王法，娥親之願也。』辭氣愈

屬，面無懼色。尉知其難奪，彊載還家。涼州刺史周洪、酒泉太守劉班等並共表上，稱其烈義，刊石立碑，顯其門閭。太常弘農張奐貴尚所履，以束帛二十端禮之。海內聞之者，莫不改容贊善，高大其義。故黃門侍郎安定梁寬追述娥親，為其作傳。玄晏先生以為父母之讎，不與共天地，蓋男子之所為也。而娥親以女弱之微，念父辱之酷痛，感讎黨之凶言，奮劍仇頸，人馬俱摧，塞亡父之怨魂，雪三弟之永恨，近古已來，未之有也。《詩》云『修我戈矛，與子同仇』，娥親之謂也。[11]

由文中可見：東漢末期，法律明定「殺人者死」，復仇亦然；但南朝乃同情、肯定復仇的時代，故皇甫謐以一千多字，將近十倍於《三國志》的篇幅詳述趙娥復仇的種種細節，復仇過程之刻劃尤為驚心動魄；文末更刻意凸顯趙娥的剛烈與地方官吏的極力褒揚，作者且現身說法，予以肯定。本則事例，復仇的六階段可見者五：[12]屬血緣復仇之為父復仇；鎖定復仇對象並手刃之，如載李壽得知趙家三男均死的共相慶賀、趙娥市名刀、夜磨礪及堅決應對諫止者之辭等；地方官欲去官弛縱，並載述趙娥與祿福長尹嘉及守尉的對答、刺史等為之上表及刊石立碑、梁寬為其立傳；皇甫謐除將之載入《列女傳》外，並引《詩》為贊，以詳明的敘述，充分敷贊時人及作者對趙娥復仇的高度認同。此種記敘上的詳略差異，自與正史力求簡明，而《列女傳》之撰著旨在彰顯女德有關，故

---

[11] 同上註，頁 548-550。「光和」乃東漢靈帝第三個年號，光和二年當西元 179 年；「玄晏先生」乃皇甫謐自號。又，有關趙娥名，趙幼文遺稿，趙振鐸、鄔先覺、黃峰、趙開整理：《三國志校箋》（成都：巴蜀書社，2001 年）注 91 云：「謹案：《書鈔》卷一百二十三、《類聚》卷三十三引《列女傳》、《御覽》卷四十引孔演《漢晉春秋》、卷四百八十一引《東觀漢紀》，『娥』下俱無『親』字。惟《御覽》卷四百一十五引《列女後傳》作『娥親』。是諸家書均作『娥』，惟皇甫謐書作『娥親』也。」（頁 718）

[12] 未見者唯中央政府之態度，《三國志》明載「會赦得免」，《列女傳》則予以刪略。

前者只記敘事件要點，後者則於相關情節詳為鋪陳。由此亦可略見官方與民間對復仇的不同立場——官方大抵低調規範，民間則多表稱揚。

史籍完整載錄復仇過程的例證雖不多見，[13] 但細加爬梳，依然可以略見唐代以前復仇過程的嬗變軌跡。以下略就復仇事件發展的六個過程逐一舉例述論之。

二、復仇動機的省察

復仇動機大致可分為「血緣」與「非血緣」兩類。血緣復仇以「父仇」最為常見，非血緣復仇則型態殊異。

（一）血緣復仇

血緣復仇包括為父、母、兄弟、子、自身，乃至於叔、舅等。

1.為父復仇

傳統社會以男子承重，父親為一家之「至尊」，若遭殺害或挫辱，為人子者擔負的復仇責任自然也最重。據筆者粗略統計，史載西漢至唐代「血緣復仇」共 102 例，其中父仇即佔 60 件。[14]

前舉王談事例外，另如《南史·孝義列傳》載南朝梁武帝普通七年（526）張景仁復父仇事：

> 張景仁，廣平人也。父梁天監初為同縣韋法所殺，景仁時年八歲。及長，志在復讎。普通七年，遇法於公田渚，手斬其首以祭父墓。事竟，詣郡自縛，乞依刑法。太守蔡天起上言於州，時簡文在鎮，

---

[13] 除上述王談、趙娥事例外，下文（一·1）張景仁復父仇、（一·3）郎雙貴復從兄仇、（一·6）朱謙之輾轉復仇案等三事例，亦具完整的六個復仇過程。

[14] 兼為「父兄」、「父叔」復仇者，以從重亦計入本類。詳參拙撰：《漢代以降復仇觀的省察與詮釋——中古時期復仇觀的省察與詮釋》，國科會專題研究成果報告，2006 年，〈附錄一：中古時期復仇事例彙整〉，頁 199-248。

乃下教褒美之，原其罪，下屬長蠲其一戶租調，以旌孝行。[15]

又如《周書·孝義列傳》載北周武帝年間（561-578）柳雄亮復父仇事：

> 雄亮……字信誠。幼有志節，好學不倦。年十二，遭父難，幾至
> 滅性。終喪之後，志在復讎。柱國蔡國公廣欽其名行，引為記室
> 參軍。年始弱冠，府中文筆，頗亦委之。後竟手刃眾寶於京城。
> 朝野咸重其志節，高祖特恕之。由是知名。[16]

王談、張景仁、柳雄亮失怙時年皆幼小，故皆靜俟時機，待長成後始手
刃仇讎。[17] 三人皆因地方官吏上表而獲得宥赦，王談更獲史臣褒美，張
景仁則得到簡文帝蕭綱的褒美外，且以實際行動旌其孝行，柳雄亮則「朝
野咸重其志節」，北周高祖宇文邕更「特恕之」，皆充分顯現南北朝時官
吏乃至帝王對復仇的肯定態度。[18]

　　值得注意的是，史傳所載復仇案例雖以父仇為最大宗，卻極少於父
仇發生後旋即進行復仇。父仇之所以為復仇案之最大宗，其理即在於父
仇乃各種復仇動機中最強烈者；動機既屬最強，卻少見即時復仇，衡諸
人情似有未合，其詳雖因史料殘缺，未易確知，卻頗堪玩味。筆者以為
此蓋與地方官吏多將復仇者「依法正刑」有關，說詳本文〈五〉之（三）。

---

[15] 唐·李延壽：《南史》（臺北：鼎文書局，1994 年），卷 74，頁 1843。

[16] 唐·令狐德棻：《周書》（臺北：鼎文書局，1996 年），卷 46，頁 829；亦見《北
史·柳虯傳》：「父檜在華陽見害，雄亮時年十四，哀毀過禮，陰有復讎之志。武
帝時，　眾寶率其部歸長安，帝待之甚厚。雄亮手斬眾　寶於城中，請罪闕下。
帝特原之。」（卷 64，頁 2281）

[17] 梁武帝天監（502-519），「天監初」以五年（506）計，武帝普通七年為 526，是
張景仁約積志 20 年始得復仇。

[18] 東漢至南朝，無論中央、地方，皆肯定復仇，其詳可參拙撰：〈兩漢魏晉南北朝
復仇與法律互涉的省察與詮釋〉，頁 44-68。

2.為母復仇

為母復仇亦屬常見之血親復仇，唯少見為人所殺，而多見為人所辱之例，[19] 如《太平御覽・人事部・仇讎上》引虞預《會稽典錄》載東漢末董黯為母復仇事：

> 董黯，字孝治。家貧，採薪供養母，甚肥悅。憐人家富，有子不孝，母甚瘦。不孝子疾黯母肥，嘗苦之，黯不報。及母終，負土成墳，竟殺不孝子置冢前以祭，詣獄自繫，會赦免。[20]

又如《後漢書・吳祐列傳》載東漢順帝（141-146）時毋丘長復母仇事：

> 安丘男子毋丘長與母俱行市，道遇醉客辱其母，長殺之而亡，安丘追蹤於膠東得之。祐呼長，謂曰：「子母見辱，人情所恥。然孝子忿必慮難，動不累親。今若背親逞怒，白日殺人，赦若非義，刑若不忍，將如之何？」長以械自繫，曰：「國家制法，囚身犯之。明府雖加哀矜，恩無所施。」祐問長：「有妻子乎？」對曰：「有妻，未有子也。」即移安丘逮長妻，妻到，解其桎梏，使同宿獄中，妻遂懷孕。至冬盡行刑，長泣謂母曰：「負母應死，當何以報吳君乎？」乃齧指而吞之，含血言曰：「妻若生子，名之『吳生』，言我臨死吞指為誓，屬兒以報吳君。」因投繯而死。[21]

---

[19] 本文統計共得 12 例，參同註 14。

[20] 宋・李昉等：《太平御覽》（臺北：臺灣商務印書館，1975 年景日本帝室圖書寮京都東福寺東京岩崎氏靜嘉堂藏宋刊本），卷 482，頁 6 上。原文「憐人」，「憐」蓋「鄰」之誤訛。

[21] 劉宋・范曄：《後漢書》（臺北：鼎文書局，1981 年），卷 64，頁 2101。

董黯、毋丘長皆因母受辱而復仇，其不同處在：董黯能考量母親尚在，若逞忿殺人則將供養無人，遂隱忍至母歿之後，始「竟殺不孝子置冢前以祭」，兼顧奉養之恩與復仇之義；毋丘長則激於一時義忿，終至「負母」而「死」，若非吳祐法外施恩，恐將斷嗣，其間高下自不可同日而語。又有因復母仇而演變為極為激烈之輾轉復仇者，詳下文 6 之朱謙之事例。

3.為兄弟／從兄弟復仇

　　為親兄弟復仇在「血緣復仇」中，件數僅次於為父復仇，約與為母復仇相當。[22] 如《後漢書‧黨錮列傳》載東漢靈帝建寧年間（168-172）魏朗為兄復仇事：

> 魏朗……少為縣吏。兄為鄉人所殺，朗白日操刀報讎於縣中，遂亡命到陳國。[23]

又如《三國志‧魏書‧劉放傳‧注》引孫資《別傳》載漢獻帝建安年間（196-208）孫資為兄復仇事：

> 資……幼而岐嶷，三歲喪二親，長於兄嫂。講業太學，博覽傳記，同郡王允一見而奇之。太祖為司空，又辟資。會兄為鄉人所害，資手刃報讎，乃將家屬避地河東，故遂不應命。尋復為本郡所命，以疾辭。[24]

---

[22] 本文統計共得 13 例，若加計為從兄弟復仇者 2 例，共計 15 例，猶稍多於為母復仇之 12 例。參同註 14、19。

[23] 《後漢書》，卷 67，頁 2200-2201。

[24] 《三國志》，卷 14，頁 457。

中國傳統社會向以男性為尊,為兄弟復仇自屬復仇案之大宗。相對的,
完全不見為姊妹復仇之案例。女性唯一可成為復仇的只有母親,其事例
且較復兄弟之仇者少,傳統社會男、女地位之差異／高低,由此可以明
顯覘知。[25]

從兄弟之血緣關係不如親兄弟,其復仇事例較為少見,自屬當然;
但古人聚族而居,從兄弟之情誼或與兄弟相類,故亦有積極為從兄弟復
仇者,如《隋書‧孝義列傳‧郎方貴傳》載隋文帝開皇年間(581-600)
郎雙貴為從兄復仇事:

> 郎方貴,淮南人也。少有志尚,與從父弟雙貴同居。開皇中,方
> 貴嘗因出行遇雨,淮水泛長,於津所寄渡,船人怒之,摳方貴臂
> 折。至家,其弟雙貴驚問所由,方貴具言之。雙貴恚恨,遂向津
> 毆擊船人致死。守津者執送之縣官,案問其狀,以方貴為首,當
> 死,雙貴從坐,當流。兄弟二人爭為首坐,<u>縣司不能斷,送詣州</u>
> 。兄弟各引咎,州不能定,二人爭欲赴水而死。<u>州狀以聞,上聞</u>
> <u>而異之,特原其罪,表其門閭</u>,賜物百段,後為州主簿。[26]

方貴、雙貴乃從兄弟,雙貴聞方貴受船人摳而臂折,即「恚恨」復仇,
殆即因「同居」而情感深篤之故。此一事例亦大致具備復仇之六階段:
血緣復仇中的為從兄復仇;對敵人直接復仇,毆打致死;地方官不能決,
上送州府;帝皇既赦其罪、旌其門,並賜禮拔擢;史臣亦列之「孝義傳」
以為褒揚。

---

[25] 古代女性遭殺戮的機會遠較男子為少,此蓋為姊妹復仇事例尟見之一因;唯亦難
掩傳統社會以男子為尊的現象／實況。

[26] 唐‧魏徵等:《隋書》(臺北:鼎文書局,1995 年),卷 72,頁 2862。

為從兄弟復仇的另一原因，蓋為被害人「無子」，亦即缺乏復仇的「主人」，如趙憙為從兄復仇，[27] 即因其從兄「無子」，與郎雙貴事例略有不同。[28] 要之，在傳統「五倫復仇觀」中，身份不同，復仇的責任也隨之而異；但若「無子」導致無復仇之「主人」，則代為復仇者即可能為子、叔、主吏、乃至師之子／友之父等人，說詳下文。

4.為子復仇

父母／子女亦屬「五倫」之一，然為子復仇之例絕少，縱觀史實，僅得《後漢書‧劉盆子列傳》載西漢末新莽天鳳元年（14）呂母為子復仇一例：

> 天鳳元年，琅邪海曲有呂母者，子為縣吏，犯小罪，宰論殺之。呂母怨宰，密聚客，規以報仇。母家素豐，貲產數百萬，乃益釀醇酒，買刀劍衣服。少年來酤者，皆賒與之，視其乏者，輒假衣裳，不問多少。數年，財用稍盡，少年欲相與償之。呂母垂泣曰：「所以厚諸君者，非欲求利，徒以縣宰不道，枉殺吾子，欲為報怨耳。諸君寧肯哀之乎？」少年壯其意，又素受恩，皆許諾。其中勇士自號猛虎，遂相聚得數十百人，因與呂母入海中，招合亡命，眾至數千。呂母自稱將軍，引兵還，攻破海曲，執縣宰。諸吏叩頭為宰請。母曰：「吾子犯小罪，不當死，而為宰所殺。殺人當死，又何請乎？」遂斬之，以其首祭子冢，復還海中。[29]

---

[27] 事見本文之〈三〉。

[28] 郎方貴、雙貴「同居」，則二人可能尚未婚娶，自然「無子」；唯不論是否婚娶，「無子」顯非雙貴為方貴復仇之主因。

[29] 《後漢書》，卷11，頁477。

傳統經書對復仇規範最為詳細者當推《禮記》、《周禮》，但二書均無為夫／為子復仇的相關載述。[30] 就常理言，為人夫者若遭殺害，則由其子若弟復仇；為人子者若遭殺害，若有兄弟，則復仇責任應由兄弟承擔，自然不必由妻或父、母為之復仇。上述三案，呂榮為夫復仇而斷賊頭、孫男玉堅持親自復夫仇、[31]呂母費心籌畫，終於親自為子復仇，當是其夫尚無子嗣或其子別無兄弟，故由女子——妻／母——代行復仇。

5.為己復仇

　　因遭受不平而有所報復，乃人情之常，但因本文所指陳的復仇以涉及人命者為主，若受害者已死，自然由其他人復仇，故「為己復仇」事例主要見於鬼靈復仇；[32] 不過人世間仍有少數為己復仇的案例，其最著者當推新莽前（9 稍前）周黨復仇事，見《後漢書·逸民列傳》：

> 周黨……家產千金。少孤，為宗人所養，而遇之不以理，及長，又不還其財。黨詣鄉縣訟，主乃歸之。既而散與宗族，悉免遣奴婢，遂至長安遊學。初，鄉佐嘗眾中辱黨，黨久懷之。後讀《春秋》，聞復讎之義，便輟講而還，與鄉佐相聞，期剋鬥日。既交刃，而黨為鄉佐所傷，困頓。鄉佐服其義，輿歸養之，數日方蘇，既悟而去。自此勑身脩志，州里稱其高。[33]

本則事例乃歷代學者力主兩漢復仇風氣受《公羊》復仇理論影響的重要證據；但細繹傳文，可知周黨乃至長安遊學後始「聞復讎之義」，可知《公羊》學說蓋僅流行於長安，一山之隔，影響力猶未及於太原，流佈

---

[30] 傳統禮書復仇觀，可參拙撰：〈復仇觀的省察與詮釋——以《春秋》三傳為重心〉，〈二〉之（二），頁 112-120。

[31] 以上二例見〈二〉之（二·2）。

[32] 鬼靈復仇事例，可參拙撰：〈先秦至唐代鬼靈復仇事例的省察與詮釋〉。

[33] 《後漢書》，卷 83，頁 2761。

既不廣遠，應只是經師的學術主張，實非漢世復仇風氣興盛的主要原因；況且，《春秋》三傳中，《公》、《穀》皆主復仇，其主張雖有異同，但初無為己復仇之說。[34] 周黨受辱而思報復，雖屬人情之常，但援引《春秋》之義卻屬特殊現象，值得深究。關於兩漢《春秋》學及其對復仇風氣的影響，拙撰〈兩漢復仇風氣與《公羊》復仇理論關係重探〉已有論述，茲不贅。[35]

史傳亦偶見女子為己復仇事例，《舊唐書・列女列傳》載唐高祖武德年間（618-626）魏衡妻復仇事：

> 魏衡妻王氏，梓州郪人也。武德初，薛仁杲舊將房企地侵掠梁郡，因獲王氏，逼而妻之。後企地漸強盛，衡謀以城應賊，企地領眾將趨梁州，未至數十里，飲酒醉臥，王氏取其佩刀斬之，攜其首入城，賊眾乃散。高祖大悅，封為崇義夫人，捨衡同賊之罪。[36]

王氏原已嫁人，因遭房企地侵奪，不得已而委身事賊，但仍靜待時機為己復仇，其勇決實不下於男子。

6.其他

---

[34] 其詳可參拙撰：〈復仇觀的省察與詮釋——以《春秋》三傳為重心〉之〈三、《春秋》三傳復仇觀的省察與詮釋〉，頁 121-135。

[35] 有趣的是，漢代五則為己復仇事例（詳拙撰：《漢代以降復仇觀的省察與詮釋——中古時期復仇觀的省察與詮釋》，附錄一：〈中古時期復仇事例匯整・西漢・東漢〉，頁 185-216），除李廣為己受辱殺霸陵尉事，可確知在漢武帝元光年間（134 B.C.-129 B.C.）；李弘子李贄以見辱殺人無法確知年份外，其餘三則皆在王莽前後——周黨事在王莽前，原涉懷恨殺游公父子及祭遵報部吏之辱皆在王莽時——蓋受當時學風、士風影響所致。

[36] 後晉・劉昫：《舊唐書》（臺北：鼎文書局，1976 年），卷 193，頁 5140。

　　史載亦有為叔／舅復仇者，唯頗為少見。《太平御覽‧人事部‧仇讎下》引應劭《風俗通》載東漢靈帝初年（168 稍後）陳公思為叔復仇事：

> 汝南陳公思為五官掾，王子祐為兵曹，行會食下亭。子祐曾以縣官事考殺公思叔父斌，斌無子，（父）〔公〕思欲為報仇不能得。卒見子祐，不勝憤怒，便格殺之，還府歸死。時大守太傅胡廣以為公思追念叔父，仁勇憤發，手刃仇敵，自歸司敗，便原遣之。[37]

此乃為叔復仇，而獲地方高級官吏直接赦免之例；《後漢書‧翟酺列傳》載東漢和帝時（89-105）翟酺為舅復仇事：

> 翟酺……以報舅讎，當徙日南，亡於長安，為卜相工，後牧羊涼州。遇赦還。仕郡，徵拜議郎，遷侍中。[38]

此則為舅復仇因遇赦而免罪之例。《禮記‧檀弓上》云：

> 曰：「請問居從父昆弟之仇，如之何？」曰：「不為魁。主人能，則執兵而陪其後。」[39]

---

[37] 《太平御覽》，卷 482，頁 5 下。又，引文第二行「公思」原作「父思」，其誤顯然，茲據上下文改正。

[38] 《後漢書》，卷 48，頁 1602。為舅復仇者雖與其舅無直接的血緣關係，但仍屬因血緣而來的親戚，故亦歸入血緣類中敘介。

[39] 唐‧孔穎達等：《禮記正義》（臺北：藝文印書館，1976 年影清嘉慶二十年〔1815〕江西南昌府學刻本），卷 7，頁 17 下。本文徵引之十三經、經文、傳文、《注》、《疏》皆據此本，此後僅註明書名、卷數、頁碼。

據〈檀弓〉之言推而廣之，則叔、舅等人之仇，應為「主人能，則執兵而陪其後」，亦即居於輔助地位，而非自己主動復仇。上述各事例之所以由事主進行復仇，最基本的原因當在無「主人」可以主導，如陳公思事例，史傳明言「斌無子」，下文〈三〉之趙熹亦因其從兄「無子」；最明顯者，前文〈一〉之趙娥事例，史傳除明說「娥親有男弟三人，皆欲報讐……會遭災疫，三人皆死」，甚至以「壽聞大喜」反襯趙家復仇無人的困境。又如《南齊書·忠義列傳》載南齊武帝蕭頤時（483-493）朱謙之輾轉復仇案：

> 朱謙之……父昭之，以學解稱於鄉里。謙之年數歲，所生母亡，昭之假葬田側，為族人朱幼方燎火所焚。同產姊密語之，謙之雖小，便哀戚如持喪。年長不婚娶。永明中，手刃殺幼方，詣獄自繫。縣令申靈勗表上，別駕孔稚圭、兼記室劉璉、司徒左西掾張融牋與刺史豫章王曰：「禮開報仇之典，以申孝義之情；法斷相殺之條，以表權時之制。謙之揮刃斬冤，既申私禮；繫頸就死，又明公法。今仍殺之，則成當世罪人；宥而活之，即為盛朝孝子。殺一罪人，未足弘憲；活一孝子，實廣風德。張緒、陸澄，是其鄉舊，應具來由。融等與謙之竝不相識，區區短見，深有恨然。」豫章王言之世祖，時吳郡太守王慈、太常張緒、尚書陸澄竝表論其事，世祖嘉其義，慮相復報，乃遣謙之隨曹虎西行。將發，幼方子惲于津陽門伺殺謙之，謙之之兄選之又刺殺惲，有司以聞。世祖曰：「此皆是義事，不可問。」悉赦之。吳興沈顗聞而歎曰：「弟死於孝，兄殉於義。孝友之節，萃此一門。」[40]

---

[40] 梁·蕭子顯：《南齊書》（臺北：鼎文書局，1987年），卷55，頁962-963。

朱謙之因生母之墓被焚而復仇，但殺朱幼方後又為幼方之子惲所殺，謙之兄選之乃又殺惲，發展為輾轉復仇。朱謙之被殺後，之所以由其兄選之為其復仇，原因當亦出於謙之因「年長不婚娶」而沒有子嗣。翟醋一案，史傳雖未明載其舅是否無子嗣，但由翟醋代行復仇，合理推測，似當如此。

朱謙之復仇事例慘絕人寰，世所罕見，亦為少數具復仇型態六階段者：屬血緣復仇之為母／為父／為弟復仇、鎖定仇人本身而手刃之、地方官為之表上、豫章王與吳郡太守等並表論其事、南齊武帝嘉其義、沈顗以孝友推許之，具體可見此事受重視的程度，也充分反映南朝寬縱復仇的實況，及其揚厲復仇風氣的效用。[41]

又，為親復仇一般僅止於高自身一輩的父母、叔、舅等，或平輩之兄弟／從兄弟，唯《史記·匈奴列傳》載有一件為三世祖復仇的特殊案例：

> 漢既誅大宛，威震外國。天子意欲遂困胡，乃下詔曰：「高皇帝遺朕平城之憂，高后時單于書絕悖逆。昔齊襄公復九世之讎，《春秋》大之。」是歲太初四年也。[42]

學者論《公羊》復仇學說影響漢代復仇風氣時屢援引此例為證，然武帝未及親見高祖，對高祖卻深懷親恩，願為復仇，頗違人情。筆者粗略爬

---

[41] 其詳可參拙撰：〈兩漢魏晉南北朝復仇與法律互涉的省察與詮釋〉之〈四、兩晉南北朝復仇與法律互涉的省察與詮釋〉，頁 60-68。

[42] 漢·司馬遷撰，日·瀧川資言考證：《史記會注考證》（東京：東京文化學院東京研究所，昭和 7 年，1932 年），卷 110，頁 64-65。

梳，史載絕無為兩世以上先祖復仇之例，即此已可覘知漢武援引齊襄之「九世復仇」乃別有用心。考其真正用心，實僅為征討匈奴之藉口耳。[43]

（二）非血緣復仇

非血緣復仇可分為：為養父、夫、君、主、[44]師／師之子、友／友之父六類。

1.為養父復仇

養父雖無「血緣」之親，但養育之恩，不下親生，為之復仇，自屬情理中事。史載為養父復仇者不多，蓋以其自有子女，不煩養子出面；若由養子復仇，可能養父本身並無子女，或子女幼弱，無力／無法復仇，如《華陽國志‧漢廣士女》載東漢時左喬雲為養父復仇事：

> 左喬雲……少為左通所養，為子。通坐任徒，徒逃。吏欲破通臏。通無壯子，故為吏所侵。喬雲時年十三，喟然憤怒，以銳刀殺吏，解通將走。令出追；初聞，以為壯士；及知是小兒，為之流涕。[45]

左通「無壯子」，故由喬雲代為復仇；再如《新唐書‧藩鎮宣武彰義澤潞列傳》載唐德宗時（780-804）張士幹為養父復仇事：

> 玄佐……寵吏張士南及假子樂士朝貲皆鉅萬；而士朝私玄佐嬖妾，懼事覺，酖玄佐，死。……始，玄佐養子士幹與士朝皆來京師，士幹知玄佐死無狀，遣奴持刀絕為弔，入殺士朝於次。帝惡

---

[43] 可參拙撰：〈兩漢復仇風氣與《公羊》復仇理論關係重探〉之〈二、「公羊復仇理論導致徵候復仇盛行」說的省察〉之（三），頁 84-86。

[44] 《公羊》「為君復仇」之主張乃就「君」為國君之情況而言，本文則於其「主」為國君時稱「君」，其餘則稱「主」，分兩類論述。

[45] 晉‧常璩著，任乃強校注：《華陽國志校補圖注》（上海：上海古籍出版社，2007年），卷 10，頁 566。

其專，亦賜士幹死。[46]

劉玄佐收張士幹為養子，其本身可能沒有子嗣，或子女已遭殺害，故由士幹代行復仇。

2.為夫復仇

為夫復仇事例，如《後漢書・列女列傳・許升妻傳》載漢順帝年間（126-144）呂榮為夫復仇事：

> 吳許升妻者，呂氏之女也，字榮。升少為博徒，不理操行，榮嘗躬勤家業，以奉養其姑。數勸升修學，每有不善，輒流涕進規。榮父積忿疾升，乃呼榮欲改嫁之。榮歎曰：「命之所遭，義無離貳！」終不肯歸。升感激自屬，乃尋師遠學，遂以成名。尋被本州辟命，行至壽春，道為盜所害。刺史尹耀捕盜得之。榮迎喪於路，聞而詣州，請甘心讎人。耀聽之。榮乃手斷其頭，以祭升靈。[47]

又如《魏書・列女列傳》載北魏獻文帝拓拔強時（466-471）孫男玉為夫復仇事：

> 平原鄃縣女子孫氏男玉者，夫為靈縣民所殺。追執讎人，男玉欲自殺之，其弟止而不聽。男玉曰：「女人出適，以夫為天，當親自復雪，云何假人之手！」遂以杖毆殺之。<u>有司處死以聞</u>。顯祖詔曰：「<u>男玉重節輕身，以義犯法，緣情定罪，理在可原，其特恕之。</u>」[48]

[46] 宋・歐陽脩、宋祁等：《新唐書》（臺北：鼎文書局，1994年），卷214，頁6000-6001。
[47] 《後漢書》，卷84，頁2795。
[48] 北齊・魏收：《魏書》（臺北：鼎文書局，1983年），卷92，頁1980。

夫婦乃「五倫」之一，但為夫復仇較為少見。一則，有子為父復仇；再則，女子限於先天條件，復仇不易；但如呂榮親斷仇首已屬難能，孫男玉親自追執仇人，並以杖毆殺之，其激烈勇決又甚於呂榮。二者並為為夫復仇之特別值得推重表彰者。

3.為君復仇

為君者自有一定勢力，承平時本不易遭遇不測，即有變故，亦有國法，乃至家族為其復仇，故「君仇」通常發生於動蕩時代，既無國法為之伸張，或其家族已遭滅絕，只能由其臣子代行復仇，如《北史·麥孟才列傳》載隋煬帝時（約 618）麥孟才為君復仇事：

> 孟才字智稜，果烈有父風。帝以其死節將子，恩錫殊厚，拜武賁郎將。及江都之難，慨然有復讎志。與武牙郎將錢傑素交友，二人相謂曰：「吾等世荷國恩，門著誠節。今賊臣弒逆，社稷淪亡，無節可紀，何面目視息世間哉！」乃流涕扼腕，相與謀於顯福宮，邀擊宇文化及。事臨發，陳藩之子謙知而告之，與其黨沈光俱為化及所害，忠義之士哀焉。[49]

據史籍載述，隋煬帝對臣下極為殘酷：

> 猜忌臣下，無所專任，朝臣有不合意者，必構其罪而族滅之。故高熲、賀若弼先皇心膂，參謀帷幄，張衡、李金才藩邸惟舊，績著經綸，或惡其直道，或忿其正議，求其無形之罪，加以刎頸之誅。其餘事君盡禮，謇謇匪躬，無辜無罪，橫受夷戮者，不可勝紀。[50]

---

[49] 唐·李延壽：《北史》（臺北：鼎文書局，1994 年），卷 78，頁 2634-2635。
[50] 《隋書》，卷 4，〈煬帝紀〉，頁 94。

煬帝對臣下之種種行為堪稱暴虐，唯獨對麥孟才「恩錫殊厚」，孟才或許正因「世荷國恩」，遂「慨然有復讎志」。由此觀之，古代雖有「策名委質」[51] 之事；但若仔細考察為君復仇事例，可知君上橫遭死禍，其臣下是否為之復仇，實繫於君臣間的「情誼」，而非出自君臣的「名分」。

「君仇」乃《公羊》復仇學說的重點，為君者要能讓臣下不惜生命，甘心為之復仇殊非易事，因而史傳中雖不乏以復君仇為號召的行動，絕大多數卻都另有目的，如《新唐書·竇建德列傳》載隋煬帝遭江都之難（618）後，竇建德等為煬帝復仇事：

> 武德元年，宇文化及至魏縣，建德謂其納言宋正本及德紹曰：「吾，隋民也；隋，吾君也。今化及殺之，大逆不道，乃吾讎，欲為天下誅之，何如？」正本等曰：「大王奮布衣，起漳南，隋之列城莫不爭附者，以能杖順扶義、安四方也。化及為隋姻里，倚之不疑，今弒君而移其國，仇不共天，請鼓行執其罪。」建德善之。即引兵討化及，連戰破之。化及保聊城，乃縱撞車機石，

---

[51] 策名委質乃古代確認君臣關係的儀式，質或作贄。僖廿三年《左傳》載狐突之子狐毛、狐偃隨公子重耳出亡，晉懷公即位，拘執狐毛，要挾其召回二子，狐毛答曰：「子之能仕，父教之忠，古之制也。策名委質，貳乃辟也。今臣之子，名在重耳，有年數矣。若又召之，教之貳也。父教子貳，何以事君？刑之不濫，君之明也，臣之願也。淫刑以逞，誰則無罪？臣聞命矣。」（《左傳正義》，卷 15，頁 7 下-8 上）《國語·晉語九》載中行穆子克鼓，欲招降鼓子之臣夙沙釐，夙沙釐答曰：「臣委質於狄之鼓，未委質於晉之鼓也。臣聞之：委質為臣，無有二心。委質而策死，古之法也。」韋昭《解》：「質，贄也。士贄以雉，委贄而退；言委贄於君，書名於策，示必死也。」（《國語》〔上海：上海古籍出版社，1998 年〕，頁 484-486）裴駰《史記·仲尼弟子列傳·索隱》引服虔曰：「古者始仕，必先書其名於策，委死之質於君，然後為臣，示必死節於其君也。」（《史記會注考證》，卷 67，頁 10-11）楊寬對此有深入探討，詳氏著：〈「贄見禮」新探〉，《古禮新探》；亦收入《西周史》（臺北：臺灣商務印書館，1999 年），頁 757-786。

四面乘城，拔之。建德入，先謁蕭皇后，語稱臣。執宇文智及、楊士覽、元武達、許弘仁、孟景等，召隋文武官共臨斬之，梟首轅門；囚化及并其子，載以檻車，至大陸縣斬之。[52]

竇建德攻破聊城後，「先謁蕭皇后，語稱臣」，又「召隋文武官共臨斬」宇文化及，看似光明正大；史臣的評論卻是：

煬帝失德，天醜其為，生人籲莘，羣盜乘之，如蝟毛而奮。其劇者，若李密因黎陽，蕭銑始江陵，竇建德連河北，王世充舉東都，皆磨牙搖毒以相噬螫。其間亦假仁義，禮賢才，因之擅王僭帝，所謂盜亦有道者。本夫孽氣腥燄，所以亡隋，觸唐明德，折北不支，禍極凶殫，乃就殲夷，宜哉！[53]

依《新唐書》作者歐陽脩等人之見，竇建德與李密、蕭銑、王世充等人皆為「假仁義，禮賢才」，為君復仇只是口號，真正的目的實在「擅王僭帝」。此類託名復君仇，實則圖謀己利的事例，在為君復仇事例中佔絕大多數。此種作為雖不值稱述，但竇建德畢竟成功斬殺宇文化及，勉強算得上為隋煬帝報了仇，若如《晉書‧成都王穎傳》載西晉惠、懷年間（約307）汲桑為君復仇事：[54]

穎之敗也，官屬並奔散，惟盧志隨從不怠，論者稱之。其後汲桑害東嬴公騰，稱為穎報讎，遂出穎棺，載之於軍中，每事啟靈，以行軍令。桑敗，棄棺於故井中。穎故臣收之，改葬於洛陽，懷

---

[52] 《新唐書》，卷 85，頁 3699。

[53] 同上注，頁 3703。

[54] 成都王司馬穎之敗在晉惠帝永興二年（305），汲桑、石勒攻鄴城在晉懷帝永嘉元年（307）。

帝加以縣王禮。[55]

汲桑除託名為司馬穎復仇外，尚「出穎棺，載之於軍中，每事啟靈，以
行軍令」；可惜徒有裝神弄鬼之能，一旦兵敗，竟「棄棺於故井中」，固
為託名復君仇之下下者。

4.為主復仇

　　為主復仇，先秦已見，豫讓為智伯復仇事尤稱驚心動魄。[56]《太平
御覽・人事部・頰》引《江表傳》亦載：

> 孫策殺吳郡太守許貢，貢奴客潛民間，欲報讎。策出獵，卒遇三
> 人，即貢客也，射策中頰，後騎尋至，皆刺殺之。[57]

許貢位居吳國太守，屬吏自不在少，最後卻由奴客為其復仇，或許正因
「恩遇殊厚」之故——如同豫讓之特為智伯復仇，正因唯有智伯「國士
遇我」，豫讓遂以「國士報之」。張蓓蓓先生曾指出：

> 漢世「郡吏之於太守本有君臣之分」，所以僚屬之於主官往往如
> 臣之事君。盡忠效命無所不至。另外，漢世師道頗尊，門生之於
> 業師也多萬分敬重，倔傀服勞。這些都是東漢士人重視名節的表
> 現，也是後代所稱道的東漢士風中的主要內容。[58]

---

[55] 《晉書》，卷 59，頁 1619。

[56] 事見《戰國策・趙策一》，《史記・列客列傳》述之尤詳，見《史記會注考證》，
卷 86，頁 8-12，文長不錄。

[57] 《太平御覽》，卷 367，頁 1 上。

[58] 張蓓蓓：《東漢士風及其轉變》（臺北：臺灣大學文學院《臺大文史叢刊》之 71，
1985 年），頁 15。

正因東漢士風特殊，遂發生若干「為主復仇」事例，如《三國志·魏書》載東漢獻帝初平二年（191）稍後田疇為其主劉虞復仇事：

> 田疇字子泰……好讀書、善擊劍。初平元年，義兵起，董卓遷帝于長安。幽州牧劉虞歎曰：「賊臣作亂，朝廷播蕩，四海俄然，莫有固志。身備宗室遺老，不得自同於眾。今欲奉使展效臣節，安得不辱命之士乎？」眾議咸曰：「田疇雖年少，多稱其奇。」疇時年二十二矣。虞乃備禮請與相見，大悅之，遂署為從事，具其車騎。將行，疇曰：「今道路阻絕，寇虜縱橫，稱官奉使，為眾所指名。願以私行，期於得達而已。」虞從之。疇乃歸，自選其家客與年少之勇壯慕從者二十騎俱往。虞自出祖而遣之。
> 既取道，疇乃更上西關，出塞，傍北方，直趣朔方，循閒徑去，遂至長安致命。詔拜騎都尉。疇以為天子方蒙塵未安，不可以荷佩榮寵，固辭不受。朝廷高其義。三府並辟，皆不就。得報，馳還，未至，虞已為公孫瓚所害。疇至，謁祭虞墓，陳發章表，哭泣而去。瓚聞之大怒，購求獲疇，謂曰：「汝何自哭劉虞墓，而不送章報於我也？」疇答曰：「漢室衰穨，人懷異心，唯劉公不失忠節。章報所言，於將軍未美，恐非所樂聞，故不進也。且將軍方舉大事以求所欲，既滅無罪之君，又讎守義之臣，誠行此事，則燕、趙之士將皆蹈東海而死耳，豈忍有從將軍者乎！」瓚壯其對，釋不誅也。拘之軍下，禁其故人莫得與通。或說瓚曰：「田疇義士，君弗能禮，而又囚之，恐失眾心。」瓚乃縱遣疇。疇得北歸，率舉宗族他附從數百人，掃地而盟曰：「君仇不報，吾不可以立於世！」[59]……

---

[59] 《三國志》，卷 11，頁 340-341。

田疇因劉虞賞識禮遇，銘感不已，故在劉虞被害後謁墓而陳章表，面對公孫瓚的質問，也不計生死以義辭相對，並誓言「君仇不報，吾不可以立於世」，既充分顯見主吏與臣下恩義相照之一斑，亦具體可見東漢士風之激揚。

5.為師／師之子復仇

一如前引張蓓蓓先生所言，漢世師道頗尊，師生情誼特厚，故「為師復仇」亦為漢末特殊風尚之一，如《三國志·魏書》載魏武帝時（220）夏侯惇為師復仇事：

> 惇……夏侯嬰之後也。年十四，就師學，人有辱其師者，惇殺之，由是以烈氣聞。[60]

為師復仇雖超越常理，唯漢世尊師若父，勉強計入「五倫」之內，尚有可言；猶有甚者，乃有為師之子復仇者，如《華陽國志·廣漢士女》載東漢時張鉗復仇事：

> 張鉗……師事犍為謝袁。袁死，負土成墳。三年。袁子為人所煞，鉗復其讎，自拘武陽獄。會赦，免。當世義之。[61]

為師之子復仇，或因其師別無他子可以為兄弟復仇，但究已超乎常理。《華陽國志》特言「當世義之」，可見「當世」特別肯定其復仇行為。要之，為師復仇實屬東漢之特殊風尚，故前此與後世皆極尠見，由此亦可見復仇觀與時代風氣之密切關係。

6.為友／友之父復仇

---

[60]《三國志》，卷9，頁267。

[61]《華陽國志校補圖注》，卷10，頁567。

　　「朋友」亦為「五倫」之一。為友復仇，可遠溯先秦，如高漸離之為荊軻刺殺秦王，事雖未成，卻以生命見證了二人的深厚情誼。[62]「為友復仇」後世並不常見，唯多見於東漢，如《華陽國志・廣漢士女》載東漢順帝年間（126-144）甯叔為友復仇事：

　　　　甯叔，字茂泰，廣漢人。與友人張昌共受業太學。昌為河南大豪
　　　　呂條所煞。叔煞條，自拘河南獄。順帝義而赦之。[63]

〈漢中士女〉又載東漢時陳綱為友復仇事：

　　　　陳綱，字仲卿，成固人也。少與同郡張宗受學南陽，以母喪歸。
　　　　宗為安眾劉元所殺，綱免喪，往復之。值元醉臥，還，須醒，乃
　　　　煞之。自拘有司，會赦免。[64]

甯叔與張昌、陳綱與張宗皆屬同門，朝夕相處，情誼深厚，可以想見；然而《禮記・檀弓上》論「從父昆弟之仇」應「不為魁；主人能，則執兵而陪其後」。復仇自生物性本能，經儒家思想影響而發展為五倫復仇觀後，復仇的責任即因彼此關係之遠近親疏而異，對血緣關係疏遠的「從父昆弟」，已不主動復仇，而只在「主人能」的情況下，「執兵而陪其後」；即令無「主人」可以主導，亦應如《周禮・地官・調人》所云：「從父兄弟之讎，不同國；……主友之讎，眡從父兄弟」，[65]透過調人要求殺

---

[62] 事見《史記・刺客列傳》，《史記會注考證》，卷 86，頁 37-39。文長不錄。

[63] 《華陽國志校補圖注》，頁 567。

[64] 《華陽國志校補圖注》，頁 600。

[65] 《周禮注疏》，卷 14，頁 11。《周禮・調人》之「避仇」，乃要求過失殺人者避仇，說詳拙撰：〈復仇觀的省察與詮釋——以《春秋》三傳為重心〉，〈二〉之（二），頁 115-120。

人者避仇，或如《大戴禮記・曾子制言上》所言：「朋友之讎，不與聚鄉」，[66]
採取消極避仇的態度。自己擔任為友復仇的「主人」，實有違傳統「禮
書」對復仇責任的規範。清儒朱軾有云：

> 「交游之讐，不同國」，謂不與同仕一國也。蓋公道既不行于上，
> 私義又莫伸于下，惟有推而去之，或避而遠之，庶此耿耿不自由
> 之苦衷，可質吾友于地耳。若鄭《註》云：「不吾避，則殺之。」
> 此與朱家、郭解之椎剽亂禁何以異乎？或云：子不能報，故兄弟
> 報之；兄弟不能報，故交遊報之。朋友無所歸，死于我殯、讎于
> 我復，是或一道也。然〈檀弓〉論「居從父昆弟之讎，不爲魁；
> 主人能，則執兵而陪其後」，是主人不能報，雖從父昆弟之讎，
> 亦付之無可如何。今于交游之讎，儼然稱兵爲戎首，不亦惑乎？[67]

朱軾嚴守「禮書」規範，認為與己有血緣關係的從父昆弟之仇，若無主
人可以主導，則只能「付之無可如何」；與己無血緣關係的朋友之仇益
不能「稱兵爲戎首」，清楚規範復仇的責任應因彼此關係之親疏而異，
心中即使哀慟也不能踰越分際代行復仇。再者，復仇殺人將使自己陷入
伏法的危機，若父母尚在，也有違《禮記・曲禮上》「父母存，不許友
以死」[68] 的規範。

　　東漢不僅有為友復仇事例，更甚者且有為友之父復仇者，《後漢書・
郅惲列傳》載光武帝建武七年（31）郅惲為友之父復仇事：

> 惲友人董子張者，父先為鄉人所害。及子張病，將終，惲往候之。

[66] 清・王聘珍：《大戴禮記解詁》（北京：中華書局，1983 年），頁 91。

[67] 清・杭世駿編：《續禮記集說》，《續修四庫全書》（上海：上海古籍出版社，1995
年景清・光緒三十年〔1904〕浙江書局刻本），經部冊 101，卷 6，頁 4 下-5 上。

[68] 《禮記正義》，卷 1，頁 23 上。

子張垂歿，視惲，歔欷不能言。惲曰：「吾知子不悲天命，而痛
讎不復也。子在，吾憂而不手；子亡，吾手而不憂也。」子張但
目擊而已。惲即起，將客遮仇人，取其頭以示子張。子張見而氣
絕。惲因而詣縣，以狀自首。令應之遲，惲曰：「為友報讎，吏
之私也；奉法不阿，君之義也。虧君以生，非臣節也。」趨出就
獄。令跣而追惲，不及，遂自至獄，令拔刃自向以要惲，曰：「子
不從我出，敢以死明心。」惲得此乃出，因病去。[69]

董子張之父被殺，因無力復仇而抱恨終身，確實令人同情；但報仇殺人
主要是為自己的親長或君上，即連高漸離為荊軻復仇也因兩人情誼深
厚。相對的，董子張之父與郅惲，二人情誼未必深厚，本不該出郅惲為
之復仇。清‧趙翼曾針對東漢此一特殊風氣提出批評：

夫父兄被害，自當訴於官，官不理而後私報可也。今不理之於官，
而輒自行讎殺，已屬亂民；然此猶曰「出於義憤也」，又有代人
報讎者，……何顒……郅惲……此則徒徇友朋私情，而轉捐父母
遺體，亦繆戾之極矣！蓋其時輕生尚氣已成習俗，故志節之士好
為苛難，務欲絕出流輩，以成卓特之行，而不自知其非也。[70]

---

[69] 《後漢書》，卷 29，頁 1027。何顒為虞偉高之父復仇事亦可參，見《後漢書‧黨
錮列傳‧何顒傳》：「何顒……少遊學洛陽。顒雖後進，而郭林宗、賈偉節等與之
相好，顒名太學。友人虞偉高有父讎未報，而篤病將終，顒往候之，偉高泣而訴。
顒感其義，為復讎，以頭醊其墓。」（卷 67，頁 2217）。

[70] 清‧趙翼著，王樹民校證：《廿二史劄記校證（訂補本）》（北京：中華書局，1984
年），卷 5，「東漢尚名節」條，頁 103-104。

誠如趙氏所言，此種風氣應與當時「務欲絕出流輩，以成卓特之行」的激揚士風有關，為師／友復仇，乃至為師之子／友之父復仇，並為東漢士風的具體呈現。

三、復仇對象的省察

復仇行為由原始生物本能而發展為文化行為，復仇的範圍也由「無差別殺人」的滅族式行為，隨著文明的進程而限縮復仇對象為加害者自身。[71] 先秦至李唐，大部份復仇案例都以加害者為復仇對象，如本文〈一〉王談以利鍤斬殺殺父仇人、趙娥以名刀奮斫殺父仇人、〈二〉之（一‧1）張景仁之斬韋法之首、（一‧2）董黯竟殺辱其母者、（一‧4）呂母手斬縣吏之首、（二‧2）孫男玉杖殺殺夫仇人、（二‧4）許貢奴客射傷孫策等；再如《史記‧李將軍列傳》載李廣之子李敢因其父受辱自殺而擊傷衛青，霍去病為衛青復仇而射殺李敢，[72] 皆將復仇對象限定於仇人本身。

此種情形頗為常見，亦合常理，不煩詳為舉證。唯亦有不僅以仇人本身為復仇對象者，如《後漢書‧蘇不韋列傳》載桓帝延熹年間（158-167）蘇不韋復仇事：

> 父謙，初為郡督郵。時魏郡李暠為美陽令，與中常侍具瑗交通，貪暴為民患，前後監司畏其執援，莫敢糾問。及謙至，部案得其臧，論輸左校。謙累遷至金城太守，去郡歸鄉里。漢法，免罷守令，自非詔徵，不得妄到京師。而謙後私至洛陽，時暠為司隸校

---

[71] 復仇由生物本能的自保以至宗族部落（Clan）為避免報復的滅族式復仇，逐漸經由個體覺醒而限縮復仇對象的歷程，可參拙撰：〈復仇觀的省察與詮釋——以《春秋》三傳為重心〉之〈一、復仇觀的起源及其形成社會／文化意義的推測〉，頁105-110。

[72] 事見《史記會注考證‧李將軍列傳》，卷109，頁14-19。文長不錄。

尉，收謙詰掠，死獄中，蒿又因刑其屍，以報昔怨。不韋時年十八，徵詣公車，會謙見殺，不韋載喪歸鄉里，瘞而不葬，仰天嘆曰：「伍子胥獨何人也！」乃藏母於武都山中，遂變名姓，盡以家財募劍客，邀蒿於諸陵閒，不剋。會蒿遷大司農，時右校芻廥在寺北垣下，不韋與親從兄弟潛入廥中，夜則鑿地，晝則逃伏。如此經月，遂得傍達蒿之寢室，出其牀下。值蒿在廁，因殺其妾并及小兒，留書而去。蒿大驚懼，乃布棘於室，以板籍地，一夕九徙，雖家人莫知其處。每出，輒劍戟隨身，壯士自衛。不韋知蒿有備，乃日夜飛馳，徑到魏郡，掘其父阜冢，斷取阜頭，以祭父墳，又標之於市曰「李君遷父頭」。蒿匿不敢言，而自上退位，歸鄉里，私掩塞冢椁。捕求不韋，歷歲不能得，憤恚感傷，發病歐血死。[73]

蘇不韋因無法手刃仇人，遂憤而將復仇對象擴及仇人之妾、子，乃至亡父；唯亦在至親之列。又如《晉書・桓溫列傳》載東晉明帝時（323-325）桓溫復仇事：

> 桓溫字元子，宣城太守彝之子也。……彝為韓晃所害，涇令江播豫焉。溫時年十五，枕戈泣血，志在復讎。至年十八，會播已終，子彪兄弟三人居喪，置刃杖中，以為溫備。溫詭稱弔賓，得進，刃彪於廬中，并追二弟殺之，時人稱焉。[74]

桓溫因仇人江播已死而轉移復仇對象於其三子，究其原因，均為無法成功完成對仇人本身的報仇使然。

---

[73] 《後漢書》，卷31，頁1107-1108。
[74] 《晉書》，卷98，頁2568。

　　也有少數將復仇對象擴大為全部親族而形成滅族者，如《後漢書·酷吏列傳》載靈帝年間或稍前（約 168 前後）陽球復仇事：

> 陽球字方正，漁陽泉州人也。……性嚴厲，好申、韓之學。郡吏有辱其母者，球結少年數十人，殺吏，滅其家，由是知名。初舉孝廉，補尚書侍郎，閑達故事，其章奏處議，常為臺閣所崇信。出為高唐令，以嚴苛過理，郡守收舉，會赦見原。[75]

又如沈約《宋書·自序》所言：

> 沈預慮林子為害，常被甲持戈。至是林子與兄田子還東報讎。五月夏節日至，預正大集會，子弟盈堂，林子兄弟挺身直入，斬預首，男女無長幼悉屠之，以預首祭父、祖墓。[76]

滅人宗族，以今日觀點論之，誠屬太過；但就古代社會而言，個人往往隸屬於宗族之下，為避免遭敵方倖存的親屬再復仇而先斬滅對方宗族，此種行為不但可以理解，也可能源自原始社會的復仇傳統，[77]因而在當時非但未受責難，甚至正面看待。沈林子乃沈約祖父，沈約既將林子復仇事寫入史傳，自是抱持肯定態度；至於陽球最後雖被目為酷吏，但因復仇「知名」而「舉孝廉」，則其殺吏滅家的復仇行為在當時議論，乃至官府似皆予以肯定，而未加罪罰。

　　轉移復仇對象雖屬人情之常，但正如《孟子·盡心下》對當時復仇風氣的批評：

---

[75] 《後漢書》，卷 77，頁 2498。

[76] 梁·沈約撰：《宋書》（臺北：鼎文書局，1987 年），卷 100，頁 2453。

[77] 可參拙撰：〈復仇觀的省察與詮釋——以《春秋》三傳為重心〉之〈一〉。又，滅人家族之類的復仇多見於魏晉六朝，應與當時特重門第的時代背景有關。

> 孟子曰：吾今而後知殺人親之重也。殺人之父，人亦殺其父；殺人之兄，人亦殺其兄。然則非自殺之也，一間耳。[78]

孟子所論雖為「殺人之父，人亦殺其父；殺人之兄，人亦殺其兄」，同理，別人殺了自己的父兄，自己最後也殺了別人的父兄，那又何嘗不是「然則非自殺之也，一間耳」呢？

相較於採取牽連過廣的復仇方式，也有能和平收場的事例。雖然唐、宋、元、明、清諸律都有禁止私和的規定，但針對的是怯懦無勇或貪圖財賂而造成的「有仇不復」／「私和」者，[79] 若因有德者的介入調停，自不在此限，如《後漢書·許荊列傳》載和帝前後（約 89）許荊事：

> 荊少為郡吏，兄子世嘗報讎殺人，怨者操兵攻之。荊聞，乃出門逆怨者，跪而言曰：「世前無狀相犯，咎皆在荊不能訓導。兄既早沒，一子為嗣，如令死者傷其滅絕，願殺身代之。」怨家扶荊起，曰：「許掾郡中稱賢，吾何敢相侵？」因遂委去。[80]

本例雖以仇家之釋怨，表彰許荊之賢，但既能取為稱美的事例，怨家之釋仇委去自亦屬服順於德，正是《論語·顏淵》所謂的「草上之風必偃」，[81] 自然值得稱許。

---

[78] 宋·孫奭：《孟子注疏》，卷 14 上，頁 5。

[79] 詳參拙撰：〈隋唐時期復仇與法律互涉的省察與詮釋〉之〈四、《唐律》中復仇相關律令的省察與詮釋〉，頁 104-108；〈宋元明清復仇與法律互涉的省察與詮釋〉，待刊。

[80] 《後漢書》，卷 76，頁 2472。

[81] 宋·邢昺：《論語注疏》，卷 12，頁 8 下。

相較於復仇者因感德而釋怨，復仇者本身也可根據情況而決定是否復仇，如《後漢書‧趙熹列傳》載西漢末更始帝（23）稍前，趙熹為從兄復仇事：

> 趙熹字伯陽，南陽宛人也。少有節操。從兄為人所殺，無子，熹年十五，常思報之。乃挾兵結客，後遂往復仇。而仇家皆疾病，無相距者。熹以因疾報殺，非仁者心，且釋之而去。顧謂仇曰：「爾曹若健，遠相避也！」仇皆臥自搏。後病愈，悉自縛詣熹，熹不與相見；後竟殺之。[82]

趙熹初始結客復仇時，因「仇家皆疾病，無相距者」，「以因疾報殺，非仁者心，釋之而去」，堪稱恕德；但當仇家病癒後，「悉自縛詣熹」，初則不與相見，可見其意在避免見面時忍不住復仇之忿志；最後仍以「竟殺之」為報。趙熹在仇家有疾時已告知「爾曹若健，遠相避也」，可見「避仇」可免報復。仇家病愈不願避責，自縛詣門時，熹又「不與相見」，有釋、有勸，又有避；從兄之仇既不可不報，「竟殺之」遂成不得不採取的作為，終究令人覺得為德不卒。原本可以和平收場的仇怨終因執著於「有仇必報」的觀念而破局，觀念影響人心，豈可不慎加深思！

四、復仇方式的省察

綜觀歷代眾多的復仇事例，最直接且最為常見的復仇方式乃手刃仇人，[83] 如本文〈一〉王談為父復仇、〈二〉之（一‧3）郎雙貴為從兄復

---

[82] 《後漢書》，卷 26，頁 912。

[83] 復仇原本出於即時的心理反應，「手刃仇人」可說是在受到屈辱的當下採取的最直接行動。不過這雖符合情緒反應，卻不保證能成功擊殺對方，故又有種種為求成功殺仇的變通方式。嚴格而言，此時已是「為復仇而復仇」，而非最初的「欲

仇皆然；但個別復仇案例，基於復仇者的年齡、財力、性別、社會地位，乃至父母／仇人是否在世等情況的不同，因而有不同的復仇方式。茲分別舉證述論之。

（一）因年齡而異

《禮記・檀弓上》謂殺父之仇「弗與共天下」，遇之市朝，則「不反兵而鬥」，[84] 行動之劍及履及，可謂刻不容緩。後世之復仇也多以即時報復為主，如本文〈二〉之（一・3）魏朗兄為鄉人所殺，「朗白日操刃報讎於縣中」；建安年間孫資，「兄為鄉人所害，資手刃報讎」；淳于誕雖年幼亦不惜傾資以求在「旬朔之內」完成復仇[85]；再如《舊唐書・孝友列傳・王君操傳》載高宗永徽初（650-655）同蹄智壽復父仇事：

> 周智壽者……其父永徽初被族人安吉所害。智壽及弟智爽乃候安吉於途，擊殺之。兄弟相率歸罪於縣，爭為謀首，官司經數年不能決。鄉人或證智爽先謀，竟伏誅。臨刑神色自若，顧謂市人曰：『父讎已報，死亦何恨！』智壽頓絕衢路，流血開膛。又收智爽屍，舐取智爽血，食之皆盡，見者莫不傷焉。[86]

復仇而復仇」了。又，復仇者在手刃仇人之餘，有時也會開膛剖心（如王君操殺李君則後「剖腹取其心肝」，見本文之〈六〉），這應源自原始巫術破壞對方屍體以切斷其復活的可能；至於斷取敵首，由於目的經常是要告慰亡者，因此應是以首代人，與破壞屍體的動機有所不同。

[84] 《禮記・檀弓上》：「子夏問於孔子曰：『居父母之仇，如之何？』夫子曰：『寢苫枕干，不仕，弗與共天下也；遇諸市朝，不反兵而鬥。』」（《禮記正義》，卷 7，頁 17）

[85] 已見〈二〉之（一・3）。

[86] 《舊唐書》，卷 188，頁 4921；《新唐書》作「同蹄智壽」（卷 195，頁 5585），蓋以後者為是，說詳齊桂遜：〈我國固有律對於「禮」、「法」衝突的因應之道——以唐代的「復讎」案件為例〉，收入韓金科主編：《1998 法門寺唐文化國際學術討論會論文集》（西安：陝西人民出版社，2000 年），頁 639。

智壽父為族人所害，兄弟二人即候仇於途，而「擊殺之」，凡此皆因仇釁初起、憤恨正盛，遂即時復仇以洩心頭之恨。

就一般情況言，若幼年時身負父仇而欲手刃仇人，不僅成功機率低，己身且可能遭到殺害，故史傳所載大部份幼年身負仇釁者，多在成年後始執行復仇行動，如王談十歲時父為鄰人所殺，至十八歲時始手刃仇釁；又如《新唐書・孝友列傳》載憲宗元和年間（806-820）余長安復仇事：

> 憲宗時，衢州人余常安父、叔皆為里人謝全所殺。常安八歲，已能謀復仇。十有七年，卒殺全。刺史元錫奏輕比，刑部尚書李廓執不可，卒抵死。[87]

余常安自八歲即已圖謀復仇，歷時十七年，至廿五歲始得償宿志。由其等待時間之漫長，可見其復仇心志之堅決，列之〈孝友傳〉，誠然名符其實。

幼年身負仇釁，除了等待年長再行復仇外，也有援結他人協助復仇者，如《魏書・淳于誕列傳》載南齊武帝時（483-493）淳于誕復仇事：

> 淳于誕……父興宗，蕭頤南安太守。誕年十二，隨父向揚州。父於路為羣盜所害。誕雖童稚，而哀感奮發，傾資結客，旬朔之內，遂得復讎，由是州里歎異之。頤益州刺史劉悛召為主簿。蕭衍除步兵校尉。[88]

---

[87]《新唐書》，卷 195，頁 5587。

[88]《魏書》，卷 71，頁 1592；亦見《北史》，卷 45，頁 1661。

淳于誕十二歲身負父仇，年幼力弱，於是「傾資結客，旬朔之內，遂得復讎」。王莽時呂母為子復仇事例（已見〈二〉（一·4））亦屬傾資結客復仇。其背景一方面是復仇者本身欠缺「手刃仇人」的能力，另方面復仇者自然也須具備相當財力始足以「結客」；如淳于誕為結客而「傾資」，呂母將「貲產數百萬」在數年間接濟、款待少年，以至「財用稍盡」，二者所費資財，必不在少，從可知也。

亦有少數案例，復仇者雖係童幼而仍逕行復仇者，如《太平御覽·人事部·仇讎上》引孫嚴《宋書》載劉宋高祖劉裕年間（約 420-422）孫益德為母復仇事：

> 孫益德，其母為人所害，益德童幼，為母復仇，還家哭於殯，以待縣官。高祖文明太后以其幼而孝決，又不逃罪，特免之。[89]

不過古人所稱之「童幼」，未必指年齡甚小之「幼童」。《禮記·喪服小記》云：

> 丈夫冠而不為殤，婦人笄而不為殤。[90]

鄭玄《注》：

> 言成人也。[91]

據《禮記》、鄭《注》，則冠／笄禮乃是否為「殤」的標準。《禮記·檀弓下》載：

---

[89] 《太平御覽》，卷 481，頁 7 下。
[90] 《禮記正義》，卷 33，頁 8 上。
[91] 同上注。

> 戰于郎，公叔禺人遇負杖入保者息，曰：「使之雖病也，任之雖
> 重也，君子不能為謀也，士弗能死也。不可！我則既言矣。」與
> 其鄰重汪踦往，皆死焉。魯人欲勿殤重汪踦，問於仲尼。仲尼曰：
> 「能執干戈以衛社稷，雖欲勿殤也，不亦可乎！」[92]

鄭玄《注》：

> 重，皆當為童。童，未冠者之偁。[93]

鄭玄明言汪踦稱「童」乃因「未冠」，即汪踦之稱「童」，乃因尚未行成
人禮，可見稱「童」者，年紀未必幼小，如《漢書・終軍傳》載終軍「死
時年二十餘，故世謂之『終童』。」[94] 終軍二十餘歲而歿，史書尚稱之
為「童」，則孫益德之稱「童幼」自也可能超過二十歲。年過二十而復
仇殺人成功機會固然較大，但孫益德被赦免的理由是「幼而孝決」，則
其年齡似乎不應太大，比較可能的情況應是孫益德尚未行冠禮，遂稱「童
幼」。[95]

（二）因財力而異

---

[92] 《禮記正義》，卷 10，頁 7 下-8 上。事亦見哀十一年《左傳》：「公為與其嬖僮汪錡
乘，皆死，皆殯。孔子曰：『能執干戈以衛社稷，可無殤也。』」（《左傳正義》，
卷 58，頁 22 下）

[93] 《禮記正義》，卷 10，頁 7 下-8 上。

[94] 漢・班固撰，唐・顏師古注：《漢書》（臺北：鼎文書局，1983 年），卷 64 下，頁
2821。

[95] 歷代士冠年齡見於史籍者僅《南史》載阮孝緒年十五而冠，西漢至南北朝間帝王
冠齡亦多在十五歲左右，其詳可參拙撰：〈歷代成年禮的特色與沿革——兼論成年
禮衰微的原因〉，原載《臺大中文學報》第 18 期（2003 年 6 月），收入《漢族成
年禮及其相關問題研究》（臺北：大安出版社，2004 年），頁 15-98。

　　復仇最常見的型態是事主親自執行，若事主因年幼而不能遽行復仇，則或援結客力以為襄助。然而既稱「客」，可知其與事主並無姻親情誼，為何願為事主復仇？除有恩義者外，自須行以財貨。

　　出資結客復仇，先秦最著名者當推張良購求大力士擊殺秦始皇事。[96]入漢以後，高祖入關，約法三章，明言「殺人則死」，因復仇而殺人者準用殺人律，[97]有些事主為了逃避「殺人者死」的律令，即使並非年幼或力有未逮，也很可能出資倩客代為復仇，以免身受懲罰，如《太平御覽・人事部・仇讎上》引《魏志》載獻帝初或稍前（190 稍前）楊阿若為人復仇事：

　　　　楊阿若，後名豐，字伯陽。少遊俠，常以報仇解怨為事。[98]

就「客」的角度言，若收人財貨為人復仇的結果必遭國法制裁，等於以性命換取金錢，除非深有苦衷，否則不易找到此種「死士」；若代人復仇不必受國法制裁，在時代混亂、謀生艱難的情況下自然容易造成游俠之風的熾盛。楊阿若約當東漢獻帝稍前，既得「常以報仇解怨為事」，可知當時有此需求者當不在少數。就民間人家言，既恐自行復仇遭到國法制裁，找人代行不失為方便之路；當然，這也僅限家有資財者，身家窮苦者依然只能自行復仇，故財力亦屬事主選擇復仇方式的變項之一。

（三）因性別而異

　　傳統社會以男性繼承宗統，復仇自以男性為主；若家無兄弟或僅有幼弟時，復仇之責也有可能由女子執行。

---

[96] 事見《史記・留侯世家》，文長不錄。

[97] 《漢書・刑法志》：「漢興，高祖初入關，約法三章，曰：『殺人者死，傷人及盜抵罪。』……相國蕭何攈摭秦法，取其宜於時者，作律九章。」（卷23，頁1096）並參周天游：《古代復仇面面觀》（西安：陝西人民出版社，1992年），頁45。

[98] 《太平御覽》，卷481，頁5下-6上。

由於男女生理上的差異，男子復仇以「手刃仇人」為多；女子氣力
或有不足，在方法上便須有所變通，如《隋書·列女列傳》載梁武帝時
（502-550）王舜復仇事：

> 孝女王舜者，趙郡王子春之女也。子春與從兄長忻不協，屬齊滅
> 之際，長忻與其妻同謀殺子春。舜時年七歲，有二妹，粲年五歲，
> 璠年二歲，並孤苦，寄食親戚。舜撫育二妹，恩義甚篤。而舜陰
> 有復讎之心，長忻殊不為備。姊妹俱長，親戚欲嫁之，輒拒不從。
> 乃密謂其二妹曰：「我無兄弟，致使父讎不復。吾輩雖是女子，
> 何用生為？我欲共汝報復，汝意如何？」二妹皆垂泣曰：「唯姊
> 所命。」是夜，姊妹各持刀踰牆而入，手殺長忻夫妻，以告父墓。
> 因詣縣請罪，姊妹爭為謀首，州縣不能決。高祖聞而嘉歎，特原
> 其罪。[99]

王舜身為長姊，又無兄弟，復仇之責遂由其承擔。王舜與二妹趁夜踰牆，
在「長忻殊不為備」的情況下，「手殺長忻夫妻」。又如《晉書·列女列
傳》載東、西晉之交（317左右）王廣女復仇事：

> 王廣女者，不知何許人也。容質甚美，慷慨有丈夫之節。廣仕劉
> 聰，為西揚州刺史。蠻帥梅芳攻陷揚州，而廣被殺。王時年十五，
> 芳納之。俄於闇室擊芳，不中，芳驚起曰：「何故反邪？」王罵
> 曰：「蠻畜！我欲誅反賊，何謂反乎？吾聞父仇不同天，母仇不
> 同地，汝反逆無狀，害人父母，而復以無禮陵人，吾所以不死者，
> 欲誅汝耳！今死自吾分，不待汝殺，但恨不得梟汝首於通逵，以

塞大恥。」辭氣猛厲，言終乃自殺，芳止之不可。[100]

王廣為蠻帥梅芳所殺，其女為梅芳所納，亦僅能「俄於闇室擊芳」，且未能成功，與男子復仇時通常直接以刀刃刺殺仇人不同；本文〈二〉之（一‧4），呂母以一女子，而選擇以財力結客為子復仇也是一種變通方式。

復仇在傳統社會，不僅合理，甚且必要，女子復仇既屬不易，被肯定的機會也就更高；但並非每個執法者都有如此認知，如《後漢書‧申屠蟠列傳》載桓帝末（167 稍前）緱玉復仇事：

> 申屠蟠……同郡緱氏女玉為父報讎，殺夫氏之黨，吏執玉以告外黃令梁配，配欲論殺玉。蟠時年十五，為諸生，進諫曰：「玉之節義，足以感無恥之孫，激忍辱之子。不遭明時，尚當表旌廬墓，況在清聽，而不加哀矜！」配善其言，乃為讞得減死論。鄉人稱美之。[101]

緱玉若無申屠蟠為之請命，早為梁配所論殺。《後漢書》並未為緱玉立傳，若非附載於申屠蟠傳，則其事蹟自無由得聞。由本則記載可以引發吾人進一步推想：什麼樣的復仇案例才會被史傳載錄？若史傳記載的復仇事例是經過選擇的，則「禮」與「刑」的糾葛、拉扯便頗耐人尋味——依「禮」復仇是否經常都是得到肯定的一方？要之，禮／法衝突與歷代帝皇對復仇的態度息息相關，帝皇的態度又因政治環境、學術思潮、民情輿論、個人背景等因素而異，說詳本文之〈六〉。

（四）因社會地位而異

---

[100]《晉書》，卷 96，頁 2520。
[101]《後漢書》，卷 53，頁 1751。

　　復仇事例中施／受雙方的地位通常是對等的，如此才有機會接觸，進而釀仇；其中民間的復仇事例，仇人多在鄉里，如前舉董黯母為「鄰人」所辱、余常安父為「里人」所殺、衛無忌為「鄉人」所殺等均是；至於呂榮夫許升在道上為盜所害、淳于誕父為盜所害等亦可等同齊觀。一旦施／受雙方社會地位不侔，當加害人的階級或勢力在受害人之上時，復仇也就更為困難。

　　如前所述，一般的復仇方式大抵以「手刃仇人」為主，主要也在雙方的社會地方相當，易於行事；如果仇敵的社會地位較高，不能力取時，則須有變通方式。就筆者粗略蒐討所見，歸納約有以下數種方式：

1.等待時機

　　相對於幼年遭仇必須等待年紀稍長始有足夠氣力復仇，社會地位較低者也需時間培養或創造對自己有利的情境，故等待時機可說是最基本的方式，耗時通常也因而較久。如本文〈一〉，王談十歲時身負父仇，雖「陰有復讎志」，但恐仇人有所防備，故「寸刃不畜，日夜伺度，未得。至年十八，乃密市利錏，陽若耕鉏者」，始得「於橋上以錏斬之」。至於以官吏為復仇對象者，如本文〈三〉桓溫復仇事例，桓溫蓄志三年，相較於王談雖不算長，但精心籌劃、詭稱弔賓，始得復仇。不過桓溫因未能對仇敵本身復仇，而轉移復仇對象為仇人之子，也可見徒然「等待」，不但曠日費時，且若對方蓄意防備，始終未獲適當時機，成功的機會自然也就較低。

　　等待時機尚有較特別的情況，《華陽國志‧漢中士女》載東漢時寇祺復仇事：

　　　寇祺……與邑子侯蔓俱學涼州。蔓後為渤海王象所殺，祺杖劍至象家，值象病。象謝曰：「君子不掩人無備，安有為友報讎煞病

人也？」祺乃還。久之復往，煞象。由是知名。[102]

由於仇家身處病中，寇祺待仇家康復後，始完成復仇，堪稱光明磊落；復仇者為求成功復仇，往往攻仇讎於不備，王象「君子不掩人無備」的質問實在值得「為復仇而復仇」者深思：由「欲復仇而復仇」至「為復仇而復仇」，手段與初衷間是否已有差距？是否必要？

2.結客復仇

　　相對於較消極的等待時機，更積極的作為是援引外力助己復仇，如《漢書・翟方進傳》載成帝時（32B.C.-7B.C.）浩商復仇事：

> 會北地浩商為義渠長所捕，亡，長取其母，與猳豬連繫都亭下。商兄弟會賓客，自稱司隸掾、長安縣尉，殺義渠長妻子六人，亡。……會浩商捕得伏誅，家屬徙合浦。[103]

又如《三國志・魏書・韓暨列傳》載獻帝建安初（199稍前）韓暨復仇事：

> 韓暨……同縣豪右陳茂，譖暨父兄，幾至大辟。暨陽不以為言，庸賃積資，陰結死士，遂追呼尋禽茂，以首祭父墓，由是顯名。[104]

浩商之母受辱，復仇對象為地方官吏義渠長，韓暨復仇的對象則為「同縣豪右」，兩者皆不易獨力成事，故分別採取「會賓客」／「庸賃積資，陰結死士」的方式復仇。此外，如〈二〉之（一・4）呂母為子復仇，因對象為「縣宰」，以致必須醞釀數年、廣結少年始得成事，且事成之

---

[102]《華陽國志校補圖注》，卷10，頁613。

[103]《漢書》，卷84，頁3413。

[104]《三國志》，卷24，頁677。

後仍須「還海中」。家有資財者尚須散資蓄志如此,可知平民階級對官吏豪門復仇之艱難。

3.趁釁舉報

　　趁釁舉報堪稱「借刀殺人」法,指舉報仇家之陰私,使更上位的統治者治其罪以達復仇目的,如《史記‧梁孝王世家》載武帝元狩年間(122 B.C.-117B.C.) 類犴反復仇事:

> 元朔中,睢陽人類犴反者,人有辱其父,而與淮陽太守客出同車。太守客出下車,類犴反殺其仇於車上而去。淮陽太守怒,以讓梁二千石。二千石以下求反甚急,執反親戚。反知國陰事,乃上變事,具告知王與大母爭樽狀。時丞相以下見知之,欲以傷梁長吏,其書聞天子。天子下吏驗問,有之。公卿請廢襄為庶人。天子曰:「李太后有淫行,而梁王襄無良師傅,故陷不義。」乃削梁八城,梟任王后首于市。梁餘尚有十城。[105]

此一事例之所以被記載,與武帝之削弱藩國有關,復仇實非重點,說詳拙稿〈兩漢復仇風氣與《公羊》復仇理論關係重探〉之〈二〉,此不贅。又,《漢書‧江充傳》載景帝、武帝年間(155-B.C.-92B.C.)江充以舉報方式復仇事:

---

[105]《史記會注考證》,卷58,頁13-14。又,「王與大母爭樽狀」,史公已先敘於本則引文之前:「梁平王襄十四年,母曰陳太后。共王母曰李太后。李太后,親平王之大母也。而平王之后姓任,曰任王后。任王后甚有寵於平王襄。初,孝王在時,有罍樽直千金。孝王誡後世,善保罍樽,無得以與人。任王后聞而欲得罍樽。平王大母李太后曰:『先王有命,無得以罍樽與人。他物雖百巨萬,猶自恣也。』任王后絕欲得之。平王襄直使人開府取罍樽,賜任王后。李太后大怒,漢使者來,欲自言,平王襄及任王后遮止,閉門,李太后與爭門,措指,遂不得見漢使者。李太后亦私與食官長及郎中尹霸等士通亂,而王與任王后以此使人風止李太后,李太后內有淫行,亦已。」(同上,頁11-13)

江充字次倩，趙國邯鄲人也。充本名齊，有女弟善鼓琴歌舞，嫁
之趙太子丹。齊得幸於敬肅王，為上客。久之，太子疑齊以己陰
私告王，與齊忤，使吏逐捕齊，不得，收繫其父兄，按驗，皆棄
市。齊遂絕迹亡，西入關，更名充。詣闕告太子丹與同產姊及王
後宮姦亂，交通郡國豪猾，攻剽為姦，吏不能禁。書奏，天子怒，
遣使者詔郡發吏卒圍趙王宮，收捕太子丹，移繫魏郡詔獄，與廷
尉雜治，法至死。[106]

仇人貴為王公，一己之力難以自行復仇，假託天子以遂行復仇自不失為
捷徑，但一般百姓並不易採用此法，以其社會地位故也。

4.遊說能者

本法亦可歸屬「借刀殺人」法，所不同者，前者單純舉報仇家陰私
使其被治罪，不離人情之常；此法則由利害關係分析，促使能者討伐仇
家，其富於謀略又甚於前者，實非尋常百姓思慮所及，唯謀士能之。《晉
書‧隱逸列傳》載西晉惠、懷年間（306左右）龔壯復仇事：

龔壯……潔己自守，與鄉人譙秀齊名。父叔為李特所害，壯積年
不除喪，力弱不能復仇。及李壽戍漢中，與李期有嫌——期，特
孫也——壯欲假壽以報，乃說壽曰：「節下若能并有西土，稱藩
於晉，人必樂從。且捨小就大，以危易安，莫大之策也。」壽然
之，遂率眾討期，果克之。[107]

---

[106] 《漢書》，卷45，頁2175。
[107] 《晉書》，卷94，頁2442。

龔壯遊說李壽為己攻克仇人李特之孫李期以為復仇，既以令名「稱藩於晉，人必樂從」為說，又以實際利益「捨小就大，以危易安」為辭，洵為善遊說者。

（伍）其他：父母／仇人是否在世等

影響復仇方式的因素除上述四項外，尚包括父母是否健在、仇人存亡、仇人與自己的關係等。由於一般的復仇案例大都屬為親復仇，若親人已歿，自無問題；若因父母「受辱」而復仇，則父母的奉養自然須加考量。《禮記·曲禮上》：「父母存，不許友以死。」即是慎身孝養之道，依此理，則父母「受辱」之復仇勢須有所隱忍，除〈二〉之（一·2）董黯母受辱，黯靜待母亡之後始行復仇事例外，又如《太平御覽·人事部·仇讎下》引《孝子傳》載魏湯復仇事：

> 魏湯少失其母，獨與父居，邑養蒸蒸，盡於孝道。父有所服刀戟，市南少年欲得之，湯曰：「此老父所愛，不敢相許。」於是少年毆樀湯父，湯叩頭拜謝之，不止，行路書生牽止之，僅而得免。後父壽終，湯乃殺少年，斷其頭，以謝父墓焉。[108]

董黯事例，但云「供養母」，則其父當已先歿；魏湯事例，傳文明言「少失其母」，故兩人皆僅一親尚存而已。魏湯父被「毆樀」，又甚於董黯母為鄰人不孝子所苦，但兩人畢竟都能因至親尚在而忍其忿恨，甚合禮意。實際上卻不是所有為人子者都能有此體認，也有無法忍一時之忿而即行復仇者，如本文〈二〉之（一·2）毋丘長之復母仇即其例。丘長母為醉客所辱，其人既醉，或非蓄意，實不必因而殺人。既殺人而逃亡便無法事母；但毋丘長似不甚措意，投繯之前僅謂：「負母應死，當何以報吳君乎？」吳祐續其宗嗣固然深可懷報，但「負母」而死豈非有失

---

[108] 《太平御覽》，卷482，頁2下。

事親之道？母受辱應有所作為固為事親之道，但對其母而言，有子奉養與兒子為己復仇以致膝下無子承歡，何者為勝，事屬顯然；況且，「負母」就死，雖能承擔罪責，但若能忍一時之忿，又何至於「負母」？《禮記‧檀弓上》「居父母之仇，寢苦枕干，不仕，弗與共天下也；遇諸市朝，不反兵而鬥」，指的是父母被殺害，無可孝養，自不必愛軀惜命；若父母僅止於受辱，則仍應以養親為上。

　　父母是否尚在之外，仇人是否在世，或是否能直接殺害仇家也會影響復仇方式。最直接的方式是將復仇的對象轉移至仇敵的親屬，如前舉龔壯之父叔實為李特所害，但復仇的對象則轉為李特之孫李期，即是將血仇轉移至其血親。又如〈三〉之蘇不韋復仇事例，蘇不韋復仇心志可謂堅定不移，復仇方式更是處心積慮，無所不用其極：先是「盡以家財募劍客」，財既已盡，此法自然無可再行；次則與兄弟半夜親鑿地道，侵入仇人宅邸，因未遇李暠而「殺其妾并及小兒」；之後李暠蓄意防備，在無計可施之下，竟至掘李暠父冢，斷其頭以祭父墳，並標之於市，可謂極盡羞辱之能事。在不能直接殺害李暠的情況下，蘇不韋傷害的對象自仇敵之妾、子以至亡父，李暠最後雖「憤恚感傷，發病歐血死」，但蘇不韋終究未能「手刃仇人」。

　　若仇人已死，又無其他血親可以復仇，一般而言，復仇行動已可結束；但亦有心志篤切者，又有變通之道，如《晉書‧四夷列傳‧西戎‧吐谷渾傳》載北朝葉延復仇事：

> 葉延年十歲，其父為羌酋姜聰所害。每旦縛草為姜聰之象，哭而射之，中之則號泣，不中則瞋目大呼。其母謂曰：「姜聰，諸將已屠膾之矣，汝何為如此？」葉延泣曰：「誠知射草人不益於先讎，以申罔極之志耳。」[109]

---

[109] 《晉書》，卷97，頁2538-2539。

姜聰兵敗既死，葉延無可歸恨，因縈草為象以射，表示人子的復仇心志，可見古人復仇動機之強烈。

仇人與復仇者的關係也會成為復仇的變數，劉向《列女傳・節義傳・郃陽友娣》載：

> 友娣者，合陽邑任延壽之妻也。字季兒，有三子。季兒兄季宗與延壽爭葬父事，延壽與其友田建陰殺季宗。建獨坐死，延壽會赦，乃以告季兒，季兒曰：「嘻！獨今乃語我乎！」遂振衣欲去，問曰：「所與共殺吾兄者為誰？」延壽曰：「田建。田建已死，獨我當坐之，汝殺我而已。」季兒曰：「殺夫不義，事兄之讎亦不義。」延壽曰：「吾不敢留汝，願以車馬及家中財物盡以送汝，聽汝所之。」季兒曰：「吾當安之？兄死而讎不報，與子同枕席而使殺吾兄！內不能和夫家，又縱兄之仇，何面目而戴天履地乎！」延壽慚而去，不敢見季兒。季兒乃告其大女曰：「汝父殺吾兄，義不可以留，又終不復嫁矣！吾去汝而死，善視汝兩弟。」遂以襟自經而死。馮翊王讓聞之，大其義，令縣復其三子而表其墓。君子謂友娣善復兄仇。《詩》曰：「不僭不賊，鮮不為則。」季兒可以為則矣。[110]

季兒之兄為其夫所殺，若為兄復仇則須殺夫，不為兄復仇則事夫等同事仇，兩難之間，於是自經而死，此自屬既特殊又少見的復仇事例。

尚有一種無法復仇的情況是國家已行赦免，如《後漢書・王符列傳》載章帝建初年間（76-83）王符〈述赦篇〉所云：

---

[110] 西漢・劉向撰，張敬注譯：《列女傳今註今譯》（臺北：臺灣商務印書館，1994年），卷5，頁205。

今日賊良民之甚者，莫大於數赦贖。赦贖數，則惡人昌而善人傷矣。何以明之哉？夫謹勑之人，身不蹈非，又有為吏正直，不避彊禦，而姦猾之黨橫加誣言者，皆知赦之不久故也。善人君子，被侵怨而能至闕庭自明者，萬無數人；數人之中得省問者，百不過一；既對尚書而空遣去者，復什六七矣。其輕薄姦軌，既陷罪法，怨毒之家冀其辜戮，以解畜憤，而反一槩悉蒙赦釋，令惡人高會而誇咤，老盜服臧而過門，孝子見讎而不得討，遭盜者睹物而不敢取，痛莫甚焉！[111]

仇家之罪愆既遭國家赦贖，就公法言，其罪已除，若再行復仇即為對公權力的挑戰，若不復仇又有傷孝子之心。可見國家減刑赦免不應成為常態；動輒肆行大赦，勢必如王符所謂「今日賊良民之甚者，莫大於數赦贖」、「孝子見讎而不得討，遭盜者睹物而不敢取」，對社會公義與人心實有不利影響。

最後必須指出的是，各種復仇方式的選擇，其基本考量即在復仇能否成功。正為成功復仇，因而在種種客觀條件的限制下會有種種因應之道，但這並不表示所有的仇讎最後都得以還報，終身未能復仇者亦所在多有，如《太平御覽·人事部·仇讎下》引梁祚《魏國統》載獻帝初平三年（192）稍前之崔元平謀復仇事：

崔周平者，漢太尉烈之孫也。兄曰元平，為議郎，以忠直稱。董卓之亂，烈為卓所害。元平常思有報復之心，會病卒。[112]

---

[111] 《後漢書》，卷 49，頁 1642。
[112] 《太平御覽》，卷 482，頁 5 下。

崔元平雖有復仇之心，無奈病卒。又如《晉書・宗室列傳・烈王司馬無忌》載東晉成帝時（326-342）：

> 烈王無忌字公壽，承之難，以年小獲免。咸和中，拜散騎侍郎，累遷屯騎校尉、中書、黃門侍郎。江州刺史褚裒當之鎮，無忌及丹楊尹桓景等餞於版橋。時王廙子丹楊丞耆之在坐，無忌志欲復讎，拔刀將手刃之，裒、景命左右救捍獲免。御史中丞車灌奏無忌欲專殺人，付廷尉科罪。成帝詔曰：「王敦作亂，閔王遇禍，尋事原情，今王何責？然公私憲制，亦已有斷，王當以體國為大，豈可尋繹由來，以亂朝憲？主者其申明法令，自今已往，有犯必誅。」於是聽以贖論。[113]

類此情形，就復仇者而言，實已無法手刃仇敵，只能期待有人仗義代為復仇。史籍所見董子張因郅惲仗義乃得見仇頭而氣絕，虞偉高尚於生前獲何顒一諾，終以仇頭「醊其墓」，[114] 至於崔元平、司馬無忌則只能銜恨以終。[115]

　　綜上所論，復仇方式一方面受到當事者所處環境、地位的影響，最終依然取決於當事者的性格、態度，故前舉各項變因雖可能影響復仇方式，但各變因的影響卻非屬必然不可更易：

---

[113] 《晉書》，卷 37，頁 1106-1107。

[114] 郅惲、何顒為友之父復仇事皆已見本文〈二〉之（二・6）。

[115] 此一憾恨的救贖只能託諸鬼靈復仇，鬼靈復仇不論有無向天地神祇申訴、或是否透過人世的幫助，最後必定成功，既反映古人認為復仇乃理所當然之事，亦因鬼靈復仇乃天理不弒、神祇主持公道的最後防線，具有「天網恢恢，疏而不漏」的教化意涵。可參拙撰：〈先秦至唐代鬼靈復仇事例的省察與詮釋〉〈四〉之（二），頁 163-167。

　　首先，年幼遭仇者雖通常須待年紀稍長始能復仇，但亦有童稚即行復仇者，如本節之（一）孫益德童幼即為母復仇者是；又如《華陽國志‧漢廣士女》載東漢時左喬雲為養父復仇事。[116] 左喬雲「年十三」即「以銳刀殺史」為養父復仇，為本文蒐羅復仇資料中年齡最小者，無怪地方官員都要「為之流涕」。[117]

　　其次，財力所以結客，缺乏足夠財力自難行財賂，但結客未必均須財力，如《史記‧刺客列傳》載豫讓、聶政皆因智伯、嚴仲子之賞識而代為復仇。兩漢以下，如《北史‧孝行列傳》載隋文帝時（589-604）王頒復父仇事：

> 頒……聞其父為陳武帝所殺，號慟而絕，食頃乃蘇，哭不絕聲，毀瘠骨立。……及陳滅，頒密召父在時士卒，得千餘人，對之涕泣。其間壯士或問曰：「郎君讎恥已雪，而悲哀不止者，將不為霸先早死，不得手刃之邪？請發其丘隴，斷櫬焚骨，亦可申孝心矣。」頒頓顙陳謝，額盡流血，答曰：「其為墳塋甚大，恐一宵發掘，不及其屍，更至明朝，事乃彰露。」諸人請具鍬鍤。於是夜發其陵，剖棺，見陳武帝鬢皆不落，其本皆出自骨中。頒遂焚骨取灰，投水飲之。[118]

王頒援引舊部協助復仇，乃兼為父／主復仇，此自須有足以感動舊部的條件，始能順利號召，非僅止於財力而已。

---

[116] 《華陽國志校補圖注》，卷 10，頁 566；文已見〈二〉之（二‧1）。

[117] 域外亦見年幼復仇者，如《日本書紀》卷 14 上載年甫七歲的眉輪王於無意間得知繼父安康天皇乃殺父仇人，旋即趁繼父熟睡時以大刀將其首級割下。可參拙撰〈日本復仇觀管窺──以古典文學為重心〉之〈三、日本復仇觀的起源──「記紀」紀載的日本古代復仇事件與復仇觀〉，頁 10-12。

[118] 《北史》，卷 84，頁 2835。

復次，女子力弱，通常難以手刃仇人，但女子手刃仇人之例依然可見，〈一〉之趙娥復父仇事例即是。又如《舊唐書·列女列傳》載唐太宗時（627-649）絳州孝女衛無忌復仇事：

> 絳州孝女衛氏……。初，其父為鄉人衛長則所殺，無忌年六歲，母又改嫁，無兄弟。及長，常思復讎。無忌從伯常設宴為樂，長則時亦預坐，無忌以磚擊殺之。既而詣吏，稱：「父讎既報，請就刑戮。」巡察大使、黃門侍郎褚遂良以聞，太宗嘉其孝烈，特令免罪，給傳乘徙於雍州，并給田宅，仍令州縣以禮嫁之。[119]

衛無忌「常思復讎」，趙娥亦「素有報讎之心」，衛無忌選擇在衛長則從宴預坐、心無防備之下復仇，趙娥則「白日刺壽於都亭前」，兩人皆以一介女子，或在大庭廣眾之下以磚擊殺仇人，或在白日手刃仇讎，且對方乃「凶豪」男子，此皆由其仇志之堅決激亢有以致之，在女子復仇中皆屬勇決之特例。

五、地方官吏對復仇的態度

中國歷代的司法、行政體系大都未能獨立，地方官吏同時兼掌司法審判權；兩漢的地方官吏對地方的司法、行政尤其擁有專斷之權。嚴耕望先生有云：

> 歷代司法行政多不獨立，其權類歸地方行政長官。而漢世任之尤專，雖死罪執行，必先奏請，然徒有形式，類皆報可。是以地方長吏得因緣比傅，操生殺之權。故《漢書·刑法志》云：「郡國

---

[119] 《舊唐書》，卷 193，頁 5141。

承用者駮，或罪同而論異，……所欲活，則傳生議；所欲陷，則
予死比。」按其例至多，而西漢尤甚。只觀〈酷吏傳〉可知也。
其尤著者，如〈嚴延年傳〉云：「遷河南太守，……其治務在摧
折豪彊，扶助貧弱。貧弱雖陷法，曲文以出之，其豪桀侵小民者，
以文內之，眾人所謂當死者，一朝出之，所謂當生者，詭殺之；
吏民莫能測其意深淺，戰栗不敢犯禁。按其獄，皆文致，不可得
反。……尤巧為獄文，善史書，所欲誅殺，奏成於手中，……奏
可論死，奄忽如神。冬月，傳屬縣囚會論府上，流血數里，河南
號曰屠伯。」……按漢世守相對於刑獄有幾乎絕對之判決權如
此，誠非後世所可想像者。[120]

漢代中央任官至縣而止，故「縣」為漢代最基層的地方行政單位，[121]
平時「掌治其縣」，[122]對縣內事務頗可專斷，故復仇殺人案，主要處理
者即為地方官吏，此由前引緱玉為父復仇、郅惲為友復仇、陳公思為叔
復仇，以及下文張歆、王君操、賈淑等事例均可清楚覘知，因此本文討
論地方官吏處理復仇的態度主要即就「令長」與「郡守」[123]而言。

　　就史傳所見，縣級令長對復仇殺人者概皆採同情而支持的態度；但
為復仇而殺人，畢竟仍是殺人，如何按刑施罰頗為為難。前引吳祐對毋
丘長的呼告：「赦若非義，刑若不忍」，深刻點出地方官吏的困境；但是

---

[120] 嚴耕望：《中國地方行政制度史（甲部・秦漢地方行政制度）》（臺北：中央研究院歷史語言研究所專刊之 45（A），1990 年），頁 88-89。

[121] 嚴耕望云：「縣（道侯國）為最基層之地方行政單位，故中央任官至縣而止。鄉則縣之區分而治者，不能算是一級行政單位，鄉吏亦即縣廷屬吏之出部者，故〈漢官〉述縣吏並及鄉有秩嗇夫。亭里及亭里吏地位更低，自不待言。」（同上註，頁 57）。

[122] 《漢書・百官公卿表》：「縣令、長，皆秦官，掌治其縣。」（卷 195，頁 742）。

[123] 漢代大縣設「令」，小縣設「長」，故本文於縣級主官統稱「令長」；參嚴耕望，前揭書，頁 217。

不論如何為難，除非殺人者如同毋丘長自盡以解除地方官吏的困境，地方官終須有所處置。就史傳所見，其處置方式約有三種：

（一）縱放

在職務與情理的矛盾中，部份地方官吏選擇肯定復仇，如〈二〉之（二・6）郅惲為友復仇後詣縣自首，縣令先是「應之遲」，郅惲了解縣令不願受理，於是自陳「為友報讎，吏之私也；奉法不阿，君之義也。虧君以生，非臣節也」，表明不願拖累縣令的立場後，即「趨出就獄」。但縣令不願施刑的態度甚為堅決：「令跣而追惲，不及，遂自至獄，令拔刃自向以要惲，曰：『子不從我出，敢以死明心！』」郅惲「得此乃出」。史傳未載縣令後來處境，但參照《太平御覽・職官部・令長》引《東觀漢記》所載桓帝時（147 左右）平皋長張歆之例：

> 張歆守平皋長，有報父仇。賊自出，歆召，因詣閤曰：「欲自受其辭。」既入，解械，飲食，使發遣，<u>遂弃官亡命</u>，逢赦出。由是鄉里服其高義。[124]

張歆肯定復仇，但其結果是「棄官亡命」。又如本文〈一〉趙娥復仇後，「祿福長尹嘉解印綬縱娥，娥不肯去，遂彊載還家」；郅惲事例中的縣令可能也有解印綬，甚或「弃官亡命」的決心。故地方令長一旦決定縱放復仇者，基本上須以自己的官職，乃至生命作代價。

相對於「縣」，「郡」做為「縣」的上級單位，且對「縣」的行政、司法擁有高度的行政控制權，[125] 故上述事例中，張歆所守平皋為縣級行

---

[124] 《太平御覽》，卷 266，頁 3 上。

[125] 嚴耕望云：「太守可自聽縣政；可隨時另遣他人權知屬縣事，奪令長之治權；可擅治令長之罪而驅逐之；而平時又分部置督郵經常在外督察屬縣，令長畏之如虎。」（前揭書，頁 81）；其詳可參嚴書，頁 76-89。

政單位，屬河南郡、[126] 郅惲為「汝南西平人」，[127] 挾劍縱惲出走的自也只是西平縣令，其行政層級相對於郡仍屬下級，因而若決定私自縱囚，自然也須付出一定的犧牲與代價。與此相對的，由於郡守對本郡的刑獄「有幾乎絕對之判決權」，故郡守若決定縱放復仇者，自不必付出如縣令般的棄官、亡命等代價，如前引陳公思為叔父復仇案，「大守太傅」胡廣「便原遣之」，又如《太平御覽‧人事部‧仇讎上》引孫嚴《宋書》載劉宋高祖劉裕永初年間（420-422）宋越復仇事：

> 宋越父為蠻所殺，其讎嘗出郡，越白日於市口刺殺之。太守夏侯穆嘉之，擢為隊主。[128]

胡廣官居「大守太傅」，官高職重，自然可以直接決定「原遣之」；太守夏侯穆則不但赦免宋越，甚至還「擢為隊主」，其處置之泰然，較諸縣級令長之惶恐奔逃，實不可同日而語。

（二）向上陳報

依理而言，當復仇案件發生時，處理的基層官員，基於職務，若既不願以公法刑諸復仇者，又不能以棄官成全復仇者時，則「向上陳報」不失為一種變通的好方式。如前所述，由於郡守對本郡的刑獄「有幾乎絕對之判決權」，自然也就沒有再向上陳報的必要，故須向上陳報者主要為縣級的「令長」。

縣級令長雖然可對縣內事務做出裁決，但其上既有郡守、督郵的不定時督察，自然較傾向「依法行政」，以免徒生事端、惹禍上身。若要向郡陳報，一方面要達到成功讓復仇者被赦的目的，另方面還要避免被郡守質疑任事能力，殊為不易，如鍾離意為堂邑令，積極為防廣創造赦

---

[126] 見《漢書‧地理志》，頁 1554。
[127] 《後漢書‧郅惲列傳》，頁 1027。
[128] 《太平御覽》，卷 481，頁 7 下。

免的條件、外黃令梁配因申屠蟠諫言而為緱玉進讞等皆屬之。緱玉事已見〈四〉之（三），防廣事發生於光武帝建武二十五年（49），見《後漢書・鍾離意列傳》：

> （建武）二十五年，（鍾離意）遷堂邑令。縣人防廣為父報讎，繫獄，其母病死，廣哭泣不食。意憐傷之，乃聽廣歸家，使得殯斂。丞掾皆爭，意曰：「罪自我歸，義不累下。」遂遣之。廣斂母訖，果還入獄。意密以狀聞，廣竟得以減死論。[129]

鍾離意在防廣繫獄時，利用其母病死之機「縱囚」，讓防廣得以返家殯殮；之後防廣自行返獄，類似歐陽脩〈縱囚論〉所謂「寧以義死，不苟倖生，而視死如歸，此又君子之尤難者也」。[130] 鍾離意據此「密以狀聞」，防廣之得以「以減死論」的機會自然大增。又如〈二〉之（一・3）郎雙貴為從兄毆殺船人例，史載郎方貴兄弟殺人始末甚明，首坐誰屬豈會不能斷？藉兄弟爭為首坐之事使「上聞而異之，特原其罪」，才是「州狀以聞」的實際目的。

（三）依法正刑

　　雖然史傳中的復仇殺人案例大都得到寬宥，但並非所有的復仇者都如此幸運，還須有「貴人」傾力相護，始能得到保全，如前述緱玉、防廣案例，又如《後漢書・郭泰列傳・李賢注》引謝承《後漢書》載桓、靈間（147-189）賈淑復仇事：

> （賈）淑為舅宋瑗報讎於縣中，為吏所捕，繫獄當死。泰與語，淑慙懇流涕。泰詣縣令應操，陳其報怨蹈義之士。被赦，縣不宥

---

[129] 《後漢書》，卷 41，頁 1407。

[130] 宋・歐陽脩撰，李逸安點校：《歐陽脩全集》（北京：中華書局，2001 年），卷 17，頁 287。

之，郡上言，乃得原。[131]

緱玉、防廣最後雖都得到減刑／赦免的待遇，但都是有人進言，甚或「郡上言」始能如此。這在史傳中雖屬少見，卻特別值得注意：若緱玉、防廣、賈淑三人乃因有人為之進言始能得到寬宥，則未獲進言者，是否就會被依法正刑呢？又如〈二〉之（二·2）孫男玉事例，有司原本依法施以死罪，在依行政體系上陳中央時，獻文帝拓拔弘主動介入，予以赦免，否則也將難逃一死。緱玉、孫男玉皆屬女子復仇，縣令的態度同樣都是「論死」，則女子復仇雖更值得同情與佩服，但縣級令長是否都對女子復仇法外施恩卻值得重新衡量；相對的，男子復仇是否都被縱放，自然就更值得探討。因而，這些資料在有關復仇的事例中雖屬鳳毛麟爪，卻值得深思：雖然史傳所見的復仇事例大都以寬宥結案，但是否存有一種可能，即：史傳中所記錄的其實只限於被寬宥的案例，歷史中大部份的復仇者實際上都被地方官吏「依法正刑」，既無人為之申訴，自然也就無由見諸史傳，如前引鍾離意私縱防廣歸家殯斂時「丞掾皆爭」，則鍾離意的態度固然以寬宥為主，但從「丞掾皆爭」，亦可見大部份的地方官吏，特別是受到郡守督察的縣級令長及其屬吏，其實還是主張「依法行事」的。基層官吏的這種恐懼也可由《華陽國志·漢中士女》載桓帝時（147-167）趙子賤事得到印證：

> 韓樹南，南鄭人，趙子賤妻也。子賤初為郡功曹。李固之誅，詔書下郡殺固二子憲公、季公。太守知其枉，遇之甚寬。二子託服藥死，具棺器，欲因出逃。子賤畏法，勑吏驗實，就殺之。及固小子燮得還，子賤慮燮報仇，賃人刺之。燮覺，告郡，殺子賤。[132]

---

[131] 《後漢書》，卷68，頁2230。
[132] 《華陽國志校補圖注》，卷10，頁609。

可見即使長官有意縱放，基層官員仍會因「畏法，勅更驗實」，而趨向避免責罰，可知漢世基層官吏基本上不敢輕易縱放罪犯。[133]

有了以上種種認知，再回顧前文所遺留的問題——為何史傳記載少見父仇發生後立刻進行報復的事例——也就不難回答。正因父仇為各種復仇動機中最強烈者，因而大部份的復仇者可能都即時復仇，而地方令長囿於上級單位的督察，通常也只能依「殺人者死」的律法行事。如果大部份的復仇者皆遭依法正刑，除非有人為之申鳴（如趙娥、緱玉），或者在公文上傳過程中有郡級長官（如賈淑案），甚至帝王為之赦免（如孫男玉案），否則終究難逃一死，而這些被依法正刑的復仇者既被視為殺人犯，自然也就不會特別為史傳所記載了。

整體言之，縣級令長直接縱放復仇者，如平皋長張歆之縱復父仇者、祿福長尹嘉之縱放趙娥，僅見於東漢末期，且僅偶見而已，這一方面顯見縣級令長權責不能專斷一縣事務的性質，另方面則可反映漢末整體社會風氣都崇高認可復仇，縣級令長始會不惜棄官亡命庇護復仇者。至於郡級長官在漢代雖權力較大，至兩晉時如孔嚴雖肯定王談之復父仇，卻須「列上宥之」，而不是直接縱放，據此可以具見郡級長官權責在漢唐間的差異。

六、中央政府對復仇的態度

復仇屬殺人案，地方政府的縣、郡皆可處理，中央政府原本不必介入；中央政府之所以涉及復仇案，其一是地方官吏為復仇者主動上讞請求赦免；其二則是地方官吏依法判死，但在公文送達中央時，由中央主

---

[133] 前文〈二〉之（一‧1）左喬雲為左通復仇事例，左通因「坐任徒，徒逃」，故「吏欲破通臆」，可見即使非自己縱放，也可能受到牽連。

動予以赦免。前者如鍾離意為防廣、涼州刺史周洪及酒泉太守劉班等共為趙娥上表、梁配因申屠蟠而為緱玉上讞、褚遂良為絳州孝女衛無忌聞於上等事例（皆已見前文）；至於地方依法判死而由中央主動介入者，主要因為涉及死刑的執行，依法須向中央陳報，中央因而可以主動介入。由於兩漢間郡守對本郡司法刑獄「有幾乎絕對之判決權」，因而兩漢時中央介入地方復仇判決者僅和帝時「輕侮法」一案而已。《後漢書·張敏列傳》載章帝建初年間（76-83）〈輕侮法〉事云：

> 建初中，有人侮辱人父者，而其子殺之，肅宗貰其死刑而降宥之，自後因以為比。是時遂定其議，以為〈輕侮法〉。[134]

魏晉六朝乃地方行政制度由「秦漢型演化為隋唐型之過渡時代」，[135] 中央政府主動介入的案例也不多見，可見者如前引孫益德案，「高祖文明太后以其幼而孝決，又不逃罪，特免之」。由敘述可見，縣官似乎定為死罪，公文上傳時始由帝后主動赦免。更明顯的例子，如《舊唐書·孝友列傳》載太宗貞觀年間（627-649）王君操復仇事：

> 王君操，萊州即墨人也。其父隋大業中與鄉人李君則鬥競，因被毆殺。君操時年六歲，其母劉氏告縣收捕，君則棄家亡命，追訪數年弗獲。貞觀初，君則自以世代遷革，不慮國刑，又見君操孤微，謂其無復讎之志，遂詣州府自首。而君操密袖白刃刺殺之，剖腹取其心肝，噉食立盡，詣刺史具自陳告。州司以其擅殺戮，問曰：「殺人償死，律有明文，何方自理，以求生路？」對曰：「亡父被殺，二十餘載。聞諸典禮，父讎不可同天。早願圖之，久而

---

[134] 《後漢書》，卷 44，頁 1502-1503。關於「輕侮法」的相關討論，可參拙撰〈兩漢魏晉南北朝復仇與法律互涉的省察與詮釋〉，〈二〉之（三·3），頁 54-57。

[135] 嚴耕望：《中國地方行政制度史·魏晉南北朝地方行政制度·引言》，頁 1。

未遂，常懼亡滅，不展冤情。今大恥既雪，甘從刑憲。」州司據
法處死，列上其狀，太宗特詔原免。[136]

由文中所述，明確可見州司原本的處置是「據法處死」，但在州司上陳
中央時，唐太宗主動「特詔原免」。

此外，州縣因無法判決而上報時，中央政府自須介入，如〈四〉之
（三）王舜姊妹復仇事例，「州縣不能決」而上報；實則王舜三姊妹復
仇之謀首甚為明確，所謂「不能決」應只是地方官「不願決」的藉口，
真正的企圖應是希望透過上報而給予王舜姊妹「原其罪」的機會。

中央政府處理復仇案的第二種情況是，事件本即發生在中央政府，
因而直接由帝皇處理，如《漢書・李廣傳》載：

嘗夜從一騎出，從人田間飲。還至亭，霸陵尉醉，呵止廣，廣騎
曰：「故李將軍。」尉曰：「今將軍尚不得夜行，何故也！」宿廣
亭下。居無何，匈奴入遼西，殺太守，敗韓將軍。韓將軍後徙居
右北平，死。於是上乃召拜廣為右北平太守。廣請霸陵尉與俱，
至軍而斬之，上書自陳謝罪。上報曰：「將軍者，國之爪牙也。……
夫報忿除害，捐殘去殺，朕之所圖於將軍也；若乃免冠徒跣，稽
顙請罪，豈朕之指哉！將軍其率師東轅，彌節白檀，以臨右北平
盛秋。」[137]

李廣因霸陵尉曾辱己，遂藉機斬殺。當時漢武帝因匈奴入侵而不得不重
用李廣，寬宥李廣自屬意料中事。由武帝「將軍其率師東轅，彌節白檀，

---

[136] 《舊唐書》，卷 188，頁 4920。
[137] 《漢書》，卷 54，頁 2443-2444。

以臨右北平盛秋」云云，可知武帝亦不諱言赦免李廣純因正值用人之秋，李廣與霸陵尉之私怨，初非所計也。[138]

上述由中央政府主動介入的復仇案件，既是「主動介入」，表示已有定見，因此通常由帝王決定；帝皇若無特定意見，也可能交付有司議決，如《漢書·薛宣傳》載哀帝初（6 左右）薛況復仇事：

> 哀帝初即位，博士申咸給事中，亦東海人也，毀宣不供養行喪服，薄於骨肉，前以不忠孝免，不宜復列封侯在朝省。宣子況為右曹侍郎，數聞其語，賕客楊明，欲令創咸面目，使不居位。會司隸缺，況恐咸為之，遂令明遮斫咸宮門外，斷鼻脣，身八創。
>
> 事下有司，御史中丞眾等奏：「況朝臣，父故宰相，再封列侯，不相敕丞化，而骨肉相疑，疑咸受修言以謗毀宣。咸所言皆宣行迹，眾人所共見，公家所宜聞。況知咸給事中，恐為司隸舉奏宣，而公令明等迫切宮闕，要遮創戮近臣於大道人眾中，欲以鬲塞聰明，杜絕論議之端。桀黠無所畏忌，萬眾讙譁，流聞四方，不與凡民忿怒爭鬭者同。臣聞敬近臣，為近主也。禮：下公門、式路馬，君畜產且猶敬之。《春秋》之義，意惡功遂，不免於誅，上浸之源不可長也。況首為惡，明手傷，功意俱惡，皆大不敬。明當以重論，及況皆棄市。」
>
> 廷尉直以為「律曰：『鬭以刃傷人，完為城旦，其賊加罪一等，與謀者同罪。』詔書無以詆欺成罪。傳曰：『遇人不以義而見疻者，與痏人之罪鈞，惡不直也。』咸厚善修，而數稱宣惡，流聞不誼，不可謂直。況以故傷咸，計謀已定，後聞置司隸，因前謀而趣明，非以恐咸為司隸故造謀也。本爭私變，雖於掖門外傷咸

---

[138] 漢武帝此種權變性格致使武帝朝成為西漢諸帝中復仇案例最高的原因之一，其詳可參拙撰：〈兩漢復仇風氣與《公羊》復仇理論關係重探〉，〈四〉之（一、武帝朝復仇事例的省察與詮釋），頁 102-103。

道中，與凡民爭鬭無異。殺人者死，傷人者刑，古今之通道，三
代所不易也。孔子曰：『必也正名。』名不正，則至於刑罰不中；
刑罰不中，而民無所錯手足。今以況為首惡，明手傷為大不敬，
公私無差。《春秋》之義，原心定罪。原況以父見謗發忿怒，無
它大惡。加詆欺，輯小過成大辟，陷死刑，違明詔，恐非法意，
不可施行。聖王不以怒增刑。明當以賊傷人不直，況與謀者皆爵
減，完為城旦。」
上以問公卿議臣。丞相孔光、大司空師丹以中丞議是，自將軍以
下至博士議郎皆是廷尉。況竟減罪一等，徙敦煌。宣坐免為庶人，
歸故郡，卒於家。[139]

薛況為父復仇，於宮門外重創博士申咸，此種行為，堪稱「目無天子」，
故御史中丞特別重視事件發生於宮門之外，認為「不與凡民忿怒爭鬭者
同」，實屬「大不敬」，力主「棄市」；廷尉則由動機著眼，主張薛況「非
以恐咸為司隸故造謀也」，故「雖於掖門外傷咸道中，與凡民爭鬭無異」，
宜依「殺人者死，傷人者刑」之通則處理。由「上以問公卿議臣」，可
見哀帝對此事件蓋無特定意見，故遍詢群臣；而由朝臣意見之不一，顯
示當時可能並無相關法條可以定罪復仇行為，遂援引漢高祖「三章律」、
蕭何「九章律」以處理相關問題。又，此案的結果「況竟減罪一等，徙
敦煌。宣坐免為庶人，歸故郡」，可知哀帝最後採納廷尉的主張，廷尉
「聖王不以怒增刑」之說，或許打動了哀帝。

綜合而言，漢自高祖以下對復仇行為皆嚴厲禁止，至東漢章帝時始
因崇尚儒學，不主嚴刑，立〈輕侮法〉，並實施「輕殊刑」，決罪行刑，
務於寬厚，這也是東漢末期復仇風氣興盛的要因之一。[140] 獻帝建安年

---

[139] 《漢書》，卷83，頁3394-3396。
[140] 說詳拙撰：〈兩漢魏晉南北朝復仇與法律互涉的省察與詮釋〉〈二〉之（三），頁
48-57。

間，曹操主政，明令禁止復仇；曹丕即位後更明訂「敢有私復讎者，皆族之」[141]的罰則；但至魏明帝曹叡時，可能因其自身經歷與個人情感之故，對復仇又採取了較為寬鬆的態度。[142]

　　兩晉、南朝對復仇皆採較為寬宥的態度，唯兩晉大都僅止於減宥其罪而少公然表彰，南朝則不僅減免復仇者的罪刑，往往還「旌其孝行」；相對地，北朝帝皇則在法律上明訂禁止復仇。南北朝對復仇態度的差異與當時政治環境息息相關：南朝由於朝代更迭頻繁，士族成為紛擾政局下相對穩定的力量。對帝皇而言，與其強調國家的「忠」，不如強調士族的「孝」。「孝」遂成為比「忠」更重要的道德價值，具有孝義倫理色彩的復仇行為因而往往為統治者所肯定；至於政治上相對穩定的北朝，則傾向於強調「忠」，甚至透過將「忠」定義為「大孝」以壓低「孝」的地位，以律文明令禁止復仇，以規範侵犯公權力的復仇行為。[143]

　　唐代帝皇對復仇的態度則因時期而異：初唐時復仇者多能得到帝王的嘉勉，自武后垂拱年間至憲宗元和初年，由於陳子昂對徐元慶復仇案的奏議，促使官方意識到復仇對官法的侵犯，故此段期間的復仇案皆遭正法。憲宗元和年間的梁悅復仇案，經韓愈、柳宗元等上疏論議，終於促使憲宗對復仇態度又轉向同情。[144]

七、時人／史傳對復仇的評價

　　在歷史長流中，復仇而能被載入史傳，應只佔復仇事例的小部分。復仇雖屬私人事件，基本上無關國家局勢，但因復仇在傳統觀念向來被認為是「孝」、「義」的表現，出於孝心義感而犯法赴死尤屬難能，因而

---

[141] 《三國志‧魏書‧文帝紀》，卷 2，頁 82。

[142] 說詳拙撰：〈兩漢魏晉南北朝復仇與法律互涉的省察與詮釋〉之〈三〉，頁 57-60。

[143] 說詳拙撰：〈兩漢魏晉南北朝復仇與法律互涉的省察與詮釋〉之〈四〉，頁 60-72。

[144] 說詳拙撰：〈隋唐時期復仇與法律互涉的省察與詮釋〉之〈三〉，頁 89-101。

不論是復仇的當時或後代的史傳，對復仇者大都採肯定／贊許的態度，透過將復仇者歸入「忠義」或「孝友」——女子則多入「列女」——等傳記表示肯定之意，如《舊唐書·孝友列傳》載玄宗開元年間（713-741）張琇兄弟復仇事：

> 張琇者，蒲州解人也。父審素，為巂州都督，在邊累載。俄有糾其軍中贓罪，敕監察御史楊汪馳傳就軍按之。汪在路，為審素黨與所劫，對汪殺告事者，脅汪令奏雪審素之罪。俄而州人翻殺審素之黨，汪始得還。至益州，奏稱審素謀反，因深按審素，構成其罪，斬之，籍沒其家。琇與兄瑝，以年幼坐徙嶺外。尋各逃歸，累年隱匿。汪後累轉殿中侍御史，改名萬頃。開元二十三年，瑝、琇候萬頃於都城，挺刃殺之。瑝雖年長，其發謀及手刃，皆琇為之。既殺萬頃，繫表於斧刃，自言報讎之狀。便逃奔，將就江外，殺與萬頃同謀構父罪者。行至氾水，為捕者所獲。時都城士女，皆矜琇等幼稚孝烈，能復父讎，多言其合矜恕者。中書令張九齡又欲活之。裴耀卿、李林甫固言：「國法不可縱報讎。」上以為然，因謂九齡等曰：「復讎雖禮法所許，殺人亦格律具存。孝子之情，義不顧命，國家設法，焉得容此。殺之成復讎之志，赦之虧律格之條。然道路諠議，故須告示。」乃下敕曰：「張瑝等兄弟同殺，推問款承。律有正條，俱各至死。近聞士庶頗有諠詞，矜其為父復讎，或言本罪冤濫。但國家設法，事在經久，蓋以濟人，期於止殺。各申為子之志，誰非徇孝之夫，展轉相繼，相殺何限。咎繇作士，法在必行；曾參殺人，亦不可恕。不能加以刑戮，肆諸市朝，宜付河南府告示決殺。」[145]

---

[145] 《舊唐書》，卷188，頁4933-4934；亦見《新唐書·孝友列傳》，卷195，頁5585。張琇、張瑝兄弟乃是史傳少見為父復仇卻被依法正刑的例子，其中緣由頗耐人尋味，陳登武以皇權穩定的角度解釋，說頗可參，詳氏著〈復讎新釋——從皇權的

又如《舊唐書·列女列傳》載高宗年間（650-683）賈氏復仇事：

> 孝女賈氏，濮州鄄城人也。年始十五，其父為宗人玄基所害。其
> 弟強仁年幼，賈氏撫育之，誓以不嫁。及強仁成童，思共報復，
> 乃候玄基殺之，取其心肝，以祭父墓。遣強仁自列於縣司，斷以
> 極刑。賈氏詣闕自陳己為，請代強仁死。高宗哀之，特下制賈氏
> 及強仁免罪，移其家於洛陽。[146]

琇、瑝兄弟最後雖被正法，但新、舊《唐書》皆傳列「孝友」，顯見史
傳作者之態度仍屬肯定：而孝女賈氏著於「列女傳」，也清楚呈現史傳
編纂者的肯定立場。

　　史書除對復仇者表示肯定之外，肯定復仇的地方官吏或學者，史傳
也會視之為值得書寫的事蹟，如〈五〉之（一）張歆縱囚後「弃官亡命，
逢赦出。由是鄉里服其高義」，〈五〉之（二）鍾離意為防廣設法脫罪，
不論在當時或史傳，都以正面而肯定的態度看待。又如《晉書·良吏列
傳·喬智明傳》載：

> 喬智明字元達，鮮卑前部人也。少喪二親，哀毀過禮，長而以德
> 行著稱。成都王穎辟為輔國將軍。穎之敗趙王倫也，表智明為珍
> 寇將軍、隆慮、共二縣令。二縣愛之，號為「神君」。部人張兌
> 為父報仇，母老單身，有妻無子，智明愍之，停其獄。歲餘，令

角度再論唐宋復讎個案〉，《臺灣師大歷史學報》第 31 期（2003 年 6 月），頁 1-36；
收入氏著：《從人間世到幽冥界——唐代的法制、社會與國家》（臺北：五南圖書
出版公司，2006 年）〈第六章·「復仇」——國家公權與私刑的兩難〉，頁 249-284；
亦可參拙撰〈隋唐時期復仇與法律互涉的省察與詮釋〉，〈三〉之（二），頁 95-98。
[146] 《舊唐書》，卷 193，頁 5142。

兌將妻入獄，兼陰縱之。人有勸兌逃者，兌曰：「有君如此，吾何忍累之！縱吾得免，作何面目視息世間！」於獄產一男。會赦，得免。其仁感如是。[147]

喬智明雖然未能如張歆般縱囚或如鍾離意般設法讓復仇者脫罪，但畢竟也盡力讓張兌得有子嗣，其後之能「會赦」，恐怕也是喬智明刻意拖延審判時程始得致之，在當時肯定復仇的世風之下，被列入「良吏傳」亦屬理所當然。

至於學者為復仇者申訴的，如〈四〉之（三）申屠蟠為緱玉進諫外黃令梁配，又如郭泰為賈淑報舅仇，勸縣令應操赦賈淑之罪[148] 等，皆可見編史者將學者支持復仇的言行視為其德行的補充說明，肯定復仇之意顯然可見。

此外，尚有三類較特殊的情況可資一論：

（一）即使父為不義之人，其子為父復仇，史臣仍會予以肯定，如《晉書‧沈充列傳》載沈勁復仇事：

> 及（沈充）敗歸吳興，亡失道，誤入其故將吳儒家。儒誘充內重壁中，因笑謂充曰：「三千戶侯也。」充曰：「封侯不足貪也。爾以大義存我，我宗族必厚報汝；若必殺我，汝族滅矣。」儒遂殺之。充子勁竟滅吳氏。勁見〈忠義傳〉。[149]

《晉書‧忠義列傳‧沈勁傳》載：

> 沈勁字世堅，吳興武康人也。父充，與王敦構逆，眾敗而逃，為

---

[147]《晉書》，卷 90，頁 2337-2338。

[148] 已見〈五〉之（三）。

[149]《晉書》，卷 98，頁 2567。

部曲將吳儒所殺。勁當坐誅，鄉人錢舉匿之得免。其後竟殺讎人。[150]

沈充參與王敦之亂，終為故將吳儒所殺，其行止雖有虧大節，但吳儒為人部將，卻因貪圖重利而殺害故主，亦有虧忠義之道。《晉書》除載記外共計百卷，沈充列於卷 98，僅在桓玄、卞範之等謀逆者之前，可見史臣對其評價不高；但其子沈勁卻被列於卷 89 之〈忠義列傳〉，可見即使惡徒遭遇不公，其子孫仍有為其復仇的權利。[151]

（二）知名學者的態度可能改變時人的立場：如本文〈三〉蘇不韋為父復仇，甚至發掘仇父墳冢，後雖遇赦返家，然：

> 士大夫多譏其發掘冢墓，歸罪枯骨，不合古義，唯任城何休方之伍員。太原郭林宗聞而論之曰：「子胥雖云逃命，而見用強吳，憑闔廬之威，因輕悍之眾，雪怨舊郢，曾不終朝，而但鞭墓戮屍，以舒其憤，竟無手刃後主之報。豈如蘇子單特孑立，靡因靡資，強讎豪援，據位九卿，城闕天阻，宮府幽絕，埃塵所不能過，霧露所不能沾。不韋毀身燋慮，出於百死，冒觸嚴禁，陷族禍門，雖不獲逞，為報已深。況復分骸斷首，以毒生者，使邐懷忿結不得其命，猶假手神靈以斃之也。力唯匹夫，功隆千乘，比之於員，不以優乎？」議者於是貴之。[152]

---

[150] 《晉書》，卷 89，頁 2317。

[151] 鬼靈復仇亦有類似情形，所不同者，吳儒乃因有虧忠義之道而遭沈勁復仇，可見陽世復仇仍強調復仇之合理性；鬼靈復仇以強死者為厲，只要具有怨念，無論善人、惡人皆可復仇，只要作惡者認為自己不當死而死，其鬼靈即可復仇，其重點在宣喻：不論對方善惡、有心無心，殘害他人的後果都相當嚴重，千萬要謹慎行事的教訓。其詳可參拙撰：〈先秦至唐代鬼靈復仇事例的省察與詮釋〉。

[152] 《後漢書》，卷 31，頁 1107-1109。

可知時人對蘇不韋「發掘冢墓，歸罪枯骨」的作為原本並不認同，其後之所以有所轉變，先是有《公羊》大師何休擬之為伍員，繼而郭泰又盛論不韋以一人之力而獨行復仇，較諸伍員假借吳國兵力更勝一籌。《後漢書・郭太列傳》載：

> （泰）遊於洛陽，始見河南尹李膺，膺大奇之，遂相友善，於是名震京師。後歸鄉里，衣冠諸儒送至河上，車數千兩，林宗唯與李膺同舟而濟，眾賓望之，以為神仙焉。……嘗於陳梁間行，遇雨，巾一角墊，時人乃故折巾一角，以為「林宗巾」。其見慕皆如此。……[153]

郭泰為當時文壇領袖，其議論可以影響時人評價，從可知也。可見學者的態度、議論可能對時人產生影響。

（三）亦有時論以為義行，但遭後世學者非議者。最著名之案例為〈二〉之（一・5）周黨為己復仇事：周黨因己受辱，讀《春秋》，知復仇之義後，決意向鄉佐復仇，為鄉佐所傷；鄉佐不但未趁機殺害，反將其帶回家中療養，周黨清醒後「自此勑身脩志，州里稱其高」，可見當時的議論是稱許周黨的；至東漢應劭則認為「州里稱其高」實屬「過譽」：

> 《孝經》：「身體髮膚，受之父母，不敢毀傷，孝之始也。」樂正子春下堂而傷足，三月不出，既瘳矣，猶有憂色。身無擇行，口無擇言，脩身慎行，恐辱先也。而伯況被發，則得就業，鄉佐雖云凶暴，何緣侵己？今見辱者，必有以招之。身自取焉，何尤於人？親不可辱，在我何傷？凡報讎者，謂為父兄耳，豈以一朝之忿，而肆其狂怒者哉？既遠《春秋》之義，殆令先祖不復血食，

不孝不智，而兩有之；歸其義勇，其義何居？[154]

「今見辱者，必有以招之。身自取焉，何尤於人」，應劭的質疑強而有力，擲地有聲，即令今日依然值得吾人經常置諸心中，細加斟酌。

最後要指出的是，雖然「大部分」的復仇事例都受到肯定，但並非所有的復仇案史傳都予以肯定，如《太平御覽·人事部·義婦》引《傳記》載：

> 李如璋為夏陽令，素輕其妻鄭氏。如璋因醉誤殺人母，其子入縣將復讎，如璋與鄭以床拒門，讎者推窗而入，鄭急以身蔽如璋，舉手乘刃。右臂既落，復舉其左臂，讎復斷之，猶乞以身代夫死。時方懷姙，讎者以刃鑠其腹，胎出而殞，乃害如璋及其二子，州司以聞，坐死者數十人。[155]

此一復仇行為顯然過於殘忍而泯滅人性，李如璋妻身懷六甲，復仇者先後斷其左右臂，繼而又殘殺其身致胎墮出，至此猶不肯罷休，而必殺如璋及其二子，誠可謂趕盡殺絕、毫無人性，州司之不肯輕縱，必欲追究，實兼顧情、理、法。再如《後漢書·循吏列傳·任延傳》載光武帝時（25-57）：

> （延）既之武威，時將兵長史田紺，郡之大姓，其子弟賓客為人暴害。延收紺繫之，父子賓客伏法者五六人。紺少子尚乃聚會輕薄數百人，自號將軍，夜來攻郡。延即發兵破之。自是威行境內，

---

[154] 漢·應劭撰，王利器校注：《風俗通義校注》（北京：中華書局，1981年），卷4，〈過譽〉，頁180-181。

[155] 《太平御覽》，卷422，頁9下。「坐死者數十人」，應指同夥一併判死。此一復仇事例也屬對公權力的挑戰，就此方面言，自亦不得赦免。

吏民累息。[156]

對官吏肆行攻擊乃任何政權皆無法容許者，因而影響地方治安的豪貴勢力尤為漢代郡守打擊的對象，嚴耕望云：

> 豪強縱橫亦地方官所最注意者，故屠戮游俠、殄滅豪強，時見於〈循吏〉、〈遊俠〉兩傳。而〈馬援傳〉，為隴西太守，但總大體，亦曰：「若大姓侵小民，點羌欲旅矩，此乃太守事耳。」是更以制豪強為治首矣。[157]

田紺為武威大姓，「其子弟賓客為人暴害」，本即郡守所欲打擊的對象，聚眾攻郡尤非法理所容，故本則事例的記述重點不在田紺少子能復仇，而在任延之能治郡。

周黨為己復仇已遭到應劭批評；即使為父復仇，若動機不夠純正，史傳也未必都有正面評價，張蓓蓓云：

> 「清流」注重名節，還有另一類型的行為表現：那便是深究外在德行後面的本心，絕不容許假名節的存在。無論追逐利祿的俗士或苟取官職的姦人，都可能偽託名節而行詐巧；清流士人對此輒加以揭發，毫不寬容。而真正能奉守名節者，即使犯罪，他們也願加以赦宥。[158]

復仇須出自對親人的痛惜之情，若摻雜其它因素則不值得肯定，如《後漢書‧竇融列傳》載明帝年間（58-75）竇憲復仇事：

---

[156] 《後漢書》，卷 76，頁 2463。

[157] 嚴耕望：《中國地方行政制度史（甲部）‧秦漢地方行政制度》，頁 75。

[158] 張蓓蓓：《東漢士風及其轉變》，頁 89。

性果急，睚眦之怨莫不報復。初，永平時，謁者韓紆嘗考劾父勳
獄，憲遂令客斬紆子，以首祭勳冢。[159]

竇憲驕縱橫行，終遭和帝「迫令自殺」，范曄亦以「是以下流，君子所
甚惡焉」加以貶抑。[160] 推究其評價之所以卑下，即在為父復仇雖屬正當，
復仇行動也確實基於孝心，但個人「性果急，睚眦之怨莫不報復」的性
格卻是其復仇的主因，亦即復仇動機不夠純正，在漢代盛行「原情定罪」
——考慮行為動機——的情形下，其不受肯定也就不難理解。

八、結語

復仇行為，本屬生物本能之一，但在中國因受儒家孝義倫理影響而
發展為「五倫復仇觀」，復仇的責任遂因被害者關係之遠近親疏而異。
復仇動機的產生固以為父母、兄弟復仇者居多，為叔舅、師友復仇則多
見於士風激亢的東漢末期。至於為君復仇原即奠基於君臣恩義，臣下本
無為君復仇的義務，故君臣相得者固然有之，但多數為君復仇事例僅是
亂世中藉以攻伐異己的藉口而已。

就復仇對象言，概以手刃仇人為主，時亦擴及仇人親屬，最甚者則
擴大為仇人之全部親族的滅族行為。滅族式的復仇蓋源自原始社會，不
過在歷代復仇事例中僅見於魏晉六朝，應與當時特重門第氏族的社會背
景有關。

---

[159] 《後漢書》，卷 23，頁 813。
[160] 竇憲事，見同上註，頁 812-821。文長不錄。

　　就復仇方式言，復仇者限於自身與對象，在年齡、性別、財力、社會地位等方面的差距，而有暫時隱忍、結客復仇、趁釁舉報、遊說能者等多種變通方式。

　　由於復仇殺人仍屬殺人案，故案發後官方必須介入處理，處理方式又因處理層級與社會氛圍而異：縣級令長大都只能依法行刑，只有在士風特別激揚的東漢末期，少數縣級令長願意以棄官亡命的方式成全復仇者；相對地，郡級長官，早期權責較重，可以直接釋放復仇者，但隨著時代更迭，中央集權愈形明顯，郡級行政長官也逐漸演變為須向中央政府呈報。至於中央政府對復仇案的態度則隨時代與帝皇個人需求、態度而異；李唐帝皇對復仇案的態度甚至歷經由支持而反對、由反對而支持的轉變，充分顯見復仇觀因時變改的特色。

　　復仇行為在士人及民間具有一定的正當性固毋庸置疑，但復仇涉及殺人，對統治者而言，究屬社會亂象，在肯定復仇者孝心的情況下，依法處刑，雖有利於公權力的穩定，卻也因悖逆人情而影響人心向背；另一方面，赦免復仇者雖能酬其孝義心志而為輿論所稱揚，但法律寬赦復仇，等同鼓勵復仇，而過度的復仇勢必導致社會動蕩、人心惶惶。禮／法間的衝突如何調停，遂成為歷代執政者無法迴避的課題，就此點言，《唐律》將民間的復仇交由官方裁決與執行，為官方對復仇在赦／刑之外，開創了一條嶄新的道路，其發展、演變值得繼續省察。[161]

　　本文原載《文與哲》，2011 年 6 月，經「《文與哲》編輯委員會」授權轉載，特此註明。

---

[161] 筆者另有〈宋元明清復仇與法律互涉的省察與詮釋〉論之，待刊。

羅聯添教授八秩晉五
壽　慶　論　文　集
2011 年 11 月 頁 85-124

重讀李白
──「莊、屈」異質共構的理論與實證

廖美玉[*]

提　要

　　唐前的莊周與屈原，一直被以不同體系而記載著。韓、柳提倡古文，首度以莊、屈並置呈現文章的多元面向，並開啟莊、屈相互詮解的徑路。本論文首先探源尋流地爬梳歷代相關詩話，探討莊、屈異質共構現象，及其對中國古典詩學建構的重要意義；再藉由莊、屈異質共構所開啟的批評視域，以李白詩為實證文本，觀察如何在創作中映現「并莊、屈以為心」。為避免落入「莊、屈各有不同影響層面」的窠臼，在文本選擇上設定為「在同一詩中映現莊屈共構」者，分別從四個項目加以論述：消解「懷鄉」與「不遇」的悲情、「濟世」與「棄世」之外的成就感、「迷花不事君」的幸福感、由「醉夢全生」到縱浪恣肆的創作天地。期能為古典詩學在憤懣愁怨的抒情書寫之外，尋繹一條「深情而不滯於情」的創作徑路，探究「纏綿」與「超曠」同時具現所煥發出的藝術魅力。而無論纏綿或超曠，都把「時空感」拓展成遼闊無垠，並由此透顯出對人為權力宰制的抗衡，沈酣於對美好事物的賞愛能力，以及在浮生若夢的虛幻中衍生出對永恆的追尋。

關鍵詞：李白、莊周、屈原、異質共構、詩學

[*]逢甲大學中國文學系教授。

重讀李白

——「莊、屈」異質共構的理論與實證

一、前言

　　章學誠《文史通義·詩話篇》以為詩話之源，本於論鍾嶸《詩品》，並感慨「論詩論文而知溯流別，則可以探源經籍，而進窺天地之純，古人之大體矣。此意非後世詩話家流所能喻也。」惟鍾嶸《詩品》標舉詩歌以自我為主體的「抒情」特質，強調詩人「窮賤」、「幽居」、「生命不諧」等負面遭遇，其論詩以源自《楚辭》一系的詩人居多，在實際品評上偏向怨悱之情，[1]並不能涵攝人生面對困境時的不同應變之道，自然也就無法得到後來詩話家的充分肯定。本文嘗試以「莊、屈」異質共構的觀點，探源尋流地爬梳歷代相關詩話，以李白詩為實證文本，為古典詩學在憤懣愁怨的抒情書寫之外，尋繹一條「深情而不滯於情」的創作徑路，探討「纏綿」與「超曠」同時具現所煥發出的藝術魅力。

　　近人的莊、屈並舉，大抵著重在異同的比較，分別從時空背景、身世遭遇、性情志向、人格精神，反抗現實、堅持理想，具有豐富的想像力，運用比喻、象徵、夸飾等表現手法，說明莊、屈之異同。[2]特別要提出的，繆越〈論李義山〉一

---

[1] 有關鍾嶸《詩品》的怨悱抒情特質，論者已多，舉其要者如廖蔚卿《詩品析論》即指出：「總括鍾嶸的見解而言，作為詩的內容的精神主體，一方面具有因『感物』而生的『傷時歎逝』的無常的悲哀；一方面具有因感於人事際遇而生的憤世嫉俗的怨愁，廚川白村以為藝術是苦悶的象徵（見廚著《苦悶的象徵》），與此頗為近似。」收入《六朝文論》（臺北：聯經出版事業公司，1978 年 4 月），頁 216。

[2] 相關論文，有劉師培〈南北文學不同論〉，以莊、屈同出於僻處南方的荊楚，故二人為文同

文以莊、屈同為深於哀樂，入而能出的莊子為超曠，往而不返的屈原為纏綿，古人之詩出於〈騷〉者為正，出於〈莊〉者為變。[3]廖棟樑〈屈原、莊子並稱說─中國古代《楚辭》學史論之二〉從詮釋的角度，探討歷代學者在解〈騷〉過程中蓄意將屈原與莊周並稱的現象，進一步解釋屈、莊並稱的文化意涵，歸結於「屈原精神不斷被稀釋與淡化」。[4]而直接涉及莊、屈融通在文人創作表現上的討論，主要集中在說明莊、屈分別對李白所產生的影響。[5]此外，李生龍〈論莊、騷的融通

有「遺塵超物，荒唐譎怪」的特色。（臺北：華世出版社，1975 年）。又如張軍〈屈原、莊周浪漫主義比較論〉從莊、屈的出身說明相異處：屈乃「出身璜貴而又飽經宦海浮沈」，莊則為「窮閭厄巷」、「閑窘織屨」的平民知識分子，二人對「君王」的態度遂大不相同（《江漢論壇》，1983 年第 6 期，頁 55-58）。黎遠方〈莊子的浪漫主義是我國浪漫主義文學的源頭──兼談莊、屈浪漫主義的區別〉指出：「《莊子》一書基本上是個男性的世界，上至帝王國君，下到農夫匠人，幾乎都是男子；《楚辭》中的女神特多，近乎成了女人的世界，屈原的 23 篇詩作中，有 17 篇寫有女性。」（《桂林市教育學院學報》，第 12 卷第 3 期，頁 21-24）。郭維森〈屈原與莊周美學理想異同辨〉則從「純粹之美」、「崇高之美」、「和諧之美」三方面談莊、屈的異同（《南京大學學報》1988 年第 1 期，頁 113-119）。蔡覺敏〈淺談莊子與屈原之作的「拉雜」〉以「重複」為莊屈之作的相似特點（《甘肅聯合大學學報》第 20 卷第 3 期，2004年 7 月，頁 8-11）等。

3　文中指出：「莊子持論，雖忘我、齊是非，然其心並非如槁木死灰，其書中如……諸語憂樂無端，百感交集，在先秦諸子中最富詩意。惟莊子深於哀樂，而不滯於哀樂，雖善感而又能自遣。屈原則不然，其用情專壹，沈綿深曲，生平忠君愛國，當遭讒被放之後，猶徘側思君，潺湲流涕，憂傷悼痛，不能自已。……最足以自狀其心境之鬱結，不能排遣，故卒至於自沈。蓋莊子之用情，如蜻蜓點水，旋點旋飛；屈原之用情，則如春蠶作繭，愈縛愈緊。」收入繆越《詩詞散論》（臺北：臺灣開明書店，1977 年 2 月），頁 57-58。

4　廖棟樑〈屈原、莊子並稱說──中國古代《楚辭》學史論之二〉一文，認為「這種屈莊並稱所彰顯的人生模式，深契著古代知識份子的文化心理，既可以明其忠君愛國所帶來的悲憤之志，又可以為排遣之法。果然，從此以後很少有士大夫再陷入屈原式的精神絕境中，他們都能在必要時順當地沿著莊子逍遙之路從絕望中超脫出來。」、「後世文人把屈原精神同莊子學說進行調和，反而造成屈原精神不斷被稀釋與淡化。從《楚辭》學角度而言，這是對屈原精神影響的偏移。」（《輔仁學誌》，臺北：輔仁大學，第 25 期，1996 年 7 月，頁 1-17。）

5　相關論文有王運熙〈併莊屈以為心──李白詩歌思想內容的一大特色〉，分別指出李白詩歌與莊周、屈原作品的繼承發展關係。有陶道恕〈略論莊屈對李白歌行詩的影響〉，由李白歌行

與影響〉一文，則把「并莊屈以為心」者往前追溯到唐以前，直接從賈誼、揚雄、馮衍、張衡、趙壹等賦家作品，及魏晉阮籍與郭璞的詩賦，說明莊騷相融的現象。[6]本文擬結合詩話與詩歌創作，期能對莊、屈異質共構的議題及李白的詩歌造詣有更深一層的討論。

　　本文使用「異質共構」一詞，主要在於探討莊、屈的「異質」，如何在李白詩中交融呈現，並在後來詩話中形成「共構」的現象。而當代西方藝術心理學中的「格式塔」理論，試圖打破西方文化長期以來感性與理性等二元對立思維模式，用「異質同構」闡釋心物的對應關係，認為自然事物與藝術形式之所以能和人的情感發生關係，主要在於它們都存在著一種「力」的結構同形關係，再「將那些按照科學的分類法建立起來的順序和秩序『攔腰斬斷』，並在這些斬斷的橫截面上將各種『極不相同的事物』歸并為同一類」。[7]這個理論與莊、屈共構的指涉雖有不同，其「共構」所產生超越總合的意涵，則不妨在觀念上互有啟發。

詩飄逸風格的特點，說明莊、屈對李白的影響。以上二篇論文，收入李白研究學會編：《李白研究論叢》第二輯（成都：巴蜀書社，1990 年 12 月），頁 1-6、頁 7-16。又有張瑞君〈莊屈思想與李白性格〉，透過李白作品的檢閱，分別指出李白近於莊子與屈原之處，而以李白的并莊屈為心是要「功成身退」。收入馬鞍山《中國李白研究》編輯部編：《中國李白研究》1990 年集（江蘇古籍出版社，1991 年 6 月），頁 54-66。另有陶新民〈并莊屈以為心──試論莊屈對李白的影響〉，說明莊、屈在區域文化、性格、出身與作品風格的差異，將李白詩分為三個階段，指出「這二家思想在不同時期在李白身上占據著不同的地位」。收入陶新民編《中國古代文學論集》，（北京：人民文學出版社，2001 年 12 月），頁 210-219。

[6] 李生龍〈論莊、騷的融通與影響〉一文，先從人格精神與悲劇意蘊上說明莊屈融通處，再直接從賈誼、揚雄、馮衍、張衡、趙壹等賦家作品，說明漢代文士所具現的莊騷共有悲情，多援引老莊思想以求化解的情況，其後則有阮籍的以比興手法宣洩鬱悶，及郭璞的詼詭譎怪，對李白有直接影響。收入《中國文學研究》第 2 期（2004 年），頁 25-28、33。

[7] 見魯道夫‧阿恩海姆（Rudolf Arnheim , 1904-1994）《藝術與視知覺》〈自然事物的外部表現〉，又云：「只要以事物中那具有表現性的的外表做基礎，我們的眼睛就能夠自動地創造出一種適於對所有的存在物進行分類的林奈分類法（林奈，瑞典的博物學家）。……運用這樣一種分類法，就可以將那些依我們的思考方式本該屬於不同範疇的，或很少具有相同之處的各種事物，組合在一起（歸併同一類）。」（滕守堯譯，四川人民出版社，1998 年 3 月，頁 620-622）

二、莊、屈異質的詩學論述

莊屈二人都生當「周道浸壞」的戰國之世，時代溷濁是二人的共同體驗，《莊子·天下》直指：「以天下為沈濁，不可與莊語」；[8] 屈原〈離騷〉也說：「世溷濁而不分兮，好蔽美而嫉妒」。[9] 兩人應世的態度卻大異其趣：莊周要坐忘，屈原要執著；莊周絕情棄世而別具憫人之心，屈原積極入世卻偏多諷世之語；莊子一生講求達生，屈原最後選擇自殺。莊子任真去偽，不喜雕飾，如〈山木〉所云：「既雕既琢，復歸於樸」（頁 157），不受羈束，卒歸「獨志」（〈天地〉，頁 96）、「獨有之人」（〈在宥〉，頁 86），故能超越世俗而逍遙於無何有之鄉；屈原任情棄穢，耽美不解，如〈離騷〉所稱「佩繽紛其繁飾兮，芳菲菲其彌章」（頁 38），執著本心，九死不悔，形成「獨清」、「獨醒」（〈漁父〉，頁 156），結果是不容於世而自沈於江魚之腹。

由於莊、屈觀照的角度不同，他們各自示現的世界圖式及所揭示的意義，自然大異其趣。在漢代，莊、屈是以不同的樣貌被記載著。司馬遷《史記·屈原列傳》首先確立了「忠信」的核心地位：「屈平正道直行，竭忠盡智以事其君，讒人間之，可謂窮矣。信而見疑，忠而被謗，能无怨乎？」在忠而被謗、信而見疑的情況下，認定「怨」的合理性，進而許個人一個更遼闊的生存空間：「自疏濯淖污泥之中，蟬蛻於濁穢，以浮游塵埃之外，不獲世之滋垢，皭然泥而不滓者也。推此志，雖與日月爭光可也。」[10] 建構出生命個體的生存意義。班固《漢書》同樣指出：「春秋之後，周道浸壞，聘問歌詠不行於列國，學詩之士逸在布衣，而賢人失志之賦作矣。大儒孫卿及楚臣屈原離讒憂國，皆作賦以諷，咸有惻隱古詩之意。」

---

[8] 詳見錢穆箋：《莊子纂箋》（臺北：三民書局，1974 年 10 月），頁 277。以下所引莊子言論悉出本書，為避繁複，僅在引文後加註頁碼。

[9] 詳見蔣驥：《山帶閣注楚辭》（臺北：宏業書局，1972 年 11 月），頁 41。以下所引屈原作品悉出本書，為避繁複，僅在引文後加註頁碼。

[10] 詳見司馬遷：《史記·屈原列傳》（臺北：鼎文書局，1981 年 4 月），頁 2482。

（〈藝文志〉）、「楚賢臣屈原被讒放流，作離騷諸賦以自傷悼。」（〈地理志〉）[11]
由於政治的崩毀，造成賢人離讒憂國，甚至失去政治身分，也因而才得以如「布
衣」般，創作抒發個人情志的詩賦。

　　至於莊子，更是在詩人以外，另以學術流派被傳播著。司馬遷《史記・老子
韓非列傳》所描述的莊子，是「善屬書離辭，指事類情，用剽剝儒墨，雖當世宿
學不能自解免也。其言洸洋自恣以適己，故自王公大人不能器之。」（頁 3144）
完全跳脫屈原「信而見疑，忠而被謗」的怨懟牢騷，始終以「王公大人不能器」
的恣態，解構社會上各式學說、制度與觀念，觀其自言「我寧游戲污瀆之中自快，
無為有國者所羈，終身不仕，以快吾志焉。」（頁 3145）直接確立個體生命的生
存意義，故太史公說：「莊子散道德，放論，要亦歸之自然。」（頁 2156）惟有跳
脫人為的諸多規範禁制，才能回歸到生命存在的本然，達到「自恣以適己」的快
意人生。班固《漢書・藝文志》則直接把莊子歸入道家之變：「及放者為之，則欲
絕去禮學，兼棄仁義，曰獨任清虛可以為治。」[12]明白揭示莊子的反社會性表現
在「絕禮」、「棄仁義」，展現個人原有生存意義的思考面向。很顯然地，在《史記》
與《漢書》二書中，莊、屈呈現兩種完全不同的生命情態，而莊子所受到的關注，
又不如屈原來得熱烈。

　　直到「名士」的出現，莊、屈才有了各開生面、互別苗頭的機會。依范曄《後
漢書・黨錮傳序》的記載：逮桓靈之世，由於「主荒政繆」，激起「匹夫抗憤，處
士橫議」的風潮，以致「正直廢放，邪枉熾結，海內希風之流，遂共相標搒，指
天下名士，為之稱號。」[13]正直獨放使得屈原只能自疏自傷悼，而當越來越多的
不屑不潔之士，以前仆後繼的恣態，相互呼應成一股風流，如范曄贊所稱「蘭蕕
無並，銷長相傾」，遂具有與邪枉相抗衡的力量。而捍衛清流所造成的玉石俱焚，

---

[11] 詳見班固：《漢書・藝文志》（臺北：鼎文書局，1981 年 4 月），頁 1756

[12] 班固《漢書・藝文志》以為「道家者流，蓋出於史官，歷記成敗存亡禍福古今之道，然後
　　知秉要執本，清虛以自守，卑弱以自持，此君人南面之術也。合於堯之克攘，易之嗛嗛，
　　一謙而四益，此其所長也。」偏於政治之學，而莊子則走向個人的道路。（同上，頁 1732。）

[13] 詳見范曄：《後漢書》（臺北：鼎文書局，1981 年 4 月），頁 2185-2187。

也正如范曄所感慨的「徒恨芳膏，煎灼燈明」，蘭芳仍不能免於自煎自銷的殞滅。因此，到了魏晉，明白揭示：「名士不必須奇才，但使常得無事，痛飲酒，熟讀〈離騷〉，便可稱名士。」[14]不同於東漢名士的對抗威權、慷慨就義，[15]「熟讀〈離騷〉」就成了名士宣示抗憤橫議的儀式，實際上則轉入「棄經典而尚老莊，蔑禮法而崇放達」，[16]以莊子的放達自適，濟屈原之窮愁孤憤，以誦讀儀式代替親身試煉，不必付出憔悴消殞的代價，就能成為清流的一員，「名士」遂成風潮，「常得無事」、「痛飲酒」與「熟讀〈離騷〉」成為時代的共同表徵。故而同為名士，東漢時期充分發揮屈原「抗憤橫議」的積極精神，魏晉時期則轉而崇尚莊周「放達無為」的消極表現，此疆彼界可謂判然分明。

　　在文學創作上，依然是屈原獨領風騷的局面。南朝裴子野以屈騷為「悱惻芳菲」之祖，[17]蕭統以為「騷人之文，自茲而作」，[18]茲即指屈原含忠履潔而被放之事。劉勰《文心雕龍》〈辨騷〉直接以「自風雅寢聲，莫或抽緒；奇文鬱起，其〈離騷〉哉！」開始，更以極大篇幅分辨各家論〈騷〉兼具「方經」與「不合傳」的分歧現象，並舉「典誥之體」、「規諷之旨」、「比興之義」、「忠怨之辭」四事為「同於風雅」，舉「詭異之辭」、「譎怪之談」、「狷狹之志」、「荒淫之意」四事為「異乎經典」，已意識到屈騷本就具有異質並置的情況。[19]而〈諸子〉篇先稱許「莊周述

---

[14] 此為王孝伯言，語見劉義慶撰、徐震堮箋：《世說新語校箋‧任誕》（北京：中華書局，1991年7月），頁410。

[15] 范曄《後漢書》〈黨錮列傳〉論曰：「李膺振拔汙險之中，蘊義生風，以鼓動流俗，激素行以恥威權，之廉尚以振貴埶，使天下之士奮迅感概，波蕩從之，幽深牢破室族而不顧，至于子伏其死而母歡其義，壯矣哉。」（見前揭書，頁2207-2208。）

[16] 顧炎武《日知錄》卷17〈正始〉條云：「一時名士風流，盛於洛下，乃其棄經典而尚老莊，蔑禮法而崇放達，視其主之顛危若路人然，即此諸賢為之倡也。」（臺南：唯一書業中心，1975年9月），頁378。

[17] 裴子野說：「古者四始六藝，總而為詩，既形四方之風，且彰君子之志，勸美懲惡，王化本焉。後之作者，思存枝葉，繁華蘊藻，用以自通。若悱惻芳菲，楚騷為之祖。」引自周殷富編：《楚辭論——歷代楚辭評論選》（長春：吉林人民出版社，2003年1月），頁139。

[18] 見梁‧蕭統撰，李善注：《昭明文選》（臺北：文化圖書公司，1969年11月），頁1。

[19] 詳見劉勰撰、王禮卿注：《文心雕龍通解》（臺北：黎明文化事業公司，1986年10月），頁63-64。

道以翱翔」，後舉「蝸角有伏尸之戰」為「蹄駿之類」（頁 317-318），也體認到《莊子》書中存在著分歧的現象。鍾嶸《詩品》為第一部論詩專著，章學誠《文史通義・詩話》稱其：「論詩論文而知溯流別，則可以探源經籍，而進窺天地之純，古人之大體矣。此意非後世詩話家流所能喻也。」肯定《詩品》不同於後世詩話家流，在於透過「溯流別」的工夫，進行「辨彰清濁，掎摭病利」的判別，從而確立詩歌的本質，標舉詩歌以自我為主體的「抒情」特質。《詩品序》列舉實例時以屈原的「楚臣去境」冠首，論詩以源自《楚辭》一系的詩人居多，在實際品評上自然就偏向怨悱之情，如評李陵云：「其源出於《楚辭》，文多悽愴，怨者之流。陵名家子，有殊才，生命不諧，聲頹身喪。使陵不遭辛苦，其文亦何能至此。」強調詩人「窮賤」、「幽居」、「生命不諧」等負面遭遇，「感蕩心靈」而藉詩以「展其義」、「騁其情」，達到「群」與「怨」的情感調適功能。[20]由於《楚辭》系悲憤怨懟的強烈抒情性，並不能涵攝人生面對困境時的不同應變之道，因而後來也就沒有詩話家為《楚辭》系詩人作續譜。

再以個別詩人阮籍為例，《詠懷詩》二十三首云：「東南有射山，汾水出其陽。六龍服氣輿，雲蓋切天綱。仙者四五人，逍遙宴蘭房。寢息一純和，呼噏成各霜。沐浴丹淵中，炤燿日月光。豈安通靈臺，游濬去高翔。」（頁 20）通篇用莊子語意，寫出逍遙自適的樂境。同時又有三十八首的「炎光延萬里，洪川蕩湍瀨。彎弓掛扶桑，長劍倚天外。泰山成砥礪，黃河為裳帶。視彼莊周子，榮枯何足賴。捐身棄中野，烏鳶作患害。豈若雄傑士，功名從此大。」（頁 29）全詩展現奮發有為的意圖，不甘於自首沒世而無聞。同樣的情況，有第十首的「湛湛長江水，上有楓樹林。皋蘭被徑路，青麗逝駸駸。遠望令人悲，春氣感我心。三楚多秀士，

---

[20] 鍾嶸《詩品・序》云：「嘉會寄詩以親，離群託詩以怨。至於楚臣去境，漢妾辭宮。或骨橫朔野，或魂逐飛蓬。或負戈外戍，殺氣雄邊。塞客衣單，孀閨淚盡。或士有解出朝，一去忘返；女有揚娥入寵，再則傾國。凡斯種種，感蕩心靈，非陳詩何以展其義，非長歌何以騁其情？故曰：『詩可以群，可以怨』，使窮賤易安，幽居靡悶，莫尚於詩矣。」見王叔岷：《鍾嶸詩品箋證稿》（臺北：中央研究院中國文哲研究所，1992 年 3 月），頁 77。又〈漢都尉李陵詩〉見頁 140。

朝雲進荒淫。朱華振芬芳，高蔡相追尋。一為黃雀哀，淚下誰能禁。」（頁 10）
通篇由屈原而發，傾洩怨悱不解之情；以及五十一首「丹心失恩澤，重德喪所宜。
善言焉可長，慈惠未易施。不見南飛鵞，羽翼正差池。高子怨新詩，三閭悼乖離。
何為混沌氏，倏忽體貌隳。」（頁 37）[21]的無可奈何，亟欲有為卻反而加速殞滅，
都帶有濃厚的屈原色彩。身處漢末到魏晉之交的阮籍，正是名士由「抗憤橫議」
轉向「放達無為」的時期，因此阮籍詩仍是出於屈騷者多。阮籍以自身的體驗，
證明了莊、屈殊途，兩者都無法提供生命一條有效的徑路。故陳祚明《采菽堂古
詩選》以為「公詩自學〈離騷〉」，[22]而劉熙載《詩概》則直指「阮步兵出於莊」，
[23]說明莊、屈都對阮籍產生影響，卻猶未能「幷之以為心」，故鍾嶸《詩品》稱其
「言在耳目之內，情寄八荒之表」、「厥旨淵放，歸趣難求」，[24]蓋其憂生與憂世並
出，感情與理性同樣強烈，如三十一首所云：

> 一日復一夕，一夕復一朝。顏色改平常，精神自損消。胸中懷湯火，變化
> 故相招。萬事無窮極，知謀苦不饒。但恐須臾間，魂氣隨風飄。終身履薄
> 冰，誰知我心焦。（頁 28）

滿懷熾熱的情感，面對充滿變數的現實環境，根本就沒有應變的空間，就如胸懷
湯火行走在薄冰上，毀滅性的恐懼與痛徹心肺的焦灼感，使阮籍可以寫出如前所
引的掛弓扶桑、倚劍天外、以泰山為砥礪、以黃河為裳帶的豪邁語氣，卻始終瀰
漫著憂思不解的焦慮感。清王夫之評選《詠懷詩》稱其託體「或以自安，或以自

---

[21] 以上所引阮籍詩，俱見古直箋：《阮嗣宗詩箋》（臺北：廣文書局，1970 年 12 月），僅在詩
後加註頁碼。

[22] 引自陳祚明：《采菽堂古詩選》（中央圖書館藏本），卷 8，頁 16。

[23] 詳見劉熙載《詩概》，出自郭紹虞編：《清詩話續編》下冊，（臺北：木鐸出版社，1983 年
12 月），頁 2421。

[24] 同註 20，頁 165-170。

悼,或標物外之旨,或寄疾邪之思」,[25]其中有屬於莊子的自安與物外之旨,有近於屈原的自悼與疾邪之思,莊、屈的異質,就阮籍而言,只是更清醒地承受理性與感性的糾結衝突,就如元好問〈鷓鴣天〉所形容:

> 只近浮名不近情,且看不飲更何成。三杯漸覺紛華近,一斗都教魂魄平。醒復醉,醉還醒。靈均憔悴可憐生。〈離騷〉讀殺渾無味,好個詩家阮步兵。[26]

屈原的獨清獨醒、憔悴澤畔,固然是阮籍所極力避免的;然而遁入酒鄉、藉酒全生[27]的厄言模式,卻終究只能獲得短暫的解脫。在醉、醒之間不斷擺盪的阮籍,永遠無法獲得心靈的平靜。

概括而言,莊、屈都能深刻地體會生命的存在,是無常/短暫的,因而更能以深情關注自己所處環境,一個因為體會到「無常」而要順其自然、無為逍遙,一個由於體會到「短暫」而更要把握美好的現在、縱情耽溺。兩人都有自己的獨立見解,而且終其一生義無反顧,堅持死守他們所自以為的「善道」,不肯委曲求全,因而與社會大眾產生對立,以致被壓抑、嘲笑與排擠,陷入失望、孤獨、苦悶、困窘的失意處境,強烈的挫折感與永遠無法獲得的成就感,更激起心中的不平,乃對社會亂象展開反擊,卻也因而把自己推向鮮明的反社會角色,逐漸與社會疏離,也更為卓然自立。如《莊子·繕性》所謂:「世喪道矣,道喪世矣,世與道交相喪也。道之人何繇興乎世?世亦何繇興乎道哉?」(頁126),屈原〈漁父〉也說:「舉世皆濁我獨清,眾人皆醉我獨醒」、「安能以身之察察,受物之汶汶者

---

[25] 詳見王夫之:《古詩評選》(北京:文化藝術出版社,1997年3月),頁167。

[26] 見葉慶炳等編:《元好問研究資料彙編》(臺北:行政院文化建設委員會出版,1990年12月),頁1149。

[27] 莊子藉酒全生的觀念,見錢穆箋《莊子纂箋·達生》云:「夫醉者之墜車,雖疾不死。骨節與人同,而犯害與人異,其神全也。乘亦不知也,墜亦不知也。死生驚懼不入乎其胸中,是故忤物而不慴。彼得全於酒而猶若是。」(臺北:三民書局,1974年10月),頁145。

乎？」、「安能以皓皓之白，而蒙世俗之塵埃乎？」（頁 156-157）憤世嫉俗與潔身自好的相互作用，使他們不惜與全世界為敵，而成了永恆的孤獨者，彳亍獨行於茫茫天地之間，在品嚐無盡的孤寂中，以縱放恣肆、纏綿往覆的文字，有如屈原〈遠遊〉「夜耿耿而不寐兮，魂營營而至曙」（頁 145）般奔騰不息的情感，又有莊子〈在宥〉「出入六合，遊乎九州，獨來獨往」（頁 86）般浩瀚無垠的思維，砌成一篇篇瑰瑋炫奇的文章，牽繫著一代又一代的失意士子，在永無太平的濁世中，期待一位可以「并之以為心」者，建構一個可以「正道直行」、容許經營「理想」的詩的國度。

三、有關莊屈共構的詩學論述

莊、屈在詩文理論上的並置，最早出現在唐朝。由於韓柳提倡古文，擴大文章取法的對象，韓愈首先在「沈浸醲郁，含英咀華」的前提下，除儒家經傳之外，提出「下逮莊騷，太史所錄，子雲相如，同工異曲。」[28]莊騷並列，與其他著作共同成為「同工」的「異曲」，是作文可以「閎中肆外」的重要關鍵。又在〈送孟東野序〉中以「不平之鳴」再度將莊、屈作了連結：「莊周以其荒唐之辭鳴，楚，大國也，其亡也，以屈原鳴。」（頁 136）柳宗元也以「旁推交通」相呼應，提出「參之莊老以肆其端」、「參之離騷以致其幽」，[29]莊、屈異質正好可以促使作家發

---

[28] 韓愈〈進學解〉：「沈浸醲郁，含英咀華。作為文章，其書滿家。上規姚姒，渾渾無涯。周誥殷盤，佶屈聱牙。春秋謹嚴，左氏浮誇。易奇而法，詩正而葩。下逮莊騷，太史所錄。子雲相如，同工異曲。先生之於文，可謂閎其中而肆其外矣。」見《韓昌黎集》（臺北：河洛圖書出版社，1975 年 3 月），頁 25-27。其弟子李翱〈答朱載言書〉也說：「六經之旨也，浩浩乎若江海，高乎若邱山，赫乎若日火，包乎若天地，掇章稱詠，津潤怪麗。六經之詞也，創意造言，皆不相師，故其讀春秋也，如未嘗有詩也，其讀詩也，如未嘗有易也，其讀易也，如未嘗有書也。其讀屈原莊周也，如未嘗有六經也。」詳見董誥編：《全唐文》（上海：上海古籍出版社，1990 年），卷 635，頁 6411-6412。

[29] 柳宗元〈答韋中立論師道書〉：「本之書以求其質，本之詩以求其恆，本之禮以求其宜，本之春秋以求其斷，本之易以求其動，此吾所以取道之原也。參之穀梁氏以厲其氣，參之孟

揮不同的效果，既能放也能收，既能夠推闡到最極盡之處，也能夠挖掘到最深微之處。莊、屈的相互激盪，相互發明，使得個別作家的創作表現更為多元、多姿，作品內涵也更為廣大深刻。同為唐宋古文名家，曾鞏在〈祭歐陽少師文〉中說：

> 維公學為儒宗，材不世出。文章逸發，醇深炳蔚。體備韓馬，思兼莊屈。垂光簡編，焯爍星日。絕去刀尺，混然天質。辭窮卷盡，含意未卒。讀者心醒，開蒙愈疾。當代一人，顧無儔匹。諫垣抗議，氣震回遹。鼓行無前，跋疐非恤。世偽難勝，孤堅竟窒。紫微玉堂，獨當大筆。[30]

明白指出歐陽修的文章「思兼莊屈」，而又能夠泯滅界限，融入性情，面對「世偽難勝」，依然諫垣抗議，獨當大筆，且能含意無窮，使「讀者心醒，開蒙愈疾」。很顯然地，能夠巧妙融攝莊、屈，是歐文「醇深炳蔚」的重要因素。

除了古文家，宋人也在杜甫詩中感受到來自莊、屈兩方面的影響。張方平〈讀杜工部詩〉即指出：「文物皇唐盛，詩家老杜豪。雅音還正始，感興出離騷。……行吟悲楚澤，達觀念莊濠。逸思乘秋水，愁腸困濁醪。耒陽三尺土，誰為剪蓬蒿。」[31]認為杜甫詩以出自〈離騷〉為多，有屈原行吟澤畔的獨立清明，但同時也有莊子在濠梁之上的泯滅物我，只是秋水逸思，卻終究跳脫不了濁醪愁腸，因而使杜甫詩在感激淋漓、沈鬱悲壯之中，別有「豪」的氣勢呈現。蘇轍〈和張安道讀杜集〉更進一步詠出：

> 我公才不世，晚歲道尤高。與物都無著，看書未覺勞。微言精老易，奇韻喜莊騷。杜叟詩篇在，唐人氣力豪。近時無沈宋，前輩蔑劉曹。天驥精神

苟以暢其支，參之莊老以肆其端，參之國語以博其趣，參之離騷以致其幽，參之太史以著其潔。此吾所以旁推交通而以為之文也。」見《柳河東集》（臺北：河洛圖書出版社，1974年12月），頁540-543。

[30] 引自宋歐陽修著：《歐陽修全集》卷六〈附錄〉（臺南：大東書局，1970年6月），頁189。

[31] 見《樂全集》卷二，收入《杜甫研究》（臺北：成偉出版社，無出版日期），頁71-72。

穩，層臺結構牢。龍騰非有跡，鯨轉自生濤。浩蕩來何極，雍容去若遨。
壇高真命將，轟亂始知髦。白也空無敵，微之豈少襃。論文開錦繡，賦命
委蓬蒿。初試中書日，旋聞廊廟逃。妻孥隔豺虎，關輔暗旌旄。入蜀營三
徑，浮江寄一艘。投入慚下舍，愛酒類東皋。漂泊終浮梗，迂疏獨釣鼇。
誤身空有賦，掩脛惜無袍。卷軸今何益，零丁昔未遭。相如元並世，惠子
謾臨濠。得失將誰怨，憑公付濁醪。[32]

明白指出張氏是由於喜愛莊、騷的奇韻，才能跳脫時議，獨喜杜詩之豪：如千里
馬跑得快又穩，找不出絲毫的空隙；又如龍飛九天，來去無跡；鯨躍碧海，波濤
洶湧。在極速中展現風華，在廣大無垠中自有一份雍容，正是莊、屈相互挹注所
生成的效果。只可惜有才無命，現實的挫折銷磨，如此高才鴻文，不獨不遇於時，
也還沒有人真識得杜詩好處，與杜甫〈古柏行〉所自歎「古來材大難為用」[33]恰
相呼應。也因莊、屈之助，使得杜甫在前所未有的窮苦潦倒之中，仍能有一股不
可遏抑的豪氣存在。

　　由莊、屈並置而回過頭來重新詮解二人的，首推南宋葉適（1150-1223），云：

　　　　（莊子）不得志於當時，而放意於言，湛濁一世而思以寄之，是以至此。
　　　　其怨憤之切，所以異於屈原者鮮矣。[34]

認為莊子與屈原是同樣的「不得志」，因此其「怨憤之切」也就與屈原沒什麼不同

---

[32] 見北京大學古籍文獻研究所編《全宋詩》，卷851，（北京：北京大學出版社，1998年12月），
　　頁9853。

[33] 杜甫〈古柏行〉藉孔明廟前參天古柏，感慨才志之士不得重用的悲哀，略云：「……落落
　　盤踞雖得地，冥冥孤高多烈風。扶持自是神明力，正直原因造化功。大廈如傾要梁棟，萬
　　牛回首丘山重。不露文章世已驚，未辭翦伐誰能送。苦心豈免容螻蟻，香葉終經宿鸞鳳。
　　志士幽人莫怨嗟，古來材大難為用。」詳見仇兆鰲：《杜詩詳注》（臺北：正大印書館，
　　1974年6月），頁1727-1730。

[34] 詳見葉適：《水心別集》，（天津：百花文藝出版社，1996年）。

了。這是援屈解莊第一例。葉適之後，明人都穆（1458-1525）在《南濠詩話》指出：「六經如《詩》《書》《春秋》《禮記》，所載無非實事。自〈騷賦〉之作興，託為漁父卜者及無是公烏有先生之類，而文詞始多漫話，其源出於《莊子》。《莊子》一書，大抵皆寓言也。」[35]把歷來歸於儒學系統的屈原作品，依表現手法判定源出《莊子》。以莊、屈的相互詮解有了更大空間。謝榛（1495-1575）的《四溟詩話》更具體舉證：「宋玉〈大言賦〉曰：『並吞四夷，飲枯河海，跂越九州，無所容止。』〈大言賦〉曰：『無內之中，微物生焉。比之無象，言之無名。視之則渺渺，望之則冥冥。離婁為之嘆悶，神明不能察其情。』二賦出於列子，皆有託寓。」[36]把屈原之後的宋玉賦，溯源自與莊子同為道家系列的《列子》，都是以莊解屈的例子。

明人在藉莊、屈互詮以開展新義之外，更著力於發明莊、屈的文學特質，如黃汝亨（1558-1626）的《楚辭章句序》云：

> 總之文生於情，莊生游世之作，故清濁一流，醉醒同狀，寄幻於寰中，標旨於眾先；而屈子以其獨醒獨清之意，沈世之內，殷憂君上，憤懣混濁。六合之大，萬類之廣，耳目之所覽睹，上極蒼蒼，下極林林，摧心裂腸，無之非是。辟之深秋永夜，淒風苦雨，鬱結於氣，宣噪於聲，皆化工殿，豈文人雕刻之末技，詞家模擬之艷辭哉。馬遷讀生書而歸之寓言，此可與言《騷》也已矣。[37]

就「文生於情」而言，無論是莊子的「清濁一流，醉醒同狀」，或是屈原的「獨醒獨清」，都能夠以深心所鬱結，出入六合，驅使萬類，凡耳目所見聞，信筆直書，隨處觸發，皆成化工。黃汝亨甚至認為：不了解莊子書，即不能正確詮釋屈騷。徐繼儒的《文奇豹斑》也指出：

---

[35] 見丁福保輯《歷代詩話續編》（臺北：木鐸出版社，1988 年 7 月），下冊，頁 1360。

[36] 同前註，下冊，卷二，頁 1160。

[37] 引自司馬遷等著：《楚辭評論資料選》（臺北：長安出版社，1988 年 9 月），頁 116。

> 古今文章無首尾者，獨莊、騷兩家。蓋屈原、莊周皆哀樂過人者。哀者，
> 毗於陰，故〈離騷〉孤沈而深往；樂者，毗於陽，故《南華》奔放而飄飛。
> 哀樂之極，笑啼無端；笑啼之極，言語無端。[38]

明白揭示莊、屈的情都在於「哀樂過人」，屈原的「哀情」表現出來是孤沈獨往，
莊子的「樂情」表現出來是奔放飄飛，其極致都是「無端」，因此「文章無首尾」
也就成了兩人的共同特色。如何孟春《冬餘詩話》所云：「莊周之文，以玄奇；屈
原之文，以幽奇。」一個是玄奇，一個是幽奇，唐前莊、屈的判然分明，已在相
互詮解中變成不易分辨了。明末陳子龍（1608-1647）對此更有深刻體會，其〈譚
子莊騷二學序〉云：

> 戰國時，楚有莊子、屈子，皆賢人也，而跡其所為絕相反。莊子游天地之
> 表，卻諸侯之聘，自託於不鳴之禽、不材之木，此無意當世者也。而屈子
> 則以宗臣受知遇，傷王之不明，而國之削弱，悲傷鬱陶，沈淵以沒，斯甚
> 不忘情者也。以我觀之，則二子固有甚同者：夫莊子勤勤焉欲返天下於驪
> 連赫胥之間，豈得為忘情之士；而屈子思謁虞帝而從彭咸，蓋於當世之人
> 不數數然也。予嘗謂二子皆才高而善怨者，或至於死，或遁於無乎有之鄉，
> 隨其所遇而成耳。故二子所著之書，用心恢奇，逞辭荒誕，其宕逸變化，
> 亦有相類。[39]

---

[38] 引自周殿富：《楚辭論──歷代楚辭論評選》（長春：吉林人民出版社，2003 年 1 月），頁 307。

[39] 詳見上海文獻叢書編委會編：《陳子龍文集》（上海：華東師範大學出版社，1988 年 11 月），頁 76-77。陳子龍又在〈莊周論〉中說：「莊周者，其言恣怪迂侈，所非呵者皆當世神聖賢人。以我觀之，無甚誕僻，其所怨亦猶夫人之情而已。……莊子，亂世之民也，而能文章，故其言傳耳。夫亂世之民，情懣怨毒，無所聊賴，其怨既深，則於當世反若無所見者。忠厚之士未嘗不歌詠先王而思其盛，今之歌詩是也；而辨激憤悲抑之人，則反刺訐古先以蕩達其不平之心，若莊子者是也。二者其文異觀，而其情一致也。」（頁 151-154）。

行為表現上絕對相反的二個人，在後世讀者中卻賦予「甚同」之處：「無意當世」者卻又不得為「忘情之士」，「甚不忘情」者於當世之人卻顯得冷漠，陳子龍因而論斷兩人同為「才高而善怨」，行為表現的差異純是不同際遇所造成。因此，兩人在創作表現上的「用心恢奇」、「逞辭荒誕」、「宏逸變化」，也就趨於一致了。

　　明清易代之際，莊、屈互補更成了滄桑之後的最佳心靈良劑。其最具代表性者當推錢澄之，《四庫全書總目提要》稱：「蓋澄子丁明末造，發憤著書，以〈離騷〉寓其幽憂，而以《莊子》寓其解脫。」[40]《清史稿》也說：「蓋澄之生值末季，離憂抑鬱無所洩，一寓之於言，故以《莊》繼《易》，以《屈》繼《詩》也。」[41]可見《莊屈合詁》寄寓了錢澄之的國事心事，其〈自序〉云：「以《莊》繼《易》，以《屈》繼《詩》，從而詁之，于二經之宗旨，庶益足以轉相發揮。」不但《莊》、《屈》合詁互補，更把《莊》《屈》提升到羽翼儒家經籍的地位，可見其苦心孤詣。序文進一步提出他的核心論點：

> 是故天下非至性之人，不可以悟道；非見道之人，亦不可以死節也。吾謂《易》因乎時，《詩》本乎性情。凡莊子、屈子之所為，一處其潛，一處其亢，皆時為之也。莊子之性情，于君父之間，非不深至，特無所感發耳。詩也者，感之為也。若屈子則感之至極者矣。合詁之，使學者知莊、屈無二道，則益知吾之《易學》、《詩學》無二義也。[42]

錢澄之認為「至性」、「見道」與「死節」三者是一體的三面，因此「莊、屈無二道」，兩人之所以表現不同，純粹是因為外在環境的因素所造成，使兩人易境而處，

---

[40] 詳見永瑢等撰：《四庫全書總目提要》，卷 134，子部《莊屈合詁》（臺北：商務印書館，萬有文庫本），頁 2777。

[41] 詳見趙爾巽等撰：《清史稿·錢澄之列傳》（北京；中華書局，1991 年 1 月），卷 500，頁 13834。

[42] 錢澄之撰、殷呈祥校點：《莊屈合詁》（安徽：黃山書社，1998 年 8 月），頁 3-4。

必有相同感發，序中即分別具體地為兩人辯解，[43]唐甄為作〈莊屈合詁序〉，仍在闡明錢氏此項心意。[44]可見身處易代而不能有為的悲憤、不甘與焦慮，使陳子龍、錢澄之不約而同地以莊、屈著作來表明心跡，因而這類論述有著刻意地消解莊、屈異質的傾向，具有其特殊的時代背景。

等到易代之慟稍微平息，莊、屈的「同質」如何「剝離」？成了新一代所要問對的議題。劉獻庭（1648-1695）首先在《離騷經講錄‧離騷總論》中提出揚屈抑莊的言論：

> 夫仰觀於天文，俯察於地理，是故知幽明之故，〈天問〉一篇盡之。原始反終，故知死生之說，〈遠遊〉一篇盡之。精氣為物，遊魂為變，是故知鬼神之情狀，〈九歌〉一篇盡之。即使以南華先生縱恣恍洋之筆，極力描寫，尚不能透露至此。而屈子乃輕輕省省，和盤托出，與天下萬世共見共聞，豈非絕世之奇人，絕世之奇事，絕世之奇文？豈非真能知聖人之學者乎？[45]

劉獻庭就一般認為莊子所專擅的浩渺奇幻世界，從表現技巧上提出屈勝於莊的論點，因而單獨表出屈原為絕世的「奇人」、「奇事」、「奇文」，更進一步結合屈原的

---

[43] 錢澄之自序即指出：「吾嘗謂莊子深於《易》，《易》有潛有亢，唯其時也。當潛不宜有亢之事，猶當亢不宜存潛之心。而世以潛時明哲保身之道，用之于亢時，為全軀保妻子之謀，皆莊子之罪人也。……使為世用，吾知其必有致命遂志之忠。」、「詩也者，性情之事也。屈子忠于君，以讒見疏，憂君念國，發而為詞，反復纏綿，不能自勝。至于沉湘以死，此其性情深至。」同前註。

[44] 唐甄〈莊屈合詁序〉：「龍之為物，變化無跡，若豢于人，則不免于脯醢。……莊子知之，是以卻千金之聘，汙卿相之尊，不豢于人而游于無何有之鄉。……而況君子之出，其文足以道君，其才足以治天下，乃辨種勤植，灌園自適，心雖樂之，不得已也。」、「讒言熒惑，君迷國亂，為人臣子，視其國如視鄰人之安危，無與于身，是豈人之情也哉？」（同前註，頁 1-2）。

[45] 引自司馬遷等著：《楚辭評論資料選》（臺北：長安出版社，1988 年 9 月），頁 156。

儒家形象許以「真能知聖人之學」，使莊、屈的「同質」有所軒輊，因而產生剝離的作用。

　　莊、屈由相互詮解而相互激揚、呈現新義，也由趨同而逐漸泯滅界限、歸於一致。因此，同質剝離未嘗不是爭取生存空間的一種策略。在剝離同質的過程中，除了抑莊揚屈或抑屈揚莊的各有所好之外，如何讓莊、屈異質共構以衍生更豐富的意涵，就成了新的論述重點。胡文英同時撰有《屈騷指掌》、《莊子獨見》二書，其《莊子獨見‧莊子總論》說：「莊子眼極冷，心腸極熱。眼冷，故是非不管；心腸熱，故感慨無端。雖道無用，而未能忘情，到底是熱腸掛住。雖不能忘情，而終不下手，到底是冷眼看穿。……莊子最是深情，人第知三閭之哀怨，而不知漆園之哀怨有甚於三閭也。蓋三閭之哀怨在一國，而漆園之哀怨在天下；三閭之哀怨在一時，而漆園之哀怨在萬世。」由莊子的「眼極冷，心腸極熱」，揭示莊子「情」的特質，就在「不能忘」與「不下手」之間，激盪出一片「深情」，更拿以強烈抒情性聞名的屈原作比，指屈原的「哀怨」在一國一時，因而推闡出莊子的「哀怨」在天下、在萬世。王鳴盛（1722-1797）為《屈騷指掌》作序，特別提出質疑：

> 余獨疑質餘（胡文英字）曩刊莊子矣，又將刻屈騷行世。夫此二書者，皆余之所篤好。質餘為人甚修飭，絕不類莊周放曠。而屈大夫者，放逐煩懣，詞多鬱伊；若質餘則行高而心寬，優處自適，彈琴詠歌，其閒居則嘿嘿然，行於道塗則循循然，夫何離憂之有哉？余不知其相感於百世之上者何義也。既為題端，又舉以訊之。[46]

前書透過屈原可以更深刻了解莊子，後書又透過莊子來了解屈原，而不論莊、屈，都與胡文英的為人處事有絕大不同，莊子的放曠與胡氏的修飭，屈原的煩懣鬱伊與胡氏的優處自適，都是異質，卻又全部共構於胡氏一人身上，透過作品詮釋，形成一極為獨特的文化現象。章學誠（1738-1801）《文史通義‧質性》即對莊、

---

[46] 引自崔富章編著：《楚辭書目五種續編》（上海：上海古籍出版社，1993年），頁143。

屈異質的文化現象有深刻的闡發：

> 昔人謂莊、屈之書哀樂過人，蓋言性不可見，而情之奇至如莊屈，狂狷之
> 所以不朽也。……夫情本於性也，才率於氣也。累於陰陽之間者，不能無
> 盈虛消息之機。才情不離乎血氣，無學以持之，不能不受陰陽之移也。陶
> 舞慍戚，一身之內，環轉無端而不自知。苟盡其理，雖夫子憤樂相尋，不
> 過是也。……大約樂至沈酣而惜光景，必轉生悲；而憂患既深，知其無可
> 如何，則反為曠達。屈原憂極，故有輕舉遠遊、餐霞飲瀣之賦；莊周樂至，
> 故有後人不見天地之純，古人大體之悲，此亦倚伏之至理也。若夫毗於陰
> 者，妄自期許，感慨橫生，賊夫騷者也。毗於陽者，猖狂無主，動稱自然，
> 賊夫莊者也。然而亦且循環未有已矣。[47]

章氏明白指出莊、屈的「哀樂過人」都是情的表現，而情本於性，才情不離血氣，都必然受到陰陽的影響，也才能掌握盈虛消息的變化關鍵。因此，惟有能「樂至沈酣而惜光景」的人，才懂得「悲」；也惟有「憂患既深，知其無可如何」的人，才真懂得「曠達」。是以一身之內，哀樂倚伏，環轉無端，是讀莊、屈文的核心理路。章氏並指出「妄自期許，感慨橫生」與「猖狂無主，動稱自然」是對屈、莊的誤讀二大弊端。[48]除情理內核之外，章學誠也關注到莊、屈的表現手法，其〈易教〉下云：「然戰國之文，深於比興，即其深於取象者也。《莊》《列》之寓言也，則觸蠻可以立國，蕉鹿可以聽訟。〈離騷〉之抒憤也，則帝闕可上九天，鬼情可察

---

[47] 詳見章學誠：《文史通義》內篇三〈質性〉，（臺北：史學出版社，1974 年 4 月），頁 88。

[48] 有關莊、屈的閱讀，歷來有許多陳述，如張奕樞〈楚辭節注序〉引鱸香之語：「讀《南華》者，期於開拓心胸；讀《楚辭》者，宜於打掃心地。」林雲銘《楚辭燈·序》說：「余少痴妄，不達時宜，私謂用世，可以得行其志。及筮仕後，所見所聞，皆非素習，以故動罹謫訶。每當讀〈騷〉，輒廢書痛哭，失聲仆地。因取蒙莊齊得喪、忘是非之旨，以抑哀憤。」（臺北：廣文書局，1994 年，頁 2）是另一個有趣的議題，因與本文關係不大，故姑置不論。

九地。他若縱橫馳說之士，飛箝捭闔之流，徙蛇引虎之營謀，桃梗土偶之問答，愈出愈奇，不可思議。」（頁6）莊、屈為文深於比興取象，打破了物類與時空的界限，人的思維因為越界而更加豐富多元，連帶的在表現手法上也就更能夠不斷出奇，令人耳目一新。陳本禮（1739-1818）在《屈辭精義・跋》中即就奇險處發揮：

> 文自六經外，惟莊、屈兩家，夙稱大宗。莊文灝瀚，屈詞奇險。莊可以御空而行，隨其意之所至，以自成結構。屈則自抒悲憤，其措語之難，有甚於莊。……故運思落筆，都借寓於奇險之徑，使言之無罪，聞之足以戒。洋洋灑灑，滔滔汨汨，無義不搜，無典不舉，而起伏照應，頓挫迴環，極文人之能事，故能與漆園並驅千古。[49]

不論是莊子的御空而行，或是屈原的自抒悲憤，其運思落筆都走奇險一路，乃在洋洋灑灑、滔滔汨汨的行文中，自有其起伏照應、頓挫迴環，在隨意揮灑中自成結構，是莊、屈並稱大家的原因。方人傑在《莊騷讀本・發凡》中也有類似的看法：「以《莊子》為寓言，非也。莊子長譬遠引，自寫處有遠有近，指點處有明有晦，獨其筆妙，使人急切難會耳。若寓言，則〈離騷〉有之，一篇之中，三致意焉。心所至，筆亦所至；心所不至，筆亦無不至。遙情幽思，揮毫落墨間，凡天地人鬼，魚龍百怪，無不網羅發揮，抒寫其欲言難言之意，不倫不類，雜杳紛披以為證，則非以為寓言，亦非此則所謂寓言。此則興比之所難分，而朱子所不意者也。」都能在莊、屈的相互映照中，使其文學表現技巧得到充分闡發，使莊子不再局限於學術上的地位，而屈原也能在唐人出現分歧評價之後，因為莊、屈的異質共構，而發掘出各自不易為人所知的一面，確立了莊、屈在文學創作上的不朽地位。

清人詩話中關於莊、屈的論述，沈德潛（1673-1769）即從根學實氣的角度將

---

[49] 詳見陳本禮：《屈辭精義》（臺北：廣文書局，1971年12月），頁2。

莊騷合論，其〈與陳耻菴書〉云：

> 詩道之實其氣，在根柢於學。以唐人言之，少陵之詩，寄穴經史；太白之詩，
> 浸淫莊騷；昌黎之詩，原本漢賦。推此而上，若顏謝阮陶曹劉諸人，蔑弗盡
> 然。蓋能根柢於學，則本原醇厚，而因出之以性情之和平，將卓爾樹立，成
> 一家言。吾不受風氣之轉移，而可轉移乎風氣，此實其氣之說也。[50]

能夠自成一家的詩人，必須能夠實其氣；不同的詩人有不同的學問根柢，涵養個
人特有的氣，才能夠不被時代風氣所轉移。而李白就從浸淫莊、騷中，建立個人
獨特的詩風，成為超越時代風氣的詩人。此外，又從表現手法上集中討論詞語所
造成的作用，如喬億（1702-1788）《劍谿詩說》云：

> 詩本貴潔，亦貴拉雜。能潔難，能拉雜更難。……夫所謂拉雜者，形體則
> 然，其意義未嘗不潔，若《莊子》、〈離騷〉皆是也，獨詩也哉！[51]

歷來評論者多集中討論屈原作品的反覆陳詞，甚至對諸語複疊不無微詞。[52]喬億
則就《莊子》與〈離騷〉在形體上拉雜，在意義上卻能達到「潔」的境地，因而
提出「能潔難，能拉雜更難」的詩學論述。依此，喬億進一步指出：「詩學根本《六
經》，指義四始，放浪於《莊》、《騷》，錯綜於《左》、《史》，豈易言哉！」（頁1069）、

---

[50] 詳見沈德潛著：《歸愚文鈔》，《沈歸愚詩文全集》（乾隆教忠堂刊本，國家圖書館典藏本），
卷15，頁2。

[51] 喬億《劍谿說詩》，引自郭紹虞編：《清詩話續編》（臺北：木鐸出版社，1983年12月），卷
上，頁1097。

[52] 如顧炎武《日知錄》卷21〈文辭欺人〉云：「汨羅之宗臣，言之重，辭之複，心煩意亂，而
其詞不能以次者，真也。」（見前揭書，頁556）。又蔣驥《山帶閣注楚辭‧餘論》也指出：
「竊嘗循覽其解，茫乎不得其條理，輒頹然舍去。蓋自章首至余心可懲，都未區分段落；
眾皆競進以下，文勢紛如亂絲。惟覺長顑頷亦何傷，雖九死其猶未悔，寧溘死而流亡，伏
清白以死直，雖解體猶未變諸語，複疊無味，一也。」（見前揭書，頁180）。

「詩不源於《楚騷》，無以窮〈風〉、〈雅〉比興之變，猶夫文不參之《莊子》，雖昌明博大，終乏神奇也。」[53]他強烈主張詩學要在六經的根本之外，藉由《楚騷》與《莊子》來達到比興變化，使文學創作要在昌明博大之外，更展現出神奇的魅力。喬億更以李、杜為具體例證，說明詩人能否放浪於莊、屈，決定了詩人的不同造詣，他說：

> 杜子美原本經史，詩體專是賦，故多切實之語。李太白枕藉《莊》、〈騷〉，長於比興，故多惝惚之詞。（頁 1087）

喬億是第一位提出李白兼攝莊、屈的詩評家。他認為杜甫詩由經史而來，又全用賦筆，故語語切實，能提供的想像空間並不多。相形之下，李白則毫不檢束地縱任在《莊》、〈騷〉中，摻雜並用，把莊、屈所擅長的比興發揮得淋漓盡致，因而詞語留有更多的游移與空隙，提供給讀者更大的參與空間。

喬億之後，方東樹（1772-1851）繼續就六經與莊、屈的比較進行討論，《昭昧詹言》卷一云：

> 以六經校《莊子》，覺《莊子》意新奇佻巧。以六經校屈子，覺屈子辭膚費繁縟。然而一則醒豁呈露，一則沈鬱深痛，皆天地之至文也。所以並驅六經中，獨立千載後。[54]

讀莊文每覺其立意新奇佻巧，卻別有「醒豁呈露」的暢快淋漓；讀屈騷常苦其措辭膚費繁縟，卻又有「沈鬱深痛」的纏綿感慨。因而不得不承認：莊、屈為天地之至文，雖然異於六經，卻獨能與六經並駕而自致不朽。方氏更進一步指出：「莊以放曠，屈以窮愁，古今詩人，不出此二大派，進之則為經矣。」（頁 4）把古今

---

[53] 見喬億《劍谿說詩又編》，引自郭紹虞編：《清詩話續編》（臺北：木鐸出版社，1983 年 12 月），卷上，頁 1116。

[54] 詳見方東樹：《昭昧詹言》（臺北：廣文書局，1962 年 8 月），頁 3。

詩人劃分成莊、屈二派，可惜方東樹在區分二派的系譜工作做得並不澈底，因此無法提供進一步的討論。在具體詩人的評論上，反而是龔自珍（1791-1841）能夠發明喬億對李白的詮解，其〈最錄李白集〉云：

> 莊屈實二，不可以并，并之以為心，自李白始。儒、仙、俠實三，不可以合，合之以為氣，又自白始也。其斯所以為白之真原也。[55]

喬億還比較保守地說李白是「枕藉《莊》、〈騷〉」，影響到李白在表現手法上的多比興與惝惚之詞，龔自珍則直接指明「莊屈實二」，異質原本是不可并的，而李白獨能「并之以為心」，開啟了詩歌創作上的奇異世界。其〈自春徂秋，偶有所觸，拉雜書之，漫不詮次，得十五首〉之三自述創作理念云：

> 名理孕異夢，秀句鐫春心。莊騷兩靈鬼，盤踞肝腸深。古來不可兼，方寸我何任？所以志為道，淡宕生微吟。一簫與一笛，化作太古琴。[56]

很顯然地，「并莊屈以為心」已成為龔自珍念茲在茲的詩學理境，不僅平常的熟讀深契，更是夢寐以求的創作靈丹。

劉熙載（1813-1881）的《文概》雖然認為《莊》、《騷》同樣是「文如雲龍霧豹，出沒隱見，變化無方」，[57]但是就詩而言，屈、莊仍分別處於正、變的位置，其《詩概》云：

---

[55] 詳見《龔自珍全集》（上海：上海籍出版社，1999 年 6 月），第三輯，頁 254-255。

[56] 同前註，頁 485-486。

[57] 劉熙載《文概》以「學〈離騷〉得其情者為太史公」、「學無所不闚，善指事類情，太史公以是稱莊子，亦自屬也。」可見司馬遷應兼學莊、屈的第一人。故《文概》又云：「文如雲龍霧豹，出沒隱見，變化無方，此《莊》、《騷》、《太史》所同。」（臺北：廣文書局，1964年 3 月），頁 7。

> 詩以出於《騷》者為正，以出於《莊》者為變。少陵純乎《騷》，太白在
> 《莊》、《騷》間，東坡則出於《莊》者十之八九。[58]

劉熙載延續鍾嶸《詩品》的系譜，以杜甫補強《楚辭》系詩人的正宗地位，李白
則介於莊、屈間，而以蘇軾詩為變。因此，他雖然以《莊》、〈騷〉為李白創作的
大源，卻又拉進阮籍、郭璞、鮑照與謝朓來為李白加分。[59]《文概》中對莊、屈
的正變說，可透過下文來理解：

> 《莊子》是跳過法，〈離騷〉是回抱法。……有路可走，卒歸於無路可走，
> 如屈子所謂：『登高吾不說，入下吾不能』是也。無路可走，卒歸於有路
> 可走，如莊子所謂『今子有五石之瓠，何不慮之以為大樽而浮於江湖』、『今
> 子有大樹，何不樹之於無何有之鄉、廣漠之野』是也。而二子之書之全旨，
> 亦可以此概之。（頁5）

莊子的跳過法，能於絕境求生，故少了纏綿蘊藉的深情；而屈原的回抱法，正在
不忍獨善的纏綿不解，激盪出詩人的苦心孤詣，所以能感人肺腑。後人每多調和
之論，如張奕樞《楚辭節注序》引鱸香語云：「讀《南華》者，期於開拓心胸；讀
《楚辭》者，宜於打掃心地。」沈祥龍《論詞隨筆》：「詞得屈子之纏綿悱惻，又
須得莊子之超曠空靈。」[60]則重在修養，反而失去了詩人精神。

四、莊屈異質共構所開啟的批評視域——重讀李白

---

[58] 詳見劉熙載《詩概》，收入郭紹虞編：《清詩話續編》（臺北：木鐸出版社，1983年12月），
下冊，頁2432。

[59] 劉熙載《詩概》云：「太白詩以《莊》、《騷》為大源，而於嗣宗之淵放，景純之儁上，明遠
之驅邁，玄暉之奇秀，亦各有所取，無遺美焉。」同前註，頁2424。

[60] 引自司馬遷等著：《楚辭評論資料選》（臺北：長安出版社，1988年9月），頁226。

在有關莊、屈異質共構的詩學論述中，比較明確的指標人物是李白。詩學論述是後人逐步構設完成的，透過莊、屈異質共構所開啟的批評視域，回過頭來重新閱讀李白作品，以後設的理論與李白詩歌形成相互補充的格局，同時又可觸發出更豐富的視野。德國詮釋學者伽達瑪就曾指出：人賴以理解事物的「前判斷體系」，係以傳統和成見中接受的經驗和知識形成「視野」（Horizon）。理解是在傳統的進程中存在和發展的，時間的間隔成了理解得以發展的一個可能條件——間隔越長，在其中沈積的傳統價值越豐富，理解的能力和內容越雄厚。因此，文學作品的意義永遠不可能只有一種意義或一種解釋。不同的文化或歷史背景，就會從作品中採擷出新的意義，而這新的意義可能從未被原作者意識到，也未被同時代的讀者料到。[61]莊、屈異質共構由不同時代、不同詮釋者，歷經長時間所沈積而成；本小節即依莊、屈異質共構的思維角度，對李白詩歌進行實證討論。

如前文所引，第一位提出李白兼攝莊、屈的詩評家喬億已指出：「杜子美原本經史，詩體專是賦，故多切實之語。李太白枕藉《莊》、〈騷〉，長於比興，故多惝恍之詞。」由於杜甫詩主要是用賦筆，其能提供的想像空間並不多。兼攝莊、屈的李白則長於比興，因而詞語間留有更多的游移與空際，提供給讀者更大的參與空間。就西方的接受理論而言，越是好作品，其中的空白和不確定性越多，容許各種讀者的創造性閱讀也就越大，因而使原作品的意義更為豐富多姿。[62]就此而

---

[61] 有關伽達瑪（Hans-Georg Gadamer,1900-2002）的詮釋學理論，參見氏著：《真理與方法——哲學詮釋學的基本特徵》（臺北：南方叢書出版社，1988 年 4 月），及洪漢鼎主編：《理解與解釋——詮釋學經典文選》所錄伽達瑪六篇論文（北京：東方出版社，2001 年 5 月）等書。

[62] 如羅曼·英伽登（Roman Ingarden 1893-1970）受到現象學的影響，認為未經閱讀的作品只是一種「潛在」，通過閱讀，才會變成現實的存在。文學作品的這種獨特存在方式，使它包含了大量的「未確定點」（indeterminacies）和「空白」（blanks），有待於人們在閱讀過程中予以填補和消除，使作品具體化。沃爾夫岡·伊瑟爾（Wolfgang Iser，1926- ）受到英伽登的影響，在〈閱讀過程：一個現象學的論述〉中有進一步的分析：「本文已寫出的部分給予我們知識，但恰恰是未寫出的部分提供給我們描繪種種事物的機會。實際上，如若沒有種種不確定的因素，即本文的空白，我們就應該不能使用我們的想像。」引自李鈞主編：《二十世紀西方美學經典文本》第三卷《結構與解放》（上海：復旦大學出版社，2001 年 1 月），

言，李白詩顯然具有更寬廣的詮釋空間。

莊、屈的最大歧異處，在於莊子絕情以言理，獨任清虛；屈原耽情而不解，纏綿悱惻。歷來主張莊屈異質共構者，極大重點仍在「情」字。就李白而言，要在創作上「并莊、屈以為心」的最大挑戰，在於如何盡情而又不滯於情，能揮灑自如又能情意纏綿，將詩歌藝術推向一個高峰。下文的實證分析，在文本的選擇上，以能夠在一詩中「并莊屈以為心」為考量依據。

（一）消解「懷鄉」與「不遇」的悲情

讀李白詩，很難不注意到許多行旅與離別的作品。南宋嚴羽已指出唐人好詩有四，「行旅、離別」即居其二。[63]李白「一生好入名山遊」（〈盧山謠贈盧侍御虛舟〉），行旅所帶來的離別，對人情網絡的建立與拆解，有著比一般人更密切的激發。如〈渡荊門送別〉詩云：

> 渡遠荊門外，來從楚國遊。山隨平野盡，江入大荒流。月下飛天鏡，雲生結海樓。仍憐故鄉水，萬里送行舟。[64]

無庸諱言，李白作品中不乏賦筆的運用，如具有鮮明莊子色彩的〈大鵬賦〉、〈出入行〉，與鮮明屈原色彩的〈遠別離〉、〈鳴皋歌送岑徵君〉等。惟就「并之以為心」而言，本文不擬從用事用語的角度逐一比對李白得自莊、屈處，而首先採用詩意濃厚的五律，特別就「比興」發揮，以見其「空白」的豐富蘊涵，足與王、孟共

頁 677-701。

[63] 嚴羽《滄浪詩話‧詩評》云：「唐人好詩，多是征戍、遷謫、行旅、離別之作，往往能感動激發人意。」（頁 182），嚴羽強調「論詩以李杜為準」（頁 155），特別提出「觀太白詩者，要識真太白處。」、「要識其安身立命處」（頁 159）引自郭紹虞：《滄浪詩話校釋》（臺北：東昇文化事業公司，1980 年 10 月）。

[64] 見王琦注本：《李太白全集》（臺南：唯一書業中心，1975 年 9 月），頁 358。以下引李白詩以此為主，僅在引詩後標示頁碼，不另外加註。有關注釋，參見安旗主編：《李白全集編年注釋》（成都：巴蜀書社，1990 年 12 月）、詹鍈：《李白全集校注彙釋集評》（天津：百花文藝出版社，1996 年 12 月）等書。

同創造盛唐五律「興象玲瓏」、「意在言外」的藝術造詣。[65]如管世銘《讀雪山房唐詩序例》評李白五律所云：

> 太白五言律，如聽鈞天廣樂，心開目明；如望海上仙山，雲起水湧。又或
> 通篇不著對偶，而興趣天然，不可湊泊。[66]

即指出李白五律在表達上本就興趣天然、一氣舒卷，讀者自然具有比較大的詮釋空間，不當為文字所拘限。本詩寫李白遠從成都一路送朋友出峽，就古地理而言，已是由蜀國到巴國再到楚國。刻意使用古國名，營造出離鄉越國的遠行。頷聯以「山盡」、「江流」綰出這一趟旅程的凶險：[67]三峽的峻嶺急流，已然相伴走過，同步展現在眼前的，是一片廣闊平野與浩渺大江。在寫景壯闊的技巧中，四川盆

---

[65] 南朝已出現詩賦相互浸透的現象，李白與杜甫都有若干篇章有「賦化」或「以文為詩」的傾向，固然擴大了詩的範圍，卻也造成文類界泯的現象。另一方面，文類越界也使「維繫原有詩歌特質」成為更迫切的問題。嚴羽《滄浪詩話・詩辨》即指出：「詩者，吟詠性情也。盛唐諸人，惟在興趣，羚羊挂角，無跡可尋。故其妙處，透徹玲瓏，不可湊泊。如空中之音，相中之色，水中之月，鏡中之象，言有盡而意無窮。」（臺北：東昇出版公司，1980 年 10 月，頁 24）顧安《唐律消夏錄》云：「五律為唐人創始……初盛唐諸公，卻能於急促處見安頓，於寬緩處見緊湊。四十字中，字字關合，句句勾連。妙意游泆於楮間，餘音繚繞於筆底。精深簡練，故不覺其多；變化縱橫，故不覺其少，而五言之能事畢矣。」引自陳伯海編：《唐詩論評類編》，（濟南：山東教育出版社，1993 年 1 月），頁 480。姚鼐《今體詩鈔・序》更直指：「盛唐人詩固無體不妙，而尤以五言律為最。此體中又當以王、孟為最，以禪家妙悟論詩者正在此耳。」又說「盛唐人，禪也。太白，仙也，於律體中以飛動驃姚之勢運曠遠奇逸之思，此獨成一境者。」（臺北：廣文書局，1972 年 8 月，頁 1）。可見合王、孟、李三家，方足以概括盛唐以五律為詩歌典範的意義，而杜甫五律則自有其不可羈束處，宜另當別論。

[66] 引自陳伯海主編：《唐詩論評類編》（濟南：山東教育出版社，1993 年 1 月），頁 503。

[67] 長江三峽的凶險，參見酈道元《水經注》：「自三峽七百里中，兩岸連山，略無闕處。重巖疊嶂，隱天蔽日。自非亭午夜分，不見曦月。至於夏水襄陵，沿泝阻絕，王命急宣，有時朝發白帝，暮宿江陵，其間千二百里，雖乘奔御風，不加疾也。」（臺北：臺灣商務印書館，1967 年）。

地的拘限與長江三峽的險阻，李白支持朋友走出生長局限的心意，有莊子〈逍遙遊〉中對於鄉曲之士「拘於虛」[68]的破解。在長夜別宴的尾聲中，李白提醒朋友：不要忘了故鄉，而故鄉已被重巒疊嶂所遮斷，往故鄉眺望只見一輪的西斜月，有屈原「去故鄉而就遠兮」、「何日夜而忘之」（〈哀郢〉，頁118-121）的離愁。當朋友沈浸在離情別緒時，李白緊接著告訴對方：在遙遠的東方海面上，陽光經由海水的折射，在雲端映現出了美麗的海市蜃樓，指引著遠方的願景正等待旅行者去追尋。月落與日昇，故鄉的牽繫與願景的追尋，一跌一宕之間，把離人的心緒逗引到一個高潮。最後的結尾李白再度蕩開一層，告訴這位朋友：遠渡荊門送別的情並不足掛懷，航向海市蜃樓的冒險旅途也無需畏懼，因為來自故鄉的流水會繼續護送朋友航向大海，故鄉的培育足以支撐朋友走向遠方實踐夢想。不論將來在何方，成就如何之大，都不能忘了故鄉的培育之恩，而西下的月亮必然夜夜為遊子指引著故鄉的位置。至此也才能理解李白〈靜夜思〉中的「舉頭望明月，低頭思故鄉」，寫的是實景，月落處也正是故鄉所在的方位，有晉元帝「舉頭見日不見長安」[69]的感傷。類似書寫還有〈送王昌齡左遷龍標遙有此寄〉的「我寄愁心與明月，隨風直到夜郎西」，以及〈金鄉送韋八之西京〉的「長風吹我心，西挂咸陽樹」，甚至「落日故人情」，[70]都是相同的表現手法。由〈波荊門送別〉一詩，李

---

[68] 錢穆箋注《莊子纂箋·秋水》記北海若言：「井蛙不可以語於海者，拘於虛也；夏蟲不可以語於冰者，篤於時也；曲士不可以語於道者，束於教也。」（臺北：三民書局，1974 年 10 月），頁 128。

[69] 房玄齡等《晉書·明帝紀》：「幼而聰哲，為元帝所寵異。年數歲，嘗坐置膝前，屬長安使來，因問帝曰：『汝謂日與長安孰遠？』對曰：『長安近。不聞人從日邊來，居然可知也。』元帝異之。明日，宴群僚，又問之。對曰：『日近。』元帝失色，曰：『何乃異間者之言乎？』對曰：『舉目則見日，不見長安。』由是益奇之。」（臺北：鼎文書局，1983 年 7 月），頁 158。

[70] 李白〈聞王昌齡左遷龍標遙有此寄〉詩云：「楊花落盡子規啼，聞道龍標過五溪。我寄愁心與明月，隨風直到夜郎西。」（頁 320）又〈金鄉送韋八之西京〉詩云：「客自長安來，還歸長安去。狂風吹我心，西挂咸陽樹。此情不可道，此別何時遇。望望不見君，連山起雲霧。」（頁 380）又〈送友人〉詩云：「青山橫北郭，白水遶東城。此地一為別，孤蓬萬里征。浮雲遊子意，落日故人情。揮手自茲去，蕭蕭班馬鳴。」（頁 406）。

白深於情而不黏滯於情，隨說隨掃，使屈原被放的漂泊異鄉成了旅行者的主動追尋，把思歸不得的哀痛心死轉化成對故鄉的記憶與感恩，跳脫「拘於虛」的地方局限性，在寫景上由頷聯的壯闊，到頸聯更推展到極東極西的無限空間，使山水詩不再僅是寫眼前景。可以這麼說，莊、屈的異質共構，使李白成為「情」的主宰者，而不再是「自怨生」的被動「發憤」、「寫憂」，所以能夠深情而不蔽於情，同時更跨越了五律的格律拘限，在四十個字之中，使纏綿之情、壯闊之景與超曠之思相互映現，交織成含蘊不盡的詩歌境界。

除了「忠而被放」的羈旅懷鄉之外，屈騷的另一個主題是「懷才不遇」，影響所及，許多以〈猛虎行〉、〈行路難〉為題的詩歌作品，不停地吟詠著出外人的悲哀。[71]李白在行旅途中，自然也期待著一場知遇的機緣，其另一首五律〈夜泊牛渚懷古〉詩云：

> 牛渚西江夜，青天無片雲。登舟望秋月，空憶謝將軍。余亦能高詠，斯人不可聞。明朝挂帆席，楓葉落紛紛。（頁509）

原註指出：「此地即謝尚聞袁宏詠史處」，這是一首結合六朝詠史與山水而成的登臨懷古之作，以史傳所載晉鎮西將軍謝尚，能跳脫身分、地位的拘限，藉著詩的引導，在月色中與運租自業的袁宏有一夜知遇，成就一番遇合的佳話。[72]李白循

---

[71] 漢樂府〈猛虎行〉詩云：「饑不從猛虎食，暮不從野雀棲。野雀安無巢，遊子為誰嬌。」（逯欽立輯校：《先秦漢魏晉南北朝詩》，北京：中華書局，1998年5月，頁287）李白〈行路難〉三首也指出：「羞逐長安社中兒，赤雞白狗賭梨栗。彈劍作歌奏苦聲，曳裾王門不稱情。淮陰市井笑韓信，漢朝公卿忌賈生。」、「吾觀自古賢達人，功成不退皆殞身。子胥既棄吳江上，屈原終投湘水濱。陸機雄才豈自保，李斯稅駕苦不早。」（頁94-95）。

[72] 房玄齡等《晉書》卷九十二〈文苑列傳·袁宏〉：「袁宏字彥伯，……宏有逸才，文章絕美，曾為詠史詩，是其風情所寄。少孤貧，以運租自業。謝尚時鎮牛渚，秋夜乘月，率爾與左右微服泛江。會宏在舫中諷詠，聲既清會，辭又藻拔，遂駐聽久之，遣問焉。答云：『是袁臨汝郎誦詩。』即其詠史之作也。尚傾率有勝致，即迎升舟，與之譚論，申旦不寐，自此名譽日茂。」（臺北：鼎文書局，1983年7月），頁2391。

著相同的行蹤，在相同時間、相同地點也如袁宏般吟詠著，讓閱讀記憶重現，期待著生命中的一段遇合。可惜如中唐韓愈所演繹的：「千里馬常有，而伯樂不常有」，[73] 經過一夜的吟詠，一夜的徘徊，一夜的等待，「空」與「亦」二字強力傳達出不遇的悲哀與無奈。只是李白並不就此沈溺在「不遇」的悲情中，天一明，李白就在一片楓紅飄落的深秋裡，再度揚帆遠揚，繼續尋找生命中的遇合機緣。王漁洋論「不著一字，盡得風流」，即引此詩曰：「詩至此色相俱空，政如羚羊挂角，無跡可求，畫家所謂逸品是也。」[74] 正可呼應「空白」說。屈原以下所有「不遇」與「秋氣」的憤怨牢騷，在李白筆下化成一片詩意與不捨的追尋。不同於阮籍詩中常出現的毀滅性結局，如〈詠懷詩〉之三云：「嘉樹下成蹊，東園桃與李。秋風吹飛藿，零落從此始。繁華有憔悴，堂上生荊杞。驅馬舍之去，去上西山趾。一身不自保，何況戀妻子？凝霜被野草，歲暮亦云已。」[75] 由春天的桃李春風，到秋天的零落，因無處容身而以冰霜蓋的一片白茫茫大地作結，看不到一點生機的滯息感，帶出毀滅性的結局，純是屈原式的表達，莊子完全沒有介入的空間。由此可以理解：李白詩中莊、屈的異質共構，使他在追尋、不遇的感傷迷離中，失落而不失望，永不絕望使他寫出「天生我才必有用」（《將進酒》，頁 89）的樂觀言論；永不放棄的追尋，更使生命的幅度得以無限開展。

（二）「濟世」與「棄世」之外的成就感

阮籍〈詠懷〉詩中，鬱積著不能「淑世」、「濟世」的苦悶，不屑「媚世」、不甘「忘世」的無奈，以及不得已而「玩世」的悲哀，使阮籍詩中迷漫著不能明言卻又不肯無言的隱晦狀態。[76] 李白則很清楚：遇與不遇，不是單方面所能決定的，

---

[73] 韓愈〈雜說四首〉：「世有伯樂，然後有千里馬。千里馬常有，而伯樂不常有。故雖有名馬，祇辱於奴隸人之手，駢死於槽櫪之閒，不以千里稱也。……策之不以其道，食之不能盡其材，鳴之而不能通其意。執策而臨之曰：天下無馬。嗚呼！其真無馬耶？其真不知馬也！」（臺北：河洛圖書公司，1975 年 3 月），頁 20。

[74] 詳見王士禎著、張宗柟纂集：《帶經堂詩話》（北京：人民文學出版社，1998 年 12 月），卷三〈入神類〉，頁 70-71。

[75] 見古直箋：《阮嗣宗詩箋》（臺北：廣文書局，1970 年 12 月），頁 2-3。

[76] 歷來指阮籍詩隱晦難解者，如鍾嶸《詩品》云：「言在耳目之內，情寄八荒之表，洋洋乎會

個人惟一能做的是：以永不放棄的追尋，捕捉知遇的機緣。屈原「忠而被放」的困境，在於生命無所依止的漂泊感，以及無所作為而使得生命缺乏成就感。這一點可由曹植〈求自試表〉得到參證：「如微才弗試，沒世無聞，徒榮其軀而豐其體，生無益於事，死無損於數，虛荷上位而忝重祿，禽息鳥視，終於白首，此徒圈牢之養物，非臣之所志也。」[77] 詩人不甘於只是動物性的活著，因而希望藉由「事功」肯定個體生命存在的意義，也就是獲得成就感。因此，不管李白如何灑脫，如何的抗拒權勢，如〈夢遊天姥吟留別〉所指稱：「世間行樂亦如此，古來萬事東流水。別君去時何時還，且放白鹿青崖間，須行即騎訪名山。安能摧眉折腰事權貴，使我不得開心顏。」（頁 342-343）始終不變的是為天下蒼生盡一份力量的心志，如〈梁園吟〉所宣示的：「東山高臥時起來，欲濟蒼生未應晚」（頁 191），不論是隱居高臥或暢遊名山，都不能排擠到做人的基本責任，而「濟蒼生」也就成了評量成就感[78]的重要指標，其〈送裴十八圖南歸嵩山二首〉詩云：

> 何處可為別，長安青綺門。胡姬招素手，延客醉金樽。臨當上馬時，我獨與君言。風吹芳蘭折，日沒鳥雀喧。舉手指飛鴻，此情難具論。同歸無早晚，潁水有清源。
>
> 君思潁水綠，忽復歸嵩岑。歸時莫洗耳，為我洗其心。洗心得真情，洗耳徒買名。謝公終一起，相與濟蒼生。（頁 392）

於風雅，使人忘其鄙近，自致遠大，頗多感慨之詞。厥旨淵放，歸趣難求。」（見前揭書，頁 165）清沈德潛《古詩源》亦云：「阮公興懷，反覆零亂，興寄無端，和愉哀怨，雜集於中，令讀者莫求歸趣。此其為阮公之詩也。」（王莼父箋註，臺北：華正書局，1990 年 9 月，頁 160。）

[77] 詳見清丁晏編：《曹集銓評》卷七〈求自試表〉（臺北：世界書局，1973 年 5 月），頁 103-107。

[78] 心理學上所稱之成就（achievement），指個人由於先天才華加上後天學習，在行為表現上的實際能力，在現在「所能為者」及在未來「可能為者」，當獲得實現時即可得到「成就感」。參見張春興：《現代心理學——現代人研究自身問題的科學》（上海：上海人民出版社，1997年 9 月），頁 403、404、462、512。

第一首有屈原之志，對於朋友的歸隱，李白以「風吹芳蘭折，日沒鳥雀喧」為喻，說明君子道消而小人道長，不受牢籠如「飛鴻」者，穎水清源必然是共同的選擇，又有莊子書中的許由之風。第二首以「洗心」破解許由的臨河「洗耳」，並確立人世間的「真情」，在於如謝安石的起來濟蒼生，又回歸到屈原的忠愛之忱。莊、屈共構而不見接合痕跡，稱為「并之以為心」者，實非過譽。

因此，對於身與世的關係，李白自有一套說解，其〈古風〉之十三直言：「君平既棄世，世亦棄君平」（頁 51），援引陶淵明〈歸去來兮辭〉的「世與我而相違」，及鮑照〈詠史詩〉的「君平獨寂寞，身世兩相棄」，[79]明白揭示隱居避世之人，必然被世所遺忘，寂寞一生自然無法得到成就感。「棄世」表示主動放棄追求成就感的機會，因此，其〈送蔡山人〉明白表示：「我本不棄世，世人自棄我」（頁 402），即使在現實界中無法有所表現，也是世人沒有給他機會，不是他不肯努力。則「懷才不遇」的悲哀，不應只由才人志士來承擔，社會沒有給予「機會」，也要付出代價。因此，其〈江上吟〉就寫出：

> 木蘭之枻沙棠舟，玉簫金管坐兩頭。美酒樽中置千斛，載妓隨波任去留。
> 仙人有待乘黃鶴，海客無心隨白鷗。屈平詞賦懸日月，楚王臺榭空山邱。
> 興酣落筆搖五嶽，詩成笑傲凌滄洲。功名富貴若長在，漢水亦應西北流。
> （頁 182）

屈原的桂枻蘭舟，承載的是永無止盡的漂泊與無窮的憾恨，李白則滿載著玉簫金管、美酒與佳妓，去留隨波。李白進一步解構遊仙思想：仙人仍如莊子所指稱的「有待」，[80]惟有無心忘機才能與物同化。能夠如此瀟灑、如此自在，是因為深刻瞭解到：既得利益而任令人才棄置的楚王君臣，不但「功名富貴」終成空，終

---

[79] 詳見逯欽立輯校：《先秦漢魏晉南北朝詩》（北京：中華書局，1998 年 5 月），頁 1294。

[80] 錢穆箋《莊子纂箋‧逍遙遊》云：「夫列子御風而行，泠然善也，旬有五日而後反。彼於致福者，未數數然也。此雖免乎行，猶有所待者也。若夫乘天地之正，而御六氣之辯，以遊無窮者，彼且惡乎待哉！」（見前揭書，頁 3-4）。

究付出了失掉政權的代價；而當初被掌權者所放逐的屈原，仍以自己的才華寫下一篇篇不朽的創作。則人才的為「世」所棄，損失最大的還是不能「用人惟才」的「世」；只要是真正的人才，不必依賴政治場域中的「事功」，就能證明自己的存在。因此，面對「世人自棄我」的處境，李白絲毫不見沮喪，反而以更豪邁的筆調揮灑出可以「搖五嶽」、「凌滄洲」的詩篇，從而證明：現實「事功」所能提供的成就感是一時一國的，而個人創作所獲得的成就感，才是永恆的。

（三）「迷花不事君」的幸福感

才人志士的遇與不遇，既然取決於外在環境，而外在社會環境的名利取向，如《史記》所指稱：「天下熙熙，皆為利來；天下攘攘，皆為利往」，[81] 又非詩人所能認同。因此，在現實社會責任之外，詩人另有其如屈原般「蘭若情性」[82] 的堅持，如李白〈贈孟浩然〉所云：

> 吾愛孟夫子，風流天下聞。紅顏棄軒冕，白首臥松雲。醉月頻中聖，迷花不事君。高山安可仰，徒此挹清芬。（頁 226）[83]

---

[81] 司馬遷《史記》卷 129〈貨殖列傳〉：「故曰『天下熙熙，皆為利來；天下攘攘，皆為利往。』夫千乘之王，萬家之侯，百室之君，尚猶患貧，而況匹夫編戶之民乎！」（見前揭書，頁 3256）。

[82] 屈原的香草書寫中，極多「余既滋蘭之九畹兮，又樹蕙之百畝。畦留夷與揭車兮，雜杜衡之芳芷」、「擥木根以結茝兮，貫薜荔之落蕊。矯菌桂以紉蕙兮，索胡繩之纚纚」、「製芰荷以為衣兮，集芙蓉以為裳。不吾知其亦已兮，苟余情其信芳」（〈離騷〉）等等，都是蘭若情性的表現。

[83] 「迷花不事君」說的是孟浩然的一個面向，事實上，中年的孟浩然，對《論語》「四十五十而無聞，斯不足畏也」的焦慮，使他年近四十開始求仕，如〈書懷貽京邑同好〉：「維先自鄒魯，家世重儒風。詩禮襲遺訓，趨庭霑末躬。晝夜常自強，詞翰頗亦工。三十既成立，嗟吁命不通。慈親向羸老，喜懼在深衷。甘脆朝不足，簞瓢夕屢空。執鞭慕夫子，捧檄懷毛公。感激遂彈冠，安能守固窮。當途訴知己，投刺匪求蒙。秦楚邈離異，翻飛何日同。」（見孟浩然著、趙桂藩注：《孟浩然集註》，北京：旅游教育出版社，1991 年 4 月，頁 38）儒家傳統的召喚，使他對於如何完成「忠欲事明主，孝思侍老親」（〈仲夏歸漢南園寄京邑耆舊〉，頁 84）的社會責任，並獲得成就感，開始有了掙扎。因此，「迷花不事君」是李白欣賞孟浩然處，也是李白的夫子自道。

這種以「迷花不事君」的高潔情性，消解君王核心論述，可溯自南朝陶弘景的〈詔問山中所有賦詩以答〉：「山中何所有？嶺上多白雲。只可自怡悅，不堪持贈君。」[84]在「普天之下，莫非王臣；率土之濱，莫非王土」的君王至尊論述中，[85]明白提出不能與君王共享的事物，有卷舒自如的白雲。李白〈山中答問〉亦云：「問余何事棲碧山？笑而不答心自閑。桃花流水窅然去，別有天地非人間。」（頁 424），不僅白雲，水流花開也都不是帝王所能宰制的。在政治體制以外的大自然，李白體悟到莊子的物我齊一與適性逍遙，如其〈獨坐敬亭山〉詩所云：

眾鳥高飛盡，孤雲獨去閒。相看兩不厭，只有敬亭山。（頁 523）

陶淵明筆下「日夕相與還」（〈飲酒詩〉）的眾鳥，當「朝霞開宿霧」（〈詠貧士〉）時會展翅高飛；陶弘景詩中的嶺上白雲，也會飄然而去。萬物遷化之中，李白與山的相契，是惟一可以確認的不變，這種對「不厭」的確認與安心，是一種「幸福感」。[86]表現在〈山中與幽人對酌〉一詩中，就成了「兩人對酌山花開，一杯一杯復一杯。我醉欲眠卿且去，明朝有意抱琴來。」（頁 521）即使是幽人，也還只是在花開與花落之間梳理心情，李白則是陪著花一起開放：在幽人歸去的夜色中，花下醉臥的李白，與漸次開放的花朵，都顯得那麼安心、那麼自在。有如莊周夢

---

[84] 同註 75，頁 1814。

[85] 司馬遷《史記・司馬相如列傳》引詩云：「普天之下，莫非王土；率土之濱，莫非王臣。」（見前揭書，卷 117，頁 3051）

[86] 幸福感（well-being）作為心理學術語，指人們對自身存在狀況的一種積極的情緒體驗，是個體對客觀現實的主觀反映，由需要（包括動機、欲望、興趣）、認知、情感等心理因素與外部誘因交互作用所形成的一種心理狀態，它既與生活的客觀條件密切相關，又體現了個體的需求與價值取向。參見李焰：〈幸福感研究概述〉，《瀋陽師範大學學報》第 2 期第 28 卷（2004 年），頁 22-26、刑占軍〈西方哲學史上的兩種主要幸福觀與當代主觀 幸福感研究〉，《理論探討》第 1 期（2004 年），頁 32-35。

蝶一般「栩栩然」、「自喻適志與」，[87]即使醒來之後還是「蘧蘧然周也」，甚至不在乎到底是莊子的夢還是蝴蝶的夢，卻可以很明確地感受到：在夢蝶的當下的幸福感。由此可見，生命中的「幸福感」，不是來自追尋，不是努力就能得到的，而是能夠對當下擁有的把握。因此，李商隱在〈錦瑟〉中把「莊周曉夢」加上了主觀的「迷」字，無法領略「物化」時物我兩忘的幸福感，便只能「此情可待成追憶，只是當時已惘然」，[88]當時的惘然與事後追憶中的無限懊悔惆悵，不能當下把握卻又無法忘懷，就如春蠶作繭自縛般「到死絲方盡」（〈無題〉，頁1461），註定了生命存在的悲劇性，近於屈原「亦余心之所善兮，雖九死其猶未悔」（〈離騷〉，頁37）的纏綿悱惻，終究無法獲得「幸福感」。

（四）由「醉夢全生」到縱浪恣肆的創作天地

屈原的堅持「獨清獨醒」，使他必須面對「舉世皆濁」、「舉世皆醉」的現實，獨立擔負著社會沈淪的重責大任。莊子則以醉者墜車為喻，闡述「得全於酒」的妙理。到了李白筆下，就成了〈春日醉起言志〉所云：

> 處世若大夢，胡為勞其生。所以終日醉，頹然臥前楹。覺來盼庭前，一鳥花間鳴。借問此何時，春風語流鶯。感之欲歎息，對酒還自傾。浩歌待明月，曲盡已忘情。（頁521）

睡夢中往往出現人生諸相，有時在疲於奔命中掙扎，還不斷提醒自己：不過是夢，夢醒自然一切都不存在。人生既如夢幻一場，夢醒即是空，則一切的努力都不具有意義。因此，不妨放懷暢飲，以頹然醉臥的姿態，卸下人世間的所有重擔。酣醉中任憑時光流轉，即使酒醒時已是滿眼春色，在還來不及歎春、惜春時，就又在對酒酣歌中，忘情地與月同歡。結尾「浩歌待明月，曲盡已忘情」二句，即是

---

87 《莊子・齊物論》：「昔者莊周夢為胡蝶，栩栩然胡蝶也，自喻適志與！不知周也。俄然覺，則蘧蘧然周也。不知周之夢為胡蝶與，胡蝶之夢為周與？周與胡蝶，則必有分矣。此之謂物化。」（見前揭書，頁23）

88 見劉學楷：《李商隱詩歌集解》（北京：中華書局，1992年5月），頁1420。

〈月下獨酌四首〉所云：「暫伴月將影，行樂須及春……永結無情遊，相期邈雲漢。」、「三杯通大道，一斗合自然。但得酒中趣，勿為醒者傳。」、「一樽齊死生，萬事固難審。醉後失天地，兀然就孤枕。不知有吾身，此樂最為甚。」（頁515-516）以酒為媒介，可以出入六合，驅使萬類，凡耳目所見聞，信筆直書，隨處觸發，皆成化工，如〈答王十二寒夜獨酌有懷〉一詩，由人間寫到天上又寫到人間，在細數古往今來的人事滄桑中，不時跳出的文字有「楚地由來賤奇璞」、「蒼蠅貝錦喧謗聲」、「一生傲岸苦不諧，恩疏媒勞志多乖」、「達亦不足貴，窮亦不足悲」（頁 442），對人情世故的嫺熟，對一切成空的了然於胸，卻依然全力以赴。而這一切都在不經意提出的「人生飄忽百年內，且須酣暢萬古情」中，雖疾馳墜車而終能得全於酒，使李白既能纏綿也能超曠，揮灑出專屬於他自己的創作魅力。

　　人生如夢的體悟，有「胡為勞其生」的一面，也有夢蝶適志的一面，以夢為喻，對於人生所要在意的與不在意的，自能有清楚的分辨。其〈山人勸酒〉詩云：

> 蒼蒼雲松，落落綺皓。春風爾來為阿誰，蝴蝶忽然滿芳草。秀眉霜雪顏桃花，骨青髓綠長美好。稱是秦時避世人，勸酒相歡不知老。各守麋鹿志，恥隨龍虎爭。欻起佐太子，漢王乃復驚。顧謂戚夫人，彼翁羽翼成。歸來商山下，泛若雲無情。舉觴酹巢由，洗耳何獨清。浩歌望嵩嶽，意氣還相傾。（頁 112）

以秦時避世的商山四皓為引，隱居深山如蒼蒼雲松，不屑於政治上的龍爭虎鬥，四人就以「得全於酒」渡過秦政權，在勸酒相歡中證成忘懷歲月的仙境。「蝴蝶忽然滿芳草」，則如莊周夢蝶一般，四人「鬚眉皓白，衣冠甚偉」地出現在漢宮中，「自喻適志」地完成了蝶舞芳草的美麗春景，夢醒時又是商山雲松，落落自在。[89]身為帝王的清高宗，評「泛若雲無情」一句云：「白居易〈四皓廟〉云：

---

[89] 四皓事跡，見司馬遷《史記‧留侯世家》上欲易太子事：「及燕，置酒，太子侍，四人從太

『如彼旱天雲，一雨百穀滋。澤則在天下，雲復歸希夷』，可謂蘊藉有味矣。白詩卻只有五字曰：『泛若雲無情』，尤為深妙。知古人每相本也。」[90]白雲無心，出岫施澤，兀自雲淡風輕，卷舒自如。相形之下，許由、巢父的洗耳獨清，則顯然少了人與人之間的意氣相傾。「醉」與「夢」的結合，使生命具有更大揮灑空間，無可無不可，總歸於自在。而無論纏綿或超越，都有一個遼闊無垠的時空，也都由此透顯出與人為權力宰制的抗衡，對美好事物的賞愛能力，以及在浮生若夢的虛幻中衍生出對永恆的追尋。

因此，正如范傳正〈贈左拾遺翰林學士李公新墓碑〉所云：「脫屣軒冕，釋羈韁鎖，因肆情性，大放於宇宙間。飲酒非嗜其酣樂，取其昏以自富；作詩非事於文律，取其吟以自適；好神仙非慕其輕舉，將以不可求之事求之，其意欲耗壯心、遣餘年也。」（附錄一，頁717）在跳脫政治權力與現實名利的拘牽之後，不論是飲酒、作詩或求仙，都只是肆其情性的徑路之一。故李白能在有限的生命中自富自適，進而縱浪恣肆於宇宙之間，「落天走東海」的黃河，可以「萬里瀉入胸懷間」（〈贈裴十四〉，頁228）；而「搏搖直上九萬里」（〈上李邕〉，頁250）的大鵬，也可以「我呼爾遊，爾同我翔」，欣然相隨於恍惚之巢、虛無之場」（〈大鵬賦〉，頁5）；甚至如〈日出入行〉所云：「吾將囊括大塊，浩然與溟涬同科」（頁105），無論內在情思或寫作手法，都把莊、屈「洋洋灑灑、滔滔汩汩」的奇文發揮到極致。

五、結論

子，年皆八十有餘，鬚眉皓白，衣冠甚偉。上怪之，問曰：『彼何為者？』四人前對……上乃大驚，曰：『吾求公數歲，公辟逃我，今公何自從吾兒游乎？』四人皆曰：『陛下輕士善罵，臣等義不受辱，故恐而亡匿。竊聞太子為人仁孝，恭敬愛士，天下莫不延頸欲為太子死者，故臣等來耳。』上曰：『煩公幸卒調護太子。』」（見前揭書，卷55，頁2046-2047）
[90] 詳見清高宗御選《唐宋詩醇》卷一，頁48。又指出李白異於杜甫者在於：「太白高逸，故其言縱恣不羈，飄飄然有遺世獨立之意。」、「浮沉詩酒，放浪湖山，其詩多汗漫自適，近於佯狂玩世者。」（臺北：臺灣中華書局，1971年1月），頁1。

　　唐前的莊周與屈原，一直被以不同體系而記載著。直到韓、柳的提倡古文，才首度以莊、屈並置呈現文章的多元面向，並開啟莊、屈相互詮解的徑路。本論文即透過詩話中莊、屈異質共構的現象，探討此現象對中國古典詩學建構的重要意義，並以此為切入點重讀李白，獲得下列幾點意見：

（一）由於莊、屈觀照的角度不同，依各自示現的世界圖式及所揭示的意義，分屬於學術與文章二個不同的詮釋系統。東漢名士發揮屈原「抗憤橫議」的積極精神，卻因捍衛清流所造成玉石俱焚，使魏晉名士轉而以莊子的放達自適，濟屈原之窮愁孤憤，以誦讀〈離騷〉的儀式代替親身試煉，不必付出憔悴消殞的代價，就能成為清流的一員，此疆彼界可謂判然分明。

（二）在文學創作上，則是屈原獨領風騷的局面。南朝裴子野以屈騷為「悱惻芳菲」之祖，劉勰《文心雕龍》特立〈辨騷〉篇，鍾嶸《詩品》確立《楚辭》系悲憤怨懟的抒情傳統。以作品實證而言，身處漢魏晉之交的阮籍，正是名士由「抗憤橫議」轉向「放達無為」的時期，莊、屈異質使詩人在醉、醒之間不斷地擺盪，永遠無法獲得心靈的平靜。

（三）莊、屈在詩文理論上的並置，最早出現在唐朝韓柳的提倡古文，莊、屈異質的相互激盪，使得創作表現更為多元、多姿。宋曾鞏稱許歐陽修融攝莊、屈而達到「醇深炳蔚」的古文造詣。宋人也在杜甫詩中感受到來自莊、屈兩方面的影響，雖因窮苦潦倒的遭遇而近於屈，仍能有一股不可遏抑的豪氣存在。

（四）南宋葉適首先由莊、屈並置，開啟莊、屈相互詮解的遼闊空間。明人更著力於發明莊、屈的文學特質，把歷來歸於儒學系統的屈原作品，依表現手法判定源出《莊子》。更以莊、屈同具「哀樂過人」之情，屈原「哀情」的孤沈獨往，莊子「樂情」的奔放飄飛，其極致都是「無端」。身處易代而不能有為的悲憤與焦慮，使明遺民藉莊、屈來表明心跡，有刻意消解莊、屈異質的傾向。

（五）莊、屈由相互詮解而呈現新義，也由趨同而歸於一致。因此，同質剝離成

了新的命題，如何讓莊、屈異質共構以衍生更豐富的意涵，就成了新的論述重點。此外，清人詩話中關於莊、屈的論述，更集中在討論表現手法所造成的作用，肯定莊、屈為文深於比興取象，打破了物類與時空的界限，使人的思維因為越界而更加豐富多元，因而「拉雜」與「潔」也成了觀察的焦點。

（六）喬億是第一位提出李白兼攝莊、屈的詩評家，他認為杜甫「原本經史，詩體專是賦，故多切實之語」，能提供的想像空間並不多；相對地，李白則毫不檢束地縱任在《莊》、〈騷〉中，因而詞語留有更多的游移與空隙，提供給讀者更大的參與空間。就此而言，李、杜的優劣顯然有了不同的評論基準。龔自珍更直指「莊屈實二」，李白獨能「并之以為心」，開啟了詩歌創作上的奇異世界。

（七）以李白詩作實證分析，觀察如何在創作中映現「并莊、屈以為心」。為避免落入「莊、屈各有不同影響層面」的窠臼，在文本選擇上設定為「在同一詩中映現莊屈共構」，並分別從四種主題加以論述：

1. 消解「懷鄉」與「不遇」的悲情。李白詩中多送別、行旅之作，故以其兩首五律為例，說明莊、屈的異質共構，使李白能夠跳脫「自怨生」的被動「寫憂」，成為「情」的主宰者，所以能夠深情而不蔽於情；在不遇的感傷迷離中，失落而不失望，永不放棄的追尋，使生命的幅度得以無限開展。同時更跨越格律拘限，在四十個字中，使纏綿之情、壯闊之景與超曠之思相互映現，交織成含蘊不盡的詩歌境界。

2.「濟世」與「棄世」之外的成就感。李白詩中凡觸及身與世的糾葛，雖以「濟蒼生」做為評量一生成就感的重要指標，惟當面對「世人自棄我」的處境，則以「屈平詞賦懸日月」說明真正的人才不必依賴政治場域中的「事功」，就能證明自己的存在。由此確認：現實「事功」所能提供的成就感是一時一國的，而個人創作所獲得的成就感，才是永恆的。

3.「迷花不事君」的幸福感。李白詩中常出現行雲、流水、花開與月明這些帝王所不能宰制的自然物象，藉以體現莊子的物我齊一與適性逍遙。

又在萬物遷化之中，確認不變與不厭的安心，以及莊周夢蝶的「自喻適志」，因而體悟到：生命中的「幸福感」，不是來自追尋，不是努力就能得到的，而是在於能夠對當下擁有的把握。

4. 由「醉夢全生」到縱浪恣肆的創作天地。李白詩中大量以酒為媒介，如莊子所稱「得全於酒」，更進一步以「醉」與「夢」的結合，在「蝴蝶忽然滿芳草」與「泛若雲無情」之間，使生命具有更大揮灑空間，無可無不可，總歸於自在。因此，無論內在情思或寫作手法，都把莊、屈「洋洋灑灑、滔滔汨汨」的奇文發揮到極致。

李白在古典詩歌的憤懣愁怨的抒情書寫之外，尋繹一條「深情而不滯於情」的創作徑路，使「纏綿」與「超曠」同時具現而煥發出前所未有的藝術魅力。而無論纏綿或超越，都有一個遼闊無垠的時空，也都由此透顯出與人為權力宰制的抗衡，對美好事物的賞愛能力，以及在浮生若夢的虛幻中衍生出對永恆的追尋。因此，連杜甫都發出「白也詩無敵」的深心讚歎，而在同一時期各自綻放出中國古典詩歌中的兩朵奇葩。

本文原載於《詩話學》第七輯，原題名為〈中國詩話中「莊、屈」異質共構的理論與實證〉，經「國際東方詩話學會」授權轉載，特此註明。

羅聯添教授八秩晉五
壽 慶 論 文 集
2011 年 11 月頁 125-138

「景語」的作用——以杜甫〈秦州雜詩〉中
與「邊塞」有關之詩篇為例

黃 奕 珍[*]

提 要

　　王昌齡的《詩格》已提及「景語」的作用，方回亦有相關的論述。本文借用
一些簡明的概念，以〈秦州雜詩〉為範圍篩選出可稱為「景語」的詩句，實際闡
發「景語」如何形成、織就個別詩篇意義網絡的過程，並據以檢視前人提出的某
些心得與律則。研究結果顯示「景語」至少具備了增加意義的層次、豐富寫作的
筆法、呈現主旨富於變化、加強現實感以重構文學傳統幾種作用。總而言之，王
昌齡的看法持平，可作為處理之通則，但細密度不足。方回則偏於刻板與簡略，
不能盡括杜甫運用「景語」的藝術性。

關鍵詞：杜甫、景語、秦州雜詩、邊塞、王昌齡

---

[*] 國立臺灣大學中國文學系教授。

「景語」的作用——以杜甫〈秦州雜詩〉中與「邊塞」有關之詩篇為例

一、前言

早在王昌齡(690?-756?)的《詩格》中即注意到詩歌中的「景語」,[1]並把焦點集中在「理語」和「景語」間的關係,他認為二者應互相搭配,不宜只用一種以免單調乏味。同時,他也指出最好能將詩人所在地的景物與理語互相配合,且不可說得太直接明白。他雖也舉了詩例,但卻未針對詩句作具體的分析,而且因為未能得觀全詩,亦無法討論其對整體效果的影響。宋末元初的方回(1227-1307)在評論老杜詩時也以此為重心之一,較為細緻地討論了律詩各句、各聯情景配合的手法與效果,[2]由此可見如何使用「景語」是探討詩篇意義構成的重要關鍵。

在參考王氏與方回提出的幾項原則之外,本文將再加上西方學者Michael Riffaterre將符號學用於詩歌詮解上的幾個有用的觀念,以圖較為深入地闡明「景

---

[1] 「第十五,理入景勢。理入景勢者,詩不可一向把理,皆須入景,語始清味。理欲入景勢,皆須引理語,入一地及居處,所在便論之。其景與理不相愜,理通無味。昌齡詩云:『時與醉林壑,因之墮農桑。槐煙漸含夜,樓月深蒼茫』。第十六,景入理勢。景入理勢者,詩一向言意,則不清及無味;一向言景,亦無味。事須景與意相兼始好。凡景語入理語,皆須相愜,當收意緊,不可正言。景語勢收之,便論理語,無相管攝。方今人皆不作意,慎之。昌齡詩云:『桑葉下墟落,鶗鴂鳴渚田。物情每衰極,吾道方淵然。』」王昌齡:《詩格》,收入張伯偉:《全唐五代詩格彙考》(南京:鳳凰出版社,2005 年),頁 157-158。張伯偉於書前之〈詩格論〉中指出「勢」即為存在於詩句節奏律動與構句模式間的張力,提供我們一個很好的切入點。

[2] 見詹杭倫:《方回的唐宋律詩學》(北京:中華書局,2002 年),頁 86-89。

語」在建構詩義、表現風格的作用。Riffaterre在《詩之符號學》一書中首先區別了「摩態」(mimesis)與「記號衍義」(semiosis)，前者表示根據文字的字面意義，作如實的反映，亦即處理的是由文字記號連到現實事物，不加任何的想像、潤色、扭曲、誇大；後者則是於摩態式的閱讀受到挫折後，直接以喻況式的讀法，由記號跳接記號、文字跳接文字，這中間自然包括了許多習見的文學修辭手法，如隱喻、借代、用典等。[3]

這兩個概念幫助我們挑出不帶明顯修辭性的「景語」，[4]因為「景語」常常某種程度夾帶了所謂的修辭字詞，這些字詞與其創造的複雜意義應在探索景語之作用的這個課題更成熟後再來處理。初步來看，確定這些較純粹的「景語」後，便能仔細地觀察這些景語如何與其他的詩句互動，並藉由其在文本中的相關位置考索其如何由僅具摩態義而跳升至記號衍義的過程。

為了研究的方便，我將把範圍限制在杜甫(712-770)〈秦州雜詩〉中與「邊塞」有關的詩篇，[5]原因是這組詩作中有相當數量的「景語」句例，再者，「景語」的作用往往能與之前的文學傳統相呼應、相連結，藉由此類詩作可以釐測其以「邊塞」為中心如何縮結不同之傳統並加以新創的情形，以免脈絡過於紛繁而有零亂之虞。

---

[3] Riffaterre, Michael. *Semiotics of Poetry* (Bloomington: Indiana Univ. Press, 1978) ,p.2-3.這兩種閱讀方式其實是根植於所謂的「基本義」與「修辭義」之分別，我們認知到的「修辭義」是認知其「意義的扭曲」，而「基本義」作為語言符號當然也不能說是完全反映、描述了現實，但在這樣的關係中，它因著種種的原因逃離了讀者對其修辭性的注意。參見 Frank Lentricchia, Thomas McLaughlin 編，張京媛等譯：《文學批評術語》（香港：牛津大學出版社，1994 年），頁 110-116。

[4] 王昌齡舉的詩篇「景語」也符合這樣的標準：「槐煙漸含夜，樓月深蒼茫」、「桑葉下墟落，鶤雞鳴渚田。」同註 1。

[5] 此處的「邊塞」採用較為早期與寬泛的定義，即指胡漢交界的長城，而「文學史上所說的邊塞詩，以地域而言，主要指沿長城一線及河西隴右的邊塞之地。」各見王文進：《南朝邊塞詩新論》（臺北：里仁書局，2000 年),頁 14、譚優學：〈邊塞詩泛論〉，收入西北師範學院中文系、西北師範學院學報編輯部編：《唐代邊塞詩研究論文選粹》(蘭州：甘肅教育出版社，1988 年)，頁 2。

二、增加意義的層次

　　從最為摩態的層面來看,〈秦州雜詩〉第一首[6]的兩句「景語」:「水落魚龍夜, 山空鳥鼠秋」是拆解魚龍川與鳥鼠山兩個地名再配上時間與動詞構成的,其字面 意義不難理解,而且就這兩句來看,也並無明顯的其他含義。但是,若與三、四 句連在一起時,就會呈現幾個不同之點:首先,「關」、「隴」雖亦為地理名稱,但 不如魚龍川、鳥鼠山這麼明確,[7]三、四告知讀者入秦前經歷的廣大區域,是概論, 五、六則為縮小為一山一川,用至秦州途中及相關的地名除了正告其為親身之所 歷,絕無虛假之外,還以未親臨之山名呼應了前三、四句。還有,三、四句用了 「遲回」、「怯」、「浩蕩」、「愁」等涉及內心情感的形容詞,五、六句則中性地用 了「落」、「空」寫魚龍川的水位與鳥鼠山木葉之凋零。對照三、四兩句,五、六 的景語也就有了新增的意義:「落」、「空」本具之「減損」、「空無」現在摻雜了蕭 瑟、淒涼之感,與詩人在三、四句吐露的種種情緒有了更緊密的連結;夜晚仍須 渡河趕路,也表明了詩人為何有「浩蕩之愁」的原因之一。

　　如若將此二句往後與七、八對看,則知杜甫經過種種的困難,終於來到秦州, 之前如首句所說為「悲生事」,現況與未來是「問烽火」,那麼一路至秦州的相關 地名何止這兩個?他為何只選這兩個地名來描寫呢?首先,這兩個地名的特色是 皆由兩種動物名稱組成,且包含了水中、陸上與能在空中飛翔的物種,他們之隱 匿藏伏不正暗示了這個世界充滿了危險嗎?而多樣的動物種類也表示這種現象並 非特殊狀況,而是遭受了普遍的威脅。另外,依《水經注》及《爾雅》的記載, 這兩個地方皆有奇異之處:「(汧水出汧縣西山)……其水東北流,歷澗,注以成 淵,潭漲不測,出五色魚,俗以為靈而莫敢採捕,因謂是水為龍魚水,自下亦通

---

[6] 此詩全文為「滿目悲生事,因人作遠遊。遲回度隴怯,浩蕩及關愁。水落魚龍夜,山空鳥鼠 秋。西征問烽火,心折此淹留。」

[7] 據宋開玉:〈魚龍川與鳥鼠山〉一文所論,魚龍川為杜甫赴秦州途中所經,鳥鼠山為渭河發 源地,是杜甫路過渭河,「見水之流,溯想水之源,所以在艱難到達秦州後,或許借鳥鼠山 來重述旅途的遙遠與艱險。」《杜甫研究學刊》第 3 期(2008 年),頁 23。

謂之龍魚川」,「鳥鼠同穴,其鳥為鵌,其鼠為鼩。注:鼩,如人家鼠而尾短。鵌,似鶉而小,黃黑色。穴入地三四尺,鼠在內,鳥在外。」[8]魚可為龍,然而水淺,必無施展之空間。而鳥鼠同穴,亦頗罕見。紀異之目的,或許即在強調秦地與中原的不同,這是一個陌生、怪異的所在,這應也是除了戰爭之外,令詩人「心折」的另一潛在因素吧!

從這個例子,我們可以清楚地看到,藉著與其他非景語的詩句搭配,景語的意義可以脫離純然摩態的層次拓展出多重的記號衍義,使得文理的解析能更為精緻。[9]

〈秦州雜詩〉之六也是一個有趣的案例:

城上胡笳奏,山邊漢節歸。防河赴滄海,奉詔發金微。
士苦形骸黑,林疏鳥獸稀。那堪往來戍,恨解鄴城圍。

全詩唯一的一句「景語」為「林疏鳥獸稀」。單就此句觀察,能見到時值秋日,木葉凋落而鳥獸亦少見之景。若進一步探問鳥獸稀少之因,則可能是隱匿起來準備過冬,也可能是被獵補殆盡。但不管是哪個原因,對掘發此句更深一層的意義並無明確的助益,但若與「士苦形骸黑」連繫起來,就有了耐人尋味的深意。在進入這部分的討論之前,我們要先處理「士苦形骸黑」在全篇的重要意涵:首聯「胡」對「漢」,表示戰爭之影響遍及胡漢,出現在杜甫眼前的這些士兵,是唐朝使者跋

---

[8] 各見陳橋驛:《水經注校釋》(杭州:杭州大學出版社,1999 年),卷 17,頁 320、清‧仇兆鰲:《杜詩詳註》(臺北:漢京文化事業有限公司,1984 年),頁 573。

[9] 張溍:《讀書堂杜詩集附文集註解》(臺北:臺灣大通書局,1974 年,影印清康熙 37 年滏陽張氏刊本),有注為「鳥鼠只作景看更佳」,頁 951。從這句評語便可確定作註者意識到這句詩除了純粹指涉景物之外當有其他意義,不過他在這些意義中選擇了「只作景看」這一層。這表示讀者有權力決定他偏愛的詩意,但他的決定並不能否認其他意義的存在。另外,註者不說「魚龍只作景看更佳」的緣由亦頗堪玩味。我個人以為「魚化為龍」的象徵義也許較易擷取、覺察,而「鳥鼠」一句便顯得深邃隱微,是以將其退限於單純的景語是較為簡單且少爭議的註法。

涉萬里到金微（阿爾泰山）徵召來的，他們越過廣袤的國土到東邊協防河北。「由西邊的高山到東邊的滄海」，強調了路程的迢遠艱難與受波及的領土範圍之廣。在這種狀況之下，兵士們真的是「那堪往來戍」，而「形骸黑」也就是無可避免的狀況了。從最基本的層面解釋，應是點明「軍士遠涉，適當林木風凋」。[10]若要再作推衍，可分兩路進行：如果鳥獸是隱伏過冬，那麼可以想見連鳥獸都如此，人類不也應準備好好過冬了嗎？又何必辛苦道路、餐風露宿呢？由此可見士卒的忠厚與單純，他們接受上級的指揮調動，不辭艱難，使人益發尊敬且感到不捨。如果鳥獸是因獵補而幾近絕跡，則暗示著帝國內的軍人可能也因戰爭而傷亡慘重吧！[11]

因著非景語的詩句支撐，原本意思單薄的景語得以構建出至少三種意義，大幅提升了詩歌內涵豐富的層次感。

三、豐富寫作的筆法

「景語」在詩中最容易觀察到的作用是以形象化的語言交代背景，如殷孟倫評「水落魚龍夜，山空鳥鼠秋」二句「寫途中景，兼記時地」。[12]這樣作者可避免寫時或地的單調陳述。

王昌齡拈出的原則最重要的概念是詩篇不當只有理語與景語，此二者應相輔相成。他說「詩一向言意，則不清及無味」，[13]楊倫《杜詩鏡銓》〈秦州雜詩〉之六的「林疏鳥獸稀」旁注有「插入空句添毫」，[14]其基本想法與此相近。首先，這首詩僅有這句是「景語」，評者稱其為「空句」應是以其他詩句為非「空句」，為

---

[10] 《杜詩詳註》「使節歸來，蓋為防守河北，而發金微之兵。今見軍士遠涉，適當林木風凋，尚堪此往來征戍乎？」同註8，頁578。

[11] 朝鮮・李植：《纂註杜詩澤風堂批解》(二)（臺北：臺灣大通書局，1974年）「言鳥獸亦竄伏，況於民乎？」「禽獸亦不自遂，人可悲」，頁518。

[12] 殷孟倫：《杜甫詩選》（臺北：崧高書社，1985年），頁153。

[13] 同註1。

[14] 楊倫：《杜詩鏡銓》(臺北：藝文印書館，1978年)，頁430。

何「景語」可以被稱為「空句」呢？它好像是在濃密的樹林中開出一塊空地，這樣看起來就不會那麼擁擠，因著它的出現，糾結在一塊兒的意緒也得以開展、舒放。這和王昌齡所說的「詩不可一向把理，皆須入景，語始清味」的意思並無二致。在前面的解析中，我們已可充分領略此句的多層意涵，而且這些意涵是需要慢慢尋味、體會的，在這樣的過程中，讀者得以在原詩跨越國土東西二極的深重苦痛中稍獲喘息。

利用景語暫時脫離原先設計好的主線，以截然不同的方式向詩旨邁進，正是杜甫寫作〈秦州雜詩〉第四首的手法。吳瞻泰以「離合」來解釋這種寫法：「此專詠鼓角也。妙處全在離合。若沾沾一事，便無斷續。故三、四已實寫鼓角矣。五、六欲寫欲夜時一筆，然後再接聲一概，便覺離奇變幻。須溪以為賦鼓角警句，固矣。」[15]而五、六句「抱葉寒蟬靜，歸山獨鳥遲」正是此詩之景語。

另外，詩人在寫景時，往往採取多樣的視角，使得讀者得以由不同的角度欣賞、感受詩歌呈現的畫面，進而探詢精微的詩旨。以下將以截然有別的兩個角度加以考察：

一是鳥瞰遠觀的全景式角度，吳昌祺評〈秦州雜詩〉第七首云：「如鷗鶚盤空、雄健自喜」，[16]他應是針對首四句而發。詩人必定要由遠處、高處才能看到「莽莽萬重山，孤城山谷間。無風雲出塞，不夜月臨關」的景觀，而這樣的景觀既與第七句的「煙塵一長望」相呼應，也以其孤絕與奇特暗示著秦州地處非中原之邊境，又時受吐蕃的侵擾、威脅。

一是限縮於家室門牆之內，〈秦州雜詩〉第十七首便是一例：

> 邊秋陰易夕，不復辨晨光。簷雨亂淋幔，山雲低度牆。
> 鸕鶿窺淺井，蚯蚓上深堂。車馬何蕭索，門前百草長。

---

[15] 吳瞻泰評選：《杜詩提要》(二)（臺北市：大通書局，1974年，影印清乾隆間羅挺刊本），頁396。

[16] 同註14。

此詩起首交代時節，為全篇配上陰暗的光度，彷彿沈浸在濃濃的暮色之中。詩人寫紛飛之雨勢由空中灑入室內、淋濕了帷幔，山雲低垂，故可度越園牆。雲和雨由外界入侵了居所的範圍。既為陰雨所困，又感覺受到侵犯的詩人，在百般無聊的情況下只能望向自己的園子，他因此看到了久雨而致的景象：鸂鶒因「久雨井生魚故窺之」、[17]土中含水量激增，蚯蚓無處可去，只好爬上廳堂避濕。詩人困居家中，也無賓客來訪，就更感孤獨隔絕。全篇用了四句視野局限、描寫逼真的景語，帶出了作者「山居苦雨」的無奈心境。

有時，杜甫也摻用二者，由外至內。〈秦州雜詩〉第十首即為佳例：

> 雲氣接昆侖，淊淊塞雨繁。羌童看渭水，使節向河源。
> 煙火軍中幕，牛羊嶺上村。所居秋草靜，正閉小蓬門。

首二句以接近誇飾的手法形容下雨地區的漫無邊際，三、四句寫二種怪異行為：「羌童本河西之人，偏來看渭水，使客本渭南之人，偏要向河源。」[18]五、六句的句法獨特，全無動詞、形容詞，而由「煙火、軍中幕、牛羊、嶺上村」組構而成，我們同意二句並陳是「言其地軍民雜處」，[19]但堆砌名詞的形式暗指作者對此景物似乎全無評判與感覺，這樣就順利地銜接至末二句所言的寂寥心境。詩人由大景、他人、他物而至己身，至五、六二句時已感淡漠無味，唯餘閉門不出的闌姍之情，似有不願再觀看景物的意味。[20]

四、呈現主旨富於變化

---

[17] 同前註，頁 435。

[18] 同前註，頁 398。

[19] 同前註，頁 431。

[20] 詩人的心境正如〈寓目〉「一縣葡萄熟，秋山苜蓿多。關雲常帶雨，塞水不成河。羌女輕烽燧，胡兒掣駱駝。白傷遲暮眼，喪亂飽經過」所呈現的一般寂寥蕭索，此詩以六句竭力鋪陳秦州的特殊風物，而於末二句交代因飽經喪亂因此失去了對新奇事物的興致。

不少註家認為〈秦州雜詩〉之四的主旨是「詠鼓角也」，[21]事實上，還應加上「吾道何之」之感慨才較為完善：

> 鼓角緣邊郡，川原欲夜時。秋聽殷地發，風散入雲悲。
> 抱葉寒蟬靜，歸山獨鳥遲。萬方聲一概，吾道竟何之！

此詩一至四句全繞著鼓角作文，七、八句嘆兵戈間何以安身，但以鼓角之聲象徵烽火戰亂。只有五、六句看似與鼓角無關，實則以對比的方式襯托出鼓角的特色。從一開始，詩人便點明其聞鼓角之聲的地點與時間，接著他如斯描述：其音震動大地、穿雲入空又有大風為之鼓翼，如此的鼓角之聲彷彿瀰漫四合、響徹天地。然而，第五句的寒蟬則「靜」而不鳴（夏蟬是以鳴噪聞名的），根本不能與鼓角聲相比。黃昏時遲遲未能歸山回巢的孤鳥應該也是安安靜靜的吧！如果再與七、八句合而觀之，則此二句「景語」就擁有了更多的象徵意涵。

我們知道杜甫的「吾道」是具有雙重意義的：一為具體的、供人們行走的道路，是詩人所面對的真實旅程；一為抽象的、立身行事的準則、做事的方法，或出於自覺而作的人生選擇，是詩人要面對的人生道路，或是對自己在世界上所佔位置的一種了解。[22]就其第一種意義而言，杜甫指的是在這樣遍地烽火的世局中他該往何處避亂。如作此解，則寒蟬之只能抱守秋葉、靜默不鳴，實是其生長之時節已然不對，他正逐步走向死亡、滅絕，並深刻經歷著生命力的漸次衰弱，他哪裡也不能去，只能在震耳的鼓角聲中緊緊抓住即將凋零的樹葉。而意欲歸山的孤鳥也透露了他想回家而不能如願的困境，杜甫是攜家帶眷到秦州的，但他的主

---

[21] 如《杜詩鏡銓》「詠鼓角也，並帶憂邊警意」，同註14，頁428-429、《杜詩提要》「此專詠鼓角也」，同註15，頁396。

[22] 見拙著：〈入蜀紀行詩中的「人生」隱喻〉，收入《杜甫自秦入蜀詩歌析評》（臺北：里仁書局，2005年），頁3。

觀意識卻總認為自己是孑然一身、孤獨無依的。[23]這兩句既強調了他面對亂世的無力之感，又表現了他並不肯就此放棄的堅毅意志。假如我們採用「吾道」的第二種意義，那麼杜甫想要問的是：在這樣的環境中，我應該如何堅持自己的理想？那麼，第五句就或許與「噤若寒蟬」有關，個人的聲音在漫天戰鼓中已無法聽見或根本不敢發聲，他不能再像在鳳翔時那樣直言敢諫了。「歸山」也或許可以與他在此時期不斷想隱居的心情連繫起來，他還能再像昔日與李白四處尋仙遊歷那樣做他的歸隱大夢嗎？

一般註家已然注意到這兩句承上與啟下之功能，如「五、六，興起「何之」、[24]「蟬靜、鳥遲，承夜時」，[25]但是如果在「萬方」一片震耳鼓角聲中沒有這兩個無聲的畫面，杜甫的深衷與詩旨的幽微是無法呈現的。「抱葉寒蟬靜，歸山獨鳥遲」成功地以對比突顯了詩篇的主旨，以被夾在中間兩句的形式暗示了落寞與孤絕，還以靜默的景物說出了詩人心中的沈重與挫折、失望與憂慮。[26]

〈秦州雜詩〉第七首前四句為「景語」：

> 莽莽萬重山，孤城山谷間。無風雲出塞，不夜月臨關。
> 屬國歸何晚？樓蘭斬未還。煙塵一長望，衰颯正摧顏。

一、二句極寫秦州位為群山之間，狀極孤絕。三、四句則描寫此地特殊的地理與天象。「無風雲出塞」是指「秦州位於低谷，故城中人不覺有風，而天風實有之。」，

---

[23] 見拙著：〈以「重覆」辭格詮析杜甫〈乾元中寓居同谷縣作歌七首〉的意義結構兼論其為「創體」之原因〉，同註22書，頁150、162-164。

[24] 清・蒲起龍：《讀杜心解》（臺北：中央輿地出版社，1970年），頁382。另《杜甫詩選》「註 5：是說聞鼓角聲，寒蟬抱葉，獨鳥歸山，萬物寂然。蟬抱葉、鳥歸山，都時秋天傍晚景象。這裡寫此二事是為興起下面兩句感慨。」同註12，頁154。

[25] 同註10，頁576。

[26] 第七句有兩個版本「萬方同一概」或「萬方聲一概」，若依聲音之有無而論，自當以「萬方聲一概」為優。

[27]「不夜月臨關」或指「蓋月明如畫也」，[28]或指未至夜晚而月亮已臨關隘，實因秦州地勢高亢，[29]且「東西皆為谷口，故無山以遮日月」。[30]這兩句浦起龍批為「警絕」，[31]然而其與全詩主旨有何關聯？

楊倫以為此詩主旨為「憂吐蕃之不庭」，[32]仇兆鰲以為是「詠使臣未還也」，[33]總之皆深致對邊境不寧之憂思。杜甫寫這樣的情形，應是此地孤絕的形勢、奇異的景觀與中原迥然有別的緣故吧！而這個地方又是胡漢之間的要衝、使者與將軍來往必經之途，然而一切都受到滯礙而未完成：出使吐蕃的使者尚未畢命，吐蕃首領亦未稱臣。這樣的狀況對詩人來說並非常態、是不對勁且不合理的。三、四句正以奇怪的、不似中原的地理、天象映照著國無寧歲的狀態。人事與物象各以二分之一的篇幅犄角建構了此詩的主旨。[34]

五、加強現實感以重構文學傳統

對每一個詩人來說，之前的詩歌傳統永遠與他的生活保持著難以跨越的距離，抄襲、模擬與仿造並不能突顯他的品牌，反而使其成為道地的贗品。任何想要創新獨造的作家必得「在已構建的種種表現模式中工作，以便重新擁有在這些模式中所包含的文化材料，並從不同的角度重新表現它們。」[35]

---

[27] 韓成武、張志民，《杜甫詩全譯》（石家莊：河北人民出版社，1997年），頁266。

[28] 同註11，頁518。

[29] 「城迥，故不夜而月先臨關」，同註14。

[30] 同註27，頁266。

[31] 「一、二身所處。三、四，警絕。一片憂邊心事，隨風飄去，隨月照著矣。」同註24，頁384。但我認為他對三、四句如何表達主旨的意見過於牽強。

[32] 同註14。

[33] 同註10，頁578。

[34] 用邊地天候暗示主旨的還有第18首的「邊日少光輝」，詩人藉著這樣的情形映照吐蕃之不肯安於外甥國之狀況。兩者皆非常態。

[35] 英・理查茲(Richards, D.)著，如一等譯：《差異的面紗》（瀋陽：遼寧教育出版社，2003

　　有關杜甫秦州詩的開創性，已有不少學者作過研究，也獲致了充實的成果。其中有專注於其邊塞詩之內容者，[36]有拈出其隴右詩使用的主要意象群者，[37]也有連繫其與文學史傳統者。[38]多數學者關注的是意象群的分類或是結合，而較少由「景語」的角度從句的層次逐漸上探至全首以至於詩旨的方式來加以探討。

　　我們將以與「邊塞」有關的詩作為例，嘗試鏊測其如何翻新與創變舊有的文學傳統。首先，秦州位居關塞，是杜甫由關中西行暫時落腳之處，這裡對他而言不像其他的邊塞詩人是從軍、求取功名或是純粹出於臆想的地方，再加上〈秦州雜詩〉中大量描寫此地風情景物的詩句，使得秦州諸詩必定會呈現迥然不同的風貌，而加強了詩歌的現實感。[39]

　　他常借用之前邊塞詩中常見的元素或景物傳遞反面的訊息。例如「莽莽萬重山，孤城山谷間。無風雲出塞，不夜月臨關」（〈秦州雜詩〉之七）高遠的全景式構圖，幾乎要讓人誤以為是王之渙或王昌齡那種雄渾悲壯的開場，[40]但卻以深重的歎息作結。

　　〈秦州雜詩〉中有八首用了「關」、「塞」或「邊」字，然而其中卻看不到如盛唐邊塞詩中常見的奮勇殺敵、雄渾悲壯、意氣飛揚或新奇之感。這裡瀰漫的是哀傷、憂愁、恐懼，這裡陰暗、多雨、無聊、困絕，國事與個人都擱淺於此邊荒

年），頁7。

[36] 如劉藝：〈杜甫邊塞詩新探〉，《杜甫研究學刊》第4期（1996年）、〈情聖杜甫──再讀杜甫的邊塞詩〉，《杜甫研究學刊》第3期（1997年）、〈多維視野中的杜甫及其西域邊塞詩〉，《西域研究》第1期（2001年）、鄭家治：〈試論杜甫的戰亂詩與邊塞詩〉，《成都師範高等專科學校學報》第22卷第1期（2003年3月）等。

[37] 安建軍：〈杜甫隴右詩的主體意象及審美意識〉，《天水行政學院學報》第1期（2003年），指出此時期杜詩的主體意象群有田園、羈旅與邊塞三大系列。

[38] 如童強：〈論杜甫秦州詩的特點〉，《杜甫研究學刊》第1期（1999年），說明了杜甫秦州詩與盛唐王孟山水田園詩派及邊塞詩派融合的事實。

[39] 這正是王昌齡特別提到由理入景時，「須入一地及居處」的原因吧！他在〈論文意〉一條中亦云：「夫詩一句即須見其地居處」。同註1，頁158、163。

[40] 如安建軍舉了王之渙〈涼州詞〉、王昌齡〈從軍行〉等來加以比較。見註37。

之地：「遲回度隴怯，浩蕩及關愁」、「鼓角緣邊郡，川原欲夜時」、「無風雲出塞，不夜月臨關」、「雲氣接昆侖，涔涔塞雨繁」、「邊秋陰易夕，不復辨晨光」、「塞雲多斷續，邊日少光輝」。以第十一首的「蕭蕭古塞冷，漠漠秋雲低。黃鵠翅垂雨，蒼鷹饑啄泥」為例，我們就可看到他所營造之關塞淒冷場景，這是否也暗示戰場之光榮傳統已不可再見？黃鵠與蒼鷹為雨所困，無法高飛，僅能在泥濘的邊地勉強求生，牠們的疲乏、衰弱與無奈正是詩人的寫照。

他還在這樣的氛圍中岔出去寫客居的蕭索與對隱居東柯的嚮往，這又與田園詩的傳統接軌了：

> 未暇泛蒼海，悠悠兵馬間。塞門風落木，客舍雨連山。
> 阮籍行多興，龐公隱不還。東柯遂疏懶，休鑷鬢毛斑。(之十五)

三、四兩句直稱其住所為塞門客舍，可見其自視為邊境的流浪者，被卡在路途間，不能一遂東泛滄海的心願，而且還要面對永無盡期的兵戈戰亂。這樣的處境與田園詩的恬美寧靜更是大異其趣，他不只連繫了邊塞與田園傳統，也以自己的親身體驗與書寫更新了這兩個傳統的內涵。

附帶一提，在這些「景語」中，杜甫多少也採用了山水詩的典型寫作技巧：如「水落魚龍夜，山空鳥鼠秋」中一句寫水、一句寫山，用以籠概所見的自然環境；「抱葉寒蟬靜，歸山獨鳥遲」一寫近景，一寫遠景。不過，以此技法聞名的謝靈運是以徜徉於自然之中來撫慰心靈、陶冶性情，山水交替、遠近相兼的繪寫方式把詩人置於景致紛繁、美不勝收的自然懷抱中，與杜甫的沈鬱憂傷是截然有別的。

六、結語

藉著使用一些簡明實用的概念，我們可以比較清晰地闡發「景語」如何形成、織就個別詩篇意義網絡的過程，並據以檢視前人提出的某些心得與律則。從上文

的分析中,「景語」至少具備了增加意義的層次、豐富寫作的筆法、呈現主旨富於變化、加強現實感以重構文學傳統幾種作用。總而言之,王昌齡的看法持平,可作為處理「理語」、「景語」的通則,但細密度不足,本文或許能稍補此一罅漏。至於方回的意見,則偏於刻板或精密度不足。[41]事實上,僅以本文所論之詩篇,即可發現杜甫之使用景語尚有許多值得深入探究之處,如一首詩中「景語」的數量多少與其意義變化之關係、「景語」的構句法式等,這些絕非以一句情、一句景或一聯情、一聯景等死板的程式所能盡括,遑論擴及其他的詩篇了。

除此之外,這樣的探討方式也許也能把原來無法解釋的妙處加以釐清,如《杜詩鏡銓》在〈秦州雜詩〉第七首「無風雲出塞,不夜月臨關」旁批上「神句」二字,[42]卻完全未加解釋。透過以上的分析,可以較為確切了解為何楊倫會認為此二句神奇精妙的原因。

本篇論文原刊登於《東華漢學》第十期(2009 年 12 月)頁 61-76,經「《東華漢學》編輯委員會」授權轉載,特此註明。

---

[41] 方回的論述重點包含了情、景句或聯穿插變化的規則、情景交融兩方面。前者失之刻板,可參見其評杜審言〈和晉陵丞早春遊望〉、杜甫〈奉酬李都督表丈早春作〉、王安國〈繚垣〉之語。後者則多簡略,未能作完整詳密的評述,可參見其評杜甫〈秋野〉五首、〈旅夜書懷〉、〈江亭〉之語。《瀛奎律髓》,《文淵閣四庫全書》(臺北:臺灣商務印書館,1983 年),第 1366 冊,頁 95、96、143、123-124、156、292。

[42] 同註 14。

羅聯添教授八秩晉五
壽　慶　論　文　集
2011 年 11 月 頁 139-186

棄俗尚而從於寂寞之道
——談韓愈對揚雄的認同與超越

方　介[*]

提　要

　　蘇軾曾以「文起八代之衰，道濟天下之溺」二語稱許韓愈，可以說是十分中肯地指出了韓愈的歷史功績。一直到今天，韓愈提倡「古文」以取代駢文，標舉「道統」以振興儒學，仍然是文學史與儒學史上備受矚目的焦點。相形之下，八代以前、西漢末期的儒者揚雄，雖然寫了不少辭賦，作了幾部大書，卻不免因其滯澀、艱深而難引起眾人，特別是今人一讀的興趣。因此，在一般人心目中的地位，就遠不如韓愈了。但，值得注意的是，韓愈一再稱許揚雄，甚至以之自比，而細究他們的文章、學行，也可以發現：這個反俗、寂寞的揚雄，正是帶領韓愈走過寂寞，成功拓出一條新路的精神導師。因此，本文以韓文為基礎，上溯揚雄，加以比較，指出韓愈何以自覺其生命處境同於揚雄，而在文學與儒學兩方面對揚雄心摹手追；又是如何在寂寞中超越揚雄，而得到生前、身後的盛名。透過此一比較研究，當可在文學與儒學發展史上，為揚、韓二人做更準確的定位，並使其間相承、轉變的軌跡清楚呈現出來。

關鍵詞：俗尚、寂寞、古文、道統、聖人、太玄、法言、辭賦

---

[*]國立臺灣大學中國文學系教授。

棄俗尚而從於寂寞之道
——談韓愈對揚雄的認同與超越

一、前言

　　蘇軾曾以「文起八代之衰，道濟天下之溺」二語稱許韓愈，[1]可以說是十分中肯地指出了韓愈的歷史功績。一直到今天，韓愈提倡「古文」以取代駢文，標舉「道統」以振興儒學，仍然是文學史與儒學史上備受矚目的焦點。相形之下，西漢末期的儒者揚雄，雖然寫了不少辭賦，作了幾部大書，卻很難引起眾人，特別是今人一讀的興趣。因此，在一般人心目中的地位，就遠不如韓愈了。但，值得注意的是，韓愈一再稱許揚雄，甚至以之自比，而細究他們的文章、學行，也可以發現：這個反俗、寂寞的揚雄，正是帶領韓愈走過寂寞，成功拓出一條新路的精神導師。因此，本文擬以韓文為基礎，上溯揚雄，加以比較，指出韓愈何以自覺其生命處境同於揚雄，而在文學與儒學兩方面對揚雄心摹手追；又是如何在寂寞中超越揚雄，而得到生前、身後的盛名。透過此一比較研究，當可在文學與儒學發展史上，為揚、韓二人做更準確的定位，並使其間相承、轉變的軌跡清楚呈現出來。

二、揚雄的生命處境——反俗與寂寞

---

[1] 宋・蘇軾：〈潮州韓文公廟碑〉，《蘇軾文集》（北京：中華書局，孔凡禮點校，1986 年 3 月），卷 17，頁 509。

　　就生命處境而言，揚雄的一生，可以反俗、寂寞加以概括。《漢書・揚雄傳》言其先世避仇入蜀，「五世而傳一子，故雄無它揚於蜀」；[2]又謂其「家產不過十金，乏無儋石之儲」，可見他沒有叔伯兄弟，在孤寒貧苦中成長。加上「口吃不能劇談」，想必更加寂寞。

　　揚雄「少而好學，……博覽無所不見，……默而好深湛之思」。當時經學發達，儒生多好章句之學，藉以入仕。揚雄雖貧，卻不願勉強自己去追逐利祿，所以「不為章句，訓詁通而已。……自有大度，非聖哲之書不好也」。又曾從學於嚴君平，[3]受老子之學，「清靜亡為，少嗜欲」。可見，在求學過程中，他默默地堅持自己的喜好，不肯隨俗俯仰。

　　當時作賦之風已不若武、宣時期盛行，學子多捨辭賦而以經學求仕。揚雄卻喜好辭賦，常常模擬司馬相如作賦，又好讀屈原之辭，往往依仿其文習作。年四十餘，「有薦雄文似相如者」，成帝召之，乃獻〈甘泉〉、〈羽獵〉之賦，有所諷諫。就此「除為郎，給事黃門」，而步入仕途。

　　就世俗看來，四十多歲始仕，已嫌太晚，而他為郎以後，不思如何晉升，竟自請三年不受薪、不當值，以便「觀書於石室」。[4]可見，他的仕宦不是為了利祿，而是為了「追求知識的便利」。[5]而當他向成帝獻了四大賦以後，發現這些辭賦未能產生預期的諷諫效果，「又頗似俳優淳于髡、優孟之徒，非法度所存，賢人君子詩賦之正也，於是輟不復為」，轉而用心去寫《太玄》、《法言》和《方言》之類的大著。在這樣的仕宦生涯裡，無論政局如何變化，都似與他無關，而他也「三

---

[2] 漢・班固撰，唐・顏師古注：《漢書》（臺北：鼎文書局，1986年），卷87，頁3513。本節所述事蹟，大抵依據《漢書・揚雄傳》，引文亦多節自該傳，不復一一註出。少數引自他處文字，則另以他註說明。

[3] 班固：《漢書・王貢兩龔鮑傳》云：「蜀有嚴君平……卜筮於成都市，……得百錢足自養，則閉肆下簾而授《老子》，……楊雄少時從游學。」，卷72，頁3056。

[4] 漢・揚雄：〈答劉歆書〉，見張震澤：《揚雄集校注》（上海：上海古籍出版社，1993年10月），頁264。

[5] 徐復觀：〈揚雄論究〉，《兩漢思想史》（增訂再版）（臺北：臺灣學生書局，1979年9月），卷2，頁463。

世不徙官」，甘心守著書閣，寂寥度日。

對世俗來講，揚雄這樣做官，已令人不解，更可怪的是，竟然寫了這些艱深難讀、眾所不好的書，完全處在當時學術潮流之外。《方言》一書費時二十七年以上，四方郡國派人入京，「雄常把三寸弱翰，齎油素四尺，以問其異語，歸即以鉛摘次之於槧。……令人君坐帷幕之中，知絕遐異俗之語」，[6]如此勤苦，甘為人之所不為，尚有實用價值可言。而最最難懂的，就是他仿《周易》所作的《太玄》，竟然另創一套符號系統，使「觀之者難知，學之者難成」。故「客有難《玄》太深，眾之不好也」，他作〈解難〉曰：

> 若夫閎言崇議，幽微之塗，蓋難與覽者同也。昔人有觀象於天，視度於地，察法於人者，天麗且彌，地普而深，昔人之辭，乃玉乃金。彼豈好為艱難哉？勢不得已也。獨不見……泰山之高不嶕嶢，則不能浡滃雲而散歊烝。……典謨之篇，雅頌之聲，不溫純深潤，則不足以揚鴻烈而章緝熙。……是以聲之眇者不可同於眾人之耳；形之美者不可棍於世俗之目，辭之衍者不可齊於庸人之聽。……師曠之調鐘，俟知音者之在後也。……老聃有遺言，貴知我者希，此非其操與？

他說自己並非「好為艱難」，而是「勢不得已」。就像昔人面對美麗而巨大的天、廣博而深奧的地、複雜而多變的人生，就必須運用金玉般的文辭，才能表現其中的奧祕。這樣的文辭，難免艱深，當然是會超乎眾人理解能力之外。就好像泰山之高、《詩》、《書》之美，都是勢所必然。而真正美妙的聲音、形象與文辭，絕不是世俗所能領略的。但，對高明的作者而言，既能超乎世俗，獨得其妙，就表示這樣的玄妙還是可以領略，可以期待後世之知的。而知者愈是難逢，就愈見其可貴，故眾人之不好，早在他的預料之中。《太玄賦》曰：

---

6 同註4，頁264-265。

> 觀大易之損益兮，覽老氏之倚伏。省憂喜之共門兮，察吉凶之同域。……
> 麟而可羈，近犬羊兮；鸞鳳高翔，戾青雲兮。不掛網羅，固足珍兮。……
> 屈子慕清，葬魚腹兮……孤竹二子，餓首山兮。……辟此數子，智若淵兮。
> 我異於此，執太玄兮。蕩然肆志，不拘攣兮。[7]

可見，正當「丁、傅、董賢用事，諸附離之者，或起家至二千石時」，他卻專心寫作《太玄》，取《易》、《老》之說，大談吉凶趨避，正是因為洞燭了吉凶之理，願如麟、鳳般不被羈執，而不願步屈子、伯夷、叔齊的後塵，死於非命。故「客嘲揚子……作《太玄》五千文，支葉扶疏，獨說十餘萬言，……而位不過侍郎，擢纔給事黃門」時，他作〈解嘲〉曰：

> 客徒欲朱丹吾轂，不知一跌將赤吾之族也。……當今縣令不請士，郡守不迎師，……言奇者見疑，行殊者得辟，是以欲談者宛舌而固聲，欲行者擬足而投跡。……是故知玄知默，守道之極；爰清爰靜，游神之廷；惟寂惟寞，守德之宅。……故為可為於可為之時，則從；為不可為於不可為之時，則凶。夫藺先生收功於章臺，……東方朔割名於細君。吾誠不能與此數公者並，故默然獨守吾《太玄》。

可見，處在那樣一個禍機四伏的政治環境中，保持玄默，守住清靜、寂寞，才是最明智的抉擇。而他在此時寫一本無人能懂的書，不僅是最安全的做法，也可以將他的聰明才智完全用在抽象思考上，而得以自娛。故當劉歆說他「空自苦，……恐後人用覆醬瓿」時，他「笑而不應」，不僅是因為自信其書必有知音在後，也的確是樂在其中。這樣的快樂，不但不會因為後人用覆醬瓿而稍減，反而更可證明他所發現、所書寫的是宇宙間最高深奧妙、只有最上智者才能領略的玄理，而使他更為快樂。

---

[7] 揚雄：〈太玄賦〉，頁 138-144。

但，如此小心避禍，不惹是非的他，卻還是意外地捲入符命事件中。王莽時，劉棻因假作符命獲罪，官府以「棻嘗從雄作奇字」，前來收捕。「時雄校書天祿閣上，……恐不能自免，乃從閣上自投下，幾死」。王莽以雄「素不與事」，並未加罪。然京師為之語曰：「惟寂寞，自投閣；爰清靜，作符命」，使他成了笑柄。

其後，揚雄以病免官，又被召為大夫，並作〈劇秦美新〉稱頌王莽，乃獲譏於後世。如李善曰：

> 王莽潛移龜鼎，子雲進不能辟戟丹墀，亢辭鯁議；退不能草玄虛室，頤性全真，而反露才以耽寵，詭情以懷祿，素餐所刺，何以加焉？[8]

朱熹注〈反離騷〉，小曰：

> 王莽為安漢公時，雄作《法言》，已稱美比於伊尹、周公；及莽篡漢，竊帝號，雄遂臣之，以耆老久次轉為大夫。又放相如〈封禪文〉獻〈劇秦美新〉以媚莽意。……其出處大致本末如此，豈其所謂龍蛇者邪？然則雄固為屈原之罪人，而此文乃〈離騷〉之讒賊矣。[9]

揚雄早年讀〈離騷〉，「未嘗不流涕也，以為君子得時則大行，不得時則龍蛇；遇不遇，命也，何必湛身哉？」乃作〈反離騷〉以弔之。晚年仕莽，為作〈劇秦美新〉，當是在同樣思維下，為了避禍全身所作的抉擇。李善、朱熹譏之甚切，但，班固作傳，則未載〈劇秦美新〉事，而謂：

> 及莽篡位，談說之士用符命稱功德獲封爵者甚眾，雄復不侯，以耆老久次

8　梁·蕭統編，唐·李善等註：《增補六臣註文選》(臺北：華正書局，1977 年 5 月)，卷 48，頁 908，〈劇秦美新〉題下注語。

9　宋·朱熹注：《楚辭集注》(臺北：文津出版社，1987 年 10 月)附《楚辭後語》卷 2，頁 236-237，〈反離騷〉題後。

　　轉為大夫，恬於勢利乃如是。

可見，揚雄在王莽朝，仍然與眾不同，「恬於勢利」。後人對〈美新〉一文，亦或為之辯解，謂「非本情」、[10]乃「不得已」之作。[11]種種爭議，迄無定論，殆皆因其言行不易了解所致。[12]班固又贊之曰：

> 實好古而樂道，其意欲求文章成名於後世。以為經莫大於《易》，故作《太玄》；傳莫大於《論語》，作《法言》；史篇莫善於〈倉頡〉，作〈訓纂〉；箴莫善於〈虞箴〉，作〈州箴〉；賦莫深於〈離騷〉，反而廣之；辭莫麗於相如，作四賦，皆斟酌其本，相與仿依而馳騁云。用心於內，不求於外，故時人皆習之，唯劉歆及范逡敬焉，而桓譚以為絕倫。……家素貧，耆酒，人希至其門，時有好事者載酒肴從游學，而鉅鹿侯芭常從雄居，受其《太玄》、《法言》焉。

班固對他模擬聖人經傳、前賢辭賦的著述生涯，持肯定態度，認為他能用心於內，斟酌模仿，一騁其才。但當時人卻忽視他，只有少數幾人敬重他、向他問學。到

---

[10] 同註 8，李周翰曰：「是時雄仕莽朝，見莽數害正直之臣，恐己見害，故著此文以秦酷暴之甚以新室為美，將悅莽意，求免於禍，非本情也。」

[11] 宋・曾鞏〈答王深甫論揚雄書〉曰：「至於美新之文，則非可已而不已者也。若可已而不已，則鄉里自好者不為，況若雄乎？且較其輕重，辱於仕莽為重矣，雄不得已而已，則於其輕者，其得已哉？箕子者至辱於囚奴而就之，則於美新安知其不為？而為之亦豈有累哉？『不曰堅乎？磨而不磷。不曰白乎？涅而不緇。』顧在我者如何耳。若此者，孔子所不能免。」見《曾鞏集》（北京：中華書局，1984 年 11 月），卷 16，頁 265。

[12] 梁・劉勰《文心雕龍・封禪》曰：「觀〈劇秦〉為文，影寫長卿。詭言遹辭，故兼包神怪。」宋・史繩祖《學齋佔畢》曰：「長卿〈封禪文〉……未免託符瑞以啟武帝之侈心。……楊雄傚之，作〈劇秦美新〉，尤為可恥。」見詹鍈：《文心雕龍義證》（上海：上海古籍出版社，1989 年 8 月），頁 809-810。可見，揚雄以「詭言遹辭」作〈美新〉之用意，頗不易解，故屢為人所譏。

他死後，有人懷疑其書能否傳於後世，桓譚曰：

> 必傳。……今揚子之書，文義至深，而論不詭於聖人。若使遭遇時君，更
> 閱賢知，為所稱善，則必度越諸子矣。

其後如王充、張衡、陸績，均對揚雄贊譽有加，左思〈詠史〉之四亦曰：

> 寂寂揚子宅，門無卿相輿。寥寥空宇中，所講在玄虛。言論準宣尼，辭賦
> 擬相如。悠悠百世後，英名擅八區。[13]

可見，揚雄守寂著書，已成後世文人用以自慰、自勉的典範。但，毀之者亦不在
少。如顏之推曰：

> 著〈劇秦美新〉，妄投於閣，周章怖慴，不達天命，童子之為耳。桓譚以
> 勝老子，葛洪以方仲尼，使人歎息。……且《太玄》今竟何用乎？不啻覆
> 醬瓿而已。[14]

唐晏亦曰：

> 子雲為學最工於擬，……計其一生所為，無往非擬，而問子雲之所以自立
> 者無有也。故其晚節失身賊莽，正其不能自立所致也。[15]

可見，儘管揚雄一生甘守寂寞，卻在身後引起無窮的爭議。但，班固曰：

---

[13] 丁仲祐編：《全漢三國晉南北朝詩》（臺北：藝文印書館，1975 年 9 月），上冊，頁 512。

[14] 北齊・顏之推：《顏氏家訓・文章》，見王利器：《顏氏家訓集解》（增補本）（北京：中華書局，1993 年 12 月），卷 4，頁 259-260。

[15] 清・唐晏：《兩漢三國學案》（臺北：世界書局，1962 年），卷 11，頁 21。

> 諸儒或譏以為雄非聖人而作經，猶春秋吳、楚之君僭號稱王，蓋誅絕之罪
> 也。自雄之沒至今四十餘年，其《法言》大行，而《玄》終不顯，然篇籍
> 具存。

對諸儒而言，揚雄擬經，僭越聖人，有誅絕之罪。但，由其《法言》大行，而《太
玄》亦未失傳看來，生前寂寞的揚雄，竟在身後無休無止的爭議中，保住了他的
大作，也成就了不朽之名。這樣一個反俗、寂寞、不被了解、受盡譏嘲的儒生，
竟能如此成功地佔據歷史的扉頁、打動後人的心弦，實在令人驚異。而桓譚的預
言也不僅在四十年後由班固見證成真；歷時八百年，跨越八個朝代，進入中唐，
更由韓愈挺身而出，做了更有力的呼應。

三、韓愈對揚雄生命處境的認同

就生命處境而言，韓愈與揚雄有不少相似之處。揚雄在孤寒貧苦中成長，韓
愈自幼失去父母，由兄嫂撫養，十二歲隨兄貶官嶺南，未幾，兄喪，隨嫂扶柩北
歸。旋又因亂，舉家南避宣城，亦可說是歷盡坎坷，備嘗孤苦。[16]揚雄「少而好
學，……非聖哲之書不好也。」韓愈亦極好學，「自以孤子，幼刻苦學儒，不俟獎
勵」。[17]而且正因為「上有三兄，皆不幸早世……兩世一身，形單影隻」[18]的強烈
感受，使他在渴望早早自立，擔起養家重任的同時，更加迫切地需要如父如兄的
庇蔭與引導。於是，他轉向古書去尋找典範，尋求支援。他說：

---

[16] 韓愈少時經歷見羅聯添：《韓愈研究》（增訂再版）（臺北：臺灣學生書局，1981 年 11 月），
頁 29-32。

[17] 後晉・劉昫：《舊唐書・韓愈傳》（臺北：鼎文書局，1976 年 10 月），卷 160，頁 4195。

[18] 唐・韓愈：〈祭十二郎文〉，見馬其昶：《韓昌黎文集校注》（臺北：河洛圖書出版社，1975
年 3 月），卷 5，頁 196。

性本好文學，因困厄悲愁無所告語，遂得究窮於經傳史記百家之說。沈潛乎訓義，反復乎句讀，礱磨乎事業，而奮發乎文章。[19]

又說：

始專專於講習兮，非古訓為無所用其心。窺前靈之逸跡兮，超孤舉而幽尋。既識路又疾驅兮，孰知余力之不任。[20]

可見，在「困厄悲愁無所告語」的孤獨處境中，前賢的事業與文章就是指路的明燈。因此，他埋首讀書，潛心「古訓」，想要一窺「前靈之逸跡」，找一條通往成功的道路。他說：

今有人生二十八年矣，……其所讀皆聖人之書，楊、墨、釋、老之學無所入於其心。[21]

又說：

始者非三代兩漢之書不敢觀，非聖人之志不敢存。[22]

可見，他是以「聖人」做為最高的典範、不二的保證，以免迷失了正道。但，在學文的過程中，還有許多珍貴的作品，也是他用心學習的對象。他自稱：

先生口不絕吟於六藝之文，手不停披於百家之編，……沈浸醲郁，含英咀

---

[19] 韓愈：〈上兵部李侍郎書〉，頁83。
[20] 韓愈：〈復志賦〉，頁3-4。
[21] 韓愈：〈上宰相書〉，頁90。
[22] 韓愈：〈答李翊書〉，頁99。

華，作為文章，其書滿家。上規姚姒，渾渾無涯；〈周誥〉、〈殷盤〉，詰屈聱牙。……下逮《莊》、《騷》，太史所錄，子雲、相如，同工異曲。先生之於文，可謂閎其中而肆其外矣。

他不斷地吟誦六藝、百家之文，模仿詩、書、前賢之作，這種學文方法，與揚雄何其相似？揚雄曰：「能讀千賦則能為之」，[23] 韓愈正是如此，而揚雄便是他苦心模仿、學習的對象之一。

揚雄好辭賦，以獻賦入仕；韓愈「性本好文學」，亦欲藉以登科入仕。但，在他「焚膏油以繼晷，恆兀兀以窮年」[24] 的苦學之後，卻還是免不了「四舉於禮部乃一得，三選於吏部卒無成」[25] 的顛頓與狼狽。於是，他憤憤不平地向友人宣告：

夫所謂博學者，豈今之所謂者乎？夫所謂宏辭者，豈今之所謂者乎？誠使古之豪傑之士，若屈原、孟軻、司馬遷、相如、揚雄進於是選，必知其懷慚乃不自進而已耳。若使與夫今之善進取者競於蒙昧之中，僕必知其辱焉。然彼五子者，且使生於今之世，其道雖不顯於天下，其自負何如哉！肯與夫斗筲者決得失於一夫之目而為之憂樂哉？故凡僕之汲汲於進者，其小得蓋欲以具裘葛、養窮孤，其大得蓋欲以同吾之所樂於人耳，其他可否，自計已熟，誠不待人而後知。[26]

當時所謂博學宏辭科，乃「試之以繡繪雕琢之文，考之以聲勢之逆順、章句之短長」，[27] 在他看來，有若「俳優者之辭」，[28] 原本不屑一為。但，既「苦家貧，衣食

---

[23] 揚雄：〈與桓譚書〉，頁 274。

[24] 韓愈：〈進學解〉，頁 26。

[25] 韓愈：〈上宰相書〉，頁 90。

[26] 韓愈：〈答崔立之書〉，頁 97。

[27] 韓愈：〈上宰相書〉，頁 92。

[28] 韓愈：〈答崔立之書〉，頁 97。

不足」，[29]也只能投身這樣的試場。不料連番落第，使他在備感屈辱之餘，竟把屈原、孟軻、司馬遷、相如、揚雄一起拉進考場，陪他一起受辱，也陪他一起憤慨地拒絕再試。可見，長久以來，他早已習慣與古之豪傑為伍，愈是感到孤立無援之時，就愈需要古聖先賢現身來支持。特別是當他決心向世俗宣戰時，抬出古聖先賢，更是必勝的保證，可使劣勢立刻扭轉。而揚雄，就如他的分身一般，在這場古文與時文的戰爭中，又適時現身，為他吹起了反俗的號角向前衝。

但，這是一場艱苦而耗時的戰爭，儘管他與時文劃清了界線，堅定不移地作古文、教古文，卻仍陷在四面受敵的處境中孤軍奮戰。〈與馮宿論文書〉曰：

> 僕為文久，每自則意中以為好，則人必以為惡矣。小稱意，人亦小怪之；大稱意，即人必大怪之也。時時應事作俗下文字，下筆令人慚，及示人，則人以為好矣。小慚者，人亦謂之小好；大慚者，即必以為大好，不知古文直何用於今世也？然以俟知者知耳。[30]

他從經驗知道，在「今世」作「古文」，就必須忍受世人的驚怪與惡評，而得不到應有的肯定。但，他深信總有一天可以等到知音。故又曰：

> 昔揚子雲著《太玄》，人皆笑之。子雲曰：「世不我知無害也，後世復有揚子雲，必好之矣。」子雲死近千載，竟未有揚子雲，可歎也。其時，桓譚亦以為雄書勝老子。老子未足道也，子雲豈止與老子爭疆而已乎？此未為知雄者。其弟子侯芭頗知之，以為其師之書勝《周易》。然侯之他文不見於世，不知其人果如何耳！以此而言，作者不祈人之知也明矣。直百世以俟聖人而不惑，質諸鬼神而不疑耳。足下豈不謂然乎？近李翱從僕學文，頗有所得。然其人家貧多事，未能卒其業。有張籍者，年長於翱，亦學於

---

[29] 同前註。

[30] 韓愈：〈與馮宿論文書〉，頁115。

僕。其文與翱相上下，一、二年業之，庶幾乎至也。然閱其棄俗尚而從於
寂寞之道，以之爭名於時也。久不談，聊感足下能自進於此，故復發憤一
道。[31]

想到揚子雲著《太玄》受盡譏嘲，將近千載等不到第二個揚子雲，就令他感歎。
但，揚子雲畢竟得以留名於後世，也畢竟等到了他的出現。這對於正在苦苦等待
知音的他而言，又何嘗不是一種安慰呢？《太玄》是那麼艱深難懂，尚且有桓譚、
侯芭稱許在前，韓愈肯定在後，何況自視不在揚雄之下的他，又何愁等不到知音！
因此，他願意追隨揚雄寂寞草玄的身影，一同等待後世的知音，也自信能夠得到
百世聖人、天地鬼神的肯定和支持。但，在寂寞的等待之中，他也希望馮宿、李
翱、張籍努力學作古文，一同來走這條反俗而寂寞的道路，雖或難以「爭名於時」，
卻可與之並傳於後，那就足以勝過桓譚、侯芭，再添一段歷史佳話了。

由這篇文章可知，韓愈推崇揚雄，不僅是因為喜好他的文章，更因為生命處
境的相似，而有一種相知相惜的感應與共鳴。揚雄一生反俗、寂寞，做個小小郎
官幾十年不升遷，卻仍「好古而樂道，……欲求文章成名於後世」；[32]而韓愈多年
苦讀，也得不到現世的酬獎，宏辭落第以後，正在汴州節度府任推官，一心守著
儒家聖人之道，排佛闢老、倡為古文。此時的他，身邊雖有李翱、張籍等人一起
談文論道，卻還是因為自己的言論文章與世相違、不被了解，而深感寂寥。這樣
的寂寥固然與他陸沈下僚的現實處境有關，但，更深層、更徹骨的寂寞，還是來
自於知音難逢的悲哀，縱有千般苦心、萬般孤詣，多少真知灼見、奇思異采寫成
的文章，也怕終歸沈埋。因此，他要穿透時空，上溯千載，去找揚雄；他要稱許
揚雄、肯定揚雄、證明揚雄對知音的期待沒有落空，也就同時將自己投入了永恆
的時空，與百世聖人、天地鬼神同在，而足以睥睨一切。這時的他，不只遠勝桓
譚、侯芭，可以斥彼「未為知雄」；而且可以高高在上地裁斷：「老子未足道也，

---

[31] 同前註。

[32] 同註 2，頁 3583。

子雲豈止與老子爭彊而已乎？」可見，他自視更在老子之上，而在他抬高揚雄的同時，也就抬高了處境相似、同感孤寂的自己，而讓揚雄下接千載，成了他必可以不朽的見證者與代言人。

當然，古往今來，在孤寒中成長，仕路寂寥、苦無知音的文人，又何止千萬？而終能傳世者鮮矣！《太玄》艱深難讀，到底寫些什麼，韓愈未必知道，所以他說：「子雲死近千載，竟未有揚子雲」。而侯芭謂《太玄》勝《周易》，他也用存疑的態度說：「侯之他文不見於世，不知其人果如何耳！」可見，就《太玄》一書而言，他並不是真正的知音。但，他欣賞子雲能夠有這樣的勇氣與自信，不顧流俗譏笑，寫成這部難懂的玄書，而這部玄書竟然也已傳世近千載，這正是「作者不祈人之知」的最好證明，使他了解，反俗是一條通往永恆、成功的路，流俗的驚怪與譏嘲也可以是作品傳世的一種保證。《太玄》在譏嘲與爭議中流傳，他的「古文」也必在「今世」的笑罵中流傳。〈答李翊書〉說：

> 將蘄至於古之立言者，則無望其速成，無誘於勢利。……抑又有難者，愈之所為，不自知其至猶未也。雖然，學之二十餘年矣。始者非三代兩漢之書不敢觀，非聖人之志不敢存，處若忘，行若遺，儼乎其若思，茫乎其若迷。當其取於心而注於手也，惟陳言之務去，戛戛乎其難哉！其觀於人，不知其非笑之為非笑也。如是者亦有年，猶不改，然後識古書之正偽，與雖正而不至焉者昭昭然白黑分矣，而務去之，乃徐有得也。當其取於心而注於手也，汩汩然來矣。其觀於人也，笑之則以為喜，譽之則以為憂，以其猶有人之說者存也。如是者亦有年，然後浩乎其沛然矣。吾又懼其雜也，迎而拒之，平心而察之，其皆醇也，然後肆焉。[33]

他告訴李生，要學古文，立言垂後，就必須「無望其速成，無誘於勢利」。長期忍受寂寞，不被世俗所誘，便是不二的法門。因為，他就是這樣一步一步走過來的。

---

[33] 韓愈：〈答李翊書〉，頁99。

起先是很小心地避讀漢以後的書，緊緊守著「聖人之志」，拋開一切俗念，「惟陳言之務去」，也不把他人的非笑當非笑；然後便能識得古書正偽，得心應手地立言。此時的他，是以人之非笑為喜、稱譽為憂，就怕文中還有「人之說」。及至浩乎沛然的階段，他還擔心雜有俗見，可見，一路走來，他用以自勉、勉人的基本信念，便是務反近俗，蘄至於古。故曰：「志乎古，必遺乎今」。[34]〈答尉遲生書〉亦曰：

> 抑所能言者，皆古之道，古之道不足以取於今。……賢公卿大夫在上比肩，始進之賢士在下比肩，彼其得之，必有以取之也。子欲仕乎？其往問焉，皆可學也。若獨有愛於是而非仕之謂，則愈也嘗學之矣，請繼今以言。[35]

可見，「無誘於勢利」，不在乎仕宦的前途，而與今俗畫清界線，是他對學子的基本要求。他高高舉起了反俗的大纛，號召同志加入。又作〈答劉正夫書〉說：

> 夫百物朝夕所見者，人皆不注視也，及覩其異者，則共觀而言之，夫文豈異於是乎？漢朝人莫不能為文，獨司馬相如、太史公、劉向、揚雄為之最，然則用功深者，其收名也遠，若皆與世沈浮，不自樹立，雖不為當時所怪，亦必無後世之傳也。足下家中百物皆賴而用也，然其所珍愛者必非常物。夫君子之於文，豈異於是乎？今後進之為文，能深探而力取，以古聖賢為法者，雖未必皆是，要若有司馬相如、太史公、劉向、揚雄之徒出，必自於此，不自於循常之徒也。若聖人之道不用文則已，用則必尚其能者，能者非他，能自樹立，不因循者是也。[36]

這段話更清楚地說明了為何必須反俗，必須求「異」。常見、常用之物，不能引人「注視」、受到「珍愛」；為文「不為當時所怪」者，亦「必無後世之傳」。故唯有

---

[34] 同前註，頁 100。

[35] 韓愈：〈答尉遲生書〉，頁 84。

[36] 韓愈：〈答劉正夫書〉，頁 121。

「深探而力取」、「以古聖賢人為法」,「能自樹立」,而不「與世沈浮」、「因循」常俗者,名聲才能遠揚。相如、揚雄等人深諳此理,而他也由揚雄《太玄》的傳世,悟得了此理。

但,反俗、求「異」,固是一條必走的路,求「是」、「以古聖賢人為法」、「能自樹立」,更是揚雄等人能夠傳世不朽的根本原因。揚雄「好古而樂道」,仿《周易》作《太玄》、仿《論語》作《法言》,便是以古聖賢人為法。《法言》曰:

> 學者審其是而已矣!或曰:「焉知是而習之?」曰:「視日月而知眾星之蔑也;仰聖人而知眾說之小也。」[37]

又曰:

> 或曰:「人各是其所是而非其所非,將誰使正之?」曰:「……眾言淆亂則折諸聖。」或曰:「惡覩乎聖而折諸?」曰:「在則人,亡則書,其統一也。」[38]

揚雄強調學者必須能審其「是」而「習之」,而在是非淆亂的諸多言論中,「聖人」便是用以折中的標準。聖人既亡,便應睹其書以正是非。可見,他所關切、取法的,並不只是文辭,而是聖人之道。韓愈〈答劉正夫書〉亦曰:

> 或問:「為文宜何師?」必謹對曰:「宜師古聖賢人。」「古聖賢人所為書具存,辭皆不同,宜何師?」必謹對曰:「師其意,不師其辭。」又問曰:「文宜易宜難?」必謹對曰:「無難易,惟其是爾,如是而已,非固開其為此,而禁其為彼也。」[39]

---

[37] 揚雄:《法言‧學行》見汪榮寶:《法言義疏》(北京:中華書局,1987年3月)卷1,頁21。

[38] 揚雄:《法言‧吾子》,卷2,頁82。

[39] 韓愈:〈答劉正夫書〉,頁121。

揚、韓二人皆以古聖賢為法，揚雄謂當審其「是」而習之，「豈好為艱難哉？勢不得已也！」韓愈謂「無難易，惟其是爾」。可見，在提倡古文的道路上，他是隨著揚雄的腳步，向著相同的大方向邁進。揚雄以聖人之道自任，擬《易》、《論語》作《太玄》、《法言》；韓愈亦以彰明孔道為己任，故每於友朋間，力斥佛、老。張籍來書，指其「囂囂多言」、「如任私尚勝者」，勸他效法孟軻、揚雄著書，勿與人作口舌之爭。[40]韓愈答曰：

> 昔者聖人之作《春秋》也，……至於後世，然後其書出焉。……今夫二氏之所宗而事之者，下乃公卿輔相，吾豈敢昌言排之哉？擇其可語者誨之，猶時與吾悖，其聲嘵嘵，若遂成其書，則見而怒之者必多矣。……夫子，聖人也，……猶且絕糧於陳，畏於匡，毀於叔孫，……其道雖尊，其窮也亦甚矣。……今夫二氏行乎中土也蓋六百年有餘矣。……非所以朝令而夕禁也。自文王沒，武王、周公、成、康相與守之，禮樂皆在，及乎夫子，未久也；自夫子而及乎孟子，未久也；自孟子而及乎揚雄，亦未久也，然猶其勤若此，其困若此，而後能有所立，吾豈可易而為之哉？其為也易，則其傳也不遠，故吾所以不敢也。……竢五、六十為之未失也。天不欲使茲人有知乎？則吾之命不可期，如使茲人有知乎？非我其誰哉？其行道、其為書、其化今、其傳後，必有在矣。吾子其何遽戚戚於吾所為哉？前書謂吾與人商論不能下氣，若好勝者然。雖誠有之，抑非好己勝也，好己之道勝也。非好己之道勝也，己之道乃夫子、孟軻、揚雄所傳之道也，若不勝，則無以為道，吾豈敢避是名哉？[41]

他以孔子作《春秋》為例，指出此時排佛之艱困，比諸孔、孟、揚雄所處之境，

更有過之，豈可輕易為書？但，他還是充滿自信地期諸未來，以為聖人之道必可因他而傳。而他之所以「若好勝者」，也是為了傳揚孔、孟、揚雄之道，豈有不勝之理？可見，在他干犯眾怒、力闢佛、老之時，揚雄又是他所認同的典範。《法言》曰：

> 古者楊、墨塞路，孟子辭而闢之，廓如也。後之塞路者有矣，竊自比於孟子。[42]

揚雄處在一個經學步入歧途的時代，目睹經生爭逐利祿，「不思多聞闕疑之義，而務碎義逃難，便辭巧說……說五字之文至於二、三萬言，……終以自蔽」[43]之風氣，有意加以導正，故欲效法孟子之闢楊、墨，以昌明孔道為己任。而韓愈之所以一再認同揚雄、信己必傳，就是因為揚雄所傳乃孔、孟之道，而他所能恃以排佛闢老，與天子公卿、乃至天下後世信徒相抗者，也就是這孔、孟、揚雄所傳之道，當然會有必勝、必傳的信心。

因此，我們可以了解，揚、韓二人雖然相隔八百年，處在完全不同的時空環境中，但就文化傳統而言，卻是前後相承，同受儒教洗禮，不能自外於此。故當韓愈在孤苦困厄中學文、學道，在應舉求仕時落第、蹭蹬，又在眾人非笑中為古文、闢佛老時，就會想起這個與他一樣反俗、寂寞、受盡譏嘲，卻仍堅決維護孔、孟之道，而又能文、「善鳴」的揚雄。而揚雄最終可以走過寂寞，使作品傳世近千載，對他而言，便成了最大的支持、鼓舞和啟示。

四、韓愈對揚雄之道的繼承與超越

綜觀揚、韓之作可以發現，韓愈對揚雄之道與揚雄之文均有所學習。以道而言，

---

[42] 同註38，卷2，頁81。
[43] 班固：《漢書·藝文志》，卷30，頁1723。

《法言》曰：

> 或問道。曰：「道也者，通也，無不通也。」或曰：「可以適它與？」曰：「適堯、
> 舜、文王者為正道，非堯、舜、文王者為它道，君子正而不它。」[44]

此所謂「道」既無不通，自無特定內涵，而可通向任何一家。但，揚雄強調只有
通向堯、舜、文王的儒家之道才是正道，君子當走正道，不走它道。又說：

> 舍舟航而濟乎瀆者，末矣。舍五經而濟乎道者，末矣。弃常珍而嗜乎異饌
> 者，惡覩其識味也？委大聖而好乎諸子者，惡覩其識道也？[45]

可見，在眾多通道中，他最重視的還是儒家「五經」與「大聖」所指示的正道，
這條正道，早已行之久遠，故曰：

> 學之為王者事，其已久矣。堯、舜、禹、湯、文、武汲汲，仲尼皇皇，其
> 已久矣。[46]

堯、舜、禹、湯、文、武、仲尼所學之事，亦即後之君子所當學者。可見，在揚
雄心中，儒家先王、先聖一脈相承，有其統緒，實與諸子百家之道判然有別。此
後韓愈〈原道〉曰：

> 由是而之焉之謂道。……道與德為虛位。……道有君子、小人。……其所
> 謂道，道其所道，非吾所謂道也。[47]

---

[44] 揚雄：《法言·問道》，卷4，頁109。
[45] 同註38，頁67。
[46] 同註37，頁22。
[47] 韓愈：〈原道〉，卷1，頁7-8。

韓愈謂由此往彼為道，又謂道為虛位，無確定內涵，而有君子、小人之分，殆即承揚雄以「通」釋「道」，並分「正道」、「它道」而來。[48]至於〈原道〉曰：

> 斯道也，何道也？曰：斯吾所謂道也，非向所謂老與佛之道也。堯以是傳之舜，舜以是傳之禹，禹以是傳之湯，湯以是傳之文、武、周公，文、武、周公傳之孔子，孔子傳之孟軻。軻之死，不得其傳。荀與揚也，擇焉而不精，語焉而不詳。由周公而上，上而為君，故其事行；由周公而下，下而為臣，故其說長。[49]

這個堯、舜、禹、湯、文、武、周公、孔子、孟子相傳的道統，雖說已於孟子書中略見雛形，[50]但亦可說是上承揚雄之說。揚雄稱許孟子闢楊、墨，自比於孟子，又曰：「孔子習周公者也。」[51]故韓愈述道統時增添周公、孟子，乃更加完備。至其由周公而上、而下之言，殆即自揚雄所謂文武以上汲汲，孔子皇皇之說而來。不過，更值得注意的是，韓愈早年作〈重答張籍書〉時，猶稱「己之道乃夫子、孟軻、揚雄所傳之道也」，此時卻謂「軻之死，不得其傳。荀與揚也，擇焉而不精，語焉而不詳。」顯然是以更嚴格之標準別除了揚雄，而暗以自己直承孟子。但這其實也還是從揚雄「竊自比於孟子」之精神而來。漢儒傳經，大抵出自荀子，而揚雄卻特尊

---

[48] 徐復觀：〈揚雄論究〉曰：「揚雄……把道空洞化。〈問道篇〉：『……君子正而不它。』……韓愈〈原道〉「由是而之焉之謂道」、「道與德為虛位」，蓋由此而來。」，頁 512。

[49] 韓愈：〈原道〉，卷 1，頁 10。

[50] 《孟子·盡心下》：「孟子曰：『由堯舜至於湯，五百有餘歲，若禹、皋陶，則見而知之；若湯，則聞而知之。由湯至於文王，五百有餘歲，若伊尹、萊朱則見而知之；若文王，則聞而知之。由文王至於孔子，五百有餘歲，若太公望、散宜生，則見而知之；若孔子，則聞而知之。由孔子而來至於今，百有餘歲，去聖人之世，若此其未遠也；近聖人之居，若此其甚也，然而無有乎爾，則亦無有乎爾。』」見朱熹：《四書章句集注》（北京：中華書局，1983 年 10 月），頁 376-377。

[51] 同註 37，頁 13。

孟子，《法言》曰：

> 或問「孟子知言之要，知德之奧」。曰：「非苟知之，亦允蹈之。」曰：「子
> 小諸子，孟子非諸子乎？」曰：「諸子者，以其知異於孔子也。孟子異乎？
> 不異。」[52]

揚雄稱許孟子能知言、蹈德，與孔子不異。又曰：

> 或曰：「孫卿非數家之書，俿也；至于子思、孟軻，詭哉！」曰：「吾於孫
> 卿，與見同門而異戶也，惟聖人為不異。」[53]

《荀子・非十二子》對子思、孟子亦有所非，揚雄不以為然，謂荀子雖出孔門，
而不能無小異，只有聖人不異於聖人，而孟子不異。可見，他已把孟子提高到聖
人的地位，不僅高于諸子，也高于荀子。其後，韓愈〈讀荀〉曰：

> 始吾讀孟軻書，然後知孔子之道尊，王易王，霸易霸也。以為孔子之徒沒，
> 尊聖人者，孟氏而已。晚得揚雄書，益尊信孟氏。因雄書而孟氏益尊，則
> 雄者，亦聖人之徒歟？聖人之道不傳于世，……火于秦，黃老于漢，其存
> 而醇者，孟軻氏而止耳，揚雄氏而止耳。及得荀氏書，於是又知有荀氏者
> 也。考其辭，時若不粹，要其歸，與孔子異者鮮矣，抑猶在軻、雄之間乎？
> 孔子刪《詩》、《書》，筆削《春秋》，合於道者著之，離於道者黜去之，故
> 《詩》、《書》、《春秋》無疵。余欲削荀氏之不合者，附于聖人之籍，亦孔
> 子之志歟？孟氏醇乎醇者也，荀與揚大醇而小疵。[54]

---

[52] 揚雄：《法言・君子》，卷 12，頁 498。
[53] 同前註，頁 499。
[54] 韓愈：〈讀荀〉，卷 1，頁 21。

韓愈因孟而尊孔，又因揚而益尊孟。他認為荀子之辭「時若不粹」，但「與孔子異者鮮矣」，顯然是對揚雄「同門而異戶」說的推衍。《法言》曰：「惟聖人為不雜。」[55] 韓愈所謂「醇」，也就是揚雄所強調的「不雜」、「不異」，而孟子既與孔子不異，當然可以說是「醇乎醇者」；荀子不能無小異，所以是「大醇而小疵」。至於揚雄，雖然尊孟、尊孔、宗五經、斥諸子，但卻肯定老子道德之說，《法言》曰：

> 老子之言道德，吾有取焉耳，及搥提仁義，絕滅禮學，吾無取焉耳。[56]

《太玄》一書便是「以老子的道德觀念，即是所謂『玄之又玄』的玄，為貫通天人的基本原理。……以老子的道德為體，以儒家的仁義為用所建立起來的。」[57] 故《法言》又曰：

> 或曰：「《玄》何為？」曰：「為仁義。」曰：「孰不為仁？孰不為義？」曰：「勿雜也而已矣。」[58]

揚雄謂《太玄》是為仁義而作，且以「勿雜」與他書區隔。故陸績稱其「建立玄經，與聖人同趣。……考之古今，宜曰聖人。」[59] 但，在韓愈看來，揚雄既有取於老子道德之說，就是雜，就只能說是「大醇而小疵」。故〈原道〉篇謂其「擇焉而不精」，不能承接道統。相形之下，韓愈不僅排佛闢老，且欲本「孔子之志」以「削荀氏之不合者」，可見，他把自己放在與孔子等高的地位，自認取擇更精，可以代表聖人來軒輊三子，疵議荀、揚。至於〈原道〉曰：

---

[55] 揚雄：《法言‧問神》，卷 5，頁 163。

[56] 同註 44，卷 4，頁 114。

[57] 同註 5，頁 488。

[58] 同註 55，頁 168。

[59] 吳‧陸績：〈述玄〉，附見於揚雄撰，宋‧司馬光集注：《太玄集注》（北京：中華書局，劉韶軍點校，1998 年 9 月），頁 231。

> 其所謂道，道其所道，非吾所謂道也。……凡吾所謂道德云者，合仁與義言之也，天下之公言也；老子之所謂道德云者，去仁與義言之也，一人之私言也。[60]

這就很明顯地區隔了「吾所謂道」與「其所謂道」，而把自己放在一個可以代表天下之公、合仁與義的崇高位置上，可以理直氣壯地指斥不仁不義、自私自利的老、佛。因此，下文便詳論老、佛如何為害於中國，而聖人又是如何「教之以相生養之道」，維繫了人類的生存與文化的發展。這樣的「先王之教」，便是儒家聖聖相傳的道統，而荀、揚卻「語焉而不詳」，相形之下，能夠如此詳論「斯道」、嚴斥佛、老的他，不就比揚雄更像孟子之傳人？其後，憲宗迎佛骨，韓愈上表勸諫，被貶潮州，九死一生後，在袁州作〈與孟尚書書〉，更直言：

> 揚子雲曰：「古者楊、墨塞路，孟子辭而闢之，廓如也。」夫楊、墨行，正道廢，……以至於秦，卒滅先王之法，燒除其經，……其大經大法皆亡滅而不救，……所謂存十一於千百，安在其能廓如也？然向無孟氏，則皆服左衽而言侏離矣。故愈嘗推尊孟氏，以為功不在禹下者，為此也。漢氏以來，群儒區區修補，百孔千瘡，隨亂隨失，其危如一髮引千鈞，……寖以微滅。於是時也，而唱釋老於其間，……其亦不仁甚矣！釋、老之害過於楊、墨，韓愈之賢不及孟子，孟子不能救之於未亡之前，而韓愈乃欲全之於已壞之後，嗚呼！其亦不量其力，且見其身之危，莫之救以死也。雖然，使其道由愈而粗傳，雖滅死萬萬無恨。[61]

揚雄稱孟子廓清了楊、墨，韓愈卻認為此後一連串焚經、坑儒的浩劫都是「楊、

---

[60] 韓愈：〈原道〉，卷1，頁8。
[61] 韓愈：〈與孟尚書書〉，卷3，頁125-126。

墨肆行而莫之禁」所造成,「安在其能廓如?」至於漢代以來的儒者,雖然小心翼翼地修補經書,「二帝三王群聖人之道」卻還是「浸以微滅」,因此,他必須一肩挑起傳道的重任,把自己的生死置之度外,以完成孟子未竟之志業。可見,此時他不僅早已越過揚雄,自比為孟子,且欲超越孟子、完成更艱鉅的任務,他說「孟子之功不在禹下」,然則韓愈視己闢佛之功,又豈在大禹之下?這樣的自比,看似狂妄,但,相較於揚雄晚年投閣之事,韓愈能於垂暮之年,為天下之公,不恤生死,以衛「斯道」,當然自信遠過揚雄、甚至想要勝過孟子、直追大禹。

因此,我們可以發現,韓愈雖然一再稱引揚雄、肯定揚雄,並且多方學習揚雄,但,揚雄於他,就像一個跳板,當他跳得更高、看得更遠之後,為了穩穩站在道統之中,凸顯「斯道」的尊嚴,就必須越過這個跳板,立在高峰之上。而當我們抬頭高看韓愈時,稍稍留意,還是處處可以看見做為跳板的揚雄。例如《法言》曰:

> 或問:「人有倚孔子之牆,弦鄭、衛之聲,誦韓、莊之書,則引諸門乎?」曰:「在夷貉則引之,倚門牆則麾之。」[62]

揚雄認為,已經靠近聖人門牆者,還被淫聲、異端所惑,就當揮斥;但夷狄慕化而來,則可引而教之。故韓愈〈浮屠文暢師序〉曰:

> 人固有儒名而墨行者,問其名則是,校其行則非,可以與之游乎?如有墨名而儒行者,問之名則非,校其行而是,可以與之游乎?揚子雲稱:「在門牆則揮之,在夷狄則進之」,吾取以為法焉。浮屠師文暢喜文章,⋯⋯柳君宗元為之請,⋯⋯如吾徒者,宜當告之以二帝三王之道,⋯⋯不當又為浮屠之說而瀆告之也。[63]

---

[62] 揚雄:《法言・修身》,卷3,頁102。

[63] 韓愈:〈送浮屠文暢師序〉,卷4,頁147-148。

柳宗元曾為文暢作序，又為他請序於韓愈，韓愈乃取用揚雄之言，一方面為這「墨名而儒行」、拘於夷狄之法卻喜接近「吾徒」的和尚，講講儒家聖聖相傳之道；另一方面，卻也趁機指斥像柳宗元這樣「儒名而墨行」、「倚孔子之牆」卻為佛教所惑的文士。可見，這篇文章完全是立基於揚雄之言構思而成，而韓愈之所以一再為浮屠、道士寫序，也是照著揚雄指示而為。再如《法言》曰：

> 人之性也，善惡混。修其善，則為善人；修其惡，則為惡人。[64]

揚雄雖自比為孟子，卻未採孟子性善之說，也未採荀子性惡之說，而另提善惡混之說，勉人修善去惡。韓愈則作〈原性〉曰：

> 孟子之言性曰：「人之性善」，荀子之言性曰：「人之性惡」，揚子之言性曰：「人之性善惡混」。夫始善而進惡，與始惡而進善，與始也混而今也善惡，皆舉其中而遺其上下者也，得其一而失其二者也。……堯之朱、舜之均、文王之管、蔡，習非不善也，而卒為姦；瞽瞍之舜、鯀之禹，習非不惡也，而卒為聖，人之性，善惡果混乎？[65]

他根據史書記載，舉出若干實例做為反證，認為孟、荀、揚三子言性，都是以偏概全。在他看來：

> 性之品有上、中、下三：上焉者，善焉而已矣；中焉者，可導而上下也；下焉者，惡焉而已矣。其所以為性者五：曰仁、曰禮、曰信、曰義、曰智。[66]

---

[64] 同註 62，頁 85。

[65] 韓愈：〈原性〉，卷 1，頁 12-13。

[66] 同前註，頁 12。

如此論性，顯然有意涵括三子，求其周備，韓愈自視之高，亦可由此覘之。後人對揚、韓性說議論紛紜，大抵不盡滿意。如朱熹曰：

> 荀子曰性惡，揚子曰善惡混，韓子曰性有三品，皆非知性者也。[67]

但，朱熹又說：

> 熹嘗愛韓子說「所以為性者五」，「而今之言性者，皆雜佛、老而言之，所以不能不異」，在諸子中最為近理。[68]
>
> 退之說性，只將仁、義、禮、智來說，便是識見高處。如論三品亦是，但以某觀人之性，豈獨三品，須有百千萬品。[69]

可見，韓愈上承孟、荀、揚三子作〈原性〉，雖不免粗疏，屢為後人疵議，但亦自有所見，極為後人矚目。當時，皇甫湜作〈孟子荀子言性論〉、以及稍後杜牧作〈三子言性辨〉都是對〈原性〉的迴響。入宋以後，王安石、司馬光、蘇軾、程頤……諸人論性，無一不言及韓說。而元儒郝經曰：

> 自漢至唐八、九百年，得大儒韓子，以仁義為性，復乎孔子、孟子之言，其〈原性〉一篇，高出荀、揚之上。[70]

---

[67] 宋・朱熹：〈讀余隱之尊孟辨溫公疑孟上〉，《朱文公文集》，卷 73，見吳文治：《韓愈資料彙編》（臺北：學海出版社，1984 年 4 月），頁 404。

[68] 朱熹：〈答林德久〉《朱文公文集》，卷 61，見吳文治：《韓愈資料彙編》，頁 401。

[69] 《朱子語類》，卷 137，見《韓愈資料彙編》，頁 415。

[70] 元・郝經：〈與漢上趙先生論性書〉《郝文忠公陵川文集》，卷 24，見《韓愈資料彙編》，頁 621。

明儒薛瑄亦曰：

> 自孟子後，論性惟韓子為純粹，又豈荀、揚偏駁者可得同年而語哉？[71]

可見，在後儒眼中，韓愈論性，確有超越揚雄之處，可以上追孟子。

更值得注意的是，揚雄處於西漢後期，對於當時「一經說至百餘萬言，大師眾至千餘人，蓋祿利之路然也」[72]之現象多所批判，如《法言》曰：

> 好書而不要諸仲尼，書肆也；好說而不要諸仲尼，說鈴也。[73]

好書、好說，若不明孔子之道，不以孔子為本，就只不過如書舖、說鈴一般，徒亂人意而已。又曰：

> 一鬨之市，不勝異意焉；一卷之書，不勝異說焉，……必立之師。[74]

當時學者往往為一卷經書當如何解說而爭論不休，故揚雄強調，必須立「師」才能解決爭端。《法言》曰：

> 師哉！師哉！桐子之命也。務學不如務求師，師者，人之模範也。模不模，範不範，為不少矣。[75]

童子幼稚無知，非求師無以立身全性，故揚雄強調師為「人之模範」。但，當時所

---

[71] 明‧薛瑄：《薛文清公讀書錄》，卷1，見《韓愈資料彙編》，頁702-703。

[72] 班固：《漢書‧儒林傳》，卷88，頁3620。

[73] 同註38，頁74。

[74] 同註37，頁20。

[75] 同註37，頁18。

謂師，卻往往不足以為模範，故《法言》又曰：

> 或問：「小每知之，可謂師乎？」曰：「是何師與！是何師與！天下小事為不少矣，每知之，是謂師乎？師之貴也，知大知也。小知之師亦賤矣。」[76]

他認為師之所以可貴，是因為能「知大知」，而當時所謂師，多是「小知之師」，縱使知曉天下每一件小事，也不配稱為「師」。這些看法皆為韓愈所承，故韓愈特重師道，並作〈師說〉曰：

> 古之學者必有師，師者，所以傳道、受業、解惑也。……愛其子，擇師而教之；於其身也，則恥師焉。彼童子之師，授之書而習其句讀者，非吾所謂傳其道、解其惑者也。句讀之不知，惑之不解，或師焉，或不焉，小學而大遺，吾未見其明也。[77]

韓愈所謂「童子之師」，只能教句讀，正是揚雄所謂「小知之師」、「模不模」、「範不範」者。而當時士大夫卻多以從師為恥，「小學而大遺」。故韓愈強調：「道之所存，師之所存也」；「吾師道也」，這個「道」才是所謂「大」者，而能傳此「道」者，也才配稱為「師」。如此標明宗旨，貫串全篇，便較揚雄所謂「知大知」更為顯豁，也更能見「師」與「道」之尊嚴。柳宗元〈答韋中立論師道書〉云：

> 由魏、晉氏以下，人益不事師。今之世不聞有師，有輒譁笑之，以為狂人。獨韓愈奮不顧流俗，犯笑侮，收召後學，作〈師說〉，因抗顏而為師，世果群怪聚罵，指目牽引，而增與為言辭，愈以是得狂名，居長安，炊不暇

---

[76] 揚雄：《法言·問明》，卷6，頁180。
[77] 韓愈：〈師說〉，卷1，頁24。

熟，又挈挈而東，如是者數矣。[78]

魏晉以下，少了利祿的誘因，經學不振，從師問學者益少。到了唐代，科舉取士，重進士，輕明經，士人多尚文學、輕經學，又有官方頒布的《五經正義》為讀本，似更無須從師問學。因此，韓愈特別強調，為了「句讀之不知」而從師，只是「小學」；有「惑」而不肯從師問「道」，才是「大遺」，應當不畏恥笑，勇於從師。其實，當時士大夫有「惑」不能解，也會去從師，卻是走向寺觀，尊高僧、道士為師，而自居為弟子。這正是韓愈想要糾正的風氣，因此，他才不顧流俗，以儒家道統傳人之身份，作〈師說〉，抗顏而為師，希望能把學子都拉回儒家陣營。《新唐書·韓愈傳》稱：「成就後進士，往往知名。經愈指授，皆稱韓門弟子。」[79]可見，勇於為師的他，雖然飽受時人笑侮，卻真收了不少弟子，而有所謂「韓門」立於佛門之外。相形之下，揚雄閉門著書，「人希至其門」，雖「時有好事者載酒肴從游學」，卻不像韓愈那樣積極地大張旗鼓，廣召生徒，當然也就只有侯芭這個弟子見載於傳中，而芭之文不見於世，也算不上真正有成，故韓愈〈與馮宿論文書〉言及侯芭，深盼李翱等人勝過侯芭，垂名後世。其後，李翱、張籍、皇甫湜果然知名於時，皆有文集傳後，可見，韓愈以道自任，勇於為師，確有一定成效。而他之所以終能走過寂寞，帶動風潮，成為蘇軾所謂「百世師」，就是因為他比揚雄更積極、更勇敢、也更善於招攬學生、成就後進。

五、韓愈對揚雄之文的學習與超越

揚雄早年好賦，中年以後，轉而去作《太玄》、《法言》，而對辭賦有所反省。《法言》稱：

---

[78] 柳宗元：〈答韋中立論師道書〉《柳河東集》（臺北：河洛圖書出版社，1974 年 12 月）卷 34，頁 541。

[79] 宋·歐陽修、宋祁：《新唐書·韓愈傳》（臺北：鼎文書局，1976 年 10 月），卷 176，頁 5265。

或問：「吾子少而好賦？」曰：「然，童子雕蟲篆刻。」俄而曰：「壯夫不為也。」或曰：「賦可以諷乎？」曰：「諷乎？諷則已，不已，吾恐不免於勸也。」[80]

他用「童子雕蟲篆刻」概括了早年對辭賦所下的工夫，將之視為文字游戲，而宣稱「壯夫不為」，主要還是因為辭賦未能發揮諷諫的效益，反而助長淫侈。故《法言》論前輩賦家曰：「文麗用寡，長卿也。」[81]又曰：

或問：「景差、唐勒、宋玉、枚乘之賦也，益乎？」曰：「必也，淫。」「淫則奈何？」曰：「詩人之賦麗以則，辭人之賦麗以淫。如孔氏之門用賦也，則賈誼升堂，相如入室矣，如其不用何？」[82]

在他看來，賦有兩種：一種是過於靡麗、失了法度的「辭人之賦」，景差、唐勒、宋玉、枚乘之賦屬之；另一種則是麗而合乎法度的「詩人之賦」，相如、賈誼之賦屬之。[83]但，即便是相如之賦，也沒有多少實用價值，何況他人？故若想在孔子之門升堂入室，就不能憑藉這「雕蟲篆刻」的本領，還得去做「壯夫」當為之事。《法言》曰：

或問：「君子尚辭乎？」曰：「君子事之為尚。事勝辭則伉，辭勝事則賦，

---

[80] 同註 38，頁 45。

[81] 同註 52，頁 507。

[82] 同註 38，頁 49-50。

[83] 下文既謂相如、賈誼如在孔門，可以登堂入室，想必是以二人所作合乎法度為前提，方有此喻。但，班固《漢書·藝文志》則曰：「大儒孫卿及楚臣屈原離讒憂國，皆作賦以風，咸有惻隱古詩之義。其後宋玉、唐勒，漢興枚乘、司馬相如，下及揚子雲，競為侈麗閎衍之詞，沒其風諭之義，是以揚子悔之，曰：『詩人之賦麗以則，辭人之賦麗以淫……』」可見，在班固看來，荀卿、屈原之賦，始可謂「詩人之賦」；至於相如、子雲所作，則是「辭人之賦」，與宋玉等人同，故謂此為揚雄自悔之言。

事、辭稱則經。足言足容，德之藻矣。」[84]

君子貴事實，賤虛辭。事勝辭，則不免枯乾無文采；辭勝事，則有如賦之虛辭濫說；唯有事、辭相稱者，才能如經典般有常存之價值。故必「觀其辭則無闕於言，驗之事則無闕於用」，[85]做到「足言足容」，才足以為德之文。又曰：

書不經，非書也；言不經，非言也，言、書不經，多多贅矣。[86]

他認為一切著述、言論如果不以經典為準則，就是多餘無用的，故不僅是以經典做為辭賦創作的準則，更進而捨棄辭賦去擬經。《法言》曰：

或問：「聖人之經不可使易知與？」曰：「不可。天俄而可度，則其覆物也淺矣；地俄而可測，則其載物也薄矣。大哉！天地之為萬物郭，五經之為眾說郭。」[87]

聖人之經包羅萬有，就像覆載深廣的天地一般，自然艱深難曉。而他既以經典作為著述的準則，故亦以艱深之辭為之。又曰：

玉不彫，璵璠不作器；言不文，典謨不作經。

他認為寶玉必經雕琢，始能成為有用的器物；典謨之言若是未經文飾，也不能成為經典。因此，他的擬經之作，用辭亦重彫飾。蘇軾云：

---

[84] 同註38，頁60。
[85] 汪榮寶疏語，見頁61。
[86] 同註55，頁164。
[87] 同註55，頁157。

> 揚雄好為艱深之詞，以文淺易之說，若正言之，則人人知之矣，此正所謂
> 雕蟲篆刻者。其《太玄》、《法言》皆是類也，而獨悔於賦，何哉？終身雕
> 蟲，而獨變其音節便謂之經，可乎？[88]

朱熹亦曰：

> 雄之《太玄》、《法言》，蓋亦〈長楊〉、〈校獵〉之流，而粗變其音節。[89]

蘇軾認為，揚雄好為艱深之詞，終身都在雕篆；朱熹也認為揚雄擬經之作，只是
變了音節，根本就是漢大賦的另一種表現方式。可見，骨子裡，揚雄還是一個賦
家，喜好雕蟲篆刻的游戲，而且難度愈高的游戲，對他的吸引力也就愈大。因此，
他不僅選擇各類文體的最高典範加以仿作，而且所作大抵艱深、好雕飾，對時人、
後人形成挑戰，都可說是這種游戲心理有以促成。

反觀韓愈亦自承「性本好文學」，[90]「志在古道，又甚好其言辭」。[91]因此，他
雖指斥當時科舉「試之以繡繪雕琢之文，考之以聲勢之逆順，章句之短長」，但，
他自己為文，也頗用心於「言之短長與聲之高下」，並且好奇愛異，每每游戲於筆
墨之間。當時裴度曾曰：

> 文者，聖人假之以達其心，達則已，理窮則已，非故高之、下之、詳之、
> 略之也。……故文人之異，在氣格之高下，思致之淺深，不在其磔裂章句，
> 隳廢聲韻也。……昌黎韓愈僕識之舊矣，……其人信美材也。近或聞諸儕
> 類，云恃其絕足，往往奔放，不以文立制，而以文為戲，可矣乎？可矣乎？

---

[88] 蘇軾：〈謝民師推官書〉，卷 49，頁 1418。

[89] 朱熹：〈讀唐志〉《朱文公文集》，卷 70，見《韓愈資料彙編》，頁 403。

[90] 韓愈：〈答兵部李侍郎書〉，卷 2，頁 83。

[91] 韓愈：〈答陳生書〉，卷 3，頁 103。

92

裴度謂韓愈「以文為戲」，故意「高之、下之、詳之、略之」，「礫裂章句，隳廢聲韻」。可見，韓愈骨子裡，亦頗好文字游戲，只是不好當時流行的駢儷游戲，而好與古人為戲。特別是像揚雄這樣的游戲高手，更能引起他去模仿、較量的興趣。因此，細讀韓文，隨處可見化用揚雄之文，或模擬揚雄為文之例證。如揚雄〈劇秦美新〉曰：

發祕府，覽書林，遙集乎文雅之囿，翱翔乎禮樂之場。[93]

韓愈〈復志賦〉乃化用其語曰：「朝騁騖乎書林兮，夕翱翔乎藝苑」。[94]再如《法言》曰：

虞夏之書渾渾爾，商書灝灝爾，周書噩噩爾。[95]

韓愈〈進學解〉乃檃括其言曰：「上規姚姒，渾渾無涯，〈周誥〉〈殷盤〉，詰屈聱牙」；而〈上襄陽于相公書〉更直接引用其言以讚于頔之文曰：

揚子雲曰：「商書灝灝爾，周書噩噩爾」，信乎其能灝灝且噩噩也。[96]

至於《法言》「事、辭稱則經」之說，韓愈〈進撰平淮西碑文表〉取用其說曰：

---

[92] 裴度：〈與李翱書〉，見清・董誥編：《全唐文》（臺北：大通書局，1979年7月），卷538，頁6926。

[93] 揚雄：〈劇秦美新〉，頁221。

[94] 韓愈：〈復志賦〉，卷1，頁4。

[95] 同註55，頁155。

[96] 韓愈：〈上襄陽于相公書〉，卷2，頁86。

其載於《書》，則堯、舜二典，……於《詩》則〈玄鳥〉、〈長發〉，……辭、事相稱，善並美具，號以為經。[97]

可見，韓愈屢用揚雄語為文。至於揚雄用字遣詞奇特處，如《法言》曰：

「顏不孔，雖得天下不足以為樂。」「然亦有苦乎？」曰：「顏苦孔之卓之至也。」或人瞿然曰：「茲苦也，祇其所以為樂也與！」[98]

「顏不孔」，意謂「顏不得孔」，與下「得天下者」意相連貫，省略「得」字，更覺有力。至於三「苦」字，「顏苦孔」之「苦」為動詞，而上下二「苦」字為名詞。「之卓之至」則複用兩「之」字於一短句內。類此修辭方法，亦為韓愈所用，如〈原道〉曰：

博愛之謂仁，行而宜之之謂義，由是而之焉之謂道，足乎己，無待於外之謂德。[99]

四句用了六「之」字，而詞性不一：「之謂」之「之」為介詞，「宜之」之「之」為代詞，「之焉」之「之」為動詞。又，〈原道〉曰：

老子之小仁義，……其見者小也。坐井而觀天曰天小者，非天小也，彼以煦煦為仁……其小之也則宜。[100]

---

[97] 韓愈：〈進撰平淮西碑文表〉，卷 8，頁 350。

[98] 同註 37，頁 41。

[99] 韓愈：〈原道〉，卷 1，頁 7。

[100] 同前註，頁 8。

此用五「小」字，詞性亦不一，「小仁義」、「小之」之「小」為動詞，餘為形容詞。
又，〈原道〉曰：

> 老者曰：「孔子，吾師之弟子也」；佛者曰：「孔子，吾師之弟子也」；為孔子
> 者，習聞其說，樂其誕而自小也。[101]

「老者」、「佛者」意謂「為老者」、「為佛者」，與下「為孔子者」相貫，省略二「為」
字，句法便奇。而「自小」之「小」為動詞，亦與前文相應。綜觀〈原道〉如此
好用「小」字以言佛、老之「小」，其實亦從《法言》而來。如：

> 仰聖人而知眾說之小也。[102]
> 吾見諸子之小禮樂也，不見聖人之小禮樂也。[103]
> 子小諸子，孟子非諸子乎？[104]
> 「仲尼之道不可小與？」曰：「小則敗聖，如何？」[105]

以上諸句之「小」，詞性亦不一。「眾說之小」之「小」字為形容詞，餘為動詞。
揚雄一再用「小」字言諸子之「小」，相當醒目，故韓愈亦用以言佛、老，而足以
見吾道之大。徐復觀曰：

> 《法言》字句的結構長短，儘管與《論語》極為近似，但奇崛奧衍的文體，
> 與《論語》的文體，實形成兩個不同的對極。若說《論語》的語言，與人
> 以「圓」的感覺，法言的語言卻與人以「銳角」的感覺。……而韓文的用

---

101 同前註。
102 同註 37，頁 21。
103 同註 44，頁 122。
104 同註 52，頁 498。
105 揚雄：《法言·五百》，卷 8，頁 257。

字造句，也受了《法言》相當大的影響，似乎沒有人注意到。[106]

徐氏謂韓文用字造句受法言影響，當可自上述〈原道〉文句得證。但，徐氏謂《法言》與人「銳角」之感，而劉海峰評〈原道〉，則曰：

> 老蘇稱公文如長江大河，渾灝流轉，魚黿蛟龍，萬怪惶惑，惟此文足當之。[107]

可見，韓文修辭奇特，如「萬怪惶惑」，雖有取於揚雄，卻能化「銳角」為「渾灝流轉」，比《論語》用語之「圓」，更為可觀。

至如揚雄〈羽獵賦〉曰：

> 若夫壯士忼慨，……騁者奔欲，挓蒼豨，跋犀、𤞤，蹴浮麋，斮巨狿，搏玄蝯，騰空虛，距連卷，踔夭蟜，娭澗門，莫莫紛紛。[108]

此述壯士馳騁獵獸之情景，相當生動。文中「挓」同拖，「豨」同豨，「蝯」同猨，「距」同距，「娭」同嬉，揚雄卻刻意選用較冷僻者，使人讀之有如獵獸一般費力。又，同是與獸相搏，而刻意選用不同動詞，以凸顯獵者與各種野獸搏鬥之不同技巧，並連用八個有變化的三字短句，用極快的節奏進行，令人目不暇給，彷彿親見驚險萬狀、精彩無比之場景。類似修辭技巧，亦韓愈所習用，如〈曹成王碑〉云：

> 艦步二萬人，以與賊遌，嘬鋒蔡山，踣之。剜蘄之黃梅，大鞣長平，鏺廣濟，掀蘄春，撇蘄水，掇黃岡，筴漢陽，行跐汊川，還，大膊蘄水界中，

---

106 同註 5，頁 502。
107 見高步瀛：《唐宋文舉要》（臺北：學海出版社，1977 年 8 月），甲編卷 2，頁 154。
108 揚雄：〈羽獵賦〉，頁 99-100。

174

披安三縣，拔其州，斬偽刺史。標光之北山，踣隨光化，揞其州。……大小之戰三十有二，取五州十九縣。[109]

此述曹成王李皋平賊事，同是與賊交戰，亦刻意選用不同動詞，且幾乎全是刺耳棘目、生澀難讀之字眼，以見王師之鋒銳與戰況之激烈。又靈活運用三、四字為主之短句，間以一、二或五、六字短句，歷敘大、小戰役，以示王師勢如破竹。類此寫法，當有取於揚雄。林紓評此文曰：

觀他行文至嚴整有法，未嘗走奇走怪，獨中間用「剟」字、「鞣」字、……學揚子雲，微覺刺目。實則不用此等字，但言收黃梅、廣濟等州，豈無字可代？必作如此用法，不惟不奇，轉見喫力，為全篇之累。[110]

林紓謂韓愈如此用字「轉見喫力，為全篇之累」，其實，韓愈就是要讓讀者感受到戰況的「喫力」，所以才捨他字不用。也正因為有此一段出現在這「嚴整有法」的碑誌中，是如此「刺目」，所以才使李皋討李希烈的彪炳戰功格外令人矚目，而成為他一生中最值得稱許、紀念的大事。可見，這種寫法，不僅不是「全篇之累」，而且特見精彩。郭正域評此文曰：

公所自謂閎中肆外，摘抉幽微，陳言務去是也。[111]

清高宗亦曰：

原本忠孝立言，已操領要，而敘事遣辭奇而能法，碑版之文，此其極則也。[112]

---

[109] 韓愈：〈曹成王碑〉，卷6，頁247。

[110] 清‧林紓：《韓柳文研究法‧韓文研究法》，見《韓愈資料彙編》，頁1623。

[111] 明‧郭正域評選《韓文杜律‧韓文》卷首，見《韓愈資料彙編》，頁815。

可見，韓愈學揚雄造語，並不只是在玩「雕蟲篆刻」的游戲，而是用以明道。故能把雕篆的技法用在最講究莊嚴典重的牌版文字中，而仍「嚴正有法」，使忠孝之旨得彰。這樣的文字游戲，能以聖人之道為準則，就不致淫夸失度，實與揚雄強調「詩人之賦麗以則」的用心無異。簡宗梧曰：

> 至於子雲，……凡其所奏獻之賦，莫不力言儒家所稱君臨天下之道，堯、舜、禹、湯、文、武之統，較之長卿，尤刻意於諷諫。……其〈甘泉〉、〈河東〉、〈羽獵〉、〈長楊〉諸賦，是皆以聖人之情志為其情志。[113]

可見，揚雄所作大賦，雖以雕篆技巧為之，亦皆以聖人之道為其準則，而特重諷諭。這正是他對辭人之賦所作的改革，也是他不甘為俳優的表現。劉勰曰：

> 子雲屬意，辭義最深。觀其涯度幽遠，搜選詭麗，而竭才以鑽思，故能理贍而辭堅矣。[114]

可見，他的辭賦往往寓有深意，並不僅是「搜選詭麗」的文字游戲而已。就連〈逐貧〉這樣的小賦，看似滑稽，也是「志隱而味深」。[115]此文假設揚子與貧一問一答，初欲逐貧而終留貧與居，與世俗之取捨恰恰相反，因而充滿諧趣。但在詼諧的對話中，卻大量取用《詩經》、《論語》及其他經典名句，[116]可見，他的主題其

---

[112] 清・愛新覺羅弘曆《唐宋文醇》評語卷 8，見《韓愈資料彙編》，頁 1252。

[113] 簡宗梧：〈司馬相如、揚雄辭賦之比較研究〉（臺北：《中華學苑》18 期，1976 年 9 月），頁 167-169。

[114] 梁・劉勰：《文心雕龍・才略》，卷 10，頁 1779。

[115] 劉勰：《文心雕龍・體性》曰：「子雲沈寂，故志隱而味深。」，卷 6，頁 1025。

[116] 朱曉海：〈楊雄賦析論拾餘〉（臺北：《清華大學學報》29 卷 3 期，1999 年 9 月），頁 287-288 以表舉例詳說，可參。

實是嚴肅的，是守道君子所必須面對與承擔的貧窮問題。因此，當韓愈面對相同處境時，亦仿〈逐貧〉作〈送窮文〉，一吐胸中鬱憤。林雲銘曰：

> 〈送窮文〉……與揚子雲〈逐貧〉……同調。……總因仕路淹蹇，抒出一肚皮孤憤耳。篇中層層問答，鬼本無聲，忽寫了無數樣聲；鬼本無形，忽寫了無數樣形，奇幻無匹。……末段純是自解，占卻許多地步。覺得世界中利祿貴顯，一文不值，茫茫大地，只有五個窮鬼是畢生知己，無限得力，能使古今來不得志之士，一齊破涕為笑，豈不快絕！[117]

揚雄直接「呼貧與語」，末了亦僅述貧「色厲目張，攝齊而興，降階下堂」，並未就其形狀多所描摹。韓愈則把一貧化為五個窮鬼，先述其聲「若嘯若啼，昏然嘤嘤」，令人「毛髮盡竪，竦肩縮頸」；而後再以「張眼吐舌，跳踉偃仆，抵掌頓腳，相顧失笑」數語，使其現形，誠可謂「奇幻無匹」，比〈逐貧〉更富諧趣。但，此文之所以有價值，並不在其善摹鬼之情狀，而在於寫出「茫茫大地只有五個窮鬼是畢生知己」的荒誕與堅持，使人在嬉笑中想哭，在涕淚中又想笑，似比〈逐貧〉更能引起共鳴。林紓亦曰：

> 〈逐貧賦〉，揚子與貧，但一問一答；〈送窮文〉則再問再答，文氣似厚，而所以描寫窮之真相，亦較揚文為刻深，真神技也。揚之恨貧曰：「人皆文繡，余褐不完。人皆稻粱，我獨藜飧。貧無寶玩，何以接歡。宗室之宴，為樂不槃。」語氣凡近，似小家子。而昌黎定其罪狀曰五窮，言衣食宴樂處寡，敘憤時嫉俗處多，……似較揚子所言為高亢。然揚賦結言「長與汝居，終無厭極，貧遂不去，與我遊息」，則安貧之言也；昌黎之「燒車與船，延之上座」，亦本此意。總之，文字不摹仿則已，一踐前人故步，雖

---

[117] 清·林雲銘：《韓文起》評語卷 8，見《韓愈資料彙編》，頁 1010-1011。

具倚天拔地之才，終不能擺脫範圍，但能於辭句機軸，少為變易而已。[118]

林紓謂〈送窮〉比〈逐貧〉，「文氣似厚」，寫窮相較刻深；又謂揚文言衣食宴樂「語氣凡近」，而韓文較「高亢」。可見，在〈送窮〉與〈逐貧〉的游戲中，韓愈技高一籌，幾為定論。但，這樣的成就畢竟是從揚雄模仿而得，〈逐貧〉寓莊於諧，發揮安貧之旨，「在嬉笑中泣血連如」；[119]〈送窮〉亦發揮安貧、固窮之旨，「以游戲出之，而渾穆莊重，儼然高文典冊」，[120]正是得自揚雄。類此「詼詭」之文，「為古今最難之詣，從來不可多得」，[121]而韓愈最是擅長，所以極為後人稱賞。

其後，韓愈又法揚雄〈解嘲〉作〈進學解〉。〈解嘲〉以客嘲、主答之方式，謂己之所以為官拓落，是因為「當今縣令不請士、郡守不迎師，……言奇者見疑，行殊者得辟」，不如寂寞自守，以全其身。而韓愈〈進學解〉則設為國子先生勸學而為諸生所嘲之問答，林雲銘曰：

> 首段以進學發端，中段句句是駁，末段句句是解，前呼後應，最為綿密。其格調雖本〈客難〉、〈解嘲〉、〈答賓戲〉諸篇，但諸篇都是自疏己長，此則把自家許多伎倆，許多抑鬱，盡借他人口中說出，而自家卻以心平氣和處之，看來無嘆老嗟卑之跡，其實嘆老嗟卑之心，無有甚於此者，乃〈送窮〉之變體也。至其文語語作金石聲，尤不易及。[122]

林氏謂此文雖本〈客難〉、〈解嘲〉而來，卻能變化出新，尤以其「語語作金石聲」，最不易及。蔡鑄亦曰：

---

[118] 同註 110，頁 1629。

[119] 同註 116，頁 288。

[120] 清·吳闓生：《古文範》評語卷 3，見《韓愈資料彙編》，頁 1635。

[121] 同前註。

[122] 林雲銘：《韓文起》評語卷 2，見《韓愈資料彙編》，頁 972。

此篇極修詞之妙，尤具排山倒海之勢。至篇中用韻語，亦步子雲之後，更為可誦云。[123]

可見，就聲韻而言，〈進學解〉較〈解嘲〉更為瀏亮可誦。修詞之妙，已臻化境。而蔡世遠則曰：

公自敘其讀書衛道之苦心，不可沒也。且如「尋墜緒之茫茫」數語，誰人能有此志向？「《春秋》謹嚴」數語，誰人能有此識解？勿論〈七發〉、〈七哀〉等不足比倫，即〈賓戲〉、〈解嘲〉等篇，亦相懸絕也。[124]

〈進學解〉自述讀書修業之勤，以及「觝排異端，攘斥佛老，……迴狂瀾於既倒」之勇，並謂為文「上規姚姒，渾渾無涯，……《春秋》謹嚴，《左氏》浮誇」云云，皆自艱苦學習中悟得。蔡氏謂其讀書衛道之苦心不可沒，志向、識解遠過揚雄等人。可見，此文不僅以修辭、聲韻見長，更能於筆墨游戲中見「道」。錢基博曰：

〈進學解〉雖抒憤慨，亦道功力；圓亮出以儷體，骨力仍是散文，濃郁而不傷縟雕，沈浸而能為流轉，參漢賦之句法，而運以當日之唐格。或謂〈進學解〉仿東方朔〈客難〉、揚雄〈解嘲〉，氣味之淵懿不及，祇是皮相之談。其實東方朔〈客難〉以「彼一時也，此一時也」柱意；揚雄〈解嘲〉則結穴於「亦會其時之可為也」一語，皆以時勢不同立論；而〈進學解〉則靠定自身發揮，此命意之不同也。〈客難〉瑰邁宏放，猶是《國策》從橫之餘；〈解嘲〉鏗鏘鼓舞，則為漢京詞賦之體；〈進學解〉跌宕昭彰，乃開宋文爽朗之意，此文格之不同也。所同者，則以主客之體自解以抒憤鬱耳。[125]

---

[123] 清·蔡鑄：《蔡氏古文評註補正全集》卷 6，見《韓愈資料彙編》，頁 1540。

[124] 清·蔡世遠：《古文雅正》評論卷 8，見《韓愈資料彙編》，頁 1141。

[125] 錢基博：《韓愈志·韓集籀讀錄》(臺北：華正書局，1975 年 5 月)，頁 121。

錢氏謂〈進學解〉「以主客之體自解以抒憤鬱」與〈客難〉、〈解嘲〉同，卻能道其「功力」，「靠定自身發揮」，而不以時勢立論，又能「參漢賦之句法，運以當日之唐格」，而「下開宋文爽朗之意」，無論命意、文格，均與〈客難〉、〈解嘲〉不同。可見，此文雖步東方朔、揚雄後塵而作，卻能不為前人所掩，而自鑄偉辭，別開生面，誠可謂善學前人之至者。柳宗元曾言：

> 退之所敬者，司馬遷、揚雄。……遷於退之，固相上下；若雄者，如《太玄》、《法言》及四賦，退之獨未作耳，決作之，加恢奇。至他文，過揚雄遠甚，雄之遣言措意，頗短局滯澀，不若退之猖狂恣睢，肆意有所作。[126]

柳宗元認為，韓愈只是不想作《太玄》、《法言》及〈甘泉〉、〈羽獵〉等大賦，否則一定比揚雄更「恢奇」，當是根據韓愈仿〈逐貧〉、〈解嘲〉作〈送窮文〉與〈進學解〉之成就「過揚雄遠甚」而推斷的。他批評揚雄「遣言措意，頗短局滯澀」，而稱許韓愈「猖狂恣睢，肆意有所作」，可以說是相當中肯地指出了韓愈在文學上能夠超越揚雄的關鍵，就在於他比揚雄更善於「遣言措意」。揚雄雖有「事辭稱則經」的主張，卻不免辭勝事、事勝辭，而有滯澀之病。故蘇軾謂揚雄「好以艱深之詞文其淺易之說」，歐陽修亦謂其「勉焉以模言語，此道未足而強言者也。」[127]可見，揚雄在辭與意、文與道的結合上，往往不能令人滿意。就連他自己也對少作不滿，轉而擬經。可見，他終究未能妥善處理辭、意與文、道之關係，而看輕了辭賦，放棄了文學，轉而致力於儒學。

反觀韓愈，卻是文、道雙修，以氣運辭，把儒學融入文學之中。他自稱：「上規姚姒，渾渾無涯，周誥殷盤，詰屈聱牙」；又自稱其所著「皆約六經之旨而成文」，可見，他與揚雄一樣宗經為文。但，揚雄宗經的極致是捨辭賦而取經典之形式來作《太玄》、《法言》。韓愈卻僅「約六經之旨」為「古文」，而不採六經形式去著

---

[126] 柳宗元：〈答韋珩論韓愈相推以文墨事書〉，卷34，頁548。

[127] 宋·歐陽修：〈答吳充秀才書〉《歐陽修全集》（北京：中華書局，2001年3月），頁664。

書。揚雄歎孔門不用賦，而以《法言》去明道；韓愈卻說：「若聖人之道不用文則已，用則必尚其能者」，而欲以古文去明道。因此，他始終是文、道並重，欲結合文、道，成為一個「能」以「文」傳「道」的文人。他說：

> 愈之為古文，豈獨取其句讀不類於今者邪？思古人而不得見，學古道，則欲兼通其辭，通其辭者，本志乎古道也。[128]
> 愈之所志於古者，不惟其辭之好，好其道焉爾。[129]

可見，他之所以倡為「古文」，是為了彰顯「古道」。而欲「蘄至於古之立言者」，不僅要兼通其辭，更必須重視道德的修養。〈答尉遲生書〉云：

> 夫所謂文者，必有諸其中。是故君子慎其實。實之美惡，其發也不揜，本深則末茂，形大則聲宏。行峻而言厲，心醇而氣和。昭晰者無疑，優游者有餘。體不備，不可以為成人；辭不足，不可以為成文。[130]

此謂為文必慎其「實」，又謂「辭不足，不可以為成文」，似從揚雄「事辭稱則經」、「足言足容」之說而來。但，韓愈論「文」與「實」之關係，更清楚地指出作家的行事為人與心性修養可以左右文章的風格表現。至於〈答李翊書〉，則言之更為詳切。他說：

> 將蘄至於古之立言者，則無望其速成，無誘於勢利，養其根而俟其實，加其膏而希其光，根之茂者其實遂，膏之沃者其光曄。仁義之人，其言藹如也。……行之乎仁義之途，游之乎《詩》《書》之源，無迷其途，無絕其源，終吾身而已矣。氣，水也；言，浮物也。水大而物之浮者，大小畢浮；

---

128 韓愈：〈題哀辭後〉，卷5，頁178。
129 韓愈：〈答李秀才書〉，卷3，頁102。
130 韓愈：〈答尉遲生書〉，卷2，頁84。

氣之與言猶是也，氣盛則言之短長與聲之高下者皆宜。[131]

孔子嘗言「有德者必有言」，[132]韓愈則藉由孟子養氣說，指出了德與言的關連在「氣」。孟子曰：

> 我善養吾浩然之氣。……其為氣也，至大至剛，以直養而無害，則塞於天地之間。其為氣也，配義與道，無是，餒也。是集義所生者，非義襲而取之也。[133]

浩然之氣是「集義」所生，因此，作家必須「行之乎仁義之途，游之乎《詩》《書》之源」，才能養成浩然之氣。氣盛，則「言之短長與聲之高下者皆宜」，就不致於有辭勝事或事勝辭之病，而足為「德之藻」矣。可見，韓愈論文主張宗經、學古、明道，雖與揚雄方向一致，但，在理論上更為詳切，而且由實際的學文和創作過程中體悟到養氣的重要性，提出了「氣盛言宜」說，把文與道做了很好的結合。在這樣的基礎上，他對如何師古為文，與文章難易的問題也做了較好的處理。班固謂揚雄擬古是「斟酌其本，相與仿依而馳騁」，至於如何處理辭、意，並未明言。而韓愈則明確指導後進，當「師其意不師其辭」。也就是說，要把學習的重點放在「意」的領悟上，才能不被「辭」所陷溺，也才能夠推陳出新，成就一家之言。這樣的學習，其實就是奠基於〈答李翊書〉的「氣盛言宜」說。因為，在他看來，言辭之宜與不宜，取決於作家的道德修養，若是胸中沒有浩然之氣，無論在文辭上下多少工夫，都沒有價值；而若是養成了浩然之氣，下筆之際，言所當言，為所宜為，也就無所謂難易。因此，他不像揚雄那樣強調「聖人之經不可使易知」，而刻意求難。〈答陳商書〉曰：

---

[131] 韓愈：〈答李翊書〉，卷3，頁99。

[132] 《論語・憲問》，見朱熹：《四書章句集注》，頁149。

[133] 《孟子・公孫丑上》，見朱熹：《四書章句集注》，頁231-232。

辱惠書，語高而旨深，三四讀尚不能通曉。……今舉進士於此世，……而為文必使一世之人不好，……不利於求，求不得則怒且怨，不知君子必爾為不也？[134]

陳商為文過於艱深，使人不能通曉其意，韓愈頗不以為然。可見，他雖提倡古文，不肯隨俗去做「時下文字」，卻也無意求難而「使一世之人不好」。但，正如揚雄辯稱「豈好為艱難哉？勢不得已也」，他也並不刻意避難求易，故其所作不無較深較難者。這樣的深難，乃是為文求「異」於俗，「深探力取」的自然結果，是作家以古聖賢人為法，養成完美人格之後，能自樹立的表現，而不是故作艱深，所以常能恰到好處地結合辭、意，使事、辭相稱。

總之，韓愈為文師古、宗經、明道，乃至好游戲、好雕琢、務為奇崛、或深或難、求「異」、求「是」，多有得於揚雄者，但，他也從孟子養氣之說，與實際學文經驗中，悟到了氣盛言宜的道理，不斷地修養自己，務去偽、雜，直到「其皆醇也，然後肆焉」，故能如柳宗元所言：「猖狂恣睢，肆意有所作」，而超越了揚雄。而也正因為他能以其盛氣驅遣文辭，適當地表「意」、明「道」，而不像揚雄那樣務為艱深，故其所作「古文」，雖與世俗相異、被世俗非笑，卻是可讀、可解、具有感召力量、而終可化今傳後的文章。李漢〈昌黎先生集序〉曰：

文者，貫道之器也，不深於斯道，有至焉者不也？……先生……經書通念曉析，酷排釋氏，諸史百子，皆搜抉無隱，……日光玉潔，周情孔思，卒澤於道德仁義，炳如也。洞視萬古，愍惻當世，遂大拯頹風，教人自為。時人始而驚，中而笑且排，先生益堅，終而翕然隨以定。嗚呼！先生之於文，摧陷廓清之功，比於武事，可謂雄偉不常者矣。[135]

---

134 韓愈：〈答陳商書〉，卷3，頁123。

135 唐‧李漢：〈昌黎先生集序〉，見《韓昌黎文集校注》，頁3。

李漢總述韓愈一生結合文、道，倡為古文的偉業，謂其終使時人「翕然隨以定」，有摧陷廓清之功。可見，甘心背棄俗尚、追隨揚雄去走寂寞之道的他，終究超過揚雄，走過寂寞，用他的「古文」帶動了風潮、改變了世俗，開出一條可以承前啟後，通往永恆的大道，而不再寂寞了。

六、結　論

綜合以上所論可知，韓愈與揚雄相隔八百年，跨越八個朝代，但就生命處境而言，卻有許多相似之處，因此，當韓愈在孤苦困厄中學文、學道，在應舉求仕時落第、蹭蹬，又在眾人非笑中為古文、闢佛老時，就會想起這個與他一樣反俗、寂寞、受盡譏嘲，卻仍堅決維護孔、孟之道，而又能文、「善鳴」的揚雄。

揚雄在歷史上並不是一個頂尖的人物，雖以辭賦著名，寫了幾部大書，但多艱深難讀，而或被人束諸高閣；至於人品，更是屢受譏評。但，處於一個辭賦、經學、乃至政局都走下坡的時代，揚雄不屑為皓首窮經的章句儒，也不甘為有類俳優的詞臣，卻自比於孟子，不顧世俗非笑，閉門擬《易》、《論語》作《太玄》、《法言》，一肩挑起批判俗儒、諸子，傳繼聖道的大任。儘管他的大作艱深，《太玄》尤難，八百年來少人重視，但，他敢於違反世俗，堅持聖道的勇氣、自信與識見，卻使韓愈由衷折服。而他對辭賦的創作和改革，也為韓愈所重視。因此，韓愈對他的儒學與文學均極用心學習。

以道而言，韓愈上承揚雄之說，提出了更為完備的道統說，並謂荀、揚「大醇小疵」，而欲直承孟子，上追大禹。至於排佛、論性、作〈師說〉、抗顏而為師，也都是以揚雄之言為基礎，超而上之。以文而言，韓愈師古、宗經、明道、乃至求「異」、求「是」的主張，均有得於揚雄；對於揚雄雕篆的技巧、游戲的本領也瞭若指掌，可以翻新出奇，玩到出神入化，而又不失為高文典冊、仁義之言。但，揚雄遣言措意有短局滯澀之病，韓愈卻重視浩然之氣的培養，以盛氣運辭，故能「猖狂恣睢，肆意有所作」，而超越揚雄。揚雄未能妥善處理辭與意、文與道之關係，轉而擬經，引生不少譏議；而韓愈則能在他所奠定的基礎上，妥適處理辭、

意，結合文、道，用「古文」完成傳揚聖道的重任。故蘇軾〈潮州韓文公廟碑〉
云：

> 匹夫而為百世師，一言而為天下法，是皆有以參天地之化，關盛衰之
> 運，……孟子曰：「我善養吾浩然之氣。」是氣也，寓于尋常之中，而塞
> 乎天地之間。……其必有不依形而立，不恃力而行，不待生而存，不隨死
> 而亡者矣。自東漢以來，道喪文弊，異端並起，……獨韓文公起布衣，談
> 笑而麾之，天下靡然從公，復歸於正，蓋三百年于此矣。文起八代之衰，
> 道濟天下之溺，忠犯人主之怒，而勇奪三軍之帥，此豈非參天地、關盛衰、
> 浩然而獨存者乎？

蘇軾盛讚韓愈善養浩然之氣，故能成為「文起八代之衰，道濟天下之溺」的百世
之師，而為天下所法，可以說是一語道中韓愈終得不朽的關鍵所在。《新唐書·韓
愈傳》亦曰：

> 愈……以六經之文為諸儒倡，障隄末流，反刓以樸，剗偽以真。然愈之才，
> 自視司馬遷、揚雄，至班固以下不論也。當其所得，粹然一出於正，刊落
> 陳言，橫鶩別驅，汪洋大肆，要之無抵捂聖人者。其道蓋自比孟軻，以荀
> 況、揚雄為未淳，寧不信然？至進諫陳謀、排難卹孤，矯拂媮末，皇皇於
> 仁義，可謂篤道君子矣。自晉汔隋，老、佛顯行，……愈獨喟然引聖，爭
> 四海之惑，雖蒙訕笑，跲而復奮，始若未之信，卒大顯於時。昔孟軻拒楊、
> 墨，去孔子才二百年，愈排二家，乃去千餘歲，撥衰反正，功與齊而力倍
> 之，過況、雄為不少矣。自愈沒，其言大行，學者仰之如泰山北斗云。[136]

《新唐書》稱許韓愈之文如「汪洋大肆」，而「無抵捂聖人者」；又稱其「皇皇於

---

[136] 同註79，頁5269。

仁義」，為「篤道君子」，可見，韓愈文、行一致，能使文、道合一。至於他不顧
世俗訕笑而倡為古文、排佛闢老的勇氣與功勳，則更為《新唐書》所盛讚，謂其
「撥衰反正」之功與孟軻齊而力倍之，「過況、雄為不少」。可見，韓愈畢生想要
超越揚雄，齊肩孟子，成為儒家道統傳人的心願終究沒有落空，而得到了史家的
高度肯定。相形之下，《漢書‧揚雄傳》曰：

> 自雄之沒至今四十餘年，其《法言》大行，而《玄》終不顯，然篇籍具存。

可見，在歷史的天平上，韓愈確實是以更重的份量超過了揚雄；而《新唐書》的
作者也沒有忘記《漢書‧揚雄傳》，而特仿之以言韓愈，可以說是一語道破了韓愈
的心事，不僅為他與揚雄間的競勝做出了終極的裁判，而且忍不住技癢，也參與
了揚、韓所最擅長的模仿游戲，為這場跨時空的歷史大戲做了有趣的見證，亦可
謂韓愈的後世知己了。

　　本文為國科會補助專題計畫成果，曾載於逢甲大學中文系主編：《六朝隋唐
學術研討會論文集》（台北：文史哲出版社，2004 年 7 月）。

羅聯添教授八秩晉五
壽 慶 論 文 集
2011 年 11 月 頁 187-204

韓愈〈師說〉在文化史上的意義

呂 正 惠[*]

提 要

　　韓愈作〈師說〉，將自己擺在「聖人之道」與社會大眾之間，當仁不讓地承擔起傳揚「道」的重大責任。其實質在於，要求將教育權與思想傳播權從門閥士族的掌控中解放出來，交由那些具有正確思想與道德勇氣的「師」來執掌，反映了庶族地主階層崛起後的文化要求。〈師說〉與〈原道〉，「文以明道說」一道，解構了以士族門閥為中心的社會文化體系，構建起一套新興庶族地主據以安身立命的世界觀，並對北宋文化產生了不可估量的影響。

關鍵詞：〈師說〉、韓愈、明道、庶族地主、歐陽修、蘇軾、文化史

---

[*] 淡江大學中國文學系教授。

韓愈〈師說〉在文化史上的意義

一

　　韓愈作為宋代新儒學的先驅，其議論鮮明的表現在〈原道〉，這是世人所共知的。但其〈師說〉一文，重要性不減於〈原道〉，似乎很少看到討論。本文試加推闡，以就教於方家。

　　〈師說〉問世之初，時人即議論紛紛。柳宗元在永州司馬任上撰〈答韋中立論師道書〉，前半即論「師道」，特別提到韓愈：

> 由魏、晉氏以下，人益不事師。今之世，不聞有師，有輒譁笑之，以為狂人。獨韓愈奮不顧流俗，犯笑侮，收召後學，作師說，因抗顏而為師。世果群怪聚罵，指目牽引，而增與為言辭。愈以是得狂名，居長安，炊不暇熟，又挈挈而東，如是者數矣。[1]

其後，在〈答嚴厚輿秀才論為師道書〉中又說：

> 得生書，言為師之說，怪僕所作〈師友箴〉與〈答韋中立書〉，欲變僕不為師之志，而屈己為弟子。凡僕所為二文，其卒果不異。僕之所避者名也，所憂者其實也，實不可一日忘。僕聊歌以為箴，行且求中以益己，慄慄不

---

[1] 《柳宗元集》（中華書局，2006 年四刷），第三冊，頁 871。

> 敢暇，又不敢自謂有可師乎人者耳。若乃名者，方為薄世笑罵，僕脆怯，尤不足當也。[2]

另外，在〈報袁君陳秀才避師名書〉裡也提到「避師名」的問題：

> 世久無師弟子，決為之，且見非，且見罪，懼而不為……。[3]

柳宗元看到韓愈被「群怪聚罵」的先例，所以堅決抗拒韋中立、嚴厚輿、袁君陳等人以「師」名相加（當然，他很願意實質上指導他們）。他擔心若居「師」名，則「且見非，且見罪」，「方為薄世笑罵，僕脆怯，尤不足當」。為了表明自己的決心，柳宗元還寫了〈師友箴〉，說：「僕聊歌以為箴」，用以自警。

柳宗元以罪人身份，貶居永州，「恆惴慄」（見〈始得西山宴遊記〉），處境遠不如韓愈；韓愈尚且「居長安，炊不暇熟，又挈挈而東，如是者數矣」，他何敢干犯眾怒。他所以堅不為「師」，不是不同意韓愈的看法，而是自己處境惡劣，避免再惹麻煩。

由此可見，韓愈「抗顏為師」，在當時是完全不符世俗習慣的。從現在的觀點來看，這是難以理解的現象，然而，在元和年間，這卻是「社會事實」，我們應該對此加以解釋。

韓愈在汴州初識張籍之後，張籍曾兩度致書韓愈，其中有云：

> 頃承論於執事，嘗以為世俗陵靡，不及古昔，蓋聖人之道廢弛之所為也。宣尼沒後，楊朱墨翟恢詭異說，干惑人聽；孟軻作書而正之，聖人之道復存于世。秦氏滅學，漢重以黃老之術教人，使人寖惑；揚雄作法言而辨之，聖人之道猶明。及漢衰末，西域浮屠之法入于中國，中國之人世世譯而廣

之，黃老之術相沿而熾，天下之言善者，惟二者而已矣……自揚子雲作法
言，至今近千載，莫有言聖人之道者；言之者惟執事焉耳……執事聰明，
文章與孟軻揚雄相若，盍為一書以興存聖人之道，使時之人、後之人知其
去絕異學之所為乎？[4]

很明顯，貞元年間的韓愈已向張籍表達了排斥佛、老，復興儒學的看法，張籍完
全讚同，所以才會要求韓愈「為一書以興存聖人之道」。韓愈在第一封答書中多少
有點應付，張籍再致一書，加以逼迫，韓愈才說出以下一段實話：

昔者聖人之作春秋也，既深其文辭矣；然猶不敢公傳道之，口授弟子，至
於後世，然後其書出焉。其所以慮患之道微也。今夫二氏之所宗而事之者，
下乃公卿輔相，吾豈敢昌言排之哉？擇其可語者誨之，猶時與吾悖，其聲
曉曉；若遂成其書，則見而怒之者必多矣，必且以我為狂為惑；其身之不
能恤，書於吾何有？夫子，聖人也，且曰：「自吾得子路，而惡聲不入於
耳。」其餘輔而相者周天下，猶且絕糧於陳，畏於匡，毀於叔孫，奔走於
齊魯宋衛之郊；其道雖尊，其窮也亦甚矣！賴其徒相與守之，卒有立於天
下；向使獨言之而獨書之，其存也可冀乎？[5]

昌言排斥佛、老，是要得罪公卿輔相的（最嚴重的還要得罪皇帝，如〈論佛骨表〉）。
「斥二氏」的反面就是「興古道」，「興古道」即須「抗顏為師」，「尊師」即所以
「重道」，如此說來，〈師說〉與〈原道〉是一體的兩面。用現代術語來說，張籍
希望韓愈應該著書以傳聖人之道，並未認識到這是一場「意識形態」的鬥爭，而
韓愈則已了解這一點，所以才會說，如果沒有「其徒相與守之」，就不能「卒有立
於天下」。「其徒」從哪裡來，當然是「師」所教導出來的（即柳宗元所說的「收

---

4 《韓昌黎文集校注》(上海古籍出版社，1987 年)，頁 131。
5 同上，頁 135。

召後學」），如孔子有三千弟子、七十二賢。如果孔子沒有門徒，聖人之道又何足以自存。個人以為，張籍與韓愈私底下討論此事時，韓愈尚未撰寫〈原道〉與〈師說〉。[6]其後，〈師說〉問世，果然引起軒然大波，可見韓愈在〈重答張籍書〉中所說，並非無的放矢。

從以上的討論可以看到，韓愈作〈原道〉與〈師說〉，在當時是需要極大的魄力與勇氣的。因此，不論他在性格與思想上具有怎麼樣的缺點，宋代學者對他的摧陷廓清之功都是毫不保留的加以稱揚的。從內藤湖南所提的「唐宋變革論」的觀點來看，韓愈是宋代以後庶族地主階級的先驅代言人，靠著他在中唐的努力，庶族地主階級終於找到一種思想體系，一種「意識形態」，足以代替魏、晉以來以門閥士族為中心的思考模式。

如果說，〈原道〉旗幟鮮明地以人的現實生活與人倫秩序為基礎，大聲疾呼的排斥妨礙生生之道的佛、老二氏，那麼，〈師說〉就是當仁不讓的以自己為中心，把自己擺在「聖人之道」與「徒眾」之間，讓自己成為「道」的傳播的最重要媒介。這就是，要把教育權與思想傳播的權利，從門閥士族中解放出來，讓那些具有正確思想與道德勇氣的「師」來執掌。我覺得，可以簡單歸結為一句話：宋、明以降的私人講學之風正是起源於韓愈的〈師說〉。我們只要對宋、元、明、清各代的私人講學作一鳥瞰，就能了解〈師說〉的潛在影響是怎麼樣高估都不為過的。

另一種判斷〈師說〉重要性的方法，就是去考慮長期流傳於民間的「天地君親師」這一倫理秩序的形成。在這裡，「師」是可以和「天地」、「君」、「親」並列的，「師」地位的崇高，以現在的觀點來看，真是不可想像。很多學者都無法考查，「天地君親師」這一足以和三綱、五常匹敵的倫理觀是何時正式形成的。徐梓爬梳了許多史料以後，說：「天地君親師」的表達方式在北宋初期已正式出現。即使不能早到北宋初期，至少可以肯定，宋代已經形成。[7]

---

[6] 〈原道〉與〈師說〉的寫作年代，至今無法論定，不過，大部分學者都認為，應作於張籍與韓愈書信來往、相互討論之後。

[7] 以上論「天地君親師」的形成，參考徐梓：〈「天地君親師」源流考〉，《北京師範大學學報》2 期（2006 年）一文。此文承首都師範大學江湄副教授提供，謹此誌謝。

「師」所以具有這種地位，當然，正如韓愈所說，「師者，傳道、受業、解惑也。」「師」因「道」而尊，同時，為了「重道」，也必須「尊師」。像「尊師重道」這樣的成語，正如「天地君親師」這樣的說法，都足以看出，〈師說〉的影響。這就正如前文所說，〈原道〉和〈師說〉是韓愈興復古學一體的兩面。他因此被宋以後各代的封建王朝所推尊，但也因此在新文化運動以後備受反傳統派（各種激進改革派和革命派）非議與批判。

二

以上的說明省略了兩項論證。首先，〈師說〉企圖取代的是一種什麼樣的教育和文化體制？關於這一點，錢穆於四十多年前所撰的〈略論魏晉南北朝學術文化與當時門第之關係〉一文已有詳細分析。現引述三段文字於下：

> 朝代雖易，門第則遞嬗相承。政府雖分南北，門第則仍南北相通。故在此時代中，政治上雖禍亂迭起，而大門第則依然安靜。彼輩雖不關心政事，而政府亦無奈之何。此乃當時歷史大病痛所在。然中國文化命脈之所以猶得延續不中斷，而下開隋唐之盛者，亦頗有賴於當時門第之力。
>
> 今再匯納上面各項敘述而重加以一番綜合的說明，則可謂當時門第傳統共同理想，所希望於門第中人，上自賢父兄，下至佳子弟，不外兩大要目：一則希望其能具孝友之內行，一則希望其能有經籍文史學業之修養。此兩種希望，并合成為當時共同之家教。其前一項之表現，則成為家風。後一項之表現，則成為家學。
>
> 以上逐一分說當時門第中人所以高自標置以示異於寒門庶姓之幾項重要節目，內之如日常居家之風儀禮法，如對子女德性與學問方面之教養。外之如著作與文藝上之表現，如交際應酬場中之談吐與情趣。當時門第中人憑其悠久之傳統與豐厚之處境，在此諸方面，確亦有使人驟難企及處。於

192

是門第遂確然自成一流品。門第中人之生活，亦確然自成一風流。此種風流，則確乎非藉於權位與財富所能襲取而得。[8]

政治上傾向保守的錢穆對門第文化頗有眷戀之嫌，但經由他的分析，仍然可以清楚看到，門第壟斷了文化權與教育權，至少，這兩方面的孰優孰劣，是由他們的標準來決定的。這是庶族出身的文人，如左思、鮑照、劉孝標所以特別憤惋的原因。

〈師說〉就是要把這種權利從門閥中奪取過來。凡有德者、尊聖人之道者，即可為「師」，並「召其徒」而傳道、受業，門閥的特權即不復存在。就是因為韓愈的論說與行動對門閥價值系統具有破壞性，嚴重挑戰了既成規範，才會引起軒然大波，並被視為「狂人」。不過，中唐時代庶族地主階級的政治力量已經相當強大，韓愈在「意識形態領域的鬥爭」雖然還極為艱苦，但不至於受到嚴厲的政治迫害（有別於西方近代以宗教迫害為表面形式的階級鬥爭）。只有他不識時務的直指唐憲宗時，才受到懲罰。

第二項省略的論證是：韓愈所企圖興復的儒學，到底和漢代儒學有什麼不同？他所強調的「師」和漢代的「家法」有何區別？關於前一方面，葛曉音在〈論唐代的古文革新與儒道演變的關係〉一文裡，已有非常清楚的分析，她的結論是：

韓、柳在梁肅、柳冕等提出「先道德後禮樂」之後，進一步否定禮樂對治亂的作用，闡明了道德的基本範疇；以修身正心為治國之本，並落實到否定貴賤，區分賢愚的用人標準，進而使「以智役愚」，上升為劃分社會等級、維繫封建秩序的基本原則，儒道的核心思想從禮樂向道德的轉變至此才基本完成。[9]

---

[8] 《中國學術思想史論叢》（安徽教育出版社，2004 年），卷 3，頁 141、頁 159、頁 181。

[9] 《漢唐文學的嬗變》(北京大學出版社，1990 年)，頁 173。關於此一問題，還可參考副島一郎〈從「禮樂」到「仁義」──中唐儒學的演變及其背景〉一文，見《氣與士風──唐宋古文的進程與背景》(上海古籍出版社，2005 年)，頁 81-100。

也就是說，韓、柳之前的儒學，重視的是「政教」方面，強調禮樂的功能；韓、柳之後的儒學（也是宋代儒學的基本精神），重視「倫理」方面，強調個人的道德修養。「道」的中心點是「個人」，那麼，很明顯，這種新儒學可以「個人」之「明道」來超越門閥，從而否定門第的價值。

從這裡即很容易回答第二方面的問題，即韓愈所謂的「師」和漢代的「家法」有何區別？韓愈所倡導的「師」，當然是以其人是否「明道」為標準，完全與傳統的家法無關。跟古文運動同時興起於安史亂後的「異儒」即可以作為佐證。這種「異儒」不肯遵守《五經正義》的傳統，唾棄其煩瑣支離的作風，擺脫舊說，直探經文。這種「異儒」正是宋人說經不遵舊說的先驅，正好說明新時代的「師」剛好跟舊經學的「家法」唱反調，突出的是個人對經文直接的領會。柳宗元特別崇仰陸質的春秋學，韓愈特別為當時著名的詩學博士施士匄寫了一篇墓誌銘，對施士匄非常推崇。這並不是巧合，因為新型的經師和古文家是同時代精神的產物。[10]

對本文下半部所要論述的主旨來說，葛曉音前述文章的另一段話更為重要，她說：

> 韓、柳變歷代文人奉行的「達則兼濟」、「窮則獨善」的立身準則為「達則行道」、「窮則傳道」，並肯定了窮苦怨刺之言在文學上的正統地位，扭轉了以頌美為雅正的傳統文學觀。

為了說明這一點，葛曉音對韓愈〈送孟東野序〉作了一長段的分析：

> 〈送孟東野序〉一文稱孟郊是善鳴者，又將陳子昂、元結、蘇源明、李白、杜甫、李觀、李翱、張籍等復古的同道與之並提，指出一個善長文辭

---

[10] 以上關於「異儒」、及中唐經學與古文家關係之論述，參考蒙文通〈中國歷代農產量的擴大和賦役制度及學術思想的轉變〉第十節〈大曆學術〉，見《古史甄微》(巴蜀書社，1999年)，頁365-368。

而有道的作家，總會通過他的詩文來反映時代的盛衰治亂，使他的鳴聲傳於後世。只是不知他將謳歌國家之盛明還是哀嘆個人的不幸，這要取決於時代的發展和作家的遭際。這說明鳴國家之盛固然是明道，哀嘆個人的不遇，為道德才學之士不得其位而鳴不平，同樣是明道。[11]

根據這樣的分析，我們可以說，士人對「行道」負有責任，但反過來說，「道德才學之士不得其位」也是「有行道之責者」（政治上居高位者）沒盡到責任。不平之鳴，正是「道之不行」的反映，「達則行道」之人是不能辭其咎的。

把這個意思擴大來說，「明道」、「行道」自然蘊含了「達者」應該關心天下蒼生，凡「一夫不得其所」，「達者」是應該感到不安的。所以，「文以明道」的理論，自然必須推展出，「文」應該關心社會現實，讓人人各得其所，讓有德之人都在其位，不然，何「明道」之有？羅宗強認為，韓愈「明道」的具體內容是仁義，仁義的具體內容，最主要之點就是聖人施博受而臣民行其所宜。在當時，有兩個目標要實現，即：反佛老、反藩鎮割劇。據此，羅宗強說：

從以上兩點看，韓愈確實給儒家傳統文學觀的明道說加入了與當時政治生活密切相關的內容，完全改變了他的前輩們那種空言明道的性質。[12]

我個人完全讚同羅宗強的解說。大部份人都誤解了唐、宋古文家，以為他們只是「空言明道」；其實不論是韓愈、柳宗元，還是歐陽修、王安石、蘇軾，在他們所

---

[11] 葛曉音前引書，頁 174、頁 175。

[12] 參考羅宗強《隋唐五代文學思想史》(上海古籍出版社，1986 年)，236-248 頁，引文見頁 244-245，王水照、朱剛《蘇軾評傳》裡有一段話說：「文學也是一樣，既以『道』為終極的意義，又以人的各種具體的社會實踐、人倫日用為內容。」所以，那些主張在實踐中講求『道』的哲學家，便十分強調文學的淑世精神，在作品中反映重大的政治、社會題材，表達對國計民生的關懷和意見，其廣度和深度為前人不及（南京大學出版社，2004 年），頁 39，與羅宗強所論一致。

寫的實用文章和個人感懷作品中，到處充滿了對現實政治的關懷，以及對具體生命的感受，這些都是「明道」的具體表現。所以「文以明道」，翻成現代話，應該是，以儒家博愛的精神關心現實、關心具體生命，並以文學加以表現。這種文學觀，我個人覺得，要比六朝高門大族那種狹隘的文學觀好太多了。作為庶族地主階級，他們當然會受制於自己的階級利益而不自覺，但他們從儒家仁義的觀點，至少從理論上關心每一個具體的生命。相對於六朝，它的進步意義是非常明顯的。

三

這樣，〈原道〉、〈師說〉以及「文以明道說」，就構成了一整套的世界觀，成為新興的庶族地主階級安身立命的依據。這一思想體系，在中唐時代由韓愈初步綜合完成，然後，在庶族地主階級全面崛起的北宋時代，在文化上達到了最輝煌的表現。以下，即以歐陽修和蘇軾為例，說明這一思想體系所造就的最高人格。

作為北宋文壇第一位名符其實的領袖，歐陽修的精神，在兩方面的表現最為突出。首先，他努力樹立道德的楷模，凡是義之所在，他總是不顧個人的出處進退，奮不顧身的行其所當行。仁宗景祐元年二十八歲時，他入朝任館閣校勘，這是他中進士、至西京充留守推官四年以後第一次入朝為官，宦途可謂順利。景祐三年，范仲淹忤宰相呂夷簡，被貶，歐陽修不在諫職，本可置身事件，但他卻貽書切責司諫高若訥，因此貶為夷陵令。必須再經過四年，他才又重回京師任館閣校勘。慶曆新政失敗時，歐陽修又因范仲淹、杜衍、富弼相繼罷職，上書切諫，而被貶為滁州刺史。在他仕途的前半，他始終支持范仲淹的改革主張，受盡挫折，始終無悔。王安石在〈祭歐陽父忠公文〉裡說他：

自公仕宦四十年，上下往復，感世路之崎嶇。雖屯邅困躓，竄斥流離，而終不可掩者，以其公議之是非。既壓復起，遂顯於世，果感之氣，剛正之節，至晚而不衰。[13]

可謂形容精當。貶夷陵令時，歐陽修在寫信給同時被貶的友人尹洙時，如此說道：

每見前世有名人，當論事時，感謝不避誅死，真若知義者，及到貶所，則戚戚怨嗟，有不堪之窮愁形於文字，其心歡戚無異庸人，雖韓文公不免此累，用此戒安道慎勿作戚戚之文。[14]

他跟尹洙提起這事，不只與余靖（字安道）共勉，實際上也希望尹洙如此。他自從讀過殘本韓愈文集，就一直推崇韓愈（見〈書舊本韓文後〉），但他也了解韓愈人格上的缺點。他以韓愈為楷模，並要求自己達到更高的境界。這樣的人生目標，他是非常有意的去追求的。

歐陽修的第二個突出表現是，也如韓愈一般，總是盡其所能的獎掖後進。唐宋八大家中屬宋代的六家，除他自己外，有三個人是他的門生（曾鞏、蘇軾、蘇轍），有兩個人（蘇洵與王安石）得到他的提拔或讚揚，其他的例子就不用再多說。提拔人才，是另一種形式的「聚其徒」，加上他的道德形象，使他成為一代之「師」。

歐陽修最著名的門生蘇軾，在獎拔人才與砥礪節操兩方面都以其師為模範。蘇門六君子之一的李薦，曾在《師友談記》中記錄了蘇軾的一些言談，其中有云：

東坡嘗言：文章之任，亦在名世之士，相與主盟，則其道不墜。方今太平之盛，文士輩出，要使一時之文有所宗主。昔歐陽文忠常以是任付與某，故不敢不勉。異時文章盟主，責在諸君，亦如文忠之付授也。[15]

---

[13] 李之亮：《王荊公文集箋注》（巴蜀書社，2005 年），下冊，卷 49，頁 1669。

[14] 〈與尹師魯第一書〉，《歐陽修全集》（中華書局，2001 年），第三冊，卷 69，頁 999。

[15] 《師友談記　曲洧舊聞　西塘集耆舊續聞》(中華書局，2002 年)，頁 44。

可見蘇軾極有意識的效法歐陽修，當仁不讓的自任文章宗主，並期望後輩也能傳承下去。這種精神，即是韓愈〈師說〉「傳道」事業的具體表現。

關於蘇軾在仕宦場中所表現出來的節慨，曾經是他的政敵的劉安世〈朔黨領袖之一〉晚年時曾如此評論：

> 士大夫只看立朝大節如何。若大節一虧，則雖有細行，不足贖也。東坡立朝大節極可觀，才高意廣，惟己之是信。在元豐則不容於元豐，人欲殺之；在元祐則雖與老先生（按，指司馬光）議論，亦有不合處，非隨時上下人也。[16]

己身若以為是，決然行之，絕不退縮，這一點蘇軾也是和歐陽修完全一致的。

蘇軾不幸遭逢新、舊黨爭極為激烈的時代，因此，他的挫折當然比歐陽修來得大，貶謫時間比歐陽修來得長，其磨難也比當時的任何政治人物都來得重。烏台詩案結束、謫居黃州後，他如此回覆友人李常的慰問：

> 某啟。示及新詩，皆有遠別惘然之意，雖兄之愛我厚，然僕本以鐵心石腸待公，何乃爾耶？吾儕雖老且窮，而道理貫心肝，忠義填骨髓，直須談笑於死生之際，若見僕困窮便相於邑，則與不學道者大不相遠矣。兄造道深，中必不爾，出於相好之篤而已。然朋友之義，專務規諫，輒以狂言廣兄之意爾。兄雖懷坎壈於時，遇事有可尊主澤民者，便忘軀為之，禍福得喪，付與造物。非兄，僕豈發此！看訖，便火之，不知者以為詬病也。[17]

---

[16] 馬永卿《元城語錄》，卷上，轉引自《蘇軾資料彙編》（中華書局，2004 年二刷），上編一，頁 112。

[17] 《蘇軾文集》（中華書局，2008 七刷），第四冊，頁 1500。

這就如歐陽修貶夷陵時，與余靖、尹洙相勸勉一樣，但語意更為嚴峻——大義凜然，直可為之生、為之死。

謫居海南時，當他看到秦觀的〈千秋歲〉，就和了下面這一首：

> 島邊天外，未老身先退。珠淚濺，丹哀碎。聲搖蒼玉佩，色重黃金帶。一萬里，斜陽正與長安對。道遠誰云會？罪大天能蓋。君命重，臣節在。新恩猶可覦，舊學終難改。吾已矣，乘桴且恁浮於海。[18]

「舊學終難改」，就是堅持自己所選擇的「道」，包括他對儒學的認識、他為人的原則、他對現實的認識、以及他的政治立場。「君命重，臣節在」，表示他仍尊重儒家所立下的社會規範，不會因為自己的挫折就怨天尤人。當他的「道」和「君命」相衝突時，他接受懲罰，但不承認錯誤。對於這樣的嚴酷現實，他只能像先師孔子一樣，「乘桴浮於海」。他一生「行道」的事業表面上也許失敗了，但他的失敗正是他堅持「道」的必然結果，是他「道德自我」的完成。所以，晚年總結自己的一生時，蘇軾寫道：

> 心似已灰之木，身如不繫之舟。問汝平生功業，黃州、惠州、儋州。[19]

功業表現在貶謫時，因為這是他堅持守「道」的結果。這樣，個人一生的成敗就不繫於「行道」的成功，而在於「守道」、「傳道」，並確立了「道」的至高無上。我覺得，在這個層次上，蘇軾已克服了君權對個人的束縛（但這並不表示他不忠君），而把更高的準則放在「道」上，達到了封建王朝道德的極限，因此為自己的生命找到了最後的依託。[20]

---

[18] 《蘇軾詞編年校注》(中華書局，2007 二版)，中冊，頁 803。

[19] 〈自題金山畫像〉，《蘇軾詩集》(中華書局，2007 六刷)，頁 2641。

[20] 蘇軾對新法的肆意譏刺，表現出一種自由心靈的自信，實際上會讓神宗感到不舒服，所以要加以「教訓」。我覺得，神宗一方面激賞蘇軾的才氣，另一方面又想維護君權的尊嚴，內

蘇軾完成自己一生的方式，他最忠實的門生都了解其意義——這為他們在一生「行道」的挫敗中找到了安身立命的典型。所以，黃庭堅如此的描寫他的老師：

> 子瞻謫嶺南，時宰欲殺之，飽喫惠州飯，細和淵明詩。彭澤千載人，東坡百世士。出處雖不同，風味乃相似。[21]

藉用蘇軾形容自己文章的話，這樣的一生真是「行於所當行，止於所不可不止」，既有莊子的隨遇而安，又堅持孔夫子之道。根據黃庭堅《年譜》，黃庭堅自寫此詩，有石刻真跡流傳，題云：

> 建中靖國元年四月在荊州承天寺觀此詩卷，嘆息彌日，作小詩題其後。[22]

可見蘇軾晚年的風範，在黃庭堅心中留下深刻的印象。蘇軾死後，黃庭堅在一封信裡說：

> 東坡先生遂捐館舍，豈獨賢士大夫悲痛不能已，「人之云亡，邦國殄瘁」者也，可惜可惜！立朝堂堂，危言讜論，切於事理，豈復有之？然有自常州來，云東坡病亟時，索沐浴，改朝衣，談笑而化，其胸中固無憾矣。[23]

信中除了談到蘇軾的立朝大節外，還特別提及他的安然而死。由此可見，蘇軾面對貶謫的惡劣處境，以及面對死亡的寧靜，都對黃庭堅有所影響。這樣的蘇軾，黃庭堅不論在生前，死後，都一直以師禮侍之：

心矛盾交雜。又，關於蘇軾〈千秋歲〉一詞所表現的貶謫心態，請參見看王水照〈「蘇門」諸公貶謫心態的縮影〉一文，見《蘇軾論稿》(臺北：萬卷樓圖書公司，1994 年)，頁 118-138。

[21] 〈跋子瞻和陶詩〉，《黃庭堅詩集注》(中華書局，2007 年二刷)，第二冊，頁 604。

[22] 轉引自黃寶華：《黃庭堅選集》(上海古籍出版社，1991 年)，頁 287。

[23] 〈與王庠周彥書〉，《黃庭堅全集》(四川大學出版社，2001 年)，第二冊，頁 467-468。

趙肯堂親見魯直晚年懸東坡像於室中，每早作，衣冠薦香，肅揖甚敬。
或以同時聲實相上下為問，則離席驚避曰：「庭堅望東坡，門弟子耳，
安敢失其序哉？」[24]

蘇軾的「典型」，在黃庭堅臨死前的兩個形象中即可找到回響：

崇寧二年十一月，余謫處宜州半歲矣。官司謂余不當居關城中，乃以是
月甲戌，抱被入宿子城南予所僦舍喧寂齋。雖上雨傍風，無有蓋障，市
聲喧憒，人以為不堪其憂，余以為家本農耕，使不從進士，則田中盧舍
如是，又可不堪其憂耶？既設臥榻，焚香而坐，與西鄰屠牛之機相直。
為資深（按，黃庭堅友人李資深）書此卷，實用三錢買雞毛筆書。（黃
庭堅〈題自書卷後〉）[25]
范寥言：魯直至宜州，州無亭驛，又無民居可蹴，止一僧舍可寓，而適
為崇寧萬壽寺，法所不許，乃居一城樓上，亦極湫隘，秋暑方熾，幾不
可過。一日忽小雨，魯直飲薄醉，坐胡床，自欄楯間伸足出外以受雨，
顧謂寥曰：「信中，吾平生無此快也。」未幾而卒。（陸游《老學庵筆
記》卷三）[26]

如此安然的面對極端惡劣的貶謫環境，充分顯示他對自我生命的自信，幾乎就是
蘇軾的翻版。我覺得蘇軾的人格對蘇門的影響是非常重要的，蘇軾死後，他的門
生和友人所表現的深切的懷念之情，在黨禁之後嚴酷的政治環境下，他們的長期
堅忍自守，不失節操，都可以作為例證。
　　蘇軾生活的年代，二程兄弟的道學也日漸形成，南宋時又為朱熹所繼承，並

---

[24] 邵博：《邵氏聞見後錄》（中華書局，1997 年二刷），卷 21，頁 162。

[25] 《黃庭堅全集》，頁 645。

[26] 《宋元筆記小說大觀》（上海古籍出版社，2001 年），第四冊，頁 3474-3475。

發揚光大。程朱之學也重視「師道」，流俗所傳的「程門立雪」的故事可反映其精神。蘇軾非常厭惡程顥，絲毫不假辭色，以致後代的程朱門徒對蘇軾都有微辭（朱熹對蘇軾的愛、惡交雜可作例證）。程朱之學後來成為官學，可以說明他們所提倡的倫理秩序更合乎統治者的需要，而以蘇軾為典型的師道，則更為活潑，師、生之間的言談更為自由而富有趣味。[27]邵博記載了下面一件事：

> 劉器之與東坡元祐初同朝，東坡勇於為義，或失之過，則器之必約以典故。東坡至發怒曰：「何處把上（原注：把去聲，農人乘以事田之具）曳得一「劉正言」來，知得許多典故。」或以告器之。則曰：「子瞻固所畏也。若恃其才，欲變亂典常，則不可。」[28]

「恃其才，欲變亂典常」，正說明蘇軾對「典常」不是很尊重，而司馬光（劉安世之師）、程顥則更重「典常」。對封建秩序而言，程朱之學更為適合，其理就在這裡。邵博又說：

> 東坡中制科，王荊公問呂申公：「見蘇軾制策否？」申公稱之。荊公曰：「全類戰國文章，若安石為考官，必黜之。」故荊公後修《英宗實錄》，謂蘇明允有戰國縱橫之學云。[29]

後來朱熹承襲了這種批評，說蘇氏之學不純。就是因為不是「純儒」，所以才具有另一種生命力。都要像程朱那樣講的話，純而又純，恐怕就很難避免虛偽之氣了（即所謂「假道學」）。

後代把道學視為宋學的根本，這是值得酙酌的。宋代士大夫的精神面貌是多

---

[27] 請參看王水照：〈「蘇門」的性質和特徵〉，《蘇軾論稿》（臺北：萬卷樓圖書公司，1994 年），頁 30-64。

[28] 《邵氏聞見後錄》，卷 20，頁 159。

[29] 同上，卷 14，頁 111。

元的（除了蘇學、程學，還有王學等），只是在程朱成為官學之後，才被窄化。「師道」後來流傳成程門那種極嚴肅、上下關係極刻板的形式，其實也是師道的窄化（因此也就形成「天地君親師」這種封建道德），是很不幸的。這也代表，宋以後的庶族地主階級比不上宋代，宋代更具有活力。宋以後士大夫文學日漸沒落，也是這種情勢的反映。

以上的討論集中於個人較為熟悉的歐陽修與蘇軾，其實，不論政治立場與思想傾向如何，就直道而行而不顧己身安危這一點而論，北宋士大夫讓人敬重的實在太多了，(包括支持王安石變法的一些人，如陸佃)，即使被認為過度迂腐的程顥，仍然是一位君子。因為他們共同宗仰儒家的「道」，「達則行道，窮則傳道」。即使在政治上挫敗，他們仍然有「道」可傳，人生還是有積極的意義。葛曉音的上述評語，如果這樣擴大解釋的話，就可以更清楚的顯示，「師者，傳道、受業、解惑也」的想法如何變成一種思想、行為的整體風格，普遍深入北宋士大夫的深心之中，成為他們生命不可分割的一部分。就思想深度而言，韓愈公認不是一個偉大的思想家。但是，能夠在〈原道〉和〈師說〉等文章中表達出一種思想傾向，被宋以後的士大夫所普遍接受，並沿襲了一千多年之久（直至新文化運動大力批判儒家），這樣的韓愈，絕對是中國文化史上一位極其偉大的人物。

四

新文化運動以來，由於儒家大受批判，韓愈地位一落千丈，而柳宗元聲價則持續上漲。從二十世紀五○年代開始，這種情勢更趨極端，韓愈性格上的弱點一一受到揭露與抨擊，而柳宗元則被推崇得無以復加。到了改革開放時期，風氣又有變化，喜歡韓愈的人也敢於直抒己見。不過，受到長期爭論的影響，學界仍不自覺存有「揚柳則貶韓，右韓則抑柳」的傾向。

本文論述韓愈的歷史貢獻，主要著眼於恢復韓愈對後代影響的真相，並未預設「韓柳優劣論」的問題意識。事實上，元和時代的韓愈、柳宗元、白居易、劉

禹錫都是北宋文學的先驅，北宋文人常喜歡談論他們的作品、為人與思想（蘇軾即為顯例），因為他們直覺的感受到這四個人跟他們的精神追求大有關係，因此，我們也可以分別討論四人的成就與貢獻。但很明顯的是，北宋士大夫都清楚意識到，韓愈的思想與文學是他們最需要的。他們並不是不知道韓愈人格上的缺陷，只是為賢者諱，談得較少而已。

貞元、元和導引了北宋，學術界基本承認這一看法。我個人更為關心的是，自中唐庶族地主階級崛起後，他們如何逐步的建立有別於門閥士族的另一套世界觀，這個問題對我們來講具有急迫的現實意義。我覺得，中國自鴉片戰爭以後，一直處於變革與革命的長期掙扎中，要到二十世紀末，一個新型的現代中國才真正形成，而這個國家的現代知識階層也日漸成型。在此之前的一百多年，只能算過度期，這時所出現的各種思潮，也只是摸索階段的產物；在此之後，正如北宋初建時，急需一套全新的、穩定時代的世界觀。現在越來越多人意識到，中國需要一套中心思想，藉以維繫人心，只是大家都在苦思探索之中，還找不到頭緒。因此，我們的時代有一點類似元和，元和時代的經驗可提供借鑑，本文就是在這種動機下寫成的，當然只能算是嘗試的開端而已。

羅聯添教授八秩晉五
壽 慶 論 文 集
2011 年 11 月 頁 205-219

臣道與君道：韓愈〈潮州謝上表〉發微

柯 萬 成[*]

提 要

　　中唐時，韓愈諫迎佛骨，貶為潮州刺史。事件裡，筆者發現了：君道和臣道；二人都盡力地扮演自己的角色。本文即以此作為研究對象。筆者參考了史籍和唐律，從〈潮州刺史謝上表〉裡發現端倪，於是從四個問題做為面向切入，以揭出結論。起先，憲宗極怒，欲加極刑；一天後，竟貶潮了事。表文裡，憲宗還主動替韓氏求情，其後乃至說「大是愛我」。這個由進諫──大怒──欲殺──論罪──過失──轉念──恩威──告別──叮嚀──謝表──的過程；反映了憲宗皇帝的心理變化，看他從震怒到霽怒，終而克己復禮，又能施以恩威，這是君道。延英殿上，面辭之際，君主所談的內容，韓愈在〈謝表〉裡都很謹慎地回應，盡到了直臣的本份。

關鍵詞：韓愈、佛骨、潮州、唐憲宗、謝表

---

[*]臺灣雲林科技大學資料整理研究所教授。

臣道與君道：韓愈〈潮州謝上表〉發微

前言

　　唐憲宗十四（819）年，韓愈（768-824）諫迎佛骨，觸怒皇帝，以大臣力諫，卒貶潮州。至潮後，即上〈潮州刺史謝上表〉（下稱〈謝表〉）。憲宗得表後，說「大是愛我」。此中過程，甚多簡略，卻很有趣。比如韓愈所犯何罪？何故得貶於潮州刺史，此中有無赦宥？為何赦宥？韓愈〈謝表〉何故戚戚怨嗟？古來諸家，就此史事，未免有所毀譽。茲據新、舊《唐書》·〈論佛骨表〉、〈謝表〉，《唐律疏議》及近人解析，就〈謝表〉裡的內容，分「正名定罪」、「特屈刑章」、「陛下為言」、「戚戚怨嗟」四個問題面向切入論述，提出己見。敬請指教。

一、正名定罪問題

　　用今天語辭說，在韓愈貶潮案中，憲宗有兩種身分，一是原告，一是皇帝；韓愈也有兩種身分，一是被告，一是罪臣；御史臺、刑部與大理寺扮演了法官的腳色。中書省、門下省則是覆核申駁。為了論述方便，本文稱前者為原告憲宗，後者為皇帝憲宗。

　　據《舊唐書·卷 160·韓愈傳》：

> 十四年正月，上令中使……迎佛骨。自光順門入大內，留禁中三日，乃送諸寺。王公士庶，奔走捨施，唯恐在後。百姓有廢業破產、燒頂灼臂而求供養者。愈素不喜佛，上疏諫曰：「伏以佛者，夷狄之一法耳。自後漢時

始流入中國，上古未嘗有也。……漢明帝時始有佛法，明帝在位，才十八年耳。其後亂亡相繼，運祚不長。宋、齊、梁、陳、元魏已下，事佛漸謹，年代尤促。唯梁武帝在位四十八年，前後三度捨身施佛，宗廟之祭，不用牲牢，晝日一食，止於菜果。其後竟為侯景所逼，餓死台城，國亦尋滅。事佛求福，乃更得禍。由此觀之，佛不足信，亦可知矣。……。」疏奏，憲宗怒甚。間一日，出疏以示宰臣，將加極法。裴度、崔群奏曰：「韓愈上忤尊聽，誠宜得罪，然而非內懷忠懇，不避黜責，豈能至此？伏乞稍賜寬容，以來諫者。」上曰：「愈言我奉佛太過，我猶為容之。至謂東漢奉佛之後，帝王咸致天促，何言之乖剌也？愈為人臣，敢爾狂妄，固不可赦！」於是人情驚惋，乃至國戚諸貴，亦以罪愈太重，因事言之，乃貶為潮州刺史。[1]

元和十四年正月十三日韓愈上表，原告憲宗盛怒。翌日，向宰臣提告，證物是〈論佛骨表〉，訴之聲明略為：被告「大不敬」，應予論罪。於是裴度、崔群以直臣忠懇為由求情。原告憲宗陳詞：被告「言之乖剌」，狂妄，不可赦。按例，京官犯罪，交由大理寺、刑部、御史臺審理，[2]再由中書、門下覆核。[3]當時實際的情況是否如此，不詳。

據唐律，「大不敬」罪，是「十惡」第六條。[4]所謂大不敬罪，《疏議曰》：「禮者，敬之本；敬者，禮之輿。……責其所犯既大，皆無肅敬之心，故曰『大不敬』。」[5]

---

[1] 〔石晉〕劉昫：《舊唐書》（北京：中華書局點校本，1981 年），頁 4198-4201。

[2] 「大歷十四年六月一日」條：「建中二年，罷刪定格式使并三司使。至是中書門下奏請復舊，以刑部，御史臺、大理寺為之。」，《舊唐書‧卷 50‧刑法志》，頁 2153。

[3] 「門下省」條：「凡國之大獄，三司詳決，若刑名不當，輕重或失，則援法例，退而裁之。」《舊唐書‧卷 42‧職官志》，頁 1843。

[4] 「十惡」條：「十惡，一曰謀反，二曰謀大逆，三曰謀叛，四曰惡逆，五曰不道，六曰大不敬，七曰不孝，八曰不睦，九曰不義，十曰內亂。」，《唐律疏議箋解‧卷 1‧名例律》，劉俊文：《唐律疏議箋解‧解析》（北京：中華書局，1996 年 6 月），頁 56-65。下稱《箋解》。

[5] 《箋解》，頁 59。

「大不敬」罪，細項有六：「謂盜大祀神御之物、乘輿服御物；盜及偽造御寶；合和御藥；誤不如本方及封題誤；若造御膳，誤犯食禁；御幸舟船，誤不牢固；指斥乘輿，情理切害及對捍制使，而無人臣之禮。」[6]後二者，與原告憲宗指斥被告韓愈有關，就是：指斥乘輿及對捍制使。指斥乘輿，指謗毀皇帝之行為；對捍制使，指抗拒詔命之行為。[7]《唐律卷十‧職制》「指斥乘輿及對捍制使」條：「諸指斥乘輿，情理切實者，斬；言議政事乖失，而涉乘輿者，上請。非切實者，徒二年。」[8]原告憲宗指控其「言之乖剌」，屬於指斥乘輿，不屬對捍制使。但指斥乘輿，也要看內容。

《疏議‧注》云：「言議政事乖失，而干涉乘輿者，上請。謂論國家法式，言議是非，而因涉乘輿者，與『指斥乘輿』情理稍異，故律不定刑名，臨時上請。」[9]近人說，「指斥乘輿之前提條件是直接『言議乘輿』，如果本意在論『國家法式，言議是非』，因而涉及皇帝，則不能依『指斥乘輿』罪科處，而須臨時上請，奏聽敕裁。」[10]

而「指斥乘輿」罪，與「對捍制使」罪，其構成要件是「無人臣之禮」。近人解析：「根據律文，（略）其構成要件是『無人臣之禮』。（略）總而言之，指斥乘輿與對捍制使罪，均以皇帝為直接行為對象，否則即不能成立。」[11]

據上揭〈韓愈傳〉，原告憲宗的陳詞是：「愈言我奉佛太過，猶可容。」然後指控稱：「至謂東漢奉佛以後，天子咸夭促，言何乖剌耶？」明顯地，他的疙瘩在此。他禮拜佛骨，祈盼的是長壽而已。

惟查〈諫表〉所論，被告韓愈論述的是：東漢明帝始有佛法，⋯⋯宋、齊、梁、陳、元魏已下，事佛漸謹，年代尤促。又舉梁武帝虔誠信佛，餓死台城為例；

---

[6] 《箋解》，頁 59。

[7] 《箋解》，頁 811。

[8] 〔唐〕長孫無忌：《唐律疏議》（臺北：臺灣商務印書館，1996 年 7 月），頁 147。下稱《疏議》。

[9] 《疏議》，頁 147。

[10] 劉俊文：《箋解》，頁 812。

[11] 劉俊文：《箋解》，頁 812-813。

說明「事佛求福，乃更得禍」論點，因而推論「佛不足事」。而所舉梁武帝之例，不是以原告憲宗作為「直接行為對象」；只以「事佛漸謹，年代尤促」一語，概括古代皇帝的奉佛夭促的現象，引起原告憲宗心裡不快，但法律有適用問題？

嗣後，雖經宰臣求情，然而原告憲宗，仍執意認為：被告狂妄，不可赦，於是發回重議。又能論議甚麼罪？史籍無載。

這裡，筆者發現，韓愈在〈女挐壙銘〉透露了訊息。〈女挐壙銘〉寫於長慶三年十月，這已是諫迎佛骨四年後事。韓愈說：「愈之為少秋官，言佛夷鬼，其法亂治，梁武帝事之，卒有侯景之敗，可一掃括去，不宜使爛漫。天子謂其言不祥，斥之潮州。」[12]此處，「天子謂其言不祥」，是否就犯「不應得為」罪？

何謂「不應得為」罪？簡言之，就是做了違反「情理」「事理」的行為。

近人說：「按不應得為罪，指律令雖無專條禁止，但據『理不可為』的行為。此類行為，包羅萬象，難以概舉，要之皆屬違反封建價值觀念者。也就是說，一切違反封建價值觀念之行為，皆可歸入不應得為罪，而援引此律科罰之。」[13]

《太平御覽》卷648引《尚書大傳》：「非事而事之，出入不以道義，而誦不祥之辭者，其刑墨。」鄭玄注：「非事而事之，今所不當得為也。」[14]「不應得為」之刑為：「諸不應得為而為之者，答四十。」[15]

但構成「不應得為」罪的前提是：「非事而事之，出入不以道義」，而韓愈上〈諫表〉卻是論國家大政，正是出入以道義，雖或有所謂「不祥」之語，法律上仍有不適用的疑慮。

朝臣被貶，有其罪、有其過、或有其不謹慎的行為。韓愈在〈瀧吏〉中，透過與瀧吏的對話自言：「潮州底處所，有罪乃竄流。……官無嫌此州，固罪人所徙。官當明時來，事不待說委。官不自謹慎，宜即引分往。……」[16]韓愈貶潮原因是

---

[12] 〔清〕馬其昶：《韓昌黎文集校注》（香港：中華書局，1984年5月），頁323。下稱《校注》。

[13] 劉俊文《箋解》，卷27，頁1946。

[14] 引見《箋解》，卷27，頁1946。

[15] 〔疏議〕，卷27，頁350。

[16] 《新刊經進詳註昌黎先生文》，卷6（上海：上海古籍出版社），頁543-549。

甚麼？「天子謂其言不祥」一句，道出了原委。皇帝憲宗就是執怪，硬是說他犯罪，硬是要貶官，這就是所謂「官不自謹慎」。

二、特屆刑章問題

刑者，成也。一成而不可變的意思。今日叫法律適用，否則，就是「深文周納」，枉法裁判。據《唐律疏議》，「斷罪不具引律令格式」條：「諸斷罪皆須具引律令格式正文，違者笞三十。」[17]

韓愈當時官拜四品的刑部侍郎，當是時，國戚諸貴紛來說情，這裡涉及「八議」。唐律：五品以上官犯罪得請八議，「諸八議者，犯死罪，皆條所坐及應議之狀，先奏請議，議定請裁。」[18]《疏議》曰：「八議人犯死罪者，皆條錄所犯應死之坐及錄親、故、賢、能、功、勳、賓、貴等應議之狀，先奏請議。依令都堂集議，議定請裁。」[19]近人〈解析〉：「關於八議者犯死罪，律外議刑的程序，《律疏》所述，可分為兩步：第一步是『先奏請議』，即由法司條錄犯罪人之所犯事實及相應罪條，說明其所具有之應議資格，奏請皇帝批准議刑；第二步是：『議定奏裁』，即由尚書省召集在京諸司七品以上官員，於都堂會議，最後，將議的結果報請皇帝裁決。」[20]

本案，匆匆一天內結案，依上揭之情況，大抵是走第一步，「先奏請議」。既然原告憲宗提告「言涉不敬」，法律不適用；「不應得為」罪，也不適用。此時，三司因條陳所犯、有關罪條，皆無法斷罪報告；以及其他可比照之格式，恩宥的情狀，奏請裁決。

在唐代，皇帝擁有最高權力，超越法律之上，是終極裁判者。顯例就是：唐

---

[17] 《箋解》，卷 30，頁 2062-2063。

[18] 《箋解》，卷 2，頁 113。

[19] 《箋解》，卷 2，頁 113。

[20] 《箋解》，卷 2，頁 117。

太宗和唐武宗，代表了仁恩與殘暴。

前者寬仁縱囚，把京師囚徒縱放回家，約定一年後報到，再行處刑。結果，囚徒依約報到，一個不缺，太宗竟然予以免罪。後者嗜殺，竊盜本非死罪，卻判成死罪。

《舊唐書‧太宗紀》：「（貞觀六年）十二月辛未，親錄囚徒，歸死罪者二百九十人于家，令明年秋末就刑。其後應期畢至，詔悉原之。」[21]

《新唐書卷56‧刑法志》：「武宗用李德裕誅劉稹等，大刑舉矣，而性嚴刻。故時，竊盜無死，所以原民情迫於饑寒也，至是贓滿千錢者死。」[22]

此刻，皇帝憲宗的態度是關鍵。他正心誠意地聽取了兩邊陳辭，形成心證。

一邊，原告憲宗指控：「愈為人臣，不當言人主事佛乃年促也」、「愈為人臣，言之乖剌，不可赦」。但「原其本情」，這是無心之失，與「大不敬」罪、「不應得為」罪，尚有大段距離，法律上難以適用。若執意加罪，恐怕有違「斷罪不具引律令格式」的規定。

一邊，原告憲宗自承：「奉佛太過。」宰臣所言的忠懇，以及國戚諸貴所言的罪重，乃至法司所議的恩宥。這些恩宥之辭，只有皇帝憲宗看到，也相當程度地採用了，反映在〈謝表〉裡，詳見下述。

《周易‧解卦‧象傳》曰：「天地解，而雷雨作；雷雨作，而百果草木皆甲坼也。」又《周易‧解卦‧象辭》曰：「雷雨作，解，君子以赦過宥罪。」[23]皇帝盛怒，在古代，比之為雷霆雨電，是一時的，有如「飄風不終朝，驟雨不終夕」，做為統治的君子，從天道變化中，體悟了「赦過宥罪」的德行。

做為原告的憲宗可以盛怒提告，但暴怒過後，做為皇帝的憲宗就必須衡平地斷獄了；這就是君道。

憲宗是唐室中興的英主，他效法太宗，委政於宰相，史官早有「睿謀英斷」的贊論。史臣蔣系曰：

---

[21] 《舊唐書卷三‧太宗本紀》（北京：中華書局點校本，1981年），頁42。

[22] 《新唐書‧卷五十六‧刑法志》（北京：中華書局點校本，1981年），頁1408。

[23] 《周易正義》，卷四（臺北：藝文印書館十三經注疏本，1982年8月），頁93。

憲宗嗣位之初，讀列聖實錄，見貞觀、開元故事，竦慕不能釋卷，顧謂丞相曰：「太宗之創業如此，玄宗之致理如此，既覽國史，乃知萬倍不如先聖。當先聖之代，猶須宰執臣僚同心輔助，豈朕今日獨為理哉！」自是延英議政，晝漏率下五六刻方退。……及上自藩邸監國，以至臨御，訖於元和，軍國樞機，盡歸之於宰相。由是中外咸理，紀律再張，果能剪削亂階，誅除群盜。睿謀英斷，近古罕儔，唐室中興，章武而已。[24]

唐太宗於魏徵（580-643）亡後，思求直臣，「候忠良之獻替，想英傑之謀猷」，曾頒〈求直言手詔〉：

惟昔魏徵，每顯余過。自其逝也，雖有莫彰。豈可獨非於往時，而皆是於茲日。故亦庶僚苟順，難觸逆鱗者歟？所以虛己外求，披衷內省。言而不用，朕所甘心，用而不言，誰之過也。自斯已後，各悉乃誠；若有是非，直言無隱。[25]

皇帝憲宗從被告韓愈身上，看到了魏徵的影子；也回憶了昔日之言，[26]於是，做出「睿謀英斷」的裁定。

憲宗留心貞觀朝政，固然陰受其教導。韓愈是直臣，助平淮西，他知道韓愈上諫是「大是愛我」，於是，皇帝憲宗，迅速明斷。因為，皇帝也要下臺階；赦宥便是下臺階。他使用恩威手段。一面赦宥，一面懲治。他採取「原情議罪」的方法。

其實，大臣上諫，皇帝不悅，多數便是外貶，如諫「服丹藥」而貶為江陵令

---

[24] 《舊唐書·憲宗本紀》，頁 472。

[25] 《全唐文》，卷 8（北京：中華書局，1983 年 11 月），頁 98。

[26] 「猶須宰執臣僚同心輔助，豈朕今日獨為理哉？」憲宗謂宰相之言，引見史臣蔣系的論贊。同上註 24。

的裴潾，因請「罷兵」而貶撫州刺史的袁滋：

> （元和十四年十一月）上服方士柳泌金丹藥，起居舍人裴潾上表切諫，以「金石含酷烈之性，加燒鍊則火毒難制。若金丹已成，具令方士服一年，觀其效用，則進御可也。」上怒，己亥，貶裴潾為江陵令。[27]

> （元和十三年二月）甲申，貶唐鄧節度袁滋為撫州刺史，以上疏請罷兵故也。[28]

由上例推之，韓愈上〈論佛骨表〉，皇帝不悅，本來的下場就是外貶。但因原告憲宗盛怒，欲加極法；但無法斷罪，於是出現主動提出赦宥的情況。

從〈謝表〉裡，看到了皇帝憲宗主動提出的赦宥。

赦宥，自古有之。《周官・秋官司寇第五》記載：「司刺，掌三刺、三宥，三赦之法，以贊司寇，聽獄訟。壹刺曰訊群臣，二刺曰訊羣吏，三曰刺訊萬民。壹宥曰不識、再宥曰過失、三宥曰遺忘。壹赦曰幼弱、再赦曰老耄、三赦曰蠢愚。」[29]這裡，司刺的工作就是觀察被告的犯罪的動機、態度和結果。

〈謝表〉云：「臣以狂妄戇愚，不識禮度，上表陳佛骨事，言涉不敬，正名定罪，萬死猶輕。陛下哀臣愚忠，恕臣狂直，謂臣雖謂可罪，心亦無他。」[30]這就是「原情」而體察的結論。罪臣韓愈這樣敘寫，就是所謂：舉重以明輕。

此處，罪臣韓愈自稱「狂妄戇愚」、「不識禮度」，就是三宥三赦中的戇愚、不識了。

〈謝表〉又言：「臣少多病，年才五十，髮白齒落，理不久長。」[31]這是說老

---

[27] 《舊唐書・憲宗紀》，卷 15，頁 471。

[28] 同上註，頁 458。

[29] 《周禮注疏》，卷 36（臺北：藝文印書館十三經注疏本，1982 年 8 月），頁 539。

[30] 《校注》，頁 357。

[31] 同上註。

毫。

有趣的是：以上戀愚、不識、老毫等赦宥的條件，皆非韓愈提出，而是皇帝憲宗顧念而主動提及的。「苟非陛下哀而念之，誰肯為臣言者」句，揭出了底蘊。

承上所論，無論「大不敬」或「不應得為」，皆無法成罪。但是，原告憲宗執意指控，卻由皇帝憲宗來「原其本情」，予以貶潮，表示皇恩浩蕩；於「特屈刑章」句，隱隱然揭出了皇帝的威福。

接下來，罪臣韓愈提到「不堪流徙」。史載，憲宗得表，皇甫鎛（760-836）表示可量移一郡，是有法律根據者。

〈謝表〉言：「臣所領州，在廣府極東。去廣府雖云二千里，然來往動皆逾月。過海口，下惡水，濤瀧壯猛，難計期程，颶風鱷魚，患禍不測。州南近界，漲海連天，毒霧瘴氛，日夕發作。……加以罪犯至重，所處又極遠惡，憂惶慚悸，死亡無日。單立一身，朝無親黨，居蠻夷之地，與魍魅同群。苟非陛下哀而念之，誰肯為臣言者。」[32]是說自己不堪流徙了。

據《唐·刑部式》：「準刑部式：諸準格敕應決杖人，若年七十以上，十五以下及廢疾，並斟量決罰；如不堪者覆奏。不堪流徙者，亦準此」條，[33]載有明文，皇甫鎛不過依法行政而已。

總之，「特屈刑章」一句，實情是說無刑章適用，裡面隱諱了君主的盛怒，是回護原告皇帝過失的辭令。明乎此段，那就瞭解，當〈謝表〉呈上朝廷，原告憲宗得表後，說韓愈：「大是愛我」；因為罪臣韓愈回護原告皇帝的過失了。

三、陛下為言問題

在唐代，刺史赴任，有面辭的程序，接受皇帝的告誡。此見於《唐會要》卷69所載的詔敕：

---

[32] 同上註。

[33] 據《宋刑統》卷四「老幼疾及婦人犯罪門」，《箋解》卷四引，頁309。

先天二年七月二十四日敕：自今已後，都督刺史，每欲赴任，皆引面辭。朕當親與疇咨，用觀方略。至任之後，宜待四考滿，隨事褒貶，與之改轉。[34]

元和三年正月，許新除官及刺史假內於宣政門外謝迄進辭，便赴任。其日，授官於朝堂禮謝，並不須候假開。[35]

國朝舊制，凡命都督刺史，皆臨軒冊命，特示恩禮。近歲，雖無冊拜，而牧守受命之後，便殿召對，仍賜衣服，蓋以親民之官，恩禮不可廢也。[36]

可見，唐代的新除官及刺史，授官時，都有於「朝堂禮謝」，新除刺史辭謝了後，便馬上出發的傳統，而皇帝在「便殿召對，仍賜衣服」，表示了這是「親民之官」，「恩禮不可廢也」。

〈謝表〉裡，罪臣韓愈提到兩處皇帝哀念，便反映了「朝堂禮謝」、面辭實況，與及皇帝的赦宥、叮嚀。赦宥部份已如上述，不贅。以下敘述叮嚀部份。

臣以正月十四日，蒙恩除潮州刺史，即日奔馳上道。經涉嶺海，水陸萬里。以今月二十五日到州上訖，與官吏百姓等相見，具言朝廷治平，天子神聖，威武慈仁，子養億兆人庶，無有親疏遠邇。雖在萬里之外，嶺海之陬，待之一如畿甸之間，輦轂之下，有善必聞，有惡必見。早朝晚罷，兢兢業業，惟恐四海之內，天地之中，一物不得其所，故遣刺史面問百姓疾苦，苟有不便，得以上陳。國家憲章完具，為治日久，守令承奉詔條，違犯者鮮，雖在蠻荒，無不安泰。聞臣所稱聖德，惟知鼓舞謹呼。不勞施為，坐以無

---

[34] 《唐會要》，卷69（臺北：世界書局，民78年4月），頁1213。

[35] 《唐會要》，卷68，頁1202。

[36] 同上註。

事。臣某誠惶誠恐，頓首頓首。[37]

此段韓愈敘述自己除官上任，到達任所，安撫百姓的情況。還提到自己是被皇帝派遣刺問百姓疾苦的官吏。〈謝表〉又言：

> 臣所領州，在廣府極東界上，去廣府雖云纔二千里，然來往動皆經月。過海口，下惡水，濤瀧壯猛，難計程期。颶風鱷魚，患禍不測。州南近界，漲海連天，毒霧瘴氛，日夕發作。臣少多病，年纔五十，髮白齒落，理不久長。加以罪犯至重，所處又極遠惡，憂惶慚悸，死亡無日。單立一身，朝無親黨，居蠻夷之地，與魑魅為群。苟非陛下哀而念之，誰肯為臣言者？[38]

此段是回應皇帝的叮嚀。關鍵句就在末句：「苟非陛下哀而念之，誰肯為臣言者？」筆者想像，面辭時，皇帝憲宗告訴韓愈，潮州是遠惡的蠻夷之地，有颶風鱷魚，有毒霧瘴氣，以及魑魅，你要用心治理，為朕分憂；「苟有不便，上表以陳」，如果，你的施政有何困難，身體健康有甚麼問題，要上表讓朕知道等等一類的話。因此，罪臣韓愈便於表裡表述了。
〈謝表〉又言：

> 而臣負罪嬰釁，自拘海島，戚戚嗟嗟，日與死迫。曾不得奏薄技於從官之內，隸御之間，窮思畢精，以贖罪過。懷痛窮天，死不閉目，瞻望宸極，魂神飛去。伏惟皇帝坐下，天地父母，哀而憐之。無任感恩戀闕，慚惶懇迫之至，謹附表陳謝以聞。[39]

---

[37] 《校注》，頁 357-358。

[38] 同上註。

[39] 同上註。

此段表示願意贖過回朝。筆者不難想像：面辭之時，皇帝說，韓愈啊，朕知道你的文章，沒有甚麼過人處；你所寫的〈元和聖德詩〉、〈平淮西碑〉還不錯。你要悔罪、感恩啊、贖過啊、你要回朝嗎？一類的話。所以，韓愈末段這樣回應了。

四、戚戚怨嗟問題

自咎自傷是朝臣戀闕的普通表現，也是〈謝表〉的寫作程式，以下略鈔《全唐文》幾條例子以見一斑。

> 李吉甫（758-814）〈柳州刺史謝上表〉：「臣某言：伏奉詔書，授任柳州刺史。以今月二十五日至所部上訖。……此臣所以自咎自傷，恨乖志願，猶冀苦心屬節，上奉詔條，惠寡安民，下除民瘼，恭宣教化，少答鴻私。不勝感戴歡欣之至。」[40]

> 令狐楚（766-837）〈河陽節度使謝上表〉：「臣某言：伏奉前月二十七日詔旨，授臣……充河陽三城懷州節度使。……既無悔罪，亦望歸還。」[41]

> 柳宗元（773-819）〈柳州謝上表〉：「臣某言：伏奉詔書，授臣柳州刺史。以今月二月至部上訖，中謝。……此臣所以自咎自恨，復乖志願。猶冀苦心屬節，上奉詔條，惠寡恤貧，下除民瘼，恭宣教化，少答鴻私。不勝懼欣之至。」[42]

若比對令狐楚〈河陽節度使謝上表〉和柳宗元〈柳州謝上表〉兩文，文字竟然雷同，可知，在唐代，像〈謝表〉一類的表章，當有其範本。

---

[40] 《全唐文》，卷 512，頁 5202。

[41] 《全唐文》，卷 540，頁 5480。

[42] 《全唐文》，卷 571，頁 5776。

韓愈在〈謝表〉末段說：「而臣負罪嬰釁，自拘海島，戚戚嗟嗟，日與死迫；曾不得奏薄伎於從官之內、隸御之間，窮思畢精，以贖前過。懷痛窮天，死不閉目！瞻望宸極，魂神飛去。伏惟陛下，天地父母，哀而憐之。」[43]

大臣蒙恩授官，到任後，在〈謝表〉寫的，多是自咎、自傷、自恨、盼望歸還一類的套語，如李吉甫、柳宗元；另一類，便如令狐楚的「既無悔罪」了。只是，韓愈不說自咎自傷，而說戚戚嗟嗟罷了。

為什麼罪臣韓愈戚戚怨嗟？

原告憲宗既指摘：「不當言天子事佛乃年促耳」，於是，到任後，便上表自悔自咎了；這是直臣應有的態度。

〈謝表〉說：「臣負罪嬰釁，自拘海島，戚戚嗟嗟，日與死迫；曾不得奏薄伎於從官之內、隸御之間，窮思畢精，以贖前過。」罪臣韓愈戚戚嗟嗟是悔過，期盼回朝以文章報效，就是贖過。這是君主專制時代的禮法。

這些理由，由於朝代之隔，制度有異，也不是後人皆能瞭解。有時，連宋代大文豪歐陽修（1007-1072）也有些誤解。歐陽修云：「前世有名人，當論事時，感激不避誅死，真若知義者；及到貶所，則戚戚怨嗟，有不堪之窮愁，形於文字，雖韓公不免此累。」[44]歐陽修誤解甚麼？就是沒注意罪臣韓愈自悔自咎的原因了。

結論

回顧整個事件，被告韓愈上表極諫，正氣凜然，本欲殉節；但皇帝不敢讓他死，以免壞了君道。值得一提的是：貶謫中，韓公一路顏色如常，有古大臣氣度，還能沿途寫詩抒情！本來，原告憲宗要處極刑，因為法律適用問題，無論不敬或不祥，皆無法定罪。在大臣提醒下，皇帝憲宗主動地提出赦宥，遠貶為潮州刺史，為自己找到下台階，又表示了皇帝的恩威。這是君道。若有人認為：被告韓愈連

---

[43] 《校注》，頁 357-358。

[44] 《校注》卷 8，題注引，頁 356-357。

過失也沒有，這是沒有意義的。但若說被告韓愈有過失，就是原告憲宗所指摘之言。在唐代，君要臣死，臣難得不死；君要赦宥臣，臣不得不謝恩；君有所指摘，臣不得不怨嗟自咎，這是君主專制時代的禮法。也是直臣的應有態度。總括來說，在整個貶潮事件裡，韓愈和憲宗二人，各自努力地展現了臣道和君道。

綜合上述，結論如次：

(一) 正名定罪方面，韓愈言涉不敬，語涉不祥，但法律未能適用。韓愈以互見法記於〈女挐壙銘〉，埋於墳墓裡；不言觸怒憲宗，為國君諱。

(二) 特屈刑章方面：經過審議，此非不敬罪，亦非不應得為罪；只因被皇帝憲宗指摘，貶為潮州刺史，又享祿食，表示恩威；此句是韓愈維護皇極威權，為皇朝諱。這是臣道。

(三) 陛下為言方面：皇帝憲宗主動地提出赦宥，讓事情早日落幕，找到了下臺階，仁威並濟，表示了君道。

(四) 戚戚怨嗟方面：感恩、戀闕、報效、贖過，是〈謝表〉的程式。韓愈在〈謝表〉裡，戚戚怨嗟，是依原告憲宗所指摘，而悔過自咎之意；是忠臣戀闕的表現。

本文曾以〈原告與皇帝之間：韓愈〈潮州謝上表〉新論〉刊登於 2010 年 7 月《周口師範學院學報》第 27 卷第 4 期，現經增刪改寫，加入了「陛下為言」一段，補充了註釋，故此，易為今名。

羅聯添教授八秩晉五
壽 慶 論 文 集
2011 年 11 月 頁 221-246

韓愈記體文章的抒情性書寫

王 基 倫[*]

提 要

　　本文旨在探討原本以敘事性質為主的記體文章，如何在唐朝古文家韓愈的手中，成功地改換成以抒情性質為主的書寫。韓愈一方面能遵守傳統舊制的規範；另一方面又突破舊制，提出創新寫法，讓抒情性書寫成為可能，從而加強了文學的功能。於是，在記體文章的書寫中形成了兩種創新的現象：(一)游移於敘事與抒情之間，展現敘事性與抒情性交融的書寫特性，(二)以抒情性取代敘事性，展現記體文章的抒情性書寫特性。這兩種現象都增添了古文記體文章的寫作技巧，也對北宋古文家如歐陽脩等人產生了深遠的影響。

關鍵詞：古文、記、韓愈、歐陽脩、抒情性書寫

---

[*] 國立臺灣師範大學國文系教授。

韓愈記體文章的抒情性書寫

一、前言

　　本文探究作為應用文性質的「記」，自漢代以來即受到社會成規所要求的具備實用功能的文章，如何在中唐時期的韓愈(退之，昌黎，文公，768-824)走上抒情的路途。韓愈的記體文章不多，卻能一方面繼承傳統的寫作範式，其敘事本末的翔實記敘，符合這個文體的書寫慣例；另一方面又能以其獨特的表現方式，突破舊有的書寫套式，完成了記體文章的抒情書寫的典範。韓愈開拓了記體文章抒情性書寫的表現方式，使原本屬於敘事性的應用文字，可以被納入抒情文學的傳統中來觀察其表現特質，其記敘之外的抒情、議論成分，更能讓讀者興會淋漓，深受感動。他開啟了北宋古文的新體式，范仲淹(989-1052)、歐陽脩(永叔，1007-1072)、蘇軾(東坡，1037-1101)等人也因此在寫作記體文章時，走向抒情性書寫的發展方向，終於完成了記體文章中現實性與抒情性兼顧的書寫體例。韓愈的努力方式及其所帶來的深遠影響，是值得深入研究的議題。

二、記體文章書寫的基本格式及其源流演變

　　每一種文章體式的形成，都是積漸日久而來，過程中往往受到該文體使用目的的社會性要求所影響。因此，文體的書寫者與書寫對象之間，往往就是自我與他者的關係，書寫者在下筆之前已經被侷限在一定的書寫範式之內，文章中不必有自我感情的流露，而那出自實用目的、質樸無華的書寫風格已經先行產生。早期的記文純粹記述一件事情的原委，《尚書》的〈禹貢〉、〈顧命〉，即著眼於書寫的功能，「記」的書寫由此產生。漢代以後其體製逐漸定型，以實用功能為主要書

寫目的，記載主事者的姓名、施工的過程進度、工程的耗費、座落的地點等。這類文章或稱之為「營建記」、「興造記」、「營造名勝記」，或因其大多刻石而稱之為「碑記」，見之於祠廟廳壁亭臺宮室記的作品頗多。

　　從本質上來說，記體文章是實用性文章，不算是抒情性的文學作品，秦、漢以來文體地位也不高，曹丕(187-226)《典論‧論文》的「四科八目」不是包含所有的體製作品，當他只是列舉重要的文體時，並未提及「記」體。陸機(261-303)〈文賦〉也沒有提到「記」。[1]甚至於劉勰(465-520?)《文心雕龍‧書記》在無韻之筆中，立出「書記」類，以概括其餘雜體，並說：「書記廣大，衣被事體，筆箚雜名，古今多品。」他所體認的這類文體，十分龐雜，包括譜、籍、簿、錄等，基本上，〈書記〉之「記」指的是「奏記」，主要指上書三公之府的書牘，「並有司之實務」，[2]並非指唐宋古文家所開創的雜記類。這也可以和我國第一部文學總集蕭統《文選》收錄自先秦至南朝梁的詩文作品共 38 類，獨獨缺少記體一類的現象相印證。

　　魏晉南北朝之時，「記」之名始終未進入文學殿堂，記敘文章卻早已大行其道。相傳晉葛洪(284-363)所撰《西京雜記》一書，記錄了不少西漢的宮苑臺閣、衣飾器皿制度、風俗習慣、軼事掌故等內容，帶有怪異傳說的色彩。晉干寶(?-336)《搜神記》、法顯(337-422)晚年撰畢的《佛國記》、南齊王琰(?-?)的《冥祥記》、南梁宗懍(?-?)的《荊楚歲時記》等書，或是記述其西行天竺求取佛經的歷程，或是記載中國古代歲時節令故事，都有記述的特質；其中有些書受到時代風氣的影響，蒐集記錄靈異鬼怪事件，屬於志怪小說。其他還有些以「志」為書名者，性質與此相近，如東晉常璩(?-?)的《華陽國志》、北齊顏之推(531-591)的《冤魂志》等。到了北魏滅亡、東西魏分裂(534)以後，楊衒之(?-?)所撰述的《洛陽伽藍記》，掇拾舊聞掌故，詳述京城地理，對於寺院的緣起變遷、廟宇的建制規模及與之有關的名人軼事、奇談異聞都記載詳核；甚至借佛寺盛衰，反映國家興亡，其中既寄

---

[1] 曹丕、陸機的說法，參見南梁‧蕭統(昭明太子，501-531)：《文選》(臺北：藝文印書館，1976年 10 月)，卷 52、17，頁 733-734、245-249。

[2] 南梁‧劉勰：《文心雕龍》(臺北：學海出版社，1977 年 8 月)，卷 5，頁 455-461。

託了故國哀思，又寓含著治亂訓戒。這部書可說是當時「記」體文章的顛峰之作，但是《四庫全書》將其列入地理類。事實證明，「記」體文章源源不絕，但是文學性質在當時未受到應有的重視。

　　後世以記錄工程相關事項的傳統記體文章愈來愈少，有時不是為了興建工程而作記，是為了觀覽已興建完成的名勝古蹟而作記，記體文章從記事轉而抒情的成分愈來愈多。後世作記的重點不在於為營造名勝而寫，而是為觀覽名勝古蹟而寫，這些記有的刻石，有的已經不刻石，唐、宋以後作者漸多，作品日盛。它們都是從碑石文字衍生而來。

　　明朝吳訥(1372-1457)《文章辨體‧序說》在解釋「記」文體時說：

> 記之名，始於《戴記》、〈學記〉等篇。記之文，《文選》弗載。後之作者，固以韓退之〈畫記〉、柳子厚遊山諸記為體之正。然觀韓之〈燕喜亭記〉，亦微載議論於中；至柳之記新堂、鐵爐步，則議論之辭多矣。迨至歐、蘇而後，始專有以論議為記者，宜乎后山諸老以是為言也。大抵記者，蓋所以備不忘，如記營建，當記月日之久近，工費之多少，主佐之姓名，敘事之後，略作議論以結之，此正體；至若范文正公之記嚴祠、歐陽文忠公之記晝錦堂、蘇東坡之記山房藏書、張文潛之記進學齋、晦翁之作〈婺源書閣記〉，雖專尚議論，然其言足以垂世而立教，弗害其為體之變也。學者以是求之，則必有以得之矣。[3]

　　徐師曾(1517-1580)《文體明辨‧序說》附和此說：

> 按《金石例》云：「記者，紀事之文也。」〈禹貢〉、〈顧命〉，乃記之祖；而記之名，則昉於《戴記》、〈學記〉諸篇。厥後揚雄作〈蜀記〉，而《文選》不列其類，劉勰不著其說，則知漢魏以前，作者尚少，其盛自唐始也。

---

[3] 明‧吳訥：《文章辨體‧序說》(臺北：泰順書局，1973 年 9 月)，〈記〉，頁 41-42。

> 其文以敘事為主，後人不知其體，顧以議論雜之。故陳師道云：「韓退之作記，記其事耳，今之記乃論也。」蓋亦有感於此矣。然觀〈燕喜亭記〉已涉議論，而歐、蘇以下，議論寖多，則記體之變，豈一朝一夕之故哉？[4]

這兩段文字可以合觀。吳訥指出唐代之前，記體文甚少，主要是記營建之物，對於興建年代、工程費用、主事者的姓名都必須一一記錄下來，這些其實都是刻在碑石上的文字，是傳統記體文的寫作規範。從文章體式看來，唐代韓愈〈畫記〉記畫，柳子厚(宗元，柳州，773-819)〈永州八記〉記山水，已經不是刻在碑石上的作品，但是這些文章還是稱為「記」；他們還有許多關於營建的記，大抵以敘事為主，如韓愈〈燕喜亭記〉「微載議論於中」，或其他略作議論以結之者，吳訥都稱之為「正體」，亦即符合傳統的寫法要求。柳宗元〈永州新堂記〉有議論成分，〈永州鐵爐步志〉借此地原有「為鐵爐者」居之，而今名不符實，也引出一番議論，吳訥依然接受它們是正體。今人再推演吳訥的說法，加上韓愈〈新修滕王閣記〉也是正體。[5]這些作品造成北宋歐陽脩、蘇軾、張耒(文潛，1054-1114)、朱熹(元晦，晦庵，文公，1130-1200)之後記體文「專尚議論」的現象，「變體」因此產生。以上二則資料結合體製和寫法兩方面的觀念，不僅解析了文體正、變的關係，也講清楚了文體發展的軌跡。顯然，記體文章既合乎傳統的寫法要求，又能從碑石文字獨立出來，這是唐人的一大成果。

元代潘昂霄(1315前後)《金石例》說：「記者，記事之文也。……其末有銘，亦碑文之類，至唐始盛。」[6]可見古代「記」體文章原本與碑石文字相同，前有序，

---

[4] 明・徐師曾：《文體明辨・序說》(臺北：泰順書局，1973年9月)，〈記〉，頁145。

[5] 按，馮書耕(?-?)、金仞千(1902-1983)：《古文通論》(臺北：國立編譯館中華叢書編審委員會，1979年4月)也說：「雜記之作，亦重在敘事；敘事之後，略作議論以結之，此為正體。在唐時作者，多能如此。間有如韓退之〈新修滕王閣記〉，及柳子厚之記新堂，志鐵爐步，則以議論為多。歐、蘇而後，多專用議論，要皆謂之變體。」此意與吳訥相同，而舉例多出韓愈〈新修滕王閣記〉一篇。參見氏著：《古文通論》，〈文體正變〉，頁805。

[6] 元・潘昂霄：《金石例》(臺北：臺灣商務印書館，1983年，景印文淵閣四庫全書本)，第1482冊，卷9，〈擬記之始〉，頁362上。

後有銘，銘文大多是韻語。吳訥《文章辨體・序說》指出：「至《唐文粹》、《宋文鑑》，則凡祠廟等碑與神道墓碑，各為一類。」[7]可知唐宋古文興起之後，「祠廟碑」與「神道墓碑」漸漸趨分為二途。徐師曾繼承上述說法，也說「記」體文章「其盛自唐始也。」他再從記敘中夾以議論的觀點，討論韓愈、歐陽脩、蘇軾一路發展下來的文體現象。由此觀之，記體文章的基本寫法就是以記敘為主，只能容許少許議論，否則就失去了本質。唐代韓、柳的記大致仍以記敘為主，幾乎都算是正體，北宋范仲淹、歐陽脩、蘇軾以下的記出現了變體。

於是我們可以思考的是，韓愈的「記」既然幾乎都是正體，然則在整個古文發展史中他的這類文章真的起過很大的作用嗎？

三、韓愈記體文章基本格式的書寫意義

韓愈沿承前代的風氣，一生創作的記體文章不多，今存18篇。大致可以區分成三類：第一類有7篇：〈汴州東西水門記〉、〈燕喜亭記〉、〈徐泗豪三州節度掌書記廳石記〉、〈藍田縣丞廳壁記〉、〈新修滕王閣記〉(以上《朱文公校昌黎先生文集》卷13)、[8]〈郾州谿堂詩〉(《昌黎集》卷14)、[9]〈河南府同官記〉(《昌黎集》集外文)，從篇名看來，都是為特定建築物而寫的碑記，篇幅長，有完整的結構；第二類有4篇：〈畫記〉(《昌黎集》卷13)、〈貓相乳〉(《昌黎集》卷14)、〈記宜城驛〉、〈題李生壁〉(以上《昌黎集》集外文)，從篇名看來，明顯是記敘而不刻石的文章，其中以「記……」、「題……」為篇題，已經不是傳統的記體文章篇題，

---

[7] 明・吳訥：《文章辨體・序說》，〈碑〉，頁52。

[8] 唐・韓愈著，宋・朱熹校：《朱文公校昌黎先生文集》(臺北：臺灣商務印書館四部叢刊正編本，第34冊，1979年)。以下簡稱《昌黎集》。

[9] 韓愈〈郾州谿堂詩〉是一首詩，但是詩前有用古文寫成的序，詩序比詩還長，因此李漢整理《昌黎集》時，將此文納入古文，與記體文章並列。此文曾經刻石，歷代《昌黎集》或相關韓愈文的選集，在此文題目下或有「并序」二字、或有「記」字、或有「序」字，故此文亦可編入雜記類。參見羅聯添(1927-)編：《韓愈古文校注彙輯》(臺北：國立編譯館，2003年6月)，卷2，〈郾州谿堂詩〉，頁466-467。此處筆者將其納入記體文章討論。

其內容也短淺，有隨興寫作的況味；第三類有 7 篇：〈長安慈恩塔題名〉、〈洛北惠林寺題名〉、〈謁少室李渤題名〉、〈福先塔寺題名〉、〈嵩山天封宮題名〉、〈迓杜兼題名〉、〈華嶽題名〉(以上《昌黎集》遺文)，這些作品文句更短，寥寥幾行，不構成段落，更不可能刻石。後二類作品與中唐元結(719-772)、柳宗元的山水遊記，都不刻在碑石上，和傳統碑石文字的形式體製大不相同。由此觀之，韓愈刻石的記體文章篇幅較長，記事而不刻石的記體文章篇幅較短，他的創作重心放在前者。

　　後世學者將上述作品一併歸為「雜記」。清朝姚鼐(1731-1815)《古文辭類纂·序目》首先提出「雜記」之名，[10]曾國藩(1811-1872)《經史百家雜鈔·序例》繼之作出很好的分類，他說：「雜記類，所以記雜事者。……後世古文家，修造宮室有記，遊覽山水有記，以及記器物、記瑣事皆是。」[11]民初林紓(1852-1928)《畏廬論文》則分成二類：「所謂全用碑文體者，則祠廟廳壁亭臺之類；記事而不刻石，則山水遊記之類。」[12]姚永樸(1861-1939)《文學研究法》又根據曾國藩之說再分成三類。[13]今人馮書耕、金仞千《古文通論》也說：「《古文辭類纂》雜記類：除碑誌外，凡記修建宮室、遊覽山水及器物瑣事之作，皆入此類。」[14]錢穆先生(1895-1990)也有相近的意見，他說：「雜記一體，於《韓集》頗不多見。然細論之，此當分兩類。一曰碑記，如〈汴州東西水門記〉、〈郿州谿堂詩〉之類似也。此等實皆金石文字，應與碑誌相次。其另一類乃為雜記，如〈畫記〉是也。」[15]大致說來，記體文章可區分為二或三類，其中修造宮室、祠廟廳壁亭臺的建築物的記體文章，一定要和碑誌類文章區隔開來。上述學者將韓愈祠廟廳壁亭臺的建物記文章稱作「碑記」，歸入雜記類，有其必要。

---

[10] 清·姚鼐輯、王文濡(1867-1935)校註：《評註古文辭類纂·序目》(臺北：華正書局，1974年 7 月)，頁 3。

[11] 清·曾國藩編：《經史百家雜鈔·序例》(臺北：國際書局，1957 年 10 月)，頁 12。

[12] 林紓：《畏廬論文等三種》(臺北：文津出版社，1978 年 7 月)，〈流別論〉，頁 19-20。

[13] 姚永樸：《文學研究法》(臺北：新文豐出版公司，1979 年 8 月)，〈體類〉，頁 32。

[14] 馮書耕、金仞千：《古文通論》，〈文章分類〉，頁 843。

[15] 錢穆：〈雜論唐代古文運動〉，《中國學術思想史論叢(四)》(臺北：東大圖書公司，1978 年 1月)，頁 49。

（一）韓愈〈汴州東西水門記〉

韓愈〈汴州東西水門記〉，作於貞元14年(798)，時年31歲，為汴州水門落成而作的興造記。全文頌美董晉(723-799)興建東西水門之成功，展現了極強烈的敘事性書寫，大體以四字句行文，具官方文書性質。全文先有短序，後有一長段的韻語，寫來莊重典雅，這顯然是沿承傳統碑石文字的寫作規範。

然而，明代徐師曾《文體明辨・序說》卻說：「又有託物以寓意者(如王績〈醉鄉記〉是也)，有首之以序而以韻語為記者(如韓愈〈汴州東西水門記〉是也)，有篇末系以詩歌者(如范仲淹〈桐盧嚴先生祠堂記〉之類是也)，皆為別體。」[16]他從詩歌韻語的角度認定韓愈〈汴州東西水門記〉為「別體」，這是昧於文體發展事實的說法，不可採信。他忘記了周、秦以來已經在器物或碑版上刻些用以規戒、褒贊的文章，稱之為「銘」。「銘」的本義為記載和鏤刻，如《禮記・祭統》說：「夫鼎有銘。」鄭玄(127-200)注：「銘謂書之、刻之，以識事者也。」[17]從體製上來說，這種文體正是「記」體文章的源頭之一。著名的班固(32-92)〈封燕然山銘〉、崔瑗(77-142)〈座右銘〉、劉禹錫(772-842)〈陋室銘〉都是韻文，常用四字句，如果前有小序，才會用散語表達。換句話說，韓愈〈汴州東西水門記〉正是完全遵照古代體製的寫法而來，清末吳汝綸(至父，1840-1903)說：「此但用東漢金石體，而駿邁完固，乃古今無類。學韓公不從此入，不能得其雄峻。」[18]既然是「用東漢金石體」，可見前有所承，不能稱作「別體」；但是又說它「古今無類」，表示後人失去了傳統，無法踵步學習。

實如徐師曾《文體明辨・序說》所說：「按誌者，記也；銘者，名也。古之人有德善功烈可名於世，歿則後人為之鑄器以銘，而俾傳於無窮，若《蔡中郎(名邕)集》所載〈朱公叔(名穆)鼎銘〉是已。……其為文則有正、變二體，正體唯敘事

---

[16] 明・徐師曾：《文體明辨・序說》，〈記〉，頁145。

[17] 漢・鄭玄注、〔唐〕孔穎達(574-648)疏：《禮記注疏》(嘉慶20年江西南昌府學開雕重刊宋本，臺北：藝文印書館，十三經注疏5，1989年)，卷49，〈祭統第25〉，頁838。

[18] 清・吳闓生(北江，1877-1949)評：《吳評古文辭類纂》(臺北：臺灣中華書局，1971年4月)，〈汴州東西水門記〉，頁1107。

實，變體則因敘事而加議論焉。」[19]他指出「誌」、「銘」都是以敘事為主要目的，它們書寫在古代的金石器物上，形式體製非常相近；若要區分唐代以後所謂正、變二體的分途發展，應該由敘事手法是否改變成議論手法的角度進行討論，這情形與「記」體文章相符。唐代以後許多「碑記」性質的文章，正是來自傳統的基本格式，合乎正體的要求。

(二)韓愈〈燕喜亭記〉

韓愈〈燕喜亭記〉作於貞元 20 年(804)，時年 37 歲。此文為王弘中(仲舒，762-823)修建此亭而作記，文中前兩大段詳敘出遊人物、地點，說明建亭的緣起，解釋各景點的名義、合稱為「燕喜」之名的由來，滿懷遊賞之樂。三段忽插入州民對此亭的讚美，末段歸結到地方首長身上，以頌讚祝福之語作結，表明王氏「今其意乃若不足」，由此引發出「吾知其去是而羽儀於天朝也不遠矣」。全文主旨固不限於描摹山水之美與宴遊之樂，而在於顯揚王氏的才德品行。就其內容結構觀之，第二段從上文寫完景致之筆後，轉為第三段帶到州民身上，不作描寫語，而用語錄體，帶有議論的成分，頗為特出：

> 於是州民之老，聞而相與觀焉。曰：「吾州之山水名天下，然而無與燕喜
> 者比；經營其側者相接也，而莫直其地。凡天作而地藏之以遺其人乎？」
> (《昌黎集》卷 13)

儘管這段文字不長，在全文中亦屬段落最短小者，然而筆勢在這裡忽然轉換，由記敘轉為議論，卻又轉換得十分自然，技法高妙。前引吳訥稱本文「微載議論於中」，即指此段來說。清初呂留良(1629-1683)《唐韓文公文》評道：「全篇用力致勝全在『於是州民』一小段，不可尋常看過。」[20]林雲銘(1628-1697)《韓文起》

---

[19] 明・徐師曾：《文體明辨・序說》，〈墓誌銘〉，頁 148-149。

[20] 唐・韓愈撰，清・呂留良選，清・董采(?-?)評點：《唐韓文公文》(清康熙間困學閣刊本)，卷 1，〈燕喜亭記〉，頁 34。

也說:「第三段借州老『天作地藏』之言,正見不經意而得者,實非出於偶然。」[21]這告訴了讀者,本段文字非刻意用力之筆;但又提示了讀者,仔細觀察全文的脈絡語勢,從上文引發到此段文筆的出現,乃是順勢而得的結果。換言之,對作者來說,主觀的文筆用力處並不在此,畢竟韓愈仍然意識到這是一篇「記」,須以敘事為主;但是就讀者來說,不可能不注意到有這一小段的變化,這是記敘之中帶出自然而然出現的議論文字。讀者須能體會到韓愈轉換文勢、使其自然發展出來的文學效果。吳訥說出一個「微」字,是篇幅短小,可以是內容短小,更可能是作者意不在此而讓它戛然而止、稍稍透顯出來的一點訊息而已。

然則,此文韓愈最用力處在哪裡呢?從前兩段看來,都是以「大處落墨」的手法,[22]勾勒出山水景物,但又未作細膩的描繪;其中寫山水多用排比,辭藻又不夠華美,遣詞用字不如作於貞元17年(801)的韓愈〈送李愿歸盤谷序〉(《昌黎集》卷19)。可見這兩段也不是用力處所在。直到末段寫出王弘中,才知道弘中也是因貶秩而來此蠻荒之地,沿途跋山涉水,卻不減喜好山水之心,結尾說道:

> ……極幽遐瑰詭之觀,宜其於山水飫聞而厭見也。今其意乃若不足,傳曰:「知者樂水,仁者樂山。」弘中之德,與其所好,可謂協矣。智以謀之,仁以居之,吾知其去是而羽儀於天朝也不遠矣。遂刻石以記。(《昌黎集》卷13)

這裡有許多文句寫到主人翁身上,讚美他兼有「智者」與「仁者」的襟懷,將來能有飛黃騰達的機會,這寫法帶有濃厚的抒情意味,文章至此才是首尾完足,交代本文之所以作的原因。元代虞集(1272-1348)說:「淋漓指畫之態,是得記文正體,而結局特高,歐公文大略有得於此。」[23]後來歐陽脩〈相州畫錦堂記〉(1065年作,

---

[21] 清·林雲銘評注:《韓文起》(清康熙間晉安林氏刊本),卷7,〈燕喜亭記〉,頁16。

[22] 清·儲欣(1631-1706)評注:《韓昌黎文評點注釋》卷2說此文:「大處落墨,無一鋪排語。」引自羅聯添編:《韓愈古文校注彙輯》,卷2,〈燕喜亭記〉,頁422。

[23] 〔唐〕韓愈撰,〔明〕蔣之翹(1596-1659)注:《唐韓昌黎集》(明崇禎癸酉(6年,1633年)橋李蔣氏山曉閣刊韓柳集本),卷13,〈燕喜亭記〉。

《歐陽脩全集》卷 40)，[24]也是在文末點出作記的用意，向世人稱道畫錦堂的主人翁韓琦(1008-1075)。

(三)〈郾州谿堂詩〉、〈徐泗豪三州節度掌書記廳石記〉、〈河南府同官記〉

韓愈〈郾州谿堂詩〉作於長慶 2 年(822)，時年 55 歲。當年馬總(?-?)能治軍，能治民，而有「谿堂」之作，韓愈作詩歌頌之。全文先有長序，為散語；後有稍短的歌，為韻語，也寫得莊重典雅。散語長而韻語短，應該是有意為之，不是偶然如此。更重要的是，這篇文章從首至尾都在敘事，屬於正體之作；北宋陳師道(后山，1053-1101)說：「退之作記，記其事耳，今之記乃論也。退之此篇未嘗不論，然止是記事，尤神而明之矣。」[25]說出了這篇文章的精神。韓愈〈徐泗豪三州節度掌書記廳石記〉，先說明書記掌理文書之職的困難，再寫到南陽公(張建封，735-800)知人善任，於是刻石記下此事。〈河南府同官記〉寫當年一同在河南府為官的 5 位將相，而今各司其職，皆為朝廷不可多得的人才，於是為裴公(裴均，?-811)刻石記下此事。上述 3 篇文章都符合自秦、漢以來刻石的書寫傳統。

(四)韓愈〈記宜城驛〉、〈題李生壁〉、〈長安慈恩塔題名〉、〈洛北惠林寺題名〉、〈謁少室李渤題名〉、〈福先塔寺題名〉、〈嵩山天封宮題名〉、〈迃杜兼題名〉、〈華嶽題名〉

至於〈記宜城驛〉、〈題李生壁〉也是完整的記事文章，文中題寫到某地、做某事的內容，雖然不刻石，而以敘事為主的心意略同。

〈長安慈恩塔題名〉、〈洛北惠林寺題名〉、〈謁少室李渤題名〉、〈福先塔寺題名〉、〈嵩山天封宮題名〉、〈迃杜兼題名〉、〈華嶽題名〉等 7 篇，更是幾則紀錄而

---

[24]〔宋〕歐陽脩著、李逸安(?-)點校：《歐陽脩全集》(北京：中華書局，2001 年 3 月)，第 1 冊，卷 40。

[25] 引自葉百豐(1913-1986)：《韓昌黎文彙評》(臺北：正中書局，1990 年 2 月)，〈郾州谿堂詩〉，頁 80。

已，寥寥幾句話記錄遊玩的日期、地點、事件、同遊者有何人等，完全是題寫敘事的內容。這些短篇作品過去不曾被文章選集收錄，也很少吸引後世文學批評家的目光，甚至於瀕臨失傳。儘管文學價值不高，但是它們還是傳統「善敘事」作法的延伸，其中簡單清楚地交代了到某地遊玩的時、事、人，成為一次生活紀錄，故知記敘事件可以隨時隨地存在於生活中任何角落，它是一種筆墨的需要，一種文學另類的需求。

四、敘事性與抒情性交融的書寫特性

韓愈一方面能遵守傳統舊制的規範，另一方面又突破舊制，提出創新寫法，讓抒情性書寫成為可能，從而加強了文學的功能。於是，在記體文章的書寫中，他除了上述較為遵守舊制的寫法之外，另外有過兩方面的創新嘗試，一是敘事性與抒情性交融的書寫特性，二是以抒情性取代敘事性的書寫特性。本節先討論前者。

從形式體製來說，〈畫記〉(《昌黎集》卷 13)、〈貓相乳〉(《昌黎集》卷 14)等篇，篇題作了些改變，在實質內容上仍然符合以「敘事」為主的寫作手法；〈新修滕王閣記〉(《昌黎集》卷 13)也是依循碑石文字規範發展下來的作品，因而前賢都歸之為「正體」。但是它們比起前節討論過的篇章，不僅如前節〈燕喜亭記〉所示，開始跨越到「議論」的領域，更值得注意的是，它們踏入「抒情」的地界，文章寫得更有情。這是韓愈個人獨特的古文寫作方式，直接提升了作品的藝術價值。

（一）〈畫記〉、〈貓相乳〉

韓愈〈畫記〉作於貞元 11 年(795)，時年 28 歲。緣起於韓愈觀賞一幅畫，仔細地描述畫中的所有人與物的形態、動作，最後一段才交代贈畫給趙君，寫此記留下圖像的紀錄，以便日後回想圖畫時有所憑依。吳訥看到了〈畫記〉前幾段篇幅較長的文字，全屬記敘而幾乎不帶個人情感色彩，因此視此文為「記之正體」。

值得注意的是，這篇文章在末段出現了濃厚的抒情性成分：

> 貞元甲戌年，余在京師，甚無事。同居有獨孤生申叔者，始得此畫，而與余彈棊，余幸勝而獲焉。意甚惜之，以為非一工人之所能運思，蓋叢集眾工人之所長耳，雖百金不願易也。明年，出京師，至河陽，與二三客論畫品格，因出而觀之。座有趙侍御者，君子人也，見之戚然，若有感然。少而進曰：「噫！余之手摸也，亡之且二十年矣。余少時常有志乎兹事，得國本，絕人事而摸得之，遊閩中而喪焉。居閒處獨，時往來余懷也，以其始為之勞而夙好之篤也。今雖遇之，力不能為已，且命工人存其大都焉。」余既甚愛之，又感趙君之事，因以贈之，而記其人物之形狀與數，而時觀之以自釋焉。（《昌黎集》卷 13）

今人陳傳興(1952-)指出：「依韓愈在結論所說，其書寫意向應該是想呈顯畫的面貌於語言中，將個人之觀望獨白化成公共符號區域，將圖像空間以差近可比的方式轉成書寫的空間。書寫區域的空間秩序與關係於此處並非等同畫裡之圖像空間秩序，⋯⋯從此我們無從認知其起源的情形，畫之形式被不透明化，那些被陳述之人物皆成為幃帳後的形影。」[26]他是從文字的有限性說明韓愈有心以文字代替圖畫，留下文字書寫以便隨時再現圖畫面貌——雖然這在事實上是不可能的事，借此否定了韓愈作「記」的功能。不過，這只是後設的思考；回到韓愈寫〈畫記〉的本意，我們不得不承認他自己有一種追求再現原貌精神的努力，內心對此畫有很深的情感才會有此構思，這也是末段之所以韓愈補敘得畫、惜畫，與二三客論畫、觀畫，趙君自述已不能摹畫，韓愈雖然很喜愛這幅畫，但是又被趙君惜畫之情所感動，因而贈畫趙君，記下此畫內容的所有事情原委。職是之故，韓愈〈畫記〉詳細交代的寫法確實得自《周禮·考工記》，[27]文章內容質樸，寫得很生

---

[26] 陳傳興：〈「稀」望──試論韓愈〈畫記〉〉，《中外文學》第 16 卷第 12 期，1988 年 5 月。

[27] 唐·韓愈撰，明·蔣之翹注：《唐韓昌黎集》：「昌黎此文，其法全得之〈考工記〉，故能條疏而不直，錯綜而不紊。」卷 13，〈畫記〉。

動，引發後人對這篇〈畫記〉的模仿，從而給予肯定；[28]然而韓愈並未排斥記體文章可以有抒情性書寫的內容，故而末段的深刻情感，也是本文能夠受到肯定的原因之一。

韓愈〈貓相乳〉大約作於貞元 5 至 6 年間(789-790)，年 22、23 歲時。此文記述母貓能哺乳非親生小貓的一件小事，歸功於主人家道德和睦，「其所感應召致，其亦可知矣。」(《昌黎集》卷 14) 這篇文章寫得平凡乏味，不容諱言，帶有諂媚主人家的成分，歷來不受到重視。只是在篇題上少了「記」字，內容也有些抒情意味，可以當作記體文章發展過程中的一次練習之作。

（二）韓愈〈新修滕王閣記〉

前節引吳訥《文章辨體‧序說》之言，已說明韓愈〈畫記〉、〈燕喜亭記〉二文以記敘為主，議論性書寫成分少，因此是「正體」。當時柳宗元某些作品「議論之辭多矣」，然而仍屬「正體」的發展演變；須到歐、蘇以後，「始專有以論議為記者」，「變體」才真正的產生。馮書耕、金仞千《古文通論》擴充吳訥的解釋，將韓退之〈新修滕王閣記〉與柳子厚之記新堂、志鐵爐步的「以議論為多」的作品並列，(參見註 5 引文)仍然歸入「正體」的發展演變之中。

考察韓愈〈新修滕王閣記〉作於憲宗元和 15 年(820)，時年 53 歲。是年 7 月，王仲舒任江南西道觀察使，新修滕王閣，請韓愈作記。韓愈未曾到過滕王閣，但是受命於長官，在不得已的情況下為上司寫下這篇文章。於是他立即面臨三項難題：一是王勃之作名聞遐邇，已有描述滕王閣的佳作；二是韓愈未曾到過滕王閣，難以實寫風景；三是受上級長官之命而作，題目可說是早已定下，能發揮的空間有限。韓愈只好想出自己和滕王閣的因緣，填補文本空白的感情。文中韓愈提到的王仲舒，正是當年韓愈為他作〈燕喜亭記〉的同一人。十餘年後，韓愈筆下的王公依然是位優秀的地方父母官，正因如此，韓愈說道：「吾雖欲出意見，論利害，

---

[28] 韋賓(1971-)：〈韓愈〈畫記〉對宋元士大夫的影響〉，《宋元畫學研究》(蘭州：甘肅人民出版社，2009 年 3 月)，卷 6，頁 477-490。

聽命於幕下，而吾州乃無一事可假而行者，又安得捨己所事以勤館人？則滕王閣
又無因而至焉矣。」(《昌黎集》卷 13)這裡不曾明白的褒獎王公，但是就在解釋
自己為什麼沒有到過南昌、遊覽滕王閣的理由時，用一種類似不經意的筆調，寫
出王公治理地方，能使百姓安居樂業、一切太平無事的政績。林雲銘《古文析義》
說：

> 凡記修閣，必記修閣之人，況屬員為上司執筆，尤當著意。若是俗手，定
> 將王公觀察政績，十分揄揚，轉入公餘之暇，從事江山之樂，伎倆盡矣。
> 昌黎偏把欲遊未得遊之意作線，三番四覆，把王公政績於不經意中敘入。
> 人徒知以不得遊發出感慨，而不知前段兩不得遊，乃中段不得遊襯筆；中
> 段不得遊，乃敘王公政績襯筆也。且敘政績處，練出「春秋陰陽，湖山千
> 里」等語，與閣上佳勝相擊射，文心欲絕，讀之如天半彩霞，可望而不可
> 即，異樣神品。[29]

林雲銘不僅注意到韓愈「不得遊」，所以沒有敘寫「江山之樂」；更注意到韓愈的
「不得遊」，反而成為一種「襯筆」，襯出「王公政績」。這種化阻力為助力的作法，
十分難能可貴。民初宋文蔚(?-?)《文法津梁》也說本文「就題生情」，提出類似的
見解：

> 凡題有議論可發，有事實可記者，作文時，造意尚不為難。若係游覽山水
> 或為園林作記，苟但言其四時風景，及樓臺之位置，千篇一律，易使閱者
> 厭倦。必就題中生出意思，或緣情事為波瀾，或別求義理，以寄襟抱，方
> 能為題目別開生面，而造意亦不雷同。……
> 如此題「新脩」二字，乃題目之情；而未得造觀，則作者之情也。篇中全

---

[29] 清‧林雲銘評注：《古文析義》(臺北：廣文書局，1976 年 10 月)，2 編，卷 6，〈新修滕王閣記〉，頁 713-714。

從自己未得造觀生情，題前層層反跌，中間略敘題面，點出新修，還他題情，末段仍說到自己，而江山之好，登望之樂，祇結筆一點，悠然不盡。[30]

這裡是說，議論、記敘寫法都不太難；無中生有、造意生情才是困難的事情。在題目有所限制的情況下，突破其限制往往能寫出更好的文章。韓愈此文避開了具體描繪滕王閣的手法，另闢蹊徑，委婉說明始終無法遊覽滕王閣的原因，而撰述成文。雖然韓愈一反常態，不寫王公重修此亭的種種經過，反而以自身經歷為敘述的脈絡線索，寫出一波三折未能前往滕王閣的緣由，這就「反客為主」，變成抒發自家情感的作品；妙在作者「緣情事為波瀾」之後，又能再寫到對王公的想望之情，頌美王公政績，結筆還提出希望將來能跟隨王公遊覽滕王閣。宋文蔚《文法津梁》指出題前、中間、末段逐步醞釀成篇的過程，尤其結筆寫得很好。其實，本文倒數第二段韓愈寫完從未到過滕王閣的原因之後，轉而寫到長官王仲舒身上時，有下列一段文字也很值得注意：

其歲九月，人吏浹和，公與監軍使燕於此閣，文武賓士皆與在席。酒半，合辭言曰：「此屋不修且壞。前公為從事此邦，適理新之，公所為文，實書在壁。今三十年，而公來為邦伯，適及期月，公又來燕于此，公烏得無情哉？」公應曰：「諾。」於是棟楹梁桷板檻之腐黑撓折者，蓋瓦級甎之破缺者，赤白之漫漶不鮮者，治之則已，無侈前人，無廢後觀。（《昌黎集》卷13）

這段文字出現了許多「公」字，指的正是太原王公——王仲舒，也正是韓愈擔任袁州刺史時的直屬上級長官，滕王閣因他而整修，也因為他要求韓愈撰寫〈滕王閣記〉，才有本文的產生。文中「合辭言曰」以下，是眾人之意，可見眾人都在推崇「王公」；「前公為從事此邦」以下數句，寫王公過去的事蹟；「今三十年，

---

[30] 宋文蔚：《文法津梁》(臺北：蘭臺書局，1983年6月)，上冊，頁13-14。

而公來為邦伯」以下數句，寫王公現在擔任觀察使，也帶出王公對此亭的情感。最後「治之則已，無侈前人，無廢後觀」這三句話，看似輕描淡寫，其實又借此寫出王公不鋪張浪費，作為賢吏的表現。有這麼一段文字，才能把前文只在敘說自己不能遊覽滕王閣的現象，拉回到王公身上，「補敘」對上級長官的謳歌讚頌，這篇文章才真正是為王公而作。因此我們可以推想，本段短短 150 字之間，反復出現 7 次「公」字的寫法，且首尾一直以「王公」事蹟貫串主意，絕非偶然。一個語詞如果接續出現，稱之為「疊字」；不是接續出現而是斷斷續續的出現，黃慶萱(1932-)《修辭學》以及多本修辭學專著，都稱之為「類字」。[31]我們可以說，這段文字中的「公」字是很典型的「類字」寫法。這篇文章的技巧甚多，因此帶出作者與主角人物之間深刻互動的濃烈感情。[32]但是無論如何，它仍然是一篇以敘述為主的記體文章，文中與「重修滕王閣」有關的人、事、時、地、物交代十分清楚，已經達到了「記」體寫作的基本要求。

　　「記」原屬記敘類文體，以實寫眼前所見景物為主。韓愈〈新修滕王閣記〉首度採用「虛寫」的筆法，圍繞著不曾見過的景點，寫成一篇好文章。這顯然開啟了北宋以下以「虛寫筆法」完成記體文章的無數法門。在韓愈之前，記體文章大都在寫事實發生的緣由；韓愈此文不寫名勝地景，而是寫自身未到南昌欣賞滕王閣的緣由，從某個角度來說，也是在寫事實，只是景物部分成了一片空白。到了北宋范仲淹的〈岳陽樓記〉(《范文正公集》卷 7)、[33]歐陽脩的〈真州東園記〉(《歐集》卷 40)等名篇，仿效韓文「虛寫」的筆法，或依據個人想像寫景，或參考景物圖內容而寫，都在寫不曾見過的景點，另成一格。韓文之後，用虛寫手法寫出來的名篇，不勝枚舉，而且更加強了文章的抒情性。南宋寧宗慶元年間(1195-1200)魏仲舉(?-?)刊刻《五百家注昌黎先生文集》引南宋樊汝霖(?-?)曰：

---

[31] 黃慶萱：《修辭學》增訂三版(臺北：三民書局，2002 年 10 月)，〈類疊〉，頁 413。

[32] 有關本文的詳細討論，可參考拙著：〈古文解讀——以韓愈〈新修滕王閣記〉為例〉，收入謝明勳(1963-)、陳俊啟、蕭義玲合編：《中文創意教學示例》(臺北：里仁書局，2009 年 6 月)，頁 65-87。

[33] 宋・范仲淹：《范文正公集》(臺北：臺灣商務印書館四部叢刊正編本，第 40 冊，1979 年)。

滕王閣在洪州，公自袁州作此記，凡五百五字，首尾敘其不一到為歎，而終之曰：「其江山之好，登望之樂，雖老矣，如獲從公游，尚能為公賦之。」蓋敘事之外，所以盡吾不盡之意。歐陽永叔為襄守史中輝記峴山亭，尹師魯為襄守燕公記峴山亭，蘇子美為處守李然明記照水堂，蘇子瞻為眉守黎希聲記遠景樓，四者其辭雖異，而大意略同，豈作文之法當如是耶？抑亦祖公此意而為之也。[34]

清初方苞(1668-1749)也說此文：

迴環作態，歐公記所本。……蓋制誥、奏章、史傳、誌狀自應從時，記、序、雜文則惟便耳。[35]

曾國藩《求闕齋讀書錄》也說：

反復以不得至彼為恨，此等蹊徑，自公闢之，亦無害。後人踵之以千萬，乃遂可厭矣。故知造意之無關義理者，皆不足陳也。[36]

他們都注意到韓愈此文的特殊手法，影響到宋以後文人大量的學習。值得注意的是，此文雖是虛寫，卻仍然發自親身經歷，寫出來的內容是韓愈真實的生活紀錄；這與宋人憑空設想的寫法又微有不同。儲欣《唐宋八大家類選》很明白的指出了這一點：

---

[34] 唐・韓愈撰，宋・魏仲舉編：《五百家注昌黎文集》(臺北：世界書局，1986年)，卷13，〈新修滕王閣記〉，頁274。

[35] 引自葉百豐：《韓昌黎文彙評》，〈新修滕王閣記〉，頁75。

[36] 清・曾國藩：《求闕齋讀書錄》(臺北：廣文書局，1969年1月)，卷8，〈韓昌黎集・新修滕王閣記〉，頁12-13。

只自述因緣，不描寫滕王閣一字。凡江山景物，目所未接，固難以臆撰也。若架空立論，又是宋人家數，韓、柳記殊不然。[37]

儲欣獨具慧眼，看出韓、柳的記體文章不是「架空立論」，而是有憑有據的事實書寫，因此與宋人家數不同。無怪乎前輩學者將此文列為「正體」；也因此，「正體」指的是真實的記述，而不是虛構出來的敘述性文字而已，這般定義就讓讀者更能分辨清楚了。此中消息，有賴讀者細心體察品味。

以上我們討論的韓文篇章，都屬於記體文章中的「正體」。除了從內容來判斷記體文章評價書寫的不同外，還可以從形式上把握其評價書寫。最容易辨認的形式即是前有序、後有詩歌韻語的基本套語，有點類似墓誌銘作品最後的「銘文」是以韻語的方式呈現，吻合此套語書寫的即是基本格式，有所偏離的即是出格表現。原本箴銘、頌贊、辭賦就有以韻語出之的書寫傳統，韓愈的記體文章源自刻在金石器物上的碑石文字，帶有謳歌讚頌的性質，因此合乎傳統的寫法就是以韻語作收。不過，韓愈身為古文倡導者，一如他在墓誌銘方面所作過的努力方式，有時只寫「墓誌」不寫「銘」——將韻語省略；有時「銘」也不用韻，如〈柳子厚墓誌銘〉。[38]可惜他的記體文章不多，這種努力方式沒有受到太多的注意。

五、以抒情性取代敘事性的書寫特性

韓愈在基本格式書寫的同時，已有些抒情性書寫流露出來，譬如〈畫記〉、〈燕喜亭記〉、〈徐泗豪三州節度掌書記廳石記〉、〈河南府同官記〉都是在前幾段敘述、議論之後，結尾由敘事而寫人，寫出自己的感受，呈現出動人的感情狀態。而〈新

---

[37] 引自葉百豐：《韓昌黎文彙評》，〈新修滕王閣記〉，頁 75。

[38] 葉國良(1949-)：〈韓愈冢墓碑誌文與前人之異同及其對後世之影響〉，收入氏著：《石學蠡探》(臺北：大安出版社，1989 年 5 月)，頁 47-99。

修滕王閣記〉更是完全不寫建築物本身，轉而實寫內心的掙扎，故雖然可以歸入「正體」，但是那不描寫建物本身，看似「出格」的手法，已經開始游移走向「變體」的畛域了。韓愈在基本格式的書寫之外，已經有一些即將出格的記體文章書寫，試圖打破某些書寫的一般套式，尤其是在文章結尾處蠢蠢欲動。或許這樣的抒情性書寫仍然帶有些勉強，乃是不得不如此的作品。當韓愈有意打破記體文章的「敘事性」敘述書寫的客觀形式時，意味著對敘述書寫的自覺超越，這正是邁向「抒情性」敘述書寫的主觀形式之建立的第一步。有關這方面的成績，可能是以韓愈〈藍田縣丞廳壁記〉(《昌黎集》卷 13)為首。

　　本文作於元和 10 年(815)，韓愈時年 48 歲。文章開頭解釋縣丞的職務，言簡意賅：「丞之職，所以貳令，於一邑無所不當問。」而後用對話的方式，記錄縣丞與縣吏之間的相處。縣丞「位高而偪，例以嫌不可否事。」這反而造成了大權旁落的現象，他的手下抱著公文請他批示時，態度是「平立，睨丞曰：『當署』。」縣丞就只得謹慎小心的簽署公文。縣丞問他們「可不可」時，「吏曰：『得。』則退，不敢略省，漫不知何事。官雖尊，力勢反出主簿、尉下。」在第一段文字裡，韓愈已經用記敘的手法，翔實地描繪唐代縣丞在官場上的無能為力，以及縣吏苛酷的形象。

　　到了第二段，韓愈就著手描寫主人翁崔斯立(立之，788 年進士)，借由他的感歎，道盡有志難伸的英雄氣短的心情。崔斯立是位「種學績文」之士，因為「言得失黜官」，故從大理評事降調為京畿附近的縣丞一職。任職之初，他抱有雄心壯志：「官無卑，顧材不足塞職。」後來迫於形勢，無法施展抱負，於是喟然歎曰：「丞哉！丞哉！余不負丞，而丞負余！」用這麼生動的語言，寫出充滿無奈的心情！一般寫他人心情的文字，大多由作者代為揣摩；然而韓愈仍然借由主人翁口中說出，這是有意創新，除了更顯得自然之外，也能釀造與第一段文氣和諧流動的氛圍。表述心情之後，再加上「則盡銼去牙角，一躡故跡，破崖岸而為之」三句，突顯主人翁去除稜角、韜光養晦的無奈心境。民國初年高步瀛(1873-1940)《唐宋文舉要》說韓愈此文第一段是「極言丞之無能為」，第二段是「崔立之為藍田，

欲有為而不能」，[39]形容得很貼切。

　　文章第三段收束全文，寫出廳壁已壞，廳壁記已經「不可讀」，因此而有修建的工程。妙在並未鉅細靡遺地交代修建工程，轉而敘寫廳壁周圍的景物，以及廳壁記完成之後崔斯立的從容舉動：

> 庭有老槐四行，南墻鉅竹千梃，儼立若相持，水瀧瀧循除鳴。斯立痛掃溉，對樹二松，日哦其間。有問者，輒對曰：「余方有公事，子姑去。」(《昌黎集》卷 13)

這裡再一次用非常抒情的方式，表明崔斯立懷才不遇的心情。文中既寫出他的內心的痛苦，也寫出百無聊賴、無所事事的場景，當真有人前來請示公事時，他已經興致索然，抱著「無可無不可」的心情，打發下屬離去。全文突破以往寫廳壁記的成規，用一系列具體的生活細節，寫出縣丞崔立之內心的鬱卒以及對他的同情。清朝康熙年間孫琮(?-?)評此文說：「一篇小文，妙在處處寫得如畫。前幅寫縣丞不敢可否事，真畫出一個小官奉職、狡吏怠玩光景，活活如生。後幅寫斯立為丞，喟然興歎，對樹時吟，又畫出一個高才屈抑、困頓無聊風景，活活如生。真是傳神阿堵。」[40]寫對話，寫畫境，是在形式上有所創新；寫心情，寫感喟，則是在內容上有所創新。這篇文章的確脫離了古代「記」體文章的格製。明代唐順之(1507-1560)《文編》云：「此但說斯立不得盡職，更不說起記壁之意，亦變體也。」[41]

---

[39] 高步瀛：《唐宋文舉要》(臺北：漢京文化事業公司，1984 年 5 月)，甲編，卷 3，〈藍田縣丞廳壁記〉，頁 403、405。

[40] 引自唐‧韓愈著、閻琦(1943-)校注：《韓昌黎文集注釋》(西安：三秦出版社，2004 年 12 月)，〈藍田縣丞廳壁記〉評箋，頁 139。

[41] 明‧唐順之《文編》卷 55，又見於明‧茅坤(1512-1601)編：《唐宋八大家文鈔‧韓文》卷 8，引自吳文治(1925-2009)編：《韓愈資料彙編》(臺北：學海出版社，1984 年 4 月)，〈唐順之〉，頁 783。

六、韓愈記體文章創新之門徑及其影響

文體分類的觀念，提供我們欣賞文章寫法的角度。唐代古文文體可區分為正體、變體或正格、出格。正體的文章，可以討論其寫法是否合乎傳統範式意義之完成；從文體的出位變格，可以討論作家寫作的突變創新。不過，雖然強調了寫作方式與傳統格式有無異同，但是這無關乎作品的評價意義的好壞。

韓愈記體文章的正體、不出格的表現較多，推測其原因可能有三：一是刻石須考量石塊的功能、面積大小，文字不能過長，仍以駢儷韻語較適合表達濃縮出來的語意。此可由〈汴州東西水門記〉、〈鄆州谿堂詩〉得到證明；二是受命於長官而作，內容較為固定，不敢造次，由〈燕喜亭記〉、〈新修滕王閣記〉可看出端倪；三是屬於年輕時期的作品，尚未有大刀闊斧進行改革的意識，譬如〈畫記〉作於 28 歲，雖然末段已經有了抒情性書寫的手法，但是篇幅不長，全文仍然很像傳統「記」的寫法；到了 47 歲作〈藍田縣丞廳壁記〉、53 歲作〈新修滕王閣記〉時，抒情性書寫的手法，幾乎佔滿了全篇。總之，「碑記」的古文書寫受到諸多限制，韓愈是位能回溯到傳統規範的人，在此情況下，仍然寫出了一些出色的記體文章，受到世人肯定。

韓愈記體文章的變體、出格之作雖然較少，卻是韓文超勝創發之處。其中別開生面、匠心獨運的「創格」作法，受到世人的肯定，歸納其形成原因可能有四：一是記體文章不再細膩地模山範水，反而添入少許的議論見解，如〈燕喜亭記〉。二是在娓娓道來的記敘過程之中，與寫作對象展開對話，直接寫出個人情感，如〈畫記〉的末段；即使不得已有些頌美長官的文字，仍然出之以真實的生活經驗，筆端帶有深情，如〈燕喜亭記〉、〈新修滕王閣記〉。三是不再謹守碑石文字立言正大的書寫方式，不再摹寫當地建物，轉而「虛寫」個人的心理狀態，如〈新修滕王閣記〉。四是脫離記體文章的格製，直接採用對答語錄體，描述生活細節，以側面塗寫畫境的方式，將寫作對象的感喟心情細細揣摩一番，如〈藍田縣丞廳壁記〉。記體文章「敘事性」的功能極強，寫作者往往受到寫作內容或寫作體製的大幅度的限制，確實有很高的難度；然而，任何文章都是以人性特有的感情、意緒、

相近的文化符碼所構成，出自情感的自然流露，因而文章帶有「抒情性」是常有的現象。韓愈將生命過程中源源不絕的抒情力量，溶入了記體文章的内容與敘述，提振出創新的元素，故能引起後人效法。錢鍾書(1910-1998)《管錐編》稱：「名家名篇，往往破體，而文體亦因以恢宏焉。」[42]說得就是這個道理。

　　從文學史發展的角度來說，「記」源自「碑石」，刻石傳統是一個重要的思考點。早期的碑石文字都是憑藉載體的堅固不易損毀，期能傳諸久遠而作。後來，文學名家一再被請託書寫，依附書寫者的聲名傳世也漸漸成為世人的一大考量。唐代以後，記體文章成為新興文體，自韓、柳開始，雖然染上了一些議論色彩，其功用也由原本敘事性的「所以備不忘」，漸漸轉變成文人書寫情志、議論事理的工具，但是終究大多數仍然合乎傳統體製的規範。韓愈記體文章完全「出格」的僅有〈藍田縣丞廳壁記〉一篇，其書寫意義就是突破了傳統寫作的矩範，賦與作者更大的舞文弄墨的空間，相對來說，更容易有文意創新、語詞創新的機會。錢穆先生認為韓愈、柳宗元開創新「記」體居功尤偉：

> ……故韓、柳之大貢獻，乃在於短篇散文中再創新體，如贈序，如雜記，如雜說，此等文體，乃絕不為題材所限，有題等如無題，可以純隨作者稱心所欲，恣意為之。……故短篇散文之確能獲得其在文學上之真地位與真價值，則必自韓、柳二公始。[43]

韓愈和柳宗元都是身處於古代體製已經定型，而新變體製猶待創新的年代，故二人都寫了一些以建築物為主要對象的作品，合乎古制。柳宗元建物類的碑記作品有24篇，數量較韓愈為多，以亭堂廳壁等私人燕息之所為主。[44]其中〈鼇屋縣新

---

[42] 錢鍾書：《管錐編》(臺北：書林出版社，1990年)，第3冊，第15則，〈全漢文卷16〉，頁890。

[43] 錢穆：〈雜論唐代古文運動〉，《中國學術思想史論叢(四)》，頁54。

[44] 《柳宗元集》中建物類雜記有：〈監祭使壁記〉、〈四門助教廳壁記〉、〈武功縣丞廳壁記〉、〈鼇屋縣新食堂記〉、〈諸史兼御史中丞壁記〉、〈館驛使壁記〉、〈嶺南節度使饗軍堂記〉、〈邠寧進奏院記〉、〈興州江運記〉、〈全義縣復北門記〉(以上《柳集》卷26)、〈潭州楊中丞作東池

食堂記〉記述新食堂修建的資金來源以及建成後的作用（《柳集》卷 26）；〈永州
韋使君新堂記〉借新堂建造前後的不同，讚美韋使君造福人民，文中有抒情也有
議論（《柳集》卷 27）；〈邕州柳中丞作馬退山茅亭記〉感歎「夫美不美，因人而
彰」，藉山水被埋沒感歎懷才不遇（《柳集》卷 27）。郭春林(?-)指出：「從文學史
的角度來看，柳宗元的臺閣名勝記初步定型了這種記文的文體特徵，體現了唐代
記文的獨特風貌，為這種文體的繁榮奠定堅實的基礎。」[45]

　　再從題材來看，韓、柳二人又都有些突破傳統的地方。雖然柳宗元的〈柳州
山水近治可游者記〉「全是記事，不著一句議論感慨，卻淡宕風雅」，[46]仍屬於傳
統記體文章的寫法，但是他那頗負盛名的〈永州八記〉，寫景、記物，寄託感慨，
筆端帶有深情，早為眾人所周知。韓愈沒有山水遊記的作品，然而在韓、柳同時
或稍前稍後，此類作品日益興盛起來，如元結〈右溪記〉(約 765-779 年作)、〈茅
閣記〉(約 765 年作)、〈菊圃記〉(766 年作)、白居易(772-846)〈廬山草堂記〉(817
年作)、〈江州司馬廳記〉(818 年作)、〈冷泉亭記〉(823 年作)、杜牧(803-853)〈杭
州新造南亭子記〉(約 847 年作)等，多多少少脫離了傳統「記」體的寫法。只因
為韓、柳二家古文享譽後世，其抒情美學的意涵往往超過建物本身的紀錄，創新
作品的比率儘管不高，但與其他人互相比較下，仍然有更多的作品流傳於世，故
北宋歐、蘇以後，記體文更朝向求新求變的路途邁進，在古文家大力尊崇的推波
助瀾下，帶動了古文運動的復興。

　　對韓愈來說，記體文章立足於現實生活情境，只是不排除文章中的抒情性，

戴氏堂記〉、〈桂州裴中丞作訾家洲亭記〉、〈邕州柳中丞作馬退山茅亭記〉、〈永州韋使君新
堂記〉、〈永州崔中丞萬石亭記〉、〈零陵三亭記〉(以上《柳集》卷 27)、〈道州毀鼻亭神記〉、
〈永州龍興寺息壤記〉、〈永州龍興寺東丘記〉、〈永州法華寺新作西亭記〉、〈永州龍興寺西
軒記〉、〈柳州復大雲寺記〉、〈永州龍興寺修淨土院記〉(以上《柳集》卷 28)、〈柳州東亭記〉
(《柳集》卷 29)等。參見柳宗元著、吳文治點校：《柳宗元集》(臺北：漢京文化事業公司，
1982 年)，卷 26-29。

[45] 郭春林：〈柳宗元的臺閣名勝記略論〉，《柳州師專學報》，2005 年 3 月，頁 21。

[46] 明・茅坤語，《山曉閣唐大家柳柳州全集》卷 3，引自尚永亮(1956-)：《柳宗元詩文選評》(上
海：上海古籍出版社，2003 年 12 月)，頁 209。

因而從記敘走向抒情書寫的過程是一段自然而成的心路歷程。但是，對北宋古文寫作者來說，他們身為韓愈古文的讀者、追隨者，感受到文章中的抒情性，遂摹擬學習之，於是從記敘走向抒情的過程不再是自然而成，而是一種出自有意為之的轉化與調和的寫作過程。既是有意為之，可能就有意創新而不與前人同，故清末民初章廷華(1872-1927)《論文瑣言》說：

> 歐陽公記、序文字，骨法脈絡皆師昌黎，而聲音面目則迥殊。[47]

前文論及韓愈〈燕喜亭記〉、〈新修滕王閣記〉時，也陳述過歐陽脩向韓愈古文學習。這裡透露歐陽脩模仿與創新的心理糾結，說明了歐陽脩「學韓而不似韓」的事實，這是可以再關注討論下去的議題。其實不只是歐陽脩一人，在北宋古文運動的後繼者中，有許多傳承薪火的人物，尤以蘇軾為箇中翹楚。南宋葉適(1150-1223)說：

> 韓愈以來，相承以碑志序記為文章家大典冊，而記，雖愈及宗元猶未能擅所長也。至歐、曾、王、蘇，始盡其變態，如〈吉州學〉、〈豐樂亭〉、〈擬峴臺〉、〈道州山亭〉、〈信州興造〉、〈桂州新城〉，後鮮過之矣。若〈超然臺〉、〈放鶴亭〉、〈篔簹偃竹〉、〈石鐘山〉，奔放四出，其鋒不可當，又關紐繩約之不能齊，而歐、曾不逮也。[48]

葉適看到「記體」的改變軌跡，歐、蘇、曾鞏(1019-1083)、王安石(1021-1086)都有其功勞，但是他更肯定蘇軾〈超然臺記〉、〈放鶴亭記〉、〈文與可畫篔簹偃竹記〉、〈石鐘山記〉等文章。「這些文章的記敘主體已經退至配角，只借記敘點化議論或抒發感情，以敘襯議，凸顯主旨。如〈超然臺記〉用四方形勝與四季

---

[47] 清・章廷華：《論文瑣言》，引自王水照(1934-)編：《歷代文話》(上海：復旦大學出版社，2007 年 11 月)，頁 8406。

[48] 參見宋・葉適：《習學記言・序目》(北京：中華書局，1977 年 10 月)，下冊，卷 49，頁 733。

美景來渲染遊賞之樂，文末點出超然物外、隨遇而安的思想。〈放鶴亭記〉由酒、鶴聯想到文史典故，並以酒襯鶴，論及南面之君不能得隱士之樂，洋溢出世隱逸之情。〈文與可畫篔簹谷偃竹記〉寫出了文同(與可，1018-1079)高明的畫論、高超的畫技和高尚的畫品，文章從竹的本性寫起，點出對亡友的思念作結。〈石鐘山記〉起筆議論山名由來，次段寫小舟夜遊，末段議論『石鐘』之名來源，說明要認識事物真相必須親見，切忌主觀臆斷的道理。上述作品或以議論或以抒情為主，而〈石鐘山記〉尤以議論始、以議論作結，完全顛覆了雜記先敘後議的作法」。[49]由此觀之，葉適評論此時期「盡其變態」，有很大的成分是指「雜記議論化」而言。

文體演變之間有些具體而微的差異，改變記敘體製可以走向抒情、也可以走向議論，這是積漸而來的演變過程。宋人在「議論化」方面更進唐人一步，這是宋人突出的成績；但並不能掩蓋韓愈、柳宗元強化了文章抒情性書寫的內容，造就出富有抒情美感的好文章，終於完成記體文章的體製革新。

本文原載於《成大中文學報》第 34 期（2011 年 9 月出版），經「《成大中文學報》編輯委員會」授權轉載，特此註明。

---

[49] 楊子儀：《歐陽脩建物記研究》(臺北：國立臺灣師範大學國文學系碩士論文，2009 年 6 月)，第 5 章第 1 節〈宋代的批評〉，頁 85。

羅聯添教授八秩晉五
壽　慶　論　文　集
2011 年 11 月 頁 247-277

唐代古文與小說的交涉
——以韓愈、柳宗元的作品為考察中心

康　韻　梅[*]

提　要

　　唐代古文與小說的交涉是一值得注意的文學史現象，本篇首先針對前輩學者對此議題的討論，作一釐析。進而從文體的三個面向，檢視歷來游移在古文與小說兩個文類間的韓、柳之作，抉發出韓、柳之作與小說交涉的實貌。韓、柳之作與唐代小說的相關，首在兩者與史傳的淵源；而兩者間交涉的實質，則是在奇詭俳諧的文體風格中展現；復從韓柳之作的作意上尋思，發現這些側重社會邊緣人物和以物類擬人的奇詭俳諧作品書寫，實為韓、柳意欲傳達他們對世事的感慨和見解，與「雖小道，必有可觀者焉」的傳統小說觀念相符，甚至以理論將此奇詭俳諧的作品，提昇至經史詩文同等的高度，進而影響了爾後的小說創作的自覺意識，形成與小說創作觀念層面的相互關涉。經由這樣的探究過程，可以深刻地得知韓、柳古文撰作運用了小說敘事的作意、內容、形式，展開了古文更寬闊的藝術表現，同時此一撰作實踐也回向滋養了小說的書寫。

關鍵詞：唐代古文、唐代小說、韓愈、柳宗元、文體

---

[*] 國立臺灣大學中國文學系教授。

唐代古文與小說的交涉
——以韓愈、柳宗元的作品為考察中心

　　中國小說的發展至唐代，文體趨於成熟，而有了標竿性的意義，也因此與在唐代具變革性意義發展的詩歌，成為唐代文學的雙璧，往往為研治文學者所樂道。[1]但揆諸唐代的文學發展，除了詩歌和小說之外，仍有一影響深遠的文體革命，即是古文運動的推展，致使散文逐漸地取代了駢文，而成為爾後文章寫作的主流。在這些鮮明的文學發展現象之下，尚有更值得玩味的小說與詩歌、散文交涉的情況，其中涉及到作者身份、時空背景等文學外部因素，還有文體特質的文學內部因素。關於作者因素，若以小說為觀察本位，可以非常明晰地掌握出，唐代小說的撰作者多為當時有名文士，除了小說作品之外，多有詩、文之作，在寫作小說時，融入本已擅長的詩、文之筆，自是自然之事；至於時空背景的因素，除了整體的文學環境，例如詩歌蓬勃發展，勢必會影響小說的寫作外，還有幾個特別值得注意的點，一是傳奇與歌行同題並作的情形生發之際，大致與「新樂府」撰作時期相符，[2]另一則是小說蓬勃發展的時間與古文蓬勃發展的時間相符，[3]若此，

1　桃源居士《唐人百家短篇小說・序》：「唐三百年，文章鼎盛，獨詩律與小說，稱絕代之奇。」見明・佚名輯：《唐人百家短篇小說》（北京：北京圖書館出版社，1998 年），頁 1。《唐人說薈・例言》：「洪容齋謂唐人小說不可不熟，小小情事，悽惋欲絕，洵有神遇而不自知者，與詩律可稱一代之奇。」見清・蓮塘居士輯：《唐人說薈》（上海：掃葉山房，1925 年），例言，頁 1。魯迅亦認為：「小說亦如詩，至唐代而一變」。見氏著：《中國小說史略》，《魯迅小說史論文集》（臺北：里仁書局，1992 年），頁 59。

2　參見拙著：〈唐代傳奇與歌行並作初探〉，《遨遊在中古文化的場域——六朝唐宋研討會論文集》（臺北：里仁書局，2004 年），頁 99-103。

3　陳寅恪先生指出：「貞元（785-805）、元和（806-820）為『古文』之黃金時代，亦為小說之黃金時代。」見氏著、程會昌譯：〈韓愈與唐代小說〉，《陳寅恪先生論文集》（臺北：九思出版社，1977 年），頁 1297。

形成文類之間的交涉，便不難理解。但最重要的是，小說、詩歌、古文之間如何交涉，便不得不進入文體特質的範疇來討論。

宋・趙彥衛於《雲麓漫鈔》中，對於唐代小說文體特質有一重要的界定，成為後人對唐代小說認知的關鍵。

> 唐之舉人，先藉當世顯人，以姓名達之主司，然後以所業投獻，踰數日又投，謂之『溫卷』。如《幽怪錄》、《傳奇》等皆是也。蓋此等文備眾體，可以見史才、詩筆、議論。[4]

此說有兩個重點，一是唐代科舉的溫卷之風，另一是《幽怪錄》和《傳奇》為溫卷之作，因為它們具有「文備眾體」的特質，可以從作品中顯現作者的史才、詩筆、議論的優劣。關於《幽怪錄》、《傳奇》是否為溫卷之作，或者唐代小說與溫卷的關係，歷來的討論意見紛紜，莫衷一是，[5]但唐代小說「文備眾體」卻是值得重視的事實，而今日對小說的界義，亦強調其文體表現的多樣性，[6]即無論古今小說文體，總是可以納含其他的文類，或者具有其他文類的文體特色。唐代小說所具眾體，其中「詩筆」一項，必然與詩歌此一文類相關，唐代小說中已多見夾雜詩歌的現象。由於詩與小說文體的藝術形式差異明顯，故較為容易去討論彼此之間的交涉，至於小說與古文則因為兩者同為以散文形式寫作，區別文體間的差異便不若小說與詩般鮮明，特別是趙彥衛所指陳小說中所展現的史才和議論，亦見於古文的寫作中，小說與古文之間，必然存有比小說與詩歌之間，更為緊密的文體關連，唐代小說和古文創作的關連性，便是一值得探究的問題。

---

[4] 見趙彥衛：《雲麓漫鈔》（臺北：新文豐出版股份有限公司，1984 年），頁 222。

[5] 程國賦先生對此一問題有綜述前人之議的討論。見氏著：《唐代小說與中古文化》（臺北：文津出版社，2000 年），頁 96-106。

[6] 《辭海》在對小說定義時，特別強調小說的表現方式最靈活，可以並用敘述、描寫、抒情、議論等手法，也可以有所側重。見夏征農主編：《辭海》（上海：上海辭書出版社，2003 年），頁 1340。

論及唐代的古文，最具有代表性的就是韓、柳之作，韓愈、柳宗元是唐代的古文大家，不但是「古文八大家」中唯二的唐代代表，而從古文發展的進程而觀，二人皆具有開創意義，故宋人沈晦曾言：「學古文必自韓、柳始」[7]，然更令人驚異的是，韓、柳二人的古文寫作，多與唐代小說相關，是歷來討論唐代小說與古文互涉的核心。故本篇嘗試審視前人對此一議題的探討，並從文體上的特色探究韓愈和柳宗元的古文，與唐代小說如何關涉，同時也想進一步探索，韓、柳創作主張及其實踐，又如何影響了小說的創作。

一、是小說？非小說？——古文與傳奇小說之間的游移

在進入唐代小說與韓柳之作文體交涉的議題之前，首先想釐析歷來對於韓、柳之作與唐代小說關係的相關討論，以突顯此一議題的重要性，並作為本篇何以欲從文體角度作探究的理由。

對於韓愈、柳宗元的作品與唐代小說作品的關連，最早論及的應是李肇的《唐國史補》卷下：「沈既濟撰〈枕中記〉，莊生寓言之類也。韓愈撰〈毛穎傳〉，其文尤高，不下史遷。二篇真良史才。」[8]將沈既濟〈枕中記〉和韓愈〈毛穎傳〉並稱為「良史」，甚至認為韓愈之作還超越了沈既濟，可見李肇並未將兩者界分，而他所著眼的兩者共同之處為出於史家的撰述。但〈枕中記〉在後世的唐人小說選集中，成為必被選錄的代表性作品，從此後設的角度而觀，〈毛穎傳〉與〈枕中記〉的並列，亦使得〈毛穎傳〉具有了小說的色彩。

明代的胡應麟則擺落史家撰述的觀點，從小說創作手法的角度，賦予了〈毛穎傳〉的書寫意涵。

---

[7] 沈晦：〈四明新本河東先生集後序〉，《柳宗元集》（北京：中華書局，1979 年），頁 1445。

[8] 見唐・李肇著，曹中孚校點：《唐國史補》，《唐五代筆記小說大觀》（上海：上海古籍出版社，2000 年），頁 193。

> 凡變異之談，盛於六朝，然多是傳錄舛訛，未必盡幻設語，至唐人乃作意好奇，假小說以寄筆端。如〈毛穎〉、〈南柯〉之類尚可，若〈東陽夜怪錄〉稱成自虛，《玄怪錄》元無有，皆但可付之一笑，其文氣亦卑下無足論。[9]

這一段話語中，對於唐代小說的藝術性有深刻觀察，形成了唐代小說文體特質的經典之論，而胡應麟在說明唐代「變異之談」時，所舉之例為〈南柯太守傳〉和〈毛穎傳〉，顯示胡應麟認為〈毛穎傳〉是「盡幻設語」、「作意好奇」、「假小說以寄筆端」的代表作，亦即在創作上〈毛穎傳〉是小說筆法。從胡應麟的觀點設想，我們熟知古文大家韓愈，居然寫就了一篇具有代表性的傳奇小說。

魯迅在《中國小說史略》中，引述了胡應麟對唐代「變異之談」具有的文體特質之觀點，並加以詮釋，但其中最耐人尋味的是，魯迅敘及這些出於「意識之創造」，「篇幅曼長」、「記敘委曲」、「時亦近於俳諧」的文字，被評論者「每訾其卑下，貶之曰『傳奇』，以別於韓、柳輩之高文。」[10]在魯迅的這一段敘述中，顯示出「傳奇」在某些評論者的眼光中是卑下的，無法與韓、柳書寫的「高文」相比。[11]

---

[9] 見氏著：《少室山房筆叢·二酉綴遺（中）》《景印文淵閣四庫全書》（臺北：臺灣商務印書館，1983 年），冊 886，頁 387。

[10] 魯迅云：「其云『作意』，云『幻設』者，則即意識之創造矣。此類文字，當時或為叢集，或為單篇，大率篇幅曼長，記敘委曲，時亦近於俳諧，故論者每訾其卑下，貶之曰『傳奇』，以別於韓、柳輩之高文。」見氏著：《中國小說史略》，《魯迅小說史論文集》，頁 59。

[11] 魯迅這一段話語殆與陳師道《後山詩話》的一段記載有關。《後山詩話》云：「范文正公為〈岳陽樓記〉，用對語說時景，世以為奇。尹師魯讀之，曰：『傳奇體爾。』《傳奇》，唐裴鉶所著小說也。」見《後山詩話》，收錄於清·何文煥、丁福保編：《歷代詩話統編》（北京：北京圖書館出版社，2003 年），頁 188。尹洙以「傳奇體」來概括〈岳陽樓記〉「用對語說時景」的特色，若依據陳師道《後山詩話》的詮解，此所謂的「傳奇體」指的是裴鉶所著的小說《傳奇》文體，檢視《傳奇》中確有許多篇章是用對語來描繪時景的，例如〈封涉〉一篇中，大量用對句來形容封涉所居之山景，這是駢儷的表現手法，尹洙是一古文家，自然對這樣的書寫方式不以為然，然而在唐代小說中，多於行文中出現駢儷之筆者。但《後山詩話》的敘述，其間含蘊的是古文與駢文的緊張關係，只是《傳奇》因是小說，使得《傳

　　魯迅在此引述了論者以傳奇為「卑下」之言，點明了韓、柳古文與傳奇的差別，但對於其傳奇撰作特色理論所承的胡應麟，將〈毛穎傳〉與〈南柯太守傳〉並舉，作為唐代傳奇寫作的典型，卻未加以說明。此外，魯迅還特別從胡應麟所述及的「幻設」之語，提出幻設為文，在晉朝已盛行，例如阮籍〈大人先生傳〉、劉伶〈酒德頌〉、陶淵明〈桃花源記〉、〈五柳先生傳〉等都是幻設之作，但魯迅認為這些作品只能說是「以寓言為本，文詞為末。」而後王績〈醉鄉記〉、韓愈〈圬者王承福傳〉、柳宗元〈種樹郭橐駝傳〉等都是這一脈作品影響之作，與傳奇並不相涉。[12]魯迅將傳奇與史傳雜文二分，認為兩者間並無相關，而主張志怪才是傳奇的源頭。這個觀點正是從源頭上，將唐傳奇與韓、柳撰作的傳記分開。但魯迅在〈六朝小說和唐代傳奇文有怎樣的區別？〉一文中，卻指出「阮籍的〈大人先生傳〉、陶潛的〈桃花源記〉，其實倒和後來的唐代傳奇文相近；就是嵇康的〈聖賢高士傳讚〉、葛洪的〈神仙傳〉，也可以看作唐人傳奇文的祖師的。」[13]如此一來，唐傳奇與六朝雜傳具承衍關係，[14]那直接承自六朝雜傳的韓、柳傳記之作，必然也與傳奇小說產生某種程度的交集，兩者無法完全劃清界線。

　　魯迅似乎在有意無意之間想廓清韓、柳古文與傳奇的分別，從他的《唐宋傳奇集》未選錄任何一篇韓、柳的作品，便可見一斑。但又在不經意間，道出了韓柳古文與傳奇之間相關的話語。這樣的現象是否正意味著韓、柳古文與唐代傳奇實有互涉的情況。

奇體》之語，更具貶意。這是從尹洙的角度推展出的觀念，但審視其內容，其所說的傳奇體為「以對語說景語」的表現形式，與胡應麟所說的「傳奇」所指涉的內容，並不相同。事實上，胡應麟在陳述傳奇之後，所舉的二例之一便是韓愈的作品，如此韓柳之作遂與傳奇小說有了連結。

[12] 同注 10。

[13] 見《魯迅小說史論文集》，頁 500。

[14] 關於唐傳奇與六朝雜傳的關係，可參酌王運熙：〈簡論唐傳奇和漢魏六朝雜傳的關係〉，《中西學術》2 輯（上海：上海復旦大學出版社，1996 年），頁 1-10；孫遜、潘建國：〈唐傳奇文體考辨〉，《文學遺產》第 6 期（1999 年），頁 34-49；熊明：〈從漢魏六朝雜傳到唐人傳奇〉，《社會科學輯刊》第 5 期（2005 年），頁 180-186。

　　相較於魯迅，陳寅恪先生則極陳唐代古文與傳奇之間的關係，還特別撰作了〈韓愈與唐代小說〉一文，在文中指出：

> 貞元、元和為「古文」之黃金時代，亦為小說之黃金時代。《韓集》中頗多類似小說之作。〈石鼎聯句詩並序〉及〈毛穎傳〉皆其最佳例證。前者尤可云文備眾體，蓋同時史才、詩筆、議論俱見也。要之，韓愈實與唐代小說之傳播具有密切關係。[15]

在此，陳寅恪先生強調了唐代古文與小說都在貞元、元和臻於鼎盛，而韓愈文集中有許多類似小說的作品，而以〈毛穎傳〉和〈石鼎聯句詩序〉為典型，〈毛穎傳〉在唐代便與〈枕中記〉並列，而最初建構唐代傳奇敘述形式和美學特質理論的胡應麟，則將之與〈南柯太守傳〉同提，陳寅恪先生自然將之視為韓愈近似小說之作，並認為〈毛穎傳〉是以「古文」為小說的一種嘗試，至於〈石鼎聯句詩並序〉一文，則是因為其「文備眾體」，而與唐代小說的文體相類。

　　在〈長恨歌箋證〉一文中，陳寅恪先生亦有類似的見解，甚至更進一步地闡釋古文與小說的關係。同時，在此文中，陳寅恪先生還論及其所撰〈韓愈與唐代小說〉一文的要旨在「以為古文之興起，乃其時古文家以古文試作小說而能成功之所致，而古文乃最宜於作小說者也。」[16]陳先生還特別以〈游仙窟〉為例，說明僵化的駢文和公式化的散文，無法勝任人情、物態、世法、人事的敘寫，勢必需以創新的古文撰作，而小說的駁雜無實、俳諧、和雅俗共賞，是最適合以古文嘗試書寫，並可以達到宣傳效果。陳先生由此來論小說以古文書寫之利，並陳述古文乘小說文類的特質而興，此即其所謂的韓愈與唐代小說之傳播的密切關係生發之因。[17]陳先生認為是小說推動了古文的發展，同時添加至古文的異質元素，亦催化了小說的發展，故其言：「退之之古文乃用先秦兩漢之文體，改作唐代當時

---

[15] 同注 3。

[16] 見《元白詩箋證稿》，《陳寅恪先生論文集》，頁 692。

[17] 同前注，頁 692-694。

民間流行之小說，欲藉之一掃腐化僵化不適用於人生之駢體文，作此嘗試而能成功者，故名雖復古，實則通今，在當時為最便宣傳，甚合實際之文體也。」[18]

在貞元、元和之際，為唐代小說的興盛期，但在此之前的小說，並非都如〈游仙窟〉為駢文之作，反多為散體，在述事、寫人、狀物上，已揮灑自如，究其源由，實乃唐代小說所承的志怪與史傳，仍為散文體式，且在敘述上，並非運用駢文與僵化的古文，故陳先生之說太強調了古文書寫之於小說的作用，甚至說出「今日所謂唐代小說者，亦起於貞元元和之世，與古文運動實同一時，而其時最佳小說之作者實亦即古文運動中之中堅人物是也。」之語，[19]唐代小說早在貞元、元和之前便興起，小說作者也並非古文運動之中堅人物，陳寅恪先生所說，並不符合唐代文學發展的實況。

程毅中先生對陳寅恪先生的說法，從唐代小說發展的情形，予以辯駁：

> 唐代小說導源於六朝志怪，本來就以散文作為敘事文體，唐前期作品如牛肅的《紀聞》、戴孚《廣異記》以至沈既濟的〈任氏傳〉，都產生於韓愈提倡古文之前。而且學者公認為最佳小說如〈李娃傳〉、〈鶯鶯傳〉、〈霍小玉傳〉等之作者，歷來也沒有人稱之為古文家。尤其是到了後期，小說家大量運用詩歌駢文，形成了「用對語說時景」的傳奇體，因而被北宋的古文家尹洙所嘲諷，又怎麼能說傳奇文運動是古文運動的一個別支呢？[20]

陳寅恪先生確實過於強調古文與小說發展的同步關係，但他的論述則正視了唐代古文與小說的交涉，與魯迅的規避態度不同。至於程毅中先生反駁了陳寅恪先生的主張，同時他認為韓、柳所作〈毛穎傳〉、〈李赤傳〉之類的雜著，是小說盛行

---

[18] 見氏著〈論韓愈〉一文，《陳寅恪先生論文集》，頁 1290。

[19] 同注 16。

[20] 見氏著：《唐代小說史話》（北京：文化藝術出版社，1990 年），頁 327-328。此外，亦有學者指出陳寅恪先生此說之誤。見崔際銀：《詩與唐人小說》（天津：天津古籍出版社，2004 年），頁 60-61。

之後的學步之作，但也算不上標準的唐人小說。[21]程先生似乎又拉遠了唐代古文與小說間的距離，故在他的《唐代小說史話》一書中，他僅選錄了柳宗元《龍城錄》一書，並力排歷來的質疑，認為《龍城錄》是柳宗元所著的志怪小說集，[22]但未選錄任何韓、柳的古文之作，然非常有趣的是，他是以柳宗元和韓愈一樣，寫過一些小說性的文章，來證明柳宗元有撰作《龍城錄》的可能。更值得玩味的是在探討唐代小說的淵源時，程毅中先生引述了一段清人汪琬的敘述：

> 小說家與史家異。古文辭之有傳也，記事也，此即史家之體也。前代之文，有近於小說者，蓋自柳子厚始，如〈河間〉、〈李赤〉二傳、〈謫龍說〉之屬皆然。然子厚文氣高潔，故猶未覺其流宕也。至於今日，則遂以小說為古文辭矣。（清・汪琬〈跋王于一遺集〉，《鈍翁類稿》卷48）

程毅中先生認為汪琬承認柳宗元的文章近於小說，是比較符合實際的見解。但對於汪琬以「文氣高潔」來說明柳文不是小說，並不以為然，因為在程先生的觀念中，「文氣高潔」的風格展現，也許不是成功的小說，但未必不是小說。同時他還更進一步的指出柳宗元的〈李赤傳〉比《獨異志》的〈李赤〉條寫得更為曲折詳盡，不像《獨異志》那麼簡潔，如果《獨異志》是小說，為什麼〈李赤傳〉不是小說呢？甚至他指出《龍城錄》亦是文氣高潔，實屬於柳宗元的小說作品。[23]據此可知，程毅中先生對於韓柳古文和唐代小說的關連，亦是有曖昧之處，他雖然釐清了陳寅恪先生嘗試將古文、小說綑綁在一起的迷思，但在面對韓、柳之作與小說關係的判斷上，又浮現了矛盾，或許這正是反映韓、柳古文與小說之間，甚難勾勒清楚的實況。

　　較諸前述學者的嘗試判定古文與小說關係，所發生的擺盪、猶疑，李劍國先生從古文、小說兩端的發展，考索其間的關連，則甚具啟發性意義。李劍國先生

---

[21] 《唐代小說史話》，頁328。

[22] 同前注，頁168。

[23] 同前注。頁10。

對於古文與小說的關係，釐清出一條線索，首先他指出張說是古文運動的先驅，創作上大力解駢為散，並實際撰作了〈梁四公記〉、〈鏡龍圖記〉、〈綠衣使者傳〉和〈傳書燕〉等四篇傳奇，以傳奇進行文體改革的嘗試，直接啟示了後來的韓、柳，傳奇小說的興起，促進了古文的復興。而古文的章法和語言則被吸收進入傳奇的創作中，這在韓、柳的作品中表現的最為鮮明。[24]接著他便較為詳細地說明傳奇如何對古文文體進行改造：「包含詩筆、史才、議論的傳奇對促進文體革新的特殊意義，就是吸收小說的散體語言形式和描寫技巧來改造古文，特別是敘事性較強的古文。」[25]古文領袖韓愈、柳宗元便寫了許多接近傳奇的小說作品，如〈毛穎傳〉、〈圬者王承福傳〉、〈謫龍說〉、〈種樹郭橐駝傳〉、〈梓人傳〉、〈宋清傳〉、〈童區寄傳〉，借鑑了小說的構思和技巧，李先生稱之為「亞小說」。至於〈石鼎聯句詩序〉、〈河間傳〉、〈李赤傳〉則可視為傳奇之作。[26]李先生進一步指出韓愈〈石鼎聯句詩序〉描寫怪道士，柳宗元〈李赤傳〉描寫狂人，〈河間傳〉描寫淫婦，都是優秀的作品。特別的是韓、柳的古文家傳奇，是小說理論的典型實踐，用冷峻簡雅而不失形容生動的古文筆法描寫或怪或俳的故事，夾雜著作者的譏諷或激憤，在傳奇中別具一格。[27]所以在《唐五代志怪傳奇敘錄》中，除了《龍城錄》之外，他選了此三篇詳作敘錄。

李劍國先生針對韓、柳個別作品的藝術呈現，與小說的交集程度，分為「亞小說」和「傳奇小說」，分別指陳其與小說的關連。孫昌武先生在討論韓、柳古文時，亦有類似的作法，他認為韓愈撰寫〈毛穎傳〉、〈圬者王承福傳〉是以寓言出之，卻有一定的小說成分，而〈石鼎聯句詩序〉是一篇傳奇小說。柳宗元的〈種樹郭橐駝傳〉、〈宋清傳〉為兼有傳記、寓言、小說特點的「中間體裁」，而〈河間

---

[24] 見氏著：《唐五代志怪傳奇敘錄》（天津：南開大學出版社，1993 年），頁 37。

[25] 同前注，頁 39。

[26] 同前注。李劍國先生特別說明韓愈用小說筆法寫〈石鼎聯句詩序〉，而使之成為一篇傳奇，從中也形成了小說和詩歌的互相滲透。

[27] 同前注。頁 41。

傳〉、〈謫龍說〉則是典型的傳奇文。[28]孫先生所認定是為傳奇的篇目,不盡與李先生相同,同時他指陳出非純為傳奇小說的文章所關涉的其他文類,如寓言、傳記等。

李劍國先生不只從藝術表現特色對韓、柳之作作出與傳奇小說的關係判定,他還從傳奇小說的發展流變,掌握彼此的影響關係,例如〈毛穎傳〉取法《靈怪集》的〈姚康成〉,而王洙〈東陽夜怪錄〉明顯借鑑〈毛穎傳〉的手法,形成一良性循環。[29]由此可見,李劍國先生對於韓、柳古文與傳奇小說之間,有較前人更為深入的觀察。

從以上列舉可知,自唐代李肇將〈枕中記〉與〈毛穎傳〉並提開始,歷代陸續出現韓、柳古文與小說關涉的論述,而以韓愈的〈毛穎傳〉為矚目的焦點,也偶見論及柳文者,尤其時至重視小說的現、當代,對於此一議題,有更為豐富的討論,其間便出現了許多歧異的觀點。除了前述諸家的論點外,對韓、柳之作是否為小說的不同認定也表現在唐代小說的選本上,例如清之《唐人百家短篇小說》只選了題名為柳宗元所著的《龍城錄》,而後的汪辟疆先生的《唐人傳奇》、王夢鷗先生的《唐人小說校釋》、張友鶴先生的《唐宋傳奇選》、蔡守湘先生的《唐人小說選注》、王汝濤先生的《全唐小說》、《中國文言小說百部經典》等,未選取任何一篇韓、柳之作;而李時人先生的《全唐五代小說》,則選了韓愈的〈毛穎傳〉和〈石鼎聯句詩序〉,以及柳宗元的〈李赤傳〉、〈河間傳〉和〈童區寄傳〉。關於唐代小說的研究著作,除了前所述及的之外,侯忠義先生的《隋唐五代小說史》和周紹良先生的《唐傳奇箋正》未探究及韓柳之作;而卞孝萱先生的《唐傳奇新探》則選了韓愈的〈石鼎聯句詩序〉、〈毛穎傳〉,和柳宗元的〈河間傳〉,作為其新探的對象,程國賦先生編著的《隋唐五代小說研究資料》,也羅列了韓愈的〈毛穎傳〉的相關研究資料。

本節中所述諸多看似矛盾、猶疑、甚至值得商榷的見解,都反映出韓、柳之

---

[28] 見氏著:《唐代古文運動通論》(天津:百花文藝出版社,1984年),頁33。

[29] 同注24。頁39。

作與唐代小說之間的交涉，是值得深入討論的問題。李劍國先生已從藝術表現手法觀照，本論文則意欲更進一步地從文體特色的角度，檢視韓、柳古文與傳奇小說發生關連的因素，並藉此檢視結果，重新梳理前輩學者針對韓、柳作品與傳奇小說關係的判定。

二、韓柳古文與傳奇小說的交涉——從文體特色角度切入的觀察

　　文學呈現出特定的體式，因此判斷作品間的關連，必定須從其表現出的體式著手，而文學的體式涉及了語言、形式和風格的特色，當然也與題材的選取和作者的動機相關。以下試圖從最關鍵的三個文體特色面向，來思考韓、柳之作與小說的交涉之實。

（一）史傳敘述形式的脫化

　　前述李肇《國史補》將〈毛穎傳〉與太史公的《史記》並提，胡應麟也認為〈毛穎傳〉的書寫似太史公筆法。[30]臺靜農先生述及〈毛穎傳〉是受傳奇文影響所寫的，居然會似太史公的史筆，是因為由史筆蛻變為沒有歷史真實性的碑傳文，同時又由史筆蛻變為創造故事性的傳奇文，碑傳文與傳奇文同源而異流。[31] 即碑傳文和傳奇文都承傳自史傳，臺先生還進一步指出宋朝人不願意將小說體的古文與韓愈一派，看作同等價值，於是以志異者為傳奇，載道者為古文。其實兩者同一來源，同是單筆古文，兩者表現的手法又非常相似，只有內容的差別。[32]按照臺先生的觀點，其實碑傳文和傳奇文，都來自史傳，故在表現形式上相似，只是內容是志異和載道的區別而已，若韓、柳撰寫的古文有志異的內容，那就無法界分兩者了。

---

[30] 見氏著《少室山房筆叢・史書佔畢》一中有「〈毛穎傳〉足繼太史」、「唐文章近史者三焉，退之毛穎之於太史也」等語。同注 9，頁 227。

[31] 見氏著：〈論碑傳文與傳奇文〉，《傳記文學》第四卷第三期（1964 年），頁 5。

[32] 同前注。

　　臺先生是從韓柳碑傳作品和傳奇小說來源皆是史傳，將二者牢籠，而歷來為諸家引以為與傳奇小說相關者，確實多半為韓、柳以傳為題之作，兩者相關的焦點，就是史傳的撰作模式。以下分別從事件敘述、贊論、敘事觀點，來論述韓、柳之作和傳奇小說與史傳敘事的關連，並藉由其間的關連程度，比較韓、柳之作與小說在敘事上的同與異。

1.事件敘述

　　論及韓、柳之作和傳奇小說與史傳的關連，首先最具有標記性認知的，就是以「傳」題名，其次則是運用史家記述人物、事件的傳記格式，例如在韓、柳之文中，多以傳主之名破題，然後再介紹傳主的身份，試舉數例如下：

> 毛穎者，中山人也。(〈毛穎傳〉)[33]
> 宋清，長安西部藥市人也。(〈宋清傳〉)[34]
> 郭橐駝，不知始何名。……，其鄉曰豐樂鄉，在長安西。(〈種樹郭橐駝傳〉)
> 童寄者，柳州蕘牧兒也。(〈童寄區傳〉)
> 李赤傳，江湖浪人也。……遊宣州，州人館之。(〈李赤傳〉)
> 蝜蝂者，善負小蟲也。(〈蝜蝂傳〉)

反觀傳奇小說亦採類似的敘述模式，例如沈既濟的〈任氏傳〉：「任氏，女妖也。」[35]李景亮的〈李章武傳〉：「李章武，字飛，其先中山人。」李公佐的〈南柯太守傳〉：「東平淳于棼，吳楚游俠之士。」復為李公佐所著〈謝小娥傳〉亦是「小娥，姓謝氏，豫章人，估客女也。」又〈盧江馮媼傳〉也具同樣的敘述方式：「馮媼者，盧江里中嗇夫之婦，為鄉民賤業。」白行簡的〈李娃傳〉：「汧國夫人李娃，長安

---

[33] 本篇所引韓愈之文，皆引自《韓昌黎集》(臺北：河洛圖書出版社，1975 年)，以下不再贅述。

[34] 本篇所引柳宗元之文，皆引自《柳宗元集》(北京：中華書局，1979 年)，以下不再贅述。

[35] 〈任氏傳〉，《唐人傳奇》(臺北：世界書局，1980 年)，頁 48。以下所引述的唐傳奇文本，皆用此版本，不再贅述。

之倡女也。」陳鴻的〈東城老父傳〉:「老父,姓賈名昌,長安宣陽里人。」等不及備載的作品,都是以此敘述模式作為文章的開場。至於柳宗元〈梓人傳〉的敘述稍有不同,是由裴封叔之第帶出梓人:「裴封叔之第,在光德里。有梓人款其門願傭隙宇而處焉。」事實上,傳奇小說亦有類似的呈現方式,例如許堯佐的〈柳氏傳〉,是由韓翊和李生帶出柳氏,〈霍小玉傳〉則是由李益帶出霍小玉,但在表述的方式上,還是交代背景的史家筆法。韓、柳諸傳和傳奇小說在交代人物、背景的敘述方式,是十分雷同的。但傳奇小說更精密詳晰地敘述出事件所發生的時間背景,較韓、柳的文章在此敘述形式上更接近史傳。

　　無論是韓、柳之作,或唐代傳奇小說都在敘述上有一重要的特色,那就是細部的描寫,許多論者都提到人物事件較為細緻宛曲的描寫,是唐代小說成熟的重要特徵,因此才脫離了史傳。[36]李肇《國史補》將沈既濟〈枕中記〉和韓愈〈毛穎傳〉並稱為「良史」,可見並未將兩者界分,而其共同之處便是史家的撰述,陳平原先生認為李肇所稱讚沈既濟和韓愈的著眼點,指的是敘事能力。[37]程毅中先生認為古文家和小說家都用了史家筆法。而此史家筆法是「記事而描繪細節,記言而模擬聲情」,[38]記事、記言固是史家筆法,「描繪細節」和「模擬聲情」往往僅出現在一些特殊史傳,如太史公的史著,以及野史雜記之中。若從唐代劉知幾認為歷史敘事以「簡要」、「隱晦」為尚而觀,[39]所謂的「描繪細節」和「模擬聲情」應是小說筆法,而其具體的展現,就是場景的敘述與對話和獨白的運用,如實地還原事件發生的狀況,讓原音重現,不再是透過敘述者的輾轉引述,而是直接引述人物話語,例如韓愈〈毛穎傳〉已見運用場景鋪陳和引述人物言語的敘述,

---

[36] 董乃斌先生對此議題有詳實的論述,見氏著:《中國古典小說的文體獨立》(北京:中國社會科學出版社,1994年),頁170-182。

[37] 見氏著:《中國小說史論》,《陳平原小說史論集》下(河北:河北人民出版社,1997年),頁1521。

[38] 同注21。

[39] 劉知幾於《史通‧敘事》中特別強調歷史敘事須簡要、隱晦,劉知幾所說的「簡要」,即是「文約而事豐」,而「隱晦」則是「省字約文,事溢於句外」。見姚松、朱恆夫譯注:《史通全譯》(貴陽:貴州人民出版社,1997年),頁316。

但文中亦多直敘其事的概述，反觀〈石鼎聯句詩序〉中詩序的部份，[40]以場景再現的方式，描寫軒轅彌明與劉師服、侯喜聯句賦詩的過程，其間人物言語的往復、人物的動作、神情，具現於文，醸造出戲劇性的情節，同時也刻劃出軒轅彌明超俗神異的形象。這樣的敘述形式實出於小說敘事的思維，而多見於韓愈的古文作品中。[41]而柳宗元的〈童區寄傳〉亦詳述童區寄被豪賊劫持的經過，並以童區寄與豪賊的對話和童區寄的言語，呈現童區寄如何脫困的實況，也因此烘托出童區寄智勇的形象。此二作展現了極高的敘事技巧，因而情節引人、人物生動，實可置於傳奇小說之列。

若從小說的敘事效果衡酌，韓愈〈石鼎聯句詩序〉美中不足之處，是未能充分掌握小說所強調的懸疑效果，若之前在詩序中完全不提及道士之名，唯稱之「道士」，直至劉師服、侯喜二人來陳述時，才說出一己之臆測，至此時方揭曉道士身份，必然會製造出更強烈的戲劇性效果，可見韓愈還是從撰「史」之心態著眼，以「事實」作訴求。此外，兩篇亦未能充分通過人物行為，展現人物的情感狀態，朱迪光先生曾比較在《國史補》中並提的〈毛穎傳〉和〈枕中記〉，認為〈毛穎傳〉完全是史家傳記筆法，雖然是虛構，也具有恢詭的特色，但只是以一種擬人的手法，發揮作者的奇特想像，並有其寓意。而〈枕中記〉的敘述有更多的細節描寫，更多的情感和思想，重要的是都是通過人物的行為，自然流露出來，人物形象因而被突出，這是〈毛穎傳〉所沒有的。而柳宗元類似傳奇文的傳記散文，如〈李赤傳〉以外視角敘述，雖彰顯了「奇」的特點，但缺乏感人的「情」；〈河間傳〉

---

[40] 〈石鼎聯句詩序〉雖以詩序為題，但主要還是在刻劃軒轅彌明，故明・冰華居士所編《合刻三志》的志奇類，收有此文，題為〈怪道人傳〉。參見李劍國：《唐五代志怪傳奇敘錄》，頁 362。

[41] 董乃斌先生舉出韓愈所撰述的多篇墓志銘，在敘述內容上另闢蹊徑，多選擇可以突顯人物形象的軼事，甚至是戲謔有趣的事件，同時在敘述時生動刻劃將人物的聲口，顯現韓愈在寫作文章時，已涉入了小說的敘事思維。同注 36，頁 150-151。孫昌武先生也曾敘及韓愈〈試大理評事王君墓誌銘〉、〈藍田縣丞廳壁記〉、〈張中承傳後敘〉等文中細節的描寫、場面的刻劃、人物的形容、語言的使用，都與小說有共同處，故其書寫具有傳奇的因素。同注 28，頁 34，144，148。

展開的是女子被動變化的過程，缺乏對其情感深入的揭示。[42]〈枕中記〉相較於其他的唐代小說，尤其是同樣以「人生如夢」為主旨的〈南柯太守傳〉，在敘事上的技巧表現，還算是比較粗疏的，但與〈毛穎傳〉相比，則細緻過之；至於〈李赤傳〉和〈河間傳〉雖較缺乏藉由人物的言行，流露深刻情感的傳達，不似〈童區寄傳〉般精細，但還是運用了一些場景、對話鋪排情節、塑造人物。「描繪細節」和「模擬聲情」最終的用意，是人物形象的塑造和情感的掘發，若僅由一外於事件的敘述者敘述，只是著重人物的事蹟，而無法深刻的塑造人物，甚至醞釀動人的氛圍。這是韓柳之作，略遜於小說之處。

韓、柳諸作和傳奇小說同樣承襲了史傳的事件敘述模式，但由於在敘述上「描繪細節」和「模擬聲情」的程度差距，致使標榜人物傳記的韓、柳之作，偏向記述與人物有關的事件，而傳奇小說除了敘述事件之外，還生動地形塑了人物，而事件敘述是否擴及人物的處境和心境，正是歷史敘事與小說敘事的區別關鍵，[43]由此可見韓、柳之作是較接近歷史敘事的。

2.贊論

除了題名和以人物介紹破題，交代事件時、地的背景，敘述事件、人物之外，韓、柳的古文中亦出現近於史傳的贊論形式，韓愈在〈毛穎傳〉文末，逕自用「太史公曰」作全篇贊論，模擬《史記》之跡甚明。柳宗元所著〈宋清傳〉、〈李赤傳〉、〈河間傳〉的文末，以及〈童區寄傳〉的文始，皆以「柳先生曰」抒發一段議論，評論所述之傳，是為史書贊論的形式，一如《左傳》的「君子曰」、《史記》的「太史公曰」。在唐代的傳奇小說中，亦往往於文末發抒議論，如〈任氏傳〉、〈柳氏傳〉、〈柳毅〉、〈南柯太守傳〉、〈謝小娥傳〉等等，其中〈謝小娥傳〉一篇，還特別以「君子曰」提起議論，亦是追仿《左傳》贊論之蹤。此外，在《三水小牘》的一些篇章中，出現「三水人曰」，《雲溪友議》出現「雲溪子曰」，則是將此議論模式

---

[42] 見氏著：〈柳宗元與唐傳奇〉，《衡陽師範學院學報》24 卷 5 期，（2003 年），頁 81。

[43] 參見拙著：〈小說敘事與歷史敘事之異同——對吳保安、謝小娥故事的論析〉，《臺大中文學報》24 期，頁 218。

化，如是的形式，亦顯露在柳宗元的古文創作中，在他所著相關的文章系列，多以「柳先生曰」的議論，作為文章的固定的結構，爾後《聊齋誌異》中的「異史氏曰」充分地體現了此點。

「議論」是唐傳奇「文備眾體」中的一體，無論是單篇的傳奇和小說集，在文本中往往都會出現「議論」，其中還鮮明地刻露承襲史傳論贊的痕跡，韓、柳的傳記古文亦襲用了史傳的贊論形式，兩者在史傳母體的孕育之下，相似的敘述特徵，自然浮顯。若從議論所佔文本的篇幅比例觀察，〈毛穎傳〉與史傳相仿，大致於傳主事蹟敘述之後，以一小段話語綜評，[44]傳奇小說中關於事件的評論，往往數句而已，十分簡扼，而有的小說也揚棄了此假借史傳的贊論傳統，未見任何議論。而韓愈〈圬者王承福傳〉夾敘夾議，議論與事件敘述相參，而值得注意的是，文中除了敘述者於文末的論述之外，尚假借圬者抒發議論；柳宗元的〈種樹郭橐駝傳〉中，則將此敘述方式發揮至極，所抒之理，完全由郭橐駝回應問者之言來表達，在唐代小說中，雖亦有藉由事件人物發抒議論，但未見如〈圬者王承福傳〉和〈種樹郭橐駝傳〉般，鋪設成長篇大論。柳宗元其餘一系列的傳之書寫中，敘事的事件與議論所佔篇幅的比例，或有事件敘述多於議論者，如〈童區寄傳〉、〈李赤傳〉、〈河間傳〉，或是篇幅大致上是相當的，如〈宋清傳〉、〈蝜蝂傳〉，甚至有議論多於事件敘述的情形，如〈梓人傳〉，而其議論的部份，往往形成一完整的論述，但〈童區寄傳〉最為特別，在標舉「柳先生曰」的文本中，其實大部分是概述越人鬻賣幼兒的風氣，只有以「斯亦奇矣」讚美區寄從豪賊逃脫之句，作為全篇評論。

由上述韓、柳之作的議論表達，可以得知，在墨守史傳的贊論方式之外，多有變化之處，而與小說相較，議論的篇幅較大，和與所述事件的關連也更緊密，便可知韓柳之作的撰作目的是所闡揚的道理，這也是這些作品具有寓言色彩的原因，歸有光在論述古文的寫作表現手法時，以譬喻中的「喻依」視故事事件，因

---

[44] 兵界勇先生認為韓柳寓言化的傳記大都有「以傳抒懷，以傳論世」的太史公遺意。見氏著：《唐代散文演變關鍵之研究》（臺北：臺灣大學中國文學研究所博士論文，2005 年），頁 132。

為故事事件是「喻依」，敘事的重心是所寓之理，故為「正意」；[45]反觀傳奇之作，固然議論抒發了撰作之旨，但其撰寫的重心，實在故事事件本身，這是兩者間的關鍵性差異。當然從廣義的角度來說，小說亦是寓言，必然有其喻示之理，但多半置於敘事之外，由讀者設想。清・鄭繹對於韓、柳所撰諸傳記的用意，有精確的掌握：

> 唐之韓、柳為〈槖駝〉、〈梓人〉、〈王承福〉諸傳，用《孟子》「語齊人」之例耳。借人立論，意不在其人也。莊周寓言，亦猶是耳。[46]

在此「借人立論」實有兩個層次的意涵，一是藉事件人物之言說理，一是敘述者藉傳立說，總而言之，諸傳中所展現的議論實為韓、柳所撰諸傳的本意，與傳奇以敘事為宗相違，即使是韓、柳的諸傳之作和傳奇小說，同有脫化自史傳的議論形式，但在事件本身與所寓之理的偏重上，有清楚的差別。

3.敘事觀點

　　從事件敘述、贊論的討論，必然會延伸的議題，就是敘述角度的問題，在史傳的敘述中，是由外在於事件的敘述者，對於所記之人、事，予以客觀的敘述，如《史記》中太史公，嚴格的史傳敘述應保持此客觀的敘述，不進入任一傳記人物的內心，但許多史家難以保持完全客觀的觀點，而描述了人物的心理，形成了第三人稱的敘述觀點。在〈毛穎傳〉中，韓愈完全秉持著史傳客觀的角度，但在〈圬者王承福傳〉中，韓愈便是以第一人稱的「余」進行敘、議。唐代小說的敘事觀點，主要是從史傳所承襲而來的第三人稱觀點，但亦出現了第一人稱觀點的

---

[45] 歸有光曾在《文章指南義集》中論及「譬喻」，他認為「詩有比有興。比者，以彼物比此物也；興者，以彼物引起此物也。體雖有二，而取喻之意則同。」同時他認為柳宗元的〈捕蛇者說〉是「專以彼物發揮而末繳數句正意者」，而〈種樹郭槖駝傳〉、〈梓人傳〉是「或以彼物正意相半發揮者」。見吳小林編：《唐宋八大家匯評》（山東：齊魯書社，1991 年），頁 109-110。其所謂的「彼物」正是故事事件，而「正意」所指則為所述之理。

[46]《藻川堂譚藝・三代篇》，《唐宋八大家匯評》，頁 259。

敘述,雖然相形於第三人稱觀點,實屬少數,但陳文新先生認為這是唐傳奇小說之所以獨立的重要表徵。[47]而非常值得注意的是,在〈石鼎聯句詩序〉中,從「二子驚惋自責,若有失者。閑遂詣余言,余不能識其何道士也。嘗聞有隱君子彌明,豈其人耶?」所述,可知〈石鼎聯句詩序〉所記劉師服、侯喜與軒轅彌明聯句的情景,是由劉師服和侯喜所傳述,韓愈將之書寫成文字,因為是轉述,致使在這一段敘述中,敘述觀點產生的轉換的情形,即在「二子驚惋自責,若有失者。」之前,完全是以第三人稱敘述,而自「閑遂詣余言」起,則為第一人稱。韓愈此一敘述觀點的運用與一般的「詩序」形成了差異,「詩序」多半為詩人以第一人稱的口吻記述撰詩的背景、過程,但在此文本中,韓愈並不是聯句詩作的作者,他只是將聽聞來的事件和詩作,記述下來。韓愈如此的敘述方式,完全與《本事詩》和《雲溪友議》等載錄詩事的小說敘事相符,事實上在《本事詩·徵異》中則紀錄了韓愈撰作〈石鼎聯句詩序〉之事。[48]

　　柳宗元在〈童區寄傳〉起始,便以「柳先生曰」評議越人劫取幼兒販賣,地方官縱容得利的情形,並指出被劫之童,甚少能逃脫,唯有童區寄自人口販子手中逃脫,而這件事是由桂部從事杜周士口中得知的,即以下所敘述童區寄的事件是柳先生所聽聞來的,一如韓愈在〈石鼎聯句詩序〉中的情形,如此由敘述者於文本中自述故事來源的敘述模式,多見於唐代小說之中,例如〈任氏傳〉、〈離魂記〉、〈廬江馮媼傳〉、〈李娃傳〉、〈鶯鶯傳〉等等,形成一如〈任氏傳〉所云:「晝讌夜話,各徵異其說」的傳統。但在〈童區寄傳〉中由於敘述故事來源,並非是敘述者「我」,而是第三人稱的「柳先生」,所以文本中始終維持著第三人稱的敘述觀點,陳述故事來源和陳述故事者皆為「柳先生」,而不似大部份交代故事來源的文本,出現了第一人稱觀點與第三人稱觀點相互轉換的情形。而「柳先生曰」則顯露出柳宗元的身份,雖然在小說的撰作中隱藏作者身份,設定敘述者,作為文本的敘述角度,唐代小說的創作大多呈現出不同的敘述層次,隱匿作者的聲、

---

[47] 見氏著:〈再論唐人傳奇的文體特徵〉,《齊魯學刊》第 1 期(2006 年),頁 127-128。

[48] 參見拙著:〈唐代載錄詩事小說的敘事研究──以《本事詩》、《雲溪友議》為考察中心〉,《漢學研究》26 卷 4 期(2008 年),頁 99-132。

形，但仍有些作品未脫史傳影響之跡，在文本中現身，[49]例如〈南柯太守傳〉、〈謝小娥傳〉、〈鶯鶯傳〉等傳奇名篇，在故事事件敘述完畢之後，關於評議故事的文本中，作者亦現身說法。然而在〈宋清傳〉中柳宗元運用了混合的敘述觀點敘述，既從第三人稱的觀點記述宋清的事蹟，但又以「第一人稱」的「吾」之口吻，針對宋清的行徑批評世人，最後又以「柳先生曰」作綜結，全篇的敘述觀點運用地非常繁複，雖然關於宋清事蹟部份是以第三人稱敘述，評論的部份卻一以「吾」為敘述者、一以「柳先生」為敘述者，分別是第一人稱和第三人稱的角度，當然可以設想「吾」即是「柳先生」，但為什麼不直接就以「吾」或「柳先生」作評論即可，可見作者有意要區隔「吾」和「柳先生」，若綜觀柳宗元所撰寫的傳記，幾乎每一篇都有「柳先生曰」，代表的是對所記述人物事蹟的綜評，也是全篇的寓意所在，出之以「柳先生曰」第三人稱的口吻，較容易達到一客觀效果，一如史傳中的贊論，但他保留「柳」之姓氏，則顯露了敘述者「柳先生」與作者「柳宗元」的關連。當然就敘事文體而論，「柳先生」是無法等同於「柳宗元」的，「吾」亦是如此。在諸傳之中，「柳先生」成為一角色，而在柳宗元的刻意塑造下，「柳先生」具有言語的權威性。特別是〈宋清傳〉是在「或曰」之後，再以「柳先生」的立場回覆，特別能顯示此點。[50]

詳析了韓、柳諸傳的敘事觀點之後，可知第一人稱觀點的敘述，以及第一人稱與第三人稱敘述觀點的混合，都是韓、柳之作與傳奇小說敘述觀點的相同之處，但柳宗元刻意似乎顯露作者身份，又刻意以「柳先生」為一角色，或交代故事來源，或評議人事，與傳奇逕自揭示作者身份，以敘述撰述源由則有不同。

韓、柳諸傳和傳奇小說皆源出於史傳，在事件敘述、議論和敘事觀點上，皆

---

[49] 同注36，頁234。

[50] 柳宗元的散文書寫中，除了「我」、「吾」、「余」、「僕」之外，往往出現、「宗元」、「柳子」、「柳先生」等不同的自稱，而且呈現出值得注意規律的情形，即「宗元」之稱多出現在「記」、「序」、「書」、「啟」體中，「柳子」之稱則多出現在「說」、「對」、騷體的「文」中，而「柳先生曰」多出現在「傳」和「問答」之中。可見柳宗元已意識到在不同的書寫文體中，自我角色的定位和功能的差異。

存有史傳的遺蛻之跡，但也發展出各自所具的特色，或相交集，或見參差，並非僅如臺先生所言，兩者只是在內容上差異而已，其實在敘述的形式上，也有不盡相同之處。

（二）奇詭俳諧的美學風格的體現

《國史補》卷下云：「元和以後，為文筆則學奇詭於韓愈，……元和之風尚怪也。」[51]指出了元和之後文學崇尚奇詭之風，而帶動風氣者正是韓愈，韓愈的詩文創作偏尚奇詭，對此韓愈甚有自覺，故於行文中多有以「奇」來自我評述，例如：

> 奇辭奧旨，靡不通達。（〈上兵部李侍郎書〉）
> 時有感激怨懟奇怪之辭。（〈上宰相書〉）
> 文雖奇而不濟於用。（〈進學解〉）

甚至韓愈於〈送窮文〉中，以主人之口說出：「不專一能，怪怪奇奇，不可時施，只以自嬉。」之語。由〈進學解〉和〈送窮文〉所述，可知「奇」不具實用性的功能，卻有娛樂性效果。而「奇」就是一種「非常」，從內容、修辭、以至整體的風格表現上，都屬於非常，韓愈在〈石鼎聯句詩序〉中，充分發揮「奇」的審美風格，無論是道士形象、道士為人行事風格、以及道士的詩作，都以「奇」來表現。例如：

容貌之奇：「貌極醜，白鬚黑面，長頸而高結喉」

行事之奇：「中又作楚語，喜視之若無人」

「劉往見衡、湘間人說云年九十餘矣，解捕逐鬼物，拘囚蛟螭虎豹」

才學之奇：「吾不解世俗書」

「龍頭縮菌蠢，豕腹漲彭亨」

「其不用意而功亦奇，不可附說，語皆侵劉、侯」

---

[51] 同注8，頁194。

> 「吾就子所能而作耳，非吾之所學於師而能者也，吾所能者子皆不足
> 以聞也，獨文乎哉」

全篇的內容、修辭、謀篇都異常奇詭，故呈現了非常的風格，而「非常」便往往會被視為「無實」，「無實」即意味著「虛構」，也因此與小說有了連結，孫昌武先生認為許多古文家在創作上都借鑑傳奇，其所著眼的關鍵就是「駁雜無實」之說。[52]故韓愈奇詭無實的文章，僅能界定是一種遊戲之作，洪興祖於《韓子年譜》元和七年下，有如此之評：

> 十二月有〈石鼎聯句詩〉，或云皆退之所作，如〈毛穎傳〉，以文滑稽耳。[53]

此段話語引述了〈石鼎聯句詩序〉文中所有的詩作皆為韓愈所作的說法，[54]如此說成立，〈石鼎聯句詩序〉實為韓愈杜撰，一如〈毛穎傳〉般，亦是以文為戲的產物。《唐摭言》記述韓愈撰作〈毛穎傳〉多戲玩之筆，遂引述張籍以書信勸之，以及韓愈的回應。

> 韓文公著〈毛穎傳〉，好博簺之戲。張水部以書勸之，凡二書。其一曰：「比見執事多尚駁雜無實之說，使人陳之於前以為歡，此有以累於令德。」……文公答曰：「吾子譏吾與人言為無實駁雜之說，此吾所以為戲耳，比之酒色，不有間乎！吾子譏之，似同浴而譏裸體也。」」(《唐摭言》五〈切磋〉)[55]

這一則敘事先後經陳寅恪、錢穆、羅聯添等先生指出其誤，即張籍〈上韓昌黎書〉

---

[52] 同注 28。

[53] 見王冠輯：《唐宋八大家年譜 1》(北京：北京圖書館出版社，2005 年)，頁 144。

[54] 關於〈石鼎聯句詩序〉中軒轅彌明，前人有兩種不同的說法，一是認為軒轅彌明實有其人，一是主張韓愈假托軒轅彌明。詳見卞孝萱：《唐傳奇新探》(江蘇：江蘇教育出版社，2001 年)，頁 130-132。

[55] 見唐・王定保著，陽羨生校點：《唐摭言》，《唐五代筆記小說大觀》，頁 1619。

的時間早於韓愈〈毛穎傳〉的撰作，所謂的「駁雜無實之說」並非是〈毛穎傳〉。[56]但韓愈以「遊戲」回應，確是〈毛穎傳〉的書寫特色。而〈毛穎傳〉的撰作亦的確引發了時人的批評，由柳宗元的〈讀韓愈所著毛穎傳後題〉便可得知。

> 自吾居夷不與中州人通書，有來南者，時言韓愈為〈毛穎傳〉，不能舉其辭，而獨大笑以為怪。而吾久不克見。楊子誨之來，始持其書，索而讀之。若捕龍蛇，搏虎豹，急與之角而力不敢暇，信韓子之怪於文也。世之模擬竄竊，取青媲白，肥皮厚肉，柔筋脆骨，而以為辭者之讀之也，其大笑固宜。且世人笑之也，不以其俳乎？而俳又非聖人之所棄者。詩曰：『善戲謔兮，善為虐兮』太史公書有〈滑稽列傳〉。皆取乎有益於世者也。(〈讀韓愈所著毛穎傳後題〉)

韓愈撰寫〈毛穎傳〉時人以為怪，柳宗元撰文為之辯護。他在〈與楊誨之書〉中，已清楚表明撰作此篇〈讀韓愈所著毛穎傳後題〉的動機：「足下所持韓生〈毛穎傳〉來，僕甚奇其書，恐世人非之，今作數百言，知前聖不必罪俳也。」柳宗元於題中點出了〈毛穎傳〉的為文特點，即是「奇」和「俳」，而一般尋常的創作者是無法欣賞〈毛穎傳〉的奇詭特色的，同時柳宗元從《詩經》、《史記》等經典中的俳諧表現，尋得諧謔的正當性，並認為如此奇詭諧謔之作，是有益於世的。[57]

　　柳宗元比韓愈更進一步，表達出奇詭諧謔仍有其特殊、實用之處。事實上，柳宗元亦是以「奇」為尚，故劉開曾言：「柳之致力於文辭也與韓同，其好奇亦同，

---

[56] 參見陳寅恪著：〈韓愈與唐代小說〉，《陳寅恪先生論文集》，頁 1295。錢穆著：〈雜論唐代古文運動〉，《中國學術思想史論叢》（第四冊）〉，收錄於《錢賓四先生全集 19》（臺北：聯經，1998 年）頁 36-38。羅聯添著：〈張籍上韓昌黎書的幾個問題〉，《唐代文學論集（下）》（臺北：學生書局，1989 年），頁 460-463。

[57] 事實上在韓愈所撰〈重答張籍書〉一文中，已以《論語》、《禮記》中言為一己以文為戲辯護。

故得此傳，急欲與之角力而不敢懈。」[58]柳宗元在撰作上，的確有步趨韓愈的傾向，例如韓愈作〈圬者王承福傳〉，為身份低賤者立傳，柳宗元亦著〈種樹郭橐駝傳〉、〈梓人傳〉，方介先生便指出韓、柳在文學創作上時相競勝，[59]但柳宗元並未追步韓愈撰作〈毛穎傳〉而著述相似的篇章，但在創作的理論上，予以大力支持。故林紓所提的見解十分中肯：

> 昌黎之文，雖裴度猶引以為怪，矧在餘人。千秋知己，惟一柳州，故昌黎之哭柳州，尤情切而語摯。即如〈毛穎〉一傳，開古來未開之境界，較諸〈餓鄉記〉尤奇，則宜乎貪常嗜瑣者之笑也。昌黎每有佳制，柳州必有一篇與之抵敵。獨〈毛穎傳〉一體無之，故有〈讀毛穎〉之作。「俳」字，是通篇之主人翁，以下節節為「俳」字開釋。引詩，引史書，均為昌黎出脫。太羹玄酒外，嗜者尚有菖蒲菹與羊棗之類。見得古文於道理之外，拘極而縱，殊無傷也。然使裴晉公讀之，則柳州亦將為昌黎分謗矣。[60]

柳宗元不但為文支持、讚揚韓愈的奇、俳風格特色，在撰作上柳宗元亦體現了奇詭諧謔之風，柳宗元〈李赤傳〉、〈童區寄傳〉、〈河間傳〉所記之事亦甚奇，一為江湖浪人為廁鬼所惑，終至喪失生命的故事；一則敘寫了小童憑藉一己之智力，克服了險惡的環境；另一則鋪陳貞節婦女受到環境的引誘，成為淫婦，甚至謀害親夫之事。三則都是奇人異事。吳小林先生曾以「奇詭」界定〈李赤傳〉的風格，[61]而〈李赤傳〉以李赤自類李白，故以「李赤」為號，並極陳李赤惑於廁鬼，反以世為溷，以溷為清都帝居；〈蝜蝂傳〉中以描寫善負、又好上高的小蟲，不斷持取重物背負，以至墜死。兩篇不乏戲謔諷刺之意。顧炎武將此二傳與〈毛

---

[58] 《劉孟塗集・孟塗文集》卷1，轉引自《唐宋八大家匯評》，頁242。

[59] 見氏著：《韓柳新論》（臺北：臺灣學生書局，1999年），頁302-316。

[60] 轉引自《唐宋八大家匯評》，頁272。裴度曾於〈寄李翱書〉一文中批評韓愈「不以文立制，而以文為戲。」因此林紓在此特別論及裴度。

[61] 見氏著：《中國散文美學一》（臺北：里仁書局，1995年），頁148。

穎傳〉並提，認為是以戲為傳之作，而比之以小說之類。[62]

宋人之後以「傳奇」稱唐代小說，便可知「奇」是唐代小說內容的核心，不但繼承了六朝志怪的超現實的題材，同時還囊括了人間的奇聞異事，韓、柳諸傳所述之奇，便與傳奇產生交集。而在唐代的小說中尚有出於諧趣之作，例如《靈怪集‧姚康成》和《玄怪錄‧元無有》中，以精怪吟詩此一不協調製造滑稽感，同時以謎語式的自寓詩，導致諷刺和妙趣橫生的效果。[63]而〈東陽夜怪錄〉則將此表現發揮至極，同時在其中運用了許多典故、雙關、諧音等修辭，真可謂遊戲之作。韓愈的〈毛穎傳〉正表現了如是的文體特色，如前所述，李劍國先生已述及〈毛穎傳〉與此一類型小說的影響關係，而此關係的生發，則是諧謔的文風與諷刺的寓意。劉寧先生指出〈毛穎傳〉全文貫穿了兩個視角，其一是毛穎的自視，另一則是秦始皇，兩相衝突的情節，形成表面上的諧謔意味，實則含藏諷意。[64]〈姚康成〉一篇中，破銚子、破笛、禿黍穰帚，各自的歌詠流露出由盛而衰的今昔之感，正為〈毛穎傳〉老禿見棄之旨的傳達，李鵬飛先生認為韓愈將器物轉為毛筆，正是文士之用心。[65]在〈毛穎傳〉中，就毛筆的形狀、特色、以及歷史上相關的事蹟來書寫，如文中筮者所言：「不角不牙，衣褐之徒，缺口而長鬚，八竅而趺居，獨取其髦，簡牘是資，天下其同書」和「上見其髮禿，又所摹畫不能稱上意」所述，是為毛筆的形狀和功能；而「圍毛氏之卒，拔其豪，載穎而歸，獻

---

[62] 顧炎武在《日知錄‧古人不為人立傳》中對於韓愈、柳宗元撰寫諸傳有如下之說：「韓文公集中傳三篇：〈太學生何蕃〉、〈圬者王承福〉、〈毛穎〉。柳子厚集中傳六篇：〈宋清〉、〈郭橐駝〉、〈童區寄〉、〈梓人〉、〈李赤〉、〈蝜蝂〉。〈何蕃〉僅採一事而謂之傳，王承福之輩皆微者而謂之傳，〈毛穎〉、〈李赤〉、〈蝜蝂〉則戲耳而謂之傳，蓋比於稗官之屬耳。」見顧炎武著，黃汝成集釋，呂宗力校點：《日知錄集釋》（石家庄：花山文藝出版社，1990 年），頁861。

[63] 同注 24，頁 80。

[64] 見氏著：〈〈毛穎傳〉的託諷旨意與排諧藝術〉，《清華大學學報》（哲學社會科學版），第 2 期（2004 年），頁 56。

[65] 見氏著：〈論唐傳奇中諧隱型精怪小說的淵源及流變〉，《唐研究》（北京：北京大學出版社，2000 年），第六卷，頁 127。

俘於章臺宮，聚其族而加束縛焉。秦始皇使恬賜之湯沐，而封諸管城，號曰『管城子』」所述與蒙恬造筆有關，還兼及了毛筆的形狀；至於「穎為人強記而便敏，自結繩之代以及秦事，無不纂錄。……又善隨人意，正、直、邪、曲、巧、拙，一隨其人。……惟不喜武士。」所言，是從毛筆的功能、特質著眼。李鵬飛先生還特別提到〈毛穎傳〉此一通過情節進行整體性暗示手法，而此集中使用反復暗示的敘述方式，〈東陽夜怪錄〉將之發揮地淋漓盡致，〈毛穎傳〉實現了諧隱與與敘事的完美結合，敘事完整、精細，諧隱的表現是整體性的和隱蔽性的，〈東陽夜怪錄〉除了結尾揭示真相的部份之外，在敘事和諧隱上具有〈毛穎傳〉的一切特徵。而後又為《纂異記・楊禛》與《傳奇・寧茵》等作品所襲用發展。[66]而在題材方面，《宣室志・崔慤》敘述一管文筆化為盈尺小童向崔慤投詩事，《瀟湘錄・管子文》小敘述了一支老舊的人筆，化為書生管子文求見宰相李林甫之事，兩個故事明顯地模仿化用了〈毛穎傳〉。[67]

由此而觀，〈毛穎傳〉襲用了唐傳奇的奇異題材、諧謔的表現手法，但在擇選材料和修辭方法上創新，反覆使用暗示的敘述，進而影響了之後的傳奇小說創作。

韓愈曾於〈國子助教薛君墓誌銘〉讚譽薛君：「為文有氣力，務出於奇，以不同俗為主。」兵界勇先生認為，韓愈「尚奇」實與「去陳言」和反對「俗下文字」的精神相通。[68]〈毛穎傳〉出之以傳奇之奇，復從中變化，可謂奇中之奇，故有論者認為〈毛穎傳〉集韓文變作之大全，是為韓愈「去陳言」最優異的代表作之一。[69]〈毛穎傳〉在唐代諧隱精怪小說的創作上，亦有關鍵性地位。

韓、柳之作充分體現奇、俳之風，而與傳奇小說相類，甚至形成相互的影響，而此奇詭俳諧的美學風格，適為韓、柳之作與傳奇小說交涉的核心。

---

[66] 同前注，頁 126，129。

[67] 同注 65，頁 126。

[68] 見氏著：《韓文「載道」與「去陳言」之研究》，（臺北：臺灣大學中國文學研究所碩士論文1996 年），頁 111。

[69] 同前注，頁 147。

（三）小道末技傳統小說觀念的承轉

　　韓、柳之作除了在史傳敘述形式、奇俳的風格上與傳奇小說相涉外，還有一個特別的現象，與傳統小說觀念的承接。或被視為小說，或被視為亞小說的韓、柳之作，實有一重要的特色，就是這些主人翁都具有傳奇性，此一特色便與唐代傳奇小說的特質相符，一如前節所述。此外，另有一重要特色，就是為身份卑賤者立傳，所敘述的主人翁為圬者、種樹者、商人、木工，被販賣的童奴、淫婦，皆可謂為社會的邊緣人物，而在傳統的觀念中，因為小說來自於「街談巷議」，且內容駁雜、形式散漫，是一邊緣的文類，由此而觀，兩者在庶民性和評價上，是趨於一致的。顧炎武也以「稗官之屬」來比擬韓、柳為「微者」立傳，[70]而「稗官」正是傳統小說觀念的意義符碼。[71]

　　此外，在傳統的小說觀念中，納含了一個非常重要的意義，就是這些來自於民間的敘說，也有值得參考之處，韓愈、柳宗元這一類的作品的撰作之旨，即強調這些身份低賤之人的行事，有值得借鑑之處，例如〈宋清傳〉中，柳宗元企圖以一市井之人諷刺仕宦者和士大夫的勢利，〈種樹郭橐駝傳〉以植樹之道諷諭治人之理，〈李赤傳〉諷刺是非不明之士，〈河間傳〉則對於那些受到環境引誘終至失節的人，提出批判。韓、柳諸傳的寫作，與漢代以來，桓譚、班固對小說雖為短書，雖傳小道，但必有可觀者的觀點近似，但韓、柳並不僅僅視他們為「小道末技」，而是將之提昇至可以經世致遠的大道之境，體現的是小故事卻蘊含大道理的訴求，因而形成了諷諭的效果，這是被視為小說或近於小說的韓、柳之文，與傳統所謂的小說觀念發生的關連。

　　除了創作上的體現之外，尚有理論上的發揚，柳宗元在〈讀韓愈所著毛穎傳後題〉中，不但為〈毛穎傳〉的寫作辯解，同時還積極地提出一套理論：

---

[70] 同注 62。

[71] 《漢書·藝文志》：「小說家者流，蓋出於稗官。街談巷語，道聽塗說者之所造也。孔子曰：『雖小道，必有可觀者焉，致遠恐泥，是以君子弗為也。』然亦弗滅也。閭里小知者之所及，如或一言可采，此亦芻蕘狂夫之議矣！」見《漢書》（臺北：鼎文書局，1987 年），頁1745。

故學者終日詩說答問，呻吟習復，應對進退，掬溜播灑，則罷憊而廢亂，故有息焉游焉之說。不學操縵，不能安弦，有所拘者，有所縱也。大羹玄酒，體節之薦，味之至者；而又設以奇異小蟲水草楂梨桔柚，苦鹹酸辛，雖蜇吻裂鼻，縮舌澀齒，而咸有篤好之者。文王之昌蒲菹，屈到之芰，曾晳之羊棗，然後盡天下之味以足於口，獨文異乎？韓子之為也，亦將馳焉而不虐歟，息焉游焉而有所縱歟，盡文藝之奇味以足其口歟！

首先，柳宗元提出了〈毛穎傳〉是出於一種遊息狀態下的寫作，也就是韓愈所謂的遊戲，是一種必要的放鬆，柳宗元進而以飲食的口味譬況，就是除了「大羹玄酒，體節之薦，味之至者」之外，亦有「奇異小蟲水草楂梨桔柚，苦鹹酸辛，雖蜇吻裂鼻，縮舌澀齒，而咸有篤好之者」，將「小說與經史詩文比喻成水果與山珍海味的關係。」，[72]有口味上的不同，故有不同的喜好，但不能偏廢。而以味來比喻小說和經史詩文的關係，亦見於其後的段成式《酉陽雜俎‧序》和高彥休《唐闕史‧序》。

無若詩書之味大羹，史為折俎，子為醯醢也。炙鴞羞鱉，豈容下箸乎？固役而不恥者，抑志怪小說之書也。（《酉陽雜俎‧序》）[73]
討導經史之暇，時或一覽，猶至味之有菹醢也。（《唐闕史‧序》）[74]

二者對於所撰作的小說與經史詩文的關係，也沿用了相似的比喻，意味著自柳宗元以降諸人，是從主次的關係來界定經史詩文與小說的關係，但從皆是「味」的角度思考，則具有同等價值。這樣的思考固然是將小說置於文類邊緣的位置，與傳統的小說觀念相承接，但又從「皆是一味」而觀，便沒有了價值高下的區別，

---

[72] 見寧宗一主編：《中國小說學通論》（安徽：安徽教育出版社，1995年），頁133。

[73] 見唐‧段成式著‧曹中孚校點：《酉陽雜俎》，《唐五代筆記小說大觀》，頁557。

[74] 見唐‧高彥休著，陽羨生校點：《唐闕史》，《唐五代筆記小說大觀》，頁1327。

則這是超越傳統小說觀念之處。在創作上正味之餘尚有奇味，柳宗元提出如何正視此一俳諧之文的理論基礎，而如此的譬況，賦予了〈毛穎傳〉的奇徘，相對於雅正之文的邊緣性格，這正是傳統小說所處之位置，當柳宗元為〈毛穎傳〉奇徘之味搏取正當性之際，適為小說博取正當性，故孟昭連先生認為柳宗元為〈毛穎傳〉辯護，實際上在更廣泛的理論基礎上維護小說等文體的生存權利，[75] 段成式和高彥休在書序中的說法，應是柳宗元觀點的延續，由此可以見出韓、柳古文理論之於唐人小說的影響。

三、結語

　　本文嘗試從文體的三個面向，檢視歷來游移在古文與小說兩個文類間的韓、柳之作，抉發出韓、柳之作與小說交涉的實貌，韓、柳之作與唐代小說的相關，首在兩者與史傳的淵源，而留存的史傳敘述模式，致使兩者在敘事上多有交疊的表現，韓、柳之作的部份篇章，幾乎可置於小說之列，但大致上，小說敘事對史傳擺落，較韓、柳之作更為鮮明。而韓、柳之作援引奇人異事為題材，已與傳奇小說相同，而在修辭上體現的奇詭俳諧特特色，亦見於小說撰作之中，甚至韓愈的〈毛穎傳〉與唐代諧隱精怪類型小說，有相互影響的關係。據此可知，韓柳之作與唐代傳奇小說交涉的實質，是在兩者奇詭俳諧的文體風格中展現。而從韓、柳之作的作意上尋思，可以發現這些以社會邊緣人物為主和以物類擬人的奇詭俳諧作品書寫，實為韓、柳意欲傳達他們對世事的感慨和見解，則與傳統小說觀念「雖小道，必有可觀者焉」相符，尤其出之以諧謔的作品，更能彰顯這樣的觀念，同時柳宗元還以理論支持如此的作意，甚至將此類奇詭俳諧的作品提昇至經史詩文同等的高度，進而影響了爾後的小說創作的自覺意識，形成與小說創作觀念層面的相互關涉。

　　經過本篇的審視，可以理解為什麼前人在探討韓、柳之作與小說間的關連時，

---

[75] 同注 72，頁 134。

會出現諸多的游移，韓、柳之作與唐代小說實在許多層面有交集的部份，也有不相干之處，同時又加上個別作品與小說發生關連的程度不一，所以甚難斷定。若依據本篇的探究，韓愈作品中多有小說化的表現，但與小說最相近的應是〈毛穎傳〉和〈石鼎聯句詩序〉，它們分別可以歸屬於兩種唐代小說的類型，一是傳承自六朝志怪的異物變化所產生的諧隱精怪類型，如唐代小說《靈怪集‧姚康成》和《玄怪錄‧元無有》，以及此類小說的典型代表〈東陽夜怪錄〉；至於〈石鼎聯句詩序〉完全是唐代載錄詩事小說的典型，在《本事詩》和《雲溪友議》等專門載錄詩事的小說中，都可以看到類似的記述。〈毛穎傳〉和〈石鼎聯句詩序〉固然可以分為兩種唐代小說類型，但細究〈石鼎聯句詩序〉的詩作內容，實為軒轅彌明道士「指爐中石鼎」為題，與劉師服、侯喜聯手的吟詠，全詩完全環繞著石鼎的形狀、材質、功能等等，而在唐代的異物小說中，往往出現異物的歌詠，內容亦是針對其原形發揮，與諧隱精怪類型故事類似，由此可見，韓愈對奇詭俳諧表達的偏好。

〈毛穎傳〉被李鵬飛先生視為諧隱和敘事的完美結合，並影響唐代諧隱類型的精怪小說，但他並不認為〈毛穎傳〉是唐代小說，他將唐代精怪諧隱小的發展，分為初始期、發展與高峰期、繼承與變異期，[76]根據〈毛穎傳〉的撰作時代、藝術表現和影響，應置於發展與高峰期之列，但未見李先生將之列入，而從李先生綜結這三個階段的精怪諧隱小說所共有的敘事框架：「遇怪」——「吟詩（或交談）」——「顯形」而觀，[77]〈毛穎傳〉終究不是依循這樣的敘事模式，而無法進入唐代精怪諧隱小說的行列，即使它的藝術表現手法對此類型的小說，有非常重要的影響。而李劍國先生則從內容、宗旨上衡量，認為韓愈〈毛穎傳〉雖同樣運用精怪自寓的手法表現，但是是「寓莊於諧」，為文不害於道，有益於世，所以和〈姚康成〉、〈元無有〉之類主旨全然有別。[78]

由以上的敘述而觀，真正可視為小說者，僅有韓愈的〈石鼎聯句詩序〉一篇。

---

[76] 同注 65，頁 128。

[77] 同注 65，頁 128-129。

[78] 同注 24，頁 81。

至於柳宗元的作品，雖在敘事、奇詭俳諧風格、甚至作意上，與小說相涉，但是如果以「寓莊於諧」的觀點而論，柳宗元雖多以社會中卑微的異人奇事為傳，但往往藉之發揮議論。而其議論關懷的重心，不僅在於個人、社會，也涉及到治世之道。[79]唐代小說亦有反映當時政治、社會的作意，雖有時以議論表達意旨，但並非是一完整的論述，而通常意旨的傳達往往是藉由以場景、人物話語所構設的情節來展現，甚至有些成熟的作品釋放出的意義，溢出文本中明述的意旨，而有更豐富的意涵，例如〈南柯太守傳〉、〈鶯鶯傳〉、〈長恨歌傳〉等等。是故柳宗元的作品中，議論篇幅較敘述事件為小、同時也在敘事表現較為細膩精緻的〈童區寄傳〉、〈李赤傳〉、〈河間傳〉，可歸於小說之屬，尤其〈童區寄傳〉雖以「柳先生曰」為起始，但主為敘事，同時對於區寄小童的刻劃生動，致使全篇實最具小說之姿。由此可見，諸多的韓、柳作品皆與唐代小說交涉，然可置於小說行伍，而不顯突兀者，實寥寥可數。

從韓、柳之作與唐代小說游移的現象到辨識其間的關連，再作判定，目的實不在某一韓、柳篇章是否為小說的結論，而是經由這樣的過程，呈現出在唐代文學中，文類間的流動現象及其形成因素，和從文類的流動現象中，突顯出作品的文體特色，和文學發展的實貌，即韓、柳古文撰作運用了小說敘事的作意、內容、形式，展開了古文更寬闊的藝術表現，[80]同時此一撰作實踐也回向滋養了小說的書寫。

本文原刊載於《臺大文史哲學報》第六十八期，經「《台大文史哲學報》編輯委員會」授權轉載，特此註明。

---

[79] 錢穆先生曾言：「所謂韓、柳古文運動，乃古者家言之復起，其用重在社會、在私家，不重在廟堂、在政府。」見氏著：〈讀姚鉉《唐文粹》〉，《中國學術思想史論叢》（第四冊），收錄於《錢賓四先生全集 19》，頁 114。在此姑不深究「古者家言」之所指，但創作動機上而觀，韓、柳的古文注重作者個人的作意，而且關懷的焦點亦在社會與個人之上，這一點便和小說的創作相仿。但不容否認的韓、柳作品亦多指涉政治的領域，例如〈毛穎傳〉所隱含君臣關係，〈圬者王承福傳〉中所論述的才智與承負的問題，〈種樹郭橐駝傳〉以植樹之道喻官理，〈梓人傳〉指涉的治國之道等。韓、柳運用了這些近乎小說的文本，闡釋了他們的政治理念。

[80] 孫昌武先生認為古文的寫作運用傳奇手法，對古文藝術也是一個可觀的提升。同注 28，頁 34。

羅聯添教授八秩晉五
壽 慶 論 文 集
2011年 11 月 頁279-287

白居易年譜開成年間異說比較考

金 卿 東*

提 要

　　唐文宗開成年間，始自公元八三六年，至八四零年結束。這五年期間，白居易正值六十歲後期，爲太子少傅分司，居住洛陽。具有代表性的白居易三種年譜，即花房英樹〈白居易年譜〉，朱金城《白居易年譜》，羅聯添《白樂天年譜》，其開成年間的記述內容，或見相異之處。本文擬就「外孫出生之年」與「請百日假及免太子少傅分司之年歲」二則事蹟繫年進行考辨，並辨析三種年譜的是非。

關鍵詞：白居易、年譜、花房英樹、朱金城、羅聯添

---

* 韓國成均館大學中文系教授。

白居易年譜開成年間異說比較考

　　唐文宗開成年間，始自公元八三六年，至八四零年結束。這五年期間，白居易正值六十歲後期，為太子少傅分司，居住洛陽。開成元年(836)，白居易六十五歲，自編《白氏文集》六十五卷，付洛陽聖善寺收藏；三年後的六十八歲時，以《白氏文集》六十七卷，付蘇州南禪院千佛堂收藏。開成三年(838)，白居易六十七歲，作自傳性文章〈醉吟先生傳〉，隨後放樊素、小蠻等歌妓。若此，白居易在開成年間過著較為平凡的暮年生活，所以各種白居易年譜開成年間的記述內容，大致相同。但是，具有代表性的白居易年譜，如花房英樹〈白居易年譜〉，朱金城《白居易年譜》，羅聯添《白樂天年譜》(以下簡稱三種年譜)[1] 記載中，或見相異之處。例如，外孫女引珠與外孫閣童出生之年，申請「百日假」之年，以及罷免太子少傅分司之年歲等。分辨引珠與閣童出生之年，其根據資料互相牽聯；申請「百日假」與罷免太子少傅分司，其事跡互相有關。因此，本文擬就「外孫出生之年」與「請百日假及免太子少傅分司之年歲」二則事蹟繫年進行考辨，並辨析三種年譜的是非。

一、外孫出生之年

　　白居易一生得一男四女，但除了二女阿羅外，其他子女都早年夭折。僅僅元

---

[1] 花房英樹：〈白居易年譜〉，收於花房英樹：《白居易研究》（京都：世界思想社，1971年）。

朱金城：《白居易年譜》（上海：上海古籍出版社，1982年）。羅聯添：《白樂天年譜》（臺北：國立編譯館，1989年）。

和十一年(816)出生的阿羅順利成長，大和九年(835)二十歲時嫁給談弘謨，之後生下一女引珠和一子閣童(一名玉童)。白居易得外孫引珠和閣童此事，花房英樹〈白居易年譜〉(簡稱「花譜」)，朱金城《白居易年譜》(簡稱「朱譜」)及羅聯添《白樂天年譜》(簡稱「羅譜」)都有記載，但其繫年有些出入。三種年譜，「開成二年」條有關外孫女引珠出生的記載，分別如下：

「花譜」：「十月二十七日，談氏外孫女生，名引珠。」（頁150）

「朱譜」：「十一月二十二日，談氏外孫女引珠生。」（頁273）

「羅譜」：「十二月，…… 外孫女談引珠生。」（頁330）

由此可見，白居易何時得外孫女引珠，有三種說法，即開成二年(837)十月二十七日，十一月二十二日，十二月。三種年譜關於外孫子閣童出生的記載，茲述如下：

「花譜」，「開成五年」條：「夏，談氏外孫男生，喜而成篇……白氏集後記云，外孫談閣童。」（頁154）

「朱譜」，「開成五年」條：「夏，談氏外孫男生，喜而作詩。(按：玉童，〈白氏集後記〉作閣童)」（頁300）

「羅譜」，「開成四年」條：「夏，外孫談閣童生，有詩贈夢得。」（頁343）

可見外孫子閣童出生之年有兩種說法，即開成四年(839)夏，以及開成五年(840)夏。這種異說之所以出現，是因爲作爲主要依據的〈小歲日喜談氏外孫女孩滿月〉、〈談氏外孫生三日喜是男偶吟成篇兼戲呈夢得〉、〈談氏小外孫玉童〉等作品的繫年，以及對有關語句的解釋，都有些差異。爲了敍述的方便，先從白居易何時得外孫子閣童一事說起。

關於閣童出生時期，三種年譜都是以〈談氏小外孫玉童〉詩第一句：「外翁七十孫三歲」爲主要根據。由此看來，閣童的出生時期與〈談氏小外孫玉童〉詩的

創作年歲有著密不可分的關系。「朱譜」和「花譜」都斷定這首詩作於會昌二年
(842)，自然得出相同的結論。「花譜」未言及論證過程，「朱譜」則闡述論證過程，
較爲詳細，茲就「朱譜」進行檢討。

　　「朱譜」認爲〈談氏小外孫玉童〉詩有句云：「外翁七十孫三歲」，而這首詩
作於會昌二年(842)，閣童時爲三歲，可見閣童出生之年無非在於開成五年(840)[2]。
但是，筆者認爲還有一個問題要弄清楚，就是說〈談氏小外孫玉童〉能否繫在會
昌二年(842)？關於此點，「朱譜」說：

　　〈談氏小外孫玉童〉詩(卷三六)云：「外翁七十孫三歲，笑指琴書欲遣傳
　　。」按：談玉童生於開成五年，此詩云：「外翁七十孫三歲」，故當作於會
　　昌二年。(「朱譜」　頁322)[3]

朱金城在此犯了一種論證謬誤，因爲朱金城證明「閣童生於開成五年」，所用的論
據是「〈談氏小外孫玉童〉詩作於會昌二年」，而「〈談氏小外孫玉童〉詩作於會昌
二年」，又要借助于「閣童生於開成五年」來證明。此種論證謬誤，稱之爲「循環
論證的謬誤(Fallacy of Circular Reasoning)」。就因此，筆者認爲「朱譜」以及「花
譜」「閣童生於開成五年」之說，需待商榷。「朱譜」之所以主張「閣童生於開成
五年」之說，可能是因爲他承襲「花譜」所推定〈談氏小外孫玉童〉作於會昌二
年的說法(「花譜」頁154)，之後，僅憑「孫三歲」之語就推算閣童出生之年。

　　在筆者看來，我們應該注意的，與其說是「孫三歲」之語，不如說是「外翁
七十」。〈談氏小外孫玉童〉詩既然作於白居易七十歲那年，則當是會昌元年(841)
的作品[4]。而會昌元年(841)也就是外孫三歲那一年，所以外孫閣童出生之年應該是

2　參看朱金城：《白居易年譜》(上海：上海古籍出版社，1982年)，頁305。亦見於朱金城：＜
　　談氏外孫生三日喜是男偶吟成篇兼戲呈夢得＞詩箋，《白居易集箋校》 (上海：上海古籍出
　　版社，1988年) ，第4冊，頁2418。

3　亦見於朱金城：＜談氏小外孫玉童＞詩箋《白居易集箋校》，第4冊，頁2536。

4　清·汪立名＜白香山年譜＞，《白香山詩集》(臺北：世界書局，1969年)亦繫此詩於會昌元

開成四年(839)。「羅譜」「閣童生於開成四年」之說，則與此同理。因此，筆者認爲，與論證欠缺的「朱譜」(包括「花譜」)相比，「羅譜」的見解較爲妥。當由此可得出〈談氏小外孫玉童〉一詩作於會昌元年(841)，閣童生於開成四年這樣的結論。

至於外孫女引珠出生時期，主要依據就是〈談氏外孫生三日喜是男偶吟成篇兼戲呈夢得〉詩。據詩題，則此詩當作於外孫子閣童出生之年，正因此，〈談氏外孫生三日喜是男偶吟成篇兼戲呈夢得〉詩，據「朱譜」，「花譜」就作於開成五年(840)，「羅譜」則認爲作於開成四年(839)。此詩末句有自注云：「前年談氏外孫女初生」，據此，則可知外孫女引珠在此詩創作之年的「前年」[5]就出生了。

既然如此，「朱譜」和「花譜」則應當將引珠出生繫在開成三年(838)，因爲「朱譜」和「花譜」說此詩是開成五年(840)之作。但是「朱譜」，「花譜」却將引珠出生繫在開成二年(837)，所以「朱譜」，「花譜」的主張與依據，不免自相矛盾。由此，也可見「朱譜」與「花譜」將〈談氏小孫女玉童〉繫於會昌二年(842)，並認爲外孫子閣童生於開成五年(840)，的確不得可靠。

與之相反，「羅譜」先據閣童生於開成四年(839)而斷定〈談氏外孫生三日喜是男偶吟成篇兼戲呈夢得〉詩作於開成四年，並且以此詩末句自注所云「前年談氏外孫女初生」爲據，將引珠出生之年繫於開成二年(837)，其論證程序，可謂頗爲妥當。

關於引珠出生之年，「朱譜」與「花譜」並未提供明確依據，却與「羅譜」同樣，繫在開成二年(837)，但是，就具體時間而言，三種年譜的說法並不一致，其三種說法爲十月二十七日(「花譜」)，十一月二十二日(「朱譜」)以及十二月(「羅

年(841)。

5 據羅竹風主編：《漢語大詞典》(上海：漢語大詞典出版社，1988年)，第二冊，頁123，則「前年」的詞義有「往時」，「去年」，「去年的前一年」三種，但白居易〈九日宴集醉題郡樓兼呈周殷二判官〉詩有云「前年九日餘杭郡，呼賓命宴虛白堂。去年九日到東洛，今年九日來吳鄉。」(朱金城：《白居易集箋校》，卷21)，因此，「前年談氏外孫女初生」所謂「前年」無疑用爲「去年的前一年」之意。

譜」)。「花譜」與「羅譜」並未提出依據，令人無法確認其說法是否妥當，但「朱譜」的論證過程則比較詳細，茲就「朱譜」的說法進行檢討。

「朱譜」的主要依據有三：一是白居易〈小歲日喜談氏外孫女滿月〉詩，二是南朝‧宗懍《荊楚歲時記》引《四民月令》所云：「過臘一日謂之小歲」，三是王先慎《韓非子集解》引《說文》所記：「臘，冬至後三戌臘祭百神」。據這些古代文獻記載，則可見詩題所謂「小歲日」就是「冬至後第三個戌日的次日」。

如上所說，「朱譜」已將〈小歲日喜談氏外孫女孩滿月〉詩繫在開成二年(837)，進而推斷開成二年的小歲日就是十二月二十二日(辛亥日)，因爲開成二年的冬至是十一月十六日(丙子日)，冬至後第三個戌日是十二月二十一日(庚戌日)。又據詩題，則這一天引珠「滿月」，因而「朱譜」主張「據此則引珠當生於開成二年十一月二十二日」，進而說「花譜」「謂開成二年小歲日爲十一月二十六日，並繫談氏外孫女引珠生於是年十月二十七日，俱誤。」(「朱譜」頁283)[6] 筆者確認唐代曆法，[7] 得知換算曆日方面不犯錯誤，關於小歲日的依據也確切，所以「朱譜」的主張似乎不容提出異議。

但是，古代人所持有關「小歲」的定義，能否維持到唐代，也就是說，唐人歲時風俗中「小歲」的含義，是否與古代的完全一樣，筆者對這一點抱有懷疑。關於臘日的異說，有「十二月八日爲臘日」[8]之說，又仇兆鰲在《杜詩詳注》的〈臘日〉注云：「唐大寒後辰日爲臘」，[9]這些見解令人對「朱譜」的主張更加懷疑。不但如此，〈小歲日喜談氏外孫女孩滿月〉詩第七、八句有云：「新年逢吉日，滿月乞名時」，自注又云：「因名引珠」，這與「朱譜」的解釋，就是說將詩題的「小歲日」理解爲「冬至後第三個戌日的次日」即十二月二十二日，迥然有別。

由此可知，將〈小歲日喜談氏外孫女孩滿月〉的「小歲」，一味按照古義理解

6 　同註3，＜小歲日喜談氏外孫女孩滿月＞詩箋，頁2325。

7 　關於唐代曆法，本論文主要參看平岡武夫：《唐代の曆》(京都：京都大學人文科學研究所，1954年)。

8 　見梁‧宗懍：《荊楚歲時記》，《叢書集成初編》「十二月」條。(北京，中華書局，1985)。

9 　見清‧仇兆鰲：《杜詩詳注》(北京，中華書局，1979年)，卷5。

成「冬至後第三個戌日的次日」，是大有問題的。筆者發現《冊府元龜》記載關於「小歲」的記錄，就是「(後魏孝文太和)十五年十一月丙戌，初罷小歲賀」，小注云「小歲謂冬至」。[10]可知，後來「小歲」也用以表示「冬至」之意。盧照鄰〈元日述懷〉也云：「人歌小歲酒，花舞大唐春」，由此可推知，至少在唐代，「小歲」與「元日」等同用之。[11]

經上述論議，筆者則認爲〈小歲日喜談氏外孫女孩滿月〉的「小歲」，與「新年逢吉日，滿月乞名時」二句連起來考慮，應該是指「元日」而言。如此，則引珠出生後過滿一個月就是新年(即開成三年)元日，所以其出生時期是一個月之前的開成二年(837)十二月一日，並且〈小歲日喜談氏外孫女孩滿月〉無疑作於開成三年(837)的「小歲日」(即元日)。

二、請百日假及免太子少傅分司之年歲

開成五年(840)白居易在洛陽擔任太子少傅分司的閑職。之後，白居易請百日假，假滿，免太子少傅分司之職。三種年譜關於這段時期的記錄如下：

> 「朱譜」，「開成五年」條：「是年冬，以病請百日假。」(頁301)
> 「會昌元年」條：「春，……百日長告滿，停少傅官。」(頁307)
> 「羅譜」，會昌元年」條：「春，長告百日假滿，停少傅官職。」(頁354)
> 「花譜」，「會昌元年」條：「冬，以病請百日假。」(頁157)
> 「會昌二年」條：「春，百日假滿，罷太子少傅官。」(頁157)

---

10 見宋・王欽若等編：《冊府元龜》（北京：中華書局，1960年，崇正初印本），卷107。

11 祝尚書箋注：《盧照鄰集箋注》(上海：上海古籍出版社，1994年)，頁119，引明・謝肇淛：《五雜俎・天部》云：「臘之次日謂小歲，今俗以冬至夜爲小歲。然盧照鄰元日詩(筆者注：〈元日述懷〉)云：『人歌小歲酒，花舞大唐春』，則元日亦可謂之小歲矣。」可見在唐代，「小歲」與「元日」等同用之，不容置疑。

據「朱譜」和「羅譜」的記載，白居易於開成五年(840)冬，以病請百日假，於翌年春百日假期滿之時，即會昌元年(841)春，罷免太子少傅分司之職。[12]但「花譜」中記載，白居易於會昌元年冬告百日假，會昌二年(842)百日假期滿後，免太子少傅分司之職。這兩種說法之間出現一年的時間差。

為何出現如此差異，究其原因，則在於推定〈官俸初罷親故見憂以詩諭之〉詩的創作年歲，各有不同。「花譜」將此詩繫在會昌二年(842)，進而，據詩中有云：「今春始病免，纓組初擺落」，認爲白居易百日假期滿後，免太子少傅分司之職則在會昌二年春。雖然「花譜」中並未揭示〈官俸初罷親故見憂以詩諭之〉繫在會昌二年有何根據，但是筆者推想「花譜」襲用汪立名〈百香山年譜〉之舊說，以〈香山居士寫眞詩序〉所云：「會昌二年，罷太子少傅爲白衣居士」爲根據。不過「花譜」的說法在邏輯方面不無問題。正如「花譜」之主張，若云白居易百日假期滿與免太子少傅分司皆在於會昌二年，則〈百日假滿少傅官停自喜言懷〉詩，無論以詩題的意思而言或以「長告今朝滿十旬，從茲蕭洒便終身」二句而言，此詩也當爲會昌二年所作。但「花譜」却將此詩繫在會昌元年(841)，故形成邏輯矛盾。與此不同，「朱譜」和「羅譜」的主張在論據及邏輯方面不存在明顯的瑕疵。茲就「朱譜」和「羅譜」的見解加以補充而進行討論如下：

在考證白居易免太子少傅分司的時期上，最爲基本的論據就是〈百日假滿少傅官停自喜言懷〉及〈官俸初罷親故見憂以詩諭之〉詩的創作年歲無疑。如前所述，其理由是因爲從詩題及內容方面而言，此二詩無非白居易百日假期滿而免太子少傅分司後所作。〈官俸初罷親故見憂以詩諭之〉一詩中有云：「七年爲少傅，品高俸不薄。……今春始病免，纓組初擺落」，白居易除太子少傅分司在於大和九年(835)十月，故第七年即會昌元年(841)。由此可見，此二首爲會昌元年所作，理所當然。

---

12 雖然「羅譜」·「開成五年」條并沒有關於請百日假的記述，但與「朱譜」相同，認爲白居易百日假期滿在於會昌元年(841)春，由此可見，「羅譜」對何時請百日假的看法，也應與「朱譜」相同。

　　換言之，會昌元年(841)春剛七十歲的白居易，在百日假期滿後，罷免太子少傅分司之職，依此推算，請百日假應在一年前即開成五年(840)冬。開展「朱譜」和「羅譜」的主張，作爲一個問題而存在的，如前所述，就是〈香山居士寫眞詩序〉中載有「會昌二年，罷太子少傅爲白衣居士」此一點。但筆者認爲，這句話的意思幷不是說七十一歲的白居易會昌二年才免太子少傅分司，而是應當理解爲會昌二年白居易已處在免太子少傅分司而無官的情形，有詩可證。〈昨日復今辰〉詩有云:「昨日復今辰，悠悠七十春。……解珮收朝帶，抽簪換野巾」，可見白居易在七十歲時退出官場無疑。又，〈達哉樂天行〉詩有「分司東都十三年，七旬才滿冠已挂」二句，而白居易以分司東都的身分退居洛陽，始於大和三年(829)三月除太子賓客分司東都，自大和三年(829)至會昌元年(841)，恰好十三年的期間，故白居易在七十歲，即會昌元年(841)春免太子少傅分司，不容置疑。由此，也可見「花譜」主張白居易請百日假在於會昌元年(841)冬，免太子少傅分司應在會昌二年(842)春，是絕對不能成立的。總而言之，白居易請百日假，免太子少傅分司之正確時點應當提早一年，即在於開成五年(840)冬及會昌元年(841)春。

羅聯添教授八秩晉五
壽 慶 論 文 集
2011 年 11 月 頁 289-313

白居易的江州體驗與廬山草堂的空間建構

曹 淑 娟[*]

提 要

　　中國古典園林發展至唐代，與文人性情神趣更進一步相結合，其中，白居易具有高度園藝自覺，廬山草堂與洛陽履道園往往被視為文人園林之早期典型。筆者嘗試在學界的既有基礎上，集中焦點在白氏的園林文本，觀察他如何言說、詮釋自己的造園與居遊體驗。白氏為二座園林分別賦予了相殊的人與空間的關係。

　　本文作為系列論述之一，展開有關廬山草堂的討論。除前言外，依序論述白居易千里遠謫中的身心安頓問題，彰明其時詩人面臨的生命困境。其次由其江州書寫，梳理所體認江州空間的三重地景的意義--湓浦、廬山與陶淵明故居。再次闡發詩人建構廬山草堂空間的手法，及其相關詩文蘊蓄的空間意涵。最後以心與境的對應問題作結。

　　扼要言之，廬山草堂作為失意宦途中家居之外的「他方」，白居易謫來江州，選擇在廬山中建構草堂，資藉其美好景物與文化意涵，既作為逃出塵世的隱匿之地，也作為開放向天地宇宙的門戶，提供居遊者中斷塵世的時間鎖鏈，藏身於天地之間，尋求並延續暫時性的超越經驗，草堂遂成為後世文人在山水間闢建園林的基本精神標記。

關鍵詞：白居易、廬山草堂、江州、園林、空間

---

[*]國立臺灣大學中國文學系教授。

白居易的江州體驗與廬山草堂的空間建構

一、前言

　　唐代文人親近自然山水，參與山水風景的開發，並本其對山水景物的深情與審美能力，進行園林的規劃與修築，從中寄寓世途的感懷與人生的哲思，使得中國古典園林在前代的基礎上，與文人性情神趣更進一步相結合。在中國古典園林史與園林美學的相關論述中，稱之為文人園林的萌芽，王維輞川別業、杜甫浣花溪草堂、白居易的數座園林為濫觴之典型。

　　白居易曾經整治西湖的水利和風景，並先後營造過下邽園、廬山草堂、忠州東坡園與洛陽履道園等。其中，廬山草堂與履道園往往被並列論述，作為兩種園林典型的代表。廬山草堂為山水郊園，順乎自然之勢，具體實現園林建築與自然環境契合的原則；履道園則屬城市宅園，園內組景以幽緻為要，以簡樸小巧的建築物配合大量水石植栽的處理，在鬧市中獲致了幽深僻靜的效果。有關造園手法的分析，園林學者已然多所論述，[1]筆者嘗試在學界的既有基礎上，集中焦點在白氏園林文本，觀察他如何言說、詮釋自己的造園與居遊體驗。

　　案白氏既有長期的山水審美經驗，也有具體的造園實踐，結合自己的人生態度和哲思，發展出較為豐富而多元的園林觀省，記存於相關的詩文書寫中。筆者認為：詩文書寫除了記錄白氏的造園手法，見證其在中國園林史的階段性地位；

---

[1] 學者討論中國園林史，莫不言及白居易在早期文人園林發展的地位，相關論述極夥，茲略舉數種，如周維權：《中國古典園林史》(臺北：明文書局，1991年)，頁100-101。王鐸：《中國古代苑園與文化》(武漢：湖北教育出版社，2003年)，頁195-197、212-218。侯迺慧：《詩情與幽境--唐代文人的園林生活》(臺北：東大圖書公司，1991年)，頁113-124。

同時也記錄他在人世旅程中，修築各座園林的因緣與心境，詮釋他所賦予不同空間的性質與意義。尤其是廬山草堂與履道園的相關詩文，實亦塑造了文人與園林空間關係的兩種典範型態。

扼要言之，廬山草堂作為失意宦途中家居之外的「他方」，白居易謫來江州，體察該地的地理形勢、景觀文化，刻意在廬山中建構起一處可偶爾逃身之處，草堂資藉廬山的美好景物與文化意涵，提供白氏中斷世俗的時間鎖鏈，藏身於天地之間，尋求暫時性的超越經驗。履道園則為晚年重返政治與倫理家鄉的家居，白氏入仕前已移家洛陽，東都的政治位置與權力核心在不即不離之間，正吻合後來發展成熟的中隱觀念。在白氏仕途平順的晚年，主動請求分司東都，履道園成為一處帶著生平記憶回皈自我內心的自足空間。二者分別為後代文人的山水園林與住宅園林塑造了早期典範，本文作為系列論述之一，先展開有關廬山草堂的討論。依序論述白居易千里遠謫中的身心安頓問題，湓浦、廬山與陶淵明故里作為江州空間的三重地景，以及廬山草堂的空間建構，最後以心與境的對應問題作結。

二、千里遠謫中的身心安頓問題

元和十年(815)，因發生宰相武元衡被刺事件，白居易時任太子左贊善大夫，義憤填膺，上疏論元衡之冤，急請緝兇以雪國恥。六月上疏，觸怒當權，同時引來有傷名教的誹謗，八月即以越職言事貶江州司馬，是年冬初抵達江州。至十三年底除授忠州刺史，十四年春赴忠州，羈留江州前後跨越五年，實則約滿三年。[2]這是他第一次遠離北方的家鄉和政教中心，並且擔負著越職言事等罪名，胸中想必交雜著離鄉漂泊、政治失意、人事錯迕等鬱困之情，江州時期大量的詩文，提供了訪尋其心境的憑藉。

抵達江州次年，白居易在〈與楊虞卿書〉[3]回顧宰相武元衡遇盜事件，說明自

---

[2] 參見朱金城：《白居易年譜簡編》，《白居易集箋校》(上海：上海古籍出版社，1998 年)，附錄三，頁 3996-4064。本文論及白居易生平以此本為據。

[3] 〈與楊虞卿書〉，《白居易集箋校》，卷 44，頁 2769-2772。作於元和 11 年(816)江州。

己不勝痛憤急於奏書之情，自作評價為：「贊善大夫誠賤冗耳！朝廷有非常事，即日獨進封章，謂之忠，謂之憤，亦無媿矣！」此為白氏預想中應有之正面回應，然而朝廷公議不然，白氏退一步云：「謂之妄，謂之狂，又敢逃乎？」但是官場上的複雜人事，終引導向不堪的結局：「且以此獲辜，顧何如耳？況又不以此為罪名乎？」文中自思多年來得罪於人之處，在於秉性愚昧，不識時之忌諱，潔慎不受賄賂，介獨不附權要等等，都明白表示他對於獲罪遠謫的鬱憤不平。這一事件讓他對官場文化有了深刻觀察，也形成了他日後對於仕宦之途的整體印象：「浩浩世途，是非同軌。齒牙相軋，波瀾四起。」[4]

政治失意來自不合理的人事運作，白居易一方面從自身經驗體認著「君子防悔尤，賢人戒行藏。」「是非不由己，禍患安可防？」[5]一方面由古人事例歸結出「由來富與權，不繫才與賢。」「自古無奈何，命為時所屈。」[6]君子懷憂，惘於群小的際遇，並非個人的偶然困頓而已，更是人世自古已然的荒謬常態。初謫時江上獨吟的〈放言〉五首，[7]最能彰明這份對人世現象與本質間蹉跌相失的困惑。

「草螢有耀終非火，荷露雖團豈是珠？」(其一)世人往往惑於形似，是非真偽誰能辨識分明？「禍福迴還車轉轂，榮枯反覆手藏鉤。」(其二)禍福相倚令人戒慎，而榮枯隨人反覆，則只能期待人世有最終的合理裁判了。「莫笑賤貧誇富貴，共成枯骨兩如何！」(其四)乍看來死亡是公正的裁判，無論貧賤富貴，終成北邙枯骨，但是終點的相似，仍無法一概抹平生之過程的差異，所以最後還是要藉莊子的齊物：「泰山不要欺毫末，顏子無心羨老彭」(其五)、佛家的幻化：「生去死來都是幻，幻人哀樂繫何情」(其五)來作安撫。其中第三首由正反雙向寫物論人，

---

[4] 〈祭李侍郎文〉，《白居易集箋校》，卷40，頁2666-2667。作於長慶元年(821) 白居易重返長安後，回顧自己左遷江州的貶謫，仍不免流露憤慨。

[5] 〈雜感〉，《白居易集箋校》，卷2，頁134-135。以下所引白氏詩文，除另有標示者外，俱作於元和十年貶江州前夕起，迄於元和十四年春離江州止，作品繫年依據朱金城箋注《白居易集箋校》，引用時將只標注卷數、頁碼。

[6] 〈歎魯二首〉，《白居易集箋校》，卷2，頁131-132。

[7] 〈放言五首並序〉，《白居易集箋校》，卷15，頁952-953，下段引文隨文標示五首排序。

表現尤為委婉而驚心：

> 贈君一法決狐疑，不用鑽龜與祝蓍。試玉要燒三日滿，辨材須待七年期。
> 周公恐懼流言日，王莽謙恭未篡時；向使當初身便死，一生真偽復誰知？

　　白氏自注：「真玉燒三日不熱」、「豫章木生七年而後知」，物性的瞭解尚需長時間的觀察與試煉，何況人性？周公輔佐成王，曾因管、蔡、霍三叔流言而避居遠政；王莽未篡漢前，曾謙恭下士，克己不倦。如果只依一時的現象作評論，極可能形成周公是篡位者，王莽為謙謙君子的荒謬結論。然而要經過長時間的考驗，才能辨明人性的真偽，也才能確認評價是否準確，卻同時彰顯了另一種不確定性：「向使當初身便死，一生真偽復誰知？」人命脩短隨化，焉得自主！倘使王莽未暴露篡漢野心之前先死，固然成就謙謙君子的稱譽，未嘗不是美事。但若周公在謠言流蕩之際先逝，歷史是否能還他清白？恐怕是亙古無解的問題，所以詩面上雖說有法決狐疑，詩中卻流露深沈的無力感。

　　白居易越職言事與浮言不孝的罪名能否在有生之年得到平反呢？

　　這種人世評價的無力感與長期病弱憂死的敏感焦慮相結合，成為白居易江州時期的生命難題，作於元和十三年的〈自悲〉：「火宅煎熬地，霜松摧折身。因知群動內，易死不過人。」[8]簡白的措辭直接傾訴自悲的核心問題。白氏也自覺地尋求超越之道，如〈遣懷〉云：「羲和走馭趁年光，不計人間日月長。遂使四時都似電，爭教兩鬢不成霜。榮銷枯去無非命，壯盡衰來亦是常。已共身心要約定，窮通生死不驚忙。」[9]如何與身心共約，平靜地面對人世窮通與生命危脆？白居易不能不處理身心安頓的問題。

　　已有學者指出：白居易以其名字出典所含哲理作為其一生思想之指歸。居易之名出自《禮記‧中庸》：「君子素其位而行，不願乎其外，素富貴，行乎富貴；

---

[8] 〈自悲〉，《白居易集箋校》，卷17，頁1070。

[9] 〈遣懷〉，《白居易集箋校》，卷17，頁1080。

素貧賤，行乎貧賤。……故君子居易以俟命，小人行險以徼幸。」[10]白氏善體親意，並參之以王弼《周易注》中之「才、位、時」觀念，素位而行與居易俟命，成為一生思想的主脈。[11]是以自我期許順乎時命以回應窮通難測的際遇：「已任時命去，亦從歲月除。中心一調伏，外累盡空虛。」[12]「三十氣太壯，胸中多是非。六十身太老，四體不支持。四十至五十，正是退閑時。」[13]從年齡的身心狀態來說服自己，以四十至五十之年退閑江州，正是最好的安排。回顧古人事例，每每也投射自己的時命體認，如見賢者忳窒，轉而自我慶幸：「知分心自足，委順身常安」、「勿問由天者，天高難與言」。[14]讀謝靈運詩，既感受謝客詩中的悒鬱，也察覺他試圖以理自遣的努力，而云「吾聞達士道，窮通順冥數…因知康樂作，不獨在章句」。[15]

而居易調伏中心，捐除外累的工夫同時取徑佛道，詩中常援用《莊子》義理，如云：「為尋莊子知歸處，認得無何是本鄉。」[16]「泥泉樂者魚，雲路遊者鸞。勿言雲泥異，同在逍遙間。」[17]「若用此理(齊物)推，窮通兩無悶。」[18]也試圖會通佛道工夫：「本是無有鄉，亦名不用處，行禪與坐忘，同歸無異路。」[19]「唯有無生三昧觀，榮枯一照兩成空。」[20]他同時與郭虛舟煉師、盧山諸寺僧交往，道家的破除對待、不執兩端，佛家的因緣所生、物無自性，都可以是居易汲取的養分，

---

[10] 《禮記》(臺北：藝文印書館，十三經注疏本，1989 年)，卷 52，頁 883。

[11] 參見陳照明：〈居易以俟命——論白樂天思想行為的變而不變〉，《文與哲》第一期(2002 年 12 月)，頁 129-145。

[12] 〈歲暮〉，《白居易集箋校》，卷 7，頁 376。

[13] 〈白雲期〉，《白居易集箋校》，卷 7，頁 387。

[14] 〈詠懷〉，《白居易集箋校》，卷 7，頁 406。

[15] 〈讀謝靈運詩〉，《白居易集箋校》，卷 7，頁 369。

[16] 〈讀莊子〉，《白居易集箋校》，卷 15，頁 951，作於元和十年赴江州途中。

[17] 〈答崔侍郎錢舍人書問因繼以詩〉，《白居易集箋校》，卷 7，頁 389。

[18] 〈齊物二首〉其一，《白居易集箋校》，卷 7，頁 402。

[19] 〈睡起晏坐〉，《白居易集箋校》，卷 7，頁 373。白氏自註：「道書云『無何有之鄉』，禪經云『不用處』，二者殊名而同歸。」

[20] 〈盧山草堂夜雨獨宿寄牛十二李七庾三十二員外〉，《白居易集箋校》，卷 17，頁 1117。

而閉關、調氣、坐禪、止觀等，從詩文看來，也都是居易曾經從事的工夫，只是工夫深淺，唯人自知罷了。

　　修持的工夫有待勤懇堅持，超越的境界要在塵世生活中長期維護原是難事，所以在白居易詩文中，也往往透露出世病難以盡蠲的無奈，人間恩愛之情、離別之憾，總在日常細微間滲透，面對稚弱的幼女姪兒，體察到自己對物情、人情的繫累：「物情小可念，人意老多慈。……亦如恩愛緣，乃是憂惱資。舉世同此累，吾安能去之。」[21]在故人幽然入夢的夜晚，察覺到自己對平生經歷人事的牽掛：「別來老大苦修道，鍊得離心成死灰。平生憶念消磨盡，昨夜因何入夢來？」[22]在舊識凋零的消息傳來時，更落入既傷逝者且念遠人的悲感中：「知識三分中，二分化為鬼。逝者不復見，悲哉長已矣！存者今如何？去我皆萬里。」[23]居易自知無法割捨種種繫念，許多時候耽溺在愁情之中，易理佛道尚未能踏實著力：「空王百法學未得，姹女丹砂燒即飛。事事無成身老也，醉鄉不去欲何歸？」[24]「未濟卦中休卜命，參同契裏莫勞心。無如飲此銷愁物，一餉愁消直萬金。」[25]所幸居易並未閉門飲酒，沈睡醉鄉，他仍本其愛好自然草木之心，走向九江的山山水水，而有盧山草堂的修建，引領出新的空間體驗。

三、湓浦、盧山與陶淵明--江州空間的三重地景

　　元和十年冬，白居易出任江州司馬，依其〈江州司馬廳記〉分析該職位：「莅之者，進不課其能，退不殿其不能，才不才一也。若有人畜器貯用、急於兼濟者居之，雖一日不樂。若有人養志忘名、安於獨善者處之，雖終身無悶。」[26]是以

---

[21] 〈弄龜羅〉，《白居易集箋校》，卷7，頁393。

[22] 〈夢舊〉，《白居易集箋校》，卷15，頁919。

[23] 〈感逝寄遠〉，《白居易集箋校》，卷9，頁509。

[24] 〈醉吟二首〉，《白居易集箋校》，卷17，頁1106。

[25] 〈對酒〉，《白居易集箋校》，卷17，頁1082。

[26] 〈江州司馬廳記〉，《白居易集箋校》，卷43，頁2732-2733。

刺史、群吏忙於公務之際，「唯司馬，綽綽可以從容於山水詩酒間。由是郡南樓、山北樓、水溢亭、百花亭、風篁、石巖、瀑布、盧宮、源潭洞、東西二林寺、泉石松雪，司馬盡有之矣。」[27]白氏之遊江州，初與柳宗元出遊永州似無二致，尋水問山，以寫吾憂，而後發展出不同的人與環境的關係。[28]柳氏在永州諸記中將山水景物拉進人世歷史的舞臺，進行美醜智愚的材質辨別、掩蔽與發現等相關論述；白氏則嘗試讓自己進入大自然中，以草堂為據點，找尋可以與自然對話的契機。

白居易〈東南行〉如此勾勒他對江州的整體印象：「林對東西寺，山分大小姑。盧峰蓮刻削，溢浦帶縈紆。九派吞青草，孤城覆綠蕪。黃昏鐘寂寂，清曉角嗚嗚。」[29]前四句舉出代表性之自然與人文地點，後四句為潑墨式的色塊與氛圍。白氏自註：「東林、西林寺在盧山北，大姑、小姑在盧山南彭蠡湖中。」「蓮花峰在盧山北，溢水在江城南，何遜詩云：『溢城對溢水，溢水縈如帶。』」「潯陽江九派南通青草、洞庭湖。」其中盧山為自古名山，既以風景著稱，又有東林、西林二座佛教名寺；溢水源出清溢山，東流至九江市，名溢浦港，北入長江，得名亦早。盧山與溢浦在白氏江州詩文中被賦與了頗具對照性的地景意涵。

白居易初遊溢水在抵任後數月，命酒臨泛，舍鞍登舟，煙浪渺渺，風襟悠悠，似有尋仙之想，詩中有「湖山處處好，最愛溢水頭」、「此地來何暮？可以寫吾憂」之句。[30]但是溢水不只是一條河流，它縈帶溢城，構成當地居民現實生活的場景，其中包籠著居易北人南謫尚無法適應的居所，〈琵琶引并序〉中自述處境：「住近

---

[27] 同前註。

[28] 戴偉華：〈唐代文學研究中的文人空間排序〉指出：「文人的生存需要自己的空間，文人的生活變化也會時刻改變著自己的生存空間，如文士受到貶謫，就頃刻間失去原有的空間序列，而會重新建立一個空間組合。」《唐代文學研究叢稿》(臺北：學生書局，1999 年)，頁 40。

[29] 全題為〈東南行一百韻，寄通州元九侍御、灃州李十一舍人、果州崔二十二使君、開州韋大員外、庾三十二補闕、杜十四拾遺、李二十助教員外、竇七校書〉，《白居易集箋校》，卷 16，頁 965-968。

[30] 〈遊溢水〉，《白居易集箋校》，卷 7，頁 365。

溢江地低溼，黃蘆苦竹繞宅生。其間旦暮聞何物？杜鵑啼血猿哀鳴。春江花朝秋月夜，往往取酒還獨傾。豈無山歌與村笛？嘔啞嘲哳難為聽。」[31]溢江低溼的地理條件，不止在物產上表現為蘆黃竹苦的貧瘠、鵑啼猿哀的愁苦，也在人文上表現為僅有山歌村笛而無絲竹雅樂的荒枯，加上「溢」字聲符所喚起的如盆聯想，淋隘低濕而且窒困無所逃遁，它們共同形成一組謫居地景，[32]與北方京師的都會空間遙遙相對，在日常生活中對南來的遷客進行無時無刻的責罰。所以白居易許多感慨謫遷的詩句，每用溢城、溢浦來代表今日的處境，而非江州、潯陽等當代的地理名稱。[33]如〈潯陽歲晚寄元八郎中庾三十二員外〉：「可憐白司馬，老大在溢城。」[34]元和十二年在江樓夜讀元積律詩數十篇，作三十韻五古，稱美其詩才橫溢，也嘆息二人同年遭貶，「各有詩千首，俱拋海一邊。……不得當時遇，空令後代憐。相悲今若此，溢浦與通川。」[35]通川指元積所在，溢浦為居易自居。他寄給元積的另一詩句云：「籠鳥檻猿俱未死，人間相見是何年？」[36]用語更加淒楚，以籠鳥檻猿指喻二人，則是溢浦處境更焦慮化的呈現。

廬山與二林寺組成白居易江州另一重要地景，以美好的風景和宗教性質，作

---

[31] 〈琵琶引并序〉，《白居易集箋校》，卷 12，頁 685-686。

[32] 這樣的江南謫居地景，在許多唐人詩文中隱然相呼應，如杜甫〈夢李白二首〉憐惜李白：「江南瘴癘地，逐客無消息」、「冠蓋滿京華，斯人獨憔悴」。清·楊倫箋注：《杜詩鏡詮》(臺北：華正書局，1990 年)，卷 5，頁 231。韓愈〈左遷至藍關示姪孫湘〉自悲遠貶潮州：「知汝遠來應有意，好收吾骨瘴江邊」，錢仲聯：《韓昌黎詩繫年集釋》(上海：上海古籍出版社，2007 年)，卷 11，頁 1097。柳宗元的〈囚山賦〉更為極端：「杳雲雨而漬厚土兮，蒸鬱勃其腥臊。陽不舒以擁隔兮，群陰沍而為曹。側耕危穫苟以食兮，哀斯民之增勞。……」鋪寫丘壑草木皆為陷阱，歸結於「誰使吾山之囚吾兮滔滔」。《柳河東集》(臺北：河洛圖書出版社，1974 年)，卷 2，頁 39-40。

[33] 李吉甫撰，賀次君點校：《元和郡縣圖志》(北京，中華書局，1995 年)：「潯陽縣本漢舊縣，屬廬江郡。以在潯水之陽，故曰潯陽。隋平陳，改潯陽為彭蠡縣，大業二年改為溢城縣，武德五年復改為潯陽縣。」卷 28，頁 676。

[34] 〈潯陽歲晚寄元八郎中庾三十二員外〉，《白居易集箋校》，卷 17，頁 1061。

[35] 〈江樓吟元九律詩成三十韻〉，《白居易集箋校》，卷 17，頁 1058-1059。

[36] 〈山中與元九書因題書後〉，《白居易集箋校》，卷 16，頁 1036。

為白居易超越困境的據地。在溢浦地景的襯映下，廬山的空間性質在白居易筆下得到層遞性的闡發。

首先，廬山群峰聳立於長江與鄱陽湖之間，偉岸的山體從卑溼的大地上拔起，召喚著遊子的耳目，白居易在江州的第一個春季即上廬山遊二林寺，有詩云：

> 下馬二林寺，翛然進輕策。朝為公府吏，暮作靈山客。二月匡廬北，冰雪始消釋。陽叢抽茗芽，陰竇洩泉脈。熙熙風土暖，藹藹雲嵐積。散作萬壑春，凝為一氣碧。身閑易澹泊，官散無牽迫。緬彼十八人，古今同此適。是年淮寇起，處處興兵革。智士勞思謀，戎臣苦征役。獨有不才者，山中弄泉石。[37]

這次初遊的經驗，最吸引他的焦點，即在廬山的美好春景，與其中蘊藏的自由舒放，冰雪始消，陽叢萌芽，泉脈分流，雲嵐縹緲，一派熙恰和暖的風土景象，與困居溢浦蘆黃竹苦、鵑啼猿哀的低濕印象迴異，在窒困的處境中打開一扇可以遠眺的視窗，進而開出一條可以逃逸出困居狀態的遊徑，廬山提供了江州可以長作棲遲的理由。此詩雖觸及二林寺人文歷史，但「緬彼十八人，古今同此適」，仍是以廬山清景為主體，慧遠諸人即是因廬山的召喚而來，也才締造了二林寺的人文。另如一首即景小詩〈大林寺桃花〉，以絕句的體裁蓄藏豐富的感發力量，也流露白居易對廬山的主觀印象：「人間四月芳菲盡，山寺桃花始盛開。長恨春歸無覓處，不知轉入此中來。」[38]廬山以其地勢較高，氣溫低於平地，花時較晚，但在詩人看來，這不是客觀的自然現象，而是「春天」在人間憔悴後，尋覓一條花徑為出路，轉入廬山來。這不也是詩人人間憔悴後，希望開出新徑的投影嗎？

其次，廬山上寺觀的宗教傳統與人文精神，為尋求身心安頓的謫人，提供自我昇華與安定的力量。〈宿西林寺早赴東林滿上人之會因寄崔二十二員外〉詩云：

---

[37] 〈春遊二林寺〉，又作〈春遊西林寺〉，《白居易集箋校》，卷7，頁374。
[38] 〈大林寺桃花〉，《白居易集箋校》，卷16，頁1023。

謫辭魏闕鶒鷺隔，老入廬山麋鹿隨。薄暮蕭條投寺宿，凌晨清淨與僧期。
雙林我起聞鐘後，隻日君趨入閣時。鵬鷃高低分皆定，莫勞心力遠相思。[39]

對於南遷罪名與人情物議，白居易原懷有憤懣不平之氣，在廬山的自然山野中，
在二林寺的清淨道場裡，以及高僧佛法的開導下，這份不平之氣似乎逐漸消散了。
詩中以並置手法，呈現白、崔二人晨起活動的想像圖；崔氏在朝，急趨入閣，白
氏賦閒，聞鐘會僧，各自追尋仕途青雲與佛道義理的不同方向。「鵬鷃高低分皆
定」，用《莊子》鵬鳥斥鴳意象，郭象大小皆逍遙的疏解，結合其名字典故所含俟
命守分哲理，白居易試圖融合平生的學習資源，轉化成生命的智慧，廬山上的佛
教聖地，提供了他努力轉識成智的場域。

白居易在東林寺學禪，審視著自己心念的起滅與動向，〈正月十五日夜東林寺
學禪偶懷藍田楊主簿因呈智禪師〉云：

新年三五東林夕，星漢迢迢鐘梵遲。花縣當君行樂夜，松房是我坐禪時。
忽看月滿還相憶，始歎春來自不知。不覺定中微念起，明朝更問雁門師。[40]

正月十五日是傳統上元節，在熱鬧的都會裡，花市燈海，傾城出遊，但是今年的
江州上元，白居易有了不同的經驗，他選擇上廬山在東林寺學禪，沒有花市燈海
與冶遊活動，只有松房鐘梵下的靜坐，當窗外的一輪滿月觸動了昔日繁華的記憶，
想起了老友是否正在賞燈行樂，詩中依然不免有分馳殊途的感慨。然而居易修定
的意志很快地超越感慨，警醒到自己的意念紛馳，還須再請禪師加緊指點工夫。

東林寺位於廬山西麓，始建於東晉太元十一年（386），東晉名僧慧遠主持東
林寺三十餘年，聚集沙門上千人，羅致學問僧百餘人，翻譯佛經，著明教義，成

---

39 〈宿西林寺早赴東林滿上人之會因寄崔二十二員外〉，《白居易集箋校》，卷 16，頁 989。

40 〈正月十五日夜東林寺學禪偶懷藍田楊主簿因呈智禪師〉，《白居易集箋校》，卷 16，頁 1032。

為淨土宗的發源地。相傳慧遠大師與南朝名士劉遺民、山水大師宗炳等一百二十三人結成白蓮社，在阿彌陀佛前發願死後「俱游絕域」，往生西方極樂淨土。慧遠大師影不出山，跡不入俗，博綜六經，尤善老莊，開講時將佛學教義與玄學互參，使佛學開始中國本土化，贏得了時人的信服，也深得後人敬重。白居易東林學禪，是以對慧遠大師和白蓮社的文化感情為背景，所以〈臨水坐〉云：「昔為東掖垣中客，今作西方社內人。手把楊枝臨水坐，閑思往事似前身。」[41]以自己和今日東林寺僧的關係類比於昔日南朝文士與慧遠大師的關係，自己亦如白蓮社的一員，將佛學教義與玄學互參，藉以出離塵穢。

因佛道兼修，白居易也參訪廬山最大的道教修煉場所簡寂觀，觀為劉宋時陸修靜修道場所，唐時規模仍盛，居易留宿其間，亦嚮往道術靈修能安撫身心：

> 巖白雲尚屯，林紅葉初隕。秋光引閑步，不知身遠近。夕投靈洞宿，臥覺塵機泯。名利心既忘，市朝夢亦盡。暫來尚如此，況乃終身隱。何以療夜飢，一匙雲母粉。[42]

詩中紅白並呈，不別遠近，名利心忘，市朝夢盡，傳遞一夜投宿道場，所受到的情境教化作用。這種短期的投宿、禪修所帶來的超脫塵機的感受，進一步召喚著詩人作更長時的棲留：「已任時命去，亦從歲月除。中心一調伏，外累盡空虛。名宦意已矣，林泉計何如？擬近東林寺，溪邊結一廬。」[43]是以來到江州第二冬季，遂有草堂的興造計畫。

在溢浦與廬山之外，江州還有一重要的精神地景--陶淵明故里，滿懷悒鬱的遷客逐漸產生「安處即為鄉」[44]的想法，還應與對陶淵明的認同有關。

白居易欣賞陶淵明，元和八年（813）丁母憂退居下邽時，即有〈效陶潛體詩

---

[41] 〈臨水坐〉，《白居易集箋校》，卷 16，頁 1033。

[42] 〈宿簡寂觀〉，《白居易集箋校》，卷 7，頁 368。

[43] 〈歲暮〉，《白居易集箋校》，卷 7，頁 376。

[44] 〈四十五〉，《白居易集箋校》，卷 16，頁 1010。

十六首并序〉，自云「懶放之心，彌覺自得」，「因詠陶淵明詩，適與意會」，[45]初步體會不受世事羈絆的自由。白居易謫至江州，而陶淵明的故里柴桑即在江州，〈訪陶公舊宅〉詩序云：「予夙慕陶淵明為人，往歲渭川閑居，嘗有效陶體詩十六首。今遊廬山，經柴桑，過栗里，思其人，訪其宅，不能默默，又題此詩云。」[46]不能默默者，即在於對陶淵明有更深刻的了解與追慕：

> 垢塵不污玉，靈鳳不啄羶。嗚呼陶靖節，生彼晉宋間。
> 心實有所守，口終不能言。永惟孤竹子，拂衣首陽山。
> 夷齊各一身，窮餓未為難。先生有五男，與之同飢寒。
> 腸中食不充，身上衣不完。連徵竟不起，斯可謂真賢。
> 我生君之後，相去五百年。每讀五柳傳，目想心拳拳。
> 昔常詠遺風，著為十六篇。今來訪故宅，森若君在前。
> 不慕樽有酒，不慕琴無絃。慕君遺榮利，老死此丘園。
> 柴桑古村落，栗里舊山川。不見籬下菊，但餘墟中烟。
> 子孫雖無聞，族氏猶未遷。每逢姓陶人，使我心依然。[47]

詩中從二方面掌握淵明的精神：其一，對於政治現象實有自己的判斷與堅持，但不訴諸語言，只見諸行動。反襯自己昔日的躁進上書，也提醒今日宜保緘默。其二，有沈重的家庭經濟負擔，卻不因此向現實妥協，堅持去職，躬親農事。自己同樣家貧，因需要俸祿負擔家族經濟，至今不忍辭官。白居易來訪遺跡，追仰高風，不在於飲酒撫琴的瀟灑自由，而在超越世途榮枯、不計物資寬絀，當下便是安宅的精神高度。

這一存在情境的追慕和認同，白居易承其意而不襲其跡，淡泊不必辭官，隱居不必柴桑，仰望「墟中煙」飄散在江州的上空，白氏遊說自己安於司馬閑官，

---

[45] 〈效陶潛體詩十六首并序〉，《白居易集箋校》，卷5，頁303。
[46] 〈訪陶公舊宅并序〉，《白居易集箋校》，卷7，頁362。
[47] 同前註。

有微俸可以安家，也遊說自己擺脫遊子的心態，以謫遷的江州作為第二故鄉。〈端居詠懷〉：「從此萬緣都擺落，欲攜妻子買山居。」〈江樓早秋〉：「匡廬一步地，官滿更何之？」〈夜宿江浦聞元八改官因寄此什〉：「交親盡在青雲上，鄉國遙拋白日邊。若報生涯應笑殺，結茅栽芋種畬田。」[48]白居易給自己四十五歲的規劃是「老來尤委命，安處即為鄉。或擬廬山下，來春結草堂。」[49]在對江州三重地景的情感與經驗交錯牽引下，白居易選擇了結茅廬山，作為世途漂泊中重尋安定感的據點。

四、廬山草堂的空間建構

元和十一年，白居易多次往遊廬山，深愛廬山奇秀之美，歲暮在香爐峰遺愛寺旁選址興建草堂，遺愛寺離東林寺不遠，詩人經過數月的籌劃與施工，以自然的材料，簡單的工法，施作木柱、泥牆、石階、紙窗，第二年春天完成五架三間新草堂。室外的環境處理，主要分二部分：一為草堂兩旁的引水規劃，堂東為小型瀑布，堂西以細竹引流，形成人工飛雨。二為堂前腹地的整理，闢出平臺，開鑿方池，鋪設白石，作為出入道。此外，可再加上山坡上的茶園和藥圃之整治。[50]茶園和藥圃使得草堂帶有田園園林的性質，似有陶淵明歸耕的影子，[51]但白居易未必躬自耕作，他主要參與的是園林手法的實踐，以及《草堂記》等諸多詩文的書寫。具體的園景造設隨時歲遷移而傾毀，文字反得久其傳，筆者以《草堂記》等詩文為據，試以引水、開池與居室處理為線索，逐層探析白居易興造草堂的手法，及其藉由相關詩文所進行的空間敘寫與心境詮釋。

(一)引水設景，啟發感官經驗的交匯與激蕩

---

[48] 三詩見於《白居易集箋校》，卷16，頁1004-1007。

[49] 〈四十五〉，《白居易集箋校》，卷16，頁1010。

[50] 《重題》四首之二：「藥圃茶園為產業，野麋林鶴是交遊。」《白居易集箋校》，卷16，頁1029。

[51] 參見王鐸：《中國古代苑園與文化》，頁197。

　　白居易自述：「從幼迨老，若白屋，若朱門，凡所止，雖一日二日，輒覆簣土為臺，聚拳石為山，環斗水為池，其喜山水病癖如此。」[52]對草堂而言，山石平臺資藉於廬山，只需略作整治，需要加強者為理水的工作。廬山草堂的理水工事包括引水與開池，先言其引水之法與審美訴求。〈草堂記〉云：

> 堂東有瀑布，水懸三尺，瀉階隅，落石渠，昏曉如練色，夜中如環佩琴筑聲。堂西倚北崖右趾，以剖竹架空，引崖上泉，脈分綫懸，自簷注砌，纍纍如貫珠，霏微如雨露，滴瀝飄灑，隨風遠去。[53]

廬山中原即蘊藏著飛流的泉涓與湍瀉的瀑布，水源不難尋得，端在如何善用自然界提供的素材，轉化為園林中的景觀。草堂坐北朝南，倚著廬山層崖，詩人善察地形水性，巧妙地在屋旁創作二種不同的水景，再以周流草堂的石渠加以承接匯流。[54]堂東為小型瀑布，直接引山上水懸瀉階隅，再導入石渠中。堂西則剖分細竹，接引懸崖上的泉水，使從屋簷上如微雨般飄注下來。二種水景的流動既與山石的凝定形成對照，彼此間也形成另一層對照：在體量上一大一小；在流向上一由廬山向草堂垂直下落，一則草堂向廬山橫向輕揚；在視覺效果上，一為如白練布匹展開的景面呈現，一為由細小水珠隨風飄灑的線狀牽引；在聲音效果上一分明響脆，且眾聲競發相續如樂曲，一細碎幽微，縹緲的單音極易失落在遼闊的空間中；在情感激發的幅度上，一健捷慷慨，有著壯士般義無反顧的氣度，一則宛轉舒徐，彷如哲人沈吟的思緒逸入宇宙的深處。

　　而審美乃各種感官交感互通的活動，詩人創造了二種水景的各種形貌、音聲特質，二種水景亦各以其形貌、音聲等特質，誘發居遊者進行各種感官經驗的交匯與激蕩。水的母題原就具有潤澤與洗淨的意涵，詩人精緻的引水設計，加上周

---

[52] 〈草堂記〉，《白居易集箋校》，卷43，頁2737。

[53] 同前註。

[54] 〈重題〉四首之二：「最愛一泉新引得，清泠屈曲遶階流。」，《白居易集箋校》，卷16，頁1030。

流的石渠，臺前的小池，更巧妙地讓水成為草堂無處不在、無時不在的成員，凝
塑草堂的基本氛圍。並以水的流動性，與廬山在地的泉涓、縹緲迷漾的雲霧相銜
接，渾融草堂與廬山的界限。正是在這一水澤暈染的氛圍中，開啟詩人的靈視，
跨越時空的限定，是以詩人在敘寫其引水手法之後，緊接著的文字是：「其四傍耳
目杖屨可及者：春有錦繡谷花，夏有石門澗雲，秋有虎谿月，冬有鑪峰雪。陰晴
顯晦，昏旦含吐，千變萬狀，不可殫紀，」[55]酣暢地馳騁想像，將其已遊、未遊，
得之自己歷遊經驗或他人間接經驗者，匯集於一時，在瞬間迸發開來，錦繡谷之
春花，石門澗之夏雲，虎溪秋月，鑪峰冬雪，共同並呈一片漪歟盛哉的繁複美景。

（二）開決池水，內蘊收藏事物的獨特美學

開挖池水，倒映天光山影，水的潤澤也有助於平衡山石較偏於硬瘦的美感，〈草
堂前新開一池養魚種荷日有幽趣〉詩云：

> 淙淙三峽水，浩浩萬頃陂。未如新塘上，微風動漣漪。
> 小萍加泛泛，初蒲正離離。紅鯉二三寸，白蓮八九枝。
> 遶水欲成徑，護堤方插籬。已被山中客，呼作白家池。[56]

詩篇一開始即進行三峽與小池的比較，並且作了高下判斷。[57]大自然中浩蕩的江
河，何以「未如」園林裡人工開鑿的小池？詩人未正面言說三峽的弱點，只是鋪
寫小池幽趣，以小池之所有暗示三峽之所無。小池所有者，一在「微風動漣漪」
的美感迥異於「浩浩萬頃陂」，客觀而言，二者各有其美學範疇，原無價值高下之
分，但詩人個人情感作了判斷，因為它們不只是單次性客觀的審美對象，而是作
為與謫居幽人生命情境相對應的空間，漣漪微動、萍蒲離離的秀美景象，喚起觀

---

[55] 〈草堂記〉，《白居易集箋校》，卷43，頁2737。

[56] 〈草堂前新開一池養魚種荷日有幽趣〉，《白居易集箋校》，卷7，頁386。

[57] 同樣的判斷在〈官舍內新鑿小池〉已曾提出：「豈無大江水，波浪連天白？未如床席前，方
丈深盈尺。清淺可狎弄，昏煩聊漱滌。最愛曉暝時，一片秋天碧。」《白居易集箋校》，卷7，
頁367。

賞者和諧交流的愉悅感，而江湖萬頃、風浪滔天的雄偉景象，卻可能對已然憂憤危脆的心境形成威脅，甚至聯結著「人間多險艱」的聯想，成為人世場域的隱喻。

其次，小池為詩人所開，景物內容由詩人取擇，是一方可以自我作主的小天地，植物白蓮、萍蒲，動物紅鯉、白魚彼此相安。〈草堂記〉云：「環池多山竹野卉，池中生白蓮、白魚。」[58]二者被特別提舉出來，蓋因對詩人而言尤具特別情感意義。

詩人在江州有〈放魚〉詩，[59]所放者即白魚，家僮買菜歸來，「青青芹蕨下，疊臥雙白魚。無聲但呀呀，以氣相煦濡」，觸動了詩人的同情與聯想：「豈唯刀机憂，坐見螻蟻圖」，有性命之憂，且為群小所擾，是以「放之小池中，且用救乾枯」，後來更移放於南湖，還叮嚀白魚遊向江湖，好去勿踟躕。這雙白魚的處境與曾遭患難的詩人曾經如此貼近，詩人在廬山草堂小池放養白魚，使之悠然自生，與詩人藉由草堂走出政治陰影的自我期許是一致的。

詩人對白蓮也有類似的情感，東林寺有白蓮池，晉時慧遠結白蓮社共修淨土，曾是當年盛事，但時移事遷，白居易南來江州，發現時人對白蓮不甚珍惜，為之嘆息：

> 廬山多桂樹，溢浦多修竹，東林寺有白蓮花，皆植物之貞勁秀異者，雖宮
> 圍省寺中，未必能盡有。夫物以多為賤，故南方人不貴重之，至有蒸爨其
> 桂，剪棄其竹，白眼於蓮花者。予惜其不生於北土也，因賦三題以唁之。[60]

同樣的嘆息也見諸柳宗元之記永州，[61]可說是失意文人藉物詠懷的共通手法，企

---

[58] 〈草堂記〉，《白居易集箋校》，卷43，頁2736。

[59] 〈放魚〉，《白居易集箋校》，卷1，頁70。

[60] 〈潯陽三題并序〉，《白居易集箋校》，卷1，頁72-75

[61] 如柳宗元〈鈷鉧潭西小丘記〉：「噫！以茲丘之勝，致之灃鎬鄠杜，則貴游之士爭買者日增千金而愈不可得。今棄是州也，農夫、漁夫過而陋之，賈四百，連歲不能售。」《柳河東集》，卷29，頁473。

圖對未被世人給與正當評價的地方風物作再評價。[62]白蓮詩云:「白日發光彩,清飆散芳馨。泄香銀囊破,瀉露玉盤傾。我慚塵垢眼,見此瓊瑤英。乃知紅蓮花,虛得清淨名。」[63]刻意彰顯顏色的差異,強調白蓮勝於紅蓮,固然因白蓮為東林舊物,有歷史文化的價值,同時也聯結詩人對於自己姓氏之顏色的情感,白日、白石、白沙之白,有光彩潔淨之意,而白魚之受難、白蓮之遭白眼,白牡丹之冷澹無人愛,[64]則似無以逃免的宿命,作為白氏子弟的居易,亦唯能守貞白以待時了。

白居易「砌水親開決,池荷手自栽」[65],成為後代文人園林普遍取法的工事。他賦與小池有別於江湖的價值,用以對應謫居幽人的生命情境,並用以收納人棄我取的美好事物,在世人不當評價的勢力場外,建構了一處以自我評價為準的收容所,「已被山中客,呼作白家池」[66],白家池內蘊著白家收藏事物的獨特美學。

(三)以草堂為出塵逃藏之地,也作為開放向天地宇宙的門戶

廬山群峰聳立,白居易在香爐峰的一隅興造草堂,自此改變了他與廬山的關係,不再是一位朝來暮返、流浪於途的遊客,因為有了可以防徂暑、虞祁寒、避風雨、終朝夕的據點,客旅轉換成為主人,作為草堂的主人,也作為草堂所輻射出的意義籠罩空間的主人。

依〈草堂記〉記載:「三間兩柱,二室四牖,廣袤豐殺,一稱心力。」[67]建築

---

[62] 此語改寫自清水茂之文字,清水先生精密闡述柳宗元的山水記在於發現被隱蔽了的美而認識其價值,請參見氏著,華岳節譯:〈柳宗元的生活體驗及其山水記〉,收錄於羅聯添先生編:《中國文學史論文選集》(三)(臺北:學生書局,1979 年),頁 1049-1072。

[63] 〈東林寺白蓮〉,為《潯陽三題》之三,《白居易集箋校》,卷 1,頁 75。

[64] 白氏早年在長安即有和錢徽〈白牡丹〉之作,感慨「彼因稀見貴,此以多為輕。始知無正色,愛惡隨人情。豈惟花獨爾,理與人事并。君看入時者,紫艷與紅英。」《白居易集箋校》,卷 1,頁 39。元和十年貶謫前夕再作〈白牡丹〉:「白花冷澹無人愛,亦占芳名道牡丹。應似東宮白贊善,被人還喚作朝官。」《白居易集箋校》,卷 15,頁 918。以顏色之白與自己姓氏之白類比,用意十分明顯。

[65] 〈題別遺愛草堂兼呈李十使君〉,《白居易集箋校》,卷 20,頁 1326。

[66] 〈草堂前新開一池養魚種荷日有幽趣〉,《白居易集箋校》,卷 7,頁 386。

[67] 〈草堂記〉,《白居易集箋校》,卷 43,頁 2736。

體量既小，施作亦樸實無華，木柱、泥牆、石階、紙窗、竹簾、紵幃，就地取材而不髹漆裝飾。室內陳設木榻四，屏風二，漆琴一，另有佛、道、儒各家書二、三卷而已。物質建設十分簡單，配合主人謫居中的財力，也透露草堂興造的目的：不是作為長期日常生活的家屋，而是以主人個人為中心的暫時性寓所。木榻、屏風供起居實用，漆琴以抒懷，佛、道、儒各家書二、三卷，則為主人尋求安頓身心所欲取材的藥方。

於此要彰明的是草堂作為個人的暫時性寓所，比較像是另一間書房，而非另一處與家人同居的家屋。詩人〈香爐峰下新卜山居草堂初成偶題東壁〉詩云：「五架三間新草堂，石堦桂柱竹編牆。南簷納日冬天暖，北戶迎風夏月涼。灑砌飛泉纔有點，拂窗斜竹不成行。來春更葺東廂屋，紙閣蘆簾著孟光。」[68]前數句概述草堂規制，末聯即點出草堂初期的建制中並未準備夫人居室，次年亦未見擴建的記載。詩人闢建草堂之前，在江州已有與妻小族人同居的住宅，〈草堂記〉篇末云：「待予異時，弟妹婚嫁畢，司馬歲秩滿，出處行止，得以自遂，則必左手引妻子，右手抱琴書，終老於斯，以成就我平生之志。」[69]相對地，今日的處境是弟妹婚嫁未畢，仍有現實的經濟負擔與家族責任；[70]司馬歲秩未滿，仍然是政府官僚體系中的一員；出處行止，限於家族、社會的身份職責，尚未得以自遂。所以廬山草堂尚未經營成為未來退休的理想家屋，而是與今日現實中溢浦的住宅遙遙相對，成為一個「他方」。

這是一個真實地理空間的他方，也是一個心理空間的他方，提供了一種可能性：遠離「住近溢江地低濕」的環境，以及相伴隨的物件與人事。詩人可以暫時逃離江州司馬的官銜及其伴隨的政治陰影，也可以暫時逃離家庭生活的日常性及其伴隨的現實責任，遠離行政長官、社交群眾、兄弟家人、包括妻子，逃遁在自

---

[68] 〈香爐峰下新卜山居草堂初成偶題東壁〉，《白居易集箋校》，卷 16，頁 1028。

[69] 〈草堂記〉，《白居易集箋校》，卷 43，頁 2737。

[70] 元和十二年四月〈與微之書〉中云：「長兄去夏自徐州至，又有諸院孤小弟妹六、七人提挈同來。頃所牽念者，今悉置在目前，得同寒煖饑飽。」《白居易集箋校》，卷 45，頁 2814-2816，可知居易負擔白氏家族的經濟重擔。

我個人的意識中。

　　白居易有〈登香鑪峰頂〉詩，記與友人相約登香鑪峰頂，因路程艱辛，三、四人同遊中有二人中途放棄，詩人上到峰頂後，因眼界的開拓而喚起宇宙無窮的浩瀚感：

> 不窮視聽界，焉識宇宙廣。江水細如繩，湓城小於掌。紛吾何屑屑？未能脫塵鞅。歸去思自嗟，低頭入蟻壤。[71]

登高望遠，得以轉換不同的觀看位置，也重新調整自我與外物的相對關係。當下瞰之際，潯江水細如繩，湓城小於手掌，詩人意識到自我平日的卑微，形軀受限於低濕的湓浦之內，內心亦受困於塵世的挫折感中，不禁自問在蝸角蠅翼中奔忙的意義。而在意識到自我的卑微的同時，自我也超越了現在與以前的樣貌，感受到被提升增強的能力，詩人此刻從延續性的時間之流中抽離出來，置身於廬山的無窮無盡，窺臨「宇宙廣」的浩瀚感，詩人的自我意識也在成長茁壯之中。是以當現實的時間被重新接續，詩人必須下山來，離開廬山所打開的他方世界，回到世俗的此一世界，詩人強烈感受到那已然被召喚成長提昇的自我意識，不得不低下頭來，重新把自己變小，才能去適應塵世社會的規格。

　　「歸去思自嗟，低頭入蟻壤」，是何等令人心驚的嘆息。[72]

　　於是，廬山草堂的興建，可以說是為了延長那逸出日常生活軌道外的時間，可以養護那在成長擴充狀態中的生命意識。詩人攜來佛、道、儒各家書二、三卷，希望能會通三家思想，作為最終價值的依皈，在〈草堂記〉中，詩人未直接說明此一會通思想的內容，只是以草堂與廬山的空間關係暗示追尋的方向。

　　「洞北戶，來陰風，防徂暑也；敞南甍，納陽日，虞祁寒也。」[73]坐北朝南

---

[71] 〈登香鑪峰頂〉，《白居易集箋校》，卷7，頁388。居易詩文中「香鑪」、「香爐」並用。

[72] 王國維《浣溪沙》：「試上高峰窺皓月，偶開天眼覷紅塵，可憐身是眼中人。」悲感與白居易遙相呼應。田志豆編注：《王國維詞注》(香港，三聯書店香港分店，1985年)，頁124。

[73] 〈草堂記〉，《白居易集箋校》，卷43，頁2736。

的取向，門窗簷瓦的設計，以及木柱、泥牆等自然的素材，表現著傳統建築文化中天人合一的思想，[74]草堂以簡單的手法加以體現。而更值得留意的是草堂外的描述，水流、平臺與方池環圍著草堂，共成草堂生活的第二重疆界，但是詩人來居草堂所擁有的空間遠過於此。往南抵石澗，有一大片林地，高大的古松、老杉，低矮的灌叢蘿蔓，呈現豐富的林相；堂北的廬山層崖上，有雜木異草，蓋覆其上，因有充沛的水源，枝茂葉密，花開果熟，生機自然流轉；山坡地開為茶圃，可以提供主客品茗。這是草堂的第三重疆界。而後更將整體廬山山系都廣納進來，成為草堂的第四重疆界：錦繡谷花，石門澗雲，虎溪月，鑪峰雪，陰晴顯晦，昏旦含吐，千變萬狀，不可殫紀。於是幾乎草堂即是廬山，廬山即是草堂，詩人來居草堂，雖然只是浩瀚山林中的一小點，卻彷彿可以超越有限、體察不受拘限的廣大遼闊之感。

　　草堂之所以能有如此作用，從園林的建制手法而言，它充分發揮了後代所謂借景的效果，明人計成在《園冶》中獨立〈借景〉一篇列舉各種園林借景的美學效果，總結指出：「夫借景，林園之最要者也。如遠借、鄰借、仰借、俯借、應時而借。然物情所逗，自寄心期，似意在筆先，庶幾描寫之盡哉。」[75]居易草堂遠借鑪峰、虎溪，鄰借南澗、北崖，俯仰之間，晨昏四時，景況萬千，正是借景手法的極佳示範。

　　而物情所逗，自寄心期，詩人所賦與草堂與廬山的關係，還具有內在的深層意涵：一則從行動的可能性而言，山林因樹叢的枝幹與葉片交織遮覆，形成對視覺的遮蔽，充滿深邃豐富的神秘感。但藉由出遊的行動，山林中卻有許多的空隙，可以讓人靠近與穿越，撫觸那不知源頭的歲月所蘊生的古榦虬枝，欣賞那山谷中歲歲年年自開自謝的花朵，仰望那亙古照臨的明月、無心卷舒的雲嵐。詩人結合年來已遊的記憶，或者懷著未來將遊的預想，將不同時節分散在廬山不同山區的景象，剪裁拼貼於當前所呈示的畫布上。山林如此豐富，遠非偶一來遊的客旅在

---

[74] 可參見王振復：《建築美學筆記》(天津：百花文藝出版社，2005 年)，頁 125-132。

[75] 計成著，黃長美撰述：《園冶》(臺北：金楓出版社，1999 年)，頁 242-243。

有限的時程、固定的路線，所能見到的表層景觀而已，還有許多別的內容。這些內容不可能進行一一細節的描繪，但詩人在或詳或略的多元描述中，嘗試呈現出廬山潛藏的龐然巨大和深邃幽遠，而草堂是詩人走進廬山潛藏內容的通道。

再則從詩人刻意強調的應物心態而言，草堂是詩人與天地造化往來的通道。試觀文中二度出現的描述：

> 樂天既來為主，仰觀山，俯聽泉，旁睨竹樹雲石，自辰及酉，應接不暇。俄而物誘氣隨，外適內和。一宿體寧，再宿心恬，三宿後，頹然嗒然，不知其然而然。[76]
>
> 今我為是物主，物至致知，各以類至，又安得不外適內和、體寧心恬哉？[77]

詩人最終要指出的草堂價值，超越草堂腹地大小、美景若何的層次，在於主人居此，可以獲得的生命意識狀態。物色相感，各以類應，能所通貫，內外協調，詩人藉用《莊子‧齊物論》中描寫至人的神貌自狀：「南郭子綦隱机而坐，仰天而噓，荅焉似喪其耦。」[78]用以強調自己入居草堂，可以達到的極致情境。詩人不再受人間現實窮通際遇的影響，從這一角度觀之，心如槁木死灰；而當詩人打開心量，面向浩瀚的天地，則又呈現一片活潑流轉的生機，「物誘氣隨，外適內和」或「物至致知，各以類至」，都是描述內外溝通和暢，應物訢然無礙的狀態，隱然融合儒道二家之說，《莊子‧應帝王》：「至人之用心若鏡，不將不迎，應而不藏，故能勝物而不傷。」[79]《周易乾卦文言》：「同聲相應，同氣相求；水流濕，火就燥，雲從龍，風從虎。聖人作而萬物覩。本乎天者親上，本乎地者親下，則各從其類也。」[80]融會儒道二家的理想人格境界，作為自我期許的目標。既不將不迎，

---

[76] 〈草堂記〉，《白居易集箋校》，卷 43，頁 2736。

[77] 同前註，頁 2737。

[78] 郭慶藩輯：《莊子集釋》(臺北：河洛圖書出版社，1974 年)，頁 43。

[79] 同前註，頁 307。

[80] 《周易》(臺北：藝文印書館，十三經注疏本，1989 年)，卷 1，頁 11。

物來斯應，心與物和諧相安，而各從其類，同聲相應，同氣相求，道不同者不相為謀，是以超越人世的矛盾對立，尋向天地間流動無私的造化之道，彷彿可以有短時間到達委心任化的高度境界。

五、結語

現象學家加斯東‧巴舍拉(Gaston Bachelard)在《空間詩學》中，析論西方詩人詩作中私密的浩瀚感，通過白日夢式的冥想，將夢者送到切近的世界之外，置於一個烙印著無限的世界之前，尤其是置身於自然環境裡的「他方」，詩人自身體內的浩瀚感得以復甦，在一個浩瀚無垠的世界裡做著好夢。[81]筆者認為類似的解析也適用於中國傳統詩人，只是中國詩人往往自願背負著任重而道遠的現實責任，此類的日夢每藏身在獨遊、獨坐、夜思之際。雖然，「沒有什麼浩瀚可以被觀看，而是進入夢想自身即是浩瀚。」，[82]但山林與湖海的遼闊深廣，最能夠召喚醒察被現實生活所箝制、被戒慎恐懼所侷限的浩瀚感。唐人詩文已多處理此類經驗，如李白〈獨坐敬亭山〉[83]記其獨遊於宣州敬亭山上，「眾鳥高飛盡，孤雲獨去閑」，一切物件都在逐漸捨離遠去，逐步呈露孤獨的自己，詩人置身於塵世之外的他方，在自然面前，我自為我，意識到自我的微不足道，同時也意識到自我的擴張感，而有「相看兩不厭，只有敬亭山」，在詩意空間裡，自我與山平穩並置於浩瀚無垠的世界裡。

另如在白居易南遷前的元和四年，柳宗元因參與王叔文集團貶為永州司馬，其〈始得西山宴游記〉，[84]先寫初謫永州時出遊山水的常態，懷抱惝慄之情，落在出遊--醉歸的慣性循環裡，直到某日開闢新的遊覽路線，登上西山高峰，而有嶄

---

[81] 請參見加斯東•巴舍拉(Gaston Bachelard)著，龔卓軍、王靜慧譯：《空間詩學》(臺北：張老師文化公司，2003 年)，第八章〈私密的浩瀚感〉，頁 278-310。

[82] 余德慧：〈詩意空間與深廣意識〉，《空間詩學》序，同前註，頁 9。

[83] 瞿蛻園等校注：《李白集校注》(臺北，里仁書局，1981 年)，卷 23，頁 1354。

[84] 柳宗元：《柳河東集》卷 29 (臺北：河洛圖書出版社，1974 年)，頁 470-471。

新的發現與體驗。因登山獲得新的觀察高度，打開了遼闊的視野：「凡數州之土壤，皆在衽席之下，其高下之勢，岈然洼然，若垤若穴，尺寸千里，攢蹙累積，莫得遯隱。縈青繚白，外與天際，四望如一。」進而鬆動了閉鎖在永貞事件中的自我意識，發現西山的特質，「然後知是山之特立，不與培塿為類。悠悠乎與顥氣俱而莫得其涯；洋洋乎與造物者遊而不知其所窮。」悠悠乎、洋洋乎既寫西山之特立雄偉，更是柳宗元自惴慄之情中解放而出的浩瀚感，在無限永恆面前，世間個別的事件紛擾都成過眼雲煙，而有「心凝形釋，與萬化冥合」的體驗，泯除物我分界，突破時空限制，而獨與天地精神相往來。

但是，這類體察宇宙浩瀚，與天地精神往來的感受，都只是一種短暫性的特出體驗，詩人從社會框架、時間框架中跳脫出來，從與他人他物，乃至自己生活序列中割裂開來，獲得屬於自己的純粹瞬間。一旦詩人重返社會與時間的框架，接連塵世事物鎖鏈，這一瞬間的體驗也將遠揚，所以李白、柳宗元仍長時落入痛苦寂寞中。

白居易何嘗不是如此，在他千里遠謫的境遇中，自覺到迫切的身心安頓問題，盧山地景與湓浦相對，以其曠朗高地和在文化歷史積累的神聖性召喚詩人，詩人偶一得入淨土，獲得盧山空間的和諧體認，「早晚重來遊，心期瑤草綠。」、[85]「除却青衫在，其餘便是僧。」[86]不論近僧或近道，盧山都指向超越性的追尋。但詩人也自覺到超越性境界的難以長時護存，而有「歸去思自嗟，低頭入蟻壤」的嘆息。可以說白居易興建盧山草堂的意義，即在於試圖延長此一專屬於自己的純粹瞬間，維護與天地精神相往來的境界體驗。〈草堂記〉中自辰及酉、一宿、再宿、三宿的時間擴充，其實透露詩人對框架侷限性的察覺，也有著對擺脫框架侷限性的追尋。是以在「低頭入蟻壤」的無奈中，希望能藉由草堂的興造居遊，得到可以時出蟻壤的據點，而有別於一般山水出遊活動。於是，草堂既作為逃出塵世的隱匿之地，也作為開放向盧山所代表的天地宇宙的門戶，成為後世文人在山水間

---

[85] 〈出山吟〉，《白居易集箋校》，卷 7，頁 375。

[86] 〈山居〉，《白居易集箋校》，卷 16，頁 1034。

闢建園林的基本精神標記。

最後要指出的是：內心與外境的關係往往是交互的螺旋線，有時借境調心，有時以心冥境，也可能心境相煎，或者心境俱遣。是以詩人縱使身在盧山草堂中，並不保證外適內和、體寧心恬，白居易〈贈韋八〉：「豈料天南相見夜，哀猿瘴霧宿匡盧。」[87]故人來訪草堂，詩人天涯淪落的身世感慨，透過哀猿之聲與瘴霧之氣，跨越湓浦與盧山的地景差異，在整個江州瀰漫開來，也包覆著草堂。另在草堂獨宿投寄京師舊僚的詩句，仍難掩盛衰榮枯的比較之心：「丹霄攜手三君子，白髮垂頭一病翁。蘭省花時錦帳下，盧山雨夜草菴中。終身膠漆心應在，半路雲泥迹不同。唯有無生三昧觀，榮枯一照兩成空。」[88]丹霄／白髮、攜手／垂頭、蘭省／盧山、花時／雨夜、錦帳下／草庵中，彰明兩兩對照的處境，詩人尚需自勉心性的修持工夫，才能超越榮枯的對立執著所帶來的傷害，得到真正的身心調和，這是人生的艱難處，卻也是莊嚴處。後世園居者借鏡於盧山草堂的空間建構，同時也延續了相同的問題，在各自的居遊空間裡展開屬於自己的心與境的對話。

本文為國科會補助專題計畫成果，原刊載於《中華文史論叢》2009 年第 2 期，總第 94 期(上海：古籍出版社，2009 年 6 月)，經「《中華文史論叢》編輯委員會」授權轉載，特此註明。

---

[87] 〈贈韋八〉，《白居易集箋校》，卷 17，頁 1121。

[88] 〈盧山草堂夜雨獨宿寄牛十二李七庾三十二員外〉，《白居易集箋校》，卷 17，頁 1117。

羅聯添教授八秩晉五
壽 慶 論 文 集
2011 年 11 月 頁 315-328

唐代寒山詩的詩體特徵及其傳布影響

羅 時 進[*]

提 要

　　唐代寒山詩形式上以五言為主、表達上力求非詩化、修辭上採用反復譬喻、意義上體現通俗哲理、風格上力求古淡，這些鮮明的特徵後人稱之為「寒山體」。對「寒山體」產生的原因，學術界一直缺少追究。人們往往用「詩壇風會和社會生活共同影響」這樣抽象的答案來回應，但實際原因並非如此簡單。對「寒山體」這樣一個特殊得不無極端的詩學現象產生的原因，需要做全面的檢討。首先，寒山體的產生與題壁這一創作者始終堅持的書寫方式有關；其次，寒山體的產生與作者的身份以及所反映的中唐底層社會生活有密切關係；同時，寒山體的產生也與中唐以來以非詩改造純詩的創作風尚有關，是唐代白話詩發展的結果。「寒山體」是唐代民間俗化詩實驗性寫作的一份意想不到的成果，在後代禪林內外被廣泛傳佈和接受，產生了很大的影響。不僅如此，寒山體在日本和美國詩人中被傳播、仿效，顯示出跨文化的藝術魅力。

關鍵詞：唐代、寒山、寒山體、效寒山、和寒山

---

[*] 蘇州大學中文系教授。

唐代寒山詩的詩體特徵及其傳布影響

　　寒山詩「忽遇明眼人，即自流天下」，今天已經成為歷史文化傳播的事實。寒山詩不僅在文學研究領域不再受冷落，而且進入了語言學、宗教學、社會學、跨文化比較乃至繪畫學領域，成為重要的研究物件。但是，在寒山詩的學科交叉研究越來越得到關注的時候，其文學本體反倒有被忽視的傾向。其中「寒山體」這一關係到寒山詩歌創作表現內容、語言特徵、風格特徵的核心問題，學界至今未展開過認真討論，「何謂寒山體」這一最基本的問題也尚未見學理層面的闡釋。事實上，對「寒山體」的理解，不但是深入研究寒山詩本身，也是研究歷代寒山詩傳播和接收的關鍵。本文對寒山體、其產生原因及影響作一些探討，希望對釐清這個較為複雜的文學現象有所助益。

一、「寒山體」何謂？

　　論詩辨體乃宋人風氣，嚴羽《滄浪詩話》專列〈詩體〉一章，站在純詩學的立場上梳理詩史，列舉眾體，於唐代尤多，但「寒山體」卻難入其法眼。但在詩歌創作實踐中，寒山詩已經成為仿效的重要對象。這個大幕是由王安石首先拉開的，他的〈擬寒山拾得〉二十首完全以白話為體，通俗為用，仿擬寒山風格惟妙惟肖。應該說以半山老人擬作為標誌，「寒山體」已得到詩人某種程度的體認，但真正將寒山詩賦予經典意義的，並不是在傳統意義的詩學世界，而是在佛教詩人群體中。如果說，從北宋初年起大量的堂上法語對寒山事蹟和寒山詩的引用所形成的禪林風尚，是對「寒山體」出現的醞釀和準備的話，北宋末寒山詩顯然已經具備了作為某種通俗文學經典的條件了。慈受和尚作於宋建炎四年（1130）的〈擬

寒山詩序〉云：

> （寒山）身為貧士，歌笑清狂，小偈長詩，書石題壁，欲其易曉而深誡也。
> 經云：若不去殺，斷一切慈悲種。慈悲者，仁也。余因老病，結茅洞庭，
> 終日無事，或水邊林下，坐石攀條，歌寒山詩，哦拾得偈，適與意會，遂
> 擬其體，成一百四十八首。

　　這是目前所見到的學術史料中第一次將寒山詩作為一種特殊詩體提出，後來
南宋詩人曹勳致仕退隱天台，其《松隱集》卷九就有〈效寒山體〉這樣明確標題
的詩歌作品出現了。明清兩代，「效寒山體」的詩歌作品已屢見不鮮，不少詩人心
儀寒山其人，熱衷於寒山的片言隻語，甚至有志「定應和盡寒山詩」。[1]在這種相
當熾盛的流風中，「寒山體」也成為一個僧俗兩界非常熟悉並高度認同的詩學概念。

　　關於什麼是「寒山體」，項楚先生有一段具有高度概括力的闡述。其云：「寒
山詩的藝術風格也是多樣化的。《四庫全書總目》引清王士禛《居易錄》論寒山詩
云：『其詩有工語，有率語，有諧語，至云不煩鄭氏箋，豈待毛公解，又似儒生語，
大抵佛、菩薩語也。』大體說來，寒山的化俗詩，多用白描和議論的手法，而以
俚俗的語言出之。他的隱逸詩，則較多風景描寫，力求創造禪的意境。而不拘格
律，直寫胸臆，或俗或雅，涉筆成趣，則是寒山詩的總的風格，後人稱寒山所創
造的這種詩體為『寒山體』。」[2]項楚先生說明了寒山詩的風格特點，揭示了「寒
山體」的某些蘊義，可作進一步理解和闡釋寒山體之遞航。但寒山詩的藝術風格
和寒山體並不等同，前者是針對全部寒山詩歌的創作而言，而說明其藝術特徵；
後者則是對部分具有共同表現形式的作品而言，說明其詩體特徵，兩者不應混淆。
根據寒山詩的創作實際，結合前人對其特點的諸多論述，我們可以從以下幾個方
面概括出「寒山體」的特點：

---

[1] 虞集：〈寄謙上人〉，《道園遺稿》（長洲顧氏秀野草堂刻本），卷 5。
[2] 項楚：《寒山詩注》，（中華書局：2000 年），頁 14。

（一）五言為主的形式

寒山曾自述「五言五百篇，七字七十九。三字二十一，都來六百首。一例書巖石，自誇云好手。若能會我詩，真是如來母。」儘管以上數目未必完全準確，但毫無疑問五言體是寒山詩的主體。正是這種五言體繼承漢魏詩歌的古拙形式，最能夠體現寒山詩的風貌和內質，盡顯寒山詩歌來自民間的精神和去文人化的追求。這也成為後人眼中「寒山體」的主要形式特徵。自從善昭禪師和半山老人擬寒山詩以來，禪林內外擬、效寒山詩，主要也是用五言形式。雖然興致所至，亦不排除七言形式的仿作，如陳汝檝〈效寒山子體十四首〉即為七言，元叟行端〈擬寒山子詩四十一首〉在一口氣寫作了三十多首五言之後，又即興寫下「人生在世有何事」等四首七言體作品。但很顯然七言體詩只是仿效寒山體時的調節，並非作為守古去近，存樸去雅的寒山體的代表性形式。

（二）非詩化的表達

寒山詩「不煩鄭氏箋，豈用毛公解」，所述之事，皆為日常生活之經歷，毫不爭奇獵怪，非常平淺通俗；所採用的典實，大體不出《文選》的範圍，在唐代的文化背景中，極易閱讀理解；或勸或誡，盡以平常道理，不求深奧與含蓄，直截了當，重聽重用；語言形式，採用相當程度的白話，且不守格律，任意驅使字句，令人讀之，深感爽豁痛快。明代梅村居士張守約云：「寒山詩，非詩也。無意於詩而似詩，故謂之寒山詩。」[3]鍾玲先生曾分析寒山創作說：「寒山在文字上用通俗字句，棄而不顧中國傳統文學所重視的典雅、含蓄和律法，因為他與正統文學背道而馳，當然是不被文學傳統接納的。」[4]這裡的所謂非詩化和反文學傳統性，是寒山去文人化的自覺追求，當這種追求固化為一種精神氣質和穩定風格後，便成為寒山體的重要特徵了。

（三）反復譬喻的修辭

錢鍾書《談藝錄》云：「初寒山、拾得二集，能不搬弄翻譯名義，自出手眼，

---

[3] 張守約：〈擬寒山詩〉，《四庫未刊書輯刊》（明刻本），第 6 輯。

[4] 鍾玲：〈寒山在東方和西方文學界的地位〉，《寒山詩集》（臺北：文峰出版社，1968 年），頁 1—44。

而意在貶俗警頑，反復譬釋，言俚而旨亦淺。」[5]反復譬釋，即在一篇作品中，為了闡釋某個意旨，從多角度取喻，用多種形象引起讀者的聯想和思考。這種現象最多見於其譴責人性之惡的作品中，如「三界人蠢蠢，六道人茫茫。貪財愛淫欲，心惡若犲狼。地獄如箭射，極苦若為當。兀兀過朝夕，都不別賢良。好惡總不識，猶如豬及羊。共語如木石，嫉妒似癲狂。不自見己過，如豬在圈臥。不知自償債，卻笑牛牽磨。」全詩中一口氣用了七個如、似、若之類的譬喻詞，兼用俗語之喻、佛典之喻，將人性貪淫的表現，從各個方面加以淋漓盡致的展現和批判。在以生前欠債，死後要化作牲畜償還的示警中，先以人化豬（豬在圈）作喻，猶嫌不足，又以人化牛（牛牽磨）進一步譬之，將語義道盡。這種左比右譬反復喻理的方法，在寒山詩中是相當常見的。

（四）力求古淡的風格

虞集〈會上人詩序〉云：「世傳寒山子之屬，音節清古，理致深遠，士大夫多道之。」[6]錢大昕〈曉行口占〉詩亦云：「最愛寒山面目真，鉛華洗盡見精神。天然古淡仍堅瘦，比似嶔崎磊落人。」[7]「天然古淡」與「清古」同義，這正是寒山體的「真面目」，是寒山體的重要的風格特徵。通卷寒山詩乃屬不立文字一宗，於佛教經論不拘泥執著，於語言字面不講究修飾，實相無相，古樸淡然。六朝以來興起的對詩歌典故、詞藻、偶對、音律的寫作要求，在這裡都相當隔膜。它所具有的是詩經般的自然流轉，毫無拘束的節奏，以及漢魏古詩那種秋風老樹、崖岸古石的風味。雖然以作者的文學修養，可以創作出「吾心似秋月，碧潭清皎潔」，「相喚採芙蓉，可憐清江裡」這樣比較純粹的詩人之詩，但這類作品顯然不是寒山最本色的體現，後人效寒山體，也並不以此類作品為摹本，所追步的是一派古淡、冷寂、野放的寒山。

（五）簡明通俗的哲理

---

[5] 錢鍾書：《談藝錄》（中華書局，1984 年），頁 225。

[6] 虞集：《道園學古錄》，《四部叢刊》初編，卷 45，集部。

[7] 錢大昕：《潛研堂詩集》，《四部叢刊》初編，卷 7，集部。

　　林語堂將寒山詩稱之為「語錄體」，[8]正是對其簡明通俗，哲理豐富特點的概括。寒山詩在某種意義上說是人世間的通俗哲學讀本。作者自云「能談三教文，心中無慚愧。」實際上，融會三教之哲理，說明生死禍福，闡發社會現象，尤其是社會底層之普遍現象，以導引人們去惡辟邪，歸正向上，可視為寒山詩創作的基本目的，也成為寒山體的一個主要特徵。打開寒山詩，說理訓誡觸目皆是，或如偈如頌，可作堂上法語；或如塾師教徒，儼然經史講章；或如村夫訓子，俗詞俚語隨手拈來，作者甚至不惜打破詩文的界限，採用通篇議論的方法，使全詩語盡理明而充滿俗趣。為了進行通俗化的哲理表現，作者還常常採用第一人稱的表述方法，如「我見世間人」，「我見東家女」，「我見百十狗」，「我見一癡漢」等，是寒山詩基本的視角和起言說理的方式，也表現出鮮明的民間文人的姿態與口吻。

　　應該說明的是，有學者從語言學和詩律學角度對寒山詩用韻和合律情況進行研究，取得了一定的成果。那麼，在定義「寒山體」時是否應該納入其音韻上的某些特點呢？這個問題或有一定的討論空間，但考慮到寒山詩創作主觀上具有的強烈的非詩化傾向，「云不識蜂腰，仍不會鶴膝。平側不解押，凡言取次出」是其普遍表現，也體現了寒山詩的本質特點，因此即使寒山某些作品存在暗合格律情況，甚至能夠總結出一定的用韻規律，也並不能說明這是作者的主觀審美追求，故不應作為寒山體的特徵。

二、「寒山體」何以產生？

　　詩歌是中國古代文學最重要的部類，歷史上任何詩學現象的出現，都有文學自身發展的內部原因，同時也能夠在社會環境和文化環境中找到某種依據。對「寒山體」之所以產生的原因，學術界一直缺少追究。人們往往用「詩壇風會和社會生活共同影響」這樣抽象的答案來回應，但實際原因並非如此簡單。對「寒山體」

---

[8]　林語堂：〈論語錄體之用〉，見趙滋蕃編：《寒山的時代精神》（臺灣：這一代出版社，1970年），頁 151—158。

這樣一個特殊得不無極端的詩學現象產生的原因，我們需要認真思考，需要回到作者特殊創作方式，中唐鄉村生活環境，以及通俗文學發展語境中，做全面的檢討。

首先，寒山體的產生與題壁這一創作者始終堅持的書寫方式有關。寒山曾充滿自詡地宣稱其寫作「一例書巖石，自誇云好手。」他至今保存下來的全部作品其原始形態並非書卷，而是「竹木石壁書詩，並村墅人家廳壁上所書」，[9]這一點殆無疑義。書寫方式與作品風格之間存在著一定的影響，而特殊的書寫方式又必然形成特殊的創作風貌。寒山將其詩「一例書巖石」，並使這種書寫方式貫穿終生，成為一種帶有極端化傾向的習慣、癖性，這在整個唐代是絕無僅有的，對作品風貌的影響也必然十分獨特而深刻。

需要注意的是，寒山之題壁，與一般文人即興館驛酒肆官廳題壁的風雅之舉有所不同，他「閑於石壁題詩句」帶有明顯的僧人習氣、宗教意味。寒山作為一個國清寺的編外僧，具有相當的佛教修養，對佛教的題壁文化不但耳濡目染而且加以強化性的發展。關於佛教題壁文化有學者研究指出：僧人好為題壁詩文，與佛教最初進入中國應有關聯。達摩祖師「寓止於嵩山少林寺，面壁而坐，終日默然。人莫測之，謂之『壁觀婆羅門』。」中國佛教對「壁」之重視，當與此有關。[10]由於這種佛緣，唐人題寺壁表達禪悅的作品在在可見，如裴迪〈青龍寺曇壁上人院集〉：「自然成高致，向下看浮雲。」錢起〈歸義寺題震上人壁〉：「身世已悟空，歸途復何去。」羊士諤〈山寺題壁〉：「一燈心法在，三世影堂空。」韋蟾〈題僧壁〉：「剃頭未必知心法，要且閑於名利人。」至於僧人題壁之作更為多見，如皎然〈妙喜寺高房期靈澈上人不至重招之一〉：「舉目無世人，題詩足奇石。」無可〈奉和段著作山居呈諸同志〉：「染翰揮嵐翠，僧名幾處題。」貫休〈書石壁禪居屋壁〉：「禪客相逢只彈指，此心能有幾人知。」

所有這些唐代僧俗的題壁詩與寒山相比，都顯得隨機即興，難稱經心。題壁

---

[9] 閭丘胤(託名)：《寒山子詩集序》(建德周氏影宋刻本)。

[10] 劉金柱：《中國古代題壁文化研究》(人民出版社，2008年5月)，頁104。

在寒山絕非興致所至，而是唯一的、專業性的書寫方式，具有直接表現生存訴求的工具性作用，既無須選擇，又無可避棄。這種書寫方式也就決定了作者「口懸壁上」，[11]而將心中願化作口中言再形之於壁，便賦予了禪語證悟的意義。這樣的題壁寫作簡單明快，出言通俗，內斂哲思，參透佛理，也便是寒山所謂「若能會我詩，真是如來母」了。

寒山體的產生與作者的身份以及所反映的中唐底層社會生活也有密切關係。近年來寒山的生卒年考證的成果使我們可以在傳統意義的「中唐」範圍內來討論寒山詩的創作背景了。[12]對於整個唐代社會的研究，人們較多給予關注的是城市，而非鄉村；是上層，而非下層；即使注意到鄉村和下層，所依據的材料，往往是城市人來到鄉村，上層貶至下層後的描述，其中多少帶有想像、變異和浪漫的成份。但當我們追究寒山創作的時候，所面對的卻是真正的鄉村敘述，是民間文人發自社會底層的聲音。

寒山到底生活於怎樣的鄉村環境呢？開元天寶之後土地兼併空前加劇，租庸調制度遭到極大破壞，肅宗至德以降農村稅項大大加重，「科斂之名凡數百，廢者不削，重者不去，新舊仍積，不知其涯」，[13]農民基本生存條件極端惡化。德宗時代兩稅法的出臺，並沒有解救民生於水火，其弊端所及更使得「錢力日已重，農力日已殫，賤糶粟與麥，賤貿絲與綿。歲暮衣食盡，焉得無饑寒。」[14]憲宗元和時，江淮饑欠嚴重，人極苦峻，以致百姓殍踣相望，轉徙溝壑。文宗大和以後宦官專權，朝政愈加混亂，而軍旅歲興，賦斂日急，盡隴畝之農，不足塞百工之役，底層民生貧窘狀況已至不堪，「骨血縱橫於原野，杼軸窮竭於里閭」，[15]成為那個時代最具典型特徵的悲慘情景了。

---

[11] 〈南院顒禪師法嗣・風穴延沼禪師〉，《五燈會元》（中華書局本），卷11，頁677。

[12] 羅時進：〈寒山生卒年新考〉，《唐詩演進論》，頁197—204。何善蒙：〈寒山子行實考論〉，《寒山子暨和合文化國際學術研討會論文彙編》（2008年5月），頁167。

[13] 〈楊炎傳〉，《舊唐書》，卷118。

[14] 白居易：〈贈友詩〉，《全唐詩》，卷425。

[15] 司馬光：《資治通鑒・唐紀六十》。

　　如果我們將生活於咸陽時代的寒山看成「五陵年少」和「學文兼學武」的富家子弟的話，當中原戰亂，萬室空虛時他轉徙江南天台，其後無疑就是「衣食常不周」，「饑餓成至極」的「蹭蹬諸貧士」中的一員了。作為一個地道的的民間文人，他用近乎自虐的生活方式，體現對現實的抗拒；用三教的基本教義，表達對綱常倫理失序的批判；用極其冷峻的筆鋒，表現其人生特有的自信和孤傲。其民間底層人的身份和遭際所激發出來的寫作情緒，顯然最適合用具有通俗化效果的古體詩來表達，而現實的鄉村環境和生態又使他自覺不自覺地將冷寂、凌厲、粗峻、野放的寫作風格作為批判社會的武器，增加情感穿透的力量，這也就自然形成寒山體特殊的情感表達特徵。

　　同樣需要注意的是，寒山體的產生是唐代白話詩發展的結果。對於唐代詩歌的研究，人們往往從純文學的角度對近體和歌行表現出極大的興趣，而對主流創作之外的白話詩一派則相當漠視。自胡適的《白話文學史》、鄭振鐸的《中國俗文學史》之後，出版的只有項楚的《唐代白話詩派研究》等極少數著作，白話詩的研究始終比較寂寞，拾得「我詩也是詩，有人喚作偈。詩偈總一般，讀時須仔細」的自辯和強調並沒有得到真正的理解和呼應。

　　事實上，白話詩發展在唐代頗有一定影響，「幾乎在每一種禪宗語錄中，我們都會看到或多或少的詩偈，而有的禪師甚至僅僅憑藉一首詩偈而留名禪史。這些詩偈大都發自禪者的內心，是他們修證的體會和禪悅的表露，使用了生動的口語和活潑的形式，體現了多樣化的個性色彩和層出不窮的創造精神。」[16]從初唐王梵志以其大量白話詩創作取得了民間「菩薩示化」的影響後，神秀和惠能門徒的詩作以及資州智詵一系的作品，接續潮流，形成推進之勢。而在會昌法難之前，南北宗形成對峙狀態，這種對峙正好為各自以白話詩說理爭鋒提供了空間。青原行思一派和南嶽懷讓一派中唐時期在南方勃興，其有韻之詩偈與無韻之詩偈的影響都不僅在佛教界內，也擴展到民間。這正是寒山以及稍後的龐居士創作大量白話詩的佛教界內的背景。今存的三百多首寒山詩其用語和佛典，幾乎都可以從王

---

[16]　項楚：《唐代白話詩派研究》（四川：巴蜀書社，2005年）。

梵志之後的禪師詩偈中找到話頭和注解，其頓會玄旨的禪悟和警勵流俗的誡示，也能夠從同時代的大量禪師白話詩中發現依據。這正可以說明寒山白話詩與唐代佛教白話詩發展同源，寒山體是中唐佛教白話詩發展的一個見證，也是其必然結果。

這裡應進一步強調的是，寒山其人雖然具有佛教界內的某種特殊身份，但他同時是一個隱士，一個民間詩人。如果一味從禪門文字角度去解釋寒山，與寒山的生平經歷並不完全相符，對寒山體的產生原因也難以得到透徹的理解。從寒山與當時社會、文化的全部聯繫來看，寒山體不僅是唐代佛教白話詩發展的結果，同時也應受到唐代詩歌發展演變的影響，尤其會打上中唐詩歌通俗化思潮的烙印。

唐代詩歌的發展從一開始就存在兩條路徑，一是文人型雅化，一是民間型俗化。前者代表了詩歌由古體向近體的轉變及其成果，後者代表著對綺麗的詩風、圓熟的技巧的拒斥和對詩歌古風的本真性堅持。對於後者的存在和發展，我們可以看到從陳子昂、元結、王季友、顧況，到孟郊、王建、張籍、盧仝等，一批詩人始終保持著一定的走向民間的姿態，他們的俠骨高義與同情貧困、安於窮窘的姿態用古體詩表現出來，便形成一種獨特的風範，一股特殊的激情。孟郊〈苦寒吟〉所云「天寒色青蒼，北風叫枯桑。厚冰無裂文，短日有冷光。敲石不得火，壯陰奪正陽。苦調竟何言，凍吟成此章」，已相當接近於寒山體了，而與「郊寒」並稱的「白俗」，不辭陋俚，直接將詩歌引向淺俗易懂的說理和表現一面，更突出體現了唐詩發展中民間化、通俗化思潮的影響。

近來有學者研究發現，在唐代歌行中有三百多首詩存在「反律體」[17]現象，其特徵是非格律化，去形式化，主要表現是用仄韻和反對仗，至中晚唐格律詩歌寫作走向成熟，而這種非格律詩的數量並無減少。這說明，在近體詩向成熟方向發展的過程中，即使是詩人隊伍自身，也存在著以古拙代替整飾，以通俗代替雅致，以粗放代替精粹的現象；而以非詩改造純詩，以民間性改造上層詩人世界的

---

[17] 薛天緯：〈唐詩之「反七律體」說略〉，《中國唐代文學學會第 14 屆年會暨國際學術討論會論文彙編》（2008 年 10 月），頁 447。

衝動和實驗更時時可見。這種衝動和實驗，不能不對寒山創作產生影響，而寒山體得之於主客觀條件之便，恰恰成為唐代民間型俗化詩實驗的一份意想不到的成果。

三、「寒山體」在海內外的特殊影響

寒山在世時，其特殊的個人行藏和詩歌寫作即產生了一定影響。徐凝在天台山活動時曾訪問過寒山，用「不挂絲纊衣，歸向寒巖棲。寒巖風雪夜，又過巖前溪」（〈送寒巖歸士〉）簡短的詩句描述了寒山形象及其與寒山的交遊。大約在寒山辭世不久，與天台山相接的桐柏山之著名道士徐靈府極其敏感地將尚存世的寒山詩收集整理，分為三卷，使這一警勵流俗的文化奇珍得以永遠流傳人間。其後曹山本寂禪師對《寒山詩集》加以注解，謂之《對寒山子詩》，這應當是第一本寒山詩集注本。入宋後「二聖忽變為三隱」，至南宋志南《三隱集》編成，寒山詩在僧俗之間得到了更廣泛的傳播和接收，產生了特殊影響。

寒山詩的傳播和接收是從多種路徑展開的，而對「寒山體」的評說、追和與效擬則是其中一個重要的方面。最早用詩的形式對寒山體進行評論的當是晚唐詩僧貫休和齊己。貫休〈寄赤松舒道士二首〉其二云：「子愛寒山子，歌惟樂道歌。會應陪太守，一日到煙蘿。」齊己〈渚宮莫問詩一十五首〉其三云：「莫問休行腳，南方已遍尋。了應須自了，心不是他心。赤水珠何覓，寒山偈莫吟。誰同論此理，杜口少知音。」他們以「樂道」與「偈」對寒山詩的內容和意義做出了說明，而這兩方面恰恰正是後人接收和仿作寒山體的著眼點。

客觀來看，無論數量或規模，歷代追和與仿效寒山體的作者中禪師和居士階層可稱為主力。追和寒山的作品以明代四明楚石之首和，西吳石樹之載和最為著名。寒山詩三百零七首，楚石與石樹將各體一一對應追和，用寒山口吻，對原詩意義進行簡明流暢的闡發，凡六百十四首，與寒山詩合刊為一集，在禪林影響甚巨。楚石、石樹之後，以鏡海老人所和規模最大，他不但將寒山詩的全部作品對應和之，而且對拾得所傳作品，乃至傳為豐干所作的兩首詩也全部追和無遺，足

見對天台「三隱」之虔誠和崇拜。

擬寒山之作，佛教界內首開先河者似為五代時法燈禪師泰欽，其所擬十餘首寒山詩，重在抒發隱逸情趣，措辭典雅，修飾稍重，與寒山體神貌不甚相近，而在禪林頗為傳誦。稍後善昭禪師和長靈守卓禪師亦有〈擬寒山詩〉之作，有一定影響。然禪林中擬寒山詩真正堪稱後代圭臬的當為宋代慈受懷深和尚，他於建炎四年二月共擬寒山體一百四十八首，多為五言八句，皆警世之言。其語言重拙，不計聲韻，教內外比喻反復運用，表達通俗易懂，可謂絕類寒山。慈受擬作極大地擴大了寒山詩的影響，使「寒山體」作為一種詩歌體派得到了確認，並直接催生了明梅村居士張守約等人的擬作。「梅村居士擬寒山詩若干首，警醒世迷，發明大道，聲響意寫，無非似寒山者。」其最重要的特點是「以無意於寒山，故能似寒山。」「若歌若簫，摹寫人物情態，爽豁痛快，讀之令人鼓掌頓足，心神為開，而毛髮為豎，有味乎言之也。」[18]從擬作的相似性和意義闡發的深入性來看，梅村居士的〈擬寒山詩〉達到了一個新的藝術高度。

禪林之外，較早熱衷仿效寒山體而產生較大影響的，是北宋聲名顯赫的一代宰輔王安石。這裡不妨引錄他的〈擬寒山拾得二十首〉其中幾首：

> 牛若不穿鼻，豈肯推人磨。馬若不絡頭，隨直而起臥。
> 乾地終不淴，平地終不墮。擾擾受輪迴，祇緣疑這個。（其一）
> 有一種貧兒，不能自營生。　若不作客走，即須隨賊行。
> 復有一種貧，常時腹彭亨。　若有亦不畜，若無亦不營。（其十七）
> 利瞠汝刀山，濁愛汝灰河。　汝癡分別心，即汝琰魔羅。
> 圓成但一性，一切法依他。　遍了一切法，不如且頭陀。（其二十）

無論形式、口吻、禪意、語言，半山所擬與寒山之作何等肖似！《紫柏尊者全集》卷一五〈跋半山老人擬寒山子詩〉云：「受持千百萬過，心地花開，香浮鼻

---

[18] 張守約：〈擬寒山詩〉，《四庫未收書輯刊》，第6輯。

孔，鼻孔生香，香不聞香。善知此者，則半山老人舌根拖地，亦不分外也。」可知王安石這一組形式和意義都相當特殊的作品，在佛教界內外產生了很大的影響。此後詩界擬寒山詩頗成風尚，蘇軾有〈次韻定慧欽長老見寄八首〉即為擬寒山體。這在其詩引中有具體說明：「蘇州定慧長老守欽，使其徒卓契順來惠州，問予安否，且寄〈擬寒山十頌〉。語有璨忍之通，而詩無島可之寒，吾甚嘉之，為和八首。」看其「左角看破楚，南柯聞長滕。鉤簾歸乳燕，穴紙出癡蠅」云云可知深得寒山體之真諦。在歷代文人寒山體寫作中，宋末詩人鄭思肖〈錦錢餘笑〉最富特色，頗得腹笥甚富的錢鍾書先生稱賞，以為「後來仿作者，無過於鄭所南〈錦錢餘笑〉二十四首，腔吻畢肖，荊公輩所不及。」[19] 這裡試讀幾首鄭氏仿寒山詩：

> 有時發一笑，清於萬壑冰。有時吐一語，濁於三月春。
> 所以天地間，不著如是人。任之波波走，永劫長沉淪。（其一）
> 晚年闔閭國，僑寓陋巷屋。屋中無所有，事事不具足。
> 終不借人口，伸舌覓飯吃。以此大恣縱，罵人笑吃吃。（其三）
> 每愛入深山，最怕石路惡。剖數斫木屐，堅欲護雙腳。
> 即忙著將來，步步革落落。從教世上人，罵我錯錯錯。（其十六）

很顯然鄭所南擬寒山體之所以受到激賞，不僅在腔吻之似。死學寒山不過是形式、風格、意義的複製而已，而鄭所南將寒山作品中慣常的憂憤感發揮到了極致，藉以抒發出對國家「永劫長沉淪」的無限痛惜。詩中頭戴爛紗巾，腳穿破鞋底，罵人笑吃吃，形若癡子般的人物，是一個經歷過海立山飛，易代之痛後的佯狂恣縱者。在他心中連僑寓吳中，隱淪避世，也是留下罵名之人生大錯。從鄭所南擬作中，正可以看到即使脫卻了禪意，走出了法堂，寒山體仍然具有多麼強大的擊穿黑暗世道、激發人心的力量。這樣的白話作品，已經打破了俗文學與雅文學的界限，實無愧詩史！

---

[19] 錢鍾書：《談藝錄》（中華書局，1984 年），頁 225。

在寒山體傳播和接受史上，不能不提及隱元禪師的特殊貢獻。隱元，福建福唐東林人。俗姓林，名隆琦，幼以樵耕為業以贍養母親。其母辭世後投黃檗山萬福寺剃度出家，崇禎八年成為佛教臨濟宗正式傳法者。不久任黃檗山名剎萬福寺住持，被尊為一代僧傑，名播海內外。順治十一年應日本高僧聘請赴東瀛立寺開山，成為日本黃檗宗的鼻祖。隱元性喜歌詠，先作〈松隱吟〉五十首，「聲震山川，雅有寒山子之風」，繼而受寺中澄月潭的啟發，復以旬餘時間作〈擬寒山詩〉一百首。這些詩信口而出，任筆而書，「或美或刺，或抑或揚，或敷衍人倫，或發揮宗乘，重重錯出，種種交翻」，[20]在擬寒山作品中堪稱高格。這組數量頗巨的擬寒山體作品，擴大了寒山詩在日本的傳播。考察日本臨濟宗中興祖師白隱禪師等人的寒山詩注釋與研究，以及良寬等詩人為數可觀的擬寒山體，無不受到隱元雅好寒山詩的影響。

在西方英語文學世界，仿寒山體詩一度也很風行。美國詩人們最早認識寒山主要是通過閱讀史耐德的英譯本，另外由白頓・華特生翻譯的《寒山：唐寒山子詩百首》（Cold Mountain：100 poems by the Tang Poet Han-shan）1962 年出版，比爾・波特（漢名赤松）翻譯的《寒山詩歌集》（The Collected Songs of Cold Mountain）更囊括了寒山全部 307 首詩，並附有中文原文，該書 1983 年出版。從史耐德到赤松之譯，寒山對美國作家的影響越來越大，仿作之風也由此開啟。1983 年鄧特在《議事》（Agenda）雜誌上發表了〈六首詩仿寒山〉（Six Poems after Han Shan），2007 年詹姆士・冷弗斯特又出版了一本題為《一車的書卷：仿唐詩人寒山詩百首》（A Cartload of Scrolls 100 Poems in the Manner of Tang Dynasty Poet Han-shan）的詩歌集，將美國式「仿寒山體」詩歌創作推向了高潮。[21]在英語文學世界中，寒山體已產生了極大的變異，但修辭上採用反復譬喻，意味上體現通俗哲理，風格上力求古淡等寒山體的基本特徵猶有顯露，其自嘲和諧謔手法的運用也頗深得寒山體的神韻。透視寒山體在日本和美國被仿效的現象，可以看到唐代通俗的白話詩，其藝術力量之不朽，在跨文化傳播中具有何等特殊的作用！

---

[20] 隱元，法孫性淳：〈隱元擬寒山詩跋語〉，《擬寒山詩》（日本寬文 6 年刊本）。

[21] 鍾玲：〈寒山與美國詩歌作品，1980 至 2007〉，《學術論壇》第 7 期（2008 年）。

羅聯添教授八秩晉五
壽　慶　論　文　集
2011年　11月　頁 329-381

唐代詩僧修悟詩的宗教意涵
——以皎然、貫休、齊己三位詩僧的詩歌為討論中心

彭　雅　玲[*]

提　要

　　在宗教傳播媒介中，語言是極重要的資具，深度的宗教或文學的反省性研究，都無可避免涉及對語言自身的分析。小乘戒律認為吟詠詩歌妨礙修悟，大乘佛教漸漸出現吟詠詩歌並不妨礙修悟，甚至有助修悟的看法。本文擬透過唐代皎然、貫休、齊己三位詩僧詩歌的具體分析，探索詩語與修悟的交互關係，進而展示詩語言具有的宗教向度，分析詩語與生命／存有之間的辯證關係，從而提示詩歌作為宗教媒介的功能與角色。詩歌是開啟對話交流和視域融通的媒介，是最高存有和終極真理彰顯其存在的場域。詩歌可以提昇主體生命的體驗，可用以召喚最高存有；詩語言、主體生命、最高的存有／終極的真理三者之間，形成了一個既發展又辯證的關係。當詩僧用詩語召喚存在的同時，存在便藉由詩語進入了詩僧的生命、豐富了詩僧的生命，此時詩僧的生命透過詩語，接受到存在的開顯，因此存在開顯在他的生命裏面，同時也提昇了詩僧的生命體驗，而生命也因此得以落實了存在。本文具體指出詩語言具有悟道、證道、明道等三個宗教向度，而就此三個宗教性目的之滿足和完成，使我們應該正視詩歌作為宗教媒介，並在宗教傳播過程中具有的特殊角色及功能。

關鍵詞：皎然、齊己、貫休、詩魔、悟道、證道、明道、海德格（Martin Heidegger）、
　　　　高達美（H.G. Gadamer）

[*] 國立臺中教育大學語文教育學系教授。

唐代詩僧修悟詩的宗教意涵

——以皎然、貫休、齊己三位詩僧的詩歌為討論中心

一、前言

　　在宗教的傳播諸媒介中，語言是極為重要的資具。倘若就能指與所指的結構來看，我們固然需要重視語言所指的內容對象，但是我們也可以離開對象而直就能指的語言自身進行反省性的分析。就此而言，深度的宗教或文學的反省性研究，都無可避免地涉及對語言自身的分析。

　　我們知道僧人寫詩乃東晉以後普遍現象，[1]但「詩僧」一詞的出現卻始自中唐。[2]本文針對詩歌這一種特殊的語言，反省其與宗教修悟的關係，為了使焦點集中，

---

[1] 王夫之《薑齋詩話》稱衲子詩「源自東晉來」，一般僧詩選本都從東晉僧人如支遁、慧遠的詩開始。（見《弘明集》《廣弘明集》）。覃召文《禪月詩魂——中國詩僧縱橫談》一書討論詩僧的濫觴亦從東晉開始（北京：三聯書店，1994 年 11 月第一版）。

[2] 爬梳歷史文獻的結果，學界一致認為現存文獻中最早使用「詩僧」一詞的人，是活動於大曆至貞元間的僧人皎然所寫的一首題為〈酬別襄陽詩僧少微〉的詩。該詩見《全唐詩》卷 818，冊 12（臺北：文史哲出版社，1971 年影印北京中華書局鉛印本），頁 9217。最早指出這條材料的是日本學者市原亨吉，見（日）市原亨吉〈中唐初期江左的詩僧〉，《東方學報》第 28 冊（1958 年 4 月），頁 219。大陸學人也持一致的看法：見程裕禎：〈唐代的詩僧和僧詩〉，《南京大學學報》第 1 期（1984 年），頁 34；徐庭筠：〈唐代的詩僧和僧詩〉，《唐代文學研究》第一輯，（太原：山西人民出版社，1988 年 3 月第一版），頁 177；蔣寅：《大曆詩人研究》上編（北京：中華書局，1995 年 8 月第一版），頁 325；覃召文：《禪月詩魂－中國詩僧縱橫談》（北京：三聯書店，1994 年 11 月一版），頁 56。而研究佛教詩歌成績顯著的孫昌武先生，早年以為劉禹錫〈澈上人文集紀〉一文是最早記載詩僧一語的文

選擇唐代詩僧的詩歌為研究的對象，乃著眼於「詩僧」的身份，兼具了詩人及僧人的雙重性質，他們的詩歌，本來就是文學與宗教交光互映的產物，因此透過詩僧的詩歌應能把握並彰顯出文學／宗教兩大領域的對立、互滲、交融等種種現象。[3]

　　據筆者的初步估計唐僧從事詩歌創作的人數，已達四百二十人，存詩約有六千二百六十九首，其中皎然、貫休、齊己三人是存詩最多、[4]詩名最著的三位詩僧，[5]因此本文在實際進行作品分析時，主要以《全唐詩》中皎然、貫休、齊己三位詩僧的詩歌為討論的中心，但卻又不以此為限。簡單地說，本文是希望建立一個有限的工作目標，亦即透過皎然、貫休、齊己三位詩僧詩歌的具體分析，探索詩語與修悟的交互關係，進而展示詩語言具有的宗教向度，分析詩語與生命／存有之間的辯證關係，從而提示詩歌作為宗教媒介的功能與角色，以下開始我對上述問

獻，見《唐代文學與佛教》（西安：陝西人民出版社，1985 年 8 月第一版），頁 126；而近年他修正這個看法，其新著《禪思與詩情》改稱詩僧一詞最早見於皎然的〈酬別襄陽詩僧少微〉詩，見第十一章「唐、五代詩僧」（北京：中華書局，1997 年 8 月第一版），頁 333。

[3] 從研究史來說，詩僧卻是中國詩歌寶庫中一群被冷落的詩人，猶如蒙上塵垢的珠串，失去應有的光芒；譬如僧詩大都被排列在歷代詩歌卷帙之末，或被視為下品，一般文學史也都缺載這個現象，對於詩僧與僧詩的專題研究，是長期以來學界較為忽視和冷落的。

[4] 詳見拙文：〈唐宋人對於「詩僧」一詞的指涉及相關問題之反省〉附錄，《通俗文學與雅正文學》（台中：中興大學，2001 年 2 月），頁 67-103。

[5] 就歷史的發展來看，唐代詩僧可分為兩期，一個是代宗中唐大曆時期，一個是晚唐僖宗文德時期，前一期以皎然（720-793 或 798）為代表人物，後一期的代表人物是貫休（832-912）和齊己（863?-937?）。孫昌武先生在〈唐、五代詩僧〉一文中，將詩僧分為三大類群，第一批是活躍江左，以皎然為中心的大曆詩僧、第二批是活躍於京城的中晚唐僧人無可（fl.827-835）、廣宣（fl.794-812），第三批是活動於晚唐以貫休、齊己為中心的詩僧。見孫氏著：《禪思與詩情》第十一章「唐、五代詩僧」（北京：中華書局，1997 年 8 月第一版），頁 333-339。然而孫先生將唐代詩僧區分為三個集團的概念，並不寂寞，日本學人平野顯照便曾指出中唐時期的詩僧有二個集團，一個是活動於江南的江左集團，如皎然、靈一、靈澈等人，一個就是活動於江北的御用集團即廣宣、栖白、僧鸞等人。見平野顯照著，張桐生譯：《唐代的文學與佛教》第一章第四節「廣宣上人考－唐代詩僧之一研究略傳」（臺北：業強出版社，1987 年 5 月第一版），頁 90-131。原題〈廣宣上人考──唐代詩僧傳〉，原載《大谷學報》56 卷 4 號、57 卷 4 號，1977 及 1978 年。

題的論述及思考。

二、詩歌對修悟的負面作用

（一）「詩魔」的困擾

我們發現在唐代詩僧的詩歌裏，涉及一個非常特殊的宗教性問題，從詩歌作用來看詩歌所扮演的角色，其中一個就是詩歌在修悟方面所產生的負面作用，這個負面作用就是所謂「詩魔」的問題，我特別討論這一個問題，是因為詩魔這個問題，更能具體而微地彰顯詩僧與宗教修悟的關係。

本文採取的是「類型研究」[6]的方法來分析「詩魔」的問題，因此探索「詩魔」這個問題，並不是要討論「詩魔」是詩僧創作經驗中的個人問題，抑或是普遍性問題；本文的目的是在揭示詩僧的詩歌理論，究竟是否觸及詩歌創作對於宗教修悟負面影響的理論思維問題。

談到「詩魔」這個問題，一般人多注意到宋嚴羽的說法：

> 夫學詩者以識為主，入門須正，立志須高；以漢、魏、晉、盛唐為師，不作開元、天寶以下人物。若自退屈，即有下劣詩魔入其肺腑之間，由立志

---

[6] 類型研究的外延(extension)很寬，諸如題材、主題、情節、人物、文體類型、結構類型等等都可以是研究的對象。見趙毅衡、周慶祥編：《比較文學研究類型》前言（河北：花山文藝出版社，1993 年 11 月第一版）。在這裏我所謂的「類型」，是藉用文學批評中常用的一個術語 type，是指如果研究的對象具備某些成分，而這些成分使他們看起來很相似，因此我們便把這些對象歸為一類型。借用現代語言哲學的開山祖師維根斯坦(L. Wittgenstein)的術語，我們也許可稱之為「家族類似性」(family resemblance)。文學批評中 type 一字通常有二種用法，其一指具有可下定義的明顯特徵的文學類型（genre）或種類（kind），另一用意表示可作為某一類型人物的代表（character）。由此可見，類型一詞往往具有一種象徵性、代表性的概念。參見林驥華編：《西方文學批評術語辭典》，頁 204（上海：上海社會科學院出版社，1989 年 5 月第一版）；顏元叔主編：《西洋文學辭典》，頁 768（臺北：正中書局，1991年 9 月第一版）。

之不高也。[7]

從上面這一段話來看，嚴羽所說的「詩魔」是指作詩入於魔道，流於乖僻途徑。我們從考證源流的角度來看，其實中晚唐時期已有詩人提過「詩魔」的問題，如白居易〈閒吟〉：

> 自從苦學空門法，銷盡平生種種心。唯有詩魔降未得，
> 每逢風月一閒吟。

舊題白居易《金針詩格》中「詩有魔」條下云：

> 好吟而不工者才卑也；好奇而不純者格卑也。[8]

又韓偓〈殘春旅舍〉說：

> 旅舍殘春宿雨晴，恍然心地憶咸京。樹頭蜂抱花須落，池面魚吹柳絮行。
> 禪伏詩魔歸淨域，酒衝愁陣出奇兵。兩梁免被塵埃污，拂拭朝簪待眼明。[9]

白氏極言對詩的癖好、興會，在苦學空門之後仍無法忘情於吟詠詩歌，韓氏呈現了晚年近於禪佛之後，而使心境復歸平淡的心境。前者顯示了詩人對於詩歌創作熱情。白氏和韓氏都是信奉佛教的詩人，平日亦多與僧侶往來，上述二首詩提到詩魔這個問題時，自然與禪佛教有關，這無異於彰顯佛教的思惟方式，到了中晚

---

[7] 《滄浪詩話·詩辯》中。

[8] 《名家詩法》《名家詩法彙編》《詩法統宗》本作「詩有魔有癖」。見張伯偉：《全唐五代詩格校考》（西安：陝西人民出版社，1996年7月第一版），頁331。

[9] 這首詩是韓偓卜居南安時所作，時年已近七十歲。見高文顯編著《韓偓》（臺北：新文豐出版公司，1984年10月臺一版），頁156。

唐已成功的進占了士大夫的心靈；當然，另一方面也突顯了禪佛教的發展背景－朝向詩禪互相融合的方式。而貫休、齊己、尚顏等人在詩作中較豐富地呈現「詩魔」的問題，可說詩僧中的代表。[10]由此可見「詩魔」的問題，不光是中晚唐僧俗們從事詩歌創作時的深刻的困擾或體驗，而更深一層來看，檢討這問個題也有助於我們了解詩僧對於傳統戒律中認為從事文學創作會影響個人宗教修悟，所持的態度為何？

（二）詩魔釋義

魔，乃梵語mara（魔羅）之略稱，又作惡魔，意譯為殺者、障礙，指的是能奪取人性命，而妨礙善事之惡鬼神。據《普曜經》卷六〈降魔品〉及《方廣大莊嚴經》卷九載佛陀成道之際，魔王波旬曾遣派欲妃、悅妃、快觀、見從等四魔女前來擾亂，作種種媚惑和障礙，更令夜叉與眾惡鬼作多種變化，以惱亂菩薩，但最後都被菩薩所降伏。[11]魔王係住於欲界第六他化自在天之高處，為破壞正道之神，稱為天子魔，或天魔波旬。

《佛本行集經》卷二十五有欲貪、不歡喜、饑渴寒熱、愛著、睡眠、驚怖恐畏、狐疑惑、瞋恚忿怒、競利爭名、愚癡無知、自譽矜高、恆常毀他人等十二魔軍之說；《瑜珈師地論》卷二十九列舉五蘊魔、煩惱魔、死魔、天魔等四魔之說；《華嚴經隨疏演義鈔》卷二十九則舉蘊、煩惱、業、心、死、天、善根、三昧、善知識、菩薩法智等十魔之說。其實上述佛經所提到的各種不同的魔，就是指世俗煩惱、疑惑、迷戀等一切能擾亂眾生，障礙修行的事物。魔者乃擾亂身心，障礙善法，破壞勝事，奪取慧命者，通常分為心內之煩惱魔與心外之天魔，皆為修行佛道之障礙，修行者可賴禪定或智慧加以降伏。如果由自己身心所生之障礙，我們稱之為內魔、心魔，而來自外界之障礙稱則可稱為外魔、天魔，那麼，如果

---

[10] 詳見下文分析。

[11] 有關降魔之故事，在《佛本行經》卷 29、《過去現在因果經》卷 3、《佛所行讚》卷 3 等佛傳經典中都有記載。

視詩歌創作對修行佛道、禪定清寂是一種障礙的話，詩歌創作自然也是一種魔，也就是所謂的「詩魔」。

漢語中「魔」與「妖」的用法幾乎沒有差別，都是指邪惡的事物，但值得我們注意的是「詩魔」卻不同於「詩妖」，據劉若愚教授的研究，「詩妖」的概念出於劉向（前77-6），而由班固（32-92）擴充。所謂「詩妖」是指當在上位者橫暴無道，臣民噤若寒蟬，民間就會出現歌謠，預示災禍，這便稱為「詩妖」。[12]顯然地在班固理解下的「詩妖」與我們在上文談到的詩魔截然不同。無論如何，我們可以確定的是「詩魔」與「詩妖」並不相同。

（三）詩魔概念的興起與小乘戒律中對於歌舞活動的限制

其實視詩歌創作為修行佛道、禪定清寂的一種障礙、一種魔障，這種觀點與小乘佛教的傳統有關。在小乘戒律中有明文禁止僧侶從事詩歌創作等藝文活動，作詩和歌舞一樣被列入僧人的戒律，違者獲罪法罪。任何一門藝術，不投入則已，一旦涉身其中，無論是欣賞還是創作，都很難要求自己淺嚐則止，僧侶本應以宗教的修持為專職，吟詠歌舞一方面有失沙門的體態威儀，而且沈溺於此道，則會荒廢修持，另外吟詠歌舞重在情感的宣洩與表達，這與禪定追求心神專一，解脫揚棄愛欲為根的感情根本是不同的，因此小乘戒律根本上是反對歌詠聲舞等藝文活動。[13]

但是我們要注意的是，並非所有的戒律都反對僧人從事詩歌吟詠活動，根據《毘奈耶雜事》的記載，我們可知教界並不反對僧人在「讚佛德」「誦佛經」時

---

[12] 參劉若愚著，杜國清譯：《中國文學理論》（臺北：聯經出版事業公司，1981），頁132。Ruey-shan Sandy Chen, An Annotated Translation of Yan Yu's Canglang Shihua: An Early Thirteenth-century Chinese Poetry Manual. Unpublished Ph.D. Dissertation (The University of Texas at Austin, May, 1996), note 132, p. 74.劉若愚忽視了詩妖的另一意涵，清錢謙益曾譏明竟陵派之艱澀，指為「詩妖」。

[13] 根據釋昭慧分析《四分律》中反對歌詠聲舞有以下幾個重要理由：（一）壞威儀（二）曠時廢事（三）近惡墮惡（四）妨修禪定（五）障礙解脫。詳見釋著：《如是我思》（臺北：東初出版社，1989年9月第一版，1990年6月修訂版），頁342-349。

以詩歌形式吟詠，[14]如果「諷誦經法聲徹梵天」「言音和雅，能令聽者無不歡愉」，[15]僧人仍可諷詠的，由此可見小乘戒律中對於僧人的吟詠只是有條件的限制而已，這個條件決定於僧人所吟詠的內容究竟與佛教有無直接關係？這也就是說，如果僧人所吟詠的動機或內容和俗世文人所吟詠的詩歌一樣，便為戒律所禁除。

在部派佛教，教界已有重視歌詠法言的趨勢，[16]但是「過差」及「極過差」的歌詠聲說法，仍是有要避免的，《四分律》提到「過差歌詠聲說法」的五個過失說：

> 若比丘過差歌詠聲說法，使自生貪著，愛樂音聲，是謂第一過失；復次，若比丘過差歌詠聲說法，其有聞者生貪著，愛樂其聲，是謂比丘第二過失；復次，若比丘過差歌詠聲說法，其有聞者，其習學，是謂比丘第三過失；復次，比丘過差歌詠聲說法，諸長者聞，皆共譏嫌言：「我等所習歌詠聲，比丘亦如是說法」，便生慢心，不恭敬，是謂比丘第四過失；復次，若比丘過差歌詠聲說法，若在寂靜之處思惟，緣憶音聲以亂禪定，是謂比丘第五過失。[17]

這五個過失，分別是近惡墮惡、妨礙解脫、曠時廢事、壞失威儀、妨修禪定。《四分律》雖然主要在談音樂，但也附帶提到與音樂有關的歌詠舞蹈，可見沙門中還是儘量避免過於濃厚的藝術氣息與歡樂氣氛。

上述小乘戒律中對於詩歌的態度，與西哲柏拉圖頗為類似，我們都知道柏拉

---

[14] 見《毘奈耶雜事》卷四：「佛言苾芻不應作吟詠聲誦諸經法，及以讀經謨教白事，皆不應作。然有二作吟詠聲，一謂讚大師德，二謂誦三啟經，餘皆不合。佛許二事作吟詠聲—讚佛德、誦三啟。……佛言應在屏處學吟詠聲，勿居顯露，違者得越法罪。」，頁 223 中。

[15] 見《毘奈耶雜事》卷 4，頁 222 下。

[16] 見釋昭慧：〈從非樂思想到音聲佛事〉第六節「教內音樂之需求及其開展」，見《如是我思》，頁 352-362。

[17] 見《四分律》卷 35，《大正藏》第 22 冊，頁 817 中。

圖認為詩歌及藝術創作只是模仿的模仿、影子的影子，與真理的世界隔著三層，所以他將詩人摒除在他的理想國之外，但又補充說「除掉頌神的和贊美好人的詩歌以外，不准一切詩歌闖入國境。如果你讓步」[18]柏拉圖認為能否贊美神祇和贊頌好人是決定詩歌價值的因素，這也就是說柏氏衡定詩歌的態度，偏執於詩歌正面表述道德的功能，而全然否定詩歌的抒情功能。其實，小乘戒律對詩歌的態度和柏氏一樣，是一種偏執，偏執於詩歌正面的表述功能，都只看到詩歌的抒情功能的負面性，進而就全盤否定詩歌。

因此佛教戒律中反對僧人作詩和歌舞，主要的原因當是認為從俗世作詩和歌舞等活動，無助於個人的修持，甚至會影響個人的宗教修悟或體驗，因此在戒律中明白限制僧人作詩。我們或許可從皎然的一詩作得到證明，其〈酬崔侍御見贈〉說：

市隱何妨道，禪栖不廢詩。與君為此說，長破小乘疑。[19]

從這首詩，我們可以得到了二個初步的理解：第一，小乘戒律認為從事詩歌活動會妨礙宗教上的修悟；第二，皎然個人認為詩歌創作並不致影響在宗教方面的修持。

根據僧傳的記載著，皎然在貞元五年（789）移居東溪草堂的時候，曾深深自悔而欲「屏息詩道」，並認為僧人寫詩，非「禪者之意」，「適足以擾我真性」，貞元五年（789），前御史中丞李洪為湖州太守去會見他時，看見了擱置很久的《詩式》稿本，大加讚賞說：「早年曾見沈約《品藻》、惠休《翰林》、庾信《詩箋》，三子之論，殊不及此。」接著責備他「奈何學小乘褊見，以凤志為辭邪？」經過李洪的開解，皎然才又重拾筆硯開始詩歌創作。後來皎然就把這一段輟筆、復筆的經過記錄下來，保留在現在《詩式》卷一〈中序〉。《宋高僧傳》為皎然所立

[18] 見朱光潛譯，柏拉圖著：《文藝對話集》（北京：人民文學出版社，1963 年 9 月第一版，1997 年初版五刷），頁 87。

[19] 見《全唐詩》，卷 815，頁 9182。

的傳記中，文字亦大致與《詩式·中序》雷同，而略有增刪。[20]

我們知道皎然在中唐不僅享有詩名，且被時人譽為「法門偉器」，皎然個人反省作詩對於修悟的影響，由此我們可以確定的是，小乘的確實有一種看法，認為從事詩歌活動會妨礙個人在宗教上的修悟。皎然在這首回贈給崔侍御的詩表示，不必拘限於小乘的束縛，禪修與作詩兩不相妨，由此可見皎然的創作觀很明顯歷經了一個從小乘到大乘的轉變。

（四）詩僧對於詩魔問題的對治

其實大乘佛教認為修行佛道的最高的境界不在於斷絕世俗、泯除欲念而已，如果修道人能夠破智障、除法執、去我執的話，詩歌何以成為修行佛道的障礙，如果詩僧作詩成癖，對於詩歌有一種無法降伏的困擾，這對修道人來說，便好像是一種惡魔一樣，擾亂身心、奪取智慧。有許多詩僧作詩似賈島的苦吟，且幾近有詩癖的現象，如齊己給朋友高輦的二首中提到苦吟的創作經驗：

> 穿鑿堪傷骨，風騷久痛心。永言無絕唱，忽此惠希音。
> 楊柳江湖晚，芙蓉島嶼深。何因會仙手，臨水一披襟。
> 詩在混茫前，難搜到極玄。有時還積思，度歲未終篇。
> 片月雙松際，高樓闊水邊。前賢多得此，風味若為傳。[21]

齊己一首題為〈愛吟〉的詩作中，更明白表示自己酷愛作詩，每每詩思萌動影響禪定：

> 正堪凝思掩禪扃，又被詩魔惱竺卿。偶憑窗扉從落照，
> 不眠風雪到殘更。皎然未必迷前習，支遁寧非悟後生。

---

[20] 見周維德：《詩式校注》卷 1（浙江：浙江古籍出版社，1993），頁 38-39；以及《宋高僧傳》（臺北：文津出版社，1991 年 8 月初版，據 1987 年北京中華書局點校本影印），卷 29〈唐湖州杼山皎然傳〉，頁 728-729，及《詩式》卷 1〈中序〉。

[21] 齊己：〈寄謝高先輩見寄二首〉，《全唐詩》，卷 841，頁 9503。

> 傳寫會逢精鑒者，也應知是詠閒情。[22]

此處「竺卿」本指印度的高僧，此處當借指修行佛道等工夫。此外在〈喜乾晝上人遠相訪〉一詩中也提到「詩魔」：

> 彼此垂七十，相逢意若何。聖明殊未至，離亂更應多。
> 澹泊門難到，從容日易過。餘生消息外，只合聽詩魔。[23]

《摩訶止觀》卷八云：「魔界佛界，而眾生不知，迷於佛界，橫起魔界，於菩提中而生煩惱。」[24]而〈寄鄭谷郎中〉詩中所指的「詩魔」則頗接近《摩訶止觀》所說的「菩薩法智魔」：

> 上國誰傳消息過，醉眠醒坐對嵯峨。身離道士衣裳少，
> 筆答禪師句偈多。南岸郡鐘涼度枕，西齋竹露冷霑莎。
> 還應笑我降心外，惹得詩魔助佛魔。[25]

齊己在這首給鄭谷的詩中，戲稱他自己好作詩偈，以為是降伏內心煩惱的工夫，但卻惹得詩魔滋長助長菩薩法智魔的困擾。既然如此，齊己又如何降伏心中的詩魔呢？〈靜坐〉云：

> 日日只騰騰，心機何以興？詩魔苦不利，禪寂頗相應。
> 硯滿塵埃點，衣多坐臥稜。如斯自消息，合是箇閒僧。[26]

---

[22] 齊己：〈愛吟〉，《全唐詩》，卷844，頁9547。

[23] 齊己：〈喜乾晝上人遠相訪〉，《全唐詩》，卷839，頁9472。

[24] 《大藏經》，卷46，頁116中。

[25] 《全唐詩》，卷845，頁9553。

[26] 《全唐詩》，卷840，頁9484。

詩中便提到透過禪坐來對治詩魔，雖然齊己表示過詩思會影響禪定，但如果每日心緒紛飛翻動，修禪之道心（即心機）便永遠無法興起，齊己希望過靜坐也就是禪坐，達到禪定，等到禪寂一來叩應心扉，則詩癮不發，詩魔便無從相擾，如此作法（經過禪坐自然透顯出成佛的消息），表現在外的是一種閒適的意趣，因此品茗可以降詩魔〈嘗茶〉一詩云：

> 石屋晚煙生，松窗鐵碾聲。因留來客試，共說寄僧名。
> 味擊詩魔亂，香搜睡思輕。春風雲川上，憶傍綠叢行。[27]

我們可看貫休另一首詩作以閒心來對治詩魔：

> 余亦如君也，詩魔不敢魔。一餐兼午睡，萬事不如他。
> 雨陣衝溪月，蛛絲冒砌莎。近知山果熟，還擬寄來麼。[28]

從上述詩句，我們可以肯定的是「詩魔」乃修行中需要被克服的障礙，而究竟品茗清香是否可以治詩魔？還是品茗時悠閒的心情才是降魔的絕招？答案顯然是後者。

詩魔的原義是指詩歌是修持上的障礙，因此可以視為魔道一樣，因此叫做魔障，如此解魔則可以視詩魔為魔障。我們提到詩歌在悟道上的重要性，特別是狄爾泰詩歌理論講到詩歌的解放功能：「詩向我們揭示了人生之謎」「詩把我們心靈現實的重負解放出來，激發起人對心靈自身價值的認識。」詩擴大了對人的解放的效果，以及人的生活體驗的視界，因為當人被束縛在既定的生活秩序上時，

---

[27] 《全唐詩》，卷838，頁9450。
[28] 貫休：〈寄赤松舒道士二首〉之二，《全唐詩》，卷830，頁9361。

詩開啟了人的想像，展示了一個新的世界，使人得以去過不能實現的生活。[29]就這一點重視詩的解放性而言，指向詩的正面作用，而不是反面的障礙，如何調節這兩點，我們可作如下的解說，詩歌的超越性和解放性是排拒外在現實世界的重擔對於修道人的枷鎖和妨礙，就此而言，詩歌的超越性和解放性在消極的排除，排除是一種消極性的幫助，在修道上是消極性的幫助，原因是她並沒有幫助修道人去證涅槃和證如來，不過把不利的因素把外在重擔和枷鎖予以解消而已，解消以後成佛成魔，還沒有得到一個積極的保證，我們要看詩魔成為魔障是在什麼樣的層次來說的。

詩之為何成為魔障，顯然不在她的超越性和解放性，而在於解放超越以後沒有一個積極正面的保證，沒有一個正途的規約，只能消極的排除障礙，排除以後可以往上一級以證如來，也可以往下沈淪而萬劫不復，就在這個危險的空間魔障的問題就可能出現。為什麼魔障這問題要與詩歌有特別關係呢？在於沒有積極的規約導向於正覺，只能消除修持上面現實上面的干擾，所以開啟了一危險空間，是轉機當然也是一個危機了。

第二層詩魔之所以可能是說，如果我們忘記在悟道這一層次上，詩歌只不過是一手段而不是一個目的，把手段和目的顛倒過來的話，就很容易耽於創作詩歌而漠視了、忘記了悟道的最終目的，這就變成了買櫝還珠了，變成了反客為主了。當我們還不斷追逐詩歌創作之美的時候，而遺忘了求正覺的正途的話，顯然就是一種魔障，這種混淆手段與目的，本身就是一種魔障。就此而言，我們講出詩魔的第二層的觀點。就詩歌幫助悟道而言，詩歌的超越性／解放性這兩層是不相抵觸的，因為這兩層是站在不同層次上面立言的。

三、詩歌對於修悟的正面助益

---

[29] 胡經之主編：《西方文藝理論名著教程》下冊（北京：北京大學出版社，1989 年 11 月第一版，1991 年 12 月初版三刷），頁 36-37。

（一）從詩禪相妨到詩禪互濟的轉變

　　從小乘佛教到大乘佛教，不論在宗教實踐上和理論上都有較大的分歧：就修行的目標來說，小乘追求個人自我解脫，把灰身滅智、證得阿羅漢果作為最高目標；大乘則以普渡眾生、修持成佛、建立佛國淨土為最高目標。[30]也就是說小乘到大乘在「終極關懷」[31]的目標上，有一個很明顯的轉變，也就是從彼岸世界變為此岸世界。小乘戒律認為僧人創作有礙修悟，但是我們看到唐代詩僧逐漸擺脫小乘戒律的限制，詩僧在詩歌中表示，從事詩歌活動不但不會妨礙修悟，甚至還是悟道的一個幫助或資具，詩僧在詩歌創作態度上的轉變，以及大量的詩歌創作，正好符應了佛教精神的轉變。

　　作詩憑興而起，修禪乃入於空寂；前者要求心機活躍，後者則要求心如止水。兩種活動自不相同，前文已提到皎然反省作文吟詩，「適足以擾我真性」，曾想廢置棄所著《詩式》及諸文筆。而齊己也曾透露出吟詩會妨礙修禪的意見：

> 搜新編舊與誰評，自向無聲認有聲。已覺愛來多廢道，
> 可堪傳去更沽名。風松韻裏忘形坐，霜月光中共影行。
> 還勝御溝寒夜水，狂吟衝尹甚傷情。[32]

上面的「愛」字指的是「愛詩成執」，其實就佛教的通義言，著執當然無法了悟，因此在這裏齊己自己省到「愛」詩已到「偏廢」修行。我們知道佛教主張主執妄，

---

[30] 參見羅竹風主編：《宗教通史簡編》（上海：華東師範大學出版社，1990 年 11 月第一版，1996 年初版三刷），頁 51。

[31] 「終極性」是所有宗教的根本特色，自從田立克提出「終極關懷」（ultimate concern）一詞註解基督宗教信仰之後，許多宗教學者或哲學家，就紛紛以「終極」這一形容詞來說明有關宗教的種種事物，如傅偉勳教授以「終極關懷」、「終極真實」「終極目標」與「終極承諾」為宗教不可缺之基本要素。見傅偉勳：〈從終極關懷到終極承諾－大乘佛教的真諦〉，《當代》11 期，1987 年 3 月，頁 17。

[32] 齊己：〈敘懷寄高推官〉，《全唐詩》，卷 844，頁 9548。

作詩若成執成痴的地步,當然會妨礙禪修。

　　然而要注意的是,在皎然和齊己的詩作,我們同時也看到他們對於詩歌與修悟關係的正面反省,他們不僅表示吟詩修禪二者活動不相妨礙,更進而表示吟詩有助於修悟。

　　坐禪修道的生活是相當苦寂,許多詩僧常常在詩中提到「禪寂」,如清江說:

> 禪機空寂寞,雅趣賴招攜。[33]
> 歸臥南天竺,禪心更寂寥。[34]

皎然說:

> 應憐禪家子,林下寂無當。[35]
> 高月當清冥,禪心正寂歷。[36]
> 至今寂寞禪心在,任起桃花柳絮風。[37]

齊己說:

> 詩魔苦不利,禪寂頗相應。[38]
> 託興偶憑風月遠,忘機終在寂寥深。[39]

---

[33] 清江:〈春游司直城西鸝鶯谿谿別業〉,《全唐詩》,卷812,頁9144。

[34] 清江:〈送堅上人歸杭州天竺寺〉,《全唐詩》,卷812,頁9145。

[35] 皎然:〈答蘇州韋應物郎中〉,《全唐詩》,卷815,頁9172。

[36] 皎然:〈答豆盧次方〉,《全唐詩》,卷815,頁9172。而對於禪修的苦寂生活,清江也有類似的描述:「禪機空寂寞,雅趣賴招攜。」「歸臥南天竺,禪心更寂寥。」(見清江〈春游司直城西鸝鶯谿谿別業〉、〈送堅上人歸杭州天竺寺〉,《全唐詩》,卷812,頁9144、9145。

[37] 皎然:〈寄南山景禪師〉,《全唐詩》,卷823,頁9278。

[38] 齊己:〈靜坐〉,《全唐詩》,卷840,頁9484。

詩僧如何調節修禪的苦寂生活呢？齊己在詩中便經常提到吟寫詩歌，如：

> 日用是何專，吟疲即坐禪。[40]
> 時有興來還覓句，已無心去即安禪。[41]
> 無味吟詩即把經，竟將疏野訪誰行。[42]
> 佯狂未必輕儒業，高尚何妨誦佛書。[43]

上面的詩句都表示吟詩、作詩等活動是在修悟生活中所扮演的調劑功用。而皎然也說：

> ……儒服何妨道，禪棲不廢詩。與君為此說，長破小乘疑。[44]

他表示修禪過程中並不需要刻意廢除儒服及詩歌活動。從詩作中我們看到皎然和齊己對於詩歌與修悟的影響，抱持著兩種不同的態度，這兩種不同的態度是互相矛盾？還是觀念轉變而導致前後立場的不同？從皎然的詩句，我們很清楚看到他們詩中所呈現的兩種不同立場，這不是矛盾的現象而是觀念的轉變，是大乘佛教思想的影響所致。換言之，皎然、齊己著眼於修練方法的境界已明顯從小乘移轉至大乘，因此詩歌不再成為悟道的阻礙，而是一種達到悟道的方法、工具、手段，當然這種理解的前題，必先有一個認識，也就是認為吟詠詩歌等活動不會妨礙修悟。然而為何詩歌有助於創作主體修悟呢？以下我們不妨借用王維〈薦福寺先師

---

[39] 齊己：〈送吳先輩赴京〉，《全唐詩》，卷 845，頁 9561。

[40] 齊己：〈喻吟〉，《全唐詩》，卷 843，頁 9525。

[41] 見齊己：〈山中寄凝密大師兄弟〉，《全唐詩》，卷 844，頁 9537。

[42] 見齊己：〈荊渚偶作〉，《全唐詩》，卷 846，頁 9568。

[43] 見齊己：〈過陸鴻漸舊居〉，《全唐詩》，卷 846，頁 9569。

[44] 「市隱」一作「儒服」，見皎然：〈酬崔侍御見贈〉，《全唐詩》，卷 815，頁 9182。

房花藥詩序〉來進一步說明：

> 心舍於有無，眼界於色空，皆幻也，離亦幻也。至人者不捨幻，而過於色
> 空有無之際。……漆園傲吏，著書以稊稗為言；蓮座大仙，說法開藥草之
> 品。道無不在，物何足忘？故歌之詠之者，吾愈見其嘿也。[45]

王維在這裏所說的「至人」，應指在宗教修悟體驗方面已達到最高境界的人，這樣的人不凝滯不執著於「有」與「無」、「色」與「空」之間，因為不凝滯不執著，所以心不會受外物的妨阻，心不必刻意忘物而自然能冥合於道，既然如此，歌詠自然不會妨礙悟道。因此王維認為吟詠不輟的人，愈發顯現他內心的靜默。王維對於至人修悟境界的描述，正幫助我們理解皎然、齊己觀念的轉變。

（二）從詩禪對舉到詩禪理論思維的發展

上文我們提到詩僧脫離詩魔的困擾後，漸漸由詩禪相妨的觀念轉變成詩禪相濟的觀念，這種觀念形成以後，很明顯的便是在他們的詩歌中出現了大量詩禪對舉的詩句，這種詩／禪類比性思維的結果，使得詩僧逐漸凝聚出宋代的詩禪理論的雛型。首先我們看皎然〈答俞校書冬夜〉一詩：

> 夜閒禪用精，空界亦清迥。子真仙曹吏，好我如宗炳。
> 一宿覿幽勝，形清煩慮屏。新聲殊激楚，麗句同歌郢。
> 遺此感予懷，沈吟忘夕永。月彩散瑤碧，示君禪中境。
> 真思在杳冥，浮念寄形影。遙得四明心，何須蹈岑嶺。
> 詩情聊作用，空性惟寂靜。若許林下期，看君辭簿領。[46]

皎然這首詩不知作於何時，俞校書是誰也未可考，從詩題我們知道這首詩是皎然

---

[45] 見《全唐文》，頁 3297 下。

[46] 見皎然：〈答俞校書冬夜〉，《全唐詩》，卷 815，頁 9173

回贈給一位俞姓任校書職務的朋友，詩中所提到的宗炳（357-443）是南朝劉宋時的隱士，後從慧遠「白蓮社」修淨土，著有〈明佛論〉〈難白黑論〉，[47]皎然拿來比喻朋友，可見這位俞姓朋友跟宗炳一樣，頗有相當的佛教興趣及修養，詩中皎然提到朋友的詩是「新聲麗句」，猶如哀傷的郢歌，但不同於激昂的楚聲，讀來令他感懷沈吟良久，因此他便回贈朋友一首詩。在這一首詩中有「詩情聊作用，空性惟寂靜」一對句，出現了上文我們提到的詩禪對舉的情形，在此還須注意的是，這對句中提到「作用」二字，在皎然《詩式》中是一個很重要的概念，因此如果能理解這一句話，將有助於我們了解皎然向俗世朋友（特別是詩歌往來的朋友），究竟展示的詩禪關係是什麼？

首先要了解的是「作用」是什麼意思？《詩式》卷一有「明作用」一節說：「作者措意，雖有聲律，不妨作用。如壺中瓢中自有天地日月。時時拋鍼擲線，以斷而復續，此為詩中之仙。」[48]書中其他地方提到「作用」也很多，如：

> 夫詩者……其作用也，放意須險，定句須難，雖取由我衷，而得若天授。……[49]
> 意度盤薄，由深於作用。……[50]
> 天與其性，發言自高，未有作用。（此評李陵、蘇武詩）……辭精義炳，婉而成章，始見作用之功。（此評古詩十九首）[51]
> 曩者嘗與諸公論康樂，為文真於性情，尚於作用，不顧詞彩而風流自然。……[52]

---

[47] 〈明佛論〉、〈難白黑論〉收於《弘明集》卷3、卷4。

[48] 見李注：《詩式》卷1「明作用」，頁10；周注：《詩式》卷1「明作用」，頁3。

[49] 見李注：《詩式·序》頁1；周注：《詩式·序》卷1，頁1。

[50] 見李注：《詩式》卷1「詩有四深」，頁14；周注：《詩式》卷1「詩有四深」，頁7。

[51] 見李注：《詩式》卷1「不用事第一格·李少卿與并古詩十九首」，頁79；周注：《詩式》卷1「李少卿并古詩十九首」，頁14。

[52] 見李注：《詩式》卷1「不用事第一格·文章宗旨」，頁90；周注：《詩式》卷1「李少卿并古詩十九首」，頁17。

值得注意的是，上舉幾處「作用」出現的時候，往往也會出現「情」、「意」等字眼，就此而言，我們相信作用與詩情必有相當的關係，因此我們不等閑忽視「詩情聊作用」這句話。

　　學界對於皎然論「作用」這個問題，意見尚見分歧，目前未有定論，如：郭紹虞先生注解《詩式》時指出，作用的意思是「藝術構思」；[53]徐復觀從《詩人玉屑》的材料認為作用相當於傳統哲學「體用」中的「用」；李壯鷹先生認為作用是釋家語，指「文學的創造性思維」，[54]張伯偉認為作用的意思比較接近「物象」。[55]郭、李二人的解釋相近，作用接近於構思的問題，而徐、張二人從體用的角度理解作用，作用的意思比較接近立意構思以後取象的問題。如果從「構思」解，指詩人的情感發用，則與皎然《詩式》中的「立意」說相近；而如果從「取象」解，指詩人將客觀的物象具體化為詩中的意象，則接近於皎然《詩式》中的「取境」說。其實「立意」與「取境」分屬創作主體呈現創作對象的兩個階段，一個在前，一個在後，但是彼此又互相關聯牽涉，[56]這或許就是學人解釋「作用」一詞分歧的原因。雖然皎然《詩式》已區分「立意」與「取象」，但筆者以為皎然使用「作用」一詞，也有可能兼含「構思立意」、「取物為象」兩層意思，特別是古代的詩論著述多半以箚記的基礎整理，我們似乎不必苛求古人使用理論術語時的嚴謹度。

　　現在我們來檢視出句「詩情聊作用」。聊，可當動詞及副詞使用，動詞解作「賴」，依賴的意思，如「民不聊生」；副詞解作「且」，姑且的意思。「作用」

---

[53] 見郭紹虞：《中國歷代文論選》第二冊選注《詩式》。

[54] 見李注：《詩式校注》，頁4。

[55] 張伯偉研究中指出晚唐詩格中強調先立意，後取象，或者強調意有內外，凡強調詩的作用必然強調詩的物象，因此離開了「物象」就無法把握作用的含義。見張氏：《禪與詩學》（杭州：浙江人民出版社，1992年9月第一版，1993年10月修訂二版），頁25-29。

[56] 參見拙文：〈皎然意境論的內涵與意義──從唯識學的觀點分析〉，佛學研究中心學報第六期，2001年6月，頁181-211。

解立意／取象，都是動詞，「聊」自然應視為副詞。現在把「詩情聊作用」一句與「空性惟寂靜」相對，則「作用」應當視為名詞，指立意的活動／取象的活動，與「寂靜」一詞相對，而「聊」便應當作動詞，依賴的意思。因此「詩情聊作用」可解作詩人的感情依賴立意／取象來呈現，換句話說，立意／取象正是詩人感情得以具體化、文字化的基礎。

同理，對句「空性惟寂靜」，「惟」字在此不當作限定詞，解作只有、正好，而應視作動詞，解作「思考」的意思。空性，梵文 sunyata，指空之自性、空之真理，乃「真如」之異名，依唯識家之說，真如為遠離我、法二執之實體。因此這句話的意思是說，空之真如自性往往是在寂靜的時候思悟出來，換句話說，寂靜是修道者思悟空性的基礎。

而為何寂靜往往是修道者思悟空性的基礎呢？根據《大乘起信論》說：

> 若修止者，住於靜處，端坐正意，不依氣息，不依形色，不依於空，不依地、水、火、風，乃至不依見聞知覺，一切諸想；隨念皆除，亦遣除想，以一切法本來之相，念念不生，念念不滅，亦不得隨心外念境界。[57]

上面所描述的是一種超越見聞知覺、澄空凝寂的精神境界。大乘佛學，「六度」（即「六波羅密」）作為求得解脫、證得涅槃的途逕，其中主要的兩項是「定」與「慧」；「慧」並不是指世俗所說的智慧，而是「於一切法不著故，應具足般若波羅密」，[58]意即能破除法執；「定」即禪那、思維修，指「不亂不昧故，應具足禪那波羅密」，[59]意指專注一境、正審思慮的精神狀態。在佛家看來，「定心者若疏源而自得，逐境者猶理絲而又棼」，因此自然而有出離塵境的追求。推一步說，不僅皎然追求一種閑靜逸遠的境界，甚至一些受佛教影響較深的文人，

---

[57] 《大乘起信論》，收在《大正藏》第 32 冊論集部，頁 577 中。

[58] 《大品般若經》卷 1，《大正藏》卷 1「般若部」1。

[59] 《大品般若經》卷 1，《大正藏》卷 1「般若部」1。

在創作上也追求閒靜一途，像蘇軾的〈送參寥師〉所說：「欲令詩語妙，無厭空且靜。靜故了群動，空故納萬境。」[60]正是這種立場。

「詩情聊作用，空性惟寂靜」這一對句，呈現了一個耐人尋味的現象，皎然的詩作反映了他構築詩歌創作理論的思維中，已出現一種類比性的理論，也就是說他已採取佛教修悟的方式來理解或建構詩歌創作理論。

與皎然同時的詩僧靈澈也有類比性的理論思維，如其〈送道虔上人游方〉說：「律儀通外學，詩思入玄關」[61]中律儀／詩思對比，律儀是內學，玄關指的是禪關，這個意思是說內學可以通外學，詩思可以與禪思相通。皎然之後，齊己的詩作中出現了更多詩禪並舉的情形，如：

> 道笑忘言甚，詩嫌背俗多。[62]
> 禪心誰指示，詩卷自焚燒。[63]
> 道有靜君堪托，詩無賢子擬傳誰。[64]
> 道妙言何強，詩玄論甚難。[65]
> 道性宜如水，詩情合似水。[66]
> 詩心何以傳，所證自同禪。[67]
> 禪玄無可並，詩妙有何評。[68]
> 詩通物理行堪掇，道合天機坐可窺。[69]

---

[60] 《蘇軾詩集》卷17，北京：中華書局，1982年第一版。

[61] 靈澈：〈送道虔上人游方〉，《全唐詩》，卷810，頁9132。

[62] 齊己：〈寄峴山願公三首〉之二，《全唐詩》，卷842，頁9509。

[63] 齊己：〈招乾晝上人宿話〉，《全唐詩》，卷843，頁9535。

[64] 齊己：〈荊門寄沈彬〉，《全唐詩》，卷845，頁9558。

[65] 齊己：〈溪齋二首〉之二，《全唐詩》，卷839，頁9465。

[66] 齊己：〈勉詩僧〉，《全唐詩》，卷839，頁9478。

[67] 齊己：〈寄鄭谷郎中〉，《全唐詩》，卷840，頁9478。

[68] 齊己：〈逢詩僧〉，《全唐詩》，卷842，頁9507。

[69] 齊己：〈中春感興〉，《全唐詩》，卷844，頁9550。

> 禪關悟後寧疑物，詩格玄來不傍人。[70]
>
> 禪心盡入空無跡，詩句閒搜寂有聲。[71]
>
> 詩同李賀精通鬼，文擬劉軻妙入禪。[72]
>
> 禪言難後到詩言，坐石心同立月魂。[73]

齊己詩作中道／詩、禪／詩並舉隨處可見，這種現象可視作詩僧已從「詩歌妨礙悟道」這一個傳統觀點解放，他們並不認為寫詩會阻礙修悟，因為詩僧已意識到詩禪之間有互濟的關係存在，所以才會大量出現詩禪對舉的詩句。

其實我們進一步分析齊己詩禪並舉的詩句，可發現這些詩句中已初步出現宋代「以詩喻禪」的理論雛型，以下以齊己為例說明：

上舉詩句也都是詩／禪、詩／道對舉的情形，進一步擴大以詞組的方式來檢視則是：道妙／詩玄、道性／詩情、傳詩／證禪、禪關／詩妙、詩通／道合、禪悟／詩玄、禪空／詩寂、詩精通鬼／文妙入禪、坐禪／立詩，我們從上述的詞組，當不難發現詩禪對舉大致呈現了三種類比的規律：第一，以「坐禪」比喻「立詩」，第二，以「禪玄」比喻「詩妙」，第三，是以「禪心」比喻「詩情」、以「禪空」比喻「詩寂」，我們從理論的思維層次來反省這三種類型，這三種類型實分別具現了創作詩歌、理解詩歌、評論詩歌與禪宗的對比關係，而事實上根據學界的研究，有學者正是從詩歌欣賞、詩歌批評，以及詩歌創作三個方面來分析宋代「以禪喻詩」的理論內涵。[74]基於此，我似可從唐詩僧詩禪對舉的思維中，找到宋代

---

[70] 齊己：〈道林寺居寄岳麓禪師二首〉之二，《全唐詩》，卷 845，頁 9564。

[71] 齊己：〈寄蜀國廣濟大師〉，《全唐詩》，卷 846，頁 9577。

[72] 齊己：〈酬湘幕徐員外見寄〉，《全唐詩》，卷 846，頁 9557。此處「詩」「文」對舉，並以通鬼、入禪作喻。另疑「文」亦指詩，詩云：「長吉才狂太白顛，二公文陣勢橫前。誰言後代無高手，奪得秦皇鞭鬼鞭。」（齊己〈謝荊幕孫郎中見示樂府歌集二十八字〉，《全唐詩》，卷 847，頁 9593。

[73] 齊己：〈酬光上人〉，《全唐詩》，卷 847，頁 9596。

[74] 如袁行霈先生曾析分宋代「以禪喻詩」的內容為「以禪參詩」、「以禪衡詩」、「以禪論詩」三部份，並指出「以禪參詩」偏重在詩歌欣賞上、「以禪衡詩」偏重在詩歌批評上、

「以禪喻詩」的理論淵源。

　　而晚唐詩僧尚顏所提出的「詩為儒者禪」，更可視作類比性理論思惟的進一步發展，這個命題的提出，更是宋代「以禪喻詩」理論淵源的具體呈現。如果就學習創作詩歌的過程這一個角度來理解「詩為儒者禪」這句話，並與宋人論學詩、讀詩等相關資料進行初步的對比，便可發現其中密切的關聯性。首先我們來看看尚顏這首詩：

> 詩為儒者禪，此格的惟仙。古雅如周頌，清和甚舜弦。
>
> 冰生聽瀑句，香發早梅篇。想得吟成夜，文星照楚天。[75]

「詩為儒者禪」一句單就字義來分析，指向幾個方面：1、詩歌本身就是禪：是什麼禪呢？不是佛中之禪，而是儒中之禪，其實類似的話也出現在晚唐徐寅《雅道機要》。[76]2、作詩好比儒者學參禪一樣：從參禪的角度來理解，還有幾種可能，以下我們從參禪的歷程和參禪的結果來分析。

　　第一，從參禪的歷程分析，是將詩歌的創意比喻成參禪的妙悟。我們知道學習寫詩是一種歷程，需要功夫及培養才能有最後的結果。參禪的人不能陳陳相因，不能把別人的頓悟當作是自己的頓悟，別人的頓悟也不能代表是自己頓悟，頓悟需要自我身體力行、自我實踐，才有可能達到了悟的境界；學詩也一樣，不能因襲別人的東西毫無創新。就學習的歷程，重創新不可因襲一點，類比詩歌與參禪的關係，宋人也有相當類似的說法：

> 參禪學詩無良法，死蛇解弄活潑潑。[77]

　　「以禪論詩」偏重在詩歌創作上。詳見袁行霈〈詩與禪〉，收入《佛教與中國文化》（北京：中華書局，1988 年 10 月第一版），頁 83-91。

[75] 見尚顏：〈讀齊己上人集〉，《全唐詩》，卷 848，頁 9602，一作棲蟾詩，頁 9609。

[76] 徐氏說：「夫詩者儒中之禪也，一言契道萬古咸知。」見《詩學指南》，卷 4，頁 133。

[77] 葛天民：〈寄楊誠齋〉。

> 學詩渾似學參禪，頭上安頭不足傳。跳出少陵窠臼外，丈夫志氣本衝天。[78]
> 欲參詩律似參禪，妙趣不由文字傳。個裡稍關心有悟，發為言句自超然。[79]

第一首是指向超脫文字這一點，參悟禪理最後必須要超越、超脫語言與概念的束縛和限制，學詩也一樣，超脫語言與文字的束縛和限制，就是不能因襲前人的句子，生吞活剝。第二首「頭上安頭」[80]的意思，就是重複因襲，學詩歌最怕就是重複別人的東西、因襲別人的東西，毫無創新；參悟也是一樣，因襲別人是沒有用的，因為別人的功德、福慧是別人的，自己的功德、福慧必須要自我奮鬥、實踐才能成功，同理作詩不能老是模仿，因襲別人，如此便會妨礙創作力的展現。第三首是說詩趣不光是由文字去經營的，「不由文字傳」，是說有言外之意、弦外之音，這可能是構成詩趣的重要部份，這一部份顯然不是文字表面可以傳遞的，而是文字深層的肌理所透發出來的神韻，所謂的肌理就構成了言外之意、玄外之音、妙趣無窮、無跡可尋。就策略而言，我們可以看出詩趣超越表面文字而呈現出來，表面文字所展現只不過是表面的境界，而成功的詩作是可以超越浮面文字、字面的意思，傳遞出更深一層的理趣，這卻好像禪悟一樣，不落入文字障，可是很多時候也不離文字，這不是說放棄文字而是說通過文字而超越文字，文字打個比喻，就好像渡河之舟，這個工具是幫助我們渡過隔礙、渡過河流，而使得到達開悟、到達彼岸的境界，越過的時候當然要靠舟船，超越以後如果便沒有必要再背負著舟船，如果不捨棄，便會成為束縛和障礙，同理詩歌創作也是一樣，必須透過文字好像舟船一樣承載我們渡河，但也不應執著於字斟句酌，反之更應重視的是，藉由文字展現更理想的境界。

　　第二，從參禪的結果分析，學詩雕琢文句、推敲聲律等等，都需要非常費勁刻意經營一番，如此好比參禪一般。剛開始學禪也需要一番經營，如學習如何靜

---

[78] 吳可：〈學詩詩〉其二，《詩人玉屑》卷 1。

[79] 戴復古：〈論詩十絕〉，《石屏詩》卷 7。

[80] 見《傳燈錄》：「今有一事，問汝等。若道是，即頭上安頭；若道不是即斬頭求活。」

坐、如何澄心，這都需要刻意經營一番、努力一番才有結果，不過一旦參禪成功以後，便可揮灑自如，而舉手投足無不稱理。透過參禪可達到一個超越的境界，也就是人與道的合一，這時候便是徹底的頓悟，徹底的頓悟就是自如了。禪宗常常強調在得悟以後呈現自由的相，我們將參禪頓悟的人移用於理解詩歌創作的情況也是一樣，當創作主體經過一番寒澈骨的鍛鍊，詩歌創作便不再是一種刻意經營的事業，而是一種自發內在的心靈表現，詩人創作信手拈來自是佳句、自成妙音。這是從頓悟的結果類比學詩和學參禪的關係。就此而言，宋代的說法有：

> 學詩當如學參禪，未悟且遍參諸方。一朝悟罷正法眼，信手拈出皆成章。[81]
> 學詩渾似學參禪，竹榻蒲團不計年。直待自家都了得，等閑拈出便超然。[82]
> 學詩渾如學參禪，悟了方知歲是年。點鐵成金猶是妄，高山流水自依然。[83]

上面三首詩都將詩歌創作達到圓熟的境地，比喻參禪悟道的結果，這時創作者已經不需要再刻意用力的經營，創作成為一種自然的流露，創作者信手拈來自成章法，隨意拈出，如行雲流水般，自有超乎水準的佳構妙句。

以上我們發現宋人運用參禪的思惟方式討論詩歌創作，這種現象早在唐代詩僧的詩歌中可以找到發展的線索。詩僧採用佛教的修悟的觀點來類比詩歌創作的思考模式，是一種簡單的類比性思維。類比思維可說是人類最基本的思維模式之一，古人仰觀天文，俯察地理，以和人文進行對比，這種認知思維活動背後就含藏著比較的成分。事實上，中國古代哲人就常常運用類比法進行思考，如孔子談因革損益，就視作類比思維的結果。在類比性的思維模式下，我們看到詩禪理論的基本雛型產生了，在類比性的思維模式下，使得佛教與詩歌產生了一個交會點，然而這種類比性思維的普遍存在詩僧的詩歌中，無異於彰顯了詩與禪之間的交會

---

[81] 韓駒：〈贈趙伯魚〉，《陵陽先生詩》卷 1。
[82] 吳可：〈學詩詩〉其一，《詩人玉屑》卷 1。
[83] 龔相：〈學詩詩〉，《詩人玉屑》卷 1。

與互通。[84]

四、詩語言的宗教向度

　　詩僧從顧忌「詩魔」困擾修悟，到擺脫這層顧忌而苦心經營詩歌創作的態度，甚至大量出現詩禪類比思惟的詩句，我們似乎看到一個明顯的趨勢及指向：那就是僧侶的修持觀已從小乘漸次推移至大乘，其中一個重要的指標，便是對於文藝創作限制的解放，詩歌創作不僅不再妨礙修悟，甚至對於明道、證道、悟道都有所助益。以下便藉詩僧的詩歌，進一步反省詩僧在詩語言中所展現出來的宗教性目的。

（一）悟道

　　上文我們已從詩歌作用的角度，分析詩僧的創作意識中已經就創作主體的工具性立場論述詩歌與悟道的關係。現在我打算從「詩語言」反省詩僧創作中所展現的「悟道」這個向度。

　　上文我們提到齊己將詩歌視為禪寂生活的調劑，因此詩歌是悟道的一種工具，而詩歌如何可以產生悟道的作用呢？如再推一步從詩語言自身反省，則跟詩語言本身「超越性」、「體驗性」的特質有關。現在我們重新檢視齊己〈靜坐〉一詩：

> 　　坐臥與行住，入禪還出吟。也應長日月，消得箇身心。
>
> 　　默論相如少，黃梅付囑深。明前古松徑，時起步清陰。[85]

所謂「消得箇身心」的意思，可以如上一章所說「出吟」是「入禪」的苦寂歲月

---

[84] 如周裕鍇指出「以禪喻詩」的理論是建立在禪和詩都重內心體驗，都重視啟示和象喻，在思維方式上（觀照、頓悟、表達）上有許多相通處見周裕鍇《中國禪宗與詩歌》第八章「以禪喻詩概說」，頁270。

[85] 見齊己：〈靜坐〉，《全唐詩》，卷840，頁9477。

的調劑，但也可以進一層說，吟詠詩歌可以消解身心形慮的羈絆，而齊己這首詩題為〈靜坐〉，靜坐當指坐禪的功夫，詩中提出吟詠詩歌可以消解身心形慮的羈絆，我們可從詩語言本身「超越性」的特質來理解。而「超越」是什麼意思呢？超越就是解脫和離越現實的糾纏和枷鎖，這一種的解脫和離越，使得詩人的心靈能夠不再向外向現實面來關注，轉而向他本身內在心靈的解放來邁進。詩歌以及藝術創作有一共同效果，使得詩歌創作者本身得以在創作過程中，從現實糾纏的過程中超離出來，這種解脫的產生就是我們所謂的「超越性」。[86]

因此如果從詩語言本身的「超越性」來理解齊己〈靜坐〉一詩所講「消得箇身心」這一種效能功效，就是指詩歌能夠幫助詩歌創作者超越於現世種種糾纏，如此詩歌便與佛教割捨現實產生關聯性。詩僧身為一僧人，要證道、證涅槃、證如來，自然要把現實塵世種種虛妄、執著、迷障，做一種大的割捨、超越、解脫，這種大的解脫的可能途徑之一，就是通過文藝創作，而詩歌這個超越性正好滿足僧人求道的目的。

其次，我們要注意的是中國抒情言志的詩歌傳統，並不指向一般理性認知的方式。如果從唐代佛教發展幾個流行的觀念系統來看，天台、華嚴宗等系統佛學，提供修悟者一個「解入」的方向，可是在「解入」之外，是否另有方向幫助人們開悟呢？我們知道詩歌是重視體驗的，就體驗而言，詩歌顯然指出了一個非常重要的「行入」的方向。[87]

---

[86] 上述這種肯認詩歌、藝術的超越性，彰顯詩歌、藝術的超越性，可以填補人類心靈及價值的空虛，可說是二十世紀西方詩學、美學重要的發展趨勢之一。有關詩歌的「超越性」，學界的論述很多，特別是在歐洲傳統（不是從英美分析的傳統來看）對於文藝的反省。胡經之指出：「詩化哲家們（席勒、尼采、狄爾泰、諾瓦利斯）都相信藝術可以代替宗教⋯在狄爾泰那裏，藝術獲得了與宗教相同地位；在瑞慈那裏，"只有詩可以救助我們"；在德格爾那裏，詩（藝術）終於成了思的源頭；而馬爾庫塞更把藝術作為昭示存在（New Being）的唯一通途。⋯⋯因為不肯定超越神性，就得肯定生命感性⋯⋯」，見胡氏主編《西方文藝理論名著教程》下冊「導論」之六「詩學對話：研究當代西方文論的意義」（北京：北京大學出版社，1989 年 11 月第一版，1991 年 12 月初版三刷），頁 26-27。

[87] 筆者在這裏所用的「解入」與「行入」二詞，分指認知思維的進路與體驗感受的進路，與

如果我們放寬鬆一點來講，文學藝術的體驗面足以補充從觀念這一面的「解入」。因為我們用哲理系統去掌握真理的話，少不了是用概念性的思維，這一種概念性的思維，使我們可以認知的把握真如實相，可是真如實相是不是只能通過概念思維、理論系統去加以把握呢？人生的體驗，是不是可以化成一堆一堆觀念或一個一個的系統呢？追逐一個概念體系，企圖用概念而虛玄地把握人生問題，會不會只是一個概念的游戲呢？而迷失於觀念之餘，是不是還能真實地感受、面對人生的苦難呢？

顯然「解入」的系統是不能充份解決上述的問題，畢竟認知問題是不同於感受問題的，我們能認知別人的苦痛，是否就能感受別人的苦痛呢？我們可以認知地、概念性地去理解在這些情況之下會產生種種的悲，種種的喜，可是我們究竟沒有經歷過他個人特殊的悲和喜，我們只能用有限的經驗去想像、去比擬別人的悲、喜、苦、痛。就此而言，「認知」人生的苦難以及「感受」人生苦難是不相同的兩個層次；認知的進路是不充份的、不足夠的、不真實的。如何能彌補這不真實不充份呢？「體驗」顯然是非常重要的一點。內在的體驗不同外在的認知，內在的體驗使我們與眾生的苦難息息相關，使我們對於悲和苦不再流於口頭的言說，而是以生命的憾動來與另外一個真正的生命赤裸相對，如此這般，我們才可以講同體大悲，才能講到菩薩心腸，才能講到大慈大悲，對於眾生苦難才能有真切的了解、真實的把握。在這一點上面，我們可以看到藝術創作的主體（作者）與藝術創作的作品、藝術創作的對象（客體）統一起來，就是這一份的體驗使得主體（作者）與客體（所描述的對象）統一起來，這是這一份的體驗使得形式能夠搭起橋樑溝通主客，所以就此而言，作者／作品／讀者三者是通過內在的體驗接連在一塊。

藝術與人生是密不可分的，詩僧在詩作曾表示過對於詩歌創作的熱愛，如貫

達摩的「理入」（藉教悟宗也，是指藉《楞伽經》所言之教理來悟宗）、「行入」（指實踐的方法）二個概念並不完全相同。

休說：「諸機忘盡未忘詩，似向詩中有所依」[88]齊己說：「餘生豈必虛拋擲，未死何妨樂詠吟」，[89]詩僧作詩固然可以如文人只是表達生活上的一般感受，但另一方面我們也看到他們表示從事詩歌創作不可忘記僧人的身份和職份：如齊己「閒吟莫忘傳心祖，曾立階前雪到腰」、[90]「閒吟莫學湯從事，拋卻袈裟負本師」，[91]那麼詩僧喜愛創作，進而要依賴詩歌的原因，便不只是要呈現生活的體驗而已，還有一種可能性，就是詩僧已將詩歌的體驗性，視作是達成悟道的媒介、憑藉或手段。

從「體驗」這一面來說，悟道需要生命的體認，不能純粹訴諸理性，只有通過體驗才能將活生生的生命的意義和本質窮盡，只有通過體驗才能真切而內在地把自身放置於生命的洪流裏，並與他人的生命融合在一起。因此詩僧許多用詩歌反省個人修證或是用詩歌記錄修證體驗的詩作，實在反映了一種現象，就是詩僧可以憑藉著詩歌的「體驗性」來悟道。這也正是我們為什麼說詩歌可以另一方式的「行入」來補充「解入」的不足。就「行入」這一進路來說，我們一方面可以理解二十世紀西方思想界標舉生命體驗的哲學家為什麼會重視詩歌，[92]另一方面也看到了詩僧透過詩歌創作的進路來體悟道的可能性。

過去學界對詩僧的評價不高，就宗教一面來說，詩僧就是文學興趣高過宗教

---

[88] 貫休：〈自紀〉，《全唐詩》，卷848，頁9601。

[89] 齊己：〈遣懷〉，《全唐詩》，卷846，頁9575。

[90] 齊己：〈荊渚逢禪友〉，《全唐詩》，卷846，頁9570。

[91] 齊己：〈答禪者〉，《全唐詩》，卷846，頁9572。

[92] 二十世紀初德國的哲學美學家狄爾泰（W. Dilthey,1833-1911）認為詩歌和藝術承擔了反思人生痛苦的天命，當哲學忘卻了自己使命的時候，詩和藝術正挺身出來承擔了人生痛苦的反思，當哲學家躲進形而上學體系中玩弄概念的游戲時，詩人藝術家正嚴肅解開生命之謎、人生之謎。見胡經之主編《西方文藝理論名著教程》下冊。狄爾泰說：「詩歌是將人與人互相維繫在其存在的最高要素中的共同精神的表達，詩傾向於訴出偉大心靈的顫動」。狄爾泰對詩歌的重視，正提醒了我們注意詩語言「體驗性」的特質。見胡經之《西方文藝理論名著教程》下冊引狄爾泰《論德國詩歌和音樂》語，頁35。

興趣的僧人，從文學一面來說，詩僧不過是披著袈裟的詩人，[93]但是如果我們就詩語言的「體驗性」來理解詩僧，我們似乎可以更同情的想像詩僧們為什麼不走認知性的佛家哲理的體系，而走文學藝術這一個方向來悟道。

以上我們發現詩語言所具有的「超越性」與「體驗性」兩種特質，使得詩僧也可以透過詩歌創作中達到宗教上「悟道」的目的。反過來說，「詩僧」一詞的出現，不僅使我們了解到僧侶已不再視詩歌創作為宗教修悟的阻礙，甚至我們可以說詩語言所具有的「超越性」、「體驗性」特質，使得僧人了解到詩歌可以有助於宗教修悟。正因為這一點，使得詩僧通過文學和藝術的進路來體道；而創作者體道之後，如何將自己內在的體驗客觀表現出來呢？這就牽涉下面「證道」的問題。

（二）證道

創作者體道之後，如何將自己內在的體驗客觀表現出來呢？就是「證道」的問題。在這裏我所指的「證道」是指通過語言文字將內在主觀的體驗呈現出來。

證道不僅指內在經驗的外在化與固定化，還指向對主體產生異化的作用。就佛教理論而言，升降沈迷皆此一心，是迷也是此一心，是覺也是此一心，此一念是覺，難保下一念不迷，因此菩薩也可下到修羅界，正因為如此，修道者往往通過語言文字將內在主觀的體驗呈現出來，而當修悟者通過一組一組的符碼、一組一組語言文字，將其內在的經驗呈現時，這外在呈現出來的符碼或文字便被固定下來，同時也取得了相對的獨立性，反過來說，這個相對獨立性的外在呈現，又能夠使修悟主體沈淪之際產生相對的警惕作用。如清江〈長市臥病〉：

身世足堪悲，空房臥病時。卷廉花雨滴，掃石竹陰移。

已覺生如夢，堪嗟壽不知。未能通法性，詎可免支離。[94]

---

[93] 孫昌武先生最早提出「詩僧」就是披著袈裟的文人這樣一個定義，他描述這些文人多半因生活落拓或仕途塞窒才轉而為僧侶，所以生活上仍是以詩為專業。見孫氏著：《唐代文學與佛教》（西安：陝西人民出版社，1985 年 8 月第一版），頁 126-132。

[94] 清江：〈長市臥病〉，《全唐詩》，卷 812，頁 9146。

法性就是真如，梵語dharmata，乃萬法之本，即宇宙現象所具有之真實不變之本性，是一切萬法的根源。[95]這首詩是清江記錄自己在臥病中的體悟，他體驗到通悟「法性」，則可以消解面對生老病死、人生無常的種種悲苦。而皎然有一首詩則談到掌握世間一切萬法根源的修持在於「不動念」，〈禪詩〉說：

> 萬法出無門，紛紛使智昏。徒稱誰氏子，獨立天地元。
> 實際且何有，物先安可存。須知不動念，照出萬重源。[96]

迷人追逐門門萬法，以為可以超然而獨立於天地，其實結果往往是使智慧更不清明。「不動念」的意思就是不執著、不起分別心，如此才能照見重重萬法。清江、皎然的詩作，都是將體道的心得揭示出來，成為具體的文字來警惕自己。

其實對於佛性真如的了悟，方法甚多，禪宗基本認為，解道者行住坐臥無非是道，悟法者縱橫自在無非是法。因此面對歷史典範，閱讀經典作品，或者遊歷山水，都是證悟的方法之一，[97]都可能開啟自身體悟、學習、參考，或者警惕、超越的目標。

我們知道佛教創立之前的古婆羅門教就有一種風氣，男子一生中分為四個階段，其中一個階段必須離開家庭到山中密林裏去生活，以體驗返還自然母體的生

---

[95] 《大智度論》卷三十二，即以一切法之總相、別相同歸於法性，謂諸法有各各相（即現象之差別相）與實相。

[96] 皎然：〈禪詩〉，《全唐詩》，卷820，頁9249。

[97] 周裕鍇先生引大珠慧海禪師「青青翠竹總是法身，鬱鬱黃花無非般若」語，認為自然景物是佛性真如的體現，這是自然景物成為禪門主要修行途徑的理論基礎（見周氏：《中國禪宗與詩歌》，頁242）。又張伯偉先生也以法身無所不在，山河大地無一不可視作「法身」的顯現來解釋「青青翠竹總是法身，鬱鬱黃花無非般若」（見張氏：《禪與詩學》，頁170-174）。見《景德傳燈錄》（臺北：新文豐出版社，1993年4月初版六刷標點本）卷6「懷讓禪師第二世馬祖法嗣」，頁108。

活,這就是所謂的「出家」。[98]而佛教的創始人喬達摩·悉達多(尊號釋迦牟尼)就是在這種出家體驗中創悟了佛教。佛教中的佛教法又特別主張體悟的過程,戒除六欲、歸返山林自然,以出世成佛。因此佛教一傳入中國,似乎早已注定了它與山水的不解之緣,加上詩僧本身喜好山林的生活態度:

> 萬慮皆可遺,愛山情不易。[99]
>
> 休話誼諱事事難,山翁只合住深山。[100]
>
> 溪鳥林泉癖愛聽。[101]

因此詩僧詩作中的題材多半以山水為主。檢視詩僧這些以山水為題材的詩作,[102]雖然不是直接用通俗的語言直言佛理,但這些詩作仍呈現出修悟者的證道意向。

---

[98] 詳參木村泰賢著,歐陽瀚存譯:《原始佛教思想論》(臺北:臺灣商務印書館,1968 年 4 月第一版,1990 年 9 月六刷)第三篇第四章之一「真正出家與其動機」,頁 283-286。本條資料蒙蔡榮婷教授賜補。

[99] 如皎然:〈苕溪草堂自大曆三年夏新營泊秋及春彌覺境勝因紀其事簡潘丞述湯評事衡四十三韻〉,《全唐詩》,卷 816,頁 9186。

[100] 貫休:〈山居詩二十四首〉之一,《全唐詩》,卷 837,頁 9425。

[101] 貫休:〈陪馮使君遊〉六首之一〈登干霄亭〉,《全唐詩》,卷 837,頁 9429。

[102] 在此我暫時避免使用「山水詩」這個概念,主要是因為詩中的山水(或山水自然景物的應用)和山水詩是有分別的,我們稱某一首詩為山水詩,是因為山水解脫其襯托的次要的作用而成為詩中審美的主位對象,換言之,一首詩是否能定義為山水詩,在於山光水色之美是否是詩人創作的主要目的。因此並不是所有具有山水描寫的詩歌便是山水詩。「山水詩」,顧名思義應是指「模山範水」類的詩而言,為取材於大自然的山山水水,乃至草木花卉鳥獸者。換言之,它的內容宜包括大自然的一切現象。在我國文學史上,「山水詩」一詞卻已約定俗成,別有一種特殊的含義,而並不是泛指任何時代的一切「風景詩」那種籠統的說法;日本學人喜以「風景詩」一詞指涉中國的「山水詩」,如小川環樹認為南朝時期的人每以「山水」一詞替稱風景,故寫風景之詩也就稱為「山水詩」,他提出「風景」一詞約始見於南朝時期,唐代以後始普遍為人使用。見小川環樹〈中國の詩における風景の意識〉一文,收入譚汝謙等譯:《論中國詩·風景的意義》(香港:中文大學出版社,1986 年),頁 1-32。

　　我們知道山水成為詩人描寫或者審美的重要對象，始自南朝的宋齊時期。[103]
南朝宋齊那一段時期的山水詩，通常採用「記遊→寫景→興情→悟理」的敘述法，
[104]換言之我們可理解「山水詩」中不一定純寫山水，也可以有其他的輔助母題（如
「情」「理」），只不過山水之美必須為詩人創作的主要目的。[105]

　　如果將禪詩分成「以詩說禪」、「以禪入詩」二大類。[106]「以禪入詩」這一
類的詩歌，既沒有明顯的說教，也不完全用比喻去闡述禪理，而只是通過自然景
物的描寫表達一種悠然自適、任運自然人生態度，人生情趣以及幽靜恬淡的心境
而已，由於這類詩歌化禪於無形，呈現出較高的美感趣味，因此往往又被稱為「禪
趣詩」（或「禪意詩」、「禪意詩」），王維的山水詩可為「以禪入詩」這類詩
作的代表。[107]

　　將詩僧描寫山水的詩作，與王維《輞川集》中〈鹿柴〉、〈竹里館〉、〈辛

---

[103] 劉勰《文心龍雕·明詩》說：「宋初文詠，體有因革，莊老告退，山水方滋。」

[104] 林文月女士以謝靈運、鮑照、謝朓的詩作為例，成功地以結構的概念析分出宋齊時期的山
　　水詩具有「景」「情」「理」三種單元，她指出「山水詩」不同於「游仙詩」那種美麗空
　　洞的幻境，而描摩山水時所選擇的風景，不管是一山一水，都是具體實在的。見林氏：〈中
　　國山水詩的特質〉，《山水與古典》（臺北：純文學出版社，1976 年 10 月第一版，1981
　　年初版三刷），頁 23-61。

[105] 見葉維廉：〈中國古典詩中山水美感意識的演變〉，《中國詩學》，頁 84-85。

[106] 杜松柏將僧家詩分為示法詩、開悟詩、頌古詩、禪趣（禪意、禪境）詩等四類，參見氏著：
　　《中國禪學－中國禪詩欣賞法》（臺北：金林文化事業，1984 年 6 月第一版）。何香玖將
　　唐代僧家詩分為三類：（一）以禪參詩表現機鋒奧妙（二）以詩喻禪顯示頓悟法要（三）
　　詩禪互參抒發自由性靈。參見氏注：《佛家唐詩三百首》（河北：花山文藝出版社，1996
　　年 8 月第一版），頁 11-13。按：何氏所說的第一類詩就是杜氏所說的示法詩、開悟詩、頌
　　古詩，第二類詩就是杜氏所說的開悟詩中的證道詩，第三類詩與杜氏所指的禪境詩一致。
　　在這裏我是將示法詩、開悟詩、頌古詩視為一類，這一類詩都是以詩歌作為表達宗教內容
　　的工具，故名之為「以詩說禪」，而禪趣詩一般視為文學境界較高的詩歌，詩中有優美的
　　境界，卻無枯澀的禪語，故名之曰「以禪入詩」。

[107] 見杜松柏：〈行到水窮處，坐看雲起時－唐詩中的禪趣〉，《國文天地》7 卷第 2 期（1991
　　年 7 月），頁 25-30。

夷塢〉等幾首眾所熟悉的山水詩作一比較，[108]我們看到了兩者之間的差異：王維的山水詩具有一個特色，就是強調詩人和山水之間是否達到了一定程度的融洽關係，一首山水詩中，並非山和水都得同時出現，有的只寫山景，有的卻以水景為主，但不論水光或山色，必定都是未曾經過詩人知性介入或情緒干擾的山水，也就是山水必須保持其本來面目。[109]而詩僧描寫山水景物時，多半從其修悟的感受介入或移情至山水景物，如皎然以生滅無常視花之無情和以聽經之堅持視石之堅固：

　　　原上無情花，山中聽經石。[110]

齊己以修行之苦寫竹之消瘦：

　　　病起見庭竹，君應悲我情，何妨甚消瘦，卻稱苦修行。[111]

我們看到山水景物往往著上一層顏色，這個顏色不是現實世界的五彩繽紛，而是修道者在證悟過程中所感受到的事物之色相。而當然山林、巖穴、水野、禪房、野寺，以及其間的雲、石、泉、松、雪、鳥、猿、蓮、明月、清風、燈火、鐘馨、蟬聲都是詩僧詩歌中常見的意象。以「雲」為例，雲飄渺而無定質，時有又時空，其自然特徵與佛教中空、無之義契合，故常成為佛教詩歌使用的意象，以下所舉

---

[108] 〈鹿柴〉：「空山不見人，但聞人語響，反景入深林，復照青苔上。」〈竹里館〉：「獨坐幽篁裏，彈琴復長嘯，深林人不知，明月來相照。」〈辛夷塢〉：「木末芙蓉花，山中發紅萼，澗戶寂無人，紛紛開且落。」

[109] 詳參王國瓔：《中國山水詩研究》（臺北：聯經出版事業公司，1986 年 10 月第一版），頁 298。

[110] 皎然〈苕溪草堂自大曆三年夏新營泊秋及春彌覺境勝因紀其事簡潘丞述湯評事衡四十三韻〉，《全唐詩》，卷 816，頁 9186。

[111] 齊己：〈荊州新秋病起雜題〉之四〈病起見庭竹〉，《全唐詩》，卷 842，頁 9514。

皎然、貫休、齊己諸詩句都是詩僧有關「雲」的句子：

> 芳草白雲留我住、東山白雲意、白雲無事獨相親、野草閒雲處處生、雲性
> 常潔白、[112]一家清冷似雲根、白雲堆裏茗煙青、白雲歸去幾裝回、白雲常
> 護坐禪扉、門掩寒雲寂寞中、[113]嵩雲白入秋、閒雲共鶴迴、鳥外水雲閒、
> 白雲終許在、輕白愛雲騰[114]

上列句子大都著上一層白色或是清冷、悠閒、寂寞、輕盈的狀態，顯然都是他們
證道過程中的心理投射。[115]

　　根據上面的分析，我們可再進一步推論詩僧面對自然的態度是比接近於觀照
的方式，而不是採取與之合一的態度。佛教早期主要是藉自然的悠靜來冥想體驗
一種宗教的快樂，後來佛教面對於自然的態度是一種觀想靜察的觀照，梁寶唱等
集《經律異相》卷三載：

> 佛告沙門：觀彼巨海，有八種德。其廣即汪洋無涯，其深則有不洲之底，
> 稍入稍深，無前所礙，斯一德也；潮不過期，斯二德也；海含眾寶，無所
> 不包，死尸臭朽，海不容焉，斯三德也；海懷眾珍，無求不得，斯四德也；
> 普天之下有五大河，流入於海，皆去舊名，合為一海，斯五德也；五河萬
> 流，雨落恒澍，海中水如故，曾無增減，斯六德也；海有眾魚，因軀巍巍：
> 第一魚身四千里，第二魚身長八千里，第三魚身長萬二千里，第四魚身長
> 萬六千里，第五魚身長二萬里，第六魚身長二萬四千里，第七魚身長二萬

---

[112] 以上為皎然詩句，見《全唐詩》，頁 9179、9182、9183、9184、9186。

[113] 以上為貫休詩句，見《全唐詩》，頁 9142、9429、9434、9437、9437。

[114] 以上為齊己詩句，見《全唐詩》，頁 9449、9457、9462、9467、9471。

[115] 有關禪詩中的雲意象，可參葛兆光：〈禪意的雲〉一文（收入《文學遺產》1990 年第 3 期，
頁 77-86），以及陳植鍔：《詩歌意象論——微觀詩史初探》（北京：中國社會科學出版社，
1990 年 8 月第一版，1992 年 11 月初版二刷），頁 292。

　　八千里，斯七德也；海水通咸，邊中如一，斯八德也。[116]

佛門將自然所體現出的「德」類比佛德、佛智，這種自然觀是一種是以宗教精神
為主的觀照的態度，因此在詩僧以山水為題材詩作中我們確實處處可見證道的宗
教精神。如果將信惟禪師所說的老僧參山水的三個階段作比喻，[117]詩僧描寫山水
的詩歌顯然是屬於「見山不是山，見水不是水」的證道階段（第二階段），因為
山水處處是證道體驗的投射，而王維的山水詩反而能呈現修悟的第三境界。

　　綜上我們分析了詩僧詩歌中所呈現證道的宗教向度，證道不僅指向詩僧這個
主體內在經驗的固定化和主體本身的異化，而詩僧將內在體驗外在化成為詩歌，
除了有提醒自己警策的證道作用外，顯然還指向眾生，現在再舉齊己〈自遣〉詩
為例：

　　　了然知是夢，既覺更何求？死入孤峰去，灰飛一爐休。
　　　雲無空碧在，天靜月華流。免有諸徒弟，時來弔石頭。[118]

在這首詩中，我們看到齊己將內在體驗外在化成為詩歌，除了有提醒自己警策的
證道作用外，顯然還指向別人，別人是指尚在尋求開悟的眾生——諸弟子。因為
證道是一種生命的體驗，體驗在於轉化自我，是個人自我的超越，然而將「體驗」
用語言描述出來，則變成是一種「表演」，比較象徵學學者維托·特納（Victor Turner）

---

[116] 《大藏經》第五十三冊，頁 13-14。

[117] 第一個階段「見山是山，見水是水」，是以「見知理解」之認知心去感應山水，人與山水
相對，「山是山」、「水是水」。第二個階段是「見山不是山，見水不是水」，是以參禪
之素心感應山水，此時因有知識干擾、知性滲入，以理智與知解的心去感應山水，這時候
所感應的山水，自然不是原來的山水了。第三階段「見山只是山，見水只是水」，是以無
念為宗，這時原本存於清淨心中的自然本真，因去除了一切污染蒙蔽而森羅畢現，這時的
山水才顯現佛性真如的本真山水。

[118] 齊己：〈自遣〉，《全唐詩》，卷 841，頁 9497。

說「表演」的目的在引起他人的興趣，甚至企圖造成他者共鳴的有效性，[119]就此而言，證道詩可以說是一種將個人生命體驗的表演，證道詩的作用具有從個人轉化到他者轉化的目的性，因此證道除了對創作者有益之外，顯然地還對眾生有用，證道的詩語言對於創作者和接受者實具有雙向轉化的功用，所以說作者的證道往往對於讀者有一種明道的作用，而這個關聯眾生的拯救、解脫的責任性的承擔，便指向下面一個層次－明道。

（三）明道

「明道」是指將體悟的道闡明讓眾生了解，通過說明使「道」能夠在世間明朗化，因此是包括作者「闡明」的意圖以及讀者「了解」的目的兩層，很接近傳統文論中「文以載道」的觀念，但明道所強調的是詩語言對於讀者或眾生所產生一個「宗教」上啟發性的作用。這個詩語言的啟發性與哲學論辯有一個很明顯不同的地方，就是不一定要訴諸於長篇論證或繁瑣說明，而往往用一二句警語來警醒眾生，或觸碰到眾生生命裏的苦痛感受，進而從這一個體驗或感受裏面，讓眾生了解到人生的實相是空的。因此「明道」性質的文藝創作與一般文學創作不同之處，就是其創作背後顯然有一個宗教性的目的。

其實我們發現詩僧醉心於創作，但並不講究詞藻，如貫休說：「休誇麗藻鄙湯休」，[120]重視創作之餘，仍時時不曾忘懷創作背後的宗教性目的，如齊己（863?-937?）說：

閒吟莫忘傳心祖，曾立階前雪到腰。[121]

閒吟莫學湯從事，拋卻袈裟負本師。[122]

---

[119] 見維托・特納（Victor Turner）在《體驗人類學》和《表演的人類學》所提出的「體驗」與「表演」二個概念。參黃應貴主編：《見證與詮釋－當代人類學家》（臺北：正中書局，1992年6月第一版），頁303。

[120] 貫休：〈山居詩二十四首〉之十七，《全唐詩》，卷837，頁9427。惠休原名湯休，有詩名，起初為僧人，後宋孝武帝令其還俗，官至揚州刺史。惠休頗富詩名，當時與鮑照齊名，現存詩十餘首，散見《藝文類聚》、《初學記》、《玉臺新詠》等書。

[121] 齊己：〈荊渚逢禪友〉，《全唐詩》，卷846，頁9570。

[122] 齊己：〈答禪者〉，《全唐詩》，卷846，頁9572。

上面的詩句都說到從事詩歌活動，不可忘記宗教目的，這個宗教目的是什麼呢？前面二句用了達摩為惠可安心的公案，[123]因此「莫忘」所指的宗教目的是修悟上的決心和努力。後二句「拋卻」是指還俗一事，湯從事是指南朝劉宋僧惠休。

　　前面說過禪詩可分成「以詩說禪」、「以禪入詩」二大類。明道這一類宗教性目的的詩作是屬於以「以禪說詩」這一類型的詩作。翻閱詩僧的詩作，初步從詩題中便可發現，他們有許多詩作是在唱和、贈答的情況下完成的，在詩歌發達的唐代，詩歌乃是文人間互相交通的基本語言，僧人透過詩歌交往文人，其實是很自然的事，因此我們可以看到許多僧俗之間，甚至僧侶之間交往唱和所留下來的詩作，詩歌在此可以說是詩僧結交朋友，甚至是與人溝通的一種工具，而溝通的對象包括僧與俗。

　　如果從「交往」這一個的角度去理解詩僧所運用的詩語言，首先「交往」這個意義指向「溝通情感」「人我共融」的目標。詩歌本是文人的社交語言，僧侶們與文人交往，習氣相染，不可避免地也使用了方便進入文人生活圈的社交語言－詩歌，如詩僧的詩作中不時傳達出喜好詩友、禪侶的訊息：

> ……若非禪中侶，君為雷次宗。……若作詩中友，君為謝康樂。……公每省往事，詠歌懷昔辰。以茲得高臥，任物化自淳。還因訪禪隱，知有雪山人。[124]
> ……病後身心俱澹泊，老來朋友半凋傷。…猶喜深交有支遁，時時音信到松房。[125]

而僧人不僅喜好結交朋友，並且常常透過詩歌與朋友論交述懷，我們從齊己的交

---

[123] 「達摩安心」是禪門重要的公案之一，又稱「慧可斷臂」，禪宗東土二祖神光慧可立雪斷臂，顯示他矢志求道的決心。唐代的禪籍已有相關記載，如《傳法寶記》、《楞伽師資記》、《歷代法寶記》、《寶林傳》等。本條資料蒙蔡榮婷教授賜正。

[124] 皎然：〈奉酬于中丞使君郡齋臥病見示一首〉，《全唐詩》，卷815，頁9170。

[125] 曇域：〈懷齊己〉，《全唐詩》，卷849，頁9612。

往詩中，更可知道詩僧當時頻繁的詩歌活動，甚至有詩社集會的情形：

> 還同蓮社客，聯唱遠香燈。（〈勉詩僧〉）[126]
>
> 往年吟月社，因亂散揚州。（〈贈無本上人〉）[127]
>
> 不見來香社，相思遠白蓮。（〈寄懷江西栖公〉）[128]
>
> 社過多來燕，花繁漸老鶯。相思意何切，新作未曾評。（〈春居寄友〉）[129]
>
> 欲伴高僧重結社，此身無計捨前程。[130]
>
> 社思匡岳無宗岳，詩憶揚州有鮑昭。（〈荊渚逢禪友〉）[131]
>
> 野客已聞將鶴贈，江僧未說有詩題。（〈聞尚顏上柵居有寄〉）[132]
>
> 瀟湘曾宿話詩評，荊楚連秋阻野情。……篇章老欲齊高手，風月閑思到極精。（〈寄朗陵二禪友〉）[133]
>
> 那憂寵辱來驚我，且寄風騷去敵君。知伴李膺琴酒外，絳紗開卷共論文。（〈寄韓蛻秀才〉）[134]

從上面詩句中聯唱、吟月社、香社、結社、評詩、論文等字眼，我們看到了詩僧活躍於各種詩歌集會，詩僧樂於評詩論文，這不僅突顯了詩僧的文學專長，更顯示了詩歌確可幫助詩僧達到建立友誼、溝通人我，甚至增進同情式理解等目標，因此僧侶間以詩述懷的情形便相當多了，如尚顏〈懷智栖上人〉時說：

---

[126] 齊己：〈勉詩僧〉，《全唐詩》，卷840，頁9478。

[127] 齊己：〈贈無本上人〉，《全唐詩》，卷840，頁9481。

[128] 齊己：〈寄懷江西栖公〉，《全唐詩》，卷841，頁9489。

[129] 齊己：〈春居寄友〉，《全唐詩》，卷841，頁9503。

[130] 齊己：〈亂後經西山寺〉，《全唐詩》，卷845，頁9553。

[131] 齊己：〈荊渚逢禪友〉，《全唐詩》，卷846，頁9570。

[132] 齊己：〈聞尚顏上柵居有寄〉，《全唐詩》，卷846，頁9571。

[133] 齊己：〈寄朗陵二禪友〉，《全唐詩》，卷846，頁9573。

[134] 齊己：〈寄韓蛻秀才〉，《全唐詩》，卷846，頁9573。

　　思君最易令人老，倚檻空吟所寄詩。[135]

修睦〈喜僧友到〉說：

　　十年消息斷，空使夢煙蘿。嵩嶽幾時下，洞庭何日過。瓶乾離澗久，衲懷
　　臥雲多。意欲相留住，游方肯舍麼。[136]

如果我們將「交往詩」視為詩僧的一種「生存心態」，那麼表示從事詩歌活動可說是詩僧意識中、精神生活中一個內在化的社會行為的影響結果。[137]根據法國當代著名的社會學家比埃爾・布爾迪厄（Pierre Bourdieu,1930-）指出「生存心態」（Habitus）這一概念，具有「自我歸併」和「自我同化」的傾向，也就是說生存心態總是對其有利自身的因素抱有強烈的同化和歸併傾向，而對於不利於和異於它的因素進行盡可能的排斥或加以改造。[138]因此從生存心態的角度，我們不難同情的理解詩僧活躍的創作行為，因為透過這個由詩歌所組成的符號性、象徵性世界，可以維持著個人和社會群體的關係，或許我們可以說在詩歌高度發展的唐代，詩歌活動自然變成一種溝通人我的重要的標誌或儀式，而這個標誌或儀式是社會上精英團體的象徵符號，也是彼此進出的通行證。

　　要注意的是，「生存心態」與一般我們所謂的「習慣」有一個明顯的區分，

---

[135] 《全唐詩》，卷848，頁9601。

[136] 修睦：〈喜僧友到〉，《全唐詩》，卷849，頁9617。

[137] 法國當代著名的社會學家比埃爾・布爾迪厄（Pierre Bourdieu,1930-）提出「生存心態」（Habitus）這一概念，把社會世界的象徵理論和關於實踐經濟學的一般性理論聯成一個整體。Habitus 一詞本為拉丁語詞，布爾迪厄的社會學經常借用拉丁原詞來表達他的特殊概念。Habitus 是在個人歷史經驗中積澱下來、內在化、象徵性結構化的總結果，是一種持久性稟性系統，是一種先驗的前反思模式，是個人和群體的特定行為模式，因此 Habitus 成為人的社會行為、生存方式、生活風尚、行為規則及其策略的精神方面的總根源。詳見高宣揚：〈論布爾迪厄的「生存心態」概念〉，《思與言》第 29 卷第 3 期，頁 21-76。

[138] 見高宣揚：〈再論布爾迪厄的「生存心態」概念〉，《思與言》第 29 卷第 4 期，頁 301。

習慣是「重複性」的，而生存心態是「建構性」的。[139]以詩歌這個語言性的生存心態為例，在其實踐的過程中，詩僧的交往詩不僅和其他文人的交往詩一樣，既具有個人定位、群體認同的特色，[140]還生發出一個別於傳統交往詩的建構性特質，這個建構性特質便表現在「揭示佛智」「闡明真如」「指引正覺」等具「明道」性質的宗教向度上。如清江〈早春書情寄河南崔才府〉：

> 病身空益老，愁鬢不知春。宇宙成遺物，光陰促幻身。[141]

「幻身」是指由父母緣生，或由四大和的肉身，幻身之隨時變化、成住壞空與金剛常住不壞的「法身」是不相同的相對詞。清江在詩中向朋友揭示了時間推移中生命無常之理。

皎然給朋友的詩說過：「未到無為岸，空憐不繫舟」、[142]「黃鶴有心多不住，白雲無事獨相親」、[143]「常說人間法自空，何言出世法還同」、[144]「了空如藏史，始肯會禪家」、[145]「身外空名何足問，吾心已出第三禪」[146]這些詩句都闡明了「無為」、「無住」、「法空」等禪理。又〈山居示靈澈上人〉一詩：

> 晴明路出山初暖，行踏春蕪看茗歸。乍削柳枝聊代札，

---

[139] 見高宣揚：〈再論布爾迪厄的「生存心態」概念〉，《思與言》第 29 卷第 4 期，頁 297-300。

[140] 梅家玲的研究指出，建安贈答詩的作者群，其特色就個人定位的追尋而言，是「立德」、「建功立業」、「文章無窮」的自覺性體認，就群體認同而言具有社會精英團體的示範意義。見〈論建安贈答詩及其在贈答傳統中的意義〉，《漢魏六朝文學新論－擬代與贈答篇》，頁 151-234。

[141] 清江：〈早春書情寄河南崔才府〉，《全唐詩》，卷 812，頁 9144。

[142] 皎然：〈湖南蘭若示大乘諸公〉，《全唐詩》，卷 815，頁 9182。

[143] 皎然：〈春日抒山寄贈李員外縱〉，《全唐詩》，卷 815，頁 9183。

[144] 皎然：〈兵後經永安法空寺寄悟禪師〉，《全唐詩》，卷 815，頁 9182。

[145] 皎然：〈酬李侍御萼題看心道場賦以眉毛腸心牙等等五字〉，《全唐詩》，卷 816，頁 9192。

[146] 皎然：〈答李侍御問〉，《全唐詩》，卷 816，頁 9193。

時窺雲影學裁衣。身閒始覺驂名是，心了方知苦行非。
外物寂中誰似我，松聲草色共無機。[147]

在這首詩中皎然向僧友靈澈闡明了自己在山居中的領悟，他了悟了修行的法門在
於「閒」，不在「苦行」。我們知道南禪基本上反對形式上的打坐、誦經、求法
等修行方法，皎然向靈澈闡發他所領悟的修行方法，其實是屬於南禪修行的途徑。
其中特別是「閒」這個概念，與永嘉玄覺禪師在〈證道歌〉中所強調的「閒」是
一致的。[148]「閒」字所強調的，不是指時間上的閒，而是指心境上的閒，如果心
中有一閒事，即使你有時間上的閒，也沒有心境上的閒，這個「閒事」在佛家來
說就是法執。本來法能幫助我們「閒」的，可是一成為執著，反而變成了束縛。
因此我們經常可由詩僧的詩作中發現「閒」字，或以「閒」字作為修飾的形容詞。
　　皎然另有一首交往詩，長八十六句的五言古詩，詩題〈苕溪草堂自大曆三年
夏新營泊秋及春彌覺境勝因紀其事簡潘丞述湯評事衡四十三韻〉[149]：

　　萬慮皆可遺，愛山情不易。……應物非宿心，遺身是吾策。……吾師逆流

---

[147] 皎然：〈山居示靈澈上人〉，《全唐詩》，卷 815，頁 9183。

[148] 永嘉玄覺在〈證道歌〉中一開始便稱許「絕學無為閒道人」，其所說的「絕學」並不是什
麼都不學的意思，而是指能超越作為名利工具或是非爭辯的知識之學，也就是「去智障」；
「無為」與有所為意思相對，但並不是指什麼都不做，也就是「破我相」；閒特別能點出
修道者從容悠閒於萬法的態度，如果求道者忙於求法求真、除妄想，便失之刻求，刻求則
有執著和分別心，有執著及分別心，在求法的過程終不能「破法執」。因此玄覺說修道者
「不除妄想不求真」、「法身覺了無一物」乃著眼於「閒」一字。〈證道歌〉，見錄於《景
德傳燈錄》卷 30，頁 632-634。有關〈證道歌〉一文的闡釋，詳見參吳怡〈佛學裡的中國
哲學和文學——細說《證道歌》「絕學無為閒道人」〉，《生命的轉化》（臺北：東大圖
書公司，1996 年 10 月一版），頁 175-186。

[149] 該詩題中「潘丞述」「湯評事衡」應指潘述、湯衡二人，「丞」及「評事」為官銜，「述」
及「衡」為人名。皎然另有與潘述、湯衡的〈講德聯句〉、〈講古文聯句〉、〈項王古祠
聯句〉、〈還丹可成詩聯句〉，見《全唐詩》，卷 794，頁 8932-8934。

教，禪隱殊古昔。……境淨萬象真，寄目皆有益。……智以動念昏，功由無心積。形骸爾何有，生死誰所戚。……試以慧眼觀，斯言諒可覩。外事非吾道，忘緣倦所歷。中宵廢耳目，形靜神不役。……此中一悟心，可與千載敵。……潘生入空門，祖師傳祕賾。湯子自天德，精詣功不僻。放世與成名，兩圖在所擇。……[150]

皎然天性喜好山林，大曆三年（768）移居苕溪草堂，深深領到禪隱的勝境，因此寫詩向潘述、湯衡二位友人揭示禪隱不受形神勞役的妙境，以及了悟無生、無死、無念的智慧，並指引潘生與湯子二位朋友山居的途徑。而齊己也有透過交往詩向朋友闡明佛教的生死觀，以及禪宗無住／無生等概念，如：

生老病死者，早聞天竺書，……應當入寂滅，及得長鉤除。前月已骨立，今朝還貌舒。……[151]
莫知何路去追擊，空想人間出世間。杜口已同居士第，傳心休問祖師山。
禪中不住方為定，說處無生始是閒。珍重希音遠相寄，亂峰西望疊屛顏。[152]

也有向後輩勉勵的詩作：

舊林諸姪在，還住本師房。共掃焚修地，同聞水石香。
莫將閒世界，擬敵好時光。須看南山下，無名冢滿岡。[153]
莫把毛生刺，低佪謁李膺。須防知佛者，解笑愛名僧。
道性宜如水，詩情合似冰。還同蓮社客，聯唱遠香燈。[154]

---

[150] 皎然：〈苕溪草堂自大曆三年夏新營泊秋及春彌覺境勝因紀其事簡潘丞述湯評事衡四十三韻〉，《全唐詩》，卷816，頁9186。

[151] 齊己：〈荊渚病中因思匡廬遂成三百字寄梁先輩〉，《全唐詩》，卷839，頁9464。

[152] 齊己：〈和西蜀可準大師遠寄之什〉，《全唐詩》，卷845，頁9561。

[153] 齊己：〈勉道林謙光鴻蘊二姪〉，《全唐詩》，卷840，頁9475。

綜合上面所引的交往詩中，我們觀察詩僧運用詩語言的情形，除了有促進人我之間的理解和融合，另外在理解和融合的過程中，詩僧還有一番調整、運作和創造，也就是進而建構詩語言使之成為闡明和了解宗教意義的媒介。

五、詩語／生命／存有三者之間的辯證關係

詩歌是以語言為表現媒介的藝術，上述詩語言所展示的宗教性目的是否能夠傳達宗教的終極意義？簡單地說，就是詩語言能否充分傳達最高存有？基本上，對於這個問題的反省，涉及的立場主要有二：即所謂否定論與肯定論。簡單的說，否定論主張詩語無法表彰最高存有，而肯定論則認為詩語能夠展示最高存有。

佛教基本上視語言文字的存在是隨世而流的，是虛幻不定的，可毀壞的，會覆障真理。[155]詩僧身為教徒，當然不可能不知道詩語在表述最高存有的困境，然而他們卻大量運用詩語言來從事詩歌創作。本文的重點並不是在對於對否定論或者肯定論者作一徹底的理論性檢討，但至少我們可以從詩歌創作這個立場肯定，詩僧基本上是站在肯定論的立場將詩語言視為一種可以達到宗教性目的或內容的憑藉或工具。

其實大部詩僧對於詩語言能否表述最高存有，並沒有系統性的、反省性的理論論述，詩僧在這一個問題上，如果稱得上最直接的論述，則屬詩僧少微。獨孤

---

[154] 齊己：〈勉詩僧〉，《全唐詩》，卷 840，頁 9478。

[155] 梵語 Loka-vyavahara 原義是「世間言說」，亦被譯作「世俗有」，意指在現實的經驗世間、世俗的立場下所表現的言說。「世」者，覆障可毀壞之意；「俗」者，顯現隨世流轉之意；「有」者，存在之意，由梵語的字義顯示，世間言說的性質是虛妄不實的，是會覆蓋、障蔽真理的，是，隨眾生世代流傳，故可毀去、會壞掉，因此不可能獨立自存。參見吳汝均編著：《佛教思想大辭典》（臺北：臺灣商務印書館，1992 年 7 月第一版，1994 年 5 月初版二刷），頁 193b。霍韜晦著：《佛教的現代智慧》（香港：佛教法住學會，1982），頁 21。

及〈送少微之天台國清寺序〉記載少微的一段話如下：

> 或問上人曰：「文者，所以足言也，言說將忘文字，性離示入，此徒無乃
> 累一相乎？」答曰：「稱示入者，過矣，以習氣未之泯也，率性修道，庶
> 幾因言遺言，故欲罷之而未能耳！」時人謂上人為知言、知道。[156]

這段話的大意是：有人曾經問少微說：「文字只是用來補益語言的不足的，因此
言說時可以遺忘文字，如果說文字的本質與示入最高存有是有距離的（也就是說
文字的意義無法充份表述真理的消息），有這種想法的人不正是受困於文字的虛
相、表相嗎？」少微肯定他的話，並進一步說：「認為文字可以開示真理的人，
是錯誤的，這種人是沒有消泯一般的習慣來理解文字。尋著自我的本心自性求道，
而且在這個過程中憑藉著語言又要排除執著語言，所以說，既要摒除語言這個工
具但是又不能完全放棄。」當時的人都認為少微這番話，是最知道語言，最能掌
握佛法大義的。

　　反省少微對於詩語言與最高存有之間的關係，顯示了二個態度：第一，肯定
了語言表述最高存有的工具性價值，第二，語言這個工具性價值是不充份的、不
是絕對的。而上述少微對於語言功能的觀察和體認，其實正如禪宗使用語言「不
即不離」的態度。

　　由於詩僧對於詩語與最高存有的問題，普遍缺乏系統性、反省性的理論建構，
少微的一番話，可說是詩僧當中唯一涉及詩語與最高存有的論述。因此必須藉詩
僧的詩歌創作，進一步反省詩僧創作意識中可能涉及到語言與真理的問題。

　　在西方古代對於語言的關心，主要是在語言的真偽問題，在中國古代語言的
中心問題則不同，哲人思考的是語言是否有能力表達事物的問題。[157]如孔子說：

---

[156] 見《毘陵集》，卷16，頁8a-b。

[157] 參見褚孝泉：《語言哲學——從語言到思想》（上海：上海三聯書店，1991年11月第一
版），頁91。

「書不盡言，言不盡意」，[158]魏晉玄學的「言意之辯」，都使我們了解語言充其量僅能達意而已，用語言表達意義時，所欲達之義看似已觸及意義的核心，事實上則不然，意義的飄惚往出若有若無，若隱若現的微妙，所以「辭達而已矣」的說法，也等於提醒我們對於語言的執著和自信應該適可而止。

其實語言書寫行為是一種意義的試探過程，這個過程是要開啟一個空間，使若隱若現的意義，透過一連串的追蹤活動襯托出來。換句話說，書寫行動之所以必須存在，其理由並非在於語言能指涉事物，而在於可以開顯真理，作品的完成就是一種追　意義的活動，在這個活動中，所要開啟的空間是活動的，不是可以用一套結構或系統去加以固定的。如果說以一個「意符」（signifier）來表達某一義，理論上它指向一個「意指」（signified），可是實際上這個「意指」同時又是一個意符，每一個概念同時指向其他的概念，這等於是說，語言的達義活動，造成一種無限的意義連鎖遊戲，因為每一個語言符號之內就存有其他符號的痕跡。[159]

從語用層次來看，語言首先是一種對話的工具，儘管在不同對話的使用中，各自揭示了不同的宗教意義（如悟道、證道、明道），代表型或興發型的語言功能，始終在「意符」與「意指」的關係中產生，我們可以說這種詩語言呈現出來的是一種「對應的真理觀」（Truth as Correspondence）；然而從語意層次推想，書寫的活動同時也能啟開語言意義的無限追蹤的空間，因此詩僧不斷從事詩歌創作的活動，其實也就是使語言的意義處於一連串的跡冥活動中，在這一連串的意義跡冥下，終極意義出現了，也就是說存有／真理透過語言向創作主體開啟了，因此詩僧的創作，除了呈現對應的真理觀外，還指向一種「開顯的真理觀」（Truth as Manifestation）。[160]

---

[158] 見《易·繫辭上》。

[159] 以上討論語言的解構傾向，得自德里達（Derrida）給我們的啟示。詳參陳曉明：《解構的蹤跡：歷史、話語與主體》第六章「必要的喪失：無主體的話語」（北京：中國社會科學出版社，1994 年 9 月第一版），頁 204-235。

[160] 此處使用「對應的真理觀」、「開顯的真理觀」，乃二十世紀西方哲學家海德格（Martin Heidegger）和高達美（Hans-Georg Gadamer）探索「語言與存有」等問題所給我們的啟示。

　　所謂「對應的真理觀」是指詩語言足不足以指涉真理？足不足以承載存有，這個層次是用語言指示存有：從創作者的立場來看詩歌的功能，詩歌語言可以表述或宣洩創作者的宗教的感情、宗教理想或體認，因此不管是證道詩和悟道詩，詩語言的意義都共同指向最高的存有、終極的真理。而從接受者的立場來看詩歌的功能，詩歌語言如果有一個宗教轉化的目的，這是教化的功能來講，也就是希望透過語言造成一種藝術感染力或文學的感染力，達成使讀者轉化的目的，這是詩歌語言在接受者方面所可能產生的意義和影響出的變化。如明道詩甚至證道詩都能達到這種功能。

　　就意義發生的進路而言，「對應的真理觀」著重在人如何掌握神的旨意，是講詩語言能不能準確的表示存有，是從人到存有的層次，是從創作者的層次來看詩歌能不能證道、示人以道，或是從接受者的角度來看詩歌能不能有轉化、開悟的反應作用。

　　但是如果我們進一步脫離創作者和接受者的立場，也就是不從語用的層次（即詩語言的結構層次），而是從語意的層次（即詩語言的意義層次）來看詩僧在創作中是否表示過存有／真理對其創作的啟示開示，換句話說，就是存有／真理主動透過詩語言來展示，而就意義產生的進路而言，是從存有／真理到人，著重在神意對人的啟示，因此，最高存有、終極的真理，如何用詩的語言呈現給你看，便是所謂「開顯的真理觀」。簡言之，「對應的真理觀」是講**詩**歌創作者對於存

詳參殷鼎：《理解的命運》（臺北：東大圖書公司，1990 年 1 月第一版）第六章「語言的自我遺忘」；涂友漁、周國平、陳嘉映、尚杰：《語言與哲學－當代英美與德法傳統比較研究》（北京：中國社會科學出版社，1996 年 3 月第一版）第三章「德法哲人的語言觀」。沈清松先生研究莊子的語言哲學，指出莊子對於語言意義的看法，頗類似胡塞爾現象學所謂「先驗還原」，還原意義構成的起點，則能通合於道（存有）。莊子認為所謂意義是由「道之開顯」與「先驗構成」二者形塑而生的，單憑感性經驗與形式解析無法及之。對莊子而言，語言的能指和所指並沒有對應的關係，這是莊子對於惠施重邏輯經驗式的語言的第一個批判，這個批判已隱含著一種開顯的真理觀。見沈氏：〈莊子的語言哲學初考〉，《國際中國哲學研討會論文集》（臺北：國立臺灣大學哲學系，1985 年 11 月 3-7 日），頁99-100。

有的把握，而「開顯的真理觀」是講存有對於詩歌創作者的召喚。

嚴格說來，就詩僧當時的理論建構，尚未具體凝聚出「開顯的真理觀」，但講到神意對創作者的召喚，如果從「創作靈感」這一個角度來理解，我們當不會陌生，因為有許多作家或批評家都將創作靈感的來源歸之於神力，如蘇格拉底便認為創作靈感的降臨是神力的憑附，這時候的心理狀態接近於迷狂：

> 凡是高明的詩人，無論在史詩或抒情詩方面，都不是憑技藝來作成他們優美的詩歌，而是因為他們得到靈感，有神力憑附著。……因為詩人是一種輕飄的長著羽翼的神明的東西，不得到靈感，不失去平常理智而陷入迷狂，就沒有能力創造，就不能做詩或代神說話。[161]

中國傳統文論、詩論中也有關於「靈感」的論述，如：

> 佇中樞以玄覽，頤情志於典墳。……罄澄心以凝思，眇眾慮而為言。」（陸機）[162]
> 陶鈞文思，貴在虛靜，疏瀹五藏，澡雪精神……（劉勰）[163]
> 夫作文章，但多立意。令左穿右穴，苦心竭智，必須忘身，不可拘束。思若不來，即須放情卻寬之，令境生。（王昌齡）[164]

最早談到靈感的論述是晉陸機，陸機的「玄覽」與「澄心」都是要主體排除雜念，以達到空明淨潔的覺心。其次劉勰談到靈感一個重要的特質——「虛靜」，而王昌齡所說「思若不來，即須放情卻寬之，令境生」，便是講創作靈感的產生是不

---

[161] 見朱光潛譯：《柏拉圖文藝對話集・伊安篇》（臺北：駱駝出版社，1992 年月 3 臺一版），頁 37。

[162] 見李善注：《文選》，卷 17，頁 240。

[163] 見范文瀾：《文心雕龍注・神思》，頁 493。

[164] 見王利器：《文鏡秘府論校注》，頁 285。

可預期、不可勉強的。我們或許可藉美國心理學家馬斯洛（A. Maslow, 1908-1970）所提「高峰經驗」（peak experience）的概念，了解「靈感」勃發的狀態或存有的對於人的開顯狀態。

馬斯洛指出高峰經驗往往是自發的、不是由主體有意識地控制而達到的，高峰經驗是一種近乎神秘的體驗，它可能是瞬間產生的、壓倒一切的敬畏情緒，也可能是轉瞬即逝的極度強烈的幸福感，甚至是欣喜若狂、如醉如痴、歡樂至極的感覺。高峰體驗是不能用意志力加以強迫、控制和支配的，對高峰經驗奮力的爭取和竭力的遏止，都是徒勞的，只能放鬆自己，讓高峰經驗自然而然的產生。進入「高峰體驗」有一種特殊的技巧，即「沈思」（凝神冥想）。「沈思」狀態的特點是心靈的「明淨空虛或靜寂」，「外部世界的一切知覺不是通過強迫驅逐，而是通過集中注意於所想望的事物，而暫時從意識中排除出去，同樣地，所有內部心理活動停止了，但是無任何特別內容的純意識和明淨感仍然存在」，而一但主體進入這種沈思狀態以後，其「直接的後效使我們感受到人和世界的極為新鮮和大大加強的知覺，即人們直接感知事物的感受」，也即是高峰體驗的產生。而在高峰體驗時，我們更能知覺到事物且特殊的層面，讓我們洞察存在本體乃是一蘊含存在價值的領域。[165]

就詩僧偏好「沈思」「靜境」的特質，我們或許不能單純以僧家本色來理解。就佛教修悟的過程來說，存有／真理要不要開示給你看，要看「機緣」和「業」，並不是所有的人完全都接受得到存有／真理，所謂的頓悟也要立基於漸修之中，可能要三世的因緣、九世的修為，也就是說要有一定的累積和條件才能夠聽得懂佛法，比如說指月之指，也需要手指的靈光。雖然說「法雨遍施」，但眾生的根器不同，接受的東西便不一樣。因此詩僧透過詩歌來證悟，其過程本身就可視作一種漸修，而為何詩僧經在詩歌中反映一閒淡的生活態度，追求一種內心平靜與外境和諧，其實正反映了詩僧主張排除知性干擾，擺脫功利慾望，專注於對象、

---

[165] 見莊耀嘉編譯：《馬斯洛》（臺北：桂冠圖書公司，1990 年 2 月第一版）第七章「高峰經驗與存在心理學」，頁 141-163。

就對象進行孤立的觀照，以要求主觀心境的空明瑩澈，以達到「萬慮消沈」「凝神專一」的境界。[166]詩僧這種摒除外在一切的雜念和妄見，以返照內心清明的本性，其實就很接接近馬斯洛所描述的高峰經驗。

職是，詩僧透過詩歌創作（書寫活動），消解萬慮、凝神專一、排除知性干擾、追求內心平和等使得語言敞開一個使存有開顯的空間，因此即使詩僧在理論思維層次，尚未具體建構出「開顯的真理觀」，不過在實際寫作之際，詩語言自身已向詩僧開啟了無限的、豐盈的意義，詩語言本身的解構性使得詩僧運用詩語言，而同時也正朝向語言有限性的困境突破，這個突破的過程，當然使得存有／真理透過詩語言開顯其存在的可能性也大為增加，這或許有助於我們理解，走「行入」途徑的僧侶，衷情於詩歌創作的一種奧微心理。

語言不足以指示一切事物或表述一切意義，但語言另外還具有一種轉換、自行顛覆、自行解潰的特質，當代詮釋學學者高達美（H.G. Gadamer）認為語言自身有一種內在的「思辨結構」（spekulative struktur），它並不是固定地或教條式地被確定，它往往在移動和轉換中完成將意義帶入理解的職責，因此最完滿的理解是在「對話」中實現，對話中存在著真理的辯證性的揭示。[167]透過高達美的啟示，我們可進一步反省詩僧對待語言與真理的態度，並可進一步理解到詩僧如何使語言自身突破了有限性的困境。

從詩僧大量的交往詩裏，我們看到一個對話交流的開啟，以下我們再藉用「對話」的概念幫助我們理解，詩語言何以能突破有限表述功能的限制，而存在一個真理開顯的可能？什麼是「對話」呢？簡單來說，「對話」就是指主體與主體之間的交談。參與對話者，彼此是互為主體的，對話的先決條件必定要求主體之間消解階級式的對待，否則在對話的過程中便會形成一個主體對另一主體的吞併和消滅。真正的對話是雙方同時擁有發言自由，雙方同時得到發展，並進而融合於

---

[166] 這種狀態就如老子所說的「滌除玄覽」，見《老子》第十九章云：「滌除玄覽，能無疵乎？」

[167] H.G. Gadamer, Truth and Method (New York: Seabur Press, 1975), p. 445.另可參見嚴平：《高達美》（臺北：東大圖書公司，1997年4月第一版）第六章「語言」，頁164-166。

一種新的境界，而進入一個新的、更高的精神層次。

初步翻閱詩僧的詩歌，我們從詩題中發現詩僧的詩歌有很多情況是為了酬答唱和而作的，而進一步考察詩僧的詩歌內容，又可發現山水、古寺是詩僧詩歌中普遍出現的題材，詩作中亦不時流露出對前代詩僧作品的評價。如果視詩僧為一創作主體，我們將不難發現用「對話」的概念，可以反省上述三種情況的詩歌，也就是說詩僧詩歌中存在著創作主體與人、自然、文本的對話，當然上述三情況也可能同時出現在同一首詩作中。

雖然以語言進行對話是人類基本的能力，而我們也很容易認為主體對話的對象是人，指人與人的之間的對話，這是「人際間的對話」，上文我們已從詩僧的詩題指出，詩僧大部份的創作是在與朋友酬贈唱和的情況下完成的。但如果我們擴大對話的範圍，其實對話的對象可以是人，也可以是人以外的任何事物：譬如人面對自然，與自然之間的互動就是「人與自然的對話」，我們從詩僧以山水為題材的詩作中，也確實看到詩僧透過山居生活抖落塵俗的羈絆、與原始自然的坦誠相對中，我們看到詩僧領悟如何消解生命中的執著；當然人面對文本也是一種對話，這就是「人與文本的對話」，[168]當詩僧面對歷史、經籍、文學典範都可能開啟一個參悟的方向。詩僧在詩作中開啟了各種對話的場域，各種對話的意識，都可能開啟參悟的方向。這涉及到當代詮釋學給予我們的啟示：任何人在對話過程中，不是以自我為主體去消解對象的地位，相反的在詮釋的過程中，對話者也給予主體一定的影響，在交互影響下，人與對話者間形成了新的意義，也同時開啟了自身體悟、學習、參考，或者警惕、超越的新目標。

首先我們要知道每一個存在是個體的，而每個個體存自有其不完整性，總是有其限制和盲點，這個不完整和看不見的盲點，正是對話理論所說的「視域剩餘」，[169]

---

[168] 關於僧人閱讀的文本包括內典和外典二種，內典指的是佛經，外典包括史書、詩文集、道籍。

[169] 巴赫汀認為每個自我看自己時總有盲區，但自我的盲區（如臉孔和背面），都可以被他者看到。這種個體視域的獨特、不可替代和互相依存、互相補充，即為每個人擁有的「視域剩餘」。參見劉康：《對話的喧聲——巴赫汀文化理論述評》（臺北：麥田出版公司，1995

因此每一個主體在自我建構過中，必須透過與他者對話和交流來實現，不同個體性感性存在之的互相對話、交流、回應可以達到主體間互相補充、交融的完整，以及超超有限存在的理想。就此而言，我們當可視交往詩為詩僧與僧俗間的一種主體間的對話，透過對話詩僧與僧俗間的視域達到融合，在分享和融通的過程中，得以實現完成主體的建構與超越，換句話說，透過分享與融合導向主體通往了各種形式的真理的可能。

在這個對話與融通中，詩僧是交替使用詩歌的符碼功能和感興功能，從語言功能的觀點考察，前者可謂之「代表型語言」，後者可謂之「興發型語言」。所謂「代表型語言」是將語言視為一套符號系統，而這一套符號系統的主要功能在於代表詩僧所認同的真理、發抒的情感、聯想的意象等等，也就是說語言是一組有替代功能的工具，代表著指示項。所謂「興發型語言」，其重點不在於代表已存在的代表項，而在於通過語言引起讀者心中的轉變。

從代表項我們可以看出這兩種語言觀不同：對於代表性模型來說，代表項是已經存在的，我們不過選取恰當的語言來代表它。但是對於興發性的模型來說，真理與意義等是在閱讀的過程中由語言刺激而產生的，因此它不是已經存在的東西，而是正在創造的東西。所以興發性詩語言往往具有「象徵」的特色，而這特色也是一般宗教語言所常見的語言特質之一。[170]值得注意的是，詩僧大量看似沒有宗教性目的詩語，正是運用了感興語言，使得修道者（創作主體／閱讀立體）因詩語達到一定宗教體驗性與超越性的作用。[171]

正如現代結構主義的流派之一布拉格學派認為當語言用來傳達信息時，它的

年 5 月第一版），頁 23。

[170] 見陳永怡：《從宗教語言的特質看路加福音第十六章》（輔仁大學宗教研究所碩士論文，1991 年 6 月），頁 58-74。

[171] 毛峰先生指出興與神秘主義的關係時，注意到興的效果在於引起「有餘不盡」的詩性意味，興的認知方式不經過概念、判斷、推理，而帶有直覺性，興的作用可以達到主客交融、合一互滲。這些論點可於詩僧的詩歌中得到印證。見氏著：《神秘詩學》（臺北：揚智出版社，1997 年 1 月第一版），頁 55-56。

認知或指稱功能就發生作用；當語言用來表明說話人或作家的情感或態度時，它的表達的或感情的功能就顯示出來；當語言用來影響它所述及的人時，它就有著意動的或指令性的功能。[172]上述二種語言功能也有可能同時存在一首詩歌創作中，如詩僧寫一首山水詩抒發個人證悟的體驗或觀照的智慧，並且贈予他人，此時這首詩便具備興發性的功能，又同時因示人以道而具備了代表性的功能。

　　透過唐代詩僧的詩歌的具體分析，本文指出了詩語言具有悟道、證道、明道等三個宗教向度，而就此三個宗教性目的之滿足和完成，使我們應該正視詩歌作為宗教媒介，並在宗教傳播過程中具有的特殊角色及功能：詩歌是開啟對話交流和視域融通的媒介，是最高存有和終極真理彰顯其存在的場域。就此而言，詩歌可以提昇主體生命的體驗，可用以召喚最高存有；詩語言、主體生命、最高的存有／終極的真理三者之間，實形成了一個既發展又辯證的關係。因為詩僧用詩語召喚存在的同時，存在便藉由詩語進入了詩僧的生命、豐富了詩僧的生命，這時候詩僧的生命透過詩語言，接受到存在的開顯，因此存在開顯在他的生命裏面，同時也提昇了詩僧的生命體驗，而生命也因此得以落實了存在。

　　本文原刊南華大學宗教叢書《宗教藝術、傳播與媒介》（嘉義：南華大學宗教文化研究中心，2002 年 1 月），頁 365-440，經「南華大學宗教學研究所」授權轉載，特此註明。

---

[172] 參見朱立元先生對於雅各森文學性詩性語言的闡釋，見《當代西方文藝理論》（上海：華東師範大學出版社，1997 年 6 月第一版），頁 50-51。

羅聯添教授八秩晉五
壽 慶 論 文 集
2011 年 11 月 頁 383-404

全唐五代僧人詩格的詩學意義

蕭 麗 華[*]

提 要

中國文化自佛經傳譯入中土後,文學、思想、社會、習俗都有進一步融合佛教的痕跡,在詩歌方面也漸漸形成以禪入詩、以禪喻詩的現象。六朝開始的僧人都熟習儒釋道典籍,能詩能文,到唐代更形成所謂的「詩僧」族群,他們參與詩歌創作並提出詩學專著,對詩格、詩法的歸納、詩歌美學的開拓,都有增補之功。

本文以全唐五代僧人的「詩格、詩式」為討論,藉一般詩論的重心,分為「聲律論」、「對偶論」、「體製論」、「創作論」與「風格論」等五大範疇,加以觀察分析,最後歸納出其中的詩學意義有:「繼承六朝聲律、對偶等詩法,參贊唐詩體製」、「增補詩道內涵,深化詩歌美學」、「載錄大量僧俗典範詩作,建立詩歌傳統」、「影響後代詩格、詩話,形成以禪論詩風尚」等幾個面向。本文一方面以詩學既有的成果作對照,一方面透過僧人詩格逐一舉例檢證,用以凸顯僧人在唐詩學建立過程中的貢獻。

關鍵詞:詩僧、詩格、唐詩學、以禪論詩

---

[*] 國立臺灣大學中國文學系教授。

全唐五代僧人詩格的詩學意義

一、前言

中國文化自佛經傳譯入中土後，文學、思想、社會、習俗都有進一步融合佛教的痕跡，在詩歌方面也漸漸形成以禪入詩、以禪喻詩的現象。佛教僧徒大多精通內學、外學，與王族、文士互相往來。抱著普渡眾生的態度，六朝開始的僧人都熟習儒釋道典籍，能詩能文，到唐代更形成所謂的「詩僧」[1]族群。

詩僧大興在中唐以後，唐代詩僧多達百餘人、宋代詩僧兩百餘人，作品上萬首，後人稱為「僧詠」或稱「衲子詩」在詩歌文學發展史上有突出的成就。筆者認為其中最重要的意義有三方面：一、開發詩格、詩論，提供豐富詩法；二、影響唐宋詩歌美學；三、完成宋代「文字禪」的詩學意義。因此，筆者向國科會申請計畫，擬以唐宋詩僧為研究對象，上溯六朝詩僧的形成，觀察唐代詩僧在「詩歌美學」與「詩格、詩式」[2]的貢獻，分析宋代詩僧在「文字禪的詩學意義」等面

---

[1] 詩僧產生的時間約起於東晉。逯欽立輯《先秦漢魏晉南北朝詩》「晉詩」卷 20，始集釋氏詩作，凡列東晉釋氏有康僧淵、佛圖澄、支遁、鳩摩羅什、道安、慧遠、廬山諸道人……等十五名。然而詩僧大興在中唐以後，柳宗元〈送文暢上人登五台遂遊河溯序〉云：「昔之桑門上首，好與賢士大夫游，晉宋以來，有道林、道安、休上人，其所與游，則謝安石、王逸少、習鑿齒、謝靈運、鮑照之徒，皆時之選。」柳宗元雖未名之「詩僧」，但所列「桑門上首」諸人，今都有詩傳世，這種能詩的禪子，我們也稱為「詩僧」。

[2] 所謂「詩格」與「詩話」不同，詩格產生於唐代，詩話產生於宋代。張伯偉〈詩格論〉一文考察《嚴氏家訓·文章》、《後漢書·傅燮傳》等古籍中「格」字的意涵，認為書名「詩格」、「詩式」或「詩法」，其含義不外是指詩的法式、標準。一般說來，在古代文學批評著作中，作為專有名詞的「詩格」是到唐代才有的。有關「詩格」的產生與發展，詳見《全唐五代詩格彙考》（南京：鳳凰出版社，2002 年），頁 1-4。

向。本文是其中全唐五代「詩格、詩式」部份的觀察。

據近代學者的考察，東晉時期由於時尚三玄，促進僧侶與文士的交往，形成詩僧族群的溫床，康僧淵、支道林、慧遠等成為中國第一代詩僧，此後詩僧俊彥輩出，《世說新語》、《詩品》中亦多有稱述。[3]晉宋詩僧詩作多偈頌，作品數量寡少，且乏詩味，這種現象到唐代才改觀。王梵志是隋末唐初開始大量為詩的僧人，作品多達三百餘首，[4]此後寒山有六百首、拾得有五十餘首，[5]詩僧作品量雖增多，但詩語俚俗詼諧，仍難登大雅之堂。詩僧在詩質與詩量方面都能有躋身士林，齊致風騷的成就者，要到中、晚唐時期，特別是以皎然、貫休、齊己三人為代表的僧俗唱酬集團，「詩僧」一詞至此才正式誕生。[6]

「詩僧」一詞應代表緇流僧徒在詩歌藝術上的自覺，詩於僧人不僅僅是修佛餘事或渡眾方便而已，覃召文認為：「在中、晚唐之前，僧侶固然也作詩，但大多把作詩看做明佛證禪的手段，並不把詩歌看成藝術，而比較起來，中、晚唐詩僧往往有著迷戀藝術的創作動機。」[7]這點看法深深值得肯定，因為中、晚唐詩僧專意為詩，認真尋索詩禪二者的矛盾、依存與主次關係，最後不僅不捨棄詩事，更以詩禪合轍的方式從事創作，並歸納融會禪法於詩歌理論中，造成中國詩學理論與詩歌風格上很大的變化。這是本文所以要觀察全唐五代僧人「詩格、詩式」，分析其詩學意義的原因。

---

[3] 《世說新語》曾稱支遁「才藻新奇，花爛映發」、「氣朗神俊」、有「異人」風度等等，《詩品》亦云：「庾（康）、白（帛）二胡，亦有清句」等，詳見覃召文《禪月詩魂》（香港：三聯書局，1994 年）頁 36-44。

[4] 根據任半塘《王梵志詩校輯》的統計，（北京：中華書局，1982 年）。

[5] 寒山詩自云：「五言五百篇，七字七十九，三字二十一，都來六百首。」但今《全唐詩》卷806 僅存寒山詩三百餘首。拾得詩《全唐詩》卷 807 凡五十餘首。

[6] 計有功《唐詩紀事》卷 39 載中唐劉禹錫曾評中唐詩僧發展的狀況云：「詩僧多出江右。」（臺北：臺灣中華書局，1970 年），頁 600。 賈島從弟無可有〈贈詩僧〉詩、皎然有〈酬別襄陽詩僧少微〉詩、齊己有〈勉詩僧〉、〈逢詩僧〉等等，可見當時已經大量使用「詩僧」一詞。

[7] 見覃召文：《禪月詩魂》（香港：三聯書局 1994 年），頁 36-44。

二、全唐五代緇流詩格的重要內涵

　　佛教東傳之後，經過與中國固有的傳統文化互相融合的過程，逐步成為中國式的宗教，而且在中國思想、文化、藝術領域綻開了繽紛的花朵。以詩作的數量與詩格、詩話的發展來說，唐宋僧人都扮演重要的角色。唐代是佛教最興盛的時代，號稱十宗鼎立，文人士大夫與僧人等都受到這樣的時代思想潮流影響，而有高度的文學自覺。在詩歌形式、修辭技巧與表現手法應有突破以往詩歌理論的地方，唐詩體製與風格的發展也理應有受到佛教思惟影響的痕跡。本文在此先以現存全唐五代僧人的詩格內容作為研究稽考的起點。

　　所謂「詩格」指「詩歌法式」一類的文學批評書籍，其範疇包括以「詩格」、「詩式」、「詩法」等命名的著作，是唐代才出現的專有名詞。[8]「詩格」一類的書籍大量出現在唐代到宋初，[9]其中多數為僧人撰述，全唐五代的詩格方面，張伯偉《全唐五代詩格校考》已搜羅問世。其中包括皎然《詩式》、《詩議》、空海大師《文鏡祕府論》、賈島《二南密旨》、齊己《風騷旨格》、僧虛中《流類手鑑》、僧神彧《詩格》等。以空海《文鏡祕府論》來說，此書正是刪削、整理「諸家格、式」而成，其中直接、間接所涉及的文獻，時代最早的是陸機〈文賦〉，最晚的是皎然《詩式》，呈現出初、盛唐詩學重心「主要是講詩的聲調、病犯」，「環繞於詩的病犯和對偶」等問題特徵。[10]空海《文鏡祕府論》雖然只是抄錄唐代僧俗詩格、詩

---

[8] 同註 2。張伯偉又在其《禪與詩學》中指出：從寫作緣起看，詩格是為了適應初學者或應舉者的需要而寫，詩話則往往是文人圈中同儕議論的記錄；從內容來看，詩格主要講述詩的規則、範式，而詩話則是「辨句法，備古今，紀盛德，錄異事，正訛誤」(《彥周詩話》)；最後，從產生時間來看，詩格最早出現於初唐，而第一部詩話卻產生於北宋歐陽修之手，晚于詩格約四百多年。(北京：人民出版社，2008 年)，頁 24。

[9] 羅根澤指出：「詩格有兩個盛興的時代，一在初盛唐，一在晚唐五代以至宋代的初年。」《中國文學批評史》第二冊，(上海：古籍出版社，1984 年)，頁 186。

[10] 張伯偉《全唐五代詩格彙考》將初盛唐詩學問題歸納為「聲韻」、「病犯」、「對偶」、「體勢」四類。並考其原因乃詩歌發展史上正值律詩完成期與科舉以詩取士之故。(南京：鳳凰出版社，2002 年)，頁 6-13。

論，並無創見，但以遣唐使、日本高僧的身分，空海的抄錄對中國詩學文獻的保留與日本漢詩的影響，都有關鍵性的作用。以皎然《詩式》來說，「是繼鍾嶸《詩品》之後的又一部較有系統的詩論專著，在這部書中，皎然揭示了詩歌創作的若干法則，對詩歌的藝術風格、審美特質等問題頗有探討，尤其是關於『物象』和『取境』的理論，在詩論史上影響深遠。[11]而從詩格這種批評形式的發展來看，《詩式》也是由初唐到晚唐之間的橋樑。」[12]再以齊己《風騷旨格》為例來說，此書承皎然《詩式》而下，以詩僧論詩，其影響或不及皎然「取境」說之深廣，但從「六詩」「六義」到「十體」「二十式」「四十門」等等，內容多有新見，能以禪子的視野，為詩歌提供不少美學勝境。

張伯偉認為佛學對詩格的影響有直接與間接兩條途徑。所謂間接，指佛學以皎然《詩式》為中介，從而對晚唐五代的詩格產生影響；所謂直接，指晚唐五代詩格的作者隊伍，很大一部分乃是出自僧人之手。[13]本文討論的正是這些出自僧人之手的詩格。據筆者的觀察，全唐五代緇流詩格的重要內容，可以下列幾大詩學範疇加以分析：

（一）聲律論

初唐詩學重在格律化過程的嘗試，據蔡瑜《唐詩學探索》指出：「初盛唐詩格中的調聲問題是從講究病犯的上官儀八病之說，逐步進展到積極的元競調聲三術，又再收束在王昌齡以意為主的調聲之法。至於進入中唐以後，調聲理論幾近消聲匿跡。」[14]八病說的承襲及商榷在空海《文鏡秘府論》也有所呈現，該書西卷〈論病〉即云：「顒、約以降，競、融以往，聲譜之論鬱起，病犯之名爭興；家

---

[11] 由於皎然「意境」論的研究成果已多，本文不著墨於此。相關論著請參考赤井益久：《中唐詩壇の研究》（東京都：創文社，2004 年），頁 504-519。黃景進：《意境論的形成——唐代意境論研究》（臺北：學生書局，2004 年）。彭雅玲：《僧‧法‧思——中國詩學的越界思考》（臺北：文史哲，2009 年）。

[12] 張伯偉：《全唐五代詩格彙考》（南京：鳳凰出版社，2002 年），頁 14。

[13] 張伯偉：《禪與詩學》（北京：人民出版社，2008 年），頁 26-28。

[14] 蔡瑜：《唐詩學探索》（臺北：里仁書局，1998 年），頁 24。

製格式，少人談疾累，徒兢文華，空事拘檢。……泊八體、十病、六犯、三疾，
或文異義同，或名通理隔……。」、西卷「文二十八病」也反覆提及。[15]整個唐詩
聲律論的探討到王昌齡《詩格》得到較高的發展，「確立先文意後聲律的主從關係」
[16]，而王昌齡《詩格》的文字，其實因為得到空海《文鏡秘府論》的徵引而保留
面貌，加上王昌齡素與緇流過從甚密，論詩好用「了見」、「自性」、「本宗」等禪
語，其《詩格》更似禪家語錄，[17]應可說是禪家對詩學的間接貢獻。但是王昌齡
畢竟不是僧人，不能算是僧人的詩學貢獻。

　　從僧人的詩格來說，現存全唐五代僧人詩格最早為皎然《詩式》，時間已進入
中唐了。根據張伯偉的考證，《詩式》應該有五卷，初稿完成於貞元初年（七八六
年前後），其論四聲、論對偶，乃上接初、盛唐。[18]由此可知，聲病說的討論到皎
然《詩式》已經近於尾聲。從現存皎然《詩式》來看，只有「明四聲」一條涉及
音律云：

> 樂章有宮商五音之說，不聞四聲。近自周顒、劉繪流出，宮商暢於詩體，
> 輕重低昂之節，韻合情高，此之未損文格。沈休文酷裁八病，碎用四聲，
> 故風雅殆盡。後之才子，天機不高，為沈生弊法所媚，懵然隨流，溺而不
> 返。[19]

由這段文字可知，皎然的時期，八病說已經結束紛繁的討論，皎然也只是輕描淡
寫強調「輕重低昂之節，韻合情高」已足，不必拘泥在細碎的聲調格律中。皎然
另有《詩議》三卷，「論文意」一條云：

> 八病雙拈，載發文蠹，遂有古律之別。……律家之流，拘而多忌，失於自

---

[15] 空海：《文鏡秘府論》（臺北：河洛出版社，1976年），頁177-187。

[16] 蔡瑜：《唐詩學探索》（臺北：里仁書局，1998年），頁57。

[17] 見王夢鷗：〈王昌齡生平及其詩論〉，《古典文學探索》（臺北：正中書局，1984年），頁287、
傅璇琮：〈談王昌齡詩格〉，《文學遺產》第6期（1988年）、張伯偉：《全唐五代詩格彙考》，
頁147。

[18] 張伯偉：《全唐五代詩格彙考》（南京：鳳凰出版社，2002年），頁14。

[19] 張伯偉：《全唐五代詩格彙考》（南京：鳳凰出版社，2002年），頁223。

然，吾常所病也。必不得已，則削其俗巧，與其一體。一體者，由不明詩對，未階大道。

又說：

夫詩工創心，以情為地，以興為經，然後清音韻其風律，麗句增其文彩。[20]

這說明皎然主張自然聲韻，律詩只要「明詩對」，平仄相對，自有古、律之別。詩貴創「心」，聲律乃「心」的風律。皎然這幾條聲律說，呈現中唐時期以「文意」主導聲律的論點，與王昌齡的主張相近，然皎然更有佛家以「心」論詩的特殊看法，和一般文士以「意」論詩大有不同。

聲律論在緇流詩格中，除空海和尚與僧皎然之外，直至晚唐，再無人提及。可見整個唐代，緇流參與詩學建構時，聲律論實際上已經完成。

（二）對偶論

唐代對偶論從上官儀《筆札華梁》提出「九種屬對法」和「論對屬」一文[21]開始，到空海《文鏡秘府論》衍為「二十九種對」，[22]其間有三階段的演變進程。根據蔡瑜的歸納，有「重義類節奏的對偶論」、「重文字奇巧的對偶論」和「重詩意經營的對偶論」之變化。[23]上官儀是以義類所生成的韻律節奏為偶對的經營法則，故而綺錯婉媚；元、崔等人則更增種種字形、字音、字義之文字奇巧，在開發多種可能性的同時，也相形放寬了其規則；到王昌齡《詩格》論屬對的關係，已刻意擺脫自元兢、崔融以來窮盡字音、字形、字義變化的屬對論，而重回到重義類的對屬形式，但又並不像早期拘限於刻板的物類、物性的區分與詞性的歸屬，而是視詩歌中情語組合的多元需要，達成意涵變化多端的語勢結構，開發了以意以勢為對的詮釋空間，既是將屬對標準放寬，更是將對偶納入詩意的經營中。

---

[20] 張伯偉：《全唐五代詩格彙考》（南京：鳳凰出版社，2002 年），頁 204-209。

[21] 張伯偉：《全唐五代詩格彙考》（南京：鳳凰出版社，2002 年），頁 58-67。

[22] 空海：《文鏡秘府論》（臺北：河洛出版社，1976 年），頁 113。

[23] 蔡瑜：《唐詩學探索》（臺北：里仁書局，1998 年），頁 4-22。

緇流詩格中，對偶論的素材不多，主要論見以皎然《詩式》與《詩議》為主。《詩議》中的對偶論可分成兩個部分，一為載記前人之論，在「詩對有六格」中列的名對、雙擬對、隔句對、聯綿對、互成對、異類對等，都是皎然之前的詩格已經提出的討論；二為皎然自創的八種對句形式，其「詩有八種對」云：

> 一曰鄰近。二曰交絡。 三曰當句。四曰含境。五曰背體。六曰偏對。七曰假對。八曰雙虛實對。[24]

這八種對，據蔡瑜的考索，認為能為唐詩「開拓更寬廣跌蕩的詩意甚至詩境的經營」。[25]對照皎然《詩式》「對句不對句」一條來看，皎然說：「夫對者，如天尊、地卑，君臣、父子，蓋天地自然之數。若斤斧跡存，不合自然，則非作者之意。」[26]可見其對偶論同其聲律論一樣，都是主張合於自然，不留斤斧痕跡，而且其中創發的八種對法，已然為唐詩開創豐富的屬對變化。

所謂「自然的聲律論與對偶論」，指不做作，不拘束，不呆板，非勉強的，即自然而然。這與鍾嶸的「自然英旨」[27]說相近。〈詩品序〉說：「自然英旨，罕值其人。」鍾嶸主張詩歌創作以自然為最高美學原則，所謂自然包括兩重含義，一指人的自然本性和自然情感；二指作品的語言形式自然天成不假修飾。皎然的聲律論與對偶論應是承應鍾嶸《詩品》而來。

皎然之後的僧人詩格鮮少再提起對偶論，直到宋初僧景淳《詩評》才又大談對偶，如「當句對格」、「當字對格」、「假色對格」、「假數對格」、「十字對格」、「隔句對格」[28]等，可以看出是對唐人對法更精緻化的增補，特別對「偷春格」格一

---

[24] 張伯偉：《全唐五代詩格彙考》（南京：鳳凰出版社，2002 年），頁 210-219。

[25] 關於皎然創發的對偶論，從「鄰近」、「交絡」到「雙虛實對」，蔡瑜《唐詩學探索》已有清楚說明，最後她結論出「自王昌齡《詩格》至皎然的《詩議》都致力於開發對偶的不同對應關係與結構方式對詩意經營可能的影響，不但擴充對偶的容受性，減低其板滯的問題，更開創了內容與形式互動的新關係，使詩的對偶經營和意格風骨取得和諧而非背離。」，頁4-23。

[26] 張伯偉：《全唐五代詩格彙考》（南京：鳳凰出版社，2002 年），頁 238。

[27] 參考劉運蓮：〈論鍾嶸「自然英旨」說〉，《現代語文》第 6 期（2009 年）。

[28] 張伯偉：《全唐五代詩格彙考》（南京：鳳凰出版社，2002年），頁505-507。

詞的產生，要到宋釋惠洪《天廚禁臠》時才出現。[29]

　　整體來說，唐代緇流詩格不拘泥於語文形式瑣細的小道，重天然意境，詩歌之對偶也以深化詩意為主。到宋初緇流論屬對，已走向如何在一聯之中增加語文變化可涵納的意涵，曲折映顯更高度的詩意，雖然變化更多，但屬對的原則大抵仍不離皎然的主張。所以，全唐五代僧人的對偶論，大抵只有皎然有所增補而已。

（三）體製論

　　從六朝入唐的聲律說，在中唐已逐漸定型，詩學議題轉而以「古、律分殊」的體製論為討論焦點，皎然算是緇流詩格中討論此一議題的孤例。前引《詩議》三卷，「論文意」一條云：

　　　　八病雙拈，載發文蠹，遂有古律之別。[30]

皎然此處以「八病」「雙拈」[31]的運用作為律體的判準，從而形成與古詩的區分。基本上與前人一致，並無特殊新見。其《詩式》卷二，「律詩」一條則云：

　　　　評曰：樓煩射鵰，百發百中，如詩人正律破題之作，亦以取中鳥高手。洎
　　　　有唐以來，宋員外之問、沈給事佺期，蓋有律詩之龜鑒也。但在矢不虛發，
　　　　情多、興遠、語麗為上，不問用事格之高下。……凡此之流，盡是詩家射
　　　　鵰之手。假使曹劉降格來作律詩，二子並驅，未知孰勝。[32]

根據蔡瑜所考：「就現存的唐人詩學資料來看，皎然是首先對宋之問、沈佺期高度肯定的詩評家，以其二人為律詩的典範，不但標示其情多、興遠、語麗，字字凝鍊的造語功夫，同時給予和曹、劉分庭抗禮的平等地位。」蔡瑜還逐一檢證皎然

---

[29] 據筆者的考察，「偷春格」之論，最早的文獻以惠洪《天廚禁臠》為先，其後才有沈存中《夢溪筆談》、魏慶之《詩人玉屑》等人提及。見蕭麗華：〈惠洪詩禪的「春」意象——兼為「浪子和尚」辯誣〉，《台灣大學文學院佛學研究中心學報》第九期（2004年7月）。

[30] 張伯偉：《全唐五代詩格彙考》（南京：鳳凰出版社，2002年），頁204。

[31] 據蔡瑜所考，皎然所謂「雙拈」當即是元兢所謂「拈二」，故是以八病、拈二的運用作為律體的判準，此一區分標準與前人所論述的聲律理論的發展大致相合，只是皎然較前人更有意識的區分出古律體。見氏注《唐詩學探索》（臺北：里仁書局，1998年），頁81。

[32] 張伯偉：《全唐五代詩格彙考》（南京：鳳凰出版社，2002年），頁276。

的引例，證明「皎然的律詩認定大體不出元兢的調聲三術」，[33]我們由這兩條資料也可以看到皎然古、律分判的標準，以及其律體體製論以沈、宋為典範，古體以曹、劉為高標的主張。至於皎然以下的僧人詩格，對論體製則不再涉論。

（四）創作論

由於現存唐代緇流詩格以中唐時期皎然《詩式》、《詩議》為首，可以看到的資料都是在聲律、對偶與體製問題討論完備之後。我們可以，唐代緇流在唐詩體製的形成過程中只有少部份的參贊之功而已，緇流詩格較大的貢獻在詩歌內涵與美學上。全唐五代僧人的詩學貢獻以創作論與風格論為最大宗，這一來表示僧人參與論詩的時間性，以中、晚唐時期為最熱絡，正好與「詩僧」的形成時間相吻合；[34]二來可以知道僧人對文字表述比較不拘語文形式，反而重視語言如何深化內涵、產生美感、達成詩歌的高度功能。

皎然《詩式》卷一序云：「夫詩者，眾妙之華實，六經之菁英。雖非聖功，妙均於聖。……洎西漢以來，文體四變，將恐風雅寖泯，輒欲商較以正其源。今從兩漢以降，至於我唐，名篇麗句，凡若干人，命曰《詩式》，使無天機者坐致天機。若君子見之，庶幾有益於詩教矣。」[35]可見《詩式》的創製動機在留存創作法式，使沒有詩才的人也能迅速得到啟發，達成詩歌教育功能。而這些創作法式，如皎然在《詩議》中所提出的「文意」論，討論「三四五六七言之別」等不同詩體之把握、古詩要「以諷興為宗，直而不俗，麗而不巧」、律家之流則「拘而多忌，失於自然」、寫作的時候「詩不要苦思，苦思則喪於天真」、「詩工創心，以情為地，以興為經，然後清音損其風律，麗句增其文彩。」……等等；《詩式》則提到高手述作要「明勢」、「明作用」（「時時拋鍼擲線，似斷而復續」）、「明四聲」（不要「碎用四聲」）、「詩有六迷」「詩有五格」「用事」……等等，[36]可見皎然對詩法掌握之

---

[33] 蔡瑜：《唐詩學探索》（臺北：里仁書局，1998 年），頁 83-93。

[34] 有關「詩僧」的形成，請參看蕭麗華：〈晚唐詩僧齊己的詩禪世界〉，《唐代詩歌與禪學》（臺北：東大圖書公司，1997 年），頁 173。

[35] 張伯偉：《全唐五代詩格彙考》（南京：鳳凰出版社，2002 年），頁 223。

[36] 以上引皎然《詩議》、《詩式》文獻，見張伯偉：《全唐五代詩格彙考》（南京：鳳凰出版社，

細密，從諷興開始，調節聲音、章法、鍊句、鋪彩、用事等等，完全是一個創作者的夫子自道。

據筆者初步觀察，皎然的創作論仍是以「自然」為最高原則，「論文意」一條所謂：「情浮於語，偶象則發，不以力制，故皆合於語，而生自然。」完全是感興生情，自然浮現語言形象的創作論。皎然論創作推崇「徹空王之奧」的康樂公，也有「如釋氏頓教，……，萬象皆真。」（《詩式・評復古通變條》）的主張，因此學者認為皎然乃「以教下的眼光看詩，認為詩道的極致猶如禪道的極致。」[37]

皎然之外，僧虛中《流類手鑑》篇幅雖短，也有一二金鍼。其開卷云：「善詩之人，心含造化，言含萬象。」全書又以物象流類為主，保存一些詩例，供後學參酌。可見虛中的創作觀應與皎然類似，以心生萬象、物類萬端，彙歸於詩的文字中，作為主要的創作論。再者，僧神或撰《詩格》一書，全書共分論破題、頷聯、詩腹、詩尾、詩病、詩有所得字、詩勢、詩道等八節。主旨完全在討論作詩方法與避忌等，最後歸結在禪宗「悟」一個字上，他說：「至玄至妙，非言所及，若悟詩道，方知其難。」[38]這與僧虛中的「心含造化，言含萬象」說、皎然的「詩工創心」說等，都明顯的呈露出佛家本色——「心」法。這些緇流的創作論隱然已形成「以禪喻詩」的伏流。

（五）風格論

唐詩美學的討論，以風格論最具高度發展，不論詩歌聲律論、體製論或創作論，最後都要以風格論為依歸。而唐詩風格論思維最豐富的當屬王昌齡《詩格》。根據蔡瑜的考察「其由根於傳統文質論中的『以意為主』的論題擴展為意與物色乃至於境思的理論，使重意的命題由比興向興寄與興象步步推衍擴大，從創作論的角度，提示揉合物色與意興於一的『境照』概念，以掌握唐詩別於前代特質的成因」，[39]換句話說，王昌齡的詩歌理論真正回應出唐當代的詩歌美學。王昌齡以

2002 年），頁 202。

[37] 許清雲：《皎然詩式研究》（臺北：文史哲，1988 年），頁 186。

[38] 張伯偉：《全唐五代詩格彙考》（南京：鳳凰出版社，2002 年），頁 494。

[39] 蔡瑜：《唐詩學探索》（台北：里仁書局，1998 年），頁 124。

「興發意生」的審美經驗提出「詩有三境」說，成為唐代意境論的發端，也是皎然「取境風格論」的前身。[40]然而王昌齡意境論明顯仍是受到佛家思想的影響，學者黃景進認為〈論文意〉中多佛家語，其論「生思」時提到「照境」，也是佛家常用語。[41] 王昌齡意境論因此可算是僧人對詩歌風格論的間接影響。

但王昌齡的意境論畢竟只是僧人的間接影響，全唐五代僧人對風格論直接的論著以皎然與齊己為主。皎然「取象」、「取境」理論、「辯體有一十九字」和齊己「詩有十體」影響最為深遠。皎然《詩式》「明勢」條云：

> 高手述作，如登衡、巫，……古今逸格，皆造其極妙矣。

「詩有四深」條云：

> 氣象氤氳，由深於體勢；意度盤礴，由深於作用；用律不滯，由深於聲對；用事不直，由深於義類。

從這兩條資料可知，皎然的風格論以「逸格」為高格，由「氣象」、「意度」、「用律」與「用事」等幾個條件配合起來。要達成風格高逸，須在「取象」與「取境」下功夫。其「取境」條云：

> 取境之時，須至難至險，始見奇句。成篇之後，觀其氣貌，有似等閒不思而得，此高手也。

「辯體有一十九字」條云：

---

[40] 王夢鷗〈試論皎然詩式〉提出《詩式》內容多推衍王昌齡論詩之旨，尤重其所謂意格。《古典文學論探索》（臺北：正中書局，1984年），頁301-303。

[41] 黃景進：〈王昌齡的意境論〉，《意境論的形成——唐代意境論研究》，（臺北：學生書局，2004年），頁135-172。

取境偏高，則一首舉體便高；取境偏逸，則一首舉體便逸。才性等字亦然。
體有所長，故各功歸一字。……其一十九字，括文章德體，風味盡矣，如
《易》之有《象辭》焉。[42]

皎然主張通過奇險回歸等閒，詩作才能有高逸的風格。皎然共舉出十九種取境所
造成的風格，稱之為「辯體有一十九字」，這十九種為「高（風韻朗暢曰高）」、「逸
（體格閒放曰逸）」、「貞（放詞正直曰貞）」、「忠（臨危不變曰忠）」、「節（操持不
改曰節）」、「志（立性不改曰志）」、「氣（風情耿介曰氣）」、「情（緣景不盡曰情）」、
「思（氣多含蓄曰思）」、「德（詞溫而正曰德）」、「誡（檢束防閑曰誡）」、「閑（情
性陳野曰閑）」、「達（心跡曠誕曰達）」、「悲（傷甚曰悲）」、「怨（詞調悽切曰怨）」、
「意（立言盤泊曰意）」、「力（體裁勁健曰力）」、「靜（非如松風不動，林狖未鳴，
乃謂意中之靜）」、「遠（非如渺渺望水，杳杳看山，乃謂意中之遠）」。張伯瑋引《直
齋書錄解題》指出「以十九字括詩之體」，可能是最受當時人重視的，如王玄《詩
中旨格》中便專有「擬皎然十九字」一節。又如大曆年間竇蒙《字格》，即可與皎
然「辯體有一十九字」互參。[43]

齊己《風騷旨格》的風格論直接提出「詩有十體」，也就是十種風格：「一曰
高古。二曰清奇。三曰遠近。四曰雙分。五曰背非。六曰無虛。七曰是非。八曰
清潔。九曰覆粧。十曰闔門。」問題是齊己並未解釋這些風格的意涵，只是舉詩
聯為例而已。但整題看來，從皎然「辯體有一十九字」到齊己「十體」，一般以一
字一詞，簡潔玄深地標誌出詩歌風格的作風，成為中、晚唐詩僧影響下的詩歌風
格論風尚。

---

[42] 以上四條皎然《詩式》資料，見張伯瑋：《全唐五代詩格彙考》（南京：鳳凰出版社，2002
年），頁 223-242。

[43] 張伯瑋：＜皎然《詩式》解題＞，《全唐五代詩格彙考》（南京：鳳凰出版社，2002 年），頁
221。

三、緇流詩格的詩學貢獻與特色

歸納上節的觀察可知，全唐五代僧人詩格在詩學發展過程中有幾點詩學意義，謹此分為：「繼承六朝聲律、對偶等詩法，參贊唐詩體製」、「增補詩道內涵，深化詩歌美學」、「載錄大量僧俗典範詩作，建立詩歌傳統」、「影響後代詩格、詩話，形成以禪論詩風尚」等四個面向申論之。

（一）繼承六朝聲律、對偶等詩法，參贊唐詩體製

聲律與對偶論，是六朝開始到中唐以前，詩學上的重要議題。

如前所述，整個唐詩聲律論的探討到王昌齡《詩格》已得到較高的發展，僧人詩格只有皎然《詩式》的四聲音律說為唐代聲律論畫下句點，因此，我們可以說唐代僧人詩格對聲律論只有繼承六朝與初盛唐的成果，頂多參與做了總結而已。

至於對偶論，則可見詩僧有比較明顯的開發。唐代對偶論從上官儀《筆札華梁》提出「九種屬對法」開始，到空海《文鏡秘府論》時衍為「二十九種對」，其中有皎然《詩式》與《詩議》的參與與增補，開發出不同於前的八種對法，為唐詩開創豐富的屬對變化，又下啟宋僧景淳《詩評》、惠洪《天廚禁臠》在對偶論方面的創發。皎然自創的八種對句發明在前，釋惠洪《天廚禁臠》的「偷春格」成就在後。特別是「偷春格」與佛家「尋春覓道」有直接的關係，筆者已經考察於〈惠洪詩禪的「春」意象——兼為「浪子和尚」辯誣〉[44]一文。

又如上節所述，皎然提出古、律分判的標準，以及其律體體製論以沈、宋為典範的主張，更鮮明地推波助瀾，促成唐詩體製標準的分殊。以上都可見唐詩體製形成的過程中，詩僧參與不多，只起了部份的參贊之功。

（二）增補詩道內涵，深化詩歌美學

上節提到僧人詩格內涵以創作論與風格論為最大宗，較諸聲律、對偶、體製等形式而言，這兩者都是詩道內涵核心，也是直接關涉詩歌美學的主要成分，加上僧人以禪理入詩道，其中所開創出來的詩學理論更具有獨特性。

---

[44] 見《台灣大學文學院佛學研究中心學報》第九期（2004 年 7 月）。

上節所提到的，僧虛中的「心含造化，言含萬象」說、皎然的「詩工創心」說與神彧撰《詩格》拈出的「悟」等，都明顯呈露出佛家本色——「心」法的理論，其中蘊含的佛教意蘊，毫無疑問的，為詩歌開拓深刻與寬廣的心、意、識美學。

佛教的「心」，概念豐富。用禪宗、唯識與華嚴學的角度來解釋，心可生萬法，心含七識，眼、耳、鼻、舌、身、意識等前五識觸及有形、無形的世界都可生成外在的萬象，加上末那識與阿賴耶識的作用，內在的萬象更是變化萬端。《成唯識論》卷二：

> 達無離識所緣境者，則說「相分」是所緣，「見分」名「行相」，「相」（分）「見」（分）所依自體名「事」，即自證分。此若無者，應不自憶「心」「心所法」，如不曾更境，必不能憶故。「心」與「心所」同所依根，所緣相似，行相各別，了別、領納等作用各異故。事雖數等，而相各異，識、受等體有差別故。[45]

《大乘起信論》說：「一切諸法，唯依妄念而有差別，若離心念，則無一切境界之相。三界虛偽，唯心所作，離心則無六塵境界。」[46]《般若波羅蜜多心經幽贊》說：「心內所取境界顯然，內能取心作用亦爾。」[47]佛學的「心識作用」說、「一心」與「萬法」之說，對詩歌意象、意境、風格等美學範疇的開拓起了很大的增補功能。[48]

佛教的「心」與儒家、道家的心學並不相同。佛教於東漢傳入中國，首先依附道家理論，形成格義之學，但佛教與道家畢竟是兩種文化背景下的理論系統，

---

[45] 《成唯識論》卷二，收在《大正藏》第 31 冊瑜伽部下，頁 69-70。

[46] 《大乘起信論》，收在《大正藏》第 32 冊論集部，頁 577。

[47] 《般若波羅蜜多心經幽贊》，《大正新脩大藏經》第 33 冊，頁 526。

[48] 有關皎然「意境論」與唯識的關係可以參看彭雅玲〈皎然意境論的內涵與意義——從唯識學的觀點分析〉一文，《佛學研究中心學報》第六期，頁 181-211。

佛教之性具圓融「心」與《莊子》之氣化宇宙「心」[49]大不心同。隋唐是佛教的全盛期，佛教是當時學術界的主要潮流，知識份子幾乎沒有不接觸佛學的。此時儒門淡薄，收拾不住，佛家以緣起性空說萬法，萬法只是佛心之所緣起，並沒有獨立客觀的價值；佛心並非創生的實體，諸法也非佛心所本具，這也與儒家的心性論大不相同。[50]因此，詩歌創作與鑑賞時的心物作用之分析，必然到佛教出現才有更高的分析層次。[51]日本學者赤井益久從詩學中「情景交融」的主題討論六朝詩論中的心物關係，到唐代王昌齡、皎然詩論中的心物關係，就是最好的証明。[52]「心」含「情」、「意」，對應於「景」、「象」，形成不同的詩「境」論，其間的心境、意境、物境之即離關係，值得在另文探究。

以意境論的產生來說，黃景進認為學者用佛家「體」「用」思想來說明皎然所謂「作用」（創作構思的心、意、識活動）是不無道理的。黃氏更用唯識學「五陰十八界」來詮釋之。[53]然而以皎然活動的時空場域來說，唐代唯識學流傳畢竟有

---

[49] 參考王邦雄：〈《莊子》心齋「氣」觀念的詮釋問題〉，《淡江中文學報》第十四期（2006年6月），頁15-32。

[50] 關於儒佛「心」的區別，請參考曾錦坤：〈從存有論與心性論壇儒家與佛家的區別〉，《孔孟學報》第58期（1989年），頁253-287。

[51] 本文承匿名審查之專家指教，因此特補充這段文字，以分辨佛心不同於儒、道之心。

[52] 赤井益久〈唐釋皎然の詩論について——中國詩學「景情交融」の主題に即して——〉一文指出：「六朝以來の『物』『景』に向けての『情』『意』が觸發される動きに注目した認識から、『意』『情』を主とした『物』『景』のとらえ方に推移しているからである。換言すれば、『意』を表白すべきための『景』であり、從來の矚目の風景を詠する方法ではなく、『意』を傳えるための『象』あるいは『境』として把握したのである。それは『境』が、しばしば道情や法性と呼應して詠まれることからも明らかである。……皎然の詩中に看取できる物我が一體となるとき、生き生きとした感覺と生命の實在性を感じさせる作風は、王維の詩風を繼承すると同時に、『無心應物』の南宗禪の觀照方法に學んだものかも知れない。」詳見《松浦友久博士追悼紀念：中國古典文學論集》（東京都：研文出版2006年3月），頁570-586。

[53] 黃景進：〈皎然的意境論〉，《意境論的形成——唐代意境論研究》（臺北：學生書局，2004年），頁173-197。

其時間與地域的侷限性，加上唯識主張「但言唯識非境」，明顯與意境論相牴觸，因此有學者提出皎然乃至整個中唐意境論，應該是受天台宗的影響。[54]目前對於詩境論與佛教的關係，究竟連繫於何宗何派，學界尚無確定的看法，或說華嚴、唯識，或說天台、禪宗。但總體可以確定佛經思維的融入，確實促進了詩歌藝境美學主張的開發。

日人赤井益久提出以佛教的「根・境・識」分層來看的方式，不必分出宗派即能解釋出皎然「取境」說，他說：

> 仏教では「根・境・識」、つまり発識取境の用のあるものを「根」と呼び、それを導く認識の対象を「境」、その対象を得て悟りに至るを「識」と言う。……皎然の言う「境」は「後三界」つまり「意根」「法境」をふまえていると考えられる。[55]

其實佛教雖分十宗，但只是在修行法門上分殊，其思想體系仍是一體的。我們雖不能確認僧人影響意境論的宗派，但佛教對意境審美思維的創發是可以肯定的。「意境論」在皎然詩論中達到高峰，形成赤井益久所謂「『境』があって意を伝達媒介するとは言え、『意』なしに『境』はありえない。……『意』のもち方があって始めて『境』が成り立つのである。」[56]

（三）載錄大量僧俗典範詩作，建立詩歌傳統

唐代詩格的特徵是，舉詩例為說多於理論建構。因此書中大量保存僧俗二眾詩人的名篇佳句。這方面的事實不勝枚舉，例如賈島《二南密旨》就摘錄不少唐前的謝靈運、陶淵明、鮑照與唐代盧綸、錢起、李嘉祐的詩句。[57]齊己《風騷旨

---

[54] 見劉衛林〈中唐以意境論詩之說與佛教思想的關係〉一文，收入鄺健行主編《中國詩歌與宗教》（香港：中華書局，199 年），頁 353-382

[55] 赤井益久：《中唐詩壇の研究》（東京都：創文社，2004 年），頁 517-518。

[56] 赤井益久：《中唐詩壇の研究》（東京都：創文社，2004 年），頁 519。

[57] 張伯偉：《全唐五代詩格彙考》（南京：鳳凰出版社，2002 年），頁 374-382。

格》最特別，所引詩例多數為自己的作品，似有以自己的創作為詩學典範的意思。[58]

關於文學典範的形成，近人已經積纍相當多的理論。德國文化哲學家卡西勒（Enrst Cassirer）說：「凡是被創出的作品，都必須與那不斷更新的作品相爭持，才能取的地位」這樣的衝撞只會「鞭策走向新的奮鬥之路，並從中發掘更新尚未為世人所之的力量」。[59]新歷史主義（New Historicism）奠基者格林布蘭特（Stephen Greenblatt）也指出：（文學作品）並非孤立的，「是承襲了社群共享之繁複習俗的創作者或創作階段，與夫社會各種建制及措施兩相『對話協商』（negotiation）下的產物。」[60]美國耶魯大學教授哈洛・卜倫（Harold Bloom，1930~）《影響的焦慮》中所認為的：「要想被一代又一代的讀者記憶，就必須躋身『正典』」「文學作品不僅僅是一脈相成，和樂融融的遞送而已，同時也是過去的天才與現在的野心家之間的衝撞。」[61]

古人雖然沒有近代人這種 Classic 的概念和理論，但詩人的文學自覺與典範認同是存在的。對前代與當代典範勾勒得最清楚的，當屬皎然《詩式》。《詩式》「李少卿並古詩十九首」一條，先以李陵、蘇武、《古詩十九首》為漢詩典範；而後在「鄴中集」以陳思王、劉楨為曹魏詩典範、「『團扇』二篇」一調同時肯定漢代班捷好詩作；其他零散提到的有漢高祖、張衡、魏武、魏文、王粲、阮籍、稽康、陸機、郭璞、左思、陶潛、謝靈運、鮑照、謝朓、唐太宗、陳子昂、崔融、盧照鄰、崔顥、張九齡、王維、王昌齡等等。

皎然在卷三「論盧藏用《陳子昂集序》」一條，對於前代典範說得最具系統：「若但論詩，則魏有曹、劉、傅，晉有潘岳、陸機、阮籍、盧諶，宋有謝康樂、

---

[58] 張伯偉：《全唐五代詩格彙考》（南京：鳳凰出版社，2002 年），頁 399-416。

[59] 卡西勒（Enrst Cassirer），關子尹譯：《人文科學的邏輯》（臺北：聯經，1980）。

[60] Stephen Greenblatt：*"Learning to Curse：Essays in Early Modern Culture"*New York：Routledge, 1990.p.158.

[61] 美・哈洛・卜倫（Harold Bloom），徐文博譯：《影響的焦慮》（臺北：久大文化股份有限公司，1990 年 12 月），頁 6。另可參考哈洛　・卜倫（Harold Bloom），高志仁譯：《西方正典》（臺北：立緒文化事業有限公司，1998 年初版，1999 年三刷）。

陶淵明、鮑明遠，齊有謝吏部，梁有柳文暢、吳叔庠。」於律詩以「洎有唐以來，宋員外之問、沈給事佺期，蓋有律詩之龜鑑也。」除了沈宋之外，皎然論律詩也以李嶠、孟浩然、杜審言、閻朝隱等人的詩為例。[62]皎然所存錄的詩人系統，儼然已經是半部詩歌史了。

中、晚唐有崇拜賈島的趨勢，從僧虛中撰《流類手鑑》大量徵引賈島詩也可以看出來。[63]加上，僧人與僧人之間對詩歌的重視有志一同，因此詩僧詩格也存錄不少僧人之作，如禪月大師貫休、半僧賈島、中晚唐詩僧方干、齊己、南唐僧謙明等人的詩句都曾見引於僧神或《詩格》中。[64]全唐五代僧人詩格已經為詩歌史勾勒大量典範詩作，形成詩學的「經典」（Classic）。

（四）影響後代詩格、詩話，形成以禪論詩風尚

從現存唐代僧人最早的詩格——皎然《詩式》開始，可以看到僧人不斷流露出潛在的佛教意識，使唐宋詩格術語化過程，留有許多佛教影響的痕跡，詩歌美學也充斥著佛教視野。例如皎然《詩式》「文章宗旨」一條評康樂云：

> 康樂公早歲能文，性穎神徹。及通內典，心地更精。故所作詩，發皆造極，得非空王之道助邪？

卷一「中序」又云：

> 世事喧喧，非禪者之意。假使有宣尼之博識，胥臣之多聞，終朝目前，矜道侈義，適足以擾我真性。豈若孤松片雲，禪坐相對，無言而道合，至靜而性同哉？……會前御史中丞李公洪自河北負譴遇恩，再移為湖州長史，……奈何學小乘褊見，以夙志為辭邪？

---

[62] 以上所引皎然《詩式》資料，見張伯偉：《全唐五代詩格彙考》，頁 222-346。

[63] 張伯偉：《全唐五代詩格彙考》（南京：鳳凰出版社，2002 年），頁 420-423。

[64] 張伯偉：《全唐五代詩格彙考》（南京：鳳凰出版社，2002 年），頁 486-495。

卷五「復古通變體」一條中論到：

> 又復變二門，復忌太過。詩人呼為膏肓之疾，安可治也？如釋氏頓教，學
> 者有沈性之失，殊不知性起之法，萬象皆真。[65]

皎然評謝康樂詩，特別著意在「及通內典，心地更精」、「得非空王之道助」，空王
指佛教，皎然視佛教「心法」[66]為謝靈運詩之所以能登峰造極的原因，可見皎然
強調佛教思惟對詩歌創作力的幫助。「中序」中又提出「真性」說，與湖州長史李
公洪論詩道。「復古通變體」一條中，皎然更以釋氏頓教談論詩歌復變二門。箇中
都有鮮明的佛教意識。

　　關於皎然以佛教之「門」、「性」等術語談詩法，已經被學者注意到。根據張
伯偉的考證，「門」是佛學術語之一，也是佛教典籍的結構形式之一，例如，隋慧
遠《大乘義章》、唐荊溪湛然《十不二門》；[67]就義理而言，學人欲見佛，欲得法，
也必須由「門」而入，佛教義理就有「不二法門」、華嚴「十玄門」、天台「六妙
門」等。

　　除此之外，賈島《二南密旨》、齊己《風騷旨格》論詩也充斥禪宗宗門語言。
賈島（七七九－八四三年），早年為僧，法名無本。其《二南密旨》也有僧家習氣，
首開南北宗論詩，影響唐宋以禪喻詩之論詩風氣。「論南北二宗例古今正體」一條
說：「南宗一句含理，北宗二句顯意。南宗例，如《毛詩》云：『林有樸樕，野有
死麕』。即今人為對，字字的確，上下各司其意。……北宗例，如《毛詩》云：『我
心匪石，不可轉也。』此體今人宗為十字句，對或不對。」[68]禪門五祖弘忍之後，

---

[65] 以上資料見張伯偉：《全唐五代詩格彙考》（南京：鳳凰出版社，2002 年），頁 229、243、
331。

[66] 此外，虛中《流類手鑑》開卷云：「善詩之人，心含造化，言含萬象。」也是以禪宗心法論
詩的展現。

[67] 張伯偉：《全唐五代詩格彙考》（南京：鳳凰出版社，2002 年），頁 21。

[68] 張伯偉：《全唐五代詩格彙考》（南京：鳳凰出版社，2002 年），頁 375。

他的兩位高足神秀與惠能分別在南、北弘法，並逐漸形成南北宗不同法門。今人只知禪分南北宗，後來影響繪畫論，明代董其昌提出南北宗畫派之說。實際上，禪宗南北之分，在中唐時已經影響到賈島將詩風分為南北宗之說。僧虛中所撰《流類手鑑》，其中「詩有二宗」之言南北宗，就是受賈島這種影響。[69]

僧齊己《風騷旨格》一書最引人注意者為其「勢」論。神彧《詩格》亦有「十勢」其中「五勢」出於齊己；徐夤《雅道機要》列「八勢」，亦因襲齊己；……可見其「勢」論在晚唐五代詩格中頗具代表性。根據張伯偉的考訂，齊己「勢」論之形成，也與禪宗影響有直接的關係。齊己本人出自為仰宗，「仰山門風」特色即在於「有若干勢以示學人。」（《宋高僧傳》卷十二）故齊己之以「勢」論詩，正有得於仰山之以「勢」接人。如「獅子返擲」勢，即出於禪宗話頭。禪宗有「獅子頻呻」、「獅子返擲」、「獅子踞地」三句（見《五燈會元》卷十四〈大陽警玄禪師〉）。「獅子返擲」正屬於三關之第二關境界。[70]

僧神彧撰《詩格》一書共八節，論破題、頷聯、詩腹、詩尾、詩病、詩有所得字、詩勢、詩道。其「論詩勢」一節，雜取皎然《詩式》和齊己《風騷旨格》而略有損益。「論頷聯」節謂「意有四到：一曰句到意不到；一曰意到句不到；三曰意句俱到；四曰意句俱不到」云云，乃出於禪宗「句」「意」之說。即「句到意不到：『潤寒泉涌，春松帶露寒』；意到句不到：『石長無根草，山藏不動雲』；意句俱到：『天共白雲曉，水和明月流』；意句俱不到：『青天無片雲，綠水風波起』」（《人天眼目》卷六）。[71]神彧《詩格》中有較多以禪論詩的痕跡，例如「論破題」云：「意句俱不到」、「論詩有所得字」云：「冥搜意句」、「論詩勢」云：「獅子返擲」、「論詩道」云：「至玄至妙，非言所及，若悟詩道，方知其難。」都有以禪喻詩的走向，同樣對宋代以禪喻詩影響深遠。

---

[69] 關於詩分南北宗，論者認為與禪宗的法門「當句便了」、「一句見意」等，也有所關連。詳見李江峰：〈唐五代詩格南北宗理論探析〉，《長江學術》第 3 期（2007 年），頁 100-104。

[70] 張伯偉：《全唐五代詩格彙考》（南京：鳳凰出版社，2002 年），頁 398。

[71] 張伯偉：《全唐五代詩格彙考》（南京：鳳凰出版社，2002 年），頁 487。

四、結語

　　「詩僧」族群的產生,標示著佛教文化與詩歌交融的發展現象;而僧人詩格的出現,更顯示著詩學與佛學融合的趨勢。由以上的鳥瞰可以看出,僧人詩格以詩歌創作理念為主,於聲律、對偶、體製論著墨不多,但對於創作論與風格論則多有開發;至於批評鑑賞方面,對於歷代詩歌的舉證,更有助於詩學典範的建立。僧人以前人典範作品呈現出來的各種美學風格作品鑑,其中融入了佛教思惟,顯出僧人詩格有別於一般文士的地方。

　　對於中、晚唐詩學整體的發展來說,詩僧以禪寂之法求詩格之妙,已經在詩格的創作論中,為詩歌提供不少詩學的正法眼藏。儘管在聲律、對偶與體製等與言形式上貢獻不多,但是在風格與創作方法上,僧人能以佛家特有的思維意識,創發出深入精神作用的詩學,開發了中國詩學的深度。而其中不斷出現的佛教詞彙用語,逐漸成為後代的詩學用語;引佛教術語入詩歌討論中,也形成「以禪喻詩」的詩學傳統,這是宋代惠洪《冷齋夜話》與嚴羽《滄浪詩話》的前身,影響唐宋以禪喻詩、以禪論詩的詩學風尚。廣義來說,這就是宋代詩學走向「文字禪」的前導。中國文學上,特別是詩歌與詩學上,詩禪共命的歷史就在唐代已經奠定好基礎,這是「詩僧」自覺下,進入唐代詩史上特殊的一頁。

　　本文原載於《臺大佛學研究》第 20 期,經「《臺大佛學研究》編輯委員會」授權轉載,特此註明。

羅聯添教授八秩晉五
壽慶論文集
2011 年 11 月 頁 405-428

《二十四詩品》偽書說再證
——兼答祖保泉、張少康、王步高三教授之質疑

陳 尚 君[*]

提 要

我與汪湧豪教授於 1994 年提出《二十四詩品》偽書說,至今已經十多年,學者補充了許多新的證據,也提出一些質疑,後者尤以祖保泉、張少康、王步高三教授有較詳細的論述,甚或認為偽書說「主要證據已被否定」,但並沒有舉出有力根據。本文詳盡羅列了三家討論的主要依據,並就張少康〈關於《二十四詩品》真偽問題的爭論〉一文八點所見逐一申述所見,認為都不能成立。另就蘇軾「二十四韻」一段話作出進一步的詮釋,並羅列宋元人就蘇軾此段話的申述,明曉其語與司空圖無涉。又就《二十四詩品》中的唐以後痕跡作出考釋,並就唐宋文獻傳佈的規則,從學理上作適當的說明。本文結論是,到目前為止,《二十四詩品》的問世時間,就目前來看,還沒有突破十四世紀初(即西元 1300 年)的上限。

關鍵詞:司空圖、二十四詩品、蘇軾、二十四韻

---

[*] 上海復旦大學中文系教授。

《二十四詩品》偽書說再證
——兼答祖保泉、張少康、王步高三教授之質疑

一、《二十四詩品》真偽討論的回顧與我的態度

《二十四詩品》偽書說，最早是在 1994 年 10 月在浙江新昌召開的唐代文學年會上，由我與汪湧豪教授共同提出，至今已經十三年。有關討論文章，至今所見達數十篇之多，贊同、存疑、反對者均有，有關討論的綜述也已達十多篇。我也曾先後寫出〈《二十四詩品》辨偽追記答疑〉（刊《中國詩學》第 5 輯，南京大學出版社 1997 年 7 月）、〈《二十四詩品》作者之爭評述〉（1999 年 12 月在香港中文大學報告，收入《陳尚君自選集》，廣西師範大學出版社 2000 年 11 月）、〈《二十四詩品》真偽之爭與唐代文獻考證方法〉（韓豔玲日譯文刊日本大阪市立大學《中國文學學刊》2003 年 12 月號，中文本見《古籍研究》2004 年上半年號、上海古籍出版社 2005 年 5 月出版《王運熙教授八十誕辰論文集》）等文，表達我的進一步的意見，並酌情回答了一些質疑者的意見。

在這十三年間，傳統古籍的研究手段發生了革命性的變化，即是由於古籍數位化的普及，浩如煙海的古籍變得可以檢索了，對於以古籍抽樣分析推斷出結論的偽書說，是一次嚴峻的檢驗。幸運得很，已經有許多學者利用四庫全文檢索系統對此作了反覆的查檢，雖然找到我以前沒有掌握的《式古堂書畫匯考》卷二五〈枝指生書宋人品詩韻語卷〉和《文章辨體彙選》卷四百三十九所收署名司空圖的《二十四詩品》，但確信在宋元類書和明萬曆前文集中並沒有稱引的例證。就我的認識，到目前為止，這一問題基本已經沒有太多可以商榷的餘地，基本可以作結論了，還存有再探討必要的主要是明末此書附會到司空圖名下的過程和原因。

　　當然，不贊同偽書說且提出商榷的學者仍多。我因一直希望今後有機會編次一本討論集，將各種不同意見充分匯次編錄，並將主要證據和結論作進一步的分析和探討，故十多年始終堅持不懈地收集有關文章，對於所有不同意見的論文都曾認真的作過閱讀。就我的印象，對拙文最有價值的補充，一是張健教授在《北京大學學報》1995 年 4 期發表的〈《詩家一指》的產生時代與作者——兼論《二十四詩品》作者問題〉，由於充分調查元明詩格中與《二十四詩品》有關文字存留情況，其結論足以匡正拙文之不逮。二是旅美韓裔學者方志彤研究所見的披露，知道在拙說以前已經有人關注於此，經過思路接近的分析，得出大致相似的結論，只是可惜其論著至今未見發表。三是近期臺灣淡江大學呂正惠教授的研究，認為在《詩家一指》和《虞侍書詩法》以前，可能還有一個更原始一些的文本，他並試圖作出復原，並經過表達習慣的分析，認為包含《二十四品》在內的這部詩學著作，應出於同一人之手。我相信，隨著新文獻的發掘和研究的深入，這一問題有可能形成學者大致接近的結論。

　　一些長期研究《二十四詩品》的學者，感情上不能接受《二十四詩品》不是司空圖所作甚至也不是唐代作品的結論，努力從各方面搜尋有可能是司空圖所作的證據，這種熱情很令人感動。不過，學術研究畢竟不能光憑意氣相爭，必須踏踏實實地搜尋證據。就此點來說，儘管一些學者再三宣佈我們的意見「大都是一些懷疑和推測，而很多主要依據均已被否定」（張少康《司空圖及其詩論研究》頁148），但認真分析他們的所謂證據和論證方法，似乎至今仍然沒有找到可以為司空圖辯護的令人信服的證據。這也是我長期以來很少對反駁意見作正面回應的原因。我並不專門研究文論，至今僅忝列過一次文論學會的年會，還有許多其他的工作要做，不可能一直糾纏在此一課題之中。我在多年前曾在《文學遺產》上發表過一篇筆談，題目是〈文史研究應有所闕疑〉（《文學遺產》1994 年 5 期），在書證不足的情況下，不妨先將爭議擱置或存疑，以待新的更直接文獻的發現。文獻考據絕不是猜謎，也沒有必要將歷史上所有人物和作品的一切細節都弄清楚。這一意見似乎贊成者不多，許多學者由於編寫大型通史或闡發系統思想的需要，既沒有興趣或能力仔細地分析閱讀前人已有的考證意見，又極其主觀隨意地舉出

一大堆缺乏邏輯聯繫的所謂證據來加以論說，結論也就可想而知了。這是我常感到很遺憾而又無可奈何的。

二、祖保泉、張少康、王步高三教授之質疑

祖保泉《司空圖詩文研究》（安徽教育出版社 1998 年 12 月），全書約二十萬字。其中第五章〈關於《二十四詩品》作者問題的討論〉約二萬餘字，另第七章〈《二十四詩品》語詞徵信錄〉約二萬餘字，目的是證明《二十四詩品》中的語詞，「皆出自晚唐以前的典籍、文章」，自然也與真偽問題有關。

張少康《司空圖及其詩論研究》（學苑出版社 2005 年 1 月），全書十三萬多字。其中第五章〈《二十四詩品》的真偽問題辨析〉專門加以討論，下含四篇文章，一為〈關於《二十四詩品》真偽問題的爭論〉，分八點駁斥偽書說，另外三篇加了一個〈我所寫的三篇討論司空圖《二十四詩品》真偽問題的文章〉的題目，分別為曾在《中國詩學》等刊物發表過的〈司空圖《二十四詩品》真偽問題之我見〉、〈再談司空圖《二十四詩品》的真偽——兼論學術討論中的學風問題〉、〈清代學人論司空圖《詩品》〉，部分內容與前文有重複，作者稱保留原文而不作改動，當然是值得尊重的處置。此外，在第二章中有一節〈司空圖的詩歌意象和《二十四詩品》的比較〉，也與真偽討論有關。

王步高《司空圖評傳》（南京大學出版社 2006 年 7 月），全書約四十萬字，其中第六章〈《詩品》真偽〉專門加以討論，長達九十多頁，凡六萬餘字。王氏從六方面加以論述。一、關於蘇軾〈書黃子思詩集後〉。二、從王官谷考察看《詩品》真偽。三、論《詩品》之與司空圖詩文用語句法之相似。四、亦論所謂《詩品》用宋人詩文。五、《詩品》乃《擢英集》讚語或引語之假說。六、關於《詩品》真偽考的其他幾個問題，包括虞集有無作《詩品》的可能性、從《詩品》的用韻來判斷其真偽兩段。此外，王書第七章〈《詩品》探微〉從正面闡發其意義，也涉及司空圖所作的舉證。

三位教授都用很大篇幅來討論《二十四詩品》中所見語詞的文本溯源，其與

司空圖今存詩文在用語習慣上的一致性，以及其中所涉內容與司空圖居處環境的關係。但我認為，僅舉古詩文中的常見詞語來討論，並沒有什麼比較的價值。就如同我們選取陶淵明、李白、蘇軾三位的詩歌，其中相同的詞句必然占很大一部分，這種比較缺乏學術意義。再比如司空圖的文章很受韓愈後學奇崛文風的影響，因此所作〈詩賦贊〉如「濤怒霆蹴，掀鼇倒鯨。鑱空擢壁，錚冰擲戟。」之類句子頗多，與《二十四詩品》差別很大。論者也能看出兩者必然為同一人所作，很令人詫異。

三位教授的一部分意見帶有很大的猜想成分。如王步高懷疑《二十四詩品》可能是司空圖編《擢英集》的贊或引語，其實《擢英集》僅存一篇〈擢英集述〉，敘述司空圖編錄的原委，其後沒有任何人見過，其是否詩歌選本還可斟酌，今存唐選本也沒有這種形式的贊或引語，因此這種推測沒有討論的必要。再如張少康懷疑《詩品》是否明人從司空圖已經失傳的三十卷本《一鳴集》中錄出，由於無法提出明代《一鳴集》還有傳本的證明，而南宋見過此集的洪邁也沒有提示相關的線索，這一猜想因此也不必討論。王步高談到《詩品》用韻的情況，所據為張柏青氏曾發表過的兩篇文章，只是所指唐代用韻的例證很少，而南宋以後凡作詩者習慣依傍唐人韻部來做詩，因此這一討論也沒有實質的意義。

以下，我想就張少康所述八點，以及三位教授所提質疑中比較重要的一些問題，表示我的看法。

三、對於張少康所提八點的回應

比較系統地表達對拙說反對意見的，當為張少康〈關於《二十四詩品》真偽問題的爭論〉一文所列舉的八點。在此謹述其大意，並略申所見。

其一，《詩品》不是明代懷悅所作。我們最初提出偽書說時，手邊沒有完整的元明詩格的資料，僅據所見文獻推測可能是懷悅所作。1995年張健〈《詩家一指》的產生時代與作者——兼論《二十四詩品》作者問題〉一文發表後，我即表示尊重，並在次年所寫〈《二十四詩品》辨偽追記答疑〉中表示放棄懷悅說，並指出作

為《二十四詩品》前身的《二十四品》，其出現上現可以追溯到元中期，但尚沒有證據可以推溯到 1300 年以前，且這一改變並不影響其不是司空圖作的結論。有關論者在懷悅一說上窮追濫打，如同小兒打架般，完全無視我們所作的進一步表述，不是實事求是的態度。

其二，是我們提出明萬曆末年以前沒有人見過署名司空圖的《二十四詩品》，祖保泉和張少康都列舉《詩家一指》等明代詩格叢書中的《二十四品》的許多文本，然後嚴肅地質問我們，有這麼多版本在，「怎麼可以說明萬曆以前無人見過《二十四詩品》呢？」其實我們在最初的《辨偽》一文中，就已經明確指出，在《詩家一指》中的《二十四品》一節，是《詩家一指》的一個組成部分，不稱《二十四詩品》，也沒有稱為司空圖所作。《二十四品》被單獨抽出來，稱為《二十四詩品》，並與司空圖掛鉤，是萬曆以後的事。這一改變的時間，目前的證據還沒有超過萬曆末年（1620）。

其三，是否有宋人所見的證據。在四庫全文檢索系統運作後，許多學者都檢索到清初卞永譽《式古堂書畫匯考》卷二五所錄祝允明所書的文本，題作〈枝指生書宋人品詩韻語集〉，內容大致與《二十四詩品》相近，末有祝跋云：「故障箸溪先生，歲丙子秋，僉嶺南按察事。公餘，歷覽諸勝，紀全廣風物之作，於魏晉諸家，無所不詣。日抵羅浮，蓋纍纍聯翠，穿雲樹杪，奇絕足為大觀。及歸，便崇報禪院。時天空雲淨暮山碧，了無一點塵埃侵。有僧幻上供清茗，叩先生，解帶，出新釀麻姑，先生輒秉燭譚古今興滅事。坐久，賦詩有云：『名山昔日來司馬，不到羅浮名總虛。』又云：『不妨珠玉成千言，但得揮翰箋麻傳。』頃出《摘翠編》所述種種詩法，如蕚蕚紫芝，秀色可餐，誠詞壇拱璧，世不多見者。遂為先生作行楷，以紀時事云。長洲祝允明。」張少康認為「這個材料可以說明《二十四詩品》可能早在宋代已經有了」。不太準確。丙子為正德十一年（1516），箸溪先生為顧應祥，祝允明此前補廣東興甯知縣，隨其抵羅浮。《摘翠編》應是僧幻拿出來給顧、祝等人欣賞，祝遂為顧鈔寫品詩韻語部分。《摘翠編》未見流傳，不知確為何書，但從「《摘翠編》所述種種詩法」一句看，應該是與《名家詩法》之類書接近的詩法、詩格類彙編書。稱為「宋人品詩韻語」，可能是《摘翠編》中的原題，

也可能是祝允明等人的猜測。不論如何，這條材料因為無法在宋人典籍中得到印證，認為宋代已有的依據尚薄弱，但確實可以證明在祝允明當時的認識中，確實沒有將其視為唐代作品，也沒有說是司空圖所作。以此來證明當時沒有司空圖作《二十四詩品》的說法，倒是很過硬的書證。

其四，關於蘇軾「二十四韻」一段話的解讀，下節擬再詳細考釋。我要指出的是，蘇軾「蓋自列其詩之有得於文字之表者二十四韻」一段話，除了「二十四」的數字與《二十四詩品》巧合，此句各語詞用字的內涵，都與《二十四詩品》不契合，其前後文，也與之無關。即便按照一些學者在排列許多種可能性後，都按照自己的理解來認定，但在宋人引錄此段話的已知的十五次稱引中，也沒有任何線索可以指向《二十四詩品》。我傾向於認為，明末人正是看到「二十四」的偶然巧合，遂認定此為司空圖作，並一直沿承下來。

其五，有沒有天啟以前的署名司空圖的《二十四詩品》文本，張少康舉出陶珽重輯本《說郛》有版毀於天啟元年武林大火的記載，又舉出明末《續百川學海》、《錦囊小史》、馮夢龍《唐人百家小說瑣記家》和賀復徵《文章辨體彙選》等收錄的證據。雖然並非全部都由張氏首先揭出，但可以知道他對此做過搜尋，只是可惜他沒有對這些文本作詳盡描述和客觀記錄。陶輯本《說郛》的時間肯定在崇禎到順治，已毀版本與存世版本是否一回事，也難以確定。《續百川學海》、《錦囊小史》和《文章辨體彙選》的時間也不會更早。就我所知，收錄《二十四詩品》的陶輯《說郛》，卷七九至八二所錄宋詩話，即有多種偽書，郭紹虞先生未察，《宋詩話輯佚》多有據以誤采者。當然如果有更多明末文本的發現，或許可以發現最初託名司空圖的一些蛛絲馬跡。

其六，如何看待宋元書志沒有著錄《二十四詩品》，張少康認為其本不是一本論詩專著，也不以單行本行世，也是一種解釋。張氏進一步認為，明人認定是司空圖所作，很可能是依據三十卷本的司空圖《一鳴集》，並指出焦竑《國史經籍志》和錢謙益《絳雲樓書目》都曾著錄該集。其實，焦竑《國史經籍志》是一部編錄前代志書而形成的書目，並非實藏書目，文獻學家對此早有定評。錢謙益《絳雲樓書目》待查證，就我所知明末唐詩流傳情況來看，當時不可能有三十卷本文集

的流傳。胡震亨《唐音戊籤》錄司空圖詩五卷（即《四部叢刊》本《司空表聖詩集》），完全輯錄自宋人各種總集、類書等，沒有新的增加。錢謙益開始輯錄唐詩，遺稿後來由季振宜增編為《唐詩》卷七百十七，也肯定沒有用到該集。張氏所云，也仍然只是推測。

其七，如何看待司空圖死後到明末七百年間無人稱引，張氏斷言「這其實是個不成問題的問題」，因為其「只是對詩歌意境的一種生動形象的描繪，而不是論詩歌作法的」，「所以一般人論詩歌創作很難引用他的文句，也沒有把它當作詩論或詩格類著作來看待」。這一論證邏輯非常奇特，因為唐宋至明末存世或散逸的典籍超過萬種，內容也包羅萬象，並非只有「詩論或詩格類著作」，用內容特殊解釋顯然是說不過去的。當我讀到張氏的上述解釋時，覺得鄭重建議作理論的學者稍微學一些文獻學，可能還不是完全沒有必要的。

其八，如何對待胡應麟、胡震亨、許學夷肯定司空圖詩論，但或批評《詩家一指》，或列舉唐人論詩之作而不及《二十四詩品》，張氏認為「毫不奇怪」的依據，還是認為它「沒有單行本問世，而且它只是對二十四種詩歌意境的形象描繪，沒有講到具體的詩歌作法」。這在邏輯上之不能成立，顯而易見，就不用解說辯駁了。

我想稍微提到張氏在學術討論中的一些非學術因素。三位教授的商榷意見，王步高比較平和，很少摻雜非學術因素。祖保泉較動感情，語氣常顯激昂，對於以研治《二十四詩品》作為一生事業的前輩來說，我可以理解他的心情。張少康的著作中，充斥著太多的非學術因素，動輒就上升到學風問題，認為我們的研究是「追求所謂的轟動效應」，「造成一種不講科學、不以事實說話的壞風氣」（《司空圖及其詩論研究》頁 175）並斷言「這既不符合百家爭鳴的方針，也不利於提倡嚴謹的學風」，（同前頁 176）甚至認為我們「想借『炒作』來樹立自己的權威，擴大影響，那就未免太可悲了」。（同前頁 196）且因此而發現「兩種不同的治學態度」（同前頁 197）。這樣的說法，總不免讓人聯想到中國還不太遠的一個特殊時期的表達習慣。對此，我只能表示遺憾。

四、蘇軾「二十四韻」一段話的再詮釋

　　蘇軾〈書黃子思詩集後〉(《東坡全集》卷九三)中有關司空圖的一段話,是明末鄭鄤和毛晉最初提到司空圖作《二十四詩品》時提出的書證。這段話的原文是:

> 唐末司空圖崎嶇兵亂之間,而詩文高雅,猶有承平之遺風。其論詩曰:「梅止於酸,鹽止於鹹,飲食不可無鹽梅,而其美常在鹹酸之外。」蓋自列其詩之有得於文字之表者二十四韻,恨當時不識其妙,予三復其言而悲之。

對此,我與汪湧豪在〈辨偽〉一文中已經用了近三千字的篇幅予以解說,認為蘇軾所言,是指司空圖在〈與李生論詩書〉中,列舉了符合自己論詩見解的二十四例詩句。對此,駁難者提出了諸多反對意見,舉其大者,有以下幾點:(一)認為「二十四韻」的「韻」字也可指一首詩而言,如「短韻」、「因以為韻」、「韻腳」、「韻部」等,那麼「二十四韻」當然是指由二十四篇四言韻語組成的《二十四詩品》。(二)司空圖〈與李生論詩書〉有不同的文本,《唐文粹》和《司空表聖文集》所收是引二十四例詩,但《文苑英華》和《全唐文》所收則有二十三、二十五和二十六例的不同,何以知道蘇軾所見到的一定就是引二十四例詩的文本呢。(三)對「有得於文字之表」和「恨當時不識其妙」的解釋,由此而涉及蘇軾的詩歌鑒賞能力,他的感歎是針對世人不重司空圖的詩還是他的詩論,並由此而推出不能排除蘇軾是為司空圖《二十四詩品》不為世重而感喟的可能。對此,我想從幾個方面加以說明。首先,蘇軾引司空圖論詩「梅止於酸」一段,是據〈與李生論詩書〉中「而愚以為辨於味而後可以言詩也。江嶺之南,凡是資於適口者,若醢非不酸也,止於酸而已;若鹺非不鹹也,止於鹹而已。華之人以充饑而遽輟者,知其鹹酸之外,醇美有所乏耳」一段改寫而成,並非司空圖的原話。同樣,「蓋自列其詩」一句,是上承「唐末司空圖崎嶇兵亂之間,而詩文高雅,猶有承平之遺風」一段而言,主句是「自列其詩二十四韻」,「有得於文字之表者」是修飾「其詩」

413

的狀語。祖保泉將此句中「其詩之有得於文字之表者」一段作為「二十四韻」的定語短語，認為簡單句是「蓋自列二十四韻」，顯然有悖於蘇軾本來的文意。「自列其詩」只能是指司空圖列舉自己所作的詩。而且這一句的句型也深受司空圖〈與李生論詩書〉的影響。〈與李生論詩書〉云「愚幼常自負，既久而愈覺缺然，然亦有深造自得者」。又云「得於山中則有『坡暖冬生筍，松涼夏健人』」；又云「得於塞下則有『馬色經寒慘，鵰聲帶晚饑』；得於喪亂則有『驊騮思故第，鸚鵡失佳人』。」類似的句子有十多例蘇軾顯然受到影響，概括為「有得於文字之表者」一句。與「鹹酸」之喻一樣，是讀司空圖文章有感而作，因此保存有原文句型的痕跡。其次，我們來討論「二十四韻」的「韻」字。〈辨偽〉一文將此稱為二十四聯詩，有論者其中有古體詩，甚是。王運熙先生將其解讀為「兩句押一次韻的二十四個例子」，較為妥當。前列各家所舉韻可以指一首詩的例證，韻都是單獨或與他片語合成名詞，而「二十四韻」之韻則是量詞。古詩中大量與數位相連的作為量詞的「韻」，都僅指詩中兩句之末押一次韻。如蘇軾詩〈李公擇過高郵見施大夫與孫莘老賞花詩憶與僕去歲會於彭門折花餽筍故事作詩二十四韻見戲依韻奉答亦以戲公擇云〉（《施注蘇詩》卷十七），就是一首四十八句押二十四次韻的五言詩。祖保泉舉蘇軾詩〈伯父送先人下第歸蜀詩云人稀野店休安枕路入靈關穩跨驢安節將去為誦此句因以為韻作小詩十四首送之〉來證明一韻也可以稱為一首，在我指出此處「韻」僅指以二句十四字為詩韻，所作仍稱「小詩十四首」後，祖氏反駁云：七言兩句詩分屬「十四個韻部，一韻一首，清清楚楚。如果說，題中的『韻』字只指『韻腳』而不指『韻部』，那麼，十四首五絕的『韻腳』共計二十八字，東坡在題中為何不提另外十四個字」。我想，唐宋詩詞中，無論以一字或數字為韻者，都是指用該字所屬韻部字押韻作詩，此「韻」字為名詞而不是量詞，當然也牽扯不到一韻是否一首，更談不到蘇軾是否要提到另外十四個字的問題。

其次，再說「二十四韻」之「二十四」，即司空圖〈與李生論詩書〉自舉詩作是否二十四例。這在我們最初辨偽時已經論及。《司空表聖文集》十卷現存宋蜀刻本，《唐文粹》在宋代影響很大，這兩本都是舉詩二十四例的文本，也是當時通行的文本。《文苑英華》編成於宋初，因為篇幅太大，到南宋中期才有刻本，北宋時

並不流通。《文苑英華》卷六八一所收〈與李生論詩書〉，其實只有二十一例詩，但這個文本並沒有留存下來，只能通過周必大校《文苑英華》的校勘記，可以知道這個文本相對於集本、《唐文粹》來說，一是沒有「人家寒食月，花影午時天」、「雨微吟足思，花落夢無聊」兩例，二是沒有「五更惆悵廻孤枕，猶自殘燈照落花」、「殷勤元日日，欹午又明年」兩例，三是集本之「戍鼓和潮暗，船燈照島幽」二句，《文苑英華》本作「日帶潮聲晚，煙和楚色秋」，四是《文苑英華》本「暖景雞聲美，微風蝶影繁」二句，為集本所無。周必大校勘《文苑英華》時，為了儘量補全司空圖文章，因將其所缺而集本、《唐文粹》有的四例補入，因而形成了引詩二十五例的周校《文苑英華》本。清代編《全唐文》時，又將集本、《唐文粹》與《文苑英華》不同的一例也予補出，因此有了引詩二十六例的文本。澄清這一事實，是希望為司空圖維護著作權的學者應該瞭解，蘇軾時〈與李生論詩書〉只有兩種文本，通行的《司空表聖文集》和《唐文粹》所引都是二十四例，《文苑英華》本則是二十一例，沒有引詩二十五例、二十六例的文本。蘇軾根據通行文本敍述，當然只能稱為「二十四韻」。

就以上分析可以認為，蘇軾此段話與《二十四詩品》之間，唯一的聯繫點就是「二十四」的數字相同，其他並沒有什麼契合點。論者在許多可能性中只找於自己有利的一種可能性，將其作為蘇軾見到《二十四詩品》的依據，非常勉強，缺乏說服力。再退一步說，如果蘇軾所指確實是《二十四詩品》，而他又是宋代有重大影響的文學家，他的許多議論都成為時人議論或發揮的重要話題，〈書黃子思詩集後〉又是他極其有名的一篇文章，宋人編選的《宋文鑑》卷一三一、《國朝名臣二百家文粹》卷一九六、《經世東坡文集事略》卷六十均收入此篇，見於宋代詩話、書志、類書等著作稱引此篇者，也多達十多次。如果所指為司空圖《二十四詩品》，而此書又曾存在，則在東坡身後近兩個世紀的漫長歲月中，總不至於寂無所聞吧？以下以蘇軾此文為宋至元初人稱引的情況概述：

書名	作者和年代	原文或摘要
《苕溪漁隱叢話前	南宋初胡仔。	在〈柳柳州〉一節錄東坡云：蘇、李

集》卷一九		之天成。曹、劉之自得，陶、謝之超然，固已至矣。而杜子美、李太白以英偉絕世之資，凌跨百代，古之詩人盡廢。然魏、晉以來，高風絕塵，亦少衰矣。李、杜之後，詩人繼出，雖有遠韻，而才不逮意。獨韋應物、柳子厚發纖穠於簡古，寄至味扵淡泊，非餘子所及也。唐末司空圖崎嶇兵亂之間，而得詩人高雅，猶有承平之遺風。其論詩曰：梅止於酸，鹽止於鹹，飲食不可無鹽梅，而其美常在於鹹酸之外。可以一唱而三歎也。
《錦繡萬花穀前集》卷二一	南宋前期闕名。	李杜之後，詩人雖有遠韻，而才不逮意。獨韋應物、柳子厚發纖穠於簡古，寄至味於澹泊，非餘子所及也。
《郡齋讀書志》卷四中	南宋前期晁公武。	在「司空圖《一鳴集》三十卷」下，錄「其論詩有曰：梅止於酸，而鹽止於鹹，其美常在酸鹹之外。」謂其詩「碁聲花院靜，幡影石壇高」之句為得之，人以其言為然。
《容齋隨筆》卷一〇〈司空表聖詩〉	南宋前期洪邁。	東坡稱司空表聖詩文高雅，有承平之遺風，蓋嘗自列其詩之有得於文字之表者二十四韻，恨當時不識其妙。又云：「表聖論其詩；以為得味外味，如『綠樹連村暗，黃花入麥稀。』此句最善。又『棋聲花院閉，幡影石壇高。』吾嘗獨入白鶴觀，松陰滿地，不見一

		人，惟聞棋聲。然後知此句之工，但恨其寒儉有僧態。」予讀表聖《一鳴集》有〈與李生論詩〉一書，乃正坡公所言者。其餘五言句云：「人家寒食月，花影午時天。」「雨微吟足思，花落夢無憀。」「坡暖冬生筍，松涼夏健人」「川明虹照雨，樹密鳥衝人。」「夜短猿悲減，風和鵲喜靈。」「馬色經寒慘，鵰聲帶晚饑。」「客來當意愜，花發遇歌成。」七言句云：「孤嶼池痕春漲滿，小欄花韻午晴初。」「五更惆悵廻孤枕，猶自殘燈照落花。」皆可稱也。
《直齋書錄解題》卷一六	南宋中期陳振孫。	《一鳴集》十卷，唐兵部侍郎虞鄉司空圖表聖撰。圖見〈卓行傳〉，唐末高人勝士也。蜀本但有雜著，無詩。自有詩十卷別行。詩格尤非晚唐諸子所可望也。其論詩，以梅止於酸，鹽止於鹹，鹹酸之外，醇美乏焉。東坡嘗以為名言。自號知非子，又曰耐辱居士。
《歷代名賢確論》卷九八	宋佚名撰。《宋史·藝文志》作《名賢十七史確論》一百四卷。	錄東坡語至「蓋自列其詩之有得於文字之表者二十有四韻，恨當時不識其妙，餘三復其言而悲之」。
《山堂考索續集》卷一七	南宋章如愚編。	錄東坡論詩，較《苕溪漁隱叢話前集》略簡。

《仕學規範》卷三七引《古今總類詩話》	南宋張鎡編。所引《古今總類詩話》為任舟著。	引東坡居士語至「蓋自列其詩之有得於文字之表者二十有四韻，恨當時不識其妙，予三復其言而悲之」，未有進一步發揮。
《修辭鑒衡》卷一引《古今詩話》	元王構編。所引《古今詩話》為南宋初李頎著。	錄東坡語至「蓋自列其詩之有得於文字之表者二十有四韻，恨當時不識其妙，予三復其言而悲之」，未有進一步發揮。
《毛詩李黃集解》卷一八	集宋李樗、黃櫄兩家詩解。	解〈東山〉云：古人有言，梅止於酸，鹽止於鹹，飲食不可以無鹽梅，而味常在於鹽梅之外。詩人之意亦如是也。
《深雪偶談》（《說郛》本）	南宋人方嶽。	坡公獨以柳子厚、韋應物發纖穠於簡古，寄至味於淡泊。
《詩人玉屑》卷一五	宋末魏慶之。	在〈東坡評柳州詩〉下引錄，大致同《苕溪漁隱叢話前集》。
《竹莊詩話》卷八	南宋末何汶。	在〈柳子厚〉下引東坡語，大致同《苕溪漁隱叢話前集》。
《識遺》卷一《文繁省》	南宋末羅璧。	司空圖曰：辨於味而後可以言詩。江嶺之南，凡資於適口者，若醯非不酸也，止於酸而已；鹺非不鹹也，止於鹹而已。華人以之充飢，而遽輟者，知其酸鹹之外，醇矣，有所之爾。彼江嶺之人，習之而不辨也。東坡約之曰：梅止於酸，鹽止於鹹，飲食不可無鹽梅，而其美嘗在酸鹹外。然皆只中庸，人莫不飲食也，鮮能知味也之說。

《文獻通考》二三三《經籍考》	元初馬端臨。	著錄司空圖《一鳴集》三十卷，引錄晁、陳及《容齋隨筆》三家記載，別無發揮。

　　以上所錄，雖仍可能有遺漏，但大端已備。值得注意的是，宋代編錄詩話的諸家，逐一此篇的重點是對於柳宗元的評價，且大多依循胡仔的經過改寫的錄文。晁公武、陳振孫兩位文獻學家，其私人藏書中包含三十卷本或十卷本的《一鳴集》及《詩集》，他們注意的只是蘇軾酸鹹之外的那段高論，沒有注意「二十四韻」云云。如果《一鳴集》中有《二十四詩品》，而蘇軾又曾特別指出，他們又注意到了蘇軾此節高論，完全不予理睬總有些不通情理。《仕學規範》卷三七引《古今總類詩話》、《修辭鑒衡》卷一引《古今詩話》，錄文全同，雖書名有異，淵源則一。郭紹虞先生《宋詩話輯佚》分別輯歸《詩學規範》和《古今詩話》，前者出於杜撰，未必允當。但此二書引到「二十四韻」一段，沒有進一步的發揮。《歷代名賢確論》是一部編錄名賢議論的類書，沒有進一步討論的責任。值得注意的是洪邁《容齋隨筆》和羅璧《識遺》的敘述。羅璧注意到司空圖原文和蘇軾所作改寫的差別，稱「東坡約之曰」云云，是經過比讀證明蘇軾為節述大意。洪邁的敘述其實可以分為四節，第一節引蘇軾〈書黃子思詩集後〉，第二節引蘇軾〈書司空圖詩〉（《蘇文忠公全集》卷六七，又見《東坡題跋》卷二），第三節是翻檢司空圖《一鳴集》後，認為蘇軾所言即據〈與李生論詩書〉，最後摘錄了他認為司空圖詩句可稱者。洪邁說：「予讀表聖《一鳴集》有〈與李生論詩〉一書，乃正坡公所言者。」這裏的敘述和判斷非常明確，洪邁手邊有司空圖的《一鳴集》，而且作了認真的比讀，明確認定蘇軾所言的依據就是〈與李生論詩書〉。王步高認為洪邁這段話「應指《東坡題跋》中的那段文字，並不能概括〈書黃子思詩集後〉的『二十四韻』一句」。不過王氏接著又指出出自《東坡題跋》所引的「綠樹連村暗，黃花入麥稀」二句，並不在〈與李生論詩書〉所引詩內，這就否定了他的前一項推斷。其實，從洪邁的原文看，「予讀」一節是對於前兩段蘇軾議論的按段，而〈書黃子思詩集後〉「酸鹹之外」的一段宏論，確實是據〈與李生論詩書〉改寫，這已經不必討論。洪邁

引「二十四韻」一節，斷定坡公所言正是〈與李生論詩書〉，結論如同白天一樣的明朗。如果論者不是特別抱有偏見，我想不應該有什麼歧解。洪邁家藏有司空圖《一鳴集》，還有一個重要的書證，就是他所編《萬首唐人絕句》一書，錄司空圖七言絕句二百三十一首、五言絕句七十五首，其來源就是《一鳴集》。這 306 首詩，多數不見於宋代他書徵引，完全依靠洪邁的編錄而得以保存下來。由此可以證明洪邁對於《一鳴集》的作品曾經作過認真閱讀和摘錄，他認為蘇軾所言「二十四韻」云云，正是指〈與李生論詩書〉，就顯得特別重要。於此也可以回答張少康所作《二十四詩品》是否原來收在《一鳴集》中，沒有特別引起宋人的注意，到明人才據以錄出的猜測。洪邁是在知道蘇軾有「二十四韻」的敘述後才去檢讀《一鳴集》的，檢讀的結論中並沒有提到包含敏感的「二十四」數位的《詩品》，可以證明宋代的《一鳴集》並不包含此部分內容，至少洪邁所見本是如此。

五、《二十四詩品》中的後出痕跡

《二十四詩品》中有沒有唐末以後才出現的典故和詞語，也值得關注。《辨偽》提出了一些，以後有不少論文陸續補充了一些。論難者對此也特別關注。如祖保泉《司空圖詩文研究》中專列一章〈《二十四詩品》語詞徵信錄〉，約兩萬多字，聲稱「《二十四詩品》裏所出現的每個語詞（包括美學概念），都來自晚唐以前的典籍和文章（包括釋子們的文章）裏」。張少康在〈司空圖詩歌意象與《二十四詩品》的比較〉中也羅列了司空圖詩歌中相似的若干詞語和意象，來證明《二十四詩品》為司空圖所作的可能性。王步高《司空圖評傳》也用一節〈亦論所謂《詩品》用宋人詩文〉約萬餘字加以論列。這些論列當然是有意義的，各位所見也值得重視。但我認為，古代詩文的常用詞語，比如張少康列舉的「流鶯」、「碧桃」、「碧空」、「碧雲」、「芙蓉」、「高人」、「幽人」、「幽鳥」、「月明」、「晴雪」、「楊柳」、「落花」、「白雲」等，王步高提到的多用「鶯」、「幽人」、「鸚鵡」、「鶴」、「竹」、「碧桃」等詞，充斥於唐宋時期的各種類書和總集，幾乎每個詩人都用這些詞語來作詩，論證的結果缺乏說服力。舉例來說，「池塘生春草」是謝靈運的名句，但

在他以前「池塘」、「春草」二詞已經見於他人詩文中，但連用這兩個詞，並因此而來描寫春天的景象，則肯定是從謝始，因此後人將「池塘」、「春草」寫入詩文，斷然是在謝靈運以後。同樣道理，下文說「大河前橫」出於黃庭堅詩，論者舉唐人詩中用到黃河或大河的許多例子，甚至舉出司空圖中條山與黃河有多少距離，都毫不相關。明乎此，才能繼續以下的討論。以下列舉《二十四詩品》中出現的宋代以後才流行的一些熱點詞語和特殊句型，對於確定其產生時代，無疑是很重要的。

（一）〈沉著〉：如有佳語，大河前橫

「大河前橫」一句無疑出自黃庭堅〈王充道送水仙花五十枝欣然會心為之作詠〉末兩句：「坐對真成被花惱，出門一笑大江橫。」許多注家都注意及此。如果司空圖先有此句而黃襲用之，任淵最稱博學，《山谷詩注》注此詩云：「老杜詩：『江上被花惱不徹，無處告訴只顛狂。』山谷在荊州，與李端叔帖云：『數日來驟暖，瑞香、水仙、紅梅皆開，明窗靜室，花氣撩人，似少年都下夢也。但多病之餘，嬾作詩爾。』山谷時寓荊渚沙市，故有『大江橫』之句。老杜詩：『雞蟲得失無了時，注目寒江倚秋閣。』山谷句意類此。」此書有宋本在，可以覆案。宋人特別稱道此句，如《步裏客談》卷下即認為「古人作詩，斷句輒旁入他意，最為警策」，即舉杜甫「雞蟲」兩句和黃庭堅此詩為例。《野客叢書》卷二五贊同前說，又舉了黃詩的許多類似詩例。此外如《侯鯖錄》卷八、《餘師錄》卷二所述大致相同。《沉著》一品，按照祖保泉的闡發，是講詩歌「運思深沉、語言穩健而抒情愈轉愈深」。在列舉了一些穩健清靜的語境後，最後一句正是採用山谷斷句旁入他意的本義，以推進一層主旨。可以說，此處沿襲黃詩的痕跡十分清楚。

（二）〈縝密〉：水流花開，清露未晞

劉永翔先生撰〈《司空圖詩品》偽作補證〉（刊《華東師範大學學報》1999 年 1 期）指出「水流花開」一句用蘇軾〈十八大阿羅漢頌·第九尊者〉（《東坡全集》卷九八）：「飯食已畢，襆鉢而坐。童子茗供，吹籥發火。我作佛事，淵乎妙哉。空山無人，水流花開。」並引當時人許顗《許彥周詩話》云：

> 韋蘇州詩云：「落葉滿空山，何處尋行跡？」東坡用其韻曰：「寄語庵中人，
> 飛空本無跡。」此非才不逮，蓋絕唱不當和也。如東坡《羅漢贊》云：「空
> 山無人，水流花開」八字，還許人再道否？

如果司空圖此前已經有此語，許彥周不會作如此激評。此外，我還可以指出，許
彥周此段話，以後為宋人胡仔《苕溪漁隱叢話後集》卷九、魏慶之《詩人玉屑》
卷十五、蔡正孫《詩林廣記》卷四所引，並沒有任何人提出非議。北宋末詩僧惠
洪特別用此二句八字為韻作詩八首（見《石門文字禪》卷十四〈餘在制勘院晝臥
念故山經行處用空山無人水流花開為韻寄山中道友八首〉），並在《石門禁臠》中
贊道：

如「水流花開」，不假工力，此謂之天趣。（《竹莊詩話》卷二十引）

此外，南宋韓淲《澗泉集》卷十九也有《魯解元以坡語空山無人水流花開為詩和
韻》一詩。凡此皆可證蘇軾二句在當時的影響。《文匯報》2005 年 11 月 2 日《筆
會》刊李祚唐文章〈「盡信書不如無書」之一例〉，認為《歷代賦匯》卷一〇六
收唐劉乾〈招隱寺賦〉開篇就包含了與它極為相似的排列組合：「其始穿竹田以
行，崎嶇詰曲十餘里而後至。草木幽異，猿猿下來，空谷無人，水流花開。」此
文又見《全唐文》卷九五四，劉乾其人事蹟無考。王步高《司空圖評傳》也舉了
劉乾的例子，但沒有提到李祚唐的文章，不知是否參考。劉乾兩句與蘇軾頌語只
有一字之差，如果劉乾確實是唐人，那末蘇軾就是一位可恥的抄襲者，宋代那些
捧蘇的名家也不免識見太弱。就目前的書證來說，以劉乾為唐人的最早記錄，只
見於康熙間成書的《歷代賦匯》，嘉慶間成書的《全唐文》即據此採錄。除了一
些有文集流傳的名家外，《全唐文》所收唐人賦，絕大多數錄自《文苑英華》，
劉乾此賦並不在其中。唐人史傳中也無其事蹟可考。今按此賦中有句云「茅山青
兮練湖平，美人不復兮我心如縈」。知所詠為茅山、練湖一帶之招隱寺。《江南通
志》卷四五《輿地志·寺觀》三：「鎮江府招隱寺，在府城南七裏招隱山。宋景平

元年創，即戴顒隱居之地，梁昭明太子嘗讀書於此。」《至順鎮江志》卷九作禪隱寺。如果劉乾所詠即此招隱寺，則必然不可能是唐代人。

(三)〈沖淡〉：飲之太和，獨鶴與飛

舉出這個例子，是要說明「獨鶴與飛」一句是模仿韓愈〈羅池廟碑〉：「春與猿吟而秋鶴與飛」一句而作，其可能出現的時代不會早於南宋初年。王步高舉了許多六朝和唐代人詩中用「獨鶴」的句子，又引徐寅〈蝴蝶〉：「幾處春風借與飛」作為「與飛」的例子，其實都是誤解。鶴是古人吟詠很多的鳥類，加上狀態詞在古詩中在在多見。而動詞加「與」的詞語，也是唐詩中最常見的組詞法，檢《杜詩引得》可得數十例，但與此句並無關聯可比性。因為我指出此點，並非認為「獨鶴」的事典或語詞到宋代才有，也不是說「與」或「飛」是後出字，而是說「獨鶴與飛」這一句式的出現，必然在歐陽修提出此句並引起廣泛討論，成為流行句以後。就如同現實生活中，「愛你沒商量」或「滿城盡帶黃金甲」的派生句，必然在王朔小說或張藝謀電影風靡以後，雖然這兩句在此以前已經存在。

韓愈的〈柳州羅池廟碑〉撰寫於長慶三年（823），為柳州紀念柳宗元而作。碑為沈傳師所書，拓本今存，二十多年前《書法》雜誌曾刊佈。韓愈長於司空圖約七十年，韓愈的文章他當然有機會見到。但北宋時歐陽修所見韓愈文集，此句是作「春與猿吟而秋與鶴飛」，他發現碑本的異文後，即指出「而碑云：『春與猿吟而秋鶴與飛』，則疑碑之誤也」。（《集古錄跋尾》卷八〈唐韓退之羅池廟碑〉）據《韓集舉正》卷九所載，南宋初蜀本《韓集》仍作「秋與鶴飛」。首先質疑歐陽修的，是著名學者沈括，他在《夢溪筆談》卷十四認為「古人多用此格。如《楚辭》：『吉日兮辰良』，又『蕙肴蒸兮蘭籍，奠桂酒兮椒漿』。蓋欲相錯成文，則語勢矯健耳。」此後董逌《廣川書跋》卷九〈為李文叔書羅池碑〉、吳曾《能改齋漫錄》卷三〈秋鶴與飛〉、王觀國《學林》卷七、程大昌《考古編》卷八〈羅池碑〉、孫奕《履齋示兒編》卷十〈春猿秋鶴〉分別加以發揮，成為當時的熱門話題。「獨鶴與飛」的句式，是完全模擬「秋鶴與飛」的，但是很拙劣的模擬。韓愈的碑銘是設想柳州人為紀念柳宗元而建羅池廟，柳的魂靈縈繞左右，因有「侯朝出遊兮暮來歸，春與猨吟兮秋鶴與飛」的描寫，以朝暮春秋表示時時刻刻，一年四季，柳

的魂靈都與猿、鶴為侶，陪伴在柳州人的周圍。後一句錯綜而寫，更見精彩。相形之下，〈沖淡〉當然要寫隱士的生活或情懷，「太和」語出《周易》，指沖和之氣，飲啄本來就是以鶴設喻，再說「獨鶴與飛」，鶴所與者失去了主體，隱士也不可能與鶴同飛。在這兩句中，只能看到對於韓愈名句的刻意模仿。

（四）〈高古〉：泛彼浩劫，窅然空蹤。月出東斗，好風相從

我以為源出蘇軾〈赤壁賦〉：「清風徐來，水波不興。舉酒屬客，誦明月之詩，歌窈窕之章。少焉，月出於東山之上，徘徊於斗牛之間。白露橫江，水光接天，縱一葦之所如，凌萬頃之茫然。浩浩乎，如馮虛御風，而不知其所止；飄飄乎，如遺世獨立，羽化而登仙。」請學者仔細體會，必信此言不誣。祖保泉引《雲笈七籤》有「東斗主算」的說法，遂謂東斗即指東方。按此語見《雲笈七籤》卷二十一引《度人經》之說，只是講一天五斗之主掌，並不涉及天域之劃分。王步高又舉《太平御覽》卷六八引《抱樸子》，講天河流經東斗云云。大致可以認為，道教認為天有五斗，並有東斗之稱，但講天象星圖者，並沒有東斗的具體星座和方位，因而很少為詩家稱及。

（五）〈縝密〉：語不欲犯，思不欲癡

周裕鍇先生〈司空圖《二十四詩品》真偽芻議〉（刊《人民政協報》1998 年 9 月 28 日）云：

> 還有一個例子則只能證明《二十四詩品》是化用了司空圖以後的句子，這就是《縝密》中的「語不欲犯，思不欲癡」。很顯然，「語不欲犯」就是宋人任淵在《後山詩注目錄序》所說的「不犯正位，切忌死語」，或是惠洪在《林間錄》卷上所說的「不犯正位，語忌十成」。而任淵和惠洪都稱這是禪宗曹洞宗的禪法，這顯然不是從《二十四詩品》化用而來。這充分說明，《二十四詩品》即使不是化用宋人的說法，也是化用了曹洞宗的語句。曹山本寂禪師釋〈五位君臣〉云：「以君臣偏正言者，不欲犯中，故臣稱君，不敢斥言是也。」曹山本寂雖與司空圖同時，但一直在南方江西傳法，而司空圖則隱居於北方山西王屋山，迥不相接。何況即使《司空表聖文集》中的

〈香岩長老贊〉等有關禪宗的文章來看，他接受的也是溈仰宗的影響，與曹洞宗無涉。因此，司空圖不可能寫出「語不欲犯」的句子，這種句子，只能是宋代「不犯正位，切忌死語」的觀念移植到詩學後的產物。

周氏以研究宋代禪學與詩學著名，所作論證充分有據，值得重視。

（六）〈形容〉：風雲變態，草木精神

前舉周裕鍇文指出「風雲變態」四字見於程顥〈秋日偶成二首〉之一，詩見《二程全書》卷一，全詩如下：「閒來無事不從容，睡覺東窗日已紅。萬物靜觀皆自得，四時佳興與人同。道通天地有形外，思入風雲變態中。富貴不淫貧賤樂，男兒到此是豪雄。」《上蔡語錄》卷一稱此詩為程顥早年任鄠縣主簿時作。此詩也是南宋理學家引用很多的一首詩，如朱熹即曾引錄多次，分別見《朱子語類》卷一八、卷九七，宋人從未有關於此詩抄襲的議論。

如果僅見一二處，或許可以作別的解釋，現在可以見到如許多明顯後出的痕跡，是值得學者正視的。我以為，只要不抱成見，客觀體會，不難得出結論。記得我最初與一位朋友談到此書後出的可能性時，朋友的反映是唐人不可能寫出如此流麗的東西。拙說提出後，曾與一位前輩談到，他認為如果最終得到證實，則《二十四詩品》顯然源出東坡詩說。這些都是僅憑直感的意見，但也可能是最真切的認識。

六、《二十四詩品》判偽牽涉到的一些學理問題

《二十四詩品》判偽最早於 1994 年在唐代文學年會上提出，雖然也有質疑的意見，多數學者似乎能夠冷靜地分析我們的論證，沒有引起太多的紛爭，表示贊同的學者較多。第二年在古代文論會議上提出，作了大會論辯，討論極其熱烈，不同意者相對較多。思考形成這一差距的原因，大約對於古代文論研究來說，《二十四詩品》長期居於核心地位，是許多學者努力建構古代文學理論體系的重要環節，一旦這個環節被抽掉，原來拼出來的體系勢必要重新鏈結。一些學者長期研究此書，根本不能接受此書是偽書的可能性，不屑分析辨偽的舉證，斷然加以排

斥。我以為更重要的原因，是唐代文學研究在最近三十年的進程中，對於包括《全唐詩》、《全唐文》在內的全部唐代作品的來源及其真偽互見的分析考證，作了極其艱苦卓絕的文獻文本研究，基本釐清了絕大部分的真相和歸屬，並因此而形成了一些可貴的共識，即引用書證和相關史實是辨別作品真偽的重要依據，後出而來源不明的作品可疑性較大。在這些研究中，文獻學家強調的依靠書目辨析古書真偽的原則，歷史學家宣導的分清史料主次源流的史源學原則，得到了充分發揚光大。秉持這一理念來看待與《二十四詩品》相關的討論，比較容易得出一致的意見。相對來說，文論研究方面對於文獻考訂的重視程度，特別是對於與文論沒有太多關係的一般典籍的關心程度，相對要薄弱一些，有關學者對於文獻考訂的基本原則和內在邏輯聯繫，常缺乏清晰的認識。

最後，我想節引舊文〈《二十四詩品》真偽之爭與唐代文獻考據方法〉中的一些關於唐文獻鑒別考據原則的結論性意見，作為本文的結尾：

鑒於唐代文獻流傳的特殊而複雜的狀況，特別是明中後期以來唐詩和唐小說大量刊佈而造成的文獻混雜，中國學者在近二十年間作了大量艱巨而細緻的基本文獻清理和重建的工作，並逐漸形成了前述的全面佔有文獻、彰顯史源意識的文獻利用原則。涉及到具體的典籍或作品的鑒別考證，我認為以下幾條原則是很重要的：

首先，凡今所得見的唐人著作，應根據唐宋書志的著錄來檢核，以確知其真偽、完殘，是原書還是後人輯本。經過對核，不難發現《大唐新語》、《國史補》、《因話錄》等書是唐人原編，《河岳英靈集》三卷本已經後人重分卷次，現存的宋刻二卷本尚存此書原貌，《北夢瑣言》和《江南野史》都已是殘書，兩書的後十卷都已亡失，而《朝野僉載》、《明皇雜錄》、《稽神錄》等書，都是明代的輯本，許多不見著錄而明末始出現的唐小說，其偽跡顯而易見。

其次，唐人著作無論完殘存逸，在唐宋各類著作中常有大量的引用和抄錄，今本完整的可據以校訂文字，殘缺的可據以補輯逸文，已亡者可藉以考知

426

大概。特別是宋人所編的類書、叢抄、地志、詩話、筆記中,常喜歡大段地輯錄前人著作中的文字,有時是為具體的論述考訂而引錄,更多地則是在大規模地分類編纂資料時引用。以詩學文獻來說,範攄《雲溪友議》、孟棨《本事詩》中的那些唐詩故事,被宋元人引用都不少於數百次,幾乎每一則都曾被十多種著作引到,引用方式又可區別為許多類型,有就原書摘錄的,如《類說》、《說郛》等,有引用而加以辨說的,如各種宋人筆記,有改些而另成著作的,如《古今詩話》、《唐宋名賢詩話》等,有分詩人、事類、地域甚至詩語加以分類改寫編錄的,如各類詩話、類書、地志等。宋代詩學昌盛,詩學著作極多,僅詩話叢編類的著作就有《苕溪漁隱叢話》、《詩話總龜》、《詩林廣記》、《竹莊詩話》、《詩人玉屑》等多種,郭紹虞先生輯《宋詩話輯考》主要就依靠這幾部書。此外,宋元間坊間編纂的大型類書即有二十多種,專門採集詩語的類書即有《詩學大成》、《聯珠詩格》、《韻府群玉》等許多種,所引也頗有可觀。

唐人詩文留存到現代的總數超過80000篇,只要追溯唐宋以來的典籍,絕大多數作品的流傳史都可以弄清楚,這對於恢復唐人作品的原貌,校錄異文,考察其流傳過程,甄別流傳中產生的種種訛誤,都是很有意義的。多年前開始的《全唐五代詩》的編纂,即著眼於此而制定體例。從已完成的初盛唐部分來看,絕大部分的詩篇都能找到很早的出處,有名的詩篇在唐宋典籍中常有十多次以上的徵引,由此而記錄下來的各詩逸文,極其豐富,根據這些書證而確定互見詩的歸屬,也很有說服力。

唐代文學作品是有一定範圍的,但文學作品中所涉及的社會生活範圍則是極其廣闊的,要深入地研究好文學作品中所涉及的包括人事、制度、事件、語詞、地理、風俗在內的各種細節問題,學者必須利用一切唐代典籍,無論其與文學有關或無關。前面講到的現代文獻考據引用典籍之拓展,正是指的這一情況。

不見於唐宋書志著錄,也不見於唐宋典籍徵引的唐人著作和詩文,當然仍有一定數量。對其甄別的原則,主要涉及兩個方面:一是應有比較可信

的來源，如敦煌或日本所存的古寫本，其收藏發現及寫本的年代是可以考定的，地方誌有遞修的傳統，後出志書中常能保存一些已失傳的舊志中的文獻，當地石刻或私家收藏也偶有載錄；二是其中所涉內容，應符合唐人的表達習慣，所涉人事、制度、事件、語詞、地理諸方面，應能與唐代典籍的記載相印證。見於方志和私家譜牒中的一些後世偽託作品，在這些方面是經不起推敲的。

以上引文都與《二十四詩品》討論無關，但若有關學者明白唐代文學文獻考證的一般規則，也就可以理解《二十四詩品》辨偽是唐文獻系統研究後必然得出的結論。

2007 年 6 月 7 日於復旦大學光華樓

羅聯添教授八秩晉五
壽 慶 論 文 集
2011 年 11 月 頁 429-444

中晚唐古文家對「小人物」的表彰及其影響

葉 國 良[*]

提 要

興起於東漢末年的門閥，曾掌控了政治和學術，直至唐代，歷史的舞臺上幾乎看不到「小人物」的蹤影。隨著唐代實行科舉制度和禁止五姓通婚的措施，門閥在中晚唐已沒落衰微。新興的進士階層，較貼近平民生活，也較能欣賞「小人物」的嘉言善行，自韓愈、柳宗元起的中晚唐古文家，在此社會氛圍及心理背景下，又受「文以載道」觀的導引，遂寫作工人、農人、小商人、兵卒小吏、僮僕婢妾、歌兒舞女以及普通家庭的老弱婦孺等「小人物」的傳記，其中有些被宋人收入正史。宋代以後，古文家及史官繼續此一工作，遂使「小人物」與「大人物」一同登上歷史的舞臺，都成了歷史的一部分。

關鍵詞：中晚唐、古文家、小人物傳記、文以載道

---

[*] 國立臺灣大學中國文學系教授。

中晚唐古文家對「小人物」的表彰及其影響

一、 緒論

孔子說：「君子疾沒世而名不稱焉。」其實除了逃名逃世的人之外，絕大部分的人都疾沒世而名不稱焉，最少也期望子孫能予追念，這可說是一般人的人心之所同。在歷史上，位高或望崇者，其事蹟有史官加以記載，能夠留名青史，這一類傳記，始終是中國史書的最大宗文字。但是，「小人物」有嘉言善行者，因為有見識有文采之士未予注意，大多數像太史公在〈伯夷列傳〉所說的那樣，「名湮滅而不稱，悲夫！」

太史公修撰《史記》，其卓見之一，即是在帝王將相達官顯貴之外，對於隱士、學者、循吏、游俠、刺客、一言解紛者、流通貨殖者，也加以表彰。然而，〈伯夷列傳〉、〈儒林列傳〉、〈游俠列傳〉、〈刺客列傳〉、〈滑稽列傳〉、〈貨殖列傳〉中的人物，都不是「小人物」，他們乃是國君之子、官員、士紳、弄臣、大商人等等。

太史公影響所及，《漢書》以下各史也別立表彰特立傑出之士的列傳（或單稱「傳」），除沿襲《史記》者外，名稱又有增加，諸如隱逸、方伎、文苑、列女、卓行、忠義、孝友等等。但隱逸襲自〈伯夷列傳〉，方伎沿自《史記》〈龜策列傳〉與〈日者列傳〉之目，文苑則襲自〈屈原賈生列傳〉、〈司馬相如列傳〉，真正較具新意的只有列女、卓行、忠義、孝友等而已。然而，檢閱傳中人物，仍然以出身於門閥或士族家庭為絕大多數，而非「小人物」。

本文所謂「小人物」，指的是當時社會地位低下的工人、農人、小商人、兵卒小吏、僮僕婢妾、歌兒舞女以及普通家庭的老弱婦孺而言，若是士大夫或中下級官員則均不列入。這種「小人物」，我們若從《隋書》往前默想，幾乎叫不出一兩

個名字來。原因是什麼？因為此前的史書不記載「小人物」的故事。然而這種情形，由於韓愈、柳宗元的開端，以及其後古文家的努力，「小人物」有嘉言善行者開始受到表彰。影響所及，宋代以後的文士也加入寫作這類作品的行列，其中一些被收入正史，而正史中這種列傳的類別以及收入的人數也都增加了。

分析這種現象的原因，除了韓、柳兩位大文豪的影響力之外，筆者認為還應加入中國社會結構的變遷、價值觀的改變等因素，才能夠比較圓滿的予以解釋。換言之，有些文學問題，應該宏觀的將文學納入整個社會的文化脈絡中去看待，才能顯現出各種面向，而不只是就文學論文學。

本文之寫作，先對中晚唐古文家的「小人物」傳記作品作一些敘述與歸納，次述其對後世古文家及史書的影響，再論引發此一現象的社會氛圍、心理背景、「文以載道」觀等因素，以彰顯唐代古文家另一種不為學界熟知的成就。

二、 作品

（一）選用範圍

在討論中晚唐古文家的小人物傳記作品之前，在資料的選用上，在此先作一些釐清和聲明。

首先，本文所謂小人物傳記，指的是真人真事，而非虛構的人物與故事情節，因此，「寓言」不包括在內。儘管有些傳記因寄寓性強而被人指為寓言，但本文對寓言採取較嚴格的定義，即虛構的才算寓言。[1]其次，虛構人物與故事情節的「傳

---

[1] 關於寓言的定義，《大不列顛百科全書》（臺北：丹青圖書有限公司，1987 年）稱：「以散文或詩歌體寫成的短小精悍、有教誨意義的故事，每則故事往往帶有一個寓意。」這個定義不強調虛構。《大美百科全書》（臺北：光復書局，1990 年）則稱：「以簡短的虛構敘事表現處世智慧的格言。……寓言中運用的典型角色是動物、自然界的物或力量，或是下階層社會的人物。……寓言之異於軼事，在於虛構性重於歷史性。……」這個定義強調寓言必須是虛構的。本文採取《大美百科全書》的定義，因為它較符合先秦諸子書中的寓言形態。據此，虛構的小人物故事屬於寓言，不屬於傳記。

奇」作品也不包括在內。近當代所編的傳奇集，其內容有些屬於虛構，有些乃是記實，只是情節較曲折而已，本文將屬於記實的所謂傳奇視為傳記，但不採納情節出於虛構的傳奇。再其次，本文同意某些「碑誌」的內容也可以視為傳記，但不採用虛美空洞且沒有故事情節可述的殤女幼兒或庶民的碑誌資料。另外，本文不採用「僧道傳記」，因為他們不屬於本文定義的小人物。最後，大量「憐憫」小人物的詩文，譬如柳宗的〈捕蛇者說〉，雖然也很值得研究，但本文也不採用，因為本文的宗旨放在「表彰」嘉言善行之上。

本文何以從中唐談起？其實是在檢視《全唐文》及陳尚君編校的《全唐文補編》（下文引用作品據此二書，並注明《全》卷某、《補》卷某）之後做的決定，因為初盛唐找不到這種表彰小人物的傳記。譬如初唐的王績（？~644），為自己寫了〈無心了傳〉，也寫了〈負苓者傳〉、〈仲長先生傳〉、〈五斗先生傳〉（以上均見《全》132），但其傳主的處世風格像《論語》、《莊子》所見的隱士，並不是本文所謂小人物，所以加以排除。又如〈吳保安〉中吳保安與郭仲翔間的「氣義」故事，雖發生在盛唐時期，但他們兩人是官員出身，郭仲翔更出自名門，也不算小人物。[2]這樣一路檢視下來，才在中唐韓、柳文中出現，然後持續到唐末，因而本文討論中晚唐時期。

（二）作品內容

首先可談的是韓愈（768~824）的〈圬者王承福傳〉（《全》567）。此傳有人認為其人姓名與故事出於韓愈虛構，目的在藉此抒發議論。[3]筆者認為讀完拙文，將此傳納入整個中晚唐古文家此類作品中去觀察，當會放棄此想。王承福家世為農夫，天寶之亂被徵從軍，退伍後因田產已失，靠圬鏝自食其力，由於擔心力不足

---

[2] 〈吳保安〉原載《太平廣記》卷166「氣義類」，《新唐書》改寫後收入〈忠義傳〉。關於此篇內容的考證，可參王夢鷗：《唐人小說校釋》（臺北：正中書局，1983年），上冊。

[3] 如清·蔡鑄云：「『王其姓，承福其名』，不必有其人也，不必有其事也。公疾當世之『食而怠其事者』，特借圬者口中以警之耳。憑空結撰，此文家無中生有法也。」見《蔡氏古文評註補正全集》，卷8，此據羅聯添等：《韓愈古文校注彙輯》（臺北：國立編譯館，2003年），第1冊，第317頁轉引。

以供養家人，又擔心影響圬鏝專業，不願娶妻生子。韓愈在文中先稱譽王承福「賢者也，蓋所謂獨善其身者也」，又批評道：「然吾有譏焉。謂其自為也過多，其為人也過少，其學揚朱之道者耶？」但接著則綜合其長短而認為王承福：「其賢於世之患不得之而恐失之者，以濟其生之欲，貪邪而亡道，以喪其身者，其亦遠矣！」最後，韓愈說：「其言有可以警予者，故予為之傳而自鑒焉。」一個工人的言行，能夠讓韓愈這樣不世出的文豪自警，真正勝過千千萬萬的士子，豈不值得為他立傳嗎？如果用今天的觀念來衡量，王承福是極具專業精神的泥水匠，也是不想拖累別人的好公民。

　　寫小人物傳記篇數最多的是柳宗元（773~819），共有四篇（均見《全》592）。寫工人的〈梓人傳〉可與韓愈的〈圬者王承福傳〉對看，前人已曾點明。[4]傳中的主人名楊潛，是工匠的指揮，當時稱為「都料匠」，柳宗元本看不起其人，後來觀察他指揮群工建築、群工唯命是從的過程，才知道其中學問之大，實與宰相治國、指揮大小官員陳力就位相同，楊潛與宰相都須享大權、負全責，若業主或國君對之有所質疑，則寧願「悠爾而去，不屈吾道」，以免因求全苟且，導致棟橈屋壞，國家敗亡。基於佩服和讚賞楊潛「是足為佐天子相天下法矣」，柳宗元不稱他為「都料匠」，而據《周禮・考工記》稱他為「梓人」，有如今日之稱「建築師」一樣。優秀的建築師，乃是工程師和藝術家的結合，豈不值得表揚？

　　關於農夫的作品，有〈種樹郭橐駝傳〉。郭姓農夫駝背，「橐駝」是其綽號，本是長安西豐樂鄉人，以替人種樹為業，不論栽植庭園中的觀賞樹木，或為果農種樹，都能枝繁果盛。人問其術，橐駝回答：「能順木之天，以致其性焉耳。」他認為種樹時要先重視根本，即「其本欲疏，其培欲平，其土欲故，其築欲密」，之後便不要再去騷擾它，讓它自然生長，才能長得最好，反之，則長得不好。橐駝又能運用他的經驗去評論地方官治民之道，認為官方只要提供好的生活環境即可，即使很關心人民，也不應太常騷擾百姓的生活。柳宗元認為橐駝的觀點很可

---

[4] 唐・柳宗元：《柳宗元集》（臺北：漢京文化事業有限公司，影印本，1982年），卷17，〈梓人傳〉題下記「黃曰：王承福，圬者而得傳於韓；楊潛，梓人而得傳於柳。」黃者，蓋是黃唐，撰有《柳文雌黃》五十篇。

作為官員治民的參考，所以在文末說：「嘻！不亦善夫！吾問養樹，得養人術。傳其事以為官戒也。」郭橐駝其術其言，真可稱之為：小技術，大哲理。

關於商人，有〈宋清傳〉。宋清是長安藥市的藥商，生意很好，難得的是，即使不認識的人也可以賒帳，宋清又不去索債，「歲終，度不能報，輒焚券，終不復言」，彷彿大善人。有人問他，宋清答：「清逐利以活妻子耳，非有道也。」又進一步說明：與人方便，於己無損，要看遠利，而不是近利。因為四十年來賣藥，燒掉的欠條中，儘管有千百人欠下藥錢而死無處求償，但另有百數十人，因後來發達，感激當年不予計較，餽贈也不少，並不妨害致富。柳宗元知道宋清的處世態度後，感慨道：「今之交，有能望報如清之遠者乎？幸而庶幾，則天下之窮困廢辱得不死亡者眾矣。」因為在柳宗元看來，當時之人，即使是士大夫，與人交，都要別人立即回報，更不必說是借錢了。按：古人有「為富不仁」之說，用今日的語言說即是「奸商」；而宋清有愛心，肯賒賬、焚券來幫助有困難的病人，可謂為富而仁，比起現在救助弱勢人士的公益團體，大部分是靠募款而非出自一己之力，宋清的方式堪稱自然且高明，豈不值得表揚！

關於兒童，有〈童區寄傳〉。區寄是郴州樵牧家庭的孩子，年僅十一歲，被兩個綁匪綁架，準備販賣為奴。區寄先佯裝害怕，消除綁匪的戒心，然後利用一匪離去時，靠在匪徒的刀刃上割斷綑綁，並殺死一匪，逃走時又被離去的匪徒捉住，生氣要殺區寄，區寄勸他說：「賣了我比殺了好，一人得錢比兩人分錢好。」綁匪覺得有理，區寄遂保住一命。之後，區寄又以爐火燒繩鬆綁，再殺綁匪，然後大呼求救，得脫報官。柳宗元從桂部從事杜周士口中聽到這故事，記了下來，目的自然是在表彰這個小孩的智勇雙全。

與韓愈同榜登進士第的閩人歐陽詹（生卒年不詳），也有一篇〈南陽孝子傳并論〉（《全》598）。這篇文章記載歐陽詹於貞元九年至十一年親自聞見的故事。貞元九年，歐陽詹在虢州的客棧中遇到一個老父、一對兒媳以及他們的三個幼兒，拿著兩匹絹求售，絹上題有姓名，歐陽詹認得是友人鄭師儉之物，鄭不久前扶父靈柩回上京，問起絹的來源，正是鄭師儉所贈。貞元十一年，歐陽詹遇到鄭師儉，問起此事，鄭師儉說：「當年在路上和一個貧困的平民家庭同行，一對兒媳帶著老

父和二三個幼兒趕路，老父騎著瘦驢，兒子肩扛雜物約三十觔，媳婦抱著半歲嬰兒，兼照顧兩個小孩，走完山路，來到南陽大澤中，不想時因久雨，瘦驢陷入泥淖，與老父一起摔倒在地，兒子見狀，立即將雜物棄置泥水中，前往扶持，流著眼淚替老父清洗，如此數次，兒子悲不自勝，於是把雜物置於驢背上，親自揹著老父，當時地上積水到脛，所以父子一路到客棧都沒休息，父在子背，頗覺舒暢，子在父下，亦極欣喜，父子兩人一路歡笑，好像乘坐高車駿馬一般，如此者三天。我受到感動，贈絹一匹，讓兒子去換一匹好驢，但直到將分道而行都換不到，兒子便拿絹來還，我覺得此人不僅孝而且忠，更加贈一匹。你見到的，正是這家人。」鄭師儉的描述，絕對是中國文學中最令人動容的畫面之一，難怪鄭師儉受到感動，也難怪歐陽詹要記下這個故事，而且認為鄭師儉誠心成人之孝也是大孝，所以在傳後的「論」中寫道：「負父信孝矣，而贈絹非孝歟？唯其有之，是以似之，鄭與南陽孝子偕孝矣！」

在文學、思想方面與韓愈同調的李翺（774~836），也有兩篇具特殊用意的作品，值得一併敘述。第一篇是〈高愍女碑〉（《全》638）。碑主是七歲女童，姓高，名妹妹。建中二年，妹妹的父親高彥昭受到反抗朝廷的叛徒挾持，命守濮陽，妹妹便和母兄被叛徒押為人質。後來高彥昭以城反正，叛徒要殺人質，母親李氏請求放過年幼的妹妹為婢，叛徒也同意了，但妹妹不肯，說道：「生而受辱，不如死。母兄且皆不免，何獨生為？」母兄臨刑，拜於四方，妹妹說：「我家為忠，宗黨誅夷，四方神祇尚何知？」只向父親所在的西邊哭，再拜而死。次年，太常諡妹妹為「愍」。貞元十三年，韓愈向李翺說起這個故事，李翺因感佩女童的剛烈和見識而寫了這塊碑文。

第二篇是〈楊烈婦傳〉（《全》640）。建中四年，李希烈陷汴州，又進圖陳州，分兵攻項城縣，項城城小而缺兵備，縣令李侃不知如何是好，其妻楊氏曉以大義，又召集胥吏百姓宣示守城的決心，宣稱不論用瓦石或兵器擊傷賊兵都給予實值獎勵，於是李侃率眾守陴，楊氏親自作飯供應。有流矢射中侃手，侃返家，楊氏說：「你不在，會影響軍心。」李侃只好忍痛回防。後來，城上射死賊帥，賊帥乃是李希烈的女婿，賊兵遂退，項城解圍。在人心惶惶而且缺乏守城條件的情況下，

項城防衛戰得此結果，靠的全是楊氏的膽識和堅決。李翱認為值得表揚，於是寫下此傳。

李公佐（生卒年不詳，元和中曾為江淮從事）的〈謝小娥傳〉（《全》725），一般以文中有夢中謎語之事，頗為離奇，故視之為「傳奇」或「小說」。[5]其實天下本有離奇之事，即使經過口傳其中不免添油加醋，但只要大體是實人實事，便不應完全以虛構視之。謝小娥的父親為商賈，十四歲時，與父親、夫婿及僮僕數十人同在貨船上遭劫，均被殺害棄屍於江，小娥也傷胸折足，漂流水中，經他船救助，幸而不死，遂乞食為生，輾轉至上元縣，依妙果寺尼靜悟。當初遭難時，夢見父親說：「殺我者，車中猴，東門草。」又夢見夫婿說：「殺我者，禾中走，一日夫。」常向人請教，均不得其解。元和八年，李公佐在建業瓦棺寺聽寺僧提到此事，迅速解破謎語，便招小娥來，面告她：「殺汝父是申蘭，殺汝夫是申春。」小娥從此女扮男裝，以為人傭保為名四處尋找仇人。一年多之後，終於在潯陽郡[6]受僱於申蘭，經兩年餘，申蘭始終不知道小娥是女人，而且因小娥的順從，頗見信任，小娥遂細心觀察申蘭與其同宗兄弟申春等黨羽數十人的舉動。元和十二年，一晚，申蘭等同黨都酣飲酒醉，同黨散去，申春睡於內室，申蘭睡在庭院，小娥見時機成熟，便殺申蘭，並呼喊鄰居擒下申春，起出贓物，報官後尋線擒獲同黨，均就戮。潯陽太守張公覩向上級表彰小娥，但因殺人，免死而已。此後，小娥一心禮佛，訪道於牛頭山，元和十三年，受具戒於泗州開元寺，仍以小娥為法號。其年夏，李公佐到泗濱善義寺，小娥正在寺中，認出公佐，告以復仇始末。李公佐認為小娥得「貞」、「節」二字，寫道：「誓志不舍，復父夫之讎，節也。傭保雜處，不知女人，貞也。」

沈亞之（生卒年不詳，元和時健在）頗喜表揚嘉言善行，其中與小人物有關者三篇。〈歌者葉記〉（《全》736），表彰女歌手葉氏。葉女是洛陽金谷里人，貞元

---

[5] 〈謝小娥〉的故事，唐代有流傳的同事異本，即〈尼妙寂〉。〈謝小娥〉，原載《太平廣記》卷 491「雜傳記」，經收入《全唐文》，〈尼妙寂〉則載卷 128「報應類」。關於二文的關係，可參王夢鷗：《唐人小說校釋》（臺北：正中書局，1983 年），下冊。

[6] 《全唐文》作「尋陽」，今據史傳改。

元年始學歌於柳巷之下，無人能及，曾為成都率家妓，率死，至長安，歌者會唱，輪到葉女，其聲音之高吭，樂師無人跟得上。有博陵大家子崔莒，家富，屢辦盛宴。一日，有人建議請葉女獻唱，葉至，歌一曲，舉坐目瞪口獃，從此歸莒家，歌藝在長安享譽數十年，但「為人潔峭自處，雖諧者百態，爭笑於前，未嘗換色」。元和六年，沈亞之在朔方，夜晚聞歌，有人隨著歌聲忽悲忽喜三次，不能自已，打聽之下，原來是和崔莒隔鄰而居，歌者即是葉女也。元和十年，沈在彭城又遇崔莒，問起葉女，業已去世。談起葉女，嘗時號稱最懂音樂的趙璧、李元馮，都大加推崇，沈亞之因而感慨的寫道：「嗚呼！豈韓娥之嗣與？惜其終莫有能繼其聲者。故余著之，欲其聞於後世云。」在歌者社會地位低落、容易受人玩弄的時代，沈亞之筆下的葉女，豈不是個才高卻知自愛的藝人嗎？

〈表劉薰蘭〉（《全》738），則是表揚勸導主人的家使。劉薰蘭是洛陽人，元和九年，年十六，以能彈弦歸房叔豹，叔豹喜酒廢事，薰蘭曲予勸導，勉其向上，叔豹深自悔咎，從此向學。沈亞之因在房家作客，聽聞此事，「遂為著篇以繼勸」。

〈表醫者郭常〉（《全》738），是表揚有職業道德且不貪財的醫者郭常。郭常是饒州人，在當地行醫。饒江通閩，當時閩地頗有從海外販來的波斯、安息貨物，有的便被轉賣到饒州來。有個富商在饒州病危，群醫束手，請郭常來，允諾醫好酬錢五十萬。郭奇治療一個多月，富商病癒，如數酬謝，而郭不收，宣稱治療費用不到千錢。之後，有人批評郭奇矯情，郭常說：「商人平時錙銖必較，現在一下子拿走五十萬，他的心情一定淤悶，有損身體，現在他病剛好，臟腑還很脆弱，無法承受，所以我不要五十萬，以便保全他。」沈亞之引孔子「我未見好仁者、惡不仁者」的話，表揚郭奇真正是「好仁者、惡不仁者」。

杜牧（803~852）〈竇烈女傳〉（《全》756），故事頗像〈謝小娥傳〉，都能以智勇復仇。竇烈女，小字桂娘，容貌美麗，父親汴州戶曹掾竇良，只是個小官。建中初，李希烈破汴州，派人取桂娘，桂娘臨出門，跟父親說：「不必擔心，我一定能滅賊。」桂娘在希烈身邊，能取信於希烈，跟希烈說：「你的部將陳先奇，勇冠三軍，要好好攏絡。他的妻子也姓竇，讓我和她締為姐妹交，以堅定陳先奇對你的忠心。」希烈允諾，於是桂娘取得對外聯繫的管道。等到李希烈死了，其子秘

不發喪，準備除掉老將，以年輕親信者取代，以便奪取兵權。恰巧有人送給希烈子含桃，桂娘建議分送一些給陳先奇，以示外界以無事，希烈子同意，桂娘遂用蠟帛為信，染朱混在含桃中，對外透露實情。於是陳先奇等部將率兵問罪，斬殺李希烈的妻兒。兩個月後，吳少誠殺陳先奇，又偵知之前的事情出自桂娘的計謀，把桂娘也殺了。杜牧認為：桂娘委身叛賊是「權」，和陳妻結交是「智」，不顧危險滅賊是「烈」，比起當地有才有力卻不敢對抗李希烈的士大夫強多了。

李商隱（812~858）的〈程驤〉（《全》780），表揚的是大盜程少良之妻與子。少良是群盜之首，每次行刼回來，妻子便安排酒食犒勞同黨。後來少良年老，有一次咬不動帶肉的骨頭，妻子便當眾說：「這老頭作奸犯科十幾年，殺人無數，現在連肉都吃不動，那能帶領諸位？各位不如把他殺了埋掉，以免被官府捕快捉走。」少良只好拿出贓款百萬錢分給同黨，並約定以後出事不相牽連。此後少良行義禮佛，竟然像個大善人，十五年後去世。他的兒子程驤完全不知道父親的過去，有一天，程驤有過，母親罵道：「惡種！」程驤追問，母親才說出往事。程驤哭了幾天，盡散家財，此後一面讀書，一面做工供養其母。後來程驤學問漸漸聞名，有人向他問學，而他的為人也極寬厚，鄆帥烏重胤[7]聞之，送錢數十萬讓他買書，程驤把剩餘的送給學生，鄰里間有人以前曾受到程少良好處的，往往讓程驤孳息，結果幾年下來，程驤竟擁有萬金，但程驤完全不認為這些錢屬於自己，所有的箱子、鑰匙、契約，都交給鄰居管，用度也不檢閱，人格更顯得高超。開成初年，雖有高官來聘，程驤也未接受。李商隱這篇小傳，固然彰顯了程驤德行的可貴，但其母之曉大義、能決斷、甘貧苦，更是難能。至於程少良，只是補過而已。

司空圖（837~908）〈竇烈婦傳〉（《全》810），寫的是勇敢從仇家手中救夫的婦女。竇婦是朝邑令畢某的妻子，因同州叛變，主官李瑭逃走，畢某帶著家人藏匿望仙里避難，沒想到遇到仇家，非置畢某於死地不可，竇婦用身體捍蔽其夫，並拉住仇家的衣襟，仇家刺傷竇婦，竇婦仍不放手，畢某遂伺機逃脫。竇婦重傷幾死，里人延醫治療，並報官府表揚。

---

[7] 《全唐文》作「烏重允」，乃避雍正皇帝諱，今據史傳改。

　　羅隱（？~909）〈說石烈士〉（《全》896），牽涉到一段文學史掌故。傳主石孝忠，是李愬的前驅親兵。元和中，蔡州吳元濟反，由丞相裴度督李愬、李光顏、烏重胤[8]諸部進討，隔年平定，憲宗命韓愈撰〈平淮西碑〉，碑文大大稱譽丞相的功業。一天，石孝忠來到碑下，熟視之下，用力推碑，企圖推倒，被有司拿下，節度使上奏，憲宗本命就地將其斃於碑下，石孝忠自忖必死，沒有機會為李愬的功勞發聲，於是乘機用枷尾殺死一吏，憲宗聞之，命送闕下親自詢問，石孝忠說：「平定蔡州一役，讓敵人吳秀琳投降的是李愬，捉住驍將李祐的是李愬，擒獲賊首吳元濟的也是李愬，可是碑文卻把功勞都歸於丞相，李愬只和李光顏、烏重胤並列而已，李愬雖然不提，但以後藩鎮如果有事，誰願為陛下賣力？我推碑不是為了表明李愬的功績，而是為陛下糾正賞罰。」憲宗由於已經了解平定淮西的始末，所以赦免石孝忠，並稱他為「烈士」，並命翰林學士段文昌重新另撰〈平淮西碑〉。石烈士不過是個兵卒，竟能主持公道，讓天子改變成命，堪稱是豪傑了。

　　除了上述十六篇之外，如沈亞之的〈喜子傳〉（《全》738）記喜子的貞潔，〈馮燕傳〉（《全》738）表馮燕的奇行，李商隱的〈宜都內人〉（《全》780）寫伺機規勸則天皇帝的佚名宮女，司空圖的〈段章傳〉（《全》810）寫良心未泯的賊兵，柳珵的〈上清傳〉（《補》63）寫相國竇參的青衣能為主人洗冤，房千里的〈楊娼傳〉（《補》71）寫從良的娼妓為代其脫籍者殉死，都是令人動容的「小人物」故事。

（三）文章特點

　　歸納以上作品的文章特點，可以分以下三點討論。

　　第一，除了李公佐的〈謝小娥傳〉、杜牧〈竇烈女傳〉復仇情節比較曲折篇幅較長外，這些故事大部分都很簡短，這是因為這些作品所記的是「小人物」，既是小人物，自然沒有豐富的經歷，文學家關注的是他們的某種善行，如王承福、楊潛、郭橐駝的專業精神，宋清的不謀近利，區寄的智勇，南陽孝子的純孝，郭常的惡不仁，程驥一家的改過遷善，石烈士的主持公道等，事既單純不複雜，篇幅自然不長。

---

[8]《全唐文》作「烏重允」，乃避雍正皇帝諱，今據史傳改。

第二，這些篇幅不長的文章，敘事之外，議論文字也在文中佔了不少比例，因為作家將對傳主故事的評論視為文章的重要部分。譬如在〈圬者王承福傳〉中，韓愈借王承福的現身說法檢討了獨善其身的人生態度。在〈種樹郭橐駝傳〉、〈梓人傳〉，柳宗元也借其專業上的道理分別申論了治民及治國之道。在〈表醫者郭常〉中，沈亞之指責當時對於不仁之事熟視無睹的人。在〈竇烈女傳〉中，杜牧批評了不敢對抗李希烈的士大夫。等等均是。

第三，作家每希望這些作品能夠傳到後世，譬如〈歌者葉記〉，沈亞之在傳末寫道「欲其聞於後世」，〈表劉薰蘭〉，沈亞之也寫道「遂為著篇以繼勸」。有些作家更希望受到史官的採納，因而在寫作時便向史傳的體裁貼近，有的有「贊」或「論」，有的模仿《左傳》的「君子曰」作論，儼然像史官作傳。如〈高愍女碑〉與〈楊烈婦傳〉，李翱在〈楊烈婦傳〉末的「贊」中寫道：「若高愍女、楊烈婦者，雖古烈女其何加焉？予懼其行事堙滅而不傳，故皆敘之，將告於史官。」李公佐則在〈謝小娥傳〉傳末用「君子曰」開頭寫道：「誓志不舍，復父夫之讎，節也。傭保雜處，不知女人，貞也。女子之行，唯貞與節，能終始全之者如小娥，足以儆天下逆道亂常之心，足以勸天下貞夫孝婦之節。余備詳前事，發明隱文，暗與冥會，符於人心。知善不錄，非《春秋》之義也，故作傳以旌美之。」都非常明白的表達了作家的企圖。

三、 影響

那麼，中晚唐古文家對「小人物」的表彰，對後代究竟有無影響？筆者認為有兩點值得注意。

首先，有些作品真的被史官採納了。核對《舊唐書》，本文所述的故事都未見收錄。李翱在文中說要將〈高愍女碑〉、〈楊烈婦傳〉「告於史官」，究竟兩文曾付史館與否，今不能知，但總是見於其文集或其他著作中，然而《舊唐書》並未採用，這說明了五代時史官仍然承襲舊傳統，不重視「小人物」。但核對宋人重編的《新唐書》，則李翱所記的高愍女、楊烈婦，李公佐所記的謝小娥，司空圖所記的

竇烈婦都赫然收在〈列女傳〉中。《新唐書》的列傳，是宋祁所作，〈列女傳〉除了部分沿襲《舊唐書》外，表彰的人數有所增加，他應該是從李翱、李公佐、司空圖的著作中取材的。換句話說，古文家所記的小故事，也成為史官取材的對象，這和此前史官只從史館取材、史館又只收士族官宦的行狀碑誌，已有不同。而且從此以後，史書所見的「小人物」傳記比例也漸漸增高，而這又和下一點關係密切。

第二，宋代以後的古文家，受到唐人的影響，也寫了不少此類作品，有些也被收入了史傳，有些雖未被收入，卻因文集傳世，讓後世增添了不少有關「小人物」的佳話。在此僅舉歐陽脩的〈桑懌傳〉為例，此傳寫一名「捕快」的故事。桑懌善使劍與鐵簡，藝高膽大，足智多謀，捕捉盜賊，神乎其技，屢屢獨力擒獲群盜，為人持重謙退，甚至有功不居，情節真是精彩絕倫，比起《三俠五義》中的俠士，似乎有過之無不及，如非歐陽脩確實認識此人，與他有過來往，幾乎要讓人以為這是虛構的公案小說或武俠小說。而歐陽脩也在傳末說：「勇力，人所有，而能知用其勇者少矣！若懌可謂義勇之士，其學問不深而能者，蓋天性也。余固喜傳人事，尤愛司馬遷善傳，而其所書皆偉烈奇節，士喜讀之，欲學其作，而怪今人如遷所書者何少也。乃疑遷特雄文善壯其說，而古人未必然也。及得桑懌事，乃知古之人有然焉，遷書不誣也；知今人固有，而但不盡知也。懌所為壯矣，而不知予文能如遷書使人讀而喜否？姑次第之。」換句話說，歐陽脩原來對〈刺客〉、〈游俠〉等列傳的真實度不無懷疑，認識桑懌後，才知道世間藏龍臥虎，即如眼前就有一個活生生的神捕，豈不應該給予表揚？就筆者所知，歷史上固然有善於捕捉盜賊的太守、縣令的記載，而記「捕快」這種人物的，歐陽脩此文應該是首見，不妨算是開公案小說的先河吧。而一如〈謝小娥傳〉等，〈桑懌傳〉也經史官改寫後收入《宋史》列傳第八十四中，可以證成筆者的前說。據《宋史》，桑懌雖曾當過縣尉，後來又從軍，戰死好水川，也是個官員，但歐陽脩所表揚者，是他擔任耆長、巡檢等小吏的「捕快」角色，這角色在歷史上從未經表揚，而在當時社會上，也只能算是個「小人物」，因而本文願採納為例。附帶一提的是，桑懌後來成為善捕盜賊的象徵性人物，如清代大儒黃宗羲的兒子黃百家在其著作《內家

拳法》中即寫道：「吾鄉盜賊亦相蟻合，流離載道，白骨蔽野，此時得一桑懌足以除之。」[9]可見桑懌在武術家心目中的地位。此類例證，其他著名文士亦有之，學界不妨再事發掘。

四、 原 因

（一）社會氛圍與心理背景

　　為什麼中唐以後會出現此類表彰「小人物」的作品？筆者認為不能完全把原因指向韓、柳兩位大文豪，而說是純粹受到大文豪的影響。須知大文豪的出現，也受到社會變遷的制約，如果不是社會結構、思想傾向等條件符合，大文豪的作品不會受到重視，韓、柳若生在六朝，其古文作品恐怕會被人束之高閣的。

　　由於社會結構的演變，東漢末葉開始出現門閥，「上品無寒門，下品無士族」，膏腴華族彼此通婚，政治和學問都掌握在門閥的手中，即使北魏孝文帝實施漢化，任官用人，不分胡漢，仍然沿用漢制，一直到唐初，崔、盧、王、鄭、李等五姓，勢力仍然盤根錯節，牢不可破。所以從東漢末年到初盛唐之間的歷史，可以說就是門閥的歷史，史書上幾乎看不到低下階層的事蹟。但唐代的科舉取士、禁止五姓通婚等措施，逐漸動搖了門閥的勢力。科舉取士，稀釋了官員中門閥的成分；禁止五姓通婚，破除了門閥的凝聚力。隨著時間的加長，門閥從量變引起質變，終於在中晚唐社會中沒落衰微。這是先秦封建社會崩潰後，再一次社會結構的大變遷。只要熟悉國史的人，以上所述，不用引證。

　　門閥勢力消退，代之而起的是新興的知識份子，其中主導風潮的是進士階層。這些知識份子，或出身貧寒，或出身於沒落的門閥家庭，他們不再是《世說新語》所描寫的那種不知民生疾苦的「貴族」，他們大部分都遭遇過困難，見識過平民百姓的生活，因此較能了解或接受社會上的價值並非一切都要歸於高官貴冑，許多「小人物」也有可歌可泣、可驚可嘆的事蹟，也能創造出可貴的價值來。本文所

---

[9] 黃百家：《內家拳法》，《叢書集成續編》（臺北：新文豐出版公司），第 102 冊。

舉出的作家中，除李公佐、羅隱之外，都登進士第，似可印證拙說。

筆者認為：以上所述就是中唐古文家表彰「小人物」的社會氛圍和心理背景。

（二）「文以載道」觀的具體實行

雖有成熟的社會氛圍和心理背景，人群間並不會自動的創造出有價值的文化或文學來，仍然要「待文王而興」。

從頭翻閱《全唐文》，到韓、柳才出現「小人物」的傳記，筆者認為不是偶然的，而是他們掌握並反映了社會氛圍和心理背景，具體實行「文以載道」觀的其中一項。

關於「文以載道」，它的意涵非常豐富。研究思想史的人立即想到的，自然是「道」指周孔之道，而非釋老。研究文學史的人立即想到的，自然是反對浮華裝飾、無病呻吟的文章。但這都是用對照面來詮釋，不夠直接。如果正面去詮釋，筆者認為可以這樣翻譯：「文章是要發揮正理、表揚嘉言善行的。」因為所謂「道」，據《論語》中所見孔子的詮釋，既指抽象的道理，也指具體的言行。那麼，文章家既可以寫發揮抽象道理的文章，更可以寫表揚善人的文章，因為具體的言行也是「道」。如此說來，韓愈寫〈原道〉、寫〈後漢三賢贊〉固然是「文以載道」的實踐，寫〈圬者王承福傳〉也是「文以載道」的實踐。柳宗元雖然未提「文以載道」的口號，其對佛道的態度也與韓愈有別，然而他對「文以載道」的觀念是贊成者也是實踐者，〈梓人傳〉、〈種樹郭橐駝傳〉、〈宋清傳〉、〈童區寄傳〉，套上「文以載道」來看，極為適合。韓、柳和前人不同之處，就是他們除了繼承傳統撰寫表揚士人官宦的文章[10]外，還能發掘「小人物」的價值，在他們看來，這也是「文以載道」的一環。

社會因素和心理因素既然成熟，韓、柳這樣的大文豪又有示範，後起者便很自然的跟進，即使沒有文論的口號來引導，也會視之為當然之事，這便是歐陽詹、李翱、李公佐、沈亞之、杜牧、李商隱、司空圖、羅隱等人繼續有這類作品的原

---

[10] 如韓愈寫〈張中丞傳後敘〉，表彰張巡、許遠、南霽雲；柳宗元撰〈段太尉逸事狀〉，表彰段秀實，均是。

因，也是宋代以降古文家持續寫作的原因。正所謂：「時勢造英雄，英雄造時勢」。

五、 結論

漢末以來的門閥，掌握了政治和學術，鄙薄社會上的低下階層，因而當時的史傳中幾乎看不到「小人物」的身影。到了中唐，門閥已經沒落，新興的知識份子，特別是進士出身的階層，由於較接近下層社會，比較了解民生疾苦，他們能欣賞士大夫，也不忽視小民。在此社會氛圍與心理背景下，韓愈、柳宗元以「文以載道」觀為引導，首開風氣之先，寫了幾篇「小人物」的傳記，表彰他們的嘉言善行。後起的古文家跟進，遂在唐代文學中，創造出一種前此未有的題材。這些作品，在宋代受到史官的重視，有的收入正史中。宋代以降的古文家，一面受到韓、柳大宗師的影響，一面受到可以入史的鼓勵，也持續寫作此類文章，終於成為文人的常態。這意味著，中唐以後，有識之士也重視「小人物」的貢獻。若從史學的角度說，中唐以後，「小人物」和「大人物」共同反映了歷史。

受限於題目和篇幅，本文不便多所發揮但已暗示的是，唐代以後，蓬勃發展的戲曲、小說，其中「小人物」的比重一直加大，遂形成與盛唐以前之文學大異其趣的內涵，追本溯源，正由中晚唐古文家發其端。這說明文學史的研究，不應太拘泥於文類的界限，甚至是文史的界限。

本文原載於《長庚人文社會學報》第 3 卷第 1 期，頁 1-18，經「《長庚人文學報》編輯委員會」授權轉載，特此註明。

羅聯添教授八秩晉五
壽 慶 論 文 集
2011 年 11 月 頁 445-471

羅隱《讒書》探析

李 建 崑[*]

提 要

　　晚唐文學家羅隱，能詩能文，其《讒書》五卷，尤其受到後人的注目。《讒書》原為行卷工具，結果卻超越求仕功能，成為批判政治社會的作品。這五十八篇小品仍延續儒家「委婉諷諫」的傳統，仍有「借史垂訓」的意圖。

　　羅隱遙承白居易「為君、為民、為時而作，不為文而作」的寫實精神，以《讒書》回應晚唐政治與社會種種亂象，代表「青年羅隱」對晚唐政治情態與社會現實的「嚴正關懷」。

　　書中使用高明的寫作技巧，提升諷刺力道；包括近二十種文體，堪稱古典文體的集中操練與展示。其寓言作品，數量雖不多，卻創意十足。凡此，都使《讒書》一書，成為唐代諷刺文學不可多得的傑作。

關鍵詞：羅隱、讒書、羅昭諫集

---

[*] 東海大學中國文學系教授。

羅隱《讒書》探析

一、前言

　　晚唐文學家羅隱（833-909），能詩能文。其《讒書》五卷，自謂：「有可以讒者則讒之」，目的在「警當世而誠將來」，顯然有所為而為。其文體多樣、主題深刻、創作動機、表現手法各方面，都有特色。絕非單純洩憤之作，在晚唐諷刺小品中，堪稱傑出。

　　學界更從當代視角，推崇《讒書》為晚唐「諷刺小品」之傑作。民國 26 年（1937）北京商務印書館出版了汪德振《羅隱年譜》，為當代羅隱研究，奠立極佳基礎。1983 年 12 月華文雍校輯《羅隱集》正式出版，這是一部點校本，列入北京中華書局「中國古典文學基本叢書」中。其後杭州浙江古籍出版社也在 1995 年 6 月出版潘慧惠《羅隱集校注》，這些書都是學界研究羅隱相當倚重之著作。[1]

　　本文擬在現有的研究成果上，對《讒書》之成書、《讒書》之內容要旨及藝術特性深入論析，期望對羅隱文學成就作出正確的評價，並對晚唐諷刺文學研究，有所裨補。

二、《讒書》之形成、性質與寫作動機

　　羅隱一生著述甚為豐碩，流傳於今者，有《甲乙集》、《讒書》、《兩同書》及後人所彙編之《羅昭諫集》。歷代史書、目錄專著如《吳越備史》、《崇文總目》、

---

[1] 筆者所引《讒書》資料，主要根據潘慧惠：《羅隱集校注》（杭州：浙江古籍出版社，1995 年 6 月）。潘著收錄《甲乙集》十一卷、《讒書》五卷、《兩同書》十篇、《廣陵妖物志》、《雜著》，並有《附錄》六種，資料十分豐富。

《通志‧藝文略》、《郡齋讀書志》、《直齋書錄解題》都有載錄。

在羅隱所有作品中，尤以《讒書》最為突出；此書曾單獨流傳，並深受歷代讀者注目。《讒書》一書，陳振孫已經說：「求之未獲」，可見在南宋已屬難得，歷元明清，沈埋甚久。清嘉慶丙寅（1806）黃丕烈獲得一不全的傳鈔本。再經多人鈔補成為完本。吳騫（字槎客）又於嘉慶丁卯（1807）刻入《拜經樓叢書》，從此有了單行刊本。原鈔本原缺四文，經吳翌鳳（字枚庵）、徐松（字星伯）等人根據類書鈔補，目前流傳的《讒書》是五卷本，卷二仍缺〈蘇季子〉、〈忠孝廉潔〉兩篇。[2]

論及《讒書》性質與寫作動機時，不能不詳讀《讒書》所收錄的兩篇序言。羅隱在《讒書‧序》中說：

> 《讒書》者何？江東羅生所著之書也。生少時自道有言語，及來京師七年，寒饑相接，殆不似尋常人。丁亥年春正月，取其所為書詆之曰：「他人用是以為榮，而予用是以為辱。他人用是以富貴，而予用是以困窮。苟如是，予之舊乃自讒耳。」目曰《讒書》。卷軸無多少，編次無前後，有可以讒者則讒之，亦多言之一派也。而今而後，有誚予以嘩自矜者，則對曰：「不能學揚子雲寂寞以誑人。」[3]

羅隱自述此書並非逞弄才辯而作，而是旅居京師七年，面對種種黑暗與醜惡，無法沈默以對；勇敢揭露與批判，雖然衣食無著、寒餓相接，卻仍兀傲不屈，自題此書為《讒書》。

此序還透露《讒書》是羅隱親自編次舊著而成，初次成書於「丁亥年」。按丁亥年相當於唐懿宗咸通八年（西元 867 年），據汪德振《羅隱年譜》所考，羅隱時年三十五，所以《讒書》是一部青年時期的選集，而且是作為「行卷」之用。

---

2 詳情參閱萬曼：〈羅昭諫集〉敘錄，《唐集敘錄》（北京：中華書局，1980 年、臺北：明文書局，1982 年，臺灣版），頁 344-350

3 潘慧惠校注：《羅隱集校注》，（杭州：浙江古籍出版社，1995 年 6 月），頁 391。

以文為贄、投謁公卿，本為唐代社會常見現象。羅隱汲汲於遇合，投謁、行卷的結果，卻仍然承受屈辱與困窮，當為羅隱始料未及。《莊子・漁父篇》云：「好言人之惡，謂之讒。」羅隱以「讒」為書名，當然寓含激憤之情與深沈用意。

再從書末所附〈重序〉來看，《讒書》也有迥異時流的寫作目的。羅隱在〈重序〉中如是說：

> 隱次《讒書》之明年，以所試不如人，有司用公道落去。其夏，調膳於江東，不隨歲貢。又一年，朝廷以彭□就辟，刀機猶濕，詔吾輩不宜求試。然文章之興，不為舉場也明矣。蓋君子有其位，則執大柄以定是非。無其位，則著私書而疏善惡。斯所以警當世而誡將來也。自揚、孟以下，何嘗以名為？而又念文皇帝致理之初，法制悠久，必不以蟣虱癢痛，遂偃斯文。今年諫官有言，果動天聽。所以不廢《讒書》也，不亦宜乎？[4]

〈重序〉揭示了羅隱秉持的文章寫作觀：「不為舉場」而作；而是為「疏善惡」、「警當世」、「誡將來」而作。〈重序〉還透露羅隱曾於唐懿宗咸通九年（西元 868年）應試落第，歸返江東。隔一年，即唐懿宗咸通十年（西元 869 年），龐勛死於亂軍，朝廷詔罷科舉。此即〈重序〉所說：「朝廷以彭□就辟，刀機猶濕，詔吾輩不宜求試。」直到咸通十一年（西元 870 年），羅隱才有再次應舉之機會。

汪德振《羅隱年譜》將〈重序〉之寫作年代定在唐懿宗咸通十年（西元 869年），羅隱三十七歲。然而，汪德振又引述越縵先生《荀學齋日記・光緒癸未三月二十四日》：「〈請追癸巳日詔疏〉、〈與招討宋將軍書〉二文，蓋私擬為之」。[5]大陸學者程顯平曾就汪德振《羅隱年譜》與宋威將軍事蹟，發現問題，並提出質疑，認為：〈與招討宋將軍書〉一文，作於乾符三年（876 年）之後，[6]因此《讒

---

[4] 同註 3，頁 499。

[5] 汪德振：《羅隱年譜》（北京：商務印書館，1937 年），頁 29。

[6] 汪譜，頁 29。

書》在成為目前這個情況，[7]有三種可能：

> 1、重新刻板在 876 年後，作者本人對原書有補充。據第五卷與前四卷內容不同來看，很可能是後補入的。2、原書為前四卷，流傳過程中有人將第五卷加入。因宋時此書已不見，故這種可能性也很大。3、原有五卷，只有汪先生所說的二文在流傳過程中被人加入「私擬為之」。據《四庫全書總目》載：「陳振孫《書錄解題》云求之未獲，蓋佚已久矣」。故第三種可能性也是有的。[8]

程顯平這篇短文所提說法，固然值得參考；《讒書》之流傳過程，的確有這種可能，然而並無礙於它的價值；《讒書》最值得後人注目的還是擁有與唐代士子不全然相同之寫作精神。

程千帆先生在〈唐代進士行卷與文學〉一文，特別提醒吾人注意羅隱：「他是用怎樣的一種作品去行卷」以及「……由於用《讒書》這樣的作品去行卷，已經招致了『辱』和『困窮』的後果，可是這位作家仍然堅持『有可以讒者，則讒之』的不屈不撓的鬥爭精神。」[9]程千帆先生進一步說：

> 羅隱十年不第，正是他以《讒書》這種使當時統治階級，持別是當權者感到頭痛的文章行卷所造成的。在他已活到七十六歲高齡的時候，另一位詩人羅袞曾寫詩送他說：「平日時風好涕流，《讒書》雖盛一名休。」是一語破的地說出了事情的真相。[10]

---

[7] 現行流傳之《讒書》共五卷，附前〈序〉、〈重序〉，篇題六十，闕文兩篇，尚存五十八篇。

[8] 此為程顯平：〈讀羅隱《讒書》箚記〉一文之結論。詳見《遼寧大學學報》哲學社會科學版，2004 年 2 期（第 30 卷第 2 期）。

[9] 參見程千帆：〈唐代進士行卷與文學〉，《程千帆選集》（瀋陽：遼寧古籍出版社，1996 年 6 月）。

[10] 按羅袞〈贈羅隱〉詩全文：「平日時風好涕流，讒書雖盛一名休。寰區歎屈瞻問天，夷貊

易言之，羅隱編次《讒書》之初，或許打算作為「行卷」工具，藉以獵取功名；然而身處世亂，本於良知，不能不言，於是一部「行卷之作」反成為不討喜的「諤諤之言」。羅隱《讒書》與皮日休《皮子文藪》、陸龜蒙《笠澤叢書》三本書，如就性質上看，均為「行卷」之作，卻都有關懷天下之襟期與報負，此所以魯迅譽為「一塌糊塗的泥塘裡的光彩和鋒鋩」。[11]

程千帆先生認為這些書，至少還證明一個事實，即：「在唐代某些作家的手中，行卷不只是獵取功名富貴的敲門磚，同時也是一種公然宣傳自己的進步思想、發抒自己健康感情的手段，同時也就是向反動勢力、黑暗社會進行合法鬥爭的武器。」當然，這樣的作品，雖然維持住作者人格精神獨立，卻也深重地影響仕途發展。

惠聯芳在〈夾縫中的生存──羅隱生存狀態分析〉一文也認為：「在羅隱身上存在著這樣一種背謬現象」。她說：

> 在羅隱身上存在著這樣一種背謬現象：一方面他想通過科舉考試躋入政治權力的中心，從而拯大道于既衰，實現理想王國，即實現君主賢明，人民安居樂業；另一方面他想保持自己獨立的人格，堅持自己的價值取向。但是前者實現的途徑則是以降低後者的力度而達到的。二者之間難以調和。于是形成一定的張力，羅隱在困難的抉擇中痛苦地煎熬著。有時偏向前者，有時偏向後者。[12]

該文將羅隱之生存狀態，分成「入目前的生存狀態與價值評判」、「入幕後的生存

聞詩過海求。向夕便思青瑣拜，近年尋伴赤松遊。何當世祖從人望，早以公臺命卓侯。（隱開平中召敗夕郎，不就。）載《全唐詩》（北京：中華書局），卷 734，頁 8386。

[11] 見魯迅〈小品文的危機〉，載《南腔北調集》。

[12] 惠聯芳：〈夾縫中的生存──羅隱生存狀態分析〉，《河西學院學報》，第 20 卷第 6 期（2004年），頁 46。

狀態與價值評判」。其結論為：

> 羅隱前期希望以科舉來實現自己的願望，扭轉乾坤。他個性張揚，雖有才
> 能，但家境貧寒，無所依傍，他又不願向權貴搖尾乞憐，科舉的成功化為
> 烏有。其付出的努力付諸東流。後期他入錢鏐幕府，張揚的個性有所內斂，
> 表現方式變得柔和一些，但他的讓步並未取得成效，他依舊未找到個性與
> 社會的契合點。他只能不斷哀歎時光飛逝，功業未建，厚恩未報。在這種
> 沈重的精神負擔下，他走完了自己的一生。[13]

這一段文字對於吾人羅隱的生存情境極有助益。羅隱從唐宣宗大中六年（西元852
年），二十歲之年首度舉進士不第，至咸通十年，羅隱已七度應試不第。其〈湘
南應用集序〉云：「隱自大中末，即在貢籍中，命薄地卑，自己卯至於庚寅，一
十二年，看人變化。[14]」羅隱自唐宣宗大中十三年己卯（859年）至唐懿宗咸通
十一年庚寅（870年）十二年間，除了短暫歸返故里，一直困居長安。從羅隱三
十歲所作之〈投所思〉：「憔悴長安何所為，旅魂窮命自相疑。滿川碧嶂無歸日，
一榻紅塵有淚時。雕琢只應勞郢匠，膏肓終恐誤秦醫。浮生七十今三十，從此淒
惶未可知！」[15]不難看出羅隱「看人變化」之存在境遇。處身在這種狀態下，仍
能秉其如椽之筆，臧否政局、諷諭時事，真如清吳穎在〈重刻羅昭諫《江東集》
敘〉所說：「其高節奇氣，有可以撼山嶽而砥江河者。[16]」在晚唐士人普遍陷入生
存困境之際，羅隱仍維持不凡的「精神高度」，的確令人心生景仰，讚嘆不已。

三、《讒書》之文體特徵

---

[13] 同上。頁47

[14] 同註3，頁555。

[15] 同註3，頁10。

[16] 轉引自同註3，頁646-647。

今傳《讒書》是五卷本，篇題六十，闕文兩篇，共計五十八篇。篇題分別為：〈序〉、1〈風雨對〉、2〈蒙叟遺意〉、3〈三帝所長〉、4〈秋蟲賦〉、5〈解武丁夢〉、6〈救夏商二帝〉、7〈題神羊圖〉、8〈伊尹有言〉、9〈後雪賦〉、10〈敘二狂〉、11〈吳宮遺事〉、12〈本農〉、13〈丹商非不肖〉、14〈英雄之言〉、15〈聖人理亂〉、16〈莊周氏弟子〉、17〈雜說〉、18〈龍之靈〉、19〈子高之讓〉、20〈說天雞〉、21〈蘇季子〉闕文 22〈惟嶽降神解〉、23〈忠孝廉潔〉闕文 24〈疑鳳臺〉、25〈屏賦〉、26〈秦始皇意〉、27〈婦人之仁〉、28〈道不在人〉、29〈市儺〉、30〈君子之位〉、31〈荊巫〉、32〈蟋蟀詩〉、33〈三閭大夫意〉、34〈畏名〉、35〈三叔碑〉、36〈天機〉、37〈辨害〉、38〈齊叟〉、39〈槎客喻〉、40〈漢武山呼〉、41〈木偶人〉、42〈市賦〉、43〈越婦言〉、44〈悲二羽〉、45〈善惡須人〉、46〈秦之鹿〉、47〈梅先生碑〉、48〈二工人語〉、49〈書馬嵬驛〉、50〈投知書〉、51〈與招討宋將軍書〉、52〈迷樓賦〉、53〈說石烈士〉、54〈答賀蘭友書〉、55〈拾甲子年事〉、56〈序陸生東遊〉、57〈清追癸巳日詔疏〉、58〈刻嚴陵釣臺〉、59〈弔崔縣令〉、60〈代韋徵君遜官疏〉、〈重序〉。

文章篇幅超過四百字者，僅〈與招討宋將軍書〉、〈說石烈士〉、〈答賀蘭友書〉、〈拾甲子年事〉、〈序陸生東遊〉、〈清追癸巳日詔疏〉、〈代韋徵君遜官疏〉七篇，其餘絕大多數都是兩百字上下之小品。〈蒙叟遺意〉、〈秋蟲賦〉、〈龍之靈〉、〈畏名〉，四篇，甚至以不足百字之篇幅成文；尤其〈秋蟲賦〉，文長僅六十九字，卻能做到：意旨深刻、形象鮮明，的確不易。

羅隱在這五十八篇小品中，使用：序、對、賦、論、辨、書、說、解、題辭、疏、銘、弔、敘、碑、傳等近二十種文體，還有寓言、軼事小說，甚至收錄一首四言詩。如果《讒書》僅僅作為「行卷」工具，的確展能現羅隱之史才、詩筆、議論，以及驅遣文體之能力；如果《讒書》作為「傳達思想」、「諷諭時世」之載體，不能不說也是極為高明的設計。理由是全書意旨新穎，短小易讀，技巧優越，諷刺性高，讀者覽之，即能意會。

根據郭英德〈論中國古代文體分類的生成方式〉所析，中國古代文體分類的形成方式不外三途：一是作為「行為方式」的文體分類；二是作為「文本方

式」的文體分類；三是「文章體系」內的文體分類。[17]至於劃分文體的方法，又不外以「文章的內容和功用」、「文章所採的表現方法」、「文章的結構特徵」、「文章的語言風格」為標準。[18]如果從上述角度出發，羅隱《讒書》在文體運用上，其實是很有創意的。

《讒書》中以「史論」之數量最多，也最有特色。如：〈三帝所長〉、〈解武丁夢〉、〈吳宮遺事〉、〈丹商非不肖〉、〈英雄之言〉、〈聖人理亂〉、〈莊周氏弟子〉、〈子高之讓〉、〈疑鳳臺〉、〈漢武山呼〉、〈木偶人〉、〈善惡須人〉、〈秦之鹿〉、〈書馬嵬驛〉等文，針對堯舜禹、武丁、伍員、太宰嚭、劉邦、項羽、周公、孔子、莊紫、無將、伯成子高、尹吉甫、張良、陳平、比干、費無極、楊貴妃等特定歷史人物提出評論。此外，〈三叔碑〉、〈梅先生碑〉雖是「碑體」；〈救夏商二帝〉、〈伊尹有言〉、〈婦人之仁〉雖是「說體」；〈越婦言〉接近「軼事小說」，都牽涉到確定歷史人物，也接近「史論」性質。

其次，羅隱在〈蒙叟遺意〉、〈三閭大夫意〉、〈秦始皇意〉、以及〈解武丁夢〉、〈惟嶽降神解〉等篇，刻意使用「oo意」、「解oo」、「oo解」之命題方式，似有建構文體之傾向。〈本農〉一文，用「本oo」之命題方式，似可視為韓愈「原oo」之遺形。羅隱〈雜說〉，則與韓愈〈雜說〉同題；羅隱〈龍之靈〉甚至與韓愈〈雜說〉之取喻相似，都是以龍為喻；吾人雖無更多文獻可資證驗羅隱學韓，卻很難不產生聯想。

再次，羅隱運用某些文體，常逾越該體之原始規範。例如其〈風雨對〉，既不同於「應詔陳政」之「對策」：也不同於文人「假設」之「問對」，也不是宣說一段天地、鬼神之論，而是借風霜雨雪本為天地所掌握，如今為鬼神所藏伏、所擁有，影射君權旁落、重臣、強藩用事。因此，〈風雨對〉雖有「對策」、「問對」之遺形，性質已非傳統之「對體」。再如《讒書》中的幾篇賦體：〈秋蟲賦〉、〈後雪賦〉、〈屏賦〉、〈迷樓賦〉，全為諷刺小賦；又其〈說石烈士〉以「說」代「傳」；

[17] 見郭英德：〈論中國古代文體分類的生成方式〉，《學術研究》第 1 期（2005 年）。

[18] 詳見李豐楷：〈文體分類研究〉，《青島師專學報》，第 11 卷第 2 期（1994 年 6 月）。

〈梅先生碑〉以「碑誌」替代「史論」，凡此都可看到羅隱《讒書》一書，在文體運用上極有特色。

四、《讒書》之題材類型

羅隱在〈重序〉說得很明白，《讒書》之寫作目的是：「疏善惡」、「警當世」、「誡將來」；是從儒家、入世之思想態度出發。《讒書》五十八篇的立言取向，一方面揭示晚唐朝野種種亂象；另一方面辨析觀念，導正世風；當然在面對仕途挫折時，也不免借此舒洩憂憤。總體看來，《讒書》仍以指向政治、社會之題材，數量最多；而抒發個人情感及純理思辨之題材，則比重較小。筆者針對各篇性質、題旨，總體觀察，大致從政治、社會、情感三個取向將《讒書》之題材分為三大類型，舉述適當文例說明之。

（一）譏議時政

晚唐是個昏君在位、朝臣無能、宦官專權、藩鎮為禍的時期。司馬光在《資治通鑑》卷二四四評曰：「于斯之時，閹寺專權，脅君于內，弗能遠也；藩鎮阻兵，陵慢于外，弗能制也；士卒殺逐主帥，拒命自立，弗能詰也；軍旅歲興，賦斂日急，骨血縱橫于原野，杼軸空竭于里閭。」[19]羅隱處身在這樣的環境中，自不能默爾而息，因此，《讒書》有三十餘篇是譏議時政之作。

羅隱首先關切帝王施政的態度。相傳伯成子高在禹即位後，辭去諸侯，躬耕於田野。禹屈就下風以問，子高則借機告誡禹，期待禹要收斂野心，謹慎去取；禹因此有菲飲食、惡衣服、卑宮室之政。羅隱在〈子高之讓〉這一篇文章中，對「伯成子高責禹」這一段史事，提出全新解讀，借此諷諭帝王施政時，應謹慎去取。

相同的題材，也見諸〈丹商非不肖〉一文。羅隱認為堯子丹朱、舜子商均皆

---

[19] 北宋・司馬光：〈唐紀〉第60，《資治通鑑》卷244，（北京：中華書局，1995年），頁7880-7881。

非「不肖者」；堯、舜之所以用「不肖」之名廢其子，目的在：「推大器於公共」。於是羅隱既揭發晚唐帝王任用親信、爭權奪利；也諷刺晚唐帝王未能「示後代以公共」。

在〈龍之靈〉一文，甚至諷刺帝王，若不知體恤人民，將危及自身。文中以龍為喻，認為龍需水始能發揮神力，暗喻帝王若離棄人民，將難有所成。文中之龍，如不取水，則無以為神；取水過多，則又傷及魚鱉。因此，此龍「可取」之處不多。

其次，羅隱憂心佞臣與強藩干政，主張維護君權，抑制宦官、權臣、藩鎮之擅奪。

羅隱在〈風雨對〉中，即對此有巧妙的辯證。依照常理，風霜雨雪，本為天地所掌握；山川藪澤，則為鬼神所藏伏。如今風雨不時，歲有饑饉；霜雪不時，人有疾病，於是禱於山川藪澤。本為天地所掌握之風霜雨雪，因此落入鬼神所有。羅隱顯然不是在講一段天地、鬼神之論，而是影射君權旁落，重臣、強藩用事之政治現實。

第三，羅隱關切晚唐官場生態之惡化，不少篇章涉及此一題材。

羅隱在〈題神羊圖〉中，從「神羊」生發議論，諷刺朝中根本已經沒有正人君子。所謂「神羊」，即傳說中之「獬豸獸」，相傳此獸可「觸奸邪」。而今「淳樸銷壞」，神羊失落本性，又有「貪狠性」，所以不能觸奸；而人們也有「刲割心」，神羊即便有意「觸奸」，也不敢輕易「舉其角」。羅隱顯然在譏刺權臣各懷私心，導致正邪不分。

〈後雪賦〉更對那些喜好攀附、諂媚之朝臣，極盡諷刺之能事。從表相看，此文寫司馬相如、鄒陽等人在梁王府詠雪事，內容延續謝惠連之〈雪賦〉。然而羅隱卻借鄒陽之口指摘飛雪：「不擇地而下，然後浼潔白之性」，則顯然是借飛雪生起議論，諷刺朝臣不知擇善、濫於攀附。

相同的題旨也見諸〈吳宮遺事〉，此文描述夫差殺伍員、重用太宰嚭，導致吳國滅亡。文中所述君臣對話，意在突顯伍員肯對夫差講的是真話，而太宰嚭則以欺君、文過為能；夫差識人不明，不聽諍諫，反而賜死伍員，重用太宰嚭。這

一段內容，當為羅隱推衍史料而來，目的在提醒當代君王應審慎任用官員，對於那些諂媚君上的臣子，尤應提防，否則必將導致滅亡。

羅隱甚至還在〈代韋徵君遜官疏〉一文，代替受詔次日即已過世之韋徵君撰寫「遜官書」，譏刺晚唐「徵辟制度」之虛偽。全文謝恩之處不忘提醒「遜臣無才無德」，愧對朝中「循陛歷級、不調久次」之官員，有損朝廷美意。其實正言若反，諷刺之意見於言外。

第四，羅隱對於晚唐政局之混亂，相當憂心。羅隱在〈市賦〉中，巧用煩亂紛雜、爾虞我詐之市集，映照晚唐黑暗腐朽、矛盾之政局。告誡執政者，應該謹慎從政。在〈惟嶽降神解〉一文，羅隱甚至暗示唐之國祚，已瀕臨衰亡。「惟嶽降神」本為尹吉甫〈嵩高〉之詞句，孔子並未視之為語怪之作，也未加刪汰。羅隱認為：「當申、甫時，天下雖理，詩人知周道已亡，故婉其旨以垂文。仲尼不刪者，欲以顯詩人之旨。」也就是說：孔子早就領會尹吉甫之詩意，見到周室衰亡之趨勢，所以未視為「語怪之作」。羅隱顯然想以古鑒今，提醒唐王朝，國運已衰，危機重重。此外，在〈迷樓賦〉中，借隋煬帝為例，認為帝王惑於左右粉黛以及鄭衛之音，聽任將相濫權，是「迷於人」，而非「迷於樓」。在〈書馬嵬驛〉中指責唐玄宗寵幸失當，導致貴妃死於馬嵬驛。同時指出堯、湯、玄宗固然遭逢水旱兵革之災，並未滅亡。今之帝王如持續寵幸失當，面對天災、人禍束手無策，則很難免於滅亡。

至於在〈清追癸巳日詔疏〉這一篇奏疏，雖然可能是羅隱「自擬」之作，口氣卻越來越重，甚至率直反對朝廷詔令京兆尹祈雨事。在這一篇文章，羅隱以商湯、及唐代開國以來十六帝王為對比，明白指斥統治者之愚昧與無能。雖然是就事議論，十足展現羅隱之道德勇氣、社會責任感與清醒的政治頭腦。

（二）臧否世風

政治黑暗及官場腐敗，固然使羅隱深惡痛絕；晚唐社會的混亂、風俗的衰敗、價值的顛倒，同樣令人難以容忍。羅隱大力辨正社會價值觀、針砭「五常」之失落、揭露君王弄虛造假、抨擊市井無賴以儺祭詐財、批判巫師充滿利己之心、譏嘲社會輿論的犬儒風氣，其關懷的層面，十分廣闊。

首先，對社會上錯誤的價值觀，提出批判。

羅隱在〈本農〉中提及：

> 豐年之民，不知甘雨柔風之力，不知生育長養之仁，而曰我耕作以時，倉
> 廩以實。旱歲之民，則野枯苗縮，然後決川以灌之。是一川之仁，深於四
> 時也明矣。所以鄭國哭子產三月，而魯人不敬仲尼。[20]

子產與孔子，何以受到各自國人截然不同之待遇？關鍵在於：人民不能認同恆久
之價值。子產執政，政績斐然，使鄭國暫時屹立晉楚之間，所以子產死後，鄭人
哭之如喪親戚。而孔子周遊列國，高倡仁德，雖在謀求天下永久之利益，卻不見
時效，得不到魯人之敬意。羅隱以農民感激旱歲的「一川之仁」，而不知豐年的
「四時之恩」為喻，深刻批評人們但求一時利益，不能認同恆久價值。

其次，羅隱關切世風澆薄、社會混亂之成因。

羅隱在〈莊周氏弟子〉一文，借用莊子寓言，探索當時世風澆薄、社會混亂
的主因，述及莊子弟子無將從其學而廢「五常之德，絕人倫之法」，而無將之族
原為儒者，不願服膺莊周之教，都離棄無將而歸返魯國。羅隱借莊子之口，對「五
常」重新界說謂：「視物如傷者謂之仁，極時而行者謂之義，尊上愛下者謂之禮，
識機知變者謂之智，風雨不渝者謂之信。」簡潔嚴要，可知羅隱之基本思想立場
還是儒家，同時也暗示：晚唐社會混亂、風俗澆薄，肇因於朝野廢棄「五常」之
德。

第三，大力揭發社會不良風氣。

例如在〈疑鳳臺〉中，羅隱揭露社會上弄虛造假之風，常來自上層統治者。
他舉秦穆公築「鳳臺」為例說：

> 神仙不可以伎致，鳳鳥不可以意求。伎可致也，則黃帝不當有崆峒之學；

---

[20] 同註 3，卷 1，頁 407。

意可求也，則仲尼不當有不至之歎。[21]

羅隱認為不能透過音樂技藝而成為神仙，鳳鳥也不會隨人們主觀意志而出現。他對秦穆公築「鳳臺」一事，提出另類解讀，暗示：秦穆公築臺意在掩蓋其女弄玉與蕭史私奔之事，於是「遂強鳳以神，強臺以名，然後絕其顧念之心。」十足諷刺居上位者故弄玄虛之伎倆。

羅隱對市井無賴之徒，假借「儺祭」詐財，也很痛心。在〈市儺〉一文有所針砭。「儺祭」為民間驅魔趕鬼之祭典，本有莊嚴及神聖之意義。然而市井無賴，卻借此變裝斂財，此即文題「市儺」之意。羅隱直書其事，抨擊此種醜惡風氣。在〈荊巫〉一文，同樣對淫祀風氣之下致富的巫師，極為不滿。他認為巫師因祀致富，其靈驗亦必減退；借此說明執政者如牽於「利己之心」，必不能真為天下人服務。末句「以一巫用心尚爾，況異於是者乎？」更進一步指出一個巫師尚且如此，則地位更高的人，對社會之危害就更為嚴重。

至於〈齊叟〉，則是書寫一段製造對立之故事。述及鄰家老嫗挑撥齊叟與農戶關係，造成彼此矛盾，最後遭到驅逐。羅隱指出：農戶與齊叟不合，關鍵不在齊叟之子，而在老嫗搬弄是非、挑撥離間。羅隱通過這個故事，譏刺欺瞞、挑撥、製造矛盾的人，對正常社會帶來極大之危害。

第四，除了上述這些社會弊端，羅隱還對朝野知識份子畏崽、犬儒之風氣，作了尖銳譏諷。

羅隱在〈畏名〉中說了一個小故事：

> 瞭者與瞍者語於暗，其辟是非，正興替，雖君臣父子之間，未嘗以牆壁為慮。一童子進燭，則瞍者猶舊，而瞭者嗫不得呻。豈其人心有異同，蓋牽乎視瞻故也。是以退幽谷則思行道，入朝市則未有不畏人。吁！[22]

---

[21] 同註3，卷2，頁421。
[22] 同註3，卷3，頁437。

羅隱以瞭者（明眼人）瞍者（盲眼人）在暗處（位卑）與明處顯（居高位）顯出不同的言論態度，諷刺人們一旦擁有地位，便謹小慎微、畏首畏尾，再也不敢鼓起道德勇氣放言高論。此文篇幅超短，文僅七十九字，言簡意賅，諷刺之意，萬分深刻。

此外，羅隱在〈悲二羽〉中感嘆鸞、雉羽色雖美，一為舞鏡而絕，一因照水而溺，兩者的命運，都十分可悲，均不足取。這是借鳥為喻，抨擊爭強好勝、負才自戕者。在〈二工人語〉中，有感於人們對土木偶與土偶之不同態度，羅隱暗諷當時「重表面、不重實質」的風氣。

至於〈木偶人〉一文，則同樣針對崇華不崇實之風氣，提出針砭。「雕木為（戲）偶」，因其外相華麗，眾人樂而為之；而「絕粒修身」，需鄙棄功名，兼之定力，難為常人所喜。羅隱通過後人對「陳平木偶」與「張良絕粒」的不同態度，說明剞劂(雕刻木偶)之事，移人情志，從而批評華而不實之世風。

第五，羅隱著作中，已有《兩同書》兩卷十篇，從哲學角度探討孔子、老子學說之會同問題，　所以純理思辯原本不是《讒書》重要議題，然而在〈天機〉、〈辨害〉等篇，仍有精采的理念辨正。

羅隱在〈天機〉一文，對天道不行，人道差池，作另類闡釋。他將水、旱、殘、賊視為「天道不行」；將詭、譎、權、詐，視為「人道差池」，二者皆為天之「機變」。既然聖人皆不免「隨機而變」，則己之生不逢時，又何足為奇？譏刺時世，反言正出，大發牢騷。本文表面在談哲觀念，其實是羅隱激憤之言。在〈辨害〉一文，論真正的弊害，應先剷除。羅隱利用周武王伐紂，伯夷、叔齊扣馬而諫為例，說明：此乃「計菽粟」、「顧釣網」者，不能徹底清除國家真正的弊害，其實是在姑息養奸。

（三）舒洩憂憤

懷才不遇，是千古才人共同的不幸。羅隱自宣宗大中十二年（858年）開始求舉，至《讒書》編次時，至少已經七度落第。羅隱在〈重送閬州張員外〉說：「誠知汲善心長在，爭奈干時跡轉窮。」、在〈寄三衢孫員外〉說：「天子未能崇

典誥，諸生徒欲戀旌旗」、在〈逼試投所知〉說：「十年此地頻偷眼，二月春風最斷腸。」諸詩中，可謂道盡求舉之艱辛與落第的悲憤，這種悲憤，自然會投射到一些與己相類的對象上。

羅隱在〈敘二狂生〉細論禰衡、阮籍之狂，有其時代因素。並借此抒發不遇之憤悶。羅隱認為：禰衡、阮籍之狂，乃因「漢衰」、「晉弊」，因此無力可挽。羅隱解釋「漢衰」，是「君若客旅，臣若虎豹」；晉弊，是強調名士風度，不重實才。而禰衡、阮籍兩人精神高度太高，不可；任意評論世事，也不可。文中「人難事」，指人心太差，難於共事；「時難事」，說時世太壞，禰衡、阮籍身處如此時世，自難容身於世。在諷刺時世之間，舒洩內心激憤。

在〈聖人理亂〉中評比周公與孔子，認為：周孔皆為聖人，而窮達不同、理亂不同；關鍵在於是否「位」勝其「道」。文中：

> 位勝其道者，以之尊，以之顯，以之躋康莊，以之致富壽。位不勝其道者，
> 泣焉、歎焉、圍焉、厄焉。[23]

數句，似在為孔子鳴不平，何嘗不是在舒洩羅隱自身「有才不得其位」之憤慨？又在〈君子之位〉中說：

> 祿於道，任於位，權也。食於智，爵於用，職也。祿不在道，任不在位，
> 雖聖人不能闡至明。智不得食，用不及爵，雖忠烈不能蹈湯火。」[24]

論職位和權力之必要，並為己有才無位而悲。有道者得祿、有能者得位，此乃權力之真義。因智得食，依用設爵，此即職位之真義。如今卻是有道者無祿、有能者無位，促使羅隱心中的不平，不能不發洩。

---

[23] 同註 3，卷 2，頁 412。
[24] 同註 3，卷 3，頁 431。

　　再如〈蟋蟀詩〉以範（蜂）、蟬喻達官顯貴，以蚊蠅喻社會敗類，以蟋蟀自我比況。比興手法自我比況，運用之妙令人稱絕。〈梅先生碑〉中，敘述身居下僚之梅福，在朝綱衰頹、外戚專政之際，居然敢上書直諫，使尸位素餐的公卿大臣相形見絀。據史書感，以梅福自況，慨嘆時政。

　　羅隱在〈答賀蘭友書〉中對友暢敘心曲，表示自己雖有志功名，絕不隨俗伏沈。〈序陸生東遊〉抒發下第的困阨與徬徨，都是直接對知交舒洩憂忿。在〈投知書〉說：「明天子未有不愛才，賢左右未有不汲善者。故漢武因一鷹犬吏而〈子虛〉用，孝元以〈洞簫賦〉使六宮婢子諷之。當時卿大夫，雖死不敢輕吾輩。」但千百年後的狀況，已非如此，此時「居位者以先後禮絕，競進者以毀譽相高」，而自己正落入這樣的「機窖」中。不僅性靈不通轉，進退也多不合時態。羅隱就古今書生之不同遭遇，鮮明對比。傾吐自己懷才不遇、報國無門之憤悶。

四、《讒書》之諷刺藝術

　　羅隱一生以「秉筆立言、扶持教化」為己任，自稱「有可以讒者則讒之，亦多言之一派」，「不能學揚子雲寂寞以誑人」，面對晚唐政治、社會種種亂象，懷抱憂患，激切論之；鞭辟入理，切中要害。《讒書》中之作品，無不主題深刻，手法獨到，可謂篇篇精采。具體而言，羅隱最常使用「以史論政」、「寓言諷諭」、「托物為喻」等諷刺手法。

（一）以史論政，鞭辟入理

　　羅隱熟讀史書，善用史料，寄寓嘲諷之意。《讒書》牽涉之古人，超過五十位；[25]牽涉之史事，以上古最多，舉其要者如：「堯舜禹之治」、「武丁之夢」、「桀

---

[25] 筆者統計，《讒書》五卷牽涉到的歷史人物有：堯、舜、禹、伯成子高、丹朱、商均、伊尹、武丁、太甲、比幹、商紂、周公（姬旦）、管叔（姬鮮）、蔡叔（姬度）、霍叔（姬處）、尹吉甫、伍員、夫差、太宰嚭、費無極、子產、晏嬰、孔子、莊子、無將、秦穆公、張良、陳平、項羽、劉邦、漢武帝、鄒陽、司馬相如、梁孝王、朱買臣、漢成帝、嚴

紂惡名」、「伊尹立太甲、放太甲」、「夫差殺伍員」、「丹朱、商均非不肖」、「伯成子高讓禹」、「三叔疑周公」、「張良、陳平貌似女子」、「漢武山呼」、「朱買臣妻」、「梅福上書」等都曾出現在《讒書》的篇章中；牽涉之古物有「神羊」、「鳳臺」、「秦鹿」等，都能不落俗套，言人所未言。具體來說，採用了以下的表現手法：

1、借古諷今：羅隱〈三帝所長〉便是一則「借古諷今」的例證：

> 堯之時，民樸不可語，故堯舍其子而教之。澤未周而堯落；舜嗣堯理，迹堯以化之。澤既周而南狩。丹與均果位於民間，是化存於外者也。夏後氏得帝位，而百姓已偷。遂教其子，是由內而及外者也。
>
> 然化於外者，以土階之卑，茅茨之淺，而聲響相接焉；化於內者，有宮室焉、溝洫焉、而威則日嚴矣。是以土階之際，萬民親；宮室之後，萬民畏。[26]

此文論及堯、舜、禹三帝之治，以「公心」自處、以百姓利益為尚。堯、舜傳賢不傳子，「是化存於外」，其居室簡約，聲響相接；而禹卻傳位於其子啟，「是由內而及於外者」，於是帝王開始擁有宮室田產，而且君威日嚴。羅隱顯然是借上古聖君為例，嘲諷當代帝王不知節用愛民。

2、引史議論：羅隱〈解武丁夢〉，則是一則「引史議論」的例證：

> 商之道削也，武丁嗣之，且懼祖宗所傳，圮壞於我。祈於人，則無以為質；禱於家，則不知天之曆數。厥有左右，民心不歸，然後念胥靡之可升，且欲致於非常，而出於不測也。乃用假夢微象，以活商命。
>
> 嗚呼！曆數將去也，人心將解也，說復安能維之者哉？武丁以下民之畏天

光、梅福、禰衡、阮籍、隋煬帝等。即以唐朝而言，包括唐玄宗、楊貴妃、唐憲宗、石孝忠、裴度、李愬、李光顏、烏重胤、韓愈、段文昌等前朝人物，數量可觀，超過 50 位。

[26] 同註 3，卷 1，頁 394。

　　命也，故設權以復之。唯聖能神，何夢之有！[27]

武丁是商朝帝王，殷商王朝自盤庚中興，傳至小乙，其後國事衰微，武丁即位，夢得聖人傅說，畫像而求之，果然得傅說，舉以為相，國大治。本文以特殊角度，說解「武丁假夢徵象以活商命」之意義，認為武丁敬畏天命，設下徵賢的「計謀」，借以恢復商朝的國祚，其實並無所謂「夢徵」。羅隱引武丁之史事，是在慨嘆「曆數將去，人心將解」，整個大唐王朝已無武丁、傅說之聖君賢相。

3、借史攄感：〈漢武山呼〉政是一則「借史攄感」的例證：

　　　　人之性，未有生而侈縱者。苟非其正，則人能壞之，事能壞之，物能壞之。雖貴賤則殊，及其壞一也。前後左右之諛佞者，人壞之也。窮遊極觀者，事壞之也。發於感寤者，物壞之也。是三者，有一於是，則爲國之大蠹。孝武承富庶之後，聽左右之說，窮遊觀之靡，乃東封焉。蓋所以祈其身，而不祈其民、祈其歲時也。由是萬歲之聲發於感寤。然後逾遼越海，勞師弊俗，以至於百姓困窮者，東山萬歲之聲也。以一山之聲猶若是，況千口萬舌乎？
　　　　是以東封之呼不得以爲祥，而爲英主之不幸。[28]

羅隱在〈漢武山呼〉中提醒帝王，勿為臣下「呼聲」所惑。所謂「山呼」，又稱為「嵩呼」，指臣下祝頌皇帝、高呼萬歲之舉。此文述及漢武帝自恃富強，恣意遊觀、迷信神仙；自祈其身，非祈其民。尤其東封泰山，勞師動眾，吏卒雖高呼萬歲，實不能視為吉祥，而為英主之不幸。羅隱據史書感，諷刺君王「自祈其身、不祈其民」，必將帶來危機。

4、翻案見意：〈三叔碑〉則是一個「翻案見意」的例證：

---

[27] 同註 3，卷 3，頁 397。
[28] 同註 3，卷 4，頁 445。

肉以視物者，猛獸也；竊人之財者，盜也。一夫奮則獸伏，一犬吠則盜奔。
非其力之不任，惡夫機在後也。

當周公攝政時，三叔流謗，故辟之、囚之、黜之，然後以相孺子。洎召公
不悅，則引商之卿佐以告之。彼三叔者，固不知公之志矣；而召公豈亦不
知乎？苟不知，則三叔可殺，而召公不可殺乎？是周公之心可疑矣。向非
三叔，則成王不得為天子，周公不得為聖人。愚美夫三叔之機在前也，故
碑。[29]

所謂「三叔」，是武王之三弟管叔（姬鮮）、蔡叔（姬度）、霍叔（姬處）。武王崩，
成王尚幼，周公（姬旦）攝政，三叔放出流言，謂周公「將不利孺子」，引起周
公征討治罪。羅隱在此解構了周公之歷史形象。本文先在理論上設定「見機」之
重要，然後讚美三叔「見機在先」，認為周公是迫於三叔質疑，才放棄篡位野心；
從而認為只要是權臣，都應嚴加提防。這樣，在對周公輔佐成王之用心，作了翻
案解讀之後，也對晚唐朝之強藩、權臣釋出尖刻的諷刺。

　　總體而言，羅隱對於史料的運用，不在史實的重現，而是重視史料的解讀；
重新掌握歷史問題的本質，諷諭現實。從上述的文例，可以驗證羅隱不論是借古
諷今、引史議論、借史攄感、還是運用歷史翻案，都顯現高明的史識，而且諷意
十足。

（二）寓言諷諭，就事議論

　　羅隱除了「以史論政」，對於寓言之運用，亦達出神入化之境。出現在《讒
書》中的寓言，有作者原創者，也有作者改寫者。都有涵藏深刻的寓意與尖銳的
譏刺。首先以〈二工人語〉為例，一探羅隱的諷刺藝術：

　　吳之建報恩寺也，塑一神於門，土工與木工互不相可。木人欲虛其內，窗

---

[29] 同註3，卷3，頁438。

其外，開通七竅，以應胸藏，俾他日靈聖，用神吾工。

土人以爲不可：「神尚潔也，通七竅，應胸藏，必有塵滓之物，點入其中。不若吾立塊而瞪，不通關竅，設無靈，何減於吾？」木人不可，遂偶建焉。

立塊者竟無所聞，通竅者至今爲人禍福。[30]

所謂「二工人」指土偶與木偶，是報恩寺的神像。其中木偶開了七竅、土偶則否；木偶與土偶「互不相可」，然而「立塊而瞪」的土偶要比「通七竅」的木偶更爲潔淨，因爲，通七竅的土偶，比較可能「胸藏塵滓」。但到了最後，土偶默默無聞，而木偶卻被當作神明供奉、至今爲人禍福。羅隱顯然不只是在講有關神像的故事，而是借此抨擊社會上重視表面、不重實質之風氣。

再以改寫自《莊子》之〈蒙叟遺志〉爲例，再探羅隱寓言的諷刺藝術：

上帝既剖混沌氏，以支節爲山嶽，以腸胃爲江河。一旦慮其掀然而興，則下無生類矣。於是孕銅鐵於山嶽，滓魚鹽於江河。俾後人攻取之，且將以苦混沌之靈，而致其必不起也。嗚呼！混沌氏則不起，而人力殫焉。[31]

此文題材源自《莊子‧應帝王》：「南海之帝儵與北海之帝忽爲報中央之帝混沌之德，爲鑿七竅」的故事。寫到混沌死後，上帝以其四肢爲山嶽，以其腸胃爲江河，又慮其「掀然而興」、導致「下無生類」；於是「孕銅鐵於山嶽，滓魚鹽於江河，俾後人攻取之」，卻也使人們困於徭役。這篇不足百字的短文主題是主張輕徭薄賦，與民休息。目的在提帝王者，切莫役使百姓，應善體莊子遺意，給予百姓休養生息。

再以改寫自張華《博物志‧雜說》之〈槎客喻〉爲例，三探羅隱寓言的諷刺藝術：

---

[30] 同註 3，卷 4，頁 458。

[31] 同註 3，卷 1，頁 393。

乘槎者既出君平之門，有問者曰：「彼河之流，彼天之高，宛宛轉轉，昏昏浩浩。有怪有靈，時顛時倒。而子浮泛其間，能不手足之駭，神魂之掉者乎？」

對曰：「是槎也，吾三年熟其往來矣。所慮者吾壽命之不知也，不廢槎之不安而不返人間也。及乘之，波浪激射，雲日氣候，或戶黯然而昏，煒霍然而晝。乍撓而傍，乍蕩而驟。或落如坑，或觸如門。茫洋乎不知槎之所從者不一也，吾心未嘗為之動。心一動，則手足不能制矣，不在洪流、槁木之為患也。苟人能安其所處而不自亂，吾未見其有顛越，不必槎。」[32]

按：此文字面寫槎客乘槎之訣竅，實則在宣示自己處身亂世之道——「心定則不亂」。張騫乘槎神話故事，原出張華《博物志·雜說》。羅隱用此故事生發議論，意在自勉，作者獨立剛正的節操，表露無餘。

最後以改寫自《述異記》之〈說天雞〉為例，四探羅隱寓言的諷刺藝術：

狙氏子不得父術，而得雞之性焉。其畜養者，冠距不舉，毛羽不彰，兀然若無飲啄意。洎見敵，則他雞之雄也；伺晨，則他雞之先也，故謂之天雞。狙氏死，傳其術於子焉。且反先人之道，非毛羽彩錯、觜距銛利者，不與其棲，無復向時伺晨之儔，見敵之勇。峨冠高步，飲啄而已。

吁！道之壞也有是夫。[33]

文中的「天雞」，是一種能力超強的鬥雞，此雞「見敵，則他雞之雄也；伺晨，則他雞之先也，故謂之天雞。」然而，養雞人卻未能傳承父親之飼養技術，所飼之雞，虛有其表；既不能司晨，也不善鬥。由上述這些例證，不難窺探羅隱借用

---

[32] 同註3，卷4，頁444。

[33] 同註3，卷2，頁418。

寓言諷諭之高明。

　　總體而言，羅隱之寓言，論其風格，有先秦寓言簡潔深刻、勘落枝葉、直指核心的特色。論其性質與作法，無不關懷政治、針砭現實，類似柳宗元政治寓言的作法，似可視為柳宗元寓言文學之嗣響。

（三）托物為喻，譏嘲世情

　　羅隱身為儒士，久困科場，卻能深自惕勵，不願夤緣附勢。洪亮吉稱其：「人品之高、見地之卓，迥非他人所及」。（《北江詩話》卷六），實非虛言。羅隱在〈詠白菊〉中說：「雖被風霜競欲催，皎然顏色不低頹。」（《甲乙集》卷十一，頁 360）不難看出羅隱以寒士自況，而且高自期許。以這樣的心理，面對畸形的世態，託物為喻，寄寓情懷，也能成為一種高明的嘲諷手段。例如〈秋蟲賦〉：

> 秋蟲，蜘蛛也。致身網羅間，實腹亦網羅間。愚感其理有得喪，因以言賦之曰：
> 物之小兮，迎網而斃。物之大兮，兼網而逝。網也者，繩其小而不繩其大。吾不知爾身之危兮，腹之餒兮。吁！[34]

羅隱以秋蟲，喻帝王；物之小者，比喻人民；物之大者，比喻宦官、藩鎮。晚唐帝王只能壓制平民百姓，而對於宦官、藩鎮則束手無策，反而深深受其掣肘。因此文中所謂：「繩其小而不繩其大」，正是針對帝王而發。明顯採用「託物喻意」手法，寄託諷刺之意。再如〈屏賦〉：

> 惟屏者何？俾蕃侯家，作道堙阨，為庭齒牙。爾質既然，爾功奚取？迫若蒙蔽，屹非裨補。主也勿覯，賓也如仇。賓主牆面，職爾之由。吳任太宰，國始無人。楚委靳尚，斥逐忠臣。何反道而背德，與枉理而全身。
> 爾之所憑，亦孔之醜。列我們闈，生我妍不？既內外俱喪，須是非相糺。

---

[34] 同註3，卷1，頁 396。

屏尚如此，人兮何知！在其門兮惡直道，處其位兮無所施。阮何情而泣路？墨何事而悲絲？麟兮何歎？鳳兮何爲？吾所以淒惋者在斯。[35]

文中之屏，是「當門小牆」，而非日常之屏風。羅隱以屏爲喻，意在揭露臣下之遮蔽視聽。權臣用事，障蔽君聽，恰如屏之「作道堙阨，爲庭齒牙」、「迫若蒙蔽，屹非裨補」，其弊害不可小覷。羅隱使用賦體鋪陳之文筆，意在嘲諷當時障蔽君王之權奸。再如〈雜說〉說：

珪璧之與瓦礫，其爲等差，不俟言而知之矣。然珪璧者，雖絲粟玷纇，人必見之，以其爲有用之累也，爲瓦礫者，雖阜積甃盈，人不疵其質者，知其不能傷無用之性也。是以有用者絲粟之過，得以爲迹。無用者具體之惡，不以爲非。

亦猶鏡之於水，水之於物也。泓然而可以照，鏡之於物亦照也。二者以無情於外，故委照者不疑其醜好焉。不知水之性也柔而婉，鏡之性也剛而健。柔而婉者有時而動，故委照者或搖蕩可移。剛而健者非關裂不能易其明，故委照者亦得保其質。[36]

此文前段以珪璧、瓦礫爲喻，謂珪璧之玷纇，人必注意，以其有用；瓦礫雖多，人不疵其質，以其無用。託物爲喻，諷刺「有用者絲粟之過，得以爲迹。無用者具體之惡，不以爲非。」之世風。後段再以鏡、水爲喻，謂己絕不改變本性以求合世俗。再如〈道不在人〉：

道所以達天下，亦所以窮天下，雖昆蟲草木，皆被之矣。故天知道不能自作，然後授之以時。時也者，機也。在天爲四氣，在地爲五行，在人爲寵

---

[35] 同註3，卷3，頁423。
[36] 同註3，卷2，頁415。

辱、憂懼、通阨之數。故窮不可以去道，文王拘也，王於周。道不可以無時，仲尼毀也，垂其教。彼聖人者，豈違道而戾物乎？在乎時與不時耳。是以道爲人困，而時奪天功。衛鶴得而乘軒，魯麟失而傷足。[37]

以衛國懿公好鶴，得以乘軒車；魯國獲麟，傷其一足。遭遇何其不同！作者認爲：能否得時，是其關鍵。羅隱認爲：「道爲人困」、「時奪天功」得「時」與否，決定窮達。借物爲喻，以舒懷抱，兼慨自身遭遇。

總體而言，羅隱託物之作，構思精巧，文筆跳脫；喻託之物，無非尋常，卻能蘊含深刻、諷諭銳利。羅隱雖志在求舉，卻始終與晚唐政治社會維持距離，以其所見之真，故能下筆如神。

五、羅隱《讒書》之成就與評價

羅隱以其《讒書》譏議時政，臧否世風，舒洩不遇之幽憤，一方面獲得時流的稱賞，一方面也爲其遭遇而慨嘆。晚唐詩人徐夤〈寄兩浙羅書記〉說得好：「博簿集成時輩罵，《讒書》編就薄徒憎。」（《全唐詩》卷709，頁8167）羅袞〈贈羅隱〉也說道：「平日時風好涕流，《讒書》雖盛一名休。寰區歎屈瞻問天，夷貊聞詩過海求。」（《全唐詩》卷734，頁8386）， 所述應是實情。

唐・齊己〈寄錢塘劉給事〉：「憤憤嘔《讒書》，無人誦〈子虛〉。傷心天祐末，搔首懿宗初。」（《全唐詩》卷838，頁9443）提到羅隱對晚唐政局的關懷，持續幾五十年。從懿宗咸通到哀帝天祐（羅隱二十八歲到七十四歲），親眼見證唐朝如何由衰敗到滅亡，《讒書》雖是羅隱前半生的力作，陳述的內容卻似乎預示了後半生所處的外部環境。而這正是《讒書》的價值所在！

歸仁在〈悼羅隱〉說：「一著《讒書》未快心，幾抽胸臆縱狂吟。」（《全唐詩》卷825，頁9294）兩句兼論其文章與詩篇，如果吾人能回到晚唐的「語境」，

---

[37] 同註3，卷3，頁429。

不難體悟羅隱那種「未快心」與「縱狂吟」的悲憤心境。吾人應知《讒書》公諸於世之時，功名未立、而國事蜩螗，處在這樣的情境，寫這種快意諷刺之作，要付出多大的代價、需要多大的勇氣啊？！

筆者十分認同元・黃貞輔《羅昭諫讒書題辭》所說：「唐末僭偽紛起，立其朝者，安食厚祿，充然無赧容。如公沈淪下僚、氣節弗渝者幾何人！……在昔，慳邪輩豈無綺章繢句、取媚一時，而泯泯莫聞。公氣節可敬可慕，凡片言只字，皆足以傳世，況其著書垂訓者乎？」[38]道光三年《新城縣志》卷二十三載錄清洪應濤〈書羅隱傳後〉也說：「嗚呼！國家存亡之際，最足觀君子之用心矣。昭諫公於唐末造，窮於所遇，今讀其〈請追癸巳日詔〉，謂陛下憂、岳瀆亦憂矣，直通乎天人之際也。」[39]羅隱在《讒書》五卷中所陳述的將不只是晚唐的政情，更可貴的是真實呈現「青年羅隱」可敬可慕的氣節，僅憑這一點，已經可以使《讒書》傳世不朽。

魯迅在〈小品文的危機〉中曾經指出：「唐末詩風衰落，而小品放了光輝。但羅隱的《讒書》，幾乎全部是抗爭和憤激之談；皮日休和陸龜蒙自以為隱士，別人也稱之為隱士，而看他們在《皮子文藪》和《笠澤叢書》中的小品文，並沒有忘記天下，正是一塌糊塗的泥塘裡的光彩和鋒鋩。」魯迅將羅隱的《讒書》定位為「抗爭和憤激之談」固然不錯，然而羅隱似乎還懷有儒家「借史垂訓」之意向，只因羅隱不僅「委婉譎諫」而更使用了「批判諷刺」的手段，使人很容易忽略這一點。

六、結語

羅隱以《讒書》這一本青年時期的自選集作為行卷工具，結果卻超越了唐代青年舉子求仕的正常功能，反而成為批判晚唐政治社會的作品。

---

[38] 轉引自同註 3 附錄，頁 653。
[39] 轉引自同註 3 附錄，頁 688。

　　羅隱雖然使用了多種多樣的諷刺手段，但《讒書》的內容絕不單是「激憤與抗爭之言」，從這五十八篇作品來看，延續儒家「委婉譎諫」的傳統，寄望對時政有所裨補。從《讒書》大量運用歷史素材，不難覺察：羅隱在面對時政、反映社會問題時，仍有儒家知識份子「借史垂訓」的意圖。

　　羅隱遙承白居易「為君、為民、為時而作，不為文而作」的寫實精神，以《讒書》回應晚唐政治與社會種種亂象，是基於學術良知，不能不言；因此《讒書》五卷，充分代表「青年羅隱」對晚唐政治情態與社會現實的「嚴正關懷」。

　　羅隱在《讒書》中使用高明的寫作技巧，提升諷刺的力道；全書包括近二十種文體，堪稱中國古典文體的集中操練與展示。其寓言作品數量雖然不多，卻短小精悍、創意十足，獲得極高的文學成就。凡此，都使《讒書》一書，成為唐代諷刺文學不可多得的傑作。

　　本文原載於《東海中文學報》第 23 期，原題名為〈譎諫與垂訓——羅隱《讒書》探析〉，經「東海大學中國文學系」授權轉載，特此註明。

羅聯添教授八秩晉五
壽 慶 論 文 集
2011 年 11 月 頁 473-487

澀：中國文學的別一種理想
——以詩學與詞學批評為中心

汪 涌 豪[*]

提 要

　　古代中國人素重創作的格製與體範。於詩講體貴正大，志貴高遠，氣貴雄渾，韻貴雋永，於詞講體貴婉曲，意貴輕倩，語貴靈便，要之以安雅從容為尚，而不取艱澀。但宋元以後，隨著詩詞創作的末流放失，一味依體行中、圓轉流利成為風氣，致輕滑之作，充斥文場，故論者開始標舉「澀」以為拯救。不僅認為詩詞中有以澀為妙的高境，還進而認為用此可糾輕俗之失、滑易之弊。有的推揚之極，竟至於生出澀猶爾於雅，故甯澀毋滑的偏激看法。而究「澀」之所以為詩詞兩體所共同遵守，特別是作為聲學的詞竟也奉以為極詣的原因，一是因兩者同屬韻文，後者又服膺傳統文學從根本上從屬於詩、並最終走向詩的基本特性；二則與曲體的對照性存在有關。蓋曲好俊亮而忌刻深，古人既以詩詞同體而異用，曲與詩詞則用不同而體又異，自不免尊尚雅體，故思深而語新，行險而用澀，有時竟是為與曲相區隔而不得不行的規範。此外，宋元以降人們思理轉精，談藝論文更重對待關係和辯證意味的開顯，也是一重要原因。如此，當一種文學太巧則纖、太清則薄，或太快則剽、太放則冗，以至於詞意散漫膚泛，程式老套庸乏，諸種弊病歸之於「滑」，用「澀」來補救就未嘗不是一法。「澀」之成為傳統文學的另類理想，概因此也。

關鍵詞：澀、滑、詩詞、批評

---

[*]上海復旦大學中文系教授。

澀：中國文學的別一種理想
——以詩學與詞學批評為中心

一

　　文事初起，漢唐人多將自己的心思用在拓展區宇的創造上，那麼宋以後，隨尊體意識的確立，詩歌體貴正大，志貴高遠，氣貴雄渾，韻貴雋永；詩須屬對工，遣事切，捶字穩，結響高，這樣的要求開始更多見於歷代人的著述。不過，有時因講求太過，諸如浮淺無物凡近無奇，或平順寡要滑易不留等病，也每見於創作。故如何使詩歌有局部的整飭和總體的完密，並格調秀特，氣象超凡，避免不當用而用之造成的句不健，或當用而不用造成的意不醒，成為時人最關注的問題。

　　這種關注的結果，給了那些傳統視野中並非堂皇正坦的審美趣味一個機會，使它們得以走到詩學批評的前臺。依照矯行用逆的慣常思路，「澀」的被提出與被強調，正是其中的顯例。作為對過於技術化和程式化的創作傾向的矯正，它超越和脫棄了古人通常認為的「生澀」、「艱澀」或「蹇澀」的局限，被重新定義為一種植基於淵雅鬱勃的生命真氣之上，既凝重又幽邃的作品體象。它不是粗率，也有別於生硬，而體現為凝練雅厚的醇實之美。在他們看來，這是一種與宋以來人心志轉深詩藝轉精相對應的成熟的詩美。

　　譬如，古人自來主張作詩應音聲和諧，「險俗僻澀之韻，可弗用也」，[1]「一切粗厲噍殺生澀平熟俗直之音，彌漫於聲調間也」，是詩人要極力避免的毛病。[2]但

---

[1] 清・冒春榮：《葚原說詩》引毛稚黃語（上海：古籍出版社，1983年，清詩話續編三），卷1，頁1571。

[2] 清・田同之：《西圃詩說》（上海：古籍出版社，1983年，清詩話續編二），頁763。

有鑒於一味追求圓轉和順，很容易造成詩的平弱與流利，產生如嚴羽《滄浪詩話》所說的「散緩」之弊，所以，他們提出用「澀」以為調劑。細言之，音聲一道有寬韻與窄韻之分，寬韻可泛入旁韻，增加詩的離合出入之美，但有時也容易流於凡庸，見不出因難見巧的奇譎。故如何用窄韻來體現詩的愈險愈奇之趣，以及詩作者本人的才情，是一個問題。還有，當詩體不同，音聲之道也會有相應的變化。古體質樸，遄短調節，故在氣調的舒疾低昂上應怎樣留意；近體婉妍，文繁聲雜，在字句的輕重清濁處又該如何斟酌，如何避免前者的重聲梗滯與後者的啞字雌聲，也是問題。古今兩體，另還有五言簡則和七言縱暢之別，有所謂整體聲調的講究。如何使高調不至於粗疏而不蘊藉，緩調不至於拖遝而不風華，並避免前者鄙俗後者軟靡的毛病，包括平調失之輕率而不精煉，清調失之幽細而不振拔，在他們看來，用「澀」都不失為一種可以調節出入的手段。

至於煉字琢句、使事用典就更如此。前者有文字與俚字、實字與虛字之分，後者也有熟典與僻典之別。雖然，漢唐以來的傳統，「詩之正宗，生氣遠出，不流堅澀；神彩旁射，不落纖穠」，[3]「古人不朽者以此，所以詩最忌艱澀也」，[4]故唐皎然《詩式》論「詩有二要」，一即「要力全而不苦澀」。徐寅《雅道機要》「敘體格」，也有「十曰不僻澀」。宋人於此，亦持同樣的態度。他們不滿西崑體，如《蔡寬夫詩話》所說，就是因為其只習得李商隱之「用事深僻」，或《冷齋詩話》卷四所說的「用事僻澀」。但是，有鑒於唐以來陳詞濫調與庸意俗境充人耳目，有用古人故事舊辭而不知改新的，更不要說點化和脫化了，所以才有徐彥伯變易求新，以「鳳閣」為「鷁閣」，以「龍門」為「虯戶」，並引來人競相效仿，一時號為「徐澀體」。王棻〈答王子裳書〉稱韓愈「深於文而未深於詩，故詩極變化而文稱澀體」，其實，如李肇《國史補》下所言：「元和以後，為文章則學奇詭於韓愈，學苦澀於樊宗師」，是一時的風氣，在詩壇也造成很大的影響。劉克莊《後村詩話》新集卷三稱：「玉川詩有古樸而奇怪者，有質俚而高深者，有僻澀而條暢者」，如此不同俗常的風格體調，卻引來韓愈的欣賞。韓愈於元和、大曆間人多直呼其名，唯獨

---

[3] 清‧李重華：《貞一齋詩說》（上海：古籍出版社，1982年，清詩話下冊），頁932。

[4] 清‧李調元：《雨村詩話》（上海：古籍出版社，1983年，清詩話續編三），卷下，頁1531。

稱他為「先生」，就包涵了對他作詩能「澀」的肯定。

宋人為求在唐人詩歌外別有開發，好用新出奇，以自樹立，更常見「作詩要有來源，則為淵源宗派，然字字拘泥，又為拘澀」的現象。[5]其中最著者，如前所說，前為西崑，後有江西。特別是後者，論者每譏其專取蘇黃楊陸體製而遺其神明，以至高者肆而下者俚。但考慮到作詩貴持重，不可太颯灑，而像李白、蘇軾有的作品，文字輕便快利處，有的不免「不入古」的弊病。明清人對黃庭堅的創作就有了許多的理解，原其見不得平庸熟濫而至於力求新異的初心，認為其以奇奧、生峭與瘦勁別開蹊徑，雖不免有「枯促寡味處」，[6]甚至視為專主生澀古奧也不算離譜，但這樣的思致精深，造語新工，正是宋人遠紹前賢並有自樹立的會心所在。它可能有些深求，並因「思深而易澀」，[7]但相對於那些太過便口而少沈著之味的庸濫之作，有更獨到而凝練的淵雅風致，卻是不爭的事實。這也是以後朱熹要求行文緊健，忌軟弱寬緩的原因。所以方東樹《昭昧詹言》卷五特別予以肯定，稱造語謹嚴，杜甫之外，就是康樂、山谷，前者「無一字輕率滑易」，後者「亦極精思」，「所以可法」。

概而言之，從唐代韓愈到宋代黃庭堅，甚至再到明代的鍾、譚之不滿嘉隆間名人自謂學古，其實徒取古人極膚、極狹、極套者以利便手口，遂不願隨俗波靡，而以僻爭奇，皆為此故。至於後來學其詩者，未能得其妙處，既入偏鋒，復墮惡道，以至於槎丫橫出，百病叢生，如安磐《頤山詩話》所謂「苦者澀而不入」，是另一回事。就像清人中有獨尚宋詩一派，為懲前、後七子之病，遂棄唐之一切不為，務趨奧僻，目為生新，「其澀險則自以為皮陸，其拗拙則自以為韓孟」，結果「新而近於俚，生而入於澀，真足大敗人意」。[8]這是他們的過錯，不能因此而否定韓、黃，更不能就此抹倒詩中應有的「澀」境。道理很簡單，詩之近深沉者出

---

[5] 宋・洪邁：《容齋詩話》，引自趙永紀：《古代詩話精要》（天津：古籍出版社，1989 年），卷 5，頁 768。

[6] 清・方東樹：《昭昧詹言》（北京：人民文學出版社，1984 年），卷 10，頁 228。

[7] 宋・魏慶之：《詩人玉屑》（上海：古籍出版社，1982 年），卷 5，頁 112。

[8] 清・葉燮：《原詩》（北京：人民文學出版社，1979 年），外篇上，頁 44。

手自當自然；近自然者，入想自當痛切。如果一味尊體而行中，像李白、白居易有些詩那樣，用語流便，使事平妥，就極易庸熟，讓人生厭。宋以後人之所以力倡用「澀」，其意正在於此。

倘再說得具體，是想借「澀」來醫俗與療滑。時人以為，立意有明暗利鈍之別，字句也有緊慢虛實的不同。而所謂俗，就常常體現為意辭的輕險和句韻的滑易。正因為如此，皎然才要講「詩有二俗」，黃庭堅也要講「凡病可醫，惟俗不可醫」，嚴羽並提出學詩須先除體、意、句、字、韻「五俗」。呂本中《童蒙詩訓》所謂「初學作詩，寧失之野，不可失之靡麗。失之野，不害氣質；失之靡麗，不可復整頓」，說的也是相同的意思。以後，元人楊載《詩法家數》強調「詩之戒有四」——俗意、俗字、俗語、俗韻，清人更說「夫煉意、煉氣、煉格、煉詞，皆煉也。近人專以煉字為詩，既求小巧，必入魔障。而一味高言者，未講磨鍊，遽希自然，彼詡神來，吾嫌手滑耳」，[9]都不過是宋人說法的延續。

由此，具體到創作的展開，他們自然就很注意追求意凝而句重的格制。於詩的「接筆」強調要挺接、反接、遙接而不平接，為的是能顯其嶒崚。於詩的「轉筆」則強調要疾轉、逆轉、突轉而不順轉，為的是能增其深峭。其他如要求用「提筆」、「揚筆」、「縱筆」以舒展其脈絡，用「斂筆」、「抑筆」、「擒筆」、「陡筆」以收束其筋骨，都是為了使詩清老而不俚直，高響而不高號。如是長篇，就更如此。有逆敘、倒敘、補敘、插敘等名目，都必不肯用順用正，而只在將敘題、寫景、議論三者顛倒夾雜，使人迷離不測，以避平直。究其原因，如郭兆麒《梅崖詩話》所說，就是為避免「以才調則滑」。有時，詩人專好某字成癖，「口熟手滑，用慣不覺」，在他們看來也足稱病，薛雪《一瓢詩話》就指出過。當然，包括一部分人「多作則手滑」，袁枚《隨園詩話》也有過批評。要之，「才有一步滑，即散漫」。[10]由此主張下字必典而不空率，造語必新而不襲熟，思清文明凝重有法而不為輕便滑易。這種不空率而典，不襲熟而新，有凝重而無滑俗，在時人看來，唯有用「澀」才能達到。相反，如晚唐人之組織工巧，錢良擇《唐音審體》就指其「滑熟輕豔」。

9　清‧潘德輿：《養一齋詩話》（上海：古籍出版社，1983 年，清詩話續編四），卷 2，頁 2029。

10　清‧方東樹：《昭昧詹言》（北京：人民文學出版社，1984 年），卷 1，頁 25。

宋人七律好用虛字增流轉，結果流於滑弱，南渡以後尤其如此，原因也與不能用「澀」有關。質言之，「澀」之境和「澀」之味，經由宋人的提倡，就此成為明清人考量創作成色的重要標準。誠如學者所說，「宋人評詩以橄欖、茶、荼為喻，已異於唐人，又欣賞蜻蛉、江瑤柱、霜螯等各種異味……蘇詩之新、黃詩之奇，都是追求異味的結果」、「宋人的詩味說對樸拙生澀的欣賞也表明時人審美能力的完善進化」。[11]它與唐人好氣壯而銳逸的趣味相較，有著很明顯的不同。

「滑」之外，時人以為，如「腐」、「絮」、「熟」、「巧」、「妥」、「流」、「庸」、「平」、「緩」、「近」、「易」、「快」、「爽」等病，也容易造成詩歌的流利輕俗，所以也是構成作詩須用「澀」的理由。如陳僅《竹林答問》就將「熟則滑」等列為詩之病。葉矯然《龍性堂詩話續集》則說：「詩之熟者、密者、巧者，終帶傖氣，非絕詣也」。方東樹《昭昧詹言》卷六更明確反對「平鋪直衍，冗絮迂緩」。具體到唐人，他們之所以認為其中作詩有真氣、靈氣的，不過數十人，也是因「其餘特鋪排妥適而已」[12]。而「貼妥太過，必流於衰」，[13]是宋人早就指出過的。因此之故，與此相對的「拙」、「樸」、「生」，甚至「粗」、「鈍」、「僻」等，倘用得恰當，在他們看來，反而能給詩帶來近於「澀」的堅實格調。這個部分，明清人討論甚多，類似五律第三字用拗，就可使詩生峻直之氣，幽澀之美，諸如此類細緻至於瑣碎的討論，每見諸各家詩話與詩論。此所以，在黃庭堅〈題意可詩後〉所說「寧律不諧，而不使句弱；用字不工，不使語俗」，陳無己《後山詩話》所說「寧拙毋巧，寧樸毋華，寧粗毋弱，寧僻毋俗」之後，會有寧生毋熟、巧進拙成之說的提出，所謂「作詩必以巧進，以拙成，故作字惟拙筆最難，作詩惟拙句最難」。[14]其立論的背後，都與重「澀」有關。

這種由避「澀」到用「澀」的變化，雖顯見於宋以後諸家論說，但其萌起卻

---

[11] 周裕鍇：《宋代詩學通論》（四川：巴蜀書社，1997年），頁318-319。

[12] 清・厲志：《白華山人詩說》（上海：古籍出版社，1983年，清詩話續編四），卷2，頁2286。

[13] 宋・范晞文：《對床夜語》（北京：中華書局，1986年，歷代詩話續編上），卷2，頁418。

[14] 明・王昌會：《詩話類編》，引自趙永紀：《古代詩話精要》（天津：古籍出版社，1989年），卷21，頁843。

在中唐。並且，不僅韓愈等人的趣味中可以見到，即杜甫後期的詩作中已有顯露。張謙宜《絸齋詩談》卷一就指出：「詩有以澀為妙者，少陵詩中有此味」。又說：「澀對滑看，如碾玉為山，終不如天然英石之妙」。袁枚《隨園詩話》卷五進而說：「今人一見文字艱澀，便以為文體不正，不知『載鬼一車』、『上帝板板』，已見於《毛詩》、《周易》也」。他並稱李杜排奡是得力於《雅》；韓孟奇崛得力於《頌》；李賀、盧仝之險怪得力於《離騷》、《天問》與《大招》，可見淵源有自。以詩學批評而論，則司空圖〈與李生論詩書〉講「詩貫六義，則諷喻、抑揚、渟蓄、溫雅，皆在其間矣」，「直致所得，以格自奇」，認為前輩如王、韋「澄淡精緻」，因「格在其中」，無妨「遒舉」。其他人就不行了。稍可舉者如賈島，雖所作全篇「意思殊餒」，「誠有警句」，「大抵附於蹇澀，方可致才」，可見並不一概否定「澀」，相反，覺得正是憑著這種「蹇澀」，他才得以施展長才。再聯繫其〈題柳柳州集後〉之重「格」，稱賞「遒逸」、「沈鬱」與「宏拔清厲」，推崇「淵密」、「搜研」與「深搜之致」，可以看出其論詩趣味正不排斥「澀」。

當然，就一般情況而論，作詩一味求新是不對的。句烹字煉，至入險僻，更應避免。張謙宜《絸齋詩談》卷一所謂「詩以自然為至，以遠造為功。才智之士，鏤心劇目，鑽奇鑿詭，矜詡高遠，鑱削元氣，其病在艱澀」，「詰屈聱牙，晦澀支離，非高古也」，就是這個意思。冒春榮《葚園詩說》卷一也說：「世有喜新厭熟，務用艱澀字面者，固不可與言詩矣」。故一味求「尖」求「新」，不是「澀」。同時，也「不可入經書板重古奧語，不可入子史僻澀語」，[15]不可一味求「厚」，因為「深厚者易晦澀」，[16]更不要說「以板滯為質厚」，「以晦澀為沈鬱」了。[17]總之，一方面，如延君壽《老生常談》所說，「談詩者每言不可刻意求新，此防其入於纖巧，流於僻澀耳，非謂不當新也」，另一方面，又如吳雷發《說詩菅蒯》所強調的，「文辭一道，惟其是而已矣。是則生澀亦佳，爽直處亦佳。否則，爽直者易粗率，生澀者欲自掩其陋劣，而醜狀愈不可耐矣。」

---

15 清・朱庭珍：《筱園詩話》（上海：古籍出版社，1983 年，清詩話續編四），卷 4，頁 2407。

16 明・胡應麟：《詩藪》（上海：古籍出版社，1979 年），內編卷 5，頁 82。

17 清・冒春榮：《葚園詩說》（上海：古籍出版社，1983 年，清詩話續編三），卷 2，頁 1597。

二

　　詞是聲學，如李之儀〈跋吳思道小詞〉所說，「於遣辭中最為難工，自有一種分割，稍不如格，便覺齟齬」。自北宋起，經南宋而下，作詞體貴婉曲，忌質直；意貴輕倩，忌莊矜；語貴靈便，忌重滯，幾乎成為通例。歷代詞人，凡有所制，第一是求聲字句調的合格，諸如字法要侔色揣稱，句法要閎深渾成，章法要離合映帶，韻法要婉暢瀏亮。陳子龍〈王介人詩餘序〉論作詞有「鑄調」、「設色」、「命篇」之難，就著眼在這些方面，而究其所求，不過「圓潤明密」四字。葉燮〈小丹丘詞序〉更以「十五六歲柔嫵婉孌好女」作譬，強調其聲情惬恰的重要。做得好的為合格，反之則為失格。以後，有孫麟趾《詞逕》列示「清」、「輕」、「新」、「雅」、「靈」、「脆」、「婉」、「轉」、「留」、「托」、「澹」、「空」、「皺」、「韻」、「超」、「渾」等為「作詞十六要訣」。統合諸家所論，可知與詩一樣，詞也不能用「澀」，既不能在語言聲調上涉「澀」，所謂「詞全以調為主，調全以字之音為主，……儻必不可移者，任意出入，則歌時有棘喉澀舌之病」；[18]又不能在用典置辭上犯「澀」，如謝章鋌〈張惠言詞選跋〉之貶斥「用事生澀」就是。並且，由於體式規定詞須合樂，其反對用「澀」的共識較論詩時來得更為堅決，故帶連著詞家以「澀體」立名相應來說也較詩家為更少見。

　　這種趣味的形成並日漸強勢，不能不推原至南宋後期的張炎。他在《詞源》中強調「詞要清空，不用質實。清空則古雅峭拔，質實則凝澀晦昧」，又從造語置辭角度，提出「詞之語句，太寬則容易，太工則苦澀」，對後世論者影響很大。諸如俞彥《爰園詞話》之「立意命句，句忌腐、忌澀、忌晦」，吳衡照《蓮子居詞話》之「詞忌雕琢，雕琢近澀，澀則傷氣」，均由此而來。在他們看來，「澀」最大的毛病是容易使詞板滯，如吳文英《聲聲慢》之「檀欒金碧，婀娜蓬萊，遊雲不蘸芳洲」，前八字被張炎批為「太澀」，李佳《左庵詞話》卷上引此語時，以「板滯」

---

[18] 明‧俞彥：《爰園詞話》（北京：中華書局，1990年，詞話叢編第一冊），頁400。

一詞相置換，可見在他看來，兩者近乎一事。他的主張是，「善用筆者靈而活，不善用筆滯而板」。「須用虛字轉折方活」，如「任、看、正、待、乍、怕、總、向、愛、奈、似、但、料、想、更、算、況、悵、快、早、盡、憑、歎、方、將、未、已、應、若、莫、念、甚、倘、便、怎、恁等類皆是」。聯繫張炎所謂「句法中有字面，蓋詞中一個生硬字用不得」，「合用虛字呼喚，單字如正、但、任、甚之類，兩字如莫是、還又、那堪之類，三字如更能消、最無端、又卻是之類，此等虛字，都要用之得其節。若使盡用虛字，句語又俗，雖不質實，恐不無掩卷之誚」，又可見「澀」或「板滯」之病在不靈轉，起因在用實字多而虛字少，或虛字用得不當。

不過，可能也正因為比之詩，詞字句修潔聲韻圓轉的體式特徵被人強調得太多了，以至浮豔滑利，時繞筆端，故在尊體的過程中，如何使詞有高古精深的品格，成為宋以後，一直到明清兩代人最為關心的問題。基於這種關心，特別是清詞自納蘭容若以後，數十年間，「詞格愈趨愈下，東南操觚之士，往往高語清空，而所得者薄；力求新豔，而其病也尖」，[19]他們一方面堅持不以豪放為詞之正體，另一方面，不免對意格高上之作有了更多的肯定。對「澀」的正面評價就是這樣產生的。據潘祖蔭《宋四家詞選》序，知周濟曾做有《論調》一書，以「婉」、「澀」、「高」、「平」四品分論詞作；包世臣〈月底修簫譜序〉稱「感人之速莫如聲，故詞別名倚聲。倚聲得者又有三，曰清，曰脆，曰澀。不脆則聲不成，脆矣而不清則膩，脆矣清矣而不澀則浮」，都將「澀」看做是詞中必當有的一體。後者接著還說：「屯田、夢窗以不清傷氣，淮海、玉田以不澀傷格，清真、白石則能兼之矣」。古人言「格」必及「氣」，故所謂「不澀傷格」，其實在很大程度上就是在說「不澀傷氣」。這樣的判斷，正與上述吳衡照之論構成反對。

譚獻更從整體與全局出發，論詞的「深澀」、「幽澀」之美。《篋中詞》嘗說：「南宋詞敝，瑣屑餖飣，朱、厲二家，學之者流為寒乞。枚庵高朗，頻伽清疏，浙派為之一變。而郭詞則疏俊少年尤喜之。予初事倚聲，頗以頻伽名雋，樂於風詠；繼而微窺柔厚之旨，乃覺頻伽之薄。又詞尚深澀，而頻伽滑矣。後來辨之。」

---

[19] 清・況周頤：《蕙風詞話》（北京：中華書局，1990 年，詞話叢編第五冊），卷 5，頁 4520。

浙派由朱彝尊開其端，厲鶚振其緒，郭麐仍其旨，一體尊奉石帚、玉田為圭臬，而不落北宋半步。朱氏並作〈祝英台近·題丁雁冰韜汝詞稿〉詞，聲言「史梅溪，姜石帚，澀體夢窗叟，不事形摹，秦七與黃九」。故李佳《左庵詞話》卷上說：「宋人詞體尚澀，國朝宗之，謂之浙派，多以典麗幽澀爭勝」。但由於其人過求醇雅，有時不免流於枯寂，又衍而為冗漫，故譚獻指「浙派為人詬病，由其以姜、張為止境，而又不能如白石之澀，玉田之潤」。郭麐是浙派後勁，因從袁枚遊，論詞多尚「性靈」、「襟靈」，作詞也輕捷流美，但其失處，不免薄弱，故引來譚獻的批評。可見，他不僅以為「澀」是詞體本當有的一種特質，還最能體現詞的體法之正與「柔厚」之旨。「柔厚」是傳統詞學批評中十分重要的範疇，萌芽於詩學批評，它有婉約幽窈、怨而不怒的內質。譚獻聯言兩者，正是因為在他看來，倘作詞能「澀」，就可用為「柔厚」之助。

在《復堂日記》中，他還稱馮煦《蒙香室詞》「趨向在清真、夢窗，門徑甚正，心思甚邃，得澀意。惟由澀筆，時有累句，能入而不能出，此並當救以虛渾」。如前所說，早在南宋，張炎已以吳文英詞澀，此說一直為人沿用，故至晚清，鄭文焯為其詞做跋，仍稱「高雋處固足矯一時放浪通脫之弊，而晦澀終不免焉」。至於周邦彥詞風，常州派詞學家董士錫在〈餐華吟館詞敘〉中以「清」、「折」兩字概括，並稱時人「學周病澀」。譚氏此說表明，在肯定「澀」的同時，他對因行此而可能帶出的弊病是有所認識的，故提出「虛渾」以為匡救。「虛」者指向「清空」，「渾」者意在渾成。也就是說，「澀」不可墮入滯塞枝枒的末路，但其能助詞「厚」，則殆無疑問。

不僅如此，與詩學批評一樣，詞人之提倡用「澀」，也是為了醫俗療滑。蓋詞的體性，叶虛字虛詞，稍有不當，很容易近滑近佻，所以論者要提出「澀」來矯正，乃至對能體「澀」的詞人生出許多的好評。如周濟《介存齋論詞雜著》認為，吳文英作詞雖間有「生澀處」，但「總勝空滑，況其佳者，天光雲影，搖蕩綠波，撫玩無斁，追尋已遠」。沈祥龍《論詞隨筆》也說：「詞能幽澀，則無淺滑之病；能皺瘦，則免癡肥之誚。觀周美成、張子野兩家詞自見」。值得注意的是，此處作為「澀」的後續名言，「幽澀」一詞經由「幽」的摻入與整合，脫去原本可能有的

呆滯與板重，變得更為沉靜深邃了。況周頤《蕙風詞話》卷五則從聲音到格調兩方面，對「澀」做了正面的肯定，他說：「簡淡生澀之中，至佳之音節出焉」，「澀之中有味有韻有境界，雖至澀之調，有真氣貫注其間。其至者，可使疏宕，次亦不失凝重，難與貌澀者道耳」。蔡嵩雲《柯亭詞話》更說：「詞中有澀之一境，但澀與滯異，亦猶重、大、拙之拙不與笨同。昔侍臨川李梅庵夫子幾席，聞其論書法，發揮拙、澀二字之妙，……由此見詞學亦通於書道」。用書法每行澀筆以出力來作譬，將「澀」非滯塞一義說得非常清楚。以此衡裁，如果「拙」是一種「至澀」的話，那麼「滯」與「笨」就是所謂的「貌澀」了。

陳衍在《石遺詩話》卷二十中，進而從防俗防滑的角度，對前及張炎的論說做了新的分疏：「夫爭清空與質實者，防其偏於澀也；爭婉約與豪放者，防其流於滑也。二者交病，與其滑也，寧澀矣，謂澀猶爾於雅也。今試取晏元獻、秦淮海、周清真諸家詞讀之，非本色當行，清空而婉約者乎？然險麗語入於澀者，時時遇之」。什麼是「滑」，以孫麟趾《詞逕》的說法，就是「能流利不能蘊藉」，為作詞大忌。清人正是為了避此大忌，才主張學吳文英的多用實字。周邦彥作詞也好用實字，但更注意潛氣內轉，故清人將兩人稱為「澀調一派」，多有效仿。當然，總有學而不精者，或流於晦昧滯塞，深取至於不能空靈，刻畫至於不能超脫。不過，陳衍覺得，晦昧滯塞固然是病，但多少可見詞人的功底，而俗豔與滑易則一味活脫取新，浮薄不利詞體，所以離雅就遠。

再以姜夔詞的評價為例。前此，張炎就稱其清空靈動，讀之使人神觀飛越，並無涉於「澀」。但清人卻不這麼看，大多認為其不惟清空靈動，「一洗華靡，獨標清綺」，[20]「以清虛為體」，故「格調最高」，[21]還能渾灝流轉，奪胎辛詞，「變雄健為清剛，變馳驟為疏宕」，[22]有「澀」的一面。故前有譚獻《篋中詞》以此來界說他，並批評浙派屬鄂「不能如白石之澀」，後有馮煦《蒿庵論詞》稱「白石為南渡以來一人，千秋論定，無俟揚榷」、「彼讀姜詞者，必欲求下字出，則先自俗處

---

[20] 清・郭麐：《靈芬館詞話》（北京：中華書局，1990 年，詞話叢編第二冊），卷 1，頁 1503。

[21] 清・陳廷焯：《白雨齋詞話》（北京：中華書局，1990 年，詞話叢編第四冊），卷 2，頁 3797。

[22] 清・周濟：《宋四家詞選目錄序論》（北京：中華書局，1990 年，詞話叢編第二冊），頁 1644。

能雅，滑處能澀始。」前面曾提到，相對於詩人，詞家中較少有人以「澀體」立名。至清代，這樣的情況其實已有了改變。

當然，由於強調用「澀」，一部分人並用「澀」過當，以至「標白石為第一，以刻削峭潔為貴，不善學之，竟為澀體，務安難字，卒之鈔撮堆砌，其音節頓挫之妙，蕩然欲洗，草草陋習，凡墮浙西成派」的情況也有出現。[23]張祥齡《詞論》稱其為「澀煉」。「澀」至於「煉」，不脫雕造粗戾的痕跡，自然走向了另一極端。其情形與詩歌相同，也是時人所不取的。

三

綜上所說，詩詞兩體的正體正格原本均與「澀」無涉，最後竟至於以「澀」為意格高上的佳範，乃至體中應有之義，非出偶然。它既基於兩者同屬韻文這一基礎特性，同時，也與傳統文學從本質上從屬於詩、並最終走向詩這個特點大有關係。因此，儘管歷代論者分疏兩體，每有詩貴莊重而詞不嫌佻，詩貴深厚而詞不嫌薄，詩貴含蓄而詞不嫌露等說法，如曹爾堪〈峽流詞序〉更以為「詞之為體如美人，而詩則壯士也；如春華，而詩則秋實也；如夭桃繁杏，而詩則勁松貞柏也」，但基本上不會認為只有詩該典雅尊貴，詞因愛寫閨襜就可流於狎昵；又多蹈揚湖海就可動涉叫囂。相反，受上述極富於整塑力的文學傳統的影響，越到後來在體式上越是走上與詩相同的道路。

本來，「詞以豔麗為本色，要是體製使然」，[24]故以豔冶為正則，寧作大雅罪人而弗帶經生習氣，在人看來很是當然。正是本著這種當然的認知，他們用「婉」（包括「和婉」、「閑婉」、「深婉」、「婉麗」和「婉約」），「麗」（包括「穠麗」、「溫麗」、「綺麗」、「縟麗」、「險麗」、「輕麗」和「香麗」）等名言來界定詞體。後經末流放失，諸家所做不是流於格卑就是墮入穢鄙，這才喚起人另一種意義上的尊體

---

23 清・謝章鋌：《賭棋山莊詞話續編》三（北京：中華書局，1990 年，詞話叢編第四冊），頁 3511。

24 清・彭孫遹：《金粟詞話》（北京：中華書局，1990 年，詞話叢編第一冊），頁 723。

意識，促使他們張揚詩的趣味，齊同詩的理想，仿詩之格，提出類似思沉力厚、格高調雅的要求，以保證由詩而詞，名雖愈降，體不至於愈趨愈下。與此同時，用以界定的名言，除了「雅」（包括「清雅」、「醇雅」與「安雅」）這樣的詩學批評常用名言外，類似「潔」、「簡」、「淨」、「博」、「蕭散」、「柔厚」、「沈鬱」、「深靜」，一直到「重」、「拙」與「大」等名言，也被先後提了出來。就其義理的源頭考察，幾乎都在詩，或與詩有關；其要求之嚴格，誠如《鄭大鶴先生論詞手簡》所說，也「類詩之有禁體」。「澀」境之見於詩，因之亦見於詞，並在詞學批評中得到進一步的凸顯，即因此故。

此外，就與曲體的存在和看管有關了。雖說曲一體也可歸入韻文，但古人認為，其與詩詞相較，體式的要求又自不同。「詩詞同體而異用，曲與詞則用不同，而體亦漸異，此不可不辨」，[25]「詞宜雅矣，而尤貴得趣。雅而不趣，是古樂府；趣而不雅，是南北曲」，[26]故「下不可入曲」，[27]既不可以曲作詞，也不可調詞而語曲。詩就更不用說了。今人任中敏《詞曲通義》對詞曲兩體的區別曾做過詳細的討論，他說：「詞靜而曲動，詞斂而曲放，詞縱而曲橫，詞深而曲廣，詞內旋而曲外旋，詞陰柔而曲陽剛，詞以婉約為主，別體則為豪放，曲以豪放為主，別體則為婉約，詞尚意內言外，曲意為言外而意亦外──此詞曲精神之所異，亦即其性質之所異也」。又說：「詞合用文言，曲合用白話。同一白話，詞與曲之所以說者，其途徑與態度亦各異。曲以說得急切透闢，極其情盡致為尚，不但不寬馳，不含蓄，且多衝口而出，若不能得者，用意則全然暴露於辭面，用比興者並所比所興亦說明無隱，此其態度為迫切，為坦率，恰與詞處相反地位」。迫切與坦率不僅正與「雅」相反，也與「澀」相違。

故早在元代，周德清《中原音韻》已提出作曲之造語必「俊」，用字必「熟」，並反對「語粗」與「語澀」。前者指「無細膩俊美之言」，後者就指「句生硬而平

---

[25] 清・陳廷焯：《白雨齋詞話》（北京：中華書局，1990 年，詞話叢編第四冊），卷 8，頁 3975。

[26] 清・謝章鋌：《賭棋山莊詞話》（北京：中華書局，1990 年，詞話叢編第四冊），卷 11，頁 3461。

[27] 清・謝元淮：《填詞淺說》（北京：中華書局，1990 年，詞話叢編第三冊），頁 2509。

仄不好」。以後王驥德《曲律》論曲的聲調,「欲其清,不欲其濁;欲其圓,不欲其滯;欲其響,不欲其沉;欲其俊,不欲其癡;欲其雅,不欲其粗;欲其和,不欲其殺;欲其流利輕滑而易歌,不欲其乖刺艱澀而難吐」。句法「宜婉曲不宜直致,宜藻豔不宜枯瘁,宜溜亮不宜艱澀,宜輕俊不宜重滯,宜新采不宜陳腐,宜擺脫不宜堆垛,宜溫雅不宜激烈,宜細膩不宜粗率,宜芳潤不宜噍殺」。字法則「要極新,又要極熟;要極奇,又要極穩」,並「論曲禁」力主避「陳腐」(不新采)、「生造」(不現成)、「俚俗」(不文雅)、「蹇澀」(不順溜)、「粗鄙」(不細膩)等病,都是在強調杜絕「澀」之於張大曲體的重要性。

不過,也正是為張大和凸顯各自體式的本位,在古人看來,曲之所當避,未嘗不是詩詞之所當務。所以,就像能否用俊亮潤麗的語言模寫物情、體貼人意,對曲來說非常重要一樣,在他們看來,能否造出一片「澀」境,以抵禦程式化創作常見的輕利與滑易,在尊雅的詩詞而言也顯得十分重要。從這個意義上說,儘管歷代論者間或持有「詞曲之間,究相近也」的主張,[28]而元人詞集也往往兼收小令,明清人承此,如楊慎《詞品》兼及元曲,朱彝尊《詞綜》仍收北曲,但強調不可以曲作詞、以曲調亂詞體的人是主流。由於強調不能以曲調亂詞體,並注意避免曲體的俊亮潤麗進入到詩詞中來,推崇以「澀」求雅,就成了他們很自然的選擇。換言之,詩詞之尚「澀」,在一定程度上似被與曲體相區隔的尊體要求逼迫出來的,此所謂我們說的「看管」之意。

當然,推其原始,隨著宋元以降人們思理的轉精轉密,從思維習慣到論理方式,更注意對論題所包涵的對待關係的關顧,對名言所內藏的辯證意味的開顯,由此,由「奇」論「正」由「濃」論「淡」,乃至由「俗」求「雅」由「滑」求「澀」漸稱風氣,也是造成「澀」被引入文學批評,並被作為對輕滑薄弱、棉軟無骨的文學趣味的補充的原因。葉燮《原詩》外篇曾說:「對待之義,自太極生兩儀以後,無事無物不然」,如「陳熟」、「生新」等即是,而這「對待之兩端,各有美有惡,非美惡有所偏於一者也」,也就是說,它們會轉換,此所謂「對待

────────────

[28] 清・李佳:《左庵詞話》(北京:中華書局,1990年,詞話叢編第四冊),卷下,頁3166。

之美惡，果有常主乎」。所以，當一種文學「太巧則纖」、「太清則薄」，或「太快則剽」、「太放則冗」，[29] 以至於遣詞散漫無警，用意膚泛無當，用「澀」來補救，就未嘗不是一法。「澀」之成為傳統文學的另類理想，概因此也。

---

[29] 清・朱庭珍：《筱園詩話》（上海：古籍出版社，1983 年，清詩話續編四），卷 1，頁 2340。

羅聯添教授八秩晉五
壽 慶 論 文 集
2011 年 11 月 頁 489-531

詩詞之際與影響焦慮
——從唐代文人的創作意識論詞體的探索與
形成

李 文 鈺[*]

提 要

　　自敦煌詞可見，詞在唐代已流行民間，然詞所以蔚然成體，且在音樂生命相
對萎縮之餘，依然持續文學生命與藝術魅力，實奠基於當代文人在詞體形式上的
挹注心力、琢鍊經營。本文以時代背景與作品蛻變的觀察為基礎，進一步探究對
詞體形成具有絕大貢獻的唐代文人，何以處身繁榮昌盛的詩歌國度，而又特意運
筆填詞？從偶一為之的嘗試，到認真嚴謹的琢鍊，詩人是否承受著所謂「影響的
焦慮」（The Anxiety of Influence），因此試圖在風格題材開發幾盡的詩歌創作之
外，從形式突圍，藉與詩相近而又絕對與詩有別的歌詞探索，馳騁文學創作的才
具與熱情，成就其占有文學史一席之地的野心？

關鍵詞：詞、唐代、溫庭筠、影響的焦慮

[*] 國立臺灣大學中國文學系副教授。

詩詞之際與影響焦慮
——從唐代文人的創作意識論詞體的探索與形成

　　作為一種特殊韻體，一般認為，「調有定格，句有定言，字有定聲」乃詞體形式特徵，有調而無題，各詞調皆有固定格式，或單調或分片，句式多是長短不一，然每句字數乃至各字之平仄皆有嚴格規定，韻法亦隨各詞調之規定而異。在作法上，「先定音節，製詞從之」，[1]亦即先有曲調再按譜填詞，與同是配樂的「聲詩」之先詩後樂有所不同。至於詞的配樂，雖曲律失傳，但自其句式音韻之富於變化推測，應是有別於傳統雅樂或六朝清樂的一種更為靈動曼妙、流麗鏗鏘的樂曲。另外，詞體的風格特質如王國維所說：「詞之為體，要眇宜修。能言詩之所不能言，而不能盡言詩之所能言。詩之境闊，詞之言長。」[2]或繆鉞所論之「文小、質輕、徑狹、境隱」，[3]皆可見其細膩深邃的美感意境取向。

　　以上所論，乃詞體發展成熟所呈現的風貌，或後人對詞體的認知歸納與印象概括。然而作為一種文學形式，詞與詩、文、小說皆然，有其自初始的渾樸不定至演進成形，乃至具備獨特風格與內質的發展過程，此過程本是客觀的存在，除了有待表象的還原呈現，其發展演變的內在動因更值得深入探索。

　　回溯源流，詞的最初起源至今仍眾說紛紜。從《三百篇》到中、晚唐，說法

---

[1] 宋·王灼：《碧雞漫志》，卷 1。唐圭璋：《詞話叢編》（臺北：新文豐出版公司，1988 年 2 月），頁 73。

[2] 《人間詞話》，「刪稿」，《詞話叢編》，頁 4258。

[3] 繆鉞：〈論詞〉，《詩詞散論》（臺北：臺灣開明書店，1979 年 3 月），頁 5-10。

不一而足，雖各有所據，但也不無質疑。[4]如王灼《碧雞漫志》卷一云：「蓋隋以
來，今之所謂曲子者漸興。」[5]《樂府詩集》卷七九〈近代曲辭〉載有隋煬帝及王
冑〈紀遼東〉各二首，每首句式韻法一致，似與詞體無異，[6]或可作為王灼之說的
例證。但其創作過程是先詞後樂或由樂定詞則無從確定，因此詞源於隋的說法也
僅是可能推測。雖然起源時代未確，詞的初始原貌或亦未能得知，但就當今所存
最早「確定」或「近似」是詞的作品多數見於唐代的情形看來，唐代無疑是詞體
發展、流行乃至蛻變成形的重要時期。因此探究詞體形成的過程與動因，本文擬
以唐代作為觀察重心。首先在前人研究基礎上，自外緣背景理解有唐一代在音樂、
政治、社會環境乃至文苑風尚或文人際遇等方面，為詞體形成提供了那些有利條
件與影響力量；其次從現存作品觀察，詞本身在形式、內容、風格、特質上，如
何經歷從詩詞難辨到離詩獨立的演進過程。誠如學者所言：「詞最後能達到一個純
藝術的顛峰，正是由於文人把詞從樂家手中接收過來的結果。」[7]因此本文將以文
人作品的分析為主，而略以民間歌詞作為參照。最後，創作主體亦即唐代文人的
填詞情境與心境，當是詞體發展直接而重要的動因，在當代強勢文體詩歌主流的
籠罩下，兼為詩人的唐代文人之所以接觸、嘗試乃至認真填詞，除了外緣因素的

---

[4] 詞起源時代之相關論述，參臺靜農：《中國文學史》（臺北：臺灣大學出版中心，2004 年 12
月）第六篇〈宋代篇〉第三章〈宋詞〉，及林玫儀師：〈由敦煌曲看詞的起原〉，《詞學考詮》
（臺北：聯經出版事業公司，1987 年 12 月）等。

[5] 同註 1，頁 74。

[6] 隋煬帝：〈紀遼東〉：「遼東海北翦長鯨，風雲萬里清。方當銷鋒散馬牛，旋師宴鎬京。前歌
後舞振軍威，飲至解戎衣。判不徒行萬里去，空道五原歸。」「秉旄仗節定遼東，俘馘變夷
風。清歌凱捷九都水，歸宴洛陽宮。策功行賞不淹留，全軍藉智謀。詎似南宮複道上，先封
雍齒侯。」王冑：〈紀遼東〉：「遼東浿水事龔行，俯拾信神兵。欲知振振旋歸樂，為聽凱歌
聲。十乘元戎纔渡遼，扶滋已冰消。詎似百萬臨江水，按轡空迴鑣。」「天威電邁舉朝鮮，
信次即言旋。還笑魏家司馬懿，迢迢用一年。鳴鸞詔蹕發浿潼，合爵及疇庸。何必豐沛多相
識，比屋降堯封。」宋・郭茂倩：《樂府詩集》（臺北：里仁書局，1984 年 9 月），卷 79，頁
1108。

[7] 高友工：〈小令在詩傳統中的地位〉，《詞學》第 9 輯（上海：華東師範大學出版社，1992 年
7 月），頁 3。

引領與影響，是否在文人內心也存在著縱使幽微卻難以漠視的意識動機，則是本文探究之重點。

一、詞體形成的外緣因素

文類的形成有賴特定的條件與環境，詞體亦然。歷來學者對詞體形成的環境因素、客觀背景研究頗多，此節以相關論述為基礎，對詞所以於唐代能有具體的演進發展，亦即唐代環境為詞體生命的滋長挹注了那些有利條件，略作釐析討論。

（一）音樂發展

詞原稱「曲子」、「曲子詞」，顧名思義乃是配合樂曲演唱的歌詞，其醞釀滋生需有相當的音樂資源與流行環境。唐代誠為中國音樂史上的輝煌盛世，如沈冬先生所言：

> 匯聚了南北朝三百年音樂資源，唐代因而成為光彩燦然的音樂盛世，其豐富的內涵令學者目眩神搖，玩之不盡。[8]
>
> 有唐一代是中國音樂的盛世，其音或鏗鏘鏜鞳，洪心駭耳；或繁手淫聲，爭新哀怨；後人追摹意態，揣想風神，無不對大唐帝國的音樂文化油然而生嚮慕之情。[9]

匯聚豐富的音樂資產，融合成千變萬化、聲情抑揚、流麗美聽的音樂風貌，可以想見，有唐一代為知音好樂者創製新曲營造了絕佳環境，也同時挹注源源不絕的音樂資源。新曲既成，詞或隨之，以供歌者演唱，傳播流行。[10]

---

[8] 沈冬：《唐代樂舞新論》（北京：北京大學出版社，2004 年 4 月）序，頁 5。

[9] 〈咸歌破陣樂，共賞太平人－－《破陣樂》考〉，同前註，頁 53。

[10] 葉嘉瑩：〈論詞的起源〉：「唐代的音樂，實在可以說是一個集南北胡漢多種音樂之大成的音樂，而『詞』就正是自隋代以來伴隨著這種新興的音樂之演變而興起的、為配合此種音樂之曲調而填寫的歌詞。」葉嘉瑩、繆鉞：《靈谿詞說》（臺北：國文天地出版社，1989 年 12

（二）政治現實

　　唐代所以能為音樂盛世，除了繼承南北朝以來華戎交響的豐富音樂資產，帝王本身開明的音樂觀念以及知音好樂的種種舉措，[11]亦間接或直接促使有唐一代音樂蓬勃發展，同時，國勢的強盛與開放亦促使異族之音源源傳入，與中土音樂交流融合，胡樂新聲，處處傳響：

> 政權的統一與國內各族之間的關係的進一步密切，也為各族音樂文化的交流與融合創造了條件。由於唐代國家富強，疆域廣闊，使得人民的眼界更加開闊，生活內容更加充實，因而既能使傳統的音樂得到發揚光大，又能創造出新的民族風格的音樂。諸如民間曲子、歌舞、說唱，以及宮廷中，俗樂得以比從前更高的形式參加來自國內外的國際性的匯演，唐代大曲的形式等等，可以說都是這一時期的音樂精華。當時，長安成為國際性的文化名城，是亞洲許多國家的音樂文化交流中心。[12]

　　唐代帝王中，對詞的發展尤其具有關鍵影響的是玄宗的好樂知音，設置教坊，

月），頁6。

[11] 《新唐書‧禮樂志》（臺北：鼎文書局，1992年1月）：「太宗謂侍臣曰：『古者聖人沿情以作樂，國之興衰，未必由此。』御史大夫杜淹曰：『陳將亡也，有〈玉樹後庭花〉，齊將亡也，有〈伴侶曲〉，聞者悲泣，所謂亡國之音哀以思。以是觀之，亦樂之所起。』帝曰：『夫聲之所感，各因人之哀樂。將亡之政，其民苦，故聞以悲。今〈玉樹〉、〈伴侶〉之曲尚存，為公奏之，知必不悲。』」又：「（玄宗）置內教坊於蓬萊宮側，居新聲、散樂、倡優之伎。……玄宗既知音律，又酷愛法曲，選坐部伎子弟三百教於梨園，聲有誤者，帝必覺而正之，號『皇帝梨園弟子』。宮女數百，亦為梨園弟子，居宜春北院。……帝又好羯鼓，而寧王善吹橫笛，達官大臣慕之，皆喜言音律。……開元二十四年，升胡部於堂上。而天寶樂曲，皆以邊地名，若〈涼州〉、〈伊州〉、〈甘州〉之類。後又詔道調、法曲與胡部新聲合作。」頁461、475-477。又參陳良運：《中國歷代詞學論著選》（南昌：百花洲文藝出版社，1998年8月），頁3-4。

[12] 金文達：《中國古代音樂史》（北京：人民音樂出版社，2001年4月）第三編〈隋唐五代〉，頁173。

培育樂師，融合胡俗，創製新曲：

> 及玄宗而制作爛然，超絕前代，既長文學，復擅音聲。其御製曲有〈紫雲曲〉、〈萬歲樂〉、〈夜半樂〉、〈還京樂〉、〈凌波神〉、〈荔枝香〉、〈阿濫堆〉、〈雨淋鈴〉……。由是上好下甚，聲樂之教幾遍天下。士大夫揣摩風氣，競發新聲，樂府詞章獨越前代，詞體之成，亦於是託始焉。[13]
> 玄宗設立教坊，培育人才，革新了中國音樂的演出方式。京畿地區的樂工何止千百，能歌善唱者為數更夥。他們都在教坊拜師學藝，切磋琢磨，光大新曲。玄宗更大的貢獻是，他允許「通俗」曲子和「胡樂」在唐廷並立，因此泯滅了「雅樂」與「俗樂」的刻板區野。玄宗破舊立新，當然提升了詞曲的地位，使之逐漸茁壯。騷人墨客與教坊樂工歌伎應運唱和，也開始為新聲填詞作曲，某些敦煌曲詞極可能就是這種文化環境的產物。[14]

據研究，崔令欽《教坊記》所收三百四十餘曲，當是盛唐時教坊實況。[15]從教坊曲的曲名可見，其音樂乃是胡俗樂兼容並陳，而無論來自西域或民間，進入宮廷之後多應經過教坊樂工的整理或改編，當然其中不無「皇帝梨園弟子」及宮廷樂師的創作。雖然教坊曲是宮中宴饗行樂所用，然以「開元、天寶間，君臣相與為淫樂，而明宗尤溺於夷音，天下薰然成俗」[16]的情形看來，宮廷音樂流播京畿或民間在所難免，而無論宮中宴樂或民間傳唱，按譜填詞的風氣自然應運而生，除了樂工歌妓，朝臣文士亦或在樂曲與情境的感染下，「依樂工拍但之聲，被之以辭，句之長短，各隨曲度」。[17]

　　安史亂後，宮廷樂工歌妓流散四方，教坊音樂亦隨之廣為流播，對民間音樂

---

[13] 王易：《中國詞曲史》（臺北：洪氏出版社，1981年1月），頁44。

[14] 孫康宜：《詞與文類研究》（北京：北京大學出版社，2004年9月），頁7-8。

[15] 參林玫儀師：〈由敦煌曲看詞的起原〉，同註4。

[16] 宋・鮦陽居士：〈復雅歌詞序〉。《中國歷代詞學論著選》，頁83。

[17] 同前註。

的創新流行以及依曲填詞的風氣更是產生影響:

> 其後巨盜起,陷兩京,自此天下用兵不息,而離宮苑囿遂以荒堙。獨其餘
> 聲遺曲傳人間,聞者為之悲涼感動。[18]
>
> 中唐以後,教坊頹圮,訓練有素的樂伎四處奔亡,直接影響到往後曲詞的
> 發展。他們來自帝京,對新樂的巧藝卓有識見,一旦和各城各市的歌伎冶
> 為一爐,自然會讓「曲子詞」演變成流行的樂式;凡有井水處,莫不可聞。
> 他們時而填詞調配新樂,時而請詩苑魁首填詞備用。[19]

據日本學者岡村繁統計,《雲謠集》所收十三調三十三首詞,除〈內家嬌〉二首,
其餘調名皆見於《教坊記》,其他敦煌詞二十八調一百二十首中,亦僅有九曲十九
首所用詞調不見於《教坊記》,至於《花間集》五百首詞,詞調見於《教坊記》者
五十三,遠多於不見於《教坊記》的二十一調,[20]而至今所見宋詞詞調源自唐教
坊曲者亦不在少數。雖然樂曲本身容有變易,但自以上數據可見,教坊的成立及
教坊曲的流傳,對詞的發展確實具有重要影響,含《雲謠集》在內的敦煌詞及今
所見唐代文人詞作,創作時代多在開元、天寶以至中、晚唐,亦當與此有關。

(三)都市繁榮

　　唐代商業發展,都會繁榮,娛樂事業隨之蓬勃發展,秦樓楚館,歌臺舞榭,
處處管弦。此自詩人吟詠都會風情的詩章可見一斑:

> ……延年女弟雙鳳入,羅敷使君千騎歸。同心結縷帶,連理織成衣。春朝
> 桂尊尊百味,秋夜蘭燈燈九微。翠幌珠簾不獨映,清歌寶瑟自相依。……
> (駱賓王〈帝京篇〉,834)
>
> ……俱邀俠客芙蓉劍,共宿娼家桃李蹊。娼家日暮紫羅裙,清歌一轉口氛

---

[18] 《新唐書・禮樂志》,頁477。

[19] 同註14,頁8。

[20] 岡村繁:〈唐末曲子詞文學的成立〉,《唐代文藝論》(上海:上海古籍出版社,2002年10月)。

氳。……

（盧照鄰〈長安古意〉，519）

夜市千燈照碧雲，高樓紅袖客紛紛。如今不似時平日，猶自笙歌徹曉聞。

（王建〈夜看揚州市〉，3430）

霜落寒空月上樓，月中歌吹滿揚州。相看醉舞倡樓月，不覺隋家陵樹秋。

（陳羽〈廣陵秋夜對月即事〉，3895）

雖然詩人或意在諷諭，然滿樓紅袖笙歌醉舞的都市行樂風貌，亦於詩中躍然呈現。
歌臺舞榭，競賭新聲，類此情境自是歌詞創作與傳唱的溫床：

> 隨唐宋商業資本之發達，都市內商業市民之生活提高，私營妓館開始活
> 躍。長安與洛陽，妓館與酒樓旗亭均設於市場鬧區及交通要衝，而呈繁榮
> 現象。……在唐朝中葉胡俗樂融合組成新俗樂之樂曲，新詩體之「詞」逐
> 漸活潑，妓館即為其主要溫床。[21]
> 詞的興起，與都市文明有非常密切的關係。……隋唐時期是比較開放
> 的。……樂曲的刺激，樂器的擴充，加上社會的需求，歌舞娛樂的形式與
> 內容便跟著不斷的推陳出新。當時的都市，商業活動頻仍，除了首都長安，
> 其他像杭州、泉州、廣州等地方，都盛極一時。在都市裡面人們需要娛樂，
> 因此有些人走江湖賣藝，樂師歌女也有許多發展的空間。而一般大眾多是
> 離鄉背井，往外求學或做買賣，閒暇、寂寞或思鄉時要尋找心靈的慰藉，
> 歌樓酒肆便是他們經常流連之處，聽歌喝酒乃普遍的現象。……詞就是這
> 樣的透過樂工的編製、歌女的傳唱，而逐漸在民間流行了起來。[22]

都市繁華，酒樓旗亭林立，歌舞娛樂盛行，除了帶動民間歌詞的創作流傳，文人

---

[21] 岸邊成雄：《唐代音樂史的研究》（臺北：中華書局，1973 年），頁 77-82。

[22] 劉少雄：《學詞講義》（臺北：里仁書局，2006 年 7 月），頁 13-14。

流連坊曲，與歌妓交遊，也是促使其接觸歌曲、填製新詞的契機。[23]曾流傳詞作〈八六子〉的杜牧及「唐詞第一作家」[24]溫庭筠，都曾留下醉入花間、狹邪狂遊的記載：

> 揚州，勝地也。每重城向夕，倡樓之上，常有絳紗燈萬數，輝羅燿列空中。九里三十步街中，珠翠填咽，邈若仙境。（杜）牧常出沒馳逐其間，無虛夕。……所至成歡，無不會意。[25]
>
> 溫庭筠有詞賦盛名，初從鄉里舉，客游江淮間，楊子留後姚勖厚遺之。庭筠少年，其所得錢帛，多為狹邪所費。勖大怒，笞而逐之。[26]

（四）飲宴風尚

流連坊曲之外，因時代風尚或個人際遇，唐代文人也自覺或不自覺接觸依曲填詞的情境。如前文提及之宮廷宴樂，在玄宗朝以前即已蔚然成風：

> 景龍四年春，宴桃花園，群臣畢從，學士李嶠等各獻桃花詩，上令宮女歌之。辭既清婉，歌仍妙絕，獻詩者舞蹈稱萬歲，上敕太常簡二十篇入樂府，號曰〈桃花行〉。[27]

---

[23] 唐・王仁裕：《開元天寶遺事》：「長安有平康坊，妓女所居之地，京都俠少萃集於此，兼每年新進士，以紅箋名紙游謁其中，時人謂此坊為風流藪澤。」唐・孫棨：《北里志》序：「京中飲妓，籍屬教坊。……諸妓皆居平康里，舉子、新及第進士、三司幕府但未通朝籍未直館殿者，咸可就詣。」丁如明等：《唐五代筆記小說大觀》（上海：上海古籍出版社，2000年3月），頁1725、1403。文人進士與京妓的交遊，亦其接觸詞曲的契機。

[24] 同註13，頁84。

[25] 宋・李昉：《太平廣記》（上海：上海古籍出版社，1995年5月）卷273引唐・高彥休：《唐闕史》，頁1045-60。

[26] 不著撰人：《玉泉子》。劉學鍇：《溫庭筠全集校注》（北京：中華書局，2007年7月），頁1293引。

[27] 明・胡震亨：《唐音癸籤》卷13。史雙元：《唐五代詞紀事會評》（合肥：黃山書社，1995

景龍中，中宗嘗游興慶池，侍宴者遞起歌舞，並唱〈回波詞〉，方便以求官爵。給事中李景伯亦起舞，歌曰：「回波爾時酒卮，微臣職在箴規。侍宴既過三爵，喧嘩竊恐非儀。」於是宴罷。[28]

沈佺期以罪謫，遇恩，復官秩，朱紱未復。嘗內宴，群臣皆歌〈回波樂〉，撰詞起舞，因是多求遷擢。佺期詞曰：「回波爾時佺期，流向嶺外生歸。身名已蒙齒錄，袍笏未復牙緋。」中宗即以緋魚賜之。[29]

從後二則記載觀之，兩首〈回波樂〉格式相同，且自「群臣皆歌」、「撰詞起舞」可見，〈回波樂〉應是當時宮中流行的曲調，[30]各人可隨其心中所欲言，按曲拍填入歌詞。雖然李、沈之作略無文學情味，但就形式作法論之，已可視為文人歌詞。

君臣宴樂之作或許仍未能隨心所欲，抒發情思，然而「唐代士大夫燕居之暇，大都寄情歌舞，留連風景」，[31]文人宴聚更相唱和，或酒筵歌席聽歌觀舞即席吟詠，如此情境更適於感月吟風暢敘幽懷，連篇新詞亦當因此創作流傳：

（顏）真卿為湖州刺史，與門客會飲，乃唱和為〈漁父詞〉，其首唱志和之詞……。真卿與陸鴻漸、徐士衡、李成矩共和二十五首，遞相誇賞。[32]

小妓攜桃葉，新歌蹋柳枝。妝成剪燭後，醉起拂衫時。繡履嬌行緩，花筵笑上遲。身輕委迴雪，羅薄透凝脂。笙引簧頻煖，箏催柱數移。樂童翻怨調，才子與妍詞。便想人如樹，先將髮比絲。風條搖兩帶，烟葉貼雙眉。

年 12 月），頁 9 引。

[28] 唐・劉肅：《大唐新語》卷 3。《唐五代筆記小說大觀》，頁 236。

[29] 唐・孟棨：《本事詩・嘲戲第七》。同前註，頁 1252。

[30] 「回波樂」始見《北史・爾朱榮傳》：「（榮）與左右手踏地唱〈回波樂〉而出。」此曲在中宗時十分流行，玄宗時編入教坊。參張夢機：《詞律探原》（臺北：文史哲出版社，1981 年11 月），頁 321。

[31] 向達：《唐代長安與西域文明》（北京：三聯書店，1987 年 4 月），頁 61。唐・李肇：《國史補》卷下：「長安風俗，自貞元侈於游宴。」《唐五代筆記小說大觀》，頁 197。

[32] 《太平廣記》卷 27 引唐・沈汾：《續仙傳》，頁 1043-147。

> 口動櫻桃破，鬟低翡翠垂。枝柔腰嫋娜，荑嫩手葳蕤。喚鶴晴呼侶，哀猿
> 夜叫兒。玉敲音歷歷，珠貫字纍纍。袖為收聲點，釵因赴節遺。重重遍頭
> 別，一一拍心知。塞北愁攀折，江南苦別離。黃遮金谷岸，綠映杏園池。
> 春惜芳華好，秋憐顏色衰。取來歌裡唱，勝向笛中吹。曲罷那能別，情多
> 不自持。纏頭無別物，一首斷腸詩。（白居易〈楊柳枝二十韻〉）[33]

圍繞湖州刺史顏真卿的文士，共同唱和張志和〈漁父詞〉，學者以為此一「湖州詞派」對詞的形成發展具有重大意義。[34]又值得注意的是，白居易詩中「樂童翻怨調，才子與妍詞」，明顯透露文人才士在酒筵歌席、聽歌觀舞之際，隨著曲調的翻新而各騁才思撰寫新詞，以供歌妓演唱的情景，可想見不少情韻綿邈的新詞即因此而產生。[35]及至晚唐，文人所作歌詞競唱於飲筵之間，亦見記載：

> 裴郎中誠，晉國公次弟子也，足情調，善談諧。舉子溫歧為友，好作歌曲，
> 迄今飲席，多是其詞焉。……二人又為〈新添聲楊柳枝〉詞，飲筵競唱其
> 詞而打令也。[36]

　　由上可見，唐代在音樂發展、政治開明、都市繁榮、社會開放、娛樂事業的蓬勃以及文人的創作參與等各方面，都提供了詞體發展有利的環境與條件。[37]以下更就現今留存的唐代相關作品，觀察詞體如何在此環境背景下，經文人自覺或不自覺的探索而蛻變發展，演進成體。

---

[33] 《白居易集》（臺北：漢京文化事業有限公司，1984年3月），頁724。案：詩題下云：「〈楊柳枝〉洛下新聲也。洛之小妓有善歌之者，詞章音韻，聽可動人，故賦之。」

[34] 王輝斌：〈詞起源於中唐詩客論——兼論中國文學史上的第一個詞派〉，《貴州社會科學》第186期（2003年11月），頁57-62。

[35] 參沈冬：〈小妓攜桃葉，新歌踏柳枝——《楊柳枝》考〉，《唐代樂舞新論》，頁125。

[36] 唐·范攄：《雲溪友議》卷下。《唐五代筆記小說大觀》，頁1309-1310。

[37] 上述之外，道教、佛教等宗教盛行，其音樂對詞樂的影響，以及宣揚教義所採取之講唱活動，對詞的形成、流行也具有影響作用。參林玫儀師：〈由敦煌曲看詞的起原〉。

二、詞體形成的本體研究之一：作品的表現與蛻變

　　唐詞研究難以迴避的困難，當屬多數作品詩詞難辨。緣於二者原本形制相近，其區別大致在形式、配樂與作法。然在形式上，詩有雜言而詞亦不無齊言格式，且同一詞調之作品形式格律亦不完全固定，此在早期詞尤然。在配樂方面，詞樂至今已無遺響，不得其詳，自然難以作為區判詩詞的準據，而在唐代「聲詩」與「詞」所配音樂的性質本無不同。在作法上，作品的創作過程是先「詩」後樂或先樂後「詞」，如果沒有留下確切記載，也難以絕對判定。除了作品本身的問題，唐代文人「詞」之所以難以明確辨認，也因留下作品的唐代文人幾乎都是詩人，其中多數應仍未有詩詞分體的觀念，又或者認為所謂「詞」也不過是一種新起的樂府詩。因此出自詩人筆下的「詞」帶有詩歌風格以致詩詞難辨，自是初期文人詞的本然樣貌，也是文學史上的客觀事實。

　　雖然詩詞之際的混沌模糊是一個客觀存在，但面對大量作品，從中摸索詞體蛻變成形的脈絡，仍須依循相對合理的準據。本文以曾昭岷等編著之《全唐五代詞》所收唐代文人詞為主，並參以張夢機《詞律探原》、史雙元《唐五代詞紀事會評》輯錄之相關詞調與背景資料。[38]大致上，詩名或詞調是否有音樂淵源，作品本身是否具備詞的形式特色，創作過程是否有先樂後詞的記載或可能，是本文判別詩詞的依據，至於詩詞莫辨的作品則從寬認定，以保留詞發展初期實況。茲將相關作品整理表格如下，以見唐代文人詞的創作表現及作品的蛻變過程：

作者	詩題／調名	作品	內容	形式	備註
王梵志（約 592	回波樂[39]	回波爾時大賊，不如持心斷惑。縱使誦經千	佛理	七首皆六言，然各首	出自前蘇聯科學院東方

---

[38] 曾昭岷、曹濟平、王兆鵬、劉尊明編著：《全唐五代詞》（北京：中華書局，1999 年 12 月）。案：此書分正編與副編，正編所收為確定的詞作，副編則收錄屬詩屬詞尚有爭議的作品。

[39] 此調創於北朝，《教坊記》載之，以「回波爾時」起句為定格，參《全唐五代詞》，頁 1269，及《詞律探原》，同前註 30。

一？）		卷，眼裡見經不識。不解佛法大意，徒勞排文數黑。頭陀蘭若精進，希望後世功德。持心即是大患，聖道何由可剋。若悟生死之夢，一切求心皆息。（七首之一）		或十二句或八句，無定格。又只第一首以「回波爾時」起句，其餘無。	學研究所列寧格勒分所敦煌特藏部藏一四五六號王梵志詩卷。然是否為王梵志所作，其性質如何，尚無定論。[40]
沈佺期 (？—713?)	回波樂	回波爾時佺期。流向嶺外生歸。身名已蒙齒錄，袍笏未復牙緋。	宴樂，求榮	六言四句，以「回波爾時」起句	寫作背景參前文引《本事詩》
李景伯 （約中宗至玄宗）	回波樂	回波爾時酒巵。微臣職在箴規。侍宴既過三爵，喧嘩竊恐非儀。	規諫	同前	寫作背景參前文引《大唐新語》
崔液 (？—713?)	踏歌詞[41]	綵女迎金屋，仙姬出畫堂。鴛鴦裁錦袖，翡翠帖花黃。歌響舞行分，豔色動流光。（之一）庭際花微落，樓前漢已橫。金壺催夜盡，羅袖舞寒輕。調笑暢歡情，	詠舞，宴樂	五言六句	《輦下歲時記》：「先天初，上（明皇）御安福門觀燈，令朝士能文者為〈踏歌〉，

---

[40] 《全唐五代詞》，頁 1269。

[41] 《詞律探原》：「〈踏歌〉，隊舞曲也。……此調之興，至遲不逾盛唐。」頁 393。

		未半著天明。（之二）			聲調入雲。」[42]
張說 (667-731)	蘇摩遮[43] （教坊曲）	摩遮本出海西胡，琉璃寶服紫髯胡。聞道皇恩遍宇宙，來將歌舞助歡娛。（五首之一）	詠胡服，頌皇恩	七言	
李隆基 (685-761)	好時光	寶髻偏宜宮樣。蓮臉嫩，體紅香。眉黛不須張敞畫，天教入鬢長。莫倚傾國貌，嫁取箇，有情郎。彼此當年少，莫負好時光。	宮體豔情	雙調，以五言為主	首見《尊前集》，是否玄宗所作，尚存疑。[44]
賀知章 (659-744)	楊柳枝[45]	碧玉妝成一樹高，萬條垂下綠絲絛。不知細葉誰裁出，二月春風似剪刀。	詠柳	七絕	《雲溪友議》卷下：「德華者，乃劉采春女也。……〈楊柳枝〉詞，采春難及。……所唱者七八篇，乃近日

---

42 同前註。

43 清·張德瀛：《詞徵》：「〈蘇幕遮〉，即〈蘇摩遮〉，本唐時曲名。幕乃摩之轉聲，西域婦帽也。唐張說有〈蘇摩遮〉詞四首。」《詞話叢編》，頁 4092。

44 《全唐五代詞》，頁 7。

45 此調源於北朝樂府〈折楊柳〉，唐時收入《教坊記》。參沈冬：〈小妓攜桃葉，新歌踏柳枝——《楊柳枝》考〉。

					名流之詠也。……賀知章秘監一首（詞略）。」[46]
李白(701-762)	連理枝	淺畫雲垂帔。點滴昭陽淚。咫尺宸居，君恩斷絕，似遠千里。望水晶簾外竹枝寒，守羊車未至。（二首之二）	宮怨	雜言	首見《尊前集》，是否李白所作，尚存疑。[47]
李白	清平樂（教坊曲）	禁庭春晝。鶯羽披新繡。百草巧求花下鬥。祇賭珠璣滿斗。　日晚卻理殘妝。御前閒舞霓裳。誰道腰肢窈窕，折旋笑得君王。（五首之一）	宮體	雙調	〈花間集序〉：「在明皇朝，則有李太白應制〈清平樂〉詞四首。」[48]
李白	清平調	雲想衣裳花想容，春風拂檻露華濃。若非群玉山頭見，會向瑤臺月下逢。（三首之一）	宮體	七絕	是否李白所作，是否屬詞，皆有爭議。[49]
李白	菩薩蠻（教坊曲）	平林漠漠煙如織。寒山一帶傷心碧。暝色入高樓，有人樓上愁。　玉	遊子思歸	雙調	是否李白所作，未有定論

---

[46] 《唐五代筆記小說大觀》，頁1310。

[47] 《全唐五代詞》，頁9。

[48] 《中國歷代詞學論著選》，頁20。

[49] 《全唐五代詞》，頁15。

		階空佇立。宿鳥歸飛急。何處是歸程。長亭接短亭。			
李白	憶秦娥	簫聲咽。秦娥夢斷秦樓月。秦樓月。年年柳色，灞陵傷別。 樂遊原上清秋節。咸陽古道音塵絕。音塵絕。西風殘照，漢家陵闕。	聚散興亡，人世滄桑	雙調	是否李白所作，未有定論
元結 (719-772)	欸乃曲	千里楓林煙雨深。無朝無暮有猿吟。停橈靜聽曲中意，好似雲山韶濩音。（五首之三）	山水	七絕	序：「大曆丁未中，漫叟結為道州刺史，以軍事詣都使，還州，逢春水，舟行不進，作〈欸乃〉五首，令舟子唱之，蓋以取適於道路云。」[50]
戴叔倫	轉應詞	邊草。邊草。邊草盡來	邊塞	單調	

---

[50] 《唐五代詞紀事會評》，頁91。

[51] 唐·白居易：〈代書詩一百韻寄微之〉：「打嫌調笑易，飲訝卷波遲。」自注：「拋打曲有〈調笑〉，飲酒有〈卷白波〉。」《白居易集》，頁246。「拋打」乃唐代酒令一種，唐·李肇：《國史補》：「令至李稍云而大備，自上及下，以為宜然。大抵有律令、有頭盤，有拋打，蓋工

(732-789)	（又名〈調笑令〉）[51]	兵老。山南山北雪晴。千里萬里月明。明月。明月。胡笳一聲愁絕。			
劉長卿 (?-790?)	謫仙怨[52]	晴川落日初低，惆悵孤舟解攜。鳥去平蕪遠近，人隨流水東西。白雲千里萬里，明月前溪後溪。獨恨長沙謫去，江潭春草萋萋。	逐臣遠謫	六言，雙調	《劇談錄》：「大曆中，江南人盛為此曲。隨州刺史劉長卿左遷睦州司馬，祖筵之內，吹之為曲，長卿遂撰其詞。」[53]
韋應物 (737?--791?)[54]	調笑	胡馬。胡馬。遠放燕支山下。跑沙跑雪獨嘶。東望西望路迷。迷路。迷路。邊草無窮日暮。	邊塞	單調	

於舉場，而盛於使幕。」《唐五代筆記小說大觀》，頁 197。〈調笑令〉或即出自酒間行令。參王昆吾：〈唐代酒令與詞〉，王小盾、楊棟編：《詞曲研究》（武漢市：湖北教育出版社，2004 年 1 月）。

[52] 唐‧康駢：《劇談錄》卷下：「玄宗天寶十五載正月，安祿山反，……車駕幸蜀。……(玄宗)遂索長笛吹于曲，曲成，潸然流涕，佇立久之。時有司旋錄成譜，及鑾駕至成都，乃進此譜，請曲名。……上良久曰：『……可名此曲為〈謫仙怨〉。』」《唐五代筆記小說大觀》，頁 1493。

[53] 同前註。

[54] 清‧沈雄：《古今詞話‧詞評》：「《樂府紀聞》曰：韋官左司郎中，歷蘇州刺史，曉音律。夜泊靈壁舟中，聞笛聲，調酷似天寶梨園法曲，李謩所吹者。詢之為李謩外甥許雲封也。」《詞話叢編》，頁 968。

		河漢。河漢。曉挂秋城漫漫。愁人起望相思。江南塞北別離。離別。離別。河漢雖同路絕。	離情相思		
韋應物	三臺 （教坊曲）	一年一年老去，來日後日花開。未報長安平定，萬國豈得銜杯。 冰泮寒塘水淥，雨餘百草皆生。朝來門巷無事，晚下高齋有情。	感時憂國 閒適	六言四句，第一、二句須用對偶句法	
張志和 （肅宗時人）	漁父	西塞山前白鷺飛，桃花流水鱖魚肥。青箬笠，綠蓑衣。斜風細雨不須歸。（五首之一）	隱逸	單調，雜言，以七為主	
張松齡 （肅宗時人）	漁父	樂在風波釣是閒，草堂松逕已勝攀。太湖水，洞庭山，狂風浪起且須還。	招隱	同前	
王建 (766?-?)	宮中三臺 （教坊曲）	魚藻池邊射鴨，芙蓉苑裡看花。日色赭袍相似，不著紅鸞扇遮。 池北池南草綠，殿前殿後花紅。天子千秋萬歲，未央明月清風。	宮苑寫景	同韋應物〈三臺〉	
王建	江南三臺 （教坊曲）	揚州池邊少婦，長干市裡商人。三年不得消息，各自拜鬼求神。（四首之一）	相思	同前	

王建	宮中調笑	團扇。團扇。美人病來遮面。玉顏憔悴三年。誰復商量管絃。絃管。絃管。春草昭陽路斷。胡蝶。胡蝶。飛上金枝玉葉。君前對舞春風，百葉桃花樹紅。紅樹。紅樹。燕語鶯啼日暮。羅袖。羅袖。暗舞春風已舊。遙看歌舞玉樓。好日新妝坐愁。愁坐。愁坐。一世虛生虛過。（四首之一、二、三）	宮怨	同韋應物〈調笑〉	
劉禹錫 (772-842)	楊柳枝（教坊曲）	塞北梅花羌笛吹，淮南桂樹小山詞。請君莫奏前朝曲，聽唱新翻楊柳枝。城外春風吹酒旗，行人揮袂日西時。長安陌上無窮樹，唯有垂楊管別離。（十首之一、八）	詠柳	七絕	
劉禹錫	竹枝	白帝城頭春草生，白鹽山下蜀江清。南人上來歌一曲，北人莫上動鄉情。山桃山花滿上頭，蜀江春水拍山流。花紅易衰似郎意，水流無限似儂	地方風土	七言	序:「四方之歌，異音而同樂。歲正月，余來建平，里中兒聯歌〈竹枝〉，吹短笛

		愁。（十首之一、二）			擊鼓以赴節。歌者揚袂睢舞，以曲多為賢。聆其音，中黃鐘之羽。卒章激訐如吳聲，雖傖儜不可分，而含思宛轉，有淇澳之豔。昔屈原居沅湘間，其民迎神，詞多鄙陋，乃為作〈九歌〉，到於今荊楚鼓舞之。故余亦作〈竹枝詞〉九篇，俾善歌者颺之。附於末，後之聆巴歈，知變風之自焉。」[55]

---

[55] 《全唐五代詞》，頁56。

劉禹錫	紇那曲	楊柳鬱青青。竹枝無限情。同郎一回顧，聽唱紇那聲。 踏曲興無窮。調同詞不同。願郎千萬壽，長作主人翁。	情歌	五絕	
劉禹錫	浪淘沙 （教坊曲）	九曲黃河萬里沙，浪淘風簸自天涯。如今直上銀河去，同到牽牛織女家。（九首之一）	詠浪濤	七絕	
劉禹錫	拋球樂 （教坊曲）	五色繡團圓。登君玳瑁筵。最宜紅燭下，偏稱落花前。上客如先起，應須贈一船。	酒筵行樂	五言六句	《唐音癸籤》:「拋球樂，酒筵中拋球為令，其所唱之詞也。」[56]
		春早見花枝，朝朝恨發遲。及看花落後，卻憶未開時。幸有拋球樂，一杯君莫違。	傷春惜時		
劉禹錫	憶江南 （教坊曲，本名〈望江南〉）	春去也，多謝洛城人。弱柳從風疑舉袂，叢蘭裛露似霑巾。獨坐亦含顰。	春景，時序	單調，雜言	序:「和樂天春詞，依〈憶江南〉曲拍為句。」[57]
劉禹錫	瀟湘神 （始見此詞）[58]	湘水流。湘水流。九疑雲物至今秋。若問二妃何處所，零陵芳草露中	二妃神話	單調，雜言	

---

[56] 《唐五代詞紀事會評》，頁 160。

[57] 《全唐五代詞》，頁 60。

[58] 《詞律探原》，頁 404。

		愁。 斑竹枝。斑竹枝。淚痕點點寄相思。楚客欲聽瑤瑟怨，瀟湘深夜月明時。			
白居易 (772-846)	楊柳枝 （教坊曲）	六么水調家家唱，白雪梅花處處吹。古歌舊曲君休聽，聽取新翻楊柳枝。 依依嫋嫋復青青，勾引春風無限情。白雪花繁空撲地，綠絲條弱不勝鶯。（十首之一、二）	詠柳	七絕	
白居易	竹枝	瞿塘峽口水煙低，白帝城頭月向西。唱到竹枝聲咽處，寒猿閑鳥一時啼。 江畔誰家唱竹枝，前聲斷咽後聲遲。怪來調苦緣詞苦，多是通州司馬詩。（四首之一、四）	巴蜀風土	七言	
白居易	浪淘沙 （教坊曲）	白浪茫茫與海連，平沙浩浩四無邊。暮去朝來淘不住，遂令東海變桑田。（六首之二）	詠浪濤	七言	
白居易	憶江南 （教坊曲）	江南好，風景舊曾諳。日出江花紅勝火，春來江水綠如藍。能不憶江	江南風景	雜言，單調	

		南。 江南憶，最憶是杭州。 山寺月中尋桂子，郡亭枕上看潮頭。何日更重遊。 江南憶，其次憶吳宮。吳酒一杯春竹葉，吳娃雙舞醉芙蓉。早晚復相逢。			
白居易	長相思（教坊曲）	汴水流。泗水流。流到瓜洲古渡頭。吳山點點愁。　思悠悠。恨悠悠。恨到歸時方始休。月明人倚樓。（二首之一）	相思	雜言，雙調	是否白居易作，尚存疑[59]
白居易	宴桃源（又名〈如夢令〉、〈憶仙姿〉）	前度小花靜院。不比尋常時見。見了又還休，愁卻等閑分散。腸斷。腸斷。記取釵橫鬢亂。（三首之一）	相思	雜言，單調	始見《尊前集》，是否白居易作，尚存疑[60]
白居易	花非花（首見於此，或疑樂天自創）	花非花，霧非霧。夜半來，天明去。來如春夢不多時，去似朝雲無覓處。	情感	雜言	詩詞莫辨，尚存爭議[61]

---

[59] 《全唐五代詞》，頁 75。

[60] 同前註，頁 73。

[61] 參《唐五代詞紀事會評》引清・徐繁：《詞律箋榷》，頁 165。

盧貞 (778?-848?)	楊柳枝 （教坊曲）	一樹依依在永豐，兩枝飛去杳無蹤。玉皇曾採人間曲，應逐歌聲入九重。	詠柳	七絕	和白居易之作[62]
滕邁 （憲宗時進士）	楊柳枝 （教坊曲）	三條陌上拂金羈，萬里橋邊映酒旗。此日令人腸欲斷，不堪將入笛中吹。	詠柳	七絕	亦歌妓周德華所唱，見前引《雲溪友議》
竇弘餘 （武、宣時人）	廣謫仙怨	胡塵犯闕衝關。金輅提攜玉顏。雲雨此時消散。君王何日歸還。傷心朝恨暮恨，迴首千山萬山。獨望天邊初月，蛾眉猶在彎彎。	安史之亂，明皇史事	六言，雙調	《劇談錄》：「長卿之詞，甚是才麗，與本事意興不同。余既備知，聊因暇日，輒撰其詞，復命樂工唱之，用廣不知者。」[63]
韓琮 （穆、武時人）	楊柳枝 （教坊曲）	枝鬥芳腰葉鬥眉，春來無處不如絲。瀟陵原上多離別，少有長條拂地垂。	詠柳	七絕	亦歌妓周德華所唱，見前引《雲溪友議》

---

[62] 《全唐五代詞》，頁 78。

[63] 參註 52。

杜牧 (803-853)	八六子	洞房深。畫屏燈照，山色凝翠沉沉。聽夜雨冷滴芭蕉，驚斷紅窗好夢，龍煙細飄繡衾。辭恩久歸長信，鳳帳蕭疏，椒殿閒扃。　輦路苔侵。繡簾垂、遲遲漏傳丹禁。舜華偷悴，翠鬟羞整，愁坐、望處金輿漸遠，何時綵仗重臨。正消魂，梧桐又移翠陰。	宮怨	雙調，九十字	首見《尊前集》[64]
皇甫松 （晚唐人，生卒年不詳）	天仙子 （教坊曲）	晴野鷺鷥飛一隻。水荭花發秋江碧。劉郎此日別天仙。登綺席。淚珠滴。十二晚峰高歷歷。躑躅花開紅照水。鷓鴣飛繞青山觜。行人經歲始歸來，千萬里。錯相倚。懊惱天仙應有以。	別情相思	單調，雜言	
皇甫松	浪淘沙 （教坊曲）	灘頭細草接疏林，浪惡罾舡半欲沉。宿鷺眠鷗飛舊浦，去年沙觜是江心。（二首之一）	滄桑變幻	七絕	
皇甫松	楊柳枝 （教坊曲）	春入行宮映翠微。玄宗侍女舞煙絲。如今柳向	詠柳，史事感懷	七絕	

---

[64] 《詞律探原》：「小杜清才，夙負盛名，其詩豪而豔，專事藻華，故賦此長調，或亦可能，非可遽斥其為偽作也。」頁325。

		空城綠,玉笛何人更把吹。(二首之一)			
皇甫松	摘得新（教坊曲）	酌一卮。須教玉笛吹。錦筵紅蠟燭,莫來遲。繁紅一夜經風雨,是空枝。 摘得新。枝枝葉葉春。管絃兼美酒,最關人。平生都得幾十度,展香茵。	歌舞行樂,惜花惜時	單調,雜言	
皇甫松	夢江南(即〈憶江南〉,教坊曲)	蘭燼落,屏上暗紅蕉。閑夢江南梅熟日,夜船吹笛雨蕭蕭。人語驛邊橋。 樓上寢,殘月下簾旌。夢見秣陵惆悵事,桃花柳絮滿江城。雙髻坐吹笙。	江南風情追憶往事	單調,雜言	
皇甫松	採蓮子（教坊曲）	船動湖光灩灩秋。(舉棹)貪看年少信船流。(年少)無端隔水拋蓮子,(舉棹)遙被人知半日羞。(年少)(二首之二)	蓮塘風光,少女情思	七絕,和聲	
皇甫松	竹枝	檳榔花發(竹枝)鷓鴣啼(女兒)。雄飛煙瘴(竹枝)雌亦飛(女兒)。	風土,愛情	七言二句,和聲	

		木棉花盡（竹枝）荔枝垂（女兒）。千花萬花（竹枝）待郎歸（女兒）。（六首之一、二）			
皇甫松	拋球樂（教坊曲）	金蹙花毬小，真珠繡帶垂。繡帶垂。幾回衝鳳蠟，千度入香懷。上客終須醉，觥盂且亂排。（二首之二）	歌筵打令		與劉禹錫詞格式不同
皇甫松	怨回紇	白首南朝女，愁聽異域歌。收兵頡利國，飲馬胡盧河。 毳布腥膻久，穹廬歲月多。雕窠城上宿，吹笛淚滂沱。（二首之一）	邊塞鄉思	五言，雙調	
溫庭筠 (812-870?)	菩薩蠻（教坊曲）	小山重疊金明滅。鬢雲欲度香腮雪。懶起畫蛾眉。弄妝梳洗遲。 照花前後鏡。花面交相映。新帖繡羅襦。雙雙金鷓鴣。（十四首之一）	女性情態	雙調小令	
溫庭筠	更漏子（ 始 見 於此，或疑飛卿創調）[65]	柳絲長，春雨細。花外漏聲迢遞。驚塞雁，起城烏。畫屏金鷓鴣。 香霧薄。透簾幕。惆悵謝家池閣。紅燭背，繡	長夜相思	雙調小令	

---

[65] 同前註，頁349。

		簾垂。夢長君不知。背江樓，臨海月。城上角聲嗚咽。堤柳動，島煙昏，兩行征雁分。京口路。歸帆渡。正是芳菲欲度。銀燭盡，玉繩低。一聲村落雞。（六首之一、五）	行役		
溫庭筠	歸國遙（教坊曲）	雙臉。小鳳戰篦金颭豔。舞衣無力風斂。藕絲秋色染。 錦帳繡幃斜掩。露珠清曉簟。粉心黃蕊花靨。黛眉山兩點。（二首之二）	詠妓	雙調小令	
溫庭筠	酒泉子（教坊曲）	花映柳條。閒向綠萍池上。憑闌干，窺細浪。雨蕭蕭。 近來音信兩疏索。洞房空寂寞。掩銀屏，垂翠箔。度春宵。（四首之一 ）	相思	雙調小令	
溫庭筠	定西番（教坊曲）	漢使昔年離別。攀弱柳，折寒梅。上高臺。千里玉關春雪。雁來人不來。羌笛一聲愁絕。月徘徊。（三首之一）	邊塞相思	雙調小令	
溫庭筠	楊柳枝（教坊曲）	宜春苑外最長條。閒裊春風伴舞腰。正是玉人	詠柳，相思	七絕	

		腸絕處，一渠春水赤欄橋。 兩兩黃鸝色似金，裊枝啼露動芳音。春來幸自長如線，可惜牽纏蕩子心。（八首之一、六）			
溫庭筠	南歌子 （教坊曲）	手裡金鸚鵡，胸前繡鳳凰。偷眼暗形相。不如從嫁與，作鴛鴦。（七首之一）	愛情	單調小令，五言為主	
溫庭筠	河瀆神 （教坊曲）	河上望叢祠。廟前春雨來時。楚山無限鳥飛遲。蘭棹空傷別離。何處杜鵑啼不歇，豔紅開盡如血。蟬鬢美人愁絕。百花芳草佳節。（三首之一）	相思	雙調小令	
溫庭筠	女冠子 （教坊曲）	含嬌含笑。宿翠殘紅窈窕。鬢如蟬。寒玉簪秋水，輕紗捲碧煙。　雪胸鸞鏡裡，琪樹鳳樓前。寄語青娥伴，早求仙。（二首之一）	女冠	雙調小令	
溫庭筠	玉胡蝶 （始見於此）[66]	秋風淒切傷離。行客未歸時。塞外草先衰。江南雁到遲。　芙蓉凋嫩	相思	雙調小令	

---

[66] 同前註，頁337。

		臉。楊柳墮新眉。搖落使人悲。斷腸誰得知。			
溫庭筠	清平樂（教坊曲）	洛陽愁絕。楊柳花飛雪。終日行人恣攀折。橋下流水鳴咽。 上馬爭勸離觴。南浦鶯聲斷腸。愁殺平原年少。迴首揮淚千行。（二首之二）	離情	雙調小令	
溫庭筠	遐方怨（教坊曲）	憑繡檻，解羅幃。未得君書，斷腸瀟湘春雁飛。不知征馬幾時歸。海棠花謝也，雨霏霏。（二首之一）	相思	單調小令	
溫庭筠	訴衷情（教坊曲）	鶯語。花舞。春晝午。雨霏微。金帶枕。宮錦。鳳皇帷。柳弱燕交飛。依依。遼陽音信稀。夢中歸。	相思	單調小令	
溫庭筠	思帝鄉（教坊曲）	花花。滿枝紅似霞。羅袖畫簾腸斷，卓香車。迴面共人閑語。戰篦金鳳斜。唯有阮郎春盡，不歸家。	相思	單調小令	
溫庭筠	夢江南（教坊曲）	梳洗罷，獨倚望江樓。過盡千帆皆不是，斜暉脈脈水悠悠。腸斷白蘋洲。（二首之二）	相思		

溫庭筠	河傳 （始見此詞）[67]	江畔。相喚。曉妝鮮。仙景箇女採蓮。請君莫向那岸邊。少年。好花新滿舡。 紅袖搖曳逐風暖。垂玉腕。腸向柳絲斷。浦南歸。浦北歸。莫知。晚來人已稀。（三首之一）	蓮塘風光	雙調小令	
溫庭筠	蕃女怨 （始見此詞，或創自飛卿）[68]	磧南沙上驚雁起。飛雪千里。玉連環，金鏃箭。年年征戰。畫樓離恨錦屏空。杏花紅。（二首之二）	邊地征戰，閨情相思	單調小令	
溫庭筠	荷葉盃 （教坊曲）	一點露珠凝冷。波影。滿池塘。綠莖紅豔兩相亂。腸斷。水風涼。 鏡水夜來秋月。如雪。採蓮時。小娘紅粉對寒浪。惆悵。正相思。（三首之一、二）	蓮池風景，惆悵相思	單調小令	
溫庭筠	菩薩蠻 （教坊曲）	玉纖彈處真珠落。流多暗濕鉛華薄。春露浥朝華。秋波浸晚霞。 風流心上物。本為風流出。看取薄情人。羅衣	女性情態	雙調小令	見《尊前集》[69]

---

[67] 同前註，頁 358。

[68] 同前註，頁 397。

[69] 《全唐五代詞》，頁 126。

		無此痕。			
溫庭筠	新添聲楊柳枝	一尺深紅朦麴塵。天生舊物如此新。合歡桃核終堪恨，裏許元來別有人。 井底點燈深燭伊。共郎長行莫圍棋。玲瓏骰子安紅豆，入骨相思知不知。	相思	七絕	見《雲溪友議》[70]
裴諴 （宣宗時人）	南歌子 （教坊曲）	不信長相憶，抬頭問取天。風吹荷葉動，無夜不搖蓮。（三首之二）	怨情	五絕	見《雲溪友議》[71]
裴諴	新添聲楊柳枝	思量大是惡因緣，只得相看不得憐。願作琵琶槽那畔，美人長抱在胸前。（二首之一）	怨情	七絕	
薛逢 （武、宣時人）	何滿子 （教坊曲）	繫馬宮槐老，持杯店菊黃。故交今不見，流恨滿川光。	傷昔	五絕	
薛能 （?-880）	楊柳枝 （教坊曲）	華清高樹出深宮，南陌柔條帶晚風。誰見輕陰是良夜，瀑泉聲伴月明中。（三十八首之一）	詠柳	七絕	
鍾輻	卜算子慢	桃花院落，煙重露寒，寂寞禁煙晴晝。風拂珠簾，還記去年時候。惜	相思	長調慢詞	《本事詞》:「江南人士鍾輻，

---

[70] 同前註。

[71] 同前註，頁132。

		春心、不喜閑窗牖。倚屏山、和衣睡覺，醺醺暗消殘酒。 　獨倚危欄久。把玉筍偷彈，黛蛾輕鬥。一點相思，萬般自家甘受。抽金釵，欲買丹青手。寫別來容顏寄與，使知人清瘦。		有妓名青箱，甚寵之。後因外出，而寄以〈卜算子慢〉云。」72

經以上作品整理觀察，大致得勾勒唐代文人詞作在性質、形式與風格的蛻變過程：

（一）宴樂遊戲，應用文字

從初唐數首〈回波樂〉可見，雖是按樂填詞，格式除相傳是王梵志作品外大致十分固定，但從內容看來，或求官、規諫或講述佛理，可見作者並非以文學創作的態度為之，只是宮廷中的宴樂遊戲，或為了利於佛法傳誦，而選擇此種合樂的形式填製。[73]

（二）配樂為詞，仍帶詩風

及至玄宗朝，文人所寫作品背景內容依然多與宮廷宴樂有關。從崔液〈踏歌詞〉及張說〈蘇幕遮〉，詩名（或調名）皆是樂曲，而內容或詠舞容、宴樂或寫胡服，亦與詩名（或調名）意義相關，當是為配合樂曲而寫的歌詞。只是作品皆是齊言體，形式與詩無異。然可注意的是崔液之作，流麗柔媚，情思細膩，已顯詞風。

詩人因接觸宮廷或地方樂曲而嘗試為詞，或緣於樂調的節奏，或緣於寫詩的

---

72 《全唐五代詞》，頁 149。

73 《全唐五代詞》所收另兩首〈回波樂〉：「回波爾時廷玉，打獠取錢未足。阿姑婆見作天子，傍人不得根觸。」、「回波爾時栲栳，怕婦也是大好。外邊只有裴談，內裡無過李老。」分別為楊廷玉及中宗時優人所作，更見遊戲嘲謔的意味，頁 2、5。此外，《全唐五代詞》正編卷 2 收錄晚唐易靜〈兵要望江南〉七百二十首，以詞調形式論兵法，以便記誦，可見以實用態度為詞，在詞體成為文學形式之後，依然存續。

習慣，作品仍呈現如詩般齊言形式的情形，至中晚唐依然存在。劉禹錫、白居易、皇甫松乃至溫庭筠，都有如詩如詞的作品，如表中所列〈楊柳枝〉、〈竹枝〉、〈浪淘沙〉、〈拋球樂〉、〈新添聲楊柳枝〉等，即使如膾炙人口流傳甚廣的張志和〈漁父〉，形式上也依然是以七言為主。但值得注意的是，縱使形式如詩，部份作品情思之細膩、風韻之軟媚，已流露詞的風格意境，如劉禹錫〈拋球樂〉：「春早見花枝，朝朝恨發遲。及看花落後，卻憶未開時。」在傷春惜時之外，更寄託對春日與一切美好事物的盼望，以及繁華過後的惘然追憶，而耐人尋味的是，令人期盼與追憶的花季，在作品中卻輕淡得彷彿不存在。又白居易〈楊柳枝〉：「依依嫋嫋復青青，勾引春風無限情。白雪花繁空撲地，綠絲條弱不勝鶯。」節奏流暢，聲情抑揚，不徒刻畫柳樹形象，更賦予嫋娜可憐、柔媚多情的的意態神韻，在唐人〈楊柳枝〉諸作中，堪稱是晚唐溫庭筠數首外，風格情調最近於詞的作品。

（三）句之長短，各隨曲度

相對於形式如詩而風格近詞的作品，自玄宗朝以來，隨著教坊曲的創作流行，按譜填詞、長短其句的作品逐漸增多。除因宮廷宴樂的參與而接觸新樂填製新詞，如李白之作〈清平樂〉等，中唐以降，隨著流行曲詞或地方民歌的接觸，在酒筵歌席文人宴聚中更相唱和，或流連坊曲、宦遊各地等背景情境下，詩人似乎更自覺地「依曲拍為句」，嘗試結構體制更複雜多變的詞調。雖然多數作品運筆仍略帶生澀，如韋應物之〈調笑〉，或寫情寫景猶是詩歌筆法，如劉禹錫、白居易之〈憶江南〉，或受民間歌詞影響而不免諧謔俚俗，如王建之〈江南三臺〉，然在嘗試摸索中，已漸漸產生形式風格皆近於成熟的作品，如王建〈宮中調笑〉：「胡蝶。胡蝶。飛上金枝玉葉。君前對舞春風，百葉桃花樹紅。紅樹。紅樹。燕語鶯啼日暮。」以胡蝶、紅樹、日暮等意象，點出榮華無常以及追求榮寵之可憫可哀，詞評家曾評云：「琢句勻洽，開後人門徑。」[74] 又：「羅袖。羅袖。暗舞春風已舊。遙看歌舞玉樓，好日新妝坐愁。愁坐。愁坐。一世虛生虛過。」寫舞妓的愁思，華年流逝歡情不再心靈無託，其取材、文字、意象、造境，已啟《花間》溫、韋詞風。

---

[74] 清·陳廷焯：《雲韶集》，《唐五代詞紀事會評》，頁 129 引。

（四）琢鍊詞風，確立詞體

從作品看來，晚唐無疑是詞體離詩獨立的時期，形式風格具備典型詞體特色，與詩有所區隔的作品數量漸多，題材方面亦更聚焦於女性愛情或惜時追憶等，細膩柔媚而情思深遠。

值得注意的兩位作家皇甫松與溫庭筠，作品數量與所用詞調都遠勝前人，在寫作手法上亦有更嫻熟運用詞體形式，善用意象，細膩寫景，寄託幽思的表現。如皇甫松〈夢江南〉二首，於短小篇幅中，運用今昔、虛實、哀樂的對比，突顯江南風景與往日情事的美好，尤其第一首起始「蘭燼落」之意象，即點出全詞所欲表達美好事物凋零逝去的主題，且以夢中細語、悠揚笙樂作結，使詞境餘韻無窮，不盡悵惘。[76]又〈摘得新〉以紅燭華筵、美酒管絃以及翠葉繁花等鮮豔意象鋪展華麗歡樂氛圍，卻以「風雨」、「空枝」作結，突顯時光流逝之快速與生命之脆弱，令人驚心，卻不容反詰。[77]至於溫庭筠，在近似狎謔遊戲的〈新添聲楊柳枝〉之外，自收錄於《花間集》的六十餘闋精致典雅之作可見，其格律之嚴謹、結構之精整、脈絡之細密、意象之瑰麗，情思之幽約，不僅鍛造出屬於個人獨特風格，所鍊就的填詞之法亦足以垂範來者，[78]「終唐之世，無出飛卿右者」，「風

---

[76] 溫庭筠〈歸國遙〉二闋及韋莊〈訴衷情〉：「燭燼香殘簾未捲，夢初驚。花欲謝。深夜，月朧明。何處按歌聲。輕輕。舞衣塵暗生。負春情。」《全唐五代詞》，頁 167。皆以舞妓的落寞情思為內容，風格意境可謂相承。

[76] 王國維：《人間詞話》評其〈夢江南〉二闋「情味深長，在樂天、夢得上也」，《詞話叢編》頁 4268。

[77] 清·況周頤：《餐櫻廡詞話》評「繁紅一夜經風雨，是空枝」云：「語淡而沉痛欲絕」。《唐五代詞紀事會評》，頁 221 引。

[78] 周聖偉：〈從溫庭筠到柳永——詩樂矛盾在唐宋詞歷史進程中的第一次折變〉：「溫飛卿為詞，並非如昔時論者所云全然遊戲其事。至少在歌詞形式的美感上是刻意講求的。……其嘗試之成功，不唯規範出了一些令曲的歌詞格式，提供了一些行之有效的經驗，示範後人從而加速了詞體的建設和填詞之風的興盛，而且也昭示了：唐人緣樂制詞，經過不斷摸索，已登堂入室，取得了顯著的進步。」《詞學》第 7 輯（上海：華東師大出版社，1989 年 2 月），頁 41。

流秀曼，實為五代、兩宋導其先路」，[79]自唐人詞的演進過程看來，溫庭筠詞的創作表現，在詞體的探索完成上確實有其重要成就與意義。

三、詞體形成的本體研究之二──文人創作的背景與心境

從宴樂遊戲到認真創作，從偶然唱和到專注琢磨，以致終於確立詞體，成就詞風，在唐代文人筆下，詞體形成確實歷經漫長的摸索與蛻變過程。從數量看來，玄宗朝當是文人參與填詞的真正起點，如前文所說，此與玄宗之好樂知音及教坊設置、新曲創製流行有關；而中唐之後，文人由於宴樂酬唱、結社唱和或遊宦異地、流連坊曲等因素，接觸流行曲詞或各地民歌，因此開始嘗試按譜填詞、依曲拍為句的創作。然除了外緣情境的引領，當進一步探究的是，在詩歌仍是強勢文學的時代背景與創作環境下，唐代──尤其中唐以後的文人，所以嘗試為詞乃至認真面對詞體的內在動機為何？亦即文人是以何種心境，面對、試探看似與詩近似事實上卻更具挑戰性的歌詞創作？

當然，在第一手資料即參與填詞的唐代文人對其動機的直接表述仍未能充分掌握，事實上也幾乎不可能存在的情形下，目前僅能就作品表現及相關記載推測其作詞動機或誘因，而多數仍不免歸因於樂曲的接觸，如王建〈宮中三臺〉為應制之作，[80]劉長卿、竇弘餘感於明皇遺音而作〈謫仙怨〉、〈廣謫仙怨〉，戴叔倫、韋應物或於酒間行令而作〈調笑〉，白居易、劉禹錫則因留意民間歌曲或更相唱和，而有〈竹枝〉、〈浪淘沙〉、〈憶江南〉等，[81]又或如杜牧、裴諴、溫庭筠之浪跡歌樓、狂遊狹邪，接觸流行民間的歌曲而填製歌詞。但除了音樂與現實情境的引領，

---

[79] 清‧陳廷焯：《詞壇叢話》，《詞話叢編》，頁 3719。

[80] 王建〈宮中三臺〉，俞陛云《唐詞選釋》以為「乃是應制之作」。《唐五代詞紀事會評》，頁 128 引。

[81] 龍榆生：《唐宋名家詞選》（上海：上海古籍出版社，1998 年 6 月）：「劉、白並稱，二人皆留意民間歌曲，因之在倚聲填詞方面，亦能相互切劘，以開晚唐、五代之盛。此治唐、宋詩詞所宜特為著眼者也。」頁 7。

以上文人或狂傲不羈，或通曉音律，乃至對文學創作負有強烈使命，於詞中除了偶然狎謔遊戲，多數是藉之抒發個人情思，寄寓史事或時代感懷，乃至刻意琢磨形式特色，試探其適合書寫之題材。因此文人緣樂製詞的動因實應自創作心理的層次──縱使作詞的文人本身或許仍未明確意識──再加以探討。

從文人所處文學境遇及其創作意識設想，哈洛・卜倫（Harold Bloom）所提「影響的焦慮」（The Anxiety of Influence）觀點，應可以帶來一些思考：

> 在後來詩人的潛意識裡，前驅詩人是一種權威和優先（priority）──首先是歷時性平面上的優先，是一個愛和競爭的複合體。由此為發軔點，後來詩人在步入詩歌王國的一剎那就開始忍受「第一壓抑感」（primal repression）。他無可避免地──有意識抑或無意識──受到前驅詩人的同化，他的個性遭受著緩慢的消融。為了擺脫前驅詩人的影響陰影，後來詩人就必須極力掙扎，竭盡全力爭取自己的獨立地位，爭取自己的詩作在詩歌歷史上的一席之地。如果沒有這種敢於爭取永存的「意志力」（will to divination），後來詩人就談不上取得成功，就不可能成長為強者詩人。於是，在壓抑感裡迸發出一種「修正」運作的動力，使得後來詩人能夠頂住前驅和傳統的強大影響，獲得一定程度的獨立和勝利。[82]

從文學史的進程看來，盛唐無疑是詩歌發展的巔峰，「李杜文章在，光燄萬丈長」，[83]對中晚唐文人而言，盛唐詩歌的輝煌成就不可避免的成為創作意識中的巨大陰影，[84]為了擺脫前輩詩人的影響陰影，避免其「個性遭受著緩慢的消融」，

---

[82] 哈洛・卜倫（Harold Bloom）著，徐文博譯：《影響的焦慮》（The Anxiety of Influence）（南京市：江蘇教育出版社，2006年2月）譯序，頁5。

[83] 唐・韓愈：〈調張籍〉(3814)。

[84] 如宋・蘇軾〈書吳道子畫後〉：「詩至於杜子美，……而古今之變，天下之能事畢矣。」蔣述卓：《宋代文藝理論集成》（北京：中國社會科學出版社，2000年1月），頁269。宋・陸游〈跋花間集〉：「天寶後詩人常恨文不逮。」《中國歷代詞學論著選》，頁108。元・吳師道：

更為了爭取獨立地位,「成長為強者詩人」,除了在詩歌創作中致力題材的開拓、風格的突顯,[85]嘗試創作詞體,對於特具音樂稟賦又敏感意識詩歌創作之局限與困境的文人,應是從形式突圍,紓解影響焦慮、馳騁文學熱情的途徑。[86]

以詞作被收入《花間集》,代表詞體成熟的晚唐皇甫松與溫庭筠為例。皇甫松乃中唐古文家皇甫湜之子,《花間集》收其詞十二闋,《全唐詩》卷三六九錄其詩十三首,其中〈採蓮子〉、〈楊柳枝〉、〈浪淘沙〉各二首亦收入《花間集》,當是合樂而歌之歌詞,另外〈拋球樂〉二首屬酒令,亦為唐教坊曲,〈怨回紇〉則收入《尊前集》,[87]因此明確屬於詩歌的作品唯〈古松感興〉、〈江上送別〉、〈勸僧酒〉、〈登郭隗臺〉四首及殘句「夜入真珠室,朝遊玳瑁宮」。[88]觀其詩,或以古松自喻:「寄言青松姿,豈羨朱槿榮」(〈古松感興〉,4153),或抒懷才不遇之感:「上者欲何顏,使我千載悲」(〈登郭隗臺〉,4154),或抒塵外清閒之想:「酣然萬象滅,不動心印閒」(〈勸僧酒〉,4154)。整體而言,雖胸臆直抒,情意深摯,但畢竟數量既少且風格未顯,不足以使其立足詩壇,更遑論超越前人。相較之下,所存詞數量雖亦

《吳禮部詩話》:「開元、天寶間,……詩旨淳雅,蓋一時風氣所鍾如此。元和以後,雖波濤闊遠,動成奇偉,而求其如此等邃遠清妙,不可得也。」清·丁仲祜:《續歷代詩話》(臺北:藝文印書館,1983 年 6 月),頁 750。

[85] 如李賀之探涉幽冥,形塑其奇詭穠麗的詩風,李商隱之繁用典故,營造纖細空靈的美感。又如唐·李肇《國史補》所云:「元和以後,為文筆則學奇詭於韓愈,學苦澀於樊宗師,歌行則學流蕩於張籍,詩章則學矯激於孟郊,學淺切於白居易,學淫靡於元稹,俱名為元和體。」《唐五代筆記小說大觀》,頁 194。唐·杜牧〈獻詩啟〉:「某苦心為詩,本求高絕,不務奇麗,不涉習俗,不今不古,處於中間。」《樊川文集》(臺北:漢京出版事業有限公司,1983 年 11 月),頁 242。亦透露經營個人詩風的苦心。

[86] 如宋·陸游〈跋花間集〉云:「唐自大中後,詩家日趨淺薄,其間傑出者亦不復有前輩閎妙渾厚之作,久而自厭,然梏於俗尚,不能拔出。會有倚聲作詞者,本欲酒間易曉,頗擺落俗態,適與六朝跌宕意氣差近。……故歷唐季五代,詩愈卑而倚聲輒簡古可愛。」《中國歷代詞學論著選》,頁 108。又參李文鈺:《宋詞中的神話特質與運用》(臺北:臺灣大學出版中心,2006 年 12 月)第二章〈詞的神話特質〉前言。

[87] 皆收入《全唐五代詞》,頁 94-95。

[88] 《全唐詩》(北京:中華書局,1992 年 10 月),頁 4153-4155。

不多，但在詞調運用、題材選擇、寫作手法與風格意境上，相對於前人卻有突出表現，可謂清柔婉媚，「秀雅在骨」，「詞淺意深」。[89]觀其人，則稟性孤直狂傲，[90]然「苦心文華，厄於一第」，[91]或許落拓江湖、流連杯酒之際，倚聲填詞的創作更使能其擺落詩歌桎梏，凡南國風土、蓮塘風情、仙人殊途的遺憾、美麗情事的凋零、繁華若夢的悵惘盡入歌詠，藉此新形式的琢磨書寫同時抒發現實與創作的困厄與苦悶，或為其深婉清俊的才思尋得更理想的發揮場域。無論如何，若無《花間集》所收其「遍在詞人之口」的「麗句清詞」，[92]則其永垂芳馨的不朽之志，亦必無實現之日。[93]

至於溫庭筠，堪稱不羈之奇才，學問之博贍，文采之流麗，具表現於詩文詞賦之創作；而其行事作風，亦絕難以常情測度，難以常理規範。[94]其詩歌在當代即與李商隱齊名，如裴庭裕《東觀奏記》卷下載：「詞賦詩篇，冠絕一時，與李商隱齊名，時號溫李。」[95]然在歷代詩評中，溫庭筠詩卻是毀譽參半，[96]是否足與義山齊名亦頗受質疑：

> 溫庭筠，與李商隱齊名，時號「溫李」。五、七言古，綺靡妖豔。……聲

---

[89] 李冰若：《栩莊漫記》，《唐五代詞紀事會評》，頁 217 引。

[90] 參張以仁師：〈花間詞人皇甫松〉，《花間詞論集》（臺北：中研院文哲所，1996 年 12 月）。

[91] 唐・康駢：《劇談錄》卷下，《唐五代筆記小說大觀》，頁 1497。

[92] 宋・洪邁：《容齋隨筆・三筆》卷 7，《唐五代詞紀事會評》，頁 218。

[93] 唐・皇甫松：〈古松感興〉：「昭昭大化光，共此遺芳馨。」《全唐詩》，頁 4153。

[94] 溫庭筠平生事跡，史傳與筆記小說頗多記載，如好擾亂科場，代人作文，或面斥宰相令狐綯，譏其無才學等。然前者或有現實生計需求，或藉此透露睥睨科考，後者則顯示其狂傲耿直之性情。

[95] 《溫庭筠全集校注》，「傳記資料」，頁 1295。

[96] 參趙榮蔚：《晚唐士風與詩風》（上海：上海古籍出版社，2004 年 12 月），頁 375 引，毀之者如《批點唐音》卷 15：「溫生作詩，全無興象，又乏清溫，句法刻俗，無一可法，不知後人何故尊信。」《唐詩鏡》卷 51：「溫庭筠詩如浪蕊浮花，初無根蒂，麗而浮者，傷其質矣。」譽之者如《石園詩話》卷 2：「溫庭筠才思豔麗，韻格清拔，隨題措詞，無不工致。」

調略與義山相類，其才或不及耳。（明・許學夷《詩源辨體》）[97]

李商隱麗色閑情，雅道雖漓，亦一時之勝。溫飛卿有詞無情，如飛絮飄揚，莫知指適。（明・陸時雍《詩鏡總論》）[98]

溫李並稱，自今古皮相語。飛卿，一鍾馗傅粉耳。義山風骨，千不得一。（清・王夫之《唐詩評選》）[99]

　　觀其詩，今存三百餘首，古詩、近體、樂府兼備。古詩、近體所寫題材較為廣泛，然比之義山，則不僅涉及層面有所局限，[100] 表現手法上亦有所遜色。[101] 其樂府多以書寫豔情為主，頗受稱賞，「樂府最精，義山亦不及」，見稱「晚唐之李青蓮」[102]。然其樂府其實深受李賀影響，如意象的組織與跳接、感官經驗的敏銳與耽溺等，雖然飛卿亦自覺地「以溫馨柔美，代替了長吉的魅麗險怪，自成一家的風格」，[103] 但在構思、造境、取材各方面，取法長吉的痕跡依然明顯流露在多數樂府詩中。[104]

---

[97] 劉學錯：《李商隱資料彙編》（北京：中華書局，2001 年 11 月）引，頁 176。

[98] 《續歷代詩話》，頁 1708。

[99] 《溫庭筠全集校注》引，頁 401。

[100] 方瑜師：〈溫庭筠歌詩的意象與表現〉：「飛卿律體不如義山那樣具有概括性的內涵，歌詠舊遊之作，也易流於單純的感傷。而一些正統主題的近體與古詩，也不能像李商隱一樣，正視時代的黑暗與詩人內在的苦澀。」《中晚唐三家詩析論》（臺北：牧童出版社，1975 年 1 月），頁 157。

[101] 清・薛雪：《一瓢詩話》：「長詩則溫不迫李，李有收束法，凡長篇必作一小束，然後再收，如山川跌換之勢；溫則一束便住，難免有急龍急脈之嫌。」丁福保編：《清詩話》（臺北：明倫出版社，1971 年 12 月），頁 713。

[102] 同前註。又《一瓢詩話》亦云：「唐人樂府，首推李、杜。而李奉禮、溫助教尤宜另炷瓣香。」同前註，頁 685。

[103] 參方瑜師：〈溫庭筠歌詩的意象與表現〉。

[104] 如〈郭處士擊甌歌〉即學長吉〈李憑箜篌引〉，「而渲染音樂意境浮想聯翩，意蘊不免更晦」；〈曉仙謠〉構思造境亦仿長吉之〈天上謠〉、〈夢天〉，但「想像不如長吉之新奇，而語澀意晦之弊則時或有之」；〈湘宮人歌〉王闓運《手批唐詩選》評云「李賀一派」。《溫庭筠全集

自今觀之，飛卿在詩歌方面雖不失為獨具風格與成就的詩人，然其律體難與義山比肩，樂府亦無法完全擺脫長吉影響。似此創作困境，飛卿當時是否意識不得而知，然可以肯定的是，「身閒如雲，心熱如火」[105]的飛卿，以其對創作之認真與專注，「苦心硯席」，[106]「每理髮則思來，輒罷櫛而綴文」，[107]對個人才具的自負以及沉埋不遇的憂懼，「美玉在山，但揚異彩」，「崇蘭被徑，每隔殊榛，徒自沉埋，誰能攀擷」，[108]「詞客有靈應識我，霸才無主始憐君」，[109]更加上現實際遇顛簸坎壈的刺激，因此飛卿對自己在文學創作上要求投注更多心力，取得更不容質疑的歷史地位，亦即藉立言以求不朽的意念，應當十分的強烈。

飛卿填詞，有多種誘因與動機。如前所言，浪蕩不羈，狂遊狎邪，甚至為歌樓妓院填詞作曲以維生計，[110]又或藉宣宗所愛〈菩薩蠻〉詞以託志書懷等。[111]然而純就創作的立場，自其才具的運用展現論之，在詩歌的創作中，不少詩篇尤其樂府詩亦呈現如詞般的風格情韻，辭藻麗密，色澤穠豔，利用意象的組織，氛圍的營造，暗示詩中人物的情感，如〈春愁曲〉、〈贈知音〉等，[112]可以推測，其填詞手法及此特殊才具的發現，應與其詩歌創作的琢磨有關，或許即是在詩詞之際有所領悟，形式殊異的詞更是容其發揮特長、突顯才思的創作場域。此外。更為飛卿所獨具而利於填詞的長才，當如王士禛所說：「溫、李齊名，然溫實不及李。

校注》，頁 21、28、48。

[105] 清·薛雪：《一瓢詩話》，《清詩話》，頁 713。

[106] 《舊唐書·文苑傳·溫庭筠傳》（臺北：鼎文書局，1992 年 5 月），頁 5078。

[107] 五代·孫光憲：《北夢瑣言》（西安：三秦出版社，2003 年 1 月），卷 20，頁 306。

[108] 溫庭筠：〈上學士舍人啟〉。《溫庭筠全集校注》，頁 1203。

[109] 溫庭筠：〈過陳琳墓〉，同前註，頁 387。

[110] 《舊唐書·文苑傳·溫庭筠傳》：「士行塵雜，不修邊幅，能逐絃吹之音，為側豔之詞，公卿家無賴子弟裴誠、令狐縞之徒，相與蒲飲，酣醉終日。……又乞索於揚子院，醉而犯夜。」頁 5079。又五代·王定保：《唐摭言》卷 11：「溫庭筠才名籍甚，然罕拘細行，以文為貨，識者鄙之。」《溫庭筠全集校注》，頁 1292 引。

[111] 張以仁師：〈溫庭筠〈菩薩蠻〉詞的聯章性〉。收入《花間詞論集》。

[112] 參方瑜師：〈溫庭筠歌詩的意象與表現〉及《溫庭筠全集校注》頁 169、387 有關二詩之箋評。

李不作詞，而溫為《花間》鼻祖，豈同能不如獨勝之意耶？古人學書不勝，而去學畫，學畫不勝，而去學塑，其善於用長如此。」[113]特具音樂天賦，「善鼓琴吹笛」，「有絃即彈，有孔即吹」[114]的飛卿，所以在流連坊曲宴樂唱酬之時，「逐絃吹之音，為側豔之詞」，[115]除了迫於生計或抒發積鬱，其來自縝密構思而具「深美閎約」[116]意境的詞作，或許更是馳騁其音樂長才，透過文學形式的創變，「在壓抑感裡迸發出一種『修正』運作的動力」，以使自己「能夠頂住前驅和傳統的強大影響，獲得一定程度的獨立和勝利」[117]的成果。

四、結論

　　唐代為詞體形成的關鍵年代，本文首先釐析其背景因素在於：（一）唐代為音樂史上盛世，繼承南北朝以來融合發展的音樂資產，為緣樂而生的詞提供有利條件。（二）國勢強盛，帝王對音樂持開明立場，有利異族音樂傳入，而玄宗好樂知音，設立教坊，帶動胡俗樂的融合發展，貴族朝臣民間士庶亦喜言音聲。安史亂後，宮廷樂工歌妓流散民間，更帶動民間詞曲創作流行。（三）社會開放，商業發展，都市繁榮，娛樂事業興盛，歌臺舞榭競賭新聲，樂工歌妓製曲填詞以備演唱，而文人流連坊曲，音聲所感，亦隨之填製新詞。（四）遊宴之風盛行，所謂「有唐已降，率土之濱，家家之香徑春風，寧尋越豔；處處之紅樓月夜，自鎖嫦娥」。[118]自君臣的宮中宴樂至文士的酒筵唱酬，於聽歌觀舞、新曲交響時，或應制或騁才，「樂童翻怨調，才子與妍詞」，緣樂填詞的情景可以想見。

　　本文其次觀察詞的創作在唐代的發展情形。就現存作品可見：（一）唐代初

---

[113] 清・王士禎：《花草蒙拾》。《唐五代詞紀事會評》引，頁231。

[114] 五代・孫光憲：《北夢瑣言》，同註107。

[115] 《舊唐書・文苑傳・溫庭筠傳》，同註110。

[116] 清・張惠言：〈詞選序〉，《唐五代詞紀事會評》，頁231引。

[117] 《影響的焦慮》，同註82。

[118] 五代・歐陽炯：〈花間集序〉，《中國歷代詞學論著選》，頁20。

期，配樂填詞猶如遊戲與應用文字，並不以文學創作的態度為之。（二）玄宗以降，緣樂製詞的作品漸多，然多呈現雖情韻近詞但形式仍如齊言之詩，或雖「依曲拍為句」但抒情寫景仍是詩歌筆法。（三）至晚唐，作品詞味漸濃，如皇甫松詞描景細膩情思幽微，而飛卿詞作最多，多種詞調的嘗試、格律的嚴謹、結構的精整、脈絡的細密、意象的瑰麗、情思的幽緲，乃是認真琢磨詞體，鍛鍊詞風的成果。

　　本文最後探討對詞體形成有重要貢獻的唐代文人，處身以詩歌為創作主流的文學場域，所以於詩歌之外嘗試或認真投入歌詞的填製創作，除了樂曲的接觸，及宮中宴樂、文人唱酬、酒筵歌席或流連坊曲等情境的誘使，從創作者本身看來，無論是否清楚意識，亦當有來自內心的潛藏動機，即面對無法超越的前輩詩人的詩歌成就，對文學創作負有使命的文人，乃希望藉由創作形式的變化，擺脫影響之焦慮，使個人的才具與創作熱情能獲得最好展現，同時擁有文學史上一席之地。透過晚唐皇甫松與溫庭筠之性情遭際、創作困境、詩詞比較與詞作表現，可證上述推測具有相當的合理性。

羅聯添教授八秩晉五
壽　慶　論　文　集
2011 年 11 月 頁 533-567

宋祁對韓愈的接受
——以重新、探源、校改為中心的討論

謝　佩　芬*

提　要

　　韓愈文學史地位崇高，廣受宋人重視，相關論述亦多。學界成果豐碩，但於宋祁對韓愈之接受泰半偏重《新唐書·韓愈傳》之比較研究，仍有續加探討空間。本文以重視創新、探求淵源、校改文章為中心，具體分析宋祁評說韓愈「新語」、「卓然不朽」、「古人意思未到」、「自名一家」之意涵與原由，並考辨新、舊《唐書》關於韓愈古文淵源史料，理解宋祁刪除梁肅資料用心，最後以宋祁校改韓愈作品例證，知曉改修情形、利弊得失，藉此掌握宋祁對韓愈接受之觀點與心態。

關鍵詞：古文、宋祁、韓愈、接受史、新唐書

---

* 國立臺灣大學中國文學系副教授。

宋祁對韓愈的接受
──以重新、探源、校改為中心的討論

一、前言

　　韓愈（768-824）既具有唐宋古文八大家身分，又與宋詩特色發展關係密切，他對宋代文學或思想的影響自然受到諸多重視，尤其近年關於韓愈在宋代詩文、思想各方面的重要性愈來愈受到關注，相關論著日趨豐富，[1]雖然學者較以往注意歷時性問題，無論討論韓詩的「影響焦慮」或韓集版本流傳問題，都會按照時代先後臚列敘述宋代重要意見呈現情形，但無可否認的，學界論及「韓愈」在宋代的接受情形時，焦點仍常集中於歐陽脩（1007-1072），一再證明他對於宋代韓愈接受的關鍵作用。

　　就現存資料看來，歐陽脩對於韓愈詩文的推獎自是功不可沒，但有時獨木難撐大廈，歐陽脩之外，與他時代相近的其他文人又是如何看待韓愈？他們對於韓愈地位的奠定、鞏固有無貢獻？影響如何？似乎都是應該再細細審視的課題。以

---

[1] 學位論文與專書如：張蜀蕙：《書寫與文類──以韓愈詮釋為中心探究北宋書寫觀》（政治大學中文研究所博士論文，2000 年）、谷曙光：《韓愈詩歌在北宋的接受歷程及其詩學意義發微》（安徽師範大學碩士學位論文，2003 年）、高光敏：《北宋時期對韓愈接受之研究》（國立臺灣師範大學國文研究所博士論文，2004 年）、陳昭吟：《宋代詩人之「影響的焦慮」研究》（國立中山大學中國文學系研究所博士論文， 2007 年）、曾金承：《韓愈詩歌唐宋接受研究》（淡江大學中文研究所博士論文，2008 年）、吳立仁：《中唐至北宋前期韓愈形象的歷史演變》（臺灣大學歷史學研究所碩士論文，2009 年）、查金萍：《宋代韓愈文學接受研究》（合肥：安徽大學出版社，2010 年）、張瑞麟：《韓愈與宋學──以北宋文道觀為討論核心》（成功大學中文研究所博士論文，2010 年）。

常被引用的〈記舊本韓文後〉為例，歐陽脩自述：

> 後七年，舉進士及第，官於洛陽而尹師魯之徒皆在，遂相與作為古文。因出所藏《昌黎集》而補綴之，求人家所有舊本而校定之。其後天下學者亦漸趨於古，而韓文遂行於世，至於今蓋三十餘年矣，學者非韓不學也，可謂盛矣。[2]

所謂「其後天下學者亦漸趨於古，而韓文遂行於世」便表明當時風尚的轉移與韓文的流行具有因果關係，如果不是時機成熟，學者漸趨於古，即使歐陽脩補綴校定韓集，韓文也不可能廣為宋人接受。

而在「漸趨於古」的當時，宋祁（998-1061）對於韓愈的觀看、書寫其實是值得注意的問題，清人趙翼（1727-1814）曾專立「《新書》好用韓柳文」篇章，說道：

> 歐、宋二公，皆尚韓柳古文，故景文於《唐書》列傳，凡韓柳文可入史者，必采摭不遺。〈張巡傳〉則用韓愈文，〈段秀實傳〉則用柳宗元書〈逸事狀〉，〈吳元濟傳〉則用韓愈〈平淮西碑〉，〈張籍傳〉又載愈〈答籍〉一書，〈孔戣傳〉又載愈〈請勿聽致仕書〉一疏，而於宗元傳載其〈遺蕭俛〉一書，〈許孟容〉一書，〈貞符〉一篇，〈自儆賦〉一篇，可見其於韓、柳二公有癖嗜也。[3]

具體臚舉《新唐書》採錄韓愈、柳宗元（773-819）古文入傳的篇目，證明《新唐書》確實喜用韓、柳文。不過，趙翼談論範圍限定在「古文」，先說「歐、宋二公，皆尚韓柳古文」，接著特別標舉宋祁以修史為根本，選擇韓柳文可入史的篇章，趙

---

[2] 歐陽脩著，李逸安點校：〈記舊本韓文後〉，《歐陽修全集》（北京：中華書局，2001 年），卷73，頁 1056-1057。

[3] 氏著：《廿二史劄記》（王樹民校注，北京：中華書局，1984 年），卷 18，頁 381。

翼眼中的宋祁似乎是以史料保存價值為依準觀看、採用韓柳古文，與個人審美好惡或文學趨向關連不大。楊家駱（1912-1991）則指出：

> 又書中多採韓、柳古文入傳，除〈韓愈傳〉載〈進學解〉、〈諫佛骨表〉、〈潮州謝表〉、〈祭鱷魚文〉外，〈吳元濟傳〉載〈平淮西碑文〉，〈張籍傳〉載〈答籍〉一書，〈孔戣傳〉載〈請勿聽致仕〉一疏，〈陳京傳〉載〈禘祫議〉，〈李勃傳〉載〈愈所與書〉，〈甄濟傳〉載〈答元微之書〉，〈忠義傳〉載〈張中丞傳後序〉，〈孝友傳〉載〈復仇議〉。〈柳宗元傳〉載〈與蕭俛書〉、〈許孟容書〉、〈貞符自儆賦〉，〈段秀實傳〉載〈段太尉逸事狀〉，〈孝友傳〉載〈駁復仇議〉、〈孝門銘〉，〈宗室傳〉載〈封建論〉。文有載而當者，亦有以其喜古文而列入者。[4]

增記《新唐書》採錄韓愈、柳宗元古文入傳的篇目，其中援引韓文的數量又較柳文為多，似乎顯示：在宋祁心中，韓文價值高於柳文。對於這樣的現象，晚近陸續有學者進一步研究檢證，[5]或是以新、舊《唐書》〈韓愈傳〉為焦點，探討其間異同，或是比較韓柳古文在新、舊《唐書》的引用情形，都已觸及宋祁對於韓愈的接受狀況。

雖然如此，但關於宋祁對韓愈的接受議題仍然還有待開發的空間。宋祁自慶曆四年（1044）受命編修《新唐書》，[6]歷經 17 年苦心撰著，終於完成，原初趙槩

---

[4] 氏著：〈新唐書述要〉，《二十五史識語》（臺北：鼎文書局，1980 年），頁 344。

[5] 如：梁承根：《兩《唐書》文人傳之比較》（南京大學博士論文，1997 年）、郝至祥：《兩《唐書》書法暨筆法比較研究——兼論《新唐書》闢佛刪史》（逢甲大學中國文學系碩士論文，2001）、余歷雄：《兩《唐書》采摭韓愈古文之研究》（南京大學博士論文，2004 年）、錢忠平：〈《新唐書》文學批評研究〉（浙江師範大學碩士論文，2007 年）、唐鳳霞：〈《新唐書》的編纂及其學術成就〉（安徽大學碩士論文，2006 年）、邢香菊：〈《新唐書．文藝傳》研究〉（河北師範大學碩士論文，2007 年）、譚瓊：〈兩《唐書》文學批評比較研究〉（汕頭大學碩士論文，2008 年）。

[6] 《續資治通鑑長編》（北京：中華書局，1979 年），卷 155、156。

（998-1083）、余靖（1000-1064）都參與其事，但「刊修未幾，諸人皆以故去，獨景文下筆」，[7]後來歐陽脩、梅堯臣（1002-1060）等人陸續加入，而宋祁即使外貶成都，仍隨身攜帶《新唐書》刊修，[8]從「精思十餘年」，[9]「宋公於《列傳》亦功深者，為日且久」，[10]不難看出，宋祁確實投注相當多心力，將《新唐書》當作一生重要志業般地審慎編寫。

這種情形下，宋祁好採韓柳文入傳必然有他堅持的理由。身為《新唐書》撰寫者，宋祁代表的是官方省視前朝歷史的立場，尤其歷經五代戰亂後，宋人急欲重建秩序，回復文化，宋祁在《新唐書》顯現的取捨極可能與當時朝廷態度、士人群體想法接近，藉由宋祁在《新唐書》中透露的韓愈接受，可以從另一側面明瞭北宋中期對韓愈接受的官方情形。現今的《新唐書》列傳研究有助於我們對這方面的理解，但仍有部分疑問有待解決，例如，梁肅其人其事在新舊《唐書》的呈現大有不同，中間有無深意？宋祁採寫韓柳文入傳的確實狀況為何？都是有意思的課題。

公領域的任務外，宋祁同時也是位勤於著述、極具己見的文人，[11]在他個人閱讀詩文、創作過程中，不免也有從自我文學角度觀看前人的經驗，在眾多文人中，宋祁對於韓愈的定位是什麼？觀察書寫的角度是什麼？都還有探討價值。更重要的是，宋祁的觀看不僅僅只是他個人如何觀看過去，也可能因為他的影響力而提供時人更多參考，更可能影響後代評價，所以宋祁的接受在當時、後世發揮

---

[7] 葉夢得：《石林燕語》，《全宋筆記》（鄭州：大象出版社，2006 年），第二編，卷 4，頁 55。

[8] 魏泰：《東軒筆錄》，《全宋筆記》（鄭州：大象出版社，2006 年），第二編，卷 15，頁 171。

[9] 《宋景文公筆記》，《全宋筆記》（鄭州：大象出版社，2003 年），第一編，卷上，頁 47。

[10] 潘永因：〈雅量〉「歐陽公於修唐書」條，《宋稗類鈔》，卷 3，收錄於《筆記小說大觀》（臺北：新興出版社，1984 年），第三十六編，頁 33。

[11] 宋祁著述豐富，宋代刊刻編集的《景文集》共有二百卷、一百五十卷、一百卷、七十八卷四本，但當時即有所散佚（參見祝尚書：《宋人別集敘錄》，北京：中華書局，1999 年，頁 116-121）；另可能撰有《雞跖集》20 卷（詳見王河、真理：《宋代佚著輯考》，南昌：江西人民出版社，2003 年，頁 118-128），作品極多。

什麼樣的作用？是否具備「第一讀者」[12]的性質？都應探究。

此外，宋祁與其兄宋庠（996-1066）均曾校注韓愈文章，有校本傳行於宋代，洪興祖（1090-1155）、謝克家（?-1134）、文讜（?-?）、方崧卿（1135-1194）、朱熹（1130-1200）等韓文重要校注者都曾引用其中資料，[13]《新唐書》資料為眾家所採錄引校的也不在少數，[14]評論韓愈「新語」意見也被多家詩話引用，這些都是可以再細部探討的問題。

為了方便觀察宋祁接受韓愈的面向，擴大研究範圍，本文不以《新唐書》文章為主，而以分類方式研析其間涉及的課題。

二、重視語意創新

宋祁論及韓愈的意見，除《新唐書》外，《宋景文公筆記》共留存五條紀錄，其中最值得注意的是宋祁回顧求學為文歷程及個人體悟的一段文字，說道：

> 余少為學，本無師友，家苦貧，無書，習作詩賦，未始有志立名於當世也。
> 願計粟米養親，紹家閥耳。年二十四而以文投故宰相夏公，公奇之，以為

---

[12] 關於「第一讀者」，接受史研究中常會提及，姚斯認為「第一個讀者的理解將在一代又一代的接受之鏈上被充實和豐富，一部作品的歷史意義就是在這過程中得以確定，它的審美價值也是在這過程中得以證實。」（是氏：《接受美學與接受理論》，瀋陽：遼寧人民出版社，1987年，頁25）陳文忠更明確具體的指出：「所謂接受史上的『第一讀者』，是指以其獨到的見解和精闢的闡釋，為作家作品開創接受史、奠定接受基礎、甚至指引接受方向的那位特殊讀者；從此，這位『第一讀者』的理解和闡釋，便受到一代又一代讀者的重視，並在一代又一代的接受之鏈上被充實和豐富。」（氏著：《中國古典詩歌接受史研究》，合肥：安徽大學出版社，1998年，頁64）不過，所謂「被充實和豐富」未必都是正面的承繼接受，只要是針對這位讀者所提出見解而衍伸的討論應當都算是「被充實和豐富」，因為他第一個發現、提出具有討論價值的觀點，重要性自然不可小覷。

[13] 參見劉真倫：《韓愈集宋元傳本研究》（北京：中國社會科學出版社，2004年），頁237-239及頁439-440。

[14] 同註13，頁389。

必取甲科，吾亦不知果是歟！天聖甲子從鄉貢試禮部，故龍圖學士劉公嘆
所試辭賦，大稱之朝，以為諸生冠。吾始重自淬礪，力於學，模寫有名士
文章，諸儒頗稱以為是。年過五十，被詔作《唐書》，精思十餘年，盡見
前世諸著，乃悟文章之難也。雖悟於心，又求之古人，始得其崖略。因取
視五十以前所為文，靦然汗下，知未嘗得作者藩籬，而所效皆糟粕芻狗矣。
文章必自名一家，然後可以傳不朽。若體規畫圓，準方作矩，終為人之臣
僕。古人譏屋下作屋，信然。陸機曰：「謝朝華於已披，啟夕秀於未振。」
韓愈曰：「惟陳言之務去。」此乃為文之要。「五經」皆不同體，孔子沒後，
百家奮興，類不相沿，是前人皆得此旨。嗚呼！吾亦悟之晚矣，雖然若天
假吾年，猶冀老而成云。[15]

陳明年少為學習作詩賦原初僅是為了獲取養親資財，從未希求藉此立名於當世，
自宰相夏竦（985-1051）、龍圖學士劉筠（971-1031）相繼另眼相待，稱譽不已後，
宋祁才受到激勵而自覺性地模寫有名士文章，以求有所成就，但直到奉詔修撰《唐
書》，廣閱前世著作方才體悟為文真義。接著，宋祁以論斷方式展現個人意見，認
為文章必得具有自我獨特面貌，才能不朽傳誦，再從反面陳述如果只是模倣前人，
因循舊規，終究淪為他人臣僕而無法自立，甚至引古人「屋下作屋」譏言，加強
一己意見的說服力。順著援引古人言詞的論述方式與脈絡，宋祁更進一步標舉陸
機（261-303）、韓愈謝華啟秀、陳言務去的理念作為標竿，強調是「為文之要」，
顯示宋祁絕未將書寫文章視為壯夫不為的雕蟲小技，反而追求久傳後世的可能，
「五經皆不同體」、「百家奮興，類不相沿」印證宋祁想法確為諸多前人奉行的真
理。而在浩瀚文人中，宋祁特別標引陸機、韓愈言論，正顯示他對二人理念的認
同，陳言務去是要自名一家的必備條件。這段話雖然是以筆記方式記錄，似乎不
如專篇文章論證嚴謹，但宋祁縷述個人為學習文的歷程與心情，懇切真摯，別具
動人力量。

---

[15] 《宋景文公筆記》，卷上，頁47。

所謂「陳言務去」，除了堅持陳濫文詞的汰除刪芟外，必然也會涉及文意的新創開拓，宋祁為趙湘（959-993）文集題序時，曾經藉由與近世詩人的倣擬比較凸顯趙氏貢獻，說道：

> 大抵近世之詩多師祖前人，不丐奇博于少陵，蕭散于摩詰，則肖貌樂天，祖長江而摹許昌也，故陳言舊辭未讀而先厭。若叔靈不傍古，不緣今，獨行太虛，探出新意，其無謝一家者歟。[16]

宋祁闡述文學觀念時，總是習慣將目光游肆於歷史長河之中，縱覽古往今來文人表現，尋覓適合作為例證的對象，以加強論述信服度，也使人們易於理解接受。如本篇序文先是有感於近世詩人師祖前人而不知變通的現象，繼而指明詩人摹倣對象與面向，透露當時詩壇風貌，雖然杜甫（712-770）、王維（700-761）、白居易（772-846）、賈島（779-843）、薛能（?-880）等人都普受歡迎，但當千人一律時，難免充斥陳言舊辭而不具各自特色。在這種倣擬風氣盛行的氛圍裡，趙湘能夠不傍古緣今而設法探求開創新意，自然能自成一家，得到宋祁推重。

杜甫、王維、白居易幾人不只是當時詩人擇選的典範人物，也是文學史上公認的上乘詩人，後學者的作品所以讓人未讀先厭，顯然問題不在於他們學習的對象，而在於學習的方法與結果，因為後學單從字句等表面層次認識杜、王諸人，只得其貌而未得其神，因而不具自我面目。賈島、薛能文學地位雖不及杜甫三人，但文名均曾顯揚一時，[17]作詩重視鍛鍊精到與避陳出新，[18]符合宋初希慕擺落唐人

---

[16] 〈南陽集序〉，《全宋文》（曾棗莊、劉琳主編，上海：上海辭書出版社、合肥：安徽教育出版社，2006年），卷515，頁654。

[17] 如洪邁《容齋隨筆・三筆》載：「唐昭宗光化三年十二月，左補闕韋莊奏：『詞人才子，時有遺賢，不霑一命於聖明，沒作千年之恨骨。據臣所知，則有李賀、皇甫松、李羣玉、陸龜蒙、趙光遠、溫庭筠、劉德仁、陸逵、傅錫、平曾、賈島、劉稚珪、羅鄴、方干，俱無顯遇，皆有奇才，麗句清詞，遍在詞人之口，銜冤抱恨，竟為冥路之塵。伏望追賜進士及第，各贈補闕、拾遺。』」見是書（上海：上海古籍出版社，1678年），卷7，「唐昭宗恤錄儒士」，頁501。

陰影，另覓蹊徑風尚。相較之下，趙湘敢於拋棄潮流，追求「獨行」，衝越既存藩籬，探求新意，才能卓然自成一家。可見宋祁是意、詞兼重，甚至，只有新意的引導領率，才能避除陳言舊辭而有嶄新文句的產生。

稍後於宋祁的王石安（1021-1086）曾感歎：「世間好語言，已被老杜道盡；世間俗語言，已被樂天道盡」，[19]生於光芒萬丈的唐代詩文高峰之後，宋人的確深刻感受「開闢真難為」的壓力，宋祁身為具有高度自覺的文人，自然不願陳陳相

---

[18] 賈島向以「苦吟」為人熟知，《新唐書》載：「來東都，時洛陽令禁僧午後不得出，島為詩自傷。愈憐之，因教其為文，遂去浮屠，舉進士。當其苦吟，雖逢值公卿貴人，皆不之覺也。一日見京兆尹，跨驢不避，誶詰之，久乃得釋。」見是書卷101，〈賈島傳〉，頁5268。朱熹訓勉門人時則云：「今人做一件事，沒緊要底事，也著心去做，方始會成，如何悠悠會做得事！且如好寫字底人，念念在此，則所見之物，無非是寫字底道理。又如賈島學作詩，只思『推敲』兩字，在驢上坐，把手作推敲勢。大尹出，有許多車馬人從，渠更不見，不覺犯了節。只此『推敲』二字，計甚利害？他直得恁地用力，所以後來做得詩來極是精高。」見[宋]黎靖德編，王星賢點校：〈訓門人九〉，《朱子語類》（北京：中華書局，1986年），卷121，頁2924。賈島作詩苦心精詣以至有成情形可見一斑。薛能〈自諷〉詩表白：「千題萬詠過三旬，忘食貪魔作瘦人。行處便吟君莫笑，就中詩病不任春。」（《全唐詩》，北京：中華書局，1985年，卷561，頁6510）並曾賦寫十首〈折柳〉詩，序文云：「此曲盛傳，為詞者甚眾，文人才子，各衒其能，莫不條似舞腰，葉如眉翠，出口皆然，頗為陳熟，能專於詩律，不愛隨人，搜難抉新，誓脫常態，雖欲弗伐，知音其舍諸。」（〈折柳十首·序〉，《全唐詩》，卷561，頁6518），批判文人賦詠楊柳之詞語常淪於陳熟，自負一己乃專於詩律之人，故不愛隨人，而力求搜難抉新，誓脫常態，觀其自作所云：「高出軍營遠映橋，賊兵曾斫火曾燒。風流性在終難改，依舊春來萬萬條。」（〈柳枝四首〉其四，《全唐詩》，卷561，頁6519）確實有別於一般折柳送別、「條似舞腰，葉如眉翠」文句，雖然洪邁訾議薛能「格調不能高，而妄自尊大」（《容齋隨筆》，卷7，「薛能詩」，頁95），沈括也有：「薛許昌答書生贈詩，『百首如一首，卷初如卷終』，譏其不能變態也。大抵屑屑較量屬句平勻，不免氣骨寒局。殊不知詩家要當有情致抑揚高下，使氣宏拔，快字凌紙。又用事能破觚為圓，剉剛成柔，始為有功者，昔人所謂縛虎手也。」（[宋]江少虞著。《宋朝事實類苑》，「詩有變態」條，上海：上海古籍出版社，1981年，卷39，頁508）批評，但無論宋人是否欣賞、贊同薛能意見與作品，就上引資料看來，薛能確實頗具創新意識。

[19] 《陳輔之詩話》，《宋詩話輯佚》（臺北：華正書局，1981年），頁291。

因，落入俗套窠臼之中，所以會一再稱許韓愈「造端置辭」、「不襲蹈前人」、[20]「刊落陳言」，[21]甚至具體引述「新語」例子，說道：

> 柳子厚云：「嘻笑之怒，甚於裂眥；長歌之音，過於慟哭」劉夢得云：「駭機一發，浮謗如川」信文之險語。韓退之云：「婦順夫旨，子嚴父詔」，又云：「耕於寬閒之野，釣於寂寞之濱」，又云：「持被入直三省丁寧顧婢子語，刺刺不得休」，此等皆新語也。[22]

文中例句分為二種，一為險語，一為新語，柳宗元文字出自〈對賀者〉，[23]原文恐作「嘻笑之怒，甚乎裂眥；長歌之哀，過乎慟哭」，[24]乃是柳宗元因罪貶放永州，京師來客本想寬唁柳宗元，沒想到柳宗元看來浩浩然，通達無所哀戚，透過主客對話，柳宗元自白：「嘻笑之怒，甚乎裂眥，長歌之哀，過乎慟哭。庸詎知吾之浩浩非戚戚之尤者乎？」[25]可知柳宗元其實心中悲傷莫名，但他不以常人裂眥慟哭的直截方式表露情緒，反而以嘻笑長歌面貌應對世人，這其實是一種「大痛無聲者也」[26]的表現，馮時可（1541?-1621?）分析：

> 柳子厚「嘻笑之怒，甚於裂眥」，或云當作「嘻笑之譏」，今人謗人或嘻或笑，若有意若無意，乃其恨深而媚之甚者也。若裂眥之罵出自直發，此之謂怒，豈甚仇哉？譬如風焉，披雲飛石，捲水傾木，而無傷於人之血脈；隙穴之風，毛髮不搖，及中肌膚，以為深疾。噫嘻！今之為隙穴風者亦多

---

[20] 〈韓愈傳〉，《新唐書》（北京：中華書局，2003 年），卷 176，頁 5265。

[21] 〈韓愈傳・贊〉，《新唐書》，卷 176，頁 5269。

[22] 《宋景文公筆記》，卷中，頁 58。

[23] 《柳宗元集》（北京：中華書局，2000 年），卷 14，頁 361-362。

[24] 《柳宗元集》，卷 14，頁 362。

[25] 同註 24。

[26] 黃震：《黃氏日抄》（臺北：大化書局，1984，據日本立命館大學圖書館藏書影印），卷 60，頁 682。

矣！劉禹錫云：「駭機一發，浮謗如川」二子皆身處妬媚之間，故其言有味如此。[27]

舉當時謗人者用或嘻或笑方式表現恨意的例子，說明柳宗元、劉禹錫（772-842）二人身處妬媚之間，所以能體會細微，發而為語才能有味如此。對於柳、劉二人的心理狀態抉析精微，因此「嘻笑之怒」、「長歌之音」極可能也是柳宗元為了自我保護所採取的策略之一，他所書寫的「險語」絕不是為文造情下刻意創造的，而是真實情形的紀錄，可見仍是以意領語。

劉禹錫「駭機一發，浮謗如川」出自他致書李吉甫，自述因「昧於周身，措足危地」，以致遭遇「駭機一發，浮謗如川；巧言奇中，別白無路」[28]處境，「駭機一發」、「浮謗如川」可能都是劉禹錫運用典故後自行重組新創的語詞，[29]除了能恰如其份地刻劃外在環境的險惡可怕，「浮謗」更是明示謗言由來無根，卻如河川般漂散各地，源源不絕，具象描述謗言之流竄傷人，用語生動靈活，別具特色。常人絕少會想到以「浮如川」的方式形容謗言，劉禹錫此處比擬較為奇險，但就書贈對象與文意看來，劉禹錫應是確實感受到謗言的流播樣態如川行一般，才會

---

[27] 氏著：《雨航雜錄》，《叢書集成新編》（臺北：新文豐出版公司，1985 年），冊 88，卷上，頁 427-428。

[28] 見〈上淮南李相公啟〉，陶敏、陶紅雨校注：《劉禹錫全集編年校注》（長沙：岳麓書社，2003 年），卷 14，頁 928。

[29] 《後漢書》載：「（皇甫）嵩既破黃巾，威震天下，而朝政日亂，海內虛困。故信都令漢陽閻忠干說嵩曰：『難得而易失者，時也；時至不旋踵者，幾也。故聖人順時以動，智者因幾以發。今將軍遭難得之運，蹈易駭之機，而踐運不撫，臨機不發，將何以保大名乎？』」（見是書，北京：中華書局，1997 年，卷 71，〈皇甫嵩朱儁列傳〉，頁 2302。） 張華〈女史箴〉云：「道罔隆而不殺，物無盛而不衰； 日中則昃，月滿則虧。 崇猶塵積，替若駭機」。（收於嚴可均輯：《全晉文》，北京：商務印書館，1999 年，頁 606。）《國語》載：「厲王虐，國人謗王。邵公告曰：『民不堪命矣！』王怒，得巫，使監謗者。以告，則殺之。國人莫敢言，道路以目。王喜，告邵公曰：『吾能弭謗矣，乃不敢言。』邵公曰：『是障之也，防民之口，甚於防川。川壅而潰，傷人必多，民亦如之。是故為川者決之使導，為民者宣之使言。』」（《國語‧周語上》，上海：上海古籍出版社，1988 年，頁 9。）

創發上引文句，「意」、「語」仍是分不開的。

　　相較於柳、劉二人各引一例的「險語」，宋祁連續載錄三段韓愈「新語」的例子，似乎顯示韓愈語言新創表現較前二人豐富。為明三人異同，我們不妨一一檢視韓愈三例的情形，「婦順夫旨，子嚴父詔」出自〈柳州羅池廟碑〉，[30]追敘柳宗元擔任柳州刺史時教化百姓的仁政，首段的「茲土雖遠京師，吾等亦天氓」語序、邏輯異於常規，讓人誦讀之際不得不放慢速度，沉吟其間，接著帶出柳宗元教化成果：

> 凡令之期，民勸趨之，無有後先，必以其時。於是民業有經，公無負租；流逋四歸，樂生興事。宅有新屋，步有新船。池園潔修，豬牛鴨雞，肥大蕃息。子嚴父詔，婦順夫指。嫁娶葬送，各有條法。出相弟長，入相慈孝。先時民貧，以男女相質，久不得贖，盡沒為隸。我侯之至，按國之故，以傭除本，悉奪歸之。[31]

大段以四字句呈述當地情景，使語氣較為平穩舒緩，增添典重氣韻，雖然大抵二句為一組，且逐漸對仗工切，但「子嚴父詔」前刻意為三句一組，易除之前「宅有新屋，步有新船」對仗修辭，改為較錯落文句，直到「子嚴父詔，婦順夫指」不但上下對仗，且每句一、三字取人倫名詞文字相對，為了強調人民歸順情形，韓愈可能化用《莊子》、商湯嫁妹典故而將尋常父子夫婦語序對調，[32]凡此種種都造成文句的陌生新鮮，殊異化結果自然呈現韓愈獨創的「新語」。

---

[30]　羅聯添編：《韓愈古文校注彙輯》（臺北：國立編譯館，2003年），卷7，頁2440-2475。

[31]　《韓愈古文校注彙輯》，卷7，頁2440。

[32]　《莊子・盜跖》：云「夫為人父者，必能詔其子；為人兄者，必能教其弟。」（郭慶藩注，王孝魚整理：《莊子集釋》，臺北：木鐸出版社，1983年，頁991。）　商湯〈嫁妹辭〉曰：「無以天子之尊而乘諸侯，無以天子之富而驕諸侯。陰之從陽，女之順夫，本天地之義也。往事爾夫，必以禮義。」（清・嚴可均校輯：《全上古三代秦漢三國六朝文・全上古三代文》，北京：中華書局，1991年，卷1，頁14）。

　　韓愈這段文字的書寫樣貌必定是經過審慎思考設計的，以「先時民貧，以男女相質，久不得贖，盡沒為隸。我侯之至，按國之故，以僦除本，悉奪歸之」為參照組，我們可以看到〈柳子厚墓誌銘〉中有類似文詞與意涵，那段文字寫法是：

> 其俗以男女質錢，約不時贖，子本相侔，則沒為奴婢。子厚與設方計，悉令贖歸。其尤貧力不能者，令書其傭，足相當，則使歸其質。[33]

文字長短不一，變化多姿，純以氣貫串其中，是相當暢達的散文句式，相較之下，〈柳州羅池廟碑〉便是有意濃縮為四字句，以整鍊形式加強典重氣息，在這樣的創作心態下，新語的產生絕非意外。發現韓愈「子嚴父詔，婦順夫指」的新異外，宋祁也在精讀文本中擷取韓愈其他文詞優點，如〈回鶻傳〉記載：「頡利可汗之滅，塞隧空荒，夷男率其部稍東，保都尉犍山獨邏水之陰，遠京師纔三千里而贏，東室韋，西金山，南突厥，北瀚海，蓋古匈奴地也。」[34]「遠京師」便被宋祁援用。
　　第二例「耕於寬閑之野，釣於寂寞之濱」見於〈答崔立之書〉，韓愈三試吏部被黜後，崔斯立贈書勸勉，韓愈則回信抒發內心悲憤，闡明抱負，全篇一氣直下，略無滯礙，末尾表述個人選擇時，提到：

> 方今天下風俗尚有未及於古者，邊境尚有被甲執兵者，主上不得怡，而宰相以為憂。僕雖不賢，亦且潛究其得失，致之乎吾相，薦之乎吾君，上希卿大夫之位，下猶取一障而乘之。若都不可得，猶將耕於寬閑之野，釣於寂寞之濱，求國家之遺事，考賢人哲士之終始；作唐之一經，垂之於無窮，誅姦諛於既死，發潛德之幽光，二者將必有一可。[35]

先以長句營造奔放縱橫氣勢，四句須得連貫而讀，顯示作者心中時刻不能或忘的

---

[33] 《韓愈古文校注彙輯》，卷 7，頁 2596。

[34] 《新唐書》，卷 217 下，頁 6135。

[35] 《韓愈古文校注彙輯》，卷 3，頁 704。

掛念，繼而明白說出「僕雖不賢」，文意上正可與前四句心情接續呼應，以下表白則摻雜對仗句兩兩呈現，無論「致之乎吾相，薦之乎吾君」、「耕於寬閑之野，釣於寂寞之濱」、「求國家之遺事，考賢人哲士之終始」、「誅姦諛於既死，發潛德之幽光」，意思都是相關的，二句接連而出頗有重複強調作用，可見是韓愈著意書寫結果。全段用典不多，「取一障而乘之」可能是正用《史記》狄山乘障事，[36]而「耕於寬閑之野，釣於寂寞之濱」應是化用許由、呂尚典故。在韓愈之前，並沒有「耕於寬閑之野」或「釣於寂寞之濱」的說法，韓愈為許由耕於潁水之陽、箕山之下，[37]加上「寬閑」二字，以顯示他不受王位的隱退心情，因是據義履方，自我決定的生活，當然不會失落惆悵，反是寬閑自在。而呂尚在渭水之濱得識周文王之前，

---

[36] 見是書（上海：上海古籍出版社，2003 年），卷 122，〈酷吏列傳·張湯〉，頁 2369，文云：「匈奴來請和親，羣臣議上前。博士狄山曰：『和親便。』上問其便，山曰：『兵者凶器，未易數動。高帝欲伐匈奴，大困平城，乃遂結和親。孝惠、高后時，天下安樂。及孝文帝欲事匈奴，北邊蕭然苦兵矣。孝景時，吳楚七國反，景帝往來兩宮閒，寒心者數月。吳楚已破，竟景帝不言兵，天下富實。今自陛下舉兵擊匈奴，中國以空虛，邊民大困貧。由此觀之，不如和親。』上問湯，湯曰：『此愚儒，無知。』狄山曰：『臣固愚忠，若御史大夫湯乃詐忠。……』於是上作色曰：『吾使生居一郡，能無使虜入盜乎？』曰：『不能。』曰：『居一縣？』對曰：『不能。』復曰：『居一障間？』山自度辯窮且下吏，曰：『能。』于是上遣山乘鄣。至月餘，匈奴斬山頭而去。自是以後，羣臣震慴。」

[37] 皇甫謐《高士傳》卷上·〈許由〉載：「許由，字武仲，陽城槐里人也。為人據義履方，邪席不坐，邪膳不食。後隱於沛澤之中。堯讓天下於許由，曰：『日月出矣而爝火不息，其於光也不亦難乎！時雨降矣而猶浸灌，其於澤也不亦勞乎！夫子立而天下治，而我猶尸之，吾自視缺然，請致天下。』許由曰：『子治天下，天下既已治也，而我猶代子，吾將為名乎？名者，實之賓也，吾將為賓乎？鷦鷯巢於深林，不過一枝。偃鼠飲河，不過滿腹。歸休乎君，予無所用天下為。庖人雖不治庖，尸祝不越樽俎而代之矣！』不受而逃去。齧缺遇許由，曰：『子將奚之？』曰：『將逃堯。』曰：『奚謂邪？』曰：『夫堯知賢人之利天下也，而不知其賊天下也。夫唯外乎賢者知之矣！』由於是遁耕於中嶽潁水之陽，箕山之下，終身無輕天下色。」可見許由近於道家思想，不慕榮利，不越樽代庖，且有所堅持，凡事據義履方，行遵正道的形貌。見是書（《景印文淵閣四庫全書》，臺北：臺灣商務印書館，1986 年，史部傳記類，冊 448，頁 88。）

確是懷才不遇、窮困苦悶，[38]韓愈為此事加上「寂寞」二字頗能貼切描繪當時呂尚形單影隻的身影與心情。無論韓愈是藉「耕於寬閒之野，釣於寂寞之濱」「解嘲語」[39]「寫出胸中一段憤鬱」，[40]或只是以鋪排筆法強調個人抉擇，二句確實生鮮特異，頗能引發讀者誦詠之際新奇感受，從而特別關注作者用心。

或許也因韓愈創造的詞語新異適切，之後屢有文人加以援用或點化入詩文，[41]特別值得注意的是黃庭堅（1045-1105）〈宋喬年真贊〉云：

> 士之坎壈，以其智多。因坎壈以為師，用其多以見己。相遭於功名之會，圖像麒麟。獨行於寂寞之濱，照影溪壑。大者四時爾，小者風雨爾，豈真我哉。[42]

---

[38] 《史記》載：「呂尚蓋嘗窮困，年老矣，以漁釣奸周西伯。……或曰，太公博聞，嘗事紂。紂無道，去之。游說諸侯，無所遇，而卒西歸周西伯。或曰，呂尚處士，隱海濱。周西伯拘羑里，散宜生、閎夭素知而招呂尚。呂尚亦曰：『吾聞西伯賢，又善養老，盍往焉。』」（是書卷32·〈齊太公世家〉，頁1197。） 《說苑》亦曰：「呂望年七十釣于渭渚，三日三夜魚無食者，望即忿，脫其衣冠。上有農人者，古之異人，謂望曰：『子姑復釣，必細其綸，芳其餌，徐徐而投，無令魚駭。』望如其言，初下得鮒，次得鯉。刺魚腹得書，書文曰：『呂望封於齊』。望知其異。」（嚴可均校輯，陳延嘉、王同策、左振坤校點主編：《全上古三代秦漢三國六朝文·全漢文》，石家莊：河北教育出版社，1997年，卷39·〈劉向·五·說苑〉，頁343）並可參看。

[39] 林紓：〈答崔立之書〉評語，《韓柳文研究法·韓文研究法》（臺北：廣文出版社，1964年），頁17。

[40] 錢基博：《韓集籀討集》，《韓愈志》（北京：中國書店，1988年），卷6，頁120。

[41] 如：王安石詩句「逝將收桑榆，邀子寂寞濱。」（[宋]李壁注，李之亮校點補箋：《王荊公詩注補箋》，成都：巴蜀書社，2002年，卷8，〈贈張康〉，頁159）、〈送徐天常入京序〉（[元]陳高撰，鄭立于點校：《不繫舟漁集》，上海：上海古籍出版社，2005年，卷11，頁129）、〈送柴紫材序〉（[元]郝經：《陵川集》卷30，《景印文淵閣四庫全書》，臺北：臺灣商務印書館，1986年，冊1192，頁329）、〈答彭元發書〉（[宋]李復《潏水集》卷4，見《景印文淵閣四庫全書》，冊1121，頁33）。

[42] 劉琳、李勇先、王蓉貴校點：《黃庭堅全集》·《正集》（成都：四川大學出版社，2001年），冊2，卷22，頁565。

宋喬年（1047-1113）為宋庠孫兒，以父蔭任官，卻因事落魄二十年，官場幾度沉浮，[43]堪稱命運坎壈。其人雖不能詩，[44]但似擅書畫，[45]有創意，[46]黃庭堅將宋喬年叔祖宋祁稱譽韓愈的「釣於寂寞之濱」加以轉化點用，再現宋喬年踽踽獨行，照影溪壑的清朗形跡，孤寂內心與仕途不遂情形貫串呂尚、韓愈而下，饒具深意。

此外，黃庭堅與摯友王紘（?-?）、晏幾道（1038-1110）[47]相聚時，有感於三人臭味相似，[48]皆是「癡絕處，不減顧長康」，[49]或因此而「仕宦連蹇」，[50]不禁慨

---

[43] 《宋史》載：「喬年用父蔭監市易，坐與倡女私及私役吏失官，落拓二十年。女嫁蔡京子攸。京當國，始復起用。崇寧中，提舉開封縣鎮、府界常平，改提點京西北路刑獄。賜進士第，加集賢殿修撰、京畿轉運副使，進顯謨閣待制，為都轉運使，改開封尹，以龍圖閣學士知河南府。京罷相，諫議大夫毛注、御史中丞吳執中交擊之，貶保靜軍節度副使，蘄州安置。京復相，還舊官，知陳州。」見是書（北京：中華書局，1977 年），卷 356，〈宋喬年傳〉，頁 11207-11208。

[44] 《容齋隨筆・四筆》載：「大觀初年，京師以元夕張燈開宴。時再復湟、鄯，徽宗賦詩賜羣臣，其頷聯云：『午夜笙歌連海嶠，春風燈火過湟中。』席上和者皆莫及。開封尹宋喬年不能詩，密走介求援於其客周子雍。」見是書卷 2，「大觀元夕詩」則，頁 636。

[45] 參見《鐵圍山叢談》所載：「太上天縱雅尚，已著龍潛之時也。及即大位，於是酷意訪求天下法書圖畫。自崇寧始命宋喬年掌御前書畫所，喬年後罷去，而繼以米芾輩。」見是書（北京：中華書局，1997 年），卷 4，頁 78。

[46] 《東京夢華錄》載：「大觀元年，宋喬年尹開封，酒於綵山中間高揭大牓，金字書曰：『大觀與民，同樂萬壽』綵山自是為故事。隨年號而揭之，蓋自宋尹始。」（宋・孟元老著，伊永文箋注：《東京夢華錄箋注》，北京：中華書局，2006 年，卷 6，「元宵」則，頁 579。），似可見出宋喬年不拘舊規，應時開創新意。

[47] 關於晏幾道生卒年，自來有各種不同說法，夏承燾訂為 1030-1106，今人多從其說，涂木水：〈關於晏幾道的生卒年和排行〉（《文學遺產》，1997 年第 1 期頁 107-108）則據晏殊二十九世孫主修之《東南晏氏重修宗譜》，確立其生年為宋仁宗寶元元年（1038），卒年為徽宗大觀四年（1110），說法可取。

[48] 黃庭堅詩云：「對酒誠獨難，論詩良不易。人生如草木，臭味要相似」，見〈自咸平至太康鞍馬間得十小詩寄懷晏叔原并問王稚川行李鵝兒黃似酒對酒愛新鵝此他日醉時與叔原所詠因以為韻〉，《黃庭堅全集・外集》，卷 11，頁 1123。

[49] 黃庭堅〈次韻答叔原會寂照房呈稚川〉，《黃庭堅全集・外集》，卷 2，頁 889。

言「二公老諳事，似解寂寞釣」，[51]「寂寞釣」恐有將自身與呂尚、韓愈相比擬意涵，推想黃庭堅可能十分賞愛「釣於寂寞之濱」。筆記小說曾記載黃庭堅熟讀宋祁《新唐書》而文章日進的故事，[52]「寂寞釣」或許正可作為黃庭堅自宋祁處領受文章技法的參證之一，而這也證明了宋祁眼光獨到及他對韓愈接受史的貢獻。

第三例「持被入直三省丁寧顧婢子語，刺刺不得休」，見於〈送殷員外序〉，[53]描寫殷侑（767-838）受命出使回鶻前，「出門惘惘，有離別可憐之色」，甚至「持被入直三省，丁寧顧婢子語，刺刺不得休」。[54]「刺刺」或作「刺刺」，[55]二者意義、聲韻不同，「刺刺」多指風聲、拍擊、破裂聲，如「去程風刺刺，別夜漏丁丁」

---

[50] 黃庭堅〈小山集序〉評述晏幾道：「固人英也。其癡亦自絕人，……仕宦連蹇而不能一傍貴人之門，是一癡也；論文自有體而不肯一作新進士語，此又一癡也；費資千百萬，家人寒饑而面有孺子之色，此又一癡也；人百負之而不恨，己信人終不疑其欺己，此又一癡也。」（《黃庭堅全集・正集》，卷 15，頁 413）但以二人情誼及黃庭堅自身際遇觀察，或也有幾分夫子自道意味。

[51] 〈次韻叔原會寂照房〉，《黃庭堅全集・外集》，卷 2，頁 891。全詩云：「風雨思齊詩，草木怨楚調。本無心擊排，勝日用歌嘯。僧窗茶煙底，清絕對二妙。俱含萬里情，雪梅開嶺徼。我慚風味淺，砌莎慕松蔦。中朝盛人物，誰與開顏笑。二公老諳事，似解寂寞釣。對之空歎嗟，樓閣重晚照。」

[52] 《曲洧舊聞》載：「古語云大匠不示人以璞，蓋恐人見其斧鑿痕跡也。黃魯直於相國寺得宋子京《唐史稿》一冊，歸而熟視之，自是文章日進。此無他，但見其竄易句字，與初造意不同，而識其用意所起故也。」孔凡禮點校：《曲洧舊聞》（北京：中華書局，2002 年），卷 4，頁 142。

[53] 《韓愈古文校注彙輯》，卷 4，頁 1360。

[54] 關於「持被入直三省丁寧顧婢子語」，現存韓集各版本文字、斷句不同，或作「持被入直三省，丁寧顧婢子語」，或作「持被入直，三省丁寧，顧婢子語」，文讜與方崧卿《韓集舉正》、魏仲舉編《五百家注昌黎先生集》皆曾提及宋祁將「持」字作「襆」字事（見《韓愈古文校注彙輯》，卷 4，頁 1361），據文讜考辨，「當以襆為正」，並引蘇軾〈次韻林子中春日詩〉「東都寄食似浮雲，襆被真成一宿賓」，說明「襆」與「襆」同。

[55] 今可查見之各版本韓愈文集多作「刺刺」，僅有南宋文讜詳注之《新刊經進詳補注昌黎先生文集》（上海：上海古籍出版社影印北京圖書館藏南宋蜀刻本，1991 年）與李漢編、祝充音註之《音註韓文公文集》（美國康乃爾大學圖書館藏文祿堂影印蕭山朱氏藏宋紹熙刻本）作「刺刺」。

，[56]如果用來形容殷侑叮嚀婢子言語，較為戾躁洪亮，似乎與當時情境不合。「刺刺」曾見於《管子》、《晉書》，[57]但原意似乎與此處有所差別，潘岳抨擊和嶠時所說「和嶠刺促不得休」，[58]文讜以「杜詩韓文無一字無來歷」為由，認為：「公語疑出此」。[59]「刺刺不得休」與「刺促不得休」文字雖類近，但潘岳所謂「刺促」較具勞苦不休、忙碌急迫意涵，似與韓文不同，而時代接近的權德輿（759-818）嘗有「〈九歌〉傷澤畔，怨思徒刺促」[60]語，王建（約 767-830）也有「促促復刺刺，水中無魚山無石。少年雖嫁不將歸，白頭猶著父母衣」，[61]或許都是啟發韓愈化用新創來源。

王士禛（1634-1711）曾贊揚宋祁用功甚深，詩歌「殆無一字無來歷」，[62]或許也正是基於這樣的創作心態，所以宋祁觀看韓愈時，自然對於他「無一字無來處」卻又能「點鐵成金」[63]的表現特別關注，也別具慧眼能加以抉發，肯定韓文「借

---

[56] 李商隱〈送千牛李將軍赴闕五十韻〉，見朱懷春、曹光甫、高克勤標點：《李商隱全集》（上海：上海古籍出版社，1999 年），頁 19。

[57] 相關文本為：「濟於舟者和於水矣，義於人者祥其神矣。事有適，而無適，若有適，觴解，不可解而後解。故善舉事者，國（人）莫知其解。為善乎，毋提提，為不善乎，將陷於刑。善不善，取信而止矣。若左若右，正中而已矣。縣乎日月無已也。愕愕者不以天下為憂，刺刺者不以萬物為筴，孰能棄刺刺而為愕愕乎？」（《管子‧白心》，見顏昌嶢著：《管子校釋》，長沙：岳麓書社，1996 年，頁 342-343）、「初，駿徵高士孫登，遺以布被。登截被於門，大呼曰：『斫斫刺刺。』旬日託疾詐死，及是，其言果驗。」（〈楊駿傳〉，《晉書》，北京：中華書局，1974 年，卷 40，頁 1180。）

[58] 事見〈潘岳傳〉，《晉書》卷 55，頁 1502，文云：「岳才名冠世，為眾所疾，遂棲遲十年。出為河陽令，負其才而鬱鬱不得志。時尚書僕射山濤、領吏部王濟、裴楷等並為帝所親遇，岳內非之，乃題閣道為謠曰：『閣道東，有大牛。王濟鞅，裴楷鞧，和嶠刺促不得休。』」

[59] 轉引自《韓愈古文校注彙輯》，卷 4，頁 1362-1363。

[60] 〈數名詩〉，《全唐詩》，卷 327，頁 3666。

[61] 〈促刺詞〉，《全唐詩》，卷 298，頁 337。

[62] 《古夫于亭雜錄》，《清代史料筆記叢刊》（北京：中華書局，1988 年），卷 1，「宋祁詩」，頁 19。

[63] 黃庭堅曾云：「老杜作詩，退之作文，無一字無來處，蓋後人讀書少，故謂韓杜自作此語耳。古之能為文章者，真能陶冶萬物，雖取古人之陳言入於翰墨，如靈丹一粒點鐵成金也。」（〈答

事形容，曲盡文字之妙」[64]的成就。而這般觀看、接受角度勢得遍讀經籍，根柢深厚，才有敏銳洞察力覺見韓愈文字來處及轉變之新異軌轍，實是一般讀者難以採取的閱讀進路，也是宋祁獨特接受方式，他人難以企及。

前文曾論及「釣於寂寞之濱」、《新唐書》與黃庭堅的關連，而所謂杜詩韓文「無一字無來處」之說廣為後人認同引用，是否也是黃庭堅受宋祁影響而獲致的觀看韓愈角度，雖因史料不足無法斷言，但宋祁評論開宋人風氣之先，應有不容忽視的關鍵作用。

綜合宋祁所舉三例，都可能是韓愈從古籍得來靈感，化用相關典故而創造嶄新語詞，又能貼切巧適地傳達作者所想表述的意涵、情景，與全篇渾融合一，柳宗元、劉禹錫詞語則因異於常規而讓讀者一眼就能窺見新變處，所以是「險語」而非「新語」。宋祁自己「好造語」，[65]且宋人重視「意新語工」，但也常希望能達致「無法之法」般自然無跡，韓愈「新語」便頗能符合此種期待。

關於韓、柳、劉三人，宋祁另有文字論道：

> 柳州為文，或取前人陳語用之，不及韓吏部卓然不朽，不丐於古，而語一出諸己。劉夢得巧於用事，故韓柳不加目品焉。[66]

明確讚揚韓愈「卓然不朽」，遠高出柳、劉二人之上，原因正是在於寫作時不丐於古，語詞一出諸己。此外，「新意」也是宋祁品評標準之一，所謂：

> 柳子厚〈正符〉、〈晉說〉雖模寫前人體裁，然自出新意，可謂文矣。劉夢得著〈天論〉三篇，理雖未極，其辭至矣。韓退之〈送窮文〉、〈進學解〉、

洪駒父書三首〉，《黃庭堅全集·正集》，卷18，頁475。）

[64] 《黃氏日鈔》，卷59，頁674。

[65] [宋]葉夢得：《避暑錄話》，《宋元筆記小說大觀》（上海：上海古籍出版社，2001年），頁2650。

[66] 《宋景文公筆記》，卷上，頁48。

〈毛穎傳〉、〈原道〉等諸篇，皆古人意思未到，可以名家矣。[67]

舉出韓愈〈送窮文〉、〈進學解〉、〈毛穎傳〉、〈原道〉四篇文章，肯定皆為古人意思未到的名家之作。唐代雖有「送窮」習俗，[68]但韓愈之前並未有人慎重其事特地撰寫文章資送窮鬼，尤以對答方式呈現主人、五鬼談話內容及五鬼失笑相顧情狀，生動怪奇，甚至有令人匪夷所思的效果，看似詼諧詭故，但又寓含「人生一世，其久幾何」的思悟，耐人玩味。黃庭堅雖說〈送窮文〉「蓋出於揚子雲〈逐貧賦〉，制度始終極相似」[69]，但也承認「〈逐貧賦〉文類俳，至退之亦諧戲，而語稍莊，文采過〈逐貧〉矣」[70]，且無論寫作技巧、文氣、內容深度，〈送窮文〉都遠出〈逐貧賦〉之上，[71]二篇仍是有所不同。最重要的是，〈送窮文〉在宋代或後世固然引發正反各種討論，但宋祁可能是第一位將該文從韓愈作品中特別標舉出來，發掘作者用心的異代知音。

〈進學解〉、〈毛穎傳〉，前人曾指出是因襲揚雄（53BC-18）〈解嘲〉、班固（32-92）〈答賓戲〉、袁淑（408-453）〈雞九錫文〉、〈驢山公九錫文〉、〈修竹彈甘蕉文〉而寫，雖是前有所承的戲傲之作，但韓愈以雄豪文筆書寫，賦予新意，仍有獨特風格。以〈進學解〉為例，該篇或是韓愈「自以才高，累被擯黜」，[72]作以自喻之文，正如林雲銘（1628-1697）所言：

其格調雖本〈客難〉、〈解嘲〉、〈答賓戲〉諸篇，但諸篇都是自疏己長，此則把自家許多伎倆，許多抑鬱，盡數借他人口中說出，而自家卻以平心和

---

[67] 《宋景文公筆記》，卷中，頁 55-56。

[68] 宗懍：《荊楚歲時記》載：「正月晦日，送窮鬼。」見王毓榮：《荊楚歲時記校注》，臺北：文津出版社，1988 年，頁 93。

[69] 〈跋韓退之送窮文〉，《黃庭堅全集·別集》，卷 7，頁 1594。

[70] 同註 69。

[71] 林紓便認為：「〈逐貧賦〉，揚子與貧，但一問一答。〈送窮文〉則再問再答。文氣似厚，而所以描寫窮之真相，亦較揚文為深刻，真神技也。」《韓柳文研究法·韓文研究法》，頁 53。

[72] 〈韓愈傳〉，《舊唐書》（北京：中華書局，2002 年），卷 160，頁 4196。

氣處之。看來無嘆老嗟卑之跡，其實嘆老嗟卑之心，無有甚於此者，乃〈送窮〉之變體也。至其文，語語作金石聲，尤不易及。[73]

無論書寫筆法、寓意、重點都與前人有別，尤其文章表面並未流露絲毫嘆老嗟卑蹤跡，卻深藏嘆老嗟卑之心，層次豐富，欲言還休，更耐人尋繹。錢基博（1887-1957）評道：

> 或謂：「〈進學解〉仿東方朔〈客難〉、揚雄〈解嘲〉，氣味之淵懿不及。」祇是皮相之談。其實東方朔〈客難〉以「彼一時也，此一時也」柱意；揚雄〈解嘲〉則結穴於「亦會其時之可為也」一語，皆以時勢不同立論；而〈進學解〉則靠定自身發揮，此命意之不同也。〈客難〉瑰邁宏放，猶是《國策》縱橫之餘；〈解嘲〉鏗鏘鼓舞，則為漢京詞賦之體；而〈進學解〉跌宕昭彰，乃開宋文爽朗之意，此文格之不同也。所同者，則以主客之體，自譬自解以抒憤鬱耳。[74]

剖析〈進學解〉與〈客難〉、〈解嘲〉命意、文格、筆法異同之處，確能具體闡明韓文「超前而斷後」[75]成就，印證宋祁「古人意思未到」論述。

而〈毛穎傳〉文成後，時人便多「大笑以為怪」，[76]柳宗元認為韓愈是「窮古書，好斯文，嘉穎之能盡其意，故奮而為之傳，以發其鬱積，而學者得以勵。其有益於世歟！」[77]加以崇揚，頗有對抗流俗，發明韓愈用心之意。全篇雖似史傳

---

[73] 林雲銘：〈進學解〉評語，《古文析義合編》（臺北：廣文書局，1965 年），上冊，卷 5，頁 247。

[74] 氏著：〈韓集籀讀錄〉，《韓愈志》（臺北：華正書局，1975 年），頁 121。

[75] [清]儲欣：《唐宋十大家全集錄・昌黎先生全集錄》卷 1・〈進學解〉，《四庫全書存目叢書》（臺南：莊嚴文化，1977 年），冊 404，頁 274。

[76] 柳宗元：〈讀韓愈所著〈毛穎傳〉後題〉，《柳宗元集》，頁 569。

[77] 同註 76，頁 570-571。

筆法，其實仍深具戲謔意味，激勵學者、有益於世是否為韓愈本意，或仍有商榷空間。

《舊唐書》批判〈毛穎傳〉「譏戲不近人情，此文章之甚紕繆者」，[78]並未能完全掌握作者用意。《新唐書》雖未提及這篇文章，宋祁卻於筆記中肯定〈毛穎傳〉為：「古人意思未到，可以名家」，撇開道德判斷、政治作用而從文學層面討論，應較前引諸人貼近韓愈創作心態。

《宋景文公筆記》中論及韓愈的記載共五則，前四則都側重在創新、自名一家的角度，另一則資料則提到：

> 韓退之稱「孟軻醇乎醇者也」，至荀況、揚雄曰「大醇而小疵」。予以為未之盡。孟之學也，雖醇，於用緩；荀之學也，雖疵，於用切。揚則立言可矣，不近於用。[79]

並未討論文章作法或成就，而是對於韓愈評論孟軻（約 372BC-289BC）、荀況（約 313BC-238BC）、揚雄「醇」、「疵」問題發表異議，[80]宋祁關注焦點顯然在於「用」字，但並不因此否定「立言」價值。

綜結而言，宋祁在私領域對韓愈的觀看基本上是以「陳言務去」為重點，發現韓愈文章意、語新創處，這自是和當時文壇氛圍有關，考諸宋祁自身創作，他也十分重視創新，俞德鄰（1232-1293）追記道：

> 宋景文公常言為文之要：「意不貴異而貴新，事不貴僻而貴當，語不貴古而貴淳，字不貴怪而貴奇。」善夫！[81]

---

[78] 〈韓愈傳〉，《舊唐書》，卷 160，頁 4204。

[79] 《宋景文公筆記》，卷中，頁 57。

[80] 韓愈相關文字見於〈讀荀〉，《韓愈古文校注彙輯》，卷 1，頁 202。

[81] 《佩韋齋集》，《景印文淵閣四庫全書》（臺北：商務印書館，2003 年），冊 1189，卷 19，頁 152。

其中理念與宋祁文學觀念頗為吻合，宋人詩話也留有宋祁賦詩字斟句酌的紀錄，而無論詩歌、辭賦，宋祁作品都自具新貌，[82]或許正是基於這種因素，宋祁才會採取特定角度閱讀韓愈，從而一再彰顯韓愈自名一家的面向。

三、探求古文淵源

宋祁對韓愈的接受還可以從另一個層面考察，也就是他對梁肅（753-793）與韓愈關係的認知，為了明瞭相關語脈，我們不妨先看看《舊唐書・韓愈傳》是怎麼提到這件事的：

> 韓愈字退之，昌黎人。父仲卿，無名位。愈生三歲而孤，養於從父兄。愈自以孤子，幼刻苦學儒，不俟獎勵。大歷、貞元之間，文字多尚古學，效揚雄、董仲舒之述作，而獨孤及、梁肅最稱淵奧，儒林推重。愈從其徒遊，銳意鑽仰，欲自振於一代。洎舉進士，投文於公卿間，故相鄭餘慶頗為之延譽，由是知名於時。尋登進士第。[83]

文章開篇先簡單交代韓愈姓字、里籍基本資料後，只以「無名位」三字介紹韓愈父親，不及其他先祖，反倒是對於「三歲而孤」之後的成長歷程與因此影響有所強調。晚近心理學家多半同意，父親是男孩在家庭裡主要模倣效習的對象，但韓愈自小便缺乏父愛，伯兄韓會（738-780）又長年在外任官，艱苦的環境下，韓愈似乎只能將目光投注到書籍典冊中留存的巨大身影，尋覓可以引領他前進的燈塔。身為孤子，韓愈更得刻苦學習，才能企望有朝一日光耀門楣，而他所尋訪追

---

[82] 參見拙文：〈將飛更作回風舞——宋祁詩歌特色與宋詩發展之研究〉（《從風騷到戲曲——第一屆兩岸韻文學學術研討會論文集》，臺北：世新大學，2009 年，頁 187-213）、〈試論宋祁辭賦之創意書寫〉（《文學藝術與創意研發學術研討會論文集》臺南：成功大學）。

[83] 〈韓愈傳〉，《舊唐書》，卷 160，頁 4195。

慕的目標是以儒家為依歸，這樣的努力完全發自內心自我鞭策的動力，毋須外在
名利勸誘。

劉昫（887-946）認為，大曆、貞元年間，學者崇尚古學，因而興起效法揚雄、
董仲舒（179BC-104BC）述作的風潮，其中又以獨孤及（725-777）、梁肅最為淵
雅深奧，普受儒林推重，韓愈極可能因此從其徒游，並著意鑽仰，以期能於當代
有所作為。據此，韓愈古文淵源乃傳承自獨孤及、梁肅，而梁肅師事獨孤及，[84]
三人之間一脈相承的脈絡看來十分明確清楚。

宋祁編寫《新唐書》〈韓愈傳〉時並未全然認同《舊唐書》的陳述，改易不少
文字，如：

> 韓愈字退之，鄧州南陽人。七世祖茂，有功於後魏，封安定王。父仲卿，
> 為武昌令，有美政，既去，縣人刻石頌德，終祕書郎。愈生三歲而孤，隨
> 伯兄會貶官嶺表。會卒，嫂鄭鞠之。愈自知讀書，日記數千百言，比長，
> 盡能通六經、百家學。擢進士第。[85]

將昌黎郡望寫法改成「鄧州南陽人」，較為精確，再將先人中較具名望、貢獻的七
世祖略加介紹，書明「有功」受封，《舊唐書》說「無名位」的韓父在《新唐書》
裡為官有美政，深受縣人愛戴，以至卸職後縣人刻石頌德。對於韓愈家世明顯著
墨較多，有學者認為這是為了抬高韓愈出身，使他從貧寒之家變成王侯之後，[86]
如果對照韓愈〈柳子厚墓誌銘〉首段記敘柳宗元先世筆法：

---

[84] 梁肅嘗編集獨孤及《常州集》，並撰寫後序（參見陳振孫：《直齋書錄解題》卷 16，「獨孤常
州集二十卷」條，北京：學苑出版社，2009 年，頁 252），梁肅於序中自稱門下生，「頗述
師承之意」（《直齋書錄解題》卷 16，「梁補闕集二十卷」條），而《新唐書·獨孤及傳》（北
京：中華書局，2003 年，頁 4992）云：「（獨孤及）喜鑒拔後進，如梁肅、高參、崔元翰、
陳京、唐次、齊抗皆師事之。」

[85] 〈韓愈傳〉，《新唐書》，卷 176，頁 5265。

[86] 參見盧鶯：《韓柳文學綜論》（北京：學苑出版社，2006 年，頁 205）、田恩銘：《兩《唐書》
中的中唐文學家傳記研究》（陝西師範大學博士論文，2008 年，頁 149。）

> 七世祖慶，為拓跋魏侍中，封濟陰公。曾伯祖爽，為唐宰相，與褚遂良、韓瑗俱得罪武后，死高宗朝。皇考諱鎮，以事母棄太常博士，求為縣令江南。其後以不能媚權貴失御史，權貴人死，乃復拜侍御史，號為剛直。[87]

　　不難發現，略有異曲同工之妙，二文都是自傳主七世祖寫起，都只毛舉幾位值得記述的先人，先人彼此行事作為都有相同點，柳宗元父祖以「剛直」為著，韓愈祖先則是對黎民蒼生、家國有功，絕非尸位素餐官員。雖然《新唐書》提到「封安定王」、「終祕書郎」，但宋祁目的恐不在於抬高韓愈出身，而是為了與下文「隨伯兄會貶官嶺表。會卒，嫂鄭鞠之」對比，襯顯出韓愈家道中落，生活艱辛的景況，也為後文「操行堅正，鯁言無所忌」[88]、「有愛在民，民生子多以其姓字之」[89]、禁袁人為隸等種種事蹟作一伏筆。

　　家世敘述完畢後，宋祁接著以「愈自知讀書，日記數千百言，比長，盡能通六經、百家學。擢進士第」涵括韓愈求學歷程與趨向，在「三歲而孤」與「會卒」、「嫂鄭鞠之」後，所謂「自知讀書」更凸顯韓愈的孤立無援、奮發圖強。《新唐書》裡的韓愈不再一以儒家為宗尚，而是通六經、百家學，學問廣博，似如宋祁「學該九流」[90]、「博學能文章」[91]般，而宋祁曾感傷回憶自己：「稟生暗愚，少小多病，十有三歲，慈母見損」[92]、「少為學，本無師友，家苦貧無書」[93]，當他書寫韓愈的這段歷史時，不知是否曾在恍惚迷離之中照見自己的身影？

　　除了二人際遇的部分相似處外，《新唐書》裡最須重視的其實是關於韓愈古文

---

[87] 《韓愈古文校注彙輯》，卷7，頁2579。

[88] 〈韓愈傳〉，《新唐書》，卷176，頁5255。

[89] 同註88。

[90] 《邵氏聞見後錄》，《宋元筆記小說大觀》（上海：上海古籍出版社，2001年），卷27，頁402。

[91] 同註8，卷15，頁115。

[92] 〈祈福醮文〉，《全宋文》，卷530，頁185。

[93] 《宋景文筆記》，卷上，頁47。

淵源的一段紀錄全數被刪除，關於這部分的改動，學界似乎較為忽略，田恩銘仔細比較後，認為宋祁目的有二：

> 一是對獨孤及、梁肅的評價不高，尤其是他們的思想來源不夠純粹。二是宋祁欲樹立韓愈卓然獨立的大家風範，故而隱去了其追求功利的一面。[94]

「思想來源不夠純粹」指的大概是梁肅撰有《天台止觀統例》、《刪定止觀》二部佛學專著及 24 篇佛學文章，他是位佛教色彩濃厚的文人，甚至可能是佛學造就古文家梁肅，[95]但梁肅學問根柢卻是「貫極乎六籍，旁羅乎百氏，考太史公之實錄，又考老莊道家之言，皆覘其奧而觀其妙，立德玩詞以為文。其所論載諷詠，法於《春秋》，協於〈謨〉、〈訓〉，〈大雅〉之疏達而信，〈頌〉之寬靜形焉。」[96]看來與韓愈未必有所衝突，學者聚焦於韓愈〈諫迎佛骨表〉中所表露的排佛形象，因此認定宋祁必會因為獨孤及、梁肅信佛而隱諱不談三人關係，恐怕仍有考辨空間。

　　至於宋祁對獨孤及、梁肅評價，《新唐書》說到：「（獨孤及）喜鑒拔後進，如梁肅、高參、崔元翰、陳京、唐次、齊抗皆師事之。性孝友，其為文彰明善惡，長於論議。」[97]又在〈文藝傳〉中專立一段書寫梁肅事蹟，[98]記載：「（蘇）源明雅善杜甫、鄭虔，其最稱者元結、梁肅」[99]、「（呂溫）從陸贄治春秋，梁肅為文章」[100]，「評價不高」情形似乎並不存在。

　　宋祁刪除梁肅相關文字，極可能是他並不相信韓愈曾經師從獨孤及、梁肅，

---

[94] 《兩《唐書》中的中唐文學家傳記研究》，頁 150。

[95] 參見姜光斗：〈論梁肅的佛學造詣及其對唐代古文運動的貢獻〉，《南通師範學院學報》（哲社版），卷 9，第 2 期（1993 年），頁 18。

[96] 崔元翰：〈右補闕翰林學士梁君墓誌〉，《全唐文》卷 523，見《全唐文新編》（長春：吉林文史出版社，2000 年），頁 6107。

[97] 〈獨孤及傳〉，《新唐書》，卷 162，頁 4993。

[98] 〈文藝傳〉，《新唐書》，卷 202，頁 5774。

[99] 〈文藝傳〉，《新唐書》，卷 202，頁 5773。

[100] 〈呂溫傳〉，《新唐書》卷 160，頁 4967。

文讜曾云：

> 舊史：公傳云大曆正元間，獨孤及梁肅為儒林推重，愈從其徒游，然及之死在大曆十二年，公時始十歲，尚及與之周旋耶？蓋謂從其徒梁肅游也。[101]

以獨孤及、韓愈年紀及活動年代推測韓愈不曾與獨孤及交游，《舊唐書》所記應僅限於梁肅，但韓愈詩文作品中提及梁肅的僅有〈與祠部陸員外書〉：

> 往者陸相公司貢士，考文章甚詳，愈時亦幸在得中，而未知陸之得人也。其後一二年，所與及第者，皆赫然有聲，原其所以，亦由梁補闕肅、王郎中礎佐之。梁舉八人，無有失者，其餘則王皆與謀焉。陸相之考文章甚詳也，待梁與王如此不疑也，梁與王舉人如此之當也，至今以為美談。自後主司不能信人，人亦無足信者，故蔑蔑無聞。[102]

文章主旨在討論主司信人取材事，並舉自身貞元八年（792）科考情形為例，說明陸贄（754-805）司貢士時信人不疑，梁肅、王礎（?-799）輔佐舉薦人材得當之美談，慨歎良風不再，希望陸傪（?-?）能效法前賢，繼續為國舉才。除此段資料外，韓愈並未曾言及他追隨梁肅學習古文一事，反而是《唐摭言》中的一段軼事廣為流傳，令人印象深刻：

> （唐）貞元中，李元賓、韓愈、李絳、崔羣同年進士，先是四君子定交久矣，共遊梁補闕之門；居三歲，肅未之面，而四賢造肅多矣，靡不偕行。肅異之，一日延接，觀等俱以文學為肅所稱，復獎以交遊之道。然肅素有

---

[101] 〈祕書少監贈絳州刺史獨孤府君墓誌銘〉注語，見《新刊經進詳註昌黎先生文集》，《續修四庫全書》（上海：上海古籍出版社，2002 年），冊 1310，頁 66。

[102] 《韓愈古文校注彙輯》，卷 3，頁 902。

人倫之鑒，觀、愈等既去，復止絳、羣，曰：「公等文行相契，他日皆振大名；然二君子位極人臣，勉旃！勉旃！」後二賢果如所卜。[103]

文中記載韓愈、李觀（766-794）四人曾游於梁肅之門，有學者認為其事在貞元六年（790），[104]王定保（870-941）錄載此則資料，重點可能在於凸顯梁肅人倫識鑒能力，而以韓愈諸人遊於門下事作為輔證，李觀曾自云：「觀嘗以未名前，高見揄揚」[105]，學者認為唐人及第艱難不易，所以會對座主獎拔感恩戴德，[106] 梁肅與韓愈諸人雖非座主、門生關係，但依《唐摭言》所記，韓愈、李絳（764-830）、崔羣（772-832）應當也會對梁肅滿懷感激之情，但他們三人現存文章中並無隻字片語提及此事，似乎有些奇怪。五代孫光憲（900-968）《北夢瑣言》也曾有相關記載：

孫光子曰：唐代韓愈、柳宗元，洎李翱、李觀、皇甫湜數君子之文，陵轢荀、孟，穰秕顏、謝，其所宗仰者，唯梁浩補闕而已，乃諸人之龜鑑，而梁之聲采寂寂，豈《陽春白雪》之流乎。是知俗譽喧喧者，宜鑒其濫吹也。[107]

文中「梁浩」，據查唐代並無此人，可能是「梁肅」之誤。如比對《舊唐書》、《唐摭言》、《北夢瑣言》資料，可知五代時，已有韓愈諸人宗仰梁肅的觀念，但各書內容其實仍有不同，如《北夢瑣言》條舉宗仰梁肅文人時，便加入了柳宗元、李

---

[103] 《唐摭言》（姜漢椿校注，上海：上海社會科學院出版社，2003 年），卷 7，頁 151。

[104] 如胡大浚、張春雯：〈梁肅年譜稿（下）〉（《甘肅社會科學》，1997 年第 1 期，頁 45-48）便將此事繫於貞元六年（見該文頁 47-48）；蔣寅：〈梁肅年譜〉（《大歷詩人研究》，北京：北京大學出版社，2007 年，頁 526-552）、神田喜一郎：〈梁肅年譜〉（《東方學論集：東方學會創立 25 周年》，東京都：東方學會，1972 年，頁 259-274）則未載記此事。

[105] 李觀〈上梁補闕薦孟郊崔宏禮書〉，《全唐文新編》，卷 534，頁 6200。

[106] 紀昌和：《《唐摭言》研究》（上海師範大學碩士論文，2006 年），頁 54。

[107] 是書卷 6「李磎行狀」條，收於《全宋筆記》（鄭州：大象出版社，2003 年），第一編，頁 82。

翱（772-841）、皇甫湜（777-835），究竟何者說法較為可靠，或因彼此傳鈔而有異同，仍有待詳考。

　　現代學者幾乎都肯定《唐摭言》對於保存、研究唐代科舉制度卓具貢獻，[108] 但他們卻忽略了一件重要的事：《唐摭言》內容是否都是真實可信的？王定保自述：「寇亂中土，雖舊第太平里，而跡未嘗達京師，故治平盛事，罕得博聞」[109]，因為未曾到過京師，《唐摭言》所錄存的內容便有可能不全都是採自第一手資料，有些也許是輾轉聽聞的小道消息或鄰里傳言，如「李洞」其人其事，吳在慶便詳加考證，斷定「王定保因同情李洞，因此依據傳聞記下『裴（贄）公無子』事」[110]，提醒讀者須得對《唐摭言》之論述抱持較審慎態度。

　　又如王勃（650?-676?）〈秋日登洪府滕王閣餞別序〉膾炙人口，《唐摭言》關於此事的記載更是為人熟知，[111]無論王勃以十四歲神童之姿賦此不朽鉅作，或「落霞與孤鶩齊飛，秋水共長天一色」的技驚四座，都是後世文人傳誦不已的佳話。但宋祁編撰《新唐書‧文藝傳》便不取王勃十四歲作文及孟學士之說，《唐才子傳》及蔣之翹（1596-1659）、高步瀛（1873-1940）都懷疑十四歲之說，考諸各種資料，《唐摭言》此則記載較近於小說趣聞，可信度不高。而宋祁刪落王勃作文年紀及閻公女婿事，可見他當時便已懷疑《唐摭言》的真實性。再如白居易拜謁顧況

---

[108] 近年兩岸都有關於《唐摭言》的學位論文，如，邱立玲：《唐摭言》史料價值探微》（吉林大學碩士論文，2005 年）、紀昌和：《唐摭言》研究》（上海師範大學碩士論文，2006 年）、陶紹清：《唐摭言》研究》（復旦大學博士論文，2007 年）、黃淑恩：《唐摭言》研究——科舉制度下的士人風貌與心境》（政治大學國文教學碩士學位班碩士論文，2007 年）。

[109] 〈散序〉，《唐摭言》，卷 3，頁 46。

[110] 〈《唐摭言》、《唐才子傳》所記李洞事跡考〉，《周口師範學院學報》，卷 19，第 4 期，頁 25-30，2002 年 7 月。

[111] 文云：「王勃著滕王閣序，時年十四，都督閻公不之信。勃雖在座，而閻公意屬子壻孟學士者為之，已宿構矣。及以紙筆巡讓賓客，勃不辭讓。公大怒，拂衣而起，專令人伺其下筆。第一報云：『南昌故郡，洪都新府。』公曰：『亦是老生常談！』又報云：『星分翼軫，地接衡廬。』公聞之，沈吟不言。又云：『落霞與孤鶩齊飛，秋水共長天一色。』公矍然而起，曰：『此真天才，當垂不朽矣！』遂瀝請宴所，極歡而罷。」（《唐摭言》卷 5‧〈以其人不稱才試而後驚〉，頁 116）。

（727?-815?）事，[112]民間流傳甚廣，但也是穿鑿附會的傳聞而已，並非事實。

因此，雖然宋代《唐摭言》廣泛流傳，[113]但宋祁極可能已發現該書不能全信，經過一番考查探求，認定韓愈並未師從獨孤及、梁蕭，因而刪除《舊唐書》關於韓愈古文淵源的一段文字，顯示宋祁對於韓愈相關史料的明辨慎思，他的處理也必然會影響後人研究韓愈的觀點。

四、校改文章字詞

接受史的研究，除了梳理後人對於某一文人作品的選錄、討論、模倣之外，對於文集的編修刊刻也是觀察面向之一，尤其宋代印刷方便普及，宋人對文獻整理較前人熱衷，也投入更多資源，成果豐碩。而文人的閱讀與欣賞常互為因果，因為閱讀，所以欣賞，也因為欣賞，所以閱讀，更會在閱讀之中有所發現，發現錯謬缺漏，所以校訂；發現佳文美句，所以編印，因為校訂編印，使得更多人能夠參與閱讀，無形中也就擴大了「接受」的廣度與深度。

李漢之後，韓愈文集便有諸多刊印校注本，祝充、文讜、方崧卿、朱熹、魏仲舉都是宋代較著名的注者，但宋祁其實也曾校改韓集，如〈爭臣論〉中「今陽子在位不為不久矣」一句，《五百家注昌黎先生集》作「今陽子實一匹夫，在位不為不久矣」，《韓集舉正》則刪去「實一匹夫」四字，注云：「宋本亦疑此四字」，[114]可見方崧卿認同宋祁對此句文字的判讀。韓愈〈爭臣論〉雖然對諫議大夫陽城多所不滿，時加訾議，但根據下文「聞天下之得失不為不熟矣，天子待之不為不

---

[112] 文云：「白樂天初舉，名未振，以歌詩謁顧況。況謔之曰：『長安百物貴，居大不易。』及讀至〈賦得原上草送友人〉詩曰：『野火燒不盡，春風吹又生。』況嘆之曰：『有句如此，居天下有甚難！老夫前言戲之耳。』」（《唐摭言》卷 7・〈知己〉，頁 152。）

[113] 見紀昌和：《〈唐摭言〉研究》（上海師範大學碩士論文，2006 年），頁 92。

[114] 參見《韓愈古文校注彙輯》，卷 2，頁 500、502-503。關於此段文字，各版本頗有差異，計有：「陽子在位」、「陽子實一匹夫，在位」、「陽子實一介之夫，陽子」、「陽子實一匹夫，陽子在此位」、「陽子實一介之夫」、「陽子實匹夫，陽子」幾種記載。

加矣，而未嘗一言及於政，視政之得失，若越人視秦人之肥瘠，忽焉不加喜戚於
其心」句式、文意及全篇用詞看來，「實一匹夫」確似是衍文，宋祁的刪修可能較
接近韓愈原文。

　　因資料散佚，今日已無法見到宋祁校訂韓集的全貌，不過，透過《新唐書》
對韓愈作品的採錄引用，或許也可觀察到宋祁對韓愈文章的接受態度。據統計，《新
唐書》共採撷 18 篇韓文，[115]〈韓愈傳〉、〈順宗實錄〉、〈諫佛骨表〉都有學者詳
加比較研究，其餘篇章則仍有可討論空間，如〈孔戣傳〉，《新唐書》敘及孔戣以
老自乞致仕事，記道：

> 穆宗立，以吏部侍郎召，改右散騎常侍，還為左丞，以老自乞。雅善韓愈，
> 謂曰：「公尚壯，上三留，何去之果？」戣曰：「吾豈要君者？吾年，一宜
> 去；吾為左丞，不能進退郎官，二宜去。」愈曰：「公無留資，何恃而歸？」
> 曰：「吾負二宜去，尚奚顧子言？」愈嗟歎，即上疏言：「臣與戣同在南省，
> 數與戣相見，其為人，守節清苦，論議正平。年七十，筋力耳目未衰，憂
> 國忘家，用意至到。如戣輩，在朝不過三數人，陛下不宜苟順其求，不留
> 自助也。禮，大夫七十致事，若不得謝，則賜之几杖安車，不必七十盡許
> 致事。今戣據禮求退，陛下若不聽許，亦無傷義，而有貪賢之美。」不報。[116]

先以對話方式記錄韓愈對於孔戣（753-825）乞求致仕的擔憂不捨，「何去之果？」、
「何恃而歸？」栩栩如生地傳遞出韓愈神態。因勸留失敗，所以韓愈上疏諫請君
王切勿聽許該事，寫來流暢自然，如閱覽小說般生動有趣。《新唐書》在「即上疏
言」中摘用韓愈〈論孔戣致仕狀〉內容，[117]「右臣與孔戣，同在南省為官，數得

---

[115] 關於《新唐書》採撷韓文的數量，各家說法不一，田恩銘列表詳記所採韓文、《新唐書》出
　　處及採撷狀況，信實有據，今依其說，見氏著：《兩《唐書》中的中唐文學家傳記研究》，
　　頁 163-164。

[116] 〈孔戣傳〉，《新唐書》，卷 163，頁 5010。

[117] 見《韓愈古文校注彙輯》，冊 4，卷 8，頁 3306-3312，為省篇幅，以下凡引自本文文字，不

相見」簡省為：「臣與戣同在南省，數與戣相見」，因既在「南省」，必然是「任官」，所以刪去「為官」二字無損文意，又可使文字簡明；因是論孔戣之事，「數與戣相見」如刪去「戣」字，文意仍是明朗，但「數與相見」較不通順，所以改為「得」字。

「戣為人守節清苦，議論平正。今年才七十，筋力耳目，未覺衰老。憂國忘家，用意深遠」一段，《新唐書》改動不多，但韓文「所謂朝之耆德老成人者。臣知戣上疏求致仕，故往看戣。戣為臣言，已蒙聖主允許。伏以陛下優賢尚齒，見戣頻上三疏，言詞懇到，重違其意，遂即許之。此誠陛下仁德之至」交代上疏原由與贊揚君皇言詞，宋祁全數刪除；「實可為國愛惜！自古以來及聖朝故事：年雖八九十，但視聽心慮，苟未昏錯，尚可顧問委以事者，雖求退罷，無不殷勤留止，優以祿秩，不聽其去，以明人君貪賢敬老之道也」則省略為「不宜苟順其求，不留自助也」，文字大幅減少，意思卻已保留；「今戣幸無疾疢，但以年當致事，據禮求退。陛下若不聽許，亦無傷於義，而有貪賢之美」，宋祁改為「今戣據禮求退，陛下若不聽許，亦無傷義，而有貪賢之美」，文氣雖不如原文跌宕富情感，但較簡鍊俐落，宋祁尤其喜歡刪除「而」、「於」之類字詞，文意不變，但情韻不同，基本上確是「文簡」。[118]

前文所引《新唐書》「穆宗立」一段文字，《舊唐書》寫道：

> 穆宗即位，召為吏部侍郎。長慶中，或告戣在南海時家人受賂，上不之責，改右散騎常侍。二年，轉尚書左丞。累請老，詔以禮部尚書致仕，優詔褒美。[119]

只以「累請老」三字帶過，並未詳述中間過程，兩相比較，《新唐書》較具文學

再一一加註說明。

[118] [清]丁子復：《唐書合鈔補正》，《續修四庫全書》（上海：上海古籍出版社，1995年），冊289，卷4，頁342。

[119] 〈孔戣傳〉，《舊唐書》，卷154，頁4098。

筆觸，對韓愈文字的採摭改寫能使故事更豐富生動，體現人物風采，也反應宋祁對韓文的賞愛之情。

再如《新唐書》·〈歸崇敬傳〉末尾，宋祁贊語寫道：

> 韓愈稱：「郡邑通得祀社稷、孔子，獨孔子用王者事，以門人為配，天子以下，北面拜跪薦祭，禮如親弟子者。句龍、棄以功，孔子則以德，固自有次第。」崇敬乃請東揖，以殺太重。方是時，公卿無韓愈之賢，無有折其非是者。[120]

乃節錄改寫自韓愈〈處州孔子廟碑〉，相關原文為：

> 自天子至郡邑守長通得祀而徧天下者，唯社稷與孔子為然。而社祭土，稷祭穀，句龍與弃乃其佐享，非其專主，又其位所，不屋而壇；豈如孔子用王者事，巍然當座，以門人為配，自天子而下，北面跪祭，進退誠敬，禮如親弟子者？句龍、弃以功，孔子以德，固自有次第哉？自古多有以功德得其位者，不得常祀，句龍、弃、孔子皆不得位而得常祀；然其祀事皆不如孔子之盛。所謂生人以來未有如孔子者，其賢過於堯、舜遠者，此其效歟？[121]

韓愈原文「自天子至郡邑守長，通得祀而遍天下者，唯社稷與孔子為然」較有鋪排、循序漸進層次，前二句敘述事實，答案隱而不論，讓讀者有好奇期待心理，到第三句方才豁然知曉，而宋祁寫法則是濃縮為一句，直截明白，符合史書要求，少了些曼衍情韻。關於祭拜情事，韓愈臚舉數例以對比孔子情形，宋祁則是直接闡說「獨孔子用王者事」，甚至在「孔子以德」間加上「則」，以加強對照口氣，

---

120 是書，卷 164，頁 5058。
121 《韓愈古文校注彙輯》，卷 7，頁 2410-2411。

文意更完足。

引錄韓文後，宋祁以「公卿無韓愈之賢，無有折其非是者」表抒感歎，可見此處贊文改寫並不只是著眼於韓愈文章內容，更欽仰的是韓愈的見識、賢德。相較於《舊唐書》「褒貶以言，孔道是模。誅亂以筆，亦有董狐。邦家大典，班、馬何幸？懲惡勸善，史不可無」[122]贊語，《舊唐書》承襲傳統四言贊語寫法，押韻典重，《新唐書》則較富作者個人情感，感發力量較強。而引韓愈文字作為「贊」內容，並據此發抒感慨，也可感受宋祁與韓愈生命脈動的契合與欣賞。

五、結語

研究韓愈與宋祁問題的論著，一般多以《新唐書·韓愈傳》為主，剖析新、舊《唐書》觀點、筆法，本文綜觀宋祁論及韓愈的相關資料，分類探討其中尚未辨明的問題，目前得致幾項結論：

（一）宋祁深切感知宋人必須求新自立的時代處境，他在私領域觀看韓愈的焦點側重於「陳言務去」層面，所謂「陳言務去」其實涵括意、語二方面的新創，惟其如此，才可能自名一家。

（二）宋祁常將韓愈、柳宗元、劉禹錫三人並舉同論，柳、劉二人都有異於常規而讓人印象深刻的特殊語句，宋祁名為「險語」，韓愈則擅長自古籍中化用典故自創「新語」，頗能貼切巧適地傳達意涵，與全篇渾融合一。

（三）〈送窮文〉、〈進學解〉、〈毛穎傳〉、〈原道〉為宋祁特別稱許為「古人意思未到」、「可以名家」的作品，其中〈送窮文〉在宋代或後世引發正反各種討論，宋祁極可能是第一位抉發作者用心的異代知音。

（四）宋祁詩歌、辭賦都自具新貌，文學觀念也重視求新獨創，因此會採取特定角度閱讀韓愈，從而一再彰顯韓愈自名一家的面向。

（五）《舊唐書》提及韓愈從獨孤及、梁肅之徒游，《新唐書》將相關文字全數刪

---

[122] 《舊唐書》，卷149，頁4038。

除，未必與凸顯卓然自立有關，極可能是宋祁發現關於韓愈古文淵源的問題必須審慎探求，不能盡信五代說法，這也顯示宋祁對於韓愈相關史料的明辨慎思。

（六） 宋祁曾校改韓集，〈爭臣論〉「今陽子實一匹夫，在位不為不久矣」，宋祁判為「今陽子在位不為不久矣」，自前後句式、文意及全篇用詞考察，宋祁的刪修可能較接近韓愈原文。

（七）《新唐書》採摭多篇韓文入史，多為全文引錄，〈孔戣傳〉則是摘用〈論孔戣致仕狀〉內容加以刪修，文氣雖不如原文跌宕富情感，但較簡鍊俐落，宋祁尤喜刪除「而」、「於」之類字詞，文意不變，情韻卻不同，確屬「文簡」。

（八）《新唐書‧歸崇敬傳》末尾，宋祁將韓愈〈處州孔子廟碑〉文字節錄改寫成贊語，少了鋪排曼衍情韻，趨向直截明白，並以「公卿無韓愈之賢，無有折其非是者」表抒感歎，可見宋祁對韓愈的觀看不僅限於文章本身，更包含見識、人品的欽仰。

本文原載於《師大學報：語言與文學類》第 56 卷第 1 期，經「《師大學報》編審委員會」授權轉載，特此註明。

羅聯添教授八秩晉五
壽慶論文集
2011 年 11 月 頁 569-587

「統合儒釋」與「援儒入釋」
——唐宋儒、釋推重《中庸》

孫 昌 武*

提 要

　　《中庸》是儒家思孟學派的代表著作。根據近人研究，可以肯定其首章和二十章後半部分以下晚出，集中發揮了至誠反本的心性學説。孔子開創的儒家傳統罕言性命，因此這篇著作長時期沒有得到重視；直至中唐，思想史上探討心性課題的任務基本讓位給佛家。在中唐「儒學復古」的思潮中，《中庸》開始得到重視。當時的知識精英如韓愈、柳宗元、呂溫、柳宗元等人都推重《中庸》。他們把《中庸》的「自誠明」解釋為「弗思弗慮」的「正思」，把至誠反本的追求等同於佛家「無念」、「無相」的精神境界，實際是基於「統合儒釋」的立場、汲取佛家心性理論來闡發《中庸》的心性思想的。到宋代，佛教走向衰落，一批佛門學僧「援儒入釋」，也注意到《中庸》。他們宣揚「歸元而復性」的「誠明」之道，推尊儒家聖人學説，把《中庸》與佛家的心性思想統一起來。唐宋、儒釋對於《中庸》的推重，殊途而同歸，乃是儒、釋兩家心性學説相互交融、推陳出新的表現，體現了中國思想發展的大趨勢。心性問題乃是宋代「新儒學」即理學討論的核心問題，唐宋、儒釋推重《中庸》並據以對心性思想進行闡發，實開理學心性思想的先河，對於自漢學向宋學這一思想史上的重大轉變做出了貢獻。

關鍵詞：《中庸》、心性 、「統合儒釋」、「援儒入釋」

---

* 天津南開大學中國語言文學系教授。

「統合儒釋」與「援儒入釋」
——唐宋儒、釋推重《中庸》

一

　　《中庸》是《禮記》的一篇，宋代以前一直被認爲是孔子之孫子思所作。但自從唐顏師古、宋歐陽修提出疑問，其作者遂成爲聚訟紛紜的公案，[1]直到如今，分歧仍然很大。晚近的主要看法有兩種：或認爲是子思所作經後人增補（如馮友蘭），或斷定是秦以後作品（如任繼愈）。1993 年湖北川沙縣紀山鎮出土郭店楚簡，其中有些文字被判定出自子思，意見大體一致的是〈緇衣〉和〈五行〉兩篇，給有關今本《中庸》作者和及其形成研究提供了重要資料。[2]不過如今學術界把《中庸》當作孔子後學思孟一派的著作是普遍贊同的。可是，這樣一篇具有重大理論價值的著作，直到中唐以前並沒有得到重視。到中唐，文壇上幾位有影響的文人相繼予以推崇；到宋代，繼有佛門中有影響的人物加以闡揚，《中庸》遂成爲思想界、文壇上討論的重要話題。而就思想觀念的實質看，文人們推重《中庸》，乃是他們力圖「統合儒釋」的體現；僧人闡揚《中庸》，則是他們「援儒入釋」

---

[1] 顏師古《漢書・藝文志》注：「今《禮記》有《中庸》一篇，亦非本禮經……」，《漢書・藝文志》（北京：中華書局點校本，1960 年），卷 30，頁 1710；歐陽修〈問進士策〉三首之三：「孔子之聖，必學而後至，久而後成，而《中庸》曰：『自誠明謂之性，自明誠謂之教。』『自誠明』，生而知之也；『自明誠』，學而知之也。若孔子者，可謂學而知之者。孔子必須學，則《中庸》所謂自誠而明，不學而知之者，誰可以當之歟？」《歐陽文忠公集・居士集》（《四部叢刊》初編，影印元刊本）卷 48，頁 5 上、下。

[2] 參閱薑廣輝主編：〈郭店楚簡與《中庸》公案〉，《中國經學思想史》（北京：中國社會科學出版社，2003 年 9 月），第 1 卷第 21 章，頁 639-670。

的具體辦法。這兩部分人共同推動起一股潮流，成爲建設「新儒學」即理學的努力的一部分，在思想史、文化史上造成了巨大影響。

　　「中庸」一語，《論語》裏僅一見，即「子曰：中庸之爲德也其至矣乎，民鮮久矣」。[3]而「中」的觀念則已頻繁出現在《論語》之中，如「允持其中」、「從容中道」、「時中」等等。何晏集解：「庸，常也；中和，可常行之德」。[4]這是早期對「中」、「中庸」的理解，所體現的主要是思維方式和行爲規範的意義，其內涵基本屬於儒家「禮」的範疇。而宋代以後關於今本《中庸》作者及其形成的爭論，則普遍注意到《中庸》前、後兩部分內容的差異。[5]即前一部分第二章至二十章前段，講行爲的「擇乎中庸」，講「事父」、「事君」等「君子之道」，乃至講祭祀鬼神，這些基本還是屬於原始儒家思想的內容；首章和二十章後段以下算作後一部分，講「天命之謂性」，講「自誠明」、「自明誠」，「不勉而中，不思而得」的「聖人」「中道」，等等，賦予「中庸」以心性論和本體論的內涵，則是原始儒家沒有講過的新內容。有人徑直把前後兩部分別稱之爲「中庸」和「誠明」。後一部分乃是古代文獻裏探討性理問題觀念明晰、邏輯嚴密的篇章，也是今本《中庸》具有重大理論價值的部分。

　　後人討論今本《中庸》，注重點一般也在後一部分。其開宗明義說：「天命之謂性，率性之謂道，修道之謂教。道也者，不可須臾離也；可離非道也。」[6]本來「性與天道」，子所罕言，而這裡卻明確地把性、道與教三者用「天命」統

---

3 《論語注疏》卷六〈雍也第六〉（北京：中華書局，1980 年 10 月，《十三經注疏》影印阮刻本），下冊，頁 2479。

4 同前註。

5 最初提出《中庸》分爲兩篇並把講「中庸」部分獨立出來的是宋代的王柏（朱熹再傳弟子），他曾說：「《中庸》古有二篇，誠明可謂綱而不可爲目。」黃百家解釋他的觀點說：「於《中庸》則以爲《漢志》有《中庸說》二篇，當分誠明以下別爲一篇。」黃宗羲原著，全祖望修補，陳金生、梁運華點校：〈北山四先生薛安、文憲王魯齋先生柏〉，《宋元學案》（北京：中華書局，1986 年 12 月），卷 82，第 4 冊，頁 2733。

6 本文引用《中庸》均據《禮記正義》（北京：中華書局，影印《十三經註疏》阮刻本），卷 52-53，下冊，頁 1625-1638。

一起來。這乃是基於「天命」觀的「心性論」。後面繼續闡發「中」的意義說：「喜怒哀樂之未發謂之中，發而皆中節謂之和。中也者，天下之大本也；和也者，天下之達道也。致中和，天地位焉，萬物育焉。」這就把「中庸」的意義提高到修道論和宇宙觀的高度上來。而達到中庸，則要求致誠反本：「誠者，天之道也；誠之者，人之道也。誠者，不勉而中，不思而得，從容中道，聖人也。誠之者，擇善而固執之者也。」「唯天下至誠，為能盡其性；能盡其性，則能盡人之性；能盡人之性，則能盡物之性。能盡物之性，則可以贊天地之化育；可以贊天地之化育，則可以與天地參矣。」這又指示超凡成聖的心性修養之道。而具體達到「至誠」的目標，又分為「自誠明」和「自明誠」兩種情況。引起後人爭辯的主要內容之一是「自誠明」，乃是心性本然、不加修持的境界。清人惠棟說：「子思作《中庸》，述孔子之意而曰：『君子而時中。』孟子亦曰：『孔子聖之時。』夫執中之訓肇於中天，時中之義明於孔子，乃堯、舜以來相傳之心法也。」[7]這是後人的看法，把《中庸》看作是儒道的核心，並論定為「心法」。

謝靈運曾說，「必求性靈真奧，豈得不以佛經為指南」。[8]中國思想史上，在直到隋唐的長時期裡，有關心性問題的探討基本讓給了佛教。佛教追求成就佛果，平凡人是否具有佛性、能否成佛即成為必須首先解決的重大課題。六朝時期發達的佛教義學對於相關問題的探討取得多方面成就。例如著名的涅槃師竺道生關於「佛性悉有」的新說，即是對於心性理論的重大發展。到隋唐時期，中國佛教進入發展鼎盛時期，陸續形成的佛教諸宗派乃是外來佛教在中土思想、文化環境中發展、實現「中國化」的產物。宗派佛學在思想理論上的一個重大成就，即是對於中國學術歷來忽略的心性理論作出新發揮。其中貢獻巨大、影響深遠的是禪宗。而在禪宗之前，則有發展大乘中觀教理的天台宗。在鳩摩羅什翻譯的《中論》、《大智度論》等大乘中觀論書裏，包含有從教理層面對於心性問題的精密闡述。中觀教理和上述儒家的「中庸」觀念在理論思路上雖然有重大差異，但是在注重

---

7 《易漢學》（文淵閣《四庫全書》影印本），卷7，第52冊，頁363。

8 〈何令尚之答宋文皇帝讚揚佛教事〉，《弘明集》卷11，《大正藏》第52卷，頁69中。

主觀心性的決定作用這關鍵一點上卻是有相通之處的。後來中土天台宗總結出「三諦圓融」、「一心三觀」等一系列觀法，乃是對於心性理論的重大發展，顯然積極地吸收了本土儒家的心性思想。而禪宗的佛性本具、心性本淨、頓悟佛性、自性自悟等等觀念，肯定平凡人心性的圓滿，表明對於人的本性的肯定與信心，實際也是融合儒、釋雙方心性理論的產物。

關於中唐時期文壇相當普遍地接受佛教影響，「統合儒釋」形成潮流，筆者已多有芻議，不再贅述。[9]這裡擬討論的是，正是中唐文人中那些熱衷佛說的人開始認真地從心性論的意義上推重視《中庸》，從而就一個重要方面開拓出思想理論發展的新局面。

二

劉禹錫明確地把儒家的「中庸」思想與佛說聯繫起來：

> 曩予習《禮》之《中庸》，至「不勉而中，不思而得」，慄然知聖人之德，學以至于無學。然而斯言也，猶示行者以室廬之奧耳。求其徑術而布武，未易得也。晚讀佛書，見大雄念物之普，級寶山而梯之，高揭慧火，巧鎔惡見，廣跂便門，旁束邪徑，其所證入，如舟沿川，未始念於前而日遠矣。夫何勉而思之邪？是餘知突奧於《中庸》，啟鍵關於內典，會而歸之，猶初心也。[10]

這已直接表明，他認為《中庸》關於「不勉而中，不思而得」，「學而至於無學」的心性觀念給人指出了修道的奧秘；而這種思想又是與內典「會而歸之」的。

9 參閱拙著：〈禪思與詩情〉，《佛教與中國文學》（上海：上海人民出版社，2007 年 6 月，第 2 版）、（北京：中華書局，2006 年 8 月，增訂本）。

10 〈贈別君素上人並引〉，《劉禹錫集》（北京：中華書局，1990 年 3 月），卷 92，下冊，頁 389。

　　柳宗元和李翱從不同角度闡發了《中庸》的內容與意義。柳宗元乃是唐代真正熟悉佛教教理的人物之一。他說：「吾自得友君子，而後知中庸之門戶階室，漸染砥礪，幾乎道眞。」[11]他肯定《中庸》指示聖人之道的真諦。他又提出「聖人之道」即「大中之道」，說：「聖人之為教，立中道以示於後。」「立大中，去大惑，舍是而曰聖人之道，吾未之信也。」[12]他以「明章大中，發露公器」[13]為己任。他明確主張「統合儒、釋」，精通天台教理。他關於「大中之道」的主張正是「統合儒、釋」的。作為一位熱衷改革的政治家，他的「中道」觀更富於政治內涵。

　　李翱作為儒學家，和韓愈一樣力主排佛。可是在當時環境下，他與佛教又多有接觸和交流。他的〈復性書〉三篇，是《中庸》之後儒家心性理論的代表作，也是唐代對於儒學理論作出有價值發揮的不可多得的著作。歐陽修曾評論說：「余始讀翱〈復性書〉三篇，曰此《中庸》之義疏耳。」[14]李翱〈感知己賦〉也曾明確表示：「昔聖賢之遑遑兮，極屈辱之驅馳。擇中庸之難蹈兮，雖困頓而終不改其所為。」[15]這也明確地把聖人之道歸結到「中庸」。他肯定《中庸》乃是孔子思想學說的真傳：

　　　　子思，仲尼之孫，得其祖之道，述《中庸》四十七篇，以傳於孟軻。軻曰：
　　　　「我四十不動心。」軻之門人達者公孫丑、萬章之徒，蓋傳之矣。遭秦滅
　　　　書，《中庸》之不焚者，一篇存焉。

他作〈復性書〉三篇，如歐陽修所說正是以《中庸》為主要依據的。其中所闡發

11　〈與呂道州溫論非國語書〉，《柳河東集》（上海：上海人民出版社，1974年5月），卷31，
　　下冊，頁506。

12　〈時令論下〉，《柳河東集》，卷3，上冊，頁55、56。

13　〈唐故給事中皇太子侍讀陸文通先生墓表〉，《柳河東集》，卷9，上冊，頁133。

14　〈讀李翱文〉，《歐陽修全集・居士集》，卷23，上冊，頁532。

15　〈李翱集〉（蘭州：甘肅人民出版社，1992年10月，胡潤華點校），卷1，頁2。

的心性論，顯然吸收了佛家思想，其開宗明義提出對於心性的基本看法：

> 人之所以為聖人者，性也；人之所以惑其性者，情也。喜、怒、哀、懼、
> 愛、惡、欲七者，皆情之所為也。情既昏，性斯匿矣，非性之過也。七情
> 循環而交來，故性不能充也。[16]

這顯然已通於佛家的心性本淨、性善情惡之說。他所提出的復性的辦法則是：

> 或問曰：「人之昏也久矣，將復其性者必有漸也，敢問其方。」曰：「弗
> 慮弗思，情則不生；情既不生，乃為正思。正思者，無慮無思也……。」
> 曰：「已矣乎？」曰：「未也。此齋戒其心者也，猶未離於靜焉。有靜必
> 有動，有動必有靜，動靜不息，是乃情也。《易》曰：『吉凶悔吝，生於
> 動者也。』（今本作『吉凶悔吝者，生乎動者也』──著者），焉能復其
> 性邪？」曰：「如之何？」曰：「方靜之時，知心無私者，是齋戒也；知
> 本無有思，動靜皆離，寂然不動者，是至誠也……。」[17]

這裏提出的「至誠」的「弗思弗慮」的心靈境界實際已等同於禪家的「無相」、
「無念」。侯外廬主編《中國思想通史》指出：

> 李翱所提出的這種修持法，用佛學的術語說，乃是「漸悟」以至「頓悟」
> 的神秘過程，也近似於天台宗的「止觀」。[18]

這樣，李翱是用佛教的心性說來充實並發展了《中庸》致誠反本的心性論，開啟

16　〈復性書上〉，《李翱集》，卷2，頁6、7。
17　〈復性書中〉，《李翱集》，卷2，頁10。
18　《中國思想通史》（北京：人民出版社，1959年12月），第4卷（上），頁347。

了宋代新儒學的先機。

在中國歷史上，韓愈被看作是興儒辟佛的旗幟。但他也多方面接受佛教思想影響，筆者亦曾多有論說。他曾說：「夫聖人抱誠明之正性，根中庸之至德，苟發諸中形諸外者，不由思慮，莫匪規矩；不善之心，無自入焉⋯⋯」[19]他所說的「不有思慮」的「誠明」顯然也和佛家心性本淨教理相通。他貶官潮州，結交南宗禪師大顛，自我辯解說「（大顛）實能外形骸以理自勝，不爲事物侵亂⋯⋯要自胸中無滯礙」[20]云云，所肯定正是禪的境界。陳寅恪稱讚他「賭儒家之積弊，效禪侶之先河，直指華夏之特性，掃除賈、孔之繁文」，[21]亦是有見於此。

漆俠總結儒家「中庸之道」的發展脈絡說：

> 大致說來，中庸之道發展的階段性可以分為：（一）由孔夫子率先提出的中庸之道的初期階段；（二）子思的《中庸》把中庸之道推進到系統化的階段；（三）經過將近千年的沉寂，到唐中葉古代經濟文化發生巨大變動，由韓愈、李翱特別是李翱吸收了佛家思想，把中庸之道提到「復興」的境界，於是中庸之道不僅具有方法論的意義，而且進入到世界觀的領域。宋學就是以此為契機，開創了新時代和新風氣的。[22]

三

到宋代，繼唐人推重《中庸》的，是佛家智圓。陳寅恪在〈馮友蘭中國哲學史下冊審查報告〉中說：

---

19 〈省試顏子不貳過論〉，《韓昌黎文集校注》（上海：上海古籍出版社，1986 年 12 月，馬其昶校註、馬茂源整理），卷 14，頁 124。

20 〈與孟尚書書〉，《韓昌黎文集校注》，卷 3，頁 212。

21 〈論韓愈〉，《金明館叢稿初編》（上海：上海古籍出版社，1980 年 10 月），頁 287。

22 〈儒家中庸之道與佛家的中道義——兼評釋智圓有關中庸中道義的論點〉，《宋學的發展與演變》（石家莊：河北人民出版社，2002 年 10 月），頁 175。

> 凡新儒家之學說，幾無不有道教，或與道教有關之佛教為之先導……北宋
> 之智圓提倡中庸，甚至以僧徒而號中庸子，並自為傳以述其義（孤山閒居
> 篇）。其年代猶在司馬君實作中庸廣義之前，（孤山卒於宋真宗乾興元年，
> 年四十七。）似亦於宋代新儒學為先覺。[23]

這就明確指出智圓的活動在儒學史上的重要意義。

　　智圓不偏不倚地研習儒、道、釋典籍，又區分儒、道、釋三家，以為各適其用，並行而不悖，乃是新一代學僧典型的治學態度。智圓法系屬天台，是中興台教的荊溪湛然十世法孫，智者大師嫡傳，天台宗山外派的代表人物之一。天台宗在宋代分化為山家、山外兩派，重大分歧之一在對於「觀心」義理解不同。本來「觀心」教理在天台內部早有岐見。入宋，主要由於對智顗《金光明經玄義》廣、略二本認識不同，引發長達數十年「山家」和「山外」兩派紛論。智圓師從的「山外」派代表人物源清傳承慈光晤恩（912-986）觀點，認為廣本觀心釋為後人所增加。這種看法與四明知禮（960-1028）為代表的「山家」派相對立。爭論焦點在所觀之心是「真心」（山外）還是「妄心」（山家），由此兼及對於「事具三千」等諸法的理解。智圓曾和同門梵天慶昭合撰《釋難復宗記辯訛》、《金光明經玄義表微記》、《請觀音經闡義鈔》等，批駁山家派觀點。《辯訛》提出理觀和事觀兩種觀法，斷定「使諸法等而無差，混而為一，事事全成於法界，心心全顯於金光，如是則豈非純明理觀乎」，[24]即認定所觀為「真心」。他又以疏釋湛然《金剛錍》方式，發揮其「無情有性」、心性遍在觀點。而他闡發自己這些主張，正積極地利用了儒家學理，主要是以《中庸》為主的心性學說。

　　智圓自號「中庸子」，已透露他服膺儒家「中庸」之道的態度。雖然他論述「中庸」沒有多少深文奧義，但以他僧侶身份，把「中庸」作為立身行、修養心

23　《金明館叢稿二編》（上海，上海古籍出版社，1980 年 10 月），頁 252。

24　《四明十義書》卷上，《大正藏》第 46 卷，頁 833 上。

性的標的，其意義和影響是不可低估的。而值得注意的是，智圓追隨李翱，同樣明確主張「復性」。他說：

> 粵西聖之教也……得其小者近者，則遷善而遠惡，得其大者遠者，則歸元而復性。[25]

這是說，佛說在遷善遠惡的實際作用之外，更遠大者則是「復性」。他的心性論的基點當然是佛家的「性淨」說。他主張：

> 夫心性之為體也，明乎靜乎，一而已矣。無凡聖焉，無依正焉，無延促焉，無淨穢焉。及其感物而動，隨緣而變，則為六凡焉，為三聖焉，有依焉，有正焉。依正既作，則身壽有延促矣，國土有淨穢矣。[26]

他對中庸的理解則是：

> 中庸者，龍樹所謂中道義也……夫諸法云云，一心所變。心無狀也，法豈有哉？亡之彌存，性本具也；存之彌亡，體非有也；非亡非存，中道著也。此三者，派之而不可分，混之而不可通，渾渾爾，灝灝爾。眾生者，迷斯者也……曰：蕩空膠有，孰良？曰：蕩空也過，膠有也不及。然則空愈與？曰：過猶不及也，惟中道為長……中道也，妙萬法之名乎，稱本性之謂乎。苟達之矣，空有其無著，於中豈有著乎！[27]

這就明確地把「中庸」和中觀學派的「中道」等同起來。就是說，他是直接用大乘中觀學派不住空、有的「中道」觀念來理解「中庸」的。這就又從佛理層面肯

---

25 〈故錢唐白蓮社主碑文有序〉，《閒居篇》卷 33，《續藏經》第 56 冊，頁 913 下。

26 〈佛說阿彌陀經疏序〉，《閒居篇》卷 2，《續藏經》第 56 冊，頁 872 下。

27 〈中庸子傳上〉，《閒居篇》卷 19，《續藏經》第 56 冊，頁 894 中、下。

定了「中庸」，並把它當作修道的指針。

涉及儒、釋關係，智圓對韓愈的看法是頗堪玩味的。當年韓愈辟佛之論一出，群僧疾之如仇，而儒士則把他當作反佛的旗幟。智圓作為佛教徒，卻對他稱頌不已。他有〈述韓柳詩〉辨析韓、柳對佛教的不同態度說：

> 退之排釋氏，子厚多能仁。韓柳既道同，好惡安足倫。一斥一以贊，具今儒道伸。柳州碑曹溪，言釋還儒淳。吏部讀《墨子》，謂墨與儒鄰。吾知墨兼愛，此釋何疏親。許墨則許釋，明若仰穹旻。去就亦已異，其旨由來均。後生學韓文，於釋長猖狺。未知韓子道，先學韓子嗔。忘本以競末，今古空勞神。[28]

韓愈有〈讀墨子〉一文，說孔子泛愛仁親，博施濟眾，同於墨子的兼愛等等，從而做出結論說：「孔子必用墨子，墨子必用孔子。不相用，不足為孔、墨。」[29] 智圓依此推論：佛家同樣主張博愛，理應被儒家所推許。這固然表明他思想觀念的弘通開闊，更可見他對於「排釋氏」的韓愈在根本立場上的認同。

另一位著名學僧契嵩，同樣取「援儒入釋」立場。他屬於雲門宗，博覽經籍，通儒學，善詩文，又專心著述。契嵩不是像智圓那樣採取對儒學主動趨附、會通的做法，而是表現出宗教信徒堅定的為道不為名、為法不為身的姿態，大力為佛教辯護，儼然以護法中堅自居。他致慨於宗門內部「宗不明，祖不正而為其患」，作《傳法正宗記》、《傳法正宗定祖圖》和《傳法正宗論》，於嘉祐六年（1061）北上汴京獻給朝廷，得到宋仁宗嘉獎，敕令其書入藏，並敕號「明教大師」。在對待韓愈的態度上，他與智圓全然相反，對韓愈進行針鋒相對的辯駁。他專門作〈辟韓〉三十篇，針對韓愈文章的論點一一嚴加駁斥。但他又作《輔教篇》和〈孝論〉，明儒、釋一貫之旨，並把《輔教篇》投獻給朝廷達官貴人，得到自丞相韓

28　《閒居篇》卷 39，《續藏經》第 56 冊，頁 922 中。

29　《韓昌黎文集校注》，卷 1，頁 40。

琦以下許多朝貴的賞識和禮接。值得注意的是他對韓愈〈原道〉的批評。〈原道〉開頭有幾句提綱挈領的話說：「博愛之謂仁，行而宜之之謂義，由是而之焉之謂道，足乎己無待於外之謂德。仁與義為定名，道與德為虛位。」[30]這幾句話後來一再受到道學家的嚴厲批判。如程頤承認〈原道〉是好文章，卻認為「只云『仁與義為定名，道與德為虛位』，便亂說」。[31]朱熹也說：「（〈原道〉）首句極不是，『定名』、『虛位』，卻不妨有仁之道，義之道，仁之德，義之德，故曰『虛位』。大要未說到頂頭上。」[32]這些批評大抵指責韓愈「虛位」之說沒有確定儒道的絕對性。契嵩正持類似觀點。他說：

> ……考其意，正以仁義人事必有，乃曰「仁與義為定名」，道德本無緣仁義致爾，乃曰「道與德為虛位」，此說特韓子思之不精也。夫緣仁義而致道德，苟非仁義，自無道德，焉得其虛位？果有仁義以由以足道德，豈為虛耶？道德既為虛位，是道不可原也，何必曰〈原道〉？

在給「道德」下過定義後，他接著說：

> 道德，在《禮》則「中庸」也，「誠明」也；在《書》則〈洪範〉皇極也；在《詩》則「思無邪」也；在《春秋》則列聖大中之道也。[33]

這顯然是利用儒家、特別是《中庸》的觀點來進行批駁的。智圓力圖把韓愈的思想與佛教調和起來，從而使韓愈成為佛教的護法；契嵩則力辟韓愈，他的辦法是

---

30 《韓昌黎文集校注》，卷 1，頁 13。

31 〈河南程氏遺書〉卷 19《伊川先生語》，《二程集》（中華書局，1981 年 7 月），第 1 冊，頁 262。

32 《朱子語錄》（北京：中華書局，1986 年 3 月，黎靖德編，王星賢點校），第 8 冊，頁 3271。

33 《鐔津文集》卷 17〈非韓上·第一〉（《四部叢刊》，三編，影明弘治己未刊本），第 6 冊，頁 3 下。

指出韓愈思想不合儒道，因而更不符合佛道。兩人的做法實際是殊途而同歸，都主張儒與佛可以一以貫之。而值得玩味的是，契嵩批判歷史上以反佛著名的韓愈，卻傾慕、逢迎現實中繼承韓愈反佛的歐陽修。嘉祐年間他北上汴京，曾上書歐陽修求汲引，這也透露他援儒以入釋的實際姿態。

契嵩的《輔教篇》由兩部分構成：上篇是〈原教〉，下篇是〈孝論〉。這種結構本身已表明他儒、釋一貫的立場。契嵩的孝道觀念，出於他的人性論。他說：

> 夫人有二大：性大也，情大也。性大，故能神萬物之生；情大，故能蔽聖人之心。[34]

這是說「心性」乃是宇宙本原，而「情」則是萬惡根源。這本是佛家性善情惡的傳統主張。他在進一步解釋這「性」的內涵時，則明顯納入了儒家倫理。他有信給章表民說：

> 所謂道者，仁義之謂也。仁義，出乎性者也。人生紛然，莫不有性。其所不至於仁義者，不學故也。學之而不自得者，其學淺而習不正故也。夫聖之與賢，其推稱雖殊，而其所以為聖者豈異乎哉？其聖者得之於誠明，而賢者得之於明誠。誠也者，生而知之也；明也者，學而知之也。及其至於仁義一也。表民其學切深於道，有所自得，故其文詞之發也懋焉。韓子所謂「仁義之人，其言藹如」也。[35]

這就明確地把他所謂「道」與儒家的「仁義」等同起來，認為它們皆出於人性；又主張沒有實現仁義是由於「不學」，即修持還不到功夫。這樣，聖與賢都是人的本性的實現。不過聖人得自「誠明」，生而知之；賢人則學而知之，所以是「明

---

34 〈逍遙篇〉，《鐔津文集》，卷8，第3冊，頁14上。
35 〈與章表民秘書書〉，《鐔津文集》卷11，第4冊，頁5上。

誠」。這裡完全是在使用《中庸》的語言了。契嵩把宇宙本源歸之於人的自心，從而明確地提出了「心即理」的命題：

> 曰：治心何為乎？曰：治心以全理。曰：全理何為乎？曰：全理以正人道。夫心即理也，物感乃紛，不治則汩理而役物，物勝理則人其殆哉。[36]

「心即理」本來是後來理學中「心學」一派理論的概括，契嵩實開這一派理論主張的先河。

契嵩不僅援引《中庸》的思想理論，更專門作《中庸解》五篇。第一篇開宗明義就說到：

> 夫中庸者，立人之道也。是故君子將有為也，將有行也，必修中庸然後舉也。[37]

他把儒家的倫理道德、禮樂刑政都統一到中庸，肯定中庸是天理，也是心性。反之，他認為正由於失去中庸，心性被惑情所染，才使得天理澌滅，人倫紀綱從而受到破壞。也正因此，他一再倡導致誠反本的心性論：

> 故大公之道，其本在乎誠與明也。聖人存誠，所以與天地通；聖人發明，所以與皇極合。猶《中庸》曰：「喜怒哀樂未發謂之中，發而皆中節謂之和。中也者，天下之大本也；和也者，天下之達道也。」堯舜所以至其道者，蓋能誠明而持其本也。[38]

這裡講的已全然同於儒家天命的人性了。他在上宋仁宗的萬言書裏也說到：

---

36 〈論原·治心〉，《鐔津文集》卷7，第3冊，頁17下。

37 〈中庸解第一〉，《鐔津文集》，卷4，第2冊，頁6上。

38 〈與關彥長秘書書〉，《鐔津文集》，卷11，第4冊，頁1下。

> 若《中庸》曰：「自誠明謂之性，自明誠謂之教。」是豈不與經所謂實性一相者似乎？《中庸》但道其誠，未始盡其所以誠也。及乎佛氏，演其所以誠者，則所謂彌法界，遍萬有，形天地，幽鬼神而常示，而天地、鬼神不見所以者，此言其大略耳……又曰：「惟天下至誠（據今本脫「為」字一著者）能盡其性，能盡其性則能盡人之性，盡人之性則盡物之性」以至與夫地參耳。是蓋明乎天地、人物其性通也。豈不與佛教所謂萬物同一真性者似乎？[39]

這也是把佛教的法界觀和佛性論與《中庸》闡發的心性論完全統一起來了。

實事求是地說，契嵩所闡發的觀點，無論是義理還是邏輯，無論是從儒家看還是從佛門看，都有許多矛盾、片面、偏頗之處。但他的活動和思想所體現的精神則是具有典型意義的。他主張儒、釋一貫，不是側重論證儒家義理合於佛說或強調佛教存在有益於世道，而是利用儒家義理來解釋佛教教義，從而主張二者本質上的一致；他不只是消極地為佛教作辯護，更積極地肯定佛教乃是現實統治的附庸和輔助，努力把佛教統合到作為思想文化主流的儒家傳統中來，從而爭取不容辯駁、不可懷疑的價值與地位。這樣總體來看，契嵩對抗當時強大的批判佛教的潮流，面對佛教的陣地正在逐漸喪失的困境，熱忱、堅定地投入護法鬥爭；而會通儒釋、援儒入釋則是他爭奪陣地、挽救局面的手段。這在當時的社會和思想環境下，對於佛教也是最為有利的辯解。正是在這樣的鬥爭中，他利用了《中庸》。

四

智圓和契嵩二人為人風格不同，活動方式不同，思想觀念上的差異也很明顯。但他們都以援儒入釋的方法來論證儒、釋一貫，讓佛教依附到作為中土思想意識

---

39 〈萬言書上仁宗皇帝〉，《鐔津文集》，卷9，第3冊，頁8下-9上。

統治體系的儒學傳統上來。他們用這種方法來迎擊反佛浪潮，為佛教的生存作出有力辯護。但他們的所作所為卻明顯表現出佛教在與儒家鬥爭中已基本處在退守地位，即實際上佛教發展到當時，一方面已不再作為一種「異己」的或與本土傳統爭衡的思想和社會力量出現，自身已相當自覺地融入到中土思想文化傳統之中；另一方面，如智圓和契嵩等有地位、有影響的部分僧人已不再採取高蹈、超然姿態，而甘願成為現實統治體制的臣僕。佛教也是以這種退讓姿態來換得統治者的優容和支持，結果其在思想上的獨立性已所剩無幾了。

智圓和契嵩「援儒入釋」，無論是學理還是行為，都容易被信守儒家義理的士大夫所接受。在理學正在興起的環境裏，這種肯定儒家主體地位的儒、釋合一或「三教合一」觀念也容易流行開來。僧人方面，如著名學僧惠洪，有〈禮嵩禪師塔詩〉云：

> 吾道比孔子，譬如掌與拳。展握故有異，要之手則然。晚世苦陵夷，講習
> 失淵源，君看投跡者，紛紛等狂顛。[40]

這就肯定並讚揚了契嵩儒、釋合一的主張。兩宋之交的大慧宗杲明確要求居士「只要到古人腳踏實地處，不疑佛，不疑老君，不疑孔子，然後借老君、孔子、佛鼻孔，要自出氣，真勇猛精進，勝丈夫所為」。他進而提出：

> 菩提心則忠義心也，名異而體同。但此心與義相遇，則世出世間一網打就，
> 無少無剩矣。[41]

這裏也是把儒家倫理與佛法相等同。他本人即在努力實踐這一主張：他是虔誠的信仰者，又是熱忱的愛國者，在兩宋之際的抗金鬥爭中，他結交愛國士大夫，參

40　《鐔津文集》，卷 22，第 4 冊，頁 8 下。
41　〈大慧普覺禪師法語〉卷 24，《大正藏》第 47 卷，頁 912 下。

與抗金活動，作出了貢獻，也為佛門增添了光彩。

士大夫方面本來有儒、釋相容傳統，更容易接受這種儒、釋一貫的主張，把二者貫串起來。例如蘇軾說：

> 孔、老異門，儒、釋分宮，又於其間，禪、律相攻。我見大海，有北南東，江河雖殊，其至則同。[42]

他本人正是文人中出入儒、釋，相容百家的典型。兩宋之際的愛國將領李綱則說：

> 所以處世間者，所以出世間者，儒、釋之術一也。[43]

他的這一說法正與前引宗杲的言論相呼應。宣和初年的著名居士陳瓘向朝廷上奏議說：

> 儒與釋跡異而道同。不善用者用其跡，如梁之用齋戒，漢之求神仙是也；善用者用其心，如我宋祖宗是也。用其跡泥，泥則可得而攻；用其心則通，通則無得而議也。[44]

這就更進一步肯定儒、釋之道本來相同，提醒統治者不要泥其跡而濫用，則能夠發揮積極的致治效果。

宋、元以降，肯定儒、釋之道相一貫一直是佛教護法的一個重要理據。這也確實是在理學嚴酷統治下為佛教爭取生存空間的比較充分的理由。從這樣的角度看，智圓與契嵩的活動又具有一種象徵意義：一部分佛門精英人物最終放棄了獨

---

42 〈祭龍井辨才文〉，《東坡文集》（北京：中華書局，1986 年 3 月，孔繁禮點校），卷 63，第 5 冊，頁 1961。

43 〈雷陽與吳中元書〉，《梁谿集》（文淵閣《四庫全書》影印本），卷 113，第 1126 冊，頁 352。

44 〈佛法金湯篇〉卷 13，《續藏經》第 87 冊，頁 427 上。

立於或超然於世俗統治的努力，他們主觀上也不再試圖干擾、變亂以至替代儒家思想正統。正如契嵩的文集名稱所表示的，他們身在「方外」但志在「輔教」，立身行事，作文立言，都更主動地回歸到本土傳統的儒教和王化上來了。

與契嵩同時並曾對他加以獎掖的歐陽修以文壇領袖身份，倡言詩文復古，同樣堅定地反佛。他寫《本論》上、下兩篇，指出佛法為患中國千餘歲，「攻之暫破而愈堅，撲之未滅而愈熾」，提出「修其本以勝之」[45]的主張。他說：

> ……甚矣人之性善也。彼為佛者，棄其父子，絕其夫婦，於人之性甚戾，又有蠶食蟲蠹之弊，然而民皆相率而歸焉者，以佛有為善之說故也……佛之說，熟於人耳，入乎其心久矣，至於禮義之事，則未嘗見聞。今將號於眾曰：禁汝之佛而為吾禮義，則民將駭而走矣。莫若為之使漸，使不知而趣焉可也……今堯舜三代之政，其說尚傳，其具皆在，誠能講而修之，行之以勤而浸之以漸，使民皆樂而趣焉，則充行乎天下，而佛無所施矣。[46]

他認為這樣一來，就不必如韓愈主張的那樣「火其書而廬其居」。這是釜底抽薪的辦法，是從心性理論的根本上批駁佛說；但是另一方面，宋人所利用來的批判佛教的武器又借自佛說。正是在此基礎上，宋人創建了融合儒、釋的「新儒學」即理學。

朱熹在南宋淳熙四年（1177）撰寫《論語集注》和《孟子集注》，十二年後完成《大學章句》和《中庸章句》，後結集為《四書集注》。程朱理學佔據思想意識領域統治地位，取代漢儒章句之學，《四書》地位逐漸提高，儼然超越《五經》。元代開始以《四書》考試舉子，《四書》作為科舉功令一直延續到清末。作為《禮記》一篇的《中庸》從而成為最重要的儒家聖典之一。伴隨這一轉變的是中國思想、學術的重大轉變，即由漢儒的章句之學轉變為宋明的性理之學。在

---

45 〈本論上〉，《歐陽文忠公集・居士集》，卷 17，頁 1 上、頁 3 下。

46 〈本論下〉，《歐陽文忠公集・居士集》，卷 17，頁 4 上-下。

這一轉變中，唐儒、宋僧推重《中庸》、發揮《中庸》思想，「統合儒釋」，「援儒入釋」，發揮了重大作用。

羅聯添教授八秩晉五
壽 慶 論 文 集
2011 年 11 月 頁 589-603

唐宋時期的《啟顏錄》及其流傳考

王 國 良[*]

提 要

隋唐時期問世之笑話集《啟顏錄》，目前存世者有敦煌寫卷一種。此外，其遺文僅見於宋代類書及筆記叢錄引述，已難窺其全貌。今試將該書有關卷數、作者的問題，以及唐、宋增刪流傳狀況，略事考察探討，庶幾可掌握該書原始面目之一斑。

關鍵詞：笑話集、啟顏錄、侯白、敦煌寫卷、太平廣記

---

[*]臺北大學古典文獻學研究所教授。

唐宋時期的《啟顏錄》及其流傳考

一、前言

　　中國中古時期的笑話書，見諸《隋書‧經籍志》、《舊唐書‧經籍志》、《新唐書‧藝文志》著錄者，除了後漢邯鄲淳《笑林》之外，尚有《笑苑》、《解頤》、《啟顏錄》、《俳諧集》、何氏《笑林》等五種，或集言片語不存，或有後代輯本，或改變名稱而留存佚文，[1] 僅有《啟顏錄》一書倖存，又疑其非完足本。它們的命運固然與年代久遠，流傳不易有關，而正統士大夫的文學觀念，視其為不登大雅之堂，相信產生一定的影響。

　　1899 年，敦煌太清宮道士王元籙（約 1850-1931）在莫高窟石室發現了四萬卷左右的古代寫卷和許多絹本佛畫。1907 年，英國斯坦因（Aurel Stein，1862-1943）從王道士手上獲取近萬卷的寫本和五百幅左右佛畫。這批文物的寫卷部分，收藏在倫敦的大英圖書館，而其中斯 610 號（翟編 7239）長卷內容主要是《啟顏錄》。它的重見天日，對我們研究該書的相關文獻學問題，提供了一份十分珍貴的原始文件，值得重視。至於唐五代至宋朝，《啟顏錄》一書的增刪流傳狀況，也有加以考察而知其大概的需求。因此，一並列入探討範圍。

二、有關卷數、作者問題之探討

---

[1] 隋魏澹《笑苑》、唐劉訥言《俳諧集》、何自然《笑林》，隻字不存；邯鄲淳《笑林》，有清馬國翰《玉函山房輯佚書》、民國魯迅《古小說鉤沈》輯本；北齊陽松玠《解頤》，至北宋錄入《太平廣記》，名曰《談藪》，南宋改稱《八代談藪》，今有 1996 年 8 月北京中書局排印程毅中、程有慶輯校本；另外，2010 年 4 月，北京中華書局印行黃大宏撰《八代談藪校箋》，可參看。

敦煌遺書斯 610 號卷子，抄有《啟顏錄》305 行，每行 21 字至 27 字不等，書法遒秀，末有小字雙行題記云：「開元十一年捌月五日寫了，劉丘子於二舅〔家〕」。後頭，接著抄有《雜集時用要字壹仟參佰言》（存二儀部第一、衣服部第二、音樂部第三）12 行；另有失名類書 8 行，卷尾顯然多所殘損。

《啟顏錄》既然抄於唐玄宗開元十一年（西元 723 年），距今已有一千二百八十餘年，是該著作現存最早也是唯一的抄本。它對於元、明以下已不見全帙，僅靠宋代類書、筆記及明、清選輯本流傳之《啟顏錄》的作者、卷本、成書年代……等問題，提供了重新探索思考的佐證空間，意義非凡。

《啟顏錄》一書，歷代著錄頗有歧異。《舊唐書・經籍志》卷下小說家載：「《啟顏錄》十卷，侯白撰。」是《啟顏錄》一書見於著錄之始。《新唐書・藝文志》卷三小說家亦載「侯白《啟顏錄》十卷。」可知，新舊《唐志》皆以《啟顏錄》為十卷，且作者為侯白。侯白，隋初（約西元 585 年前後在世），魏郡臨漳（今河南省臨漳縣）人。因滑稽辯俊，頗受世人喜愛。《隋書》卷 58《陸爽傳》云：

> 侯白，字君素。好學有捷才，性滑稽，尤辯俊。舉秀才，為儒林郎。通侻不恃威儀，好為俳諧雜說，人多愛狎之，所在之處，觀者如市。楊素甚狎之。素嘗與牛弘退朝，白謂素曰：「日之夕矣。」素大笑曰：「以我為牛羊下來邪？」高祖聞其名，召與語，甚悅之，令於秘書修國史。每將擢之，高祖輒曰：「侯白不勝官」而止。後給五品食，月餘而死，時人傷其薄命。著《旌異記》十五卷，行於世。[2]

傳中以侯白戲謔楊素之事，具體說明侯白之辯捷及楊素之愛狎。如就傳文觀之，侯白好為俳諧雜說之性格，與《啟顏錄》雜記詼諧調笑之內容，相當符合。因此，歷來傳言《啟顏錄》為侯白所撰，殆亦可信。

---

[2] 唐：魏徵等撰：《隋書》（臺北：鼎文書局影印，1976 年 10 月），頁 1421。#

宋代以後之史志書錄，除了鄭樵（1104-1162）《通志・藝文略》小說類著錄，與《舊唐書・經籍志》全同之外，或云不知作者，或云作者另有其人。如南宋陳振孫（約 1183-1262）《直齋書錄解題》卷 11 小說家類云：

> 《啟顏錄》八卷。不知作者。雜記詼諧調笑事。《唐志》有侯白《啟顏錄》
> 十卷，未必是此書；然亦多有侯白語，但訛謬極多。[3]

元馬端臨（約 1254-1323）《文獻通考・經籍考》，因襲陳氏，直錄其解題；《宋史・藝文志》子部小說家類則云：「皮光業……《啟顏錄》，六卷。」[4]此後遂不見著錄。

今存《啟顏錄》遺文，僅見於唐開元寫本殘卷、北宋李昉（925-996）等《太平廣記》及南宋曾慥（?-1155）《類說》、舊題朱勝非（1082-1144）《紺珠集》等書輯錄。由於書中雜有許多唐初人士事跡，而所說侯白事，又直書「侯白」，於理未合，因此近代學者對於《啟顏錄》作者，究係侯白，或另有其人，見解頗為紛歧。下面羅列兩種主要的說法：

（一）侯白撰又經後人增益

持此論者以為《啟顏錄》實為侯白所撰，書中雜有許多唐人時事者，蓋後人所加也。如魯迅（1881-1936）《中國小說史略》云：

> 《唐志》有《啟顏錄》十卷，侯白撰。白字君素。魏郡人。好學有捷才，
> 滑稽善辯。……《啟顏錄》今亦佚，然《太平廣記》引用甚多，蓋上取子
> 史之舊文，近記一己之言行，事多浮淺，又好以鄙言調謔人，俳諧太過，
> 時復流於輕薄矣。其有唐世事者，後人所加也；古書中往往有之，在小說
> 尤甚。[5]

---

[3] 臺北：臺灣商務印書館，1968 年 3 月，《國學基本叢書》本，頁 328。

[4] 宋・脫脫等撰：《宋史》（臺北：鼎文書局影印，1978 年 9 月），頁 5223。

[5] 臺北：明倫出版社影印，1968 年 5 月，頁 72。

王利器（1912-1998）《歷代笑話集・啟顏錄》解題云：

> 《唐書・經籍志》卷下、《新唐書・藝文志》卷三都載「《啟顏錄》十卷，侯白撰。」宋陳振孫《直齋書錄解題》卷 11 小說家類：「《啟顏錄》八卷，不知作者。雜記詼諧調笑事。《唐志》有侯白《啟顏錄》十卷，未必是此書。然亦有侯白語，但訛謬極多。」《宋史・藝文志》五小說類著錄「皮光業《啟顏錄》六卷」，不作侯白。侯白隋初人，光業五代時人，或此書由侯白首創，後代繼續有所增加，這從書中直稱侯白，和著錄一些唐人的笑話，完全可以說明這一點。[6]

楊家駱（1913-1991）〈中國笑話書七十七種書錄〉，全襲王氏說法，僅有數字出入而已。[7]此外，如侯忠義《中國文言小說史稿》則以為「《宋史・藝文志》著錄有五代皮光業《啟顏錄》六卷，蓋為增補侯白本。」[8]伏俊璉等人在《石室齊諧》亦主張「大概這本書由侯白首創，後人又把類似的故事增加進去，這種情況古書中很常見。」[9]盧錦堂《太平廣記引書考・啟顏錄》也推斷「傳本疑為隋侯白首創，復經後人增益。」[10]

（二）不知名作者所撰而托名侯白

持此論者以為《啟顏錄》非侯白所作，因侯白以善諧謔著名，故好事者編集俳諧故實，踵事增華，托名於侯白。如趙景深（1902-1985）〈中國笑話提要〉云：

---

[6] 上海：古典文學出版社，1956 年 12 月，頁 9。

[7] 臺北：世界書局，1961 年 3 月，卷首，頁 3。

[8] 北京：北京大學出版社，1990 年 3 月，頁 170。

[9] 參見伏俊璉、伏麒鵬編著：《石室齊諧——敦煌小說選析》（蘭州：甘肅人民出版社，2000 年 6 月），頁 191。

[10] 參見盧錦堂著：《〈太平廣記〉引書考》（臺北：花木蘭文化出版社，2006 年 9 月），頁 153。

> 《啟顏錄》是否為隋侯白所作，頗是一個疑問。其中如李勣、李榮、令狐德棻、崔行功、邊仁表、長孫玄同、松壽、封抱一、鄧玄挺、竇曉、杜延業…等多篇均敘唐人事。但侯白在隋朝就死了，他未及見唐代的成立，又怎能寫到唐代之事呢？侯白曾受隋文帝之命，於秘書修國史，後食五品祿，月餘死，正史上原是說得明明白白的。《續百川學海》和《淡生堂餘苑》都說這是宋・劉㬎所作，時代又似過遲；或者這是唐人托名侯白的吧？並且《啟顏錄》題作侯白作，其中卻有許多條記載侯白的故事，亦頗可疑。侯白自稱，不稱為「我」，而用第三者的口氣稱為侯白，像是於理未通。[11]

天水師範學院張鴻勳教授，多年來也主張此書係後人附會，托名侯白而成。在〈談敦煌本《啟顏錄》〉中，即已提出：敦煌本《啟顏錄》有書題、篇題，卻沒有著作人署名，這是很值得注意的問題；並引南宋陳振孫《直齋書錄解題》、元馬端臨《文獻通考・經籍考》所著錄，證明宋、元時流行著一種不知作者的《啟顏錄》。再者，它既然是笑話書，帶有民間文學的特性。史載侯白本人「好為俳諧雜說」，而又「有捷才，性滑稽，尤辯俊」，於是當時許多笑話、趣聞等，很容易附會到他身上，這就是《啟顏錄》題「侯白撰」，書中卻又「直稱侯白」和「有唐世事」的原因。[12]

張氏在稍後所撰〈敦煌本《啟顏錄》發現的意義及其文學價值〉專文裏，仍一本初衷，論證侯白並非真正著作人。其小結云：

> 《啟顏錄》中大部份故事，最初應是口頭創作，靠耳口相傳，在流傳程中，不斷充實豐富，然後才有某一文人收集整理寫定，集結成書。結集的時間，據抄卷題記，至遲在玄宗開元十一年八月以前；而其上限，則為長孫無忌進呈梁、陳、齊、周、隋五代史志的高宗顯慶元年（656）以後，是這六

---

[11] 本文載於趙著：《小說戲曲新考》（上海世界書局，1939 年 1 月），頁 107。又收錄在氏著：《中國小說叢考》（濟南：齊魯書社，1980 年 10 月），頁 23。

[12] 見《學林漫錄》（北京：中華書局，1985 年 8 月），11 集，頁 120-123。

七十年間完成的。最初可能並無作者署名，後來逐漸附會為侯白所著，但社會上依舊有不署名之本流傳，故而出現了兩《唐志》與陳直齋等的不同著錄。[13]

旅居法國陳祚龍（1918-）教授在〈《太平廣記》析疑〉專文也對敦煌本《啟顏錄》撰者提出討論。陳氏云：

> 原抄第一行「啟顏錄」之下，實未署明是「錄」作者之姓名，隨即接續抄寫四十則「笑話」，……走筆至此，我敢說：……是「錄」的作者，可就絕對不是侯白。因其實卒於隋代，何得以「國朝」兩字去演繹唐初士女之「笑話」？……同時，是「抄」且極可能是「兩唐志」丙部子錄小說家類所著錄之那一種無非實為託名「侯白撰」的「啟顏錄十卷」底古抄。但因劉丘子在抄寫的時候，既知是「錄」的作者應非「侯白」，故已特予將其乾脆刪削！
>
> 此外，根據我個人閱讀某些古人託名「偽造」之某些古籍所獲得的認識與瞭解，……我還敢說：侯白生平實際根本未曾一如王氏（良按：指王利器）所謂「首創」撰製過什麼「啟顏錄」。至於「兩唐志」所著錄的（1）啟顏錄十卷侯白撰（見「舊志」），（2）侯白啟顏錄十卷（見「新志」），無非並為開元十一年以前，某一好事之徒，只因別具用心，始特託名「侯白」撰製是「錄」，加以流通，俾便分外取寵於世人與小得沖天飛鳴而已。[14]

另外，大陸學者曹林娣、李泉亦以為今存《啟顏錄》為唐初時人撰，而托名侯白。他們更就侯白撰《啟顏錄》之說，提出四大質疑：

---

[13] 見《1990敦煌學國際學術研討會論文集》（遼寧：美術出版社，1995年7月），頁291。

[14] 文載《哲學與文化》14卷11期（1987年11月），頁24-25。該文又收於陳氏：《敦煌學散策新集》（臺北：新文豐出版公司，1989年4月），頁425-445。

1、就著錄言。如果侯白真著有十卷《啟顏錄》，何以不見於《隋書》本傳，卻見於後晉和北宋時人撰寫的新舊《唐書》呢？

2、就稱謂言。今存《啟顏錄》中有記侯白「一己之言行」的，但是否為侯白所寫呢？文中敘名，徑稱侯白，若是侯白所寫，便有違古人習慣。古人自稱己名以示謙虛，但並不連呼己姓，他人稱侯白，應呼其字「君素」。從書中稱謂來看，明顯是後人追述的口氣。

3、就名物言。文中涉及之名物，也每可見實為唐人手筆。如〈侯白過村〉一則，有「主人將箏及琵琶、尺八與白令作音樂」句，其中「尺八」係吹奏樂器，始見於唐。《舊唐書・呂才傳》云：「唐呂才制尺八，共二十枚。」這是「尺八」最早之出處。呂才死於西元665年，「尺八」之名，顯非侯白所能知。

4、就著作言，侯白所著《旌異記》今亦已佚，魯迅《古小說鉤沉》輯得十條，所記皆鬼神怪異、佛教應驗之事，與今本《啟顏錄》遺文大異其趣。

　　即此數端，可見侯白撰《啟顏錄》之說，值得懷疑。

　　曹、李二氏接著並根據本傳所載侯白「好為誹諧雜說，人多愛狎之，所在之處，觀者如市」語，推論侯白知名於時，堪與漢之東方朔比肩。而今傳漢人小說，或有托名東方朔者，故《啟顏錄》一書，是否即後人托名侯白，一如托名東方朔之例，亦未可知也。又侯白本傳所載嘲楊素事。唐人朱揆輯入其笑話書《諧噱錄》中，名為〈牛羊下來〉，可見侯白因好俳諧著名，唐初史家已採其俳諧故事入史。後之笑話作者編集諧謔故實，踵事增華，托名侯白，不無可能也。[15]

　　唯台灣郭娟玉小姐於〈《啟顏錄》初探〉一文則指出：曹林娣、李泉所舉諸證，如循侯白撰且經後人增益說之觀點視之，則就稱謂言，後人增補，自可徑稱侯白；就名物言，唐人續增，自得知見尺八；就著作言，侯白多才，所作自可異趣。另就著錄言之，六朝小說多不見載於作者本傳，侯白本傳不著《啟顏錄》，卻錄有

---

[15] 曹林娣、李泉輯注：《啟顏錄》（上海：上海古籍出版社，1990 年 4 月），〈前言〉，頁 3-4。

《旌異記》者，蓋《旌異記》乃隋文帝特令侯白撰寫，是以本傳載焉。是知侯白本傳未載《啟顏錄》，殆難視為「作者非侯白」之論據也。至若《舊唐書·經籍志》撰者雖為五代劉昫，然劉氏所據乃唐毋煚《古今書錄》；而《古今書錄》係據唐開元間元行沖《群書四部錄》濃縮而成，《群書四部錄》所載，則反映唐開元間內府藏書。據此，可信唐開元時期有《啟顏錄》十卷，且署名侯白撰。故以上諸家凡所推斷，皆疑似之詞，難成定論也。[16]

平心而論，侯白或其同時代的文士，將南北朝暨隋初流傳的諧謔雜說，甚至本人經歷的滑稽事件，隨手記錄並傳抄行世，並非不可能。譬如北齊陽松玠《談藪》一書，即曾載錄了數則跟撰者陽氏有關的故事。[17]

三、唐代流傳的《啟顏錄》

依目前所見的敦煌抄本《啟顏錄》內容來看，必然寫定於唐太宗貞觀十年（636年）溫彥博（573-636）擔任右僕射之後（參閱敦煌本第三十四則〈裴某〉）。[18]

另外，今存敦煌本《啟顏錄》是否完足，其與宋代流通本之關係到底如何，也還值得吾人加以思考。陳祚龍教授曾主張：

> 這一份敦煌古抄「啟顏錄」，可就真應由我們將其視為首尾完整的「啟顏錄」之「全抄本」，同時，我怕是「錄」在開元十一年，其實際之內容，只不過是由四十則「笑話」分隸於四「篇」所合成；……同時，是「抄」且極可能是「兩唐志」丙部子錄小說家類所著錄之那一種無非實託名「侯

---

[16] 文載《大陸雜誌》94 卷 4 期（1997 年 4 月），頁 40。

[17] 參見程毅中等輯校：《談藪》（北京：中華書局，1996 年 8 月），〈輯校說明〉，頁 3。

[18] 按：〈裴某〉一則，提到「僕射」溫彥博共杜如晦坐云云。彥博平生僅於貞觀十年六月擔任尚書右僕射，而杜如晦已卒於貞觀四年三月。因此，本則當係事後追記，所題官銜不甚準確。唐劉肅《大唐新語》卷 13〈諧謔篇〉亦載其事，情節稍異，惟稱溫彥博為吏部侍郎，當較接近事實。

白撰」的「啟顏錄十卷」……底古抄。[19]

與陳氏持不同意見的是張鴻勳教授。張氏在〈敦煌本《啟顏錄》發現的意義及文學價值〉云：

> 敦煌古抄 4 類 40 則，是該書的全抄本呢，還是該書的部份？陳祚龍先生提出一種看法：……（良按：已見上引，不重錄）。可是筆者卻不敢苟同陳先生此說。因為據採摭古小說最為繁富且較多接近原著的《太平廣記》，所選《啟顏錄》，尚有 52 則溢出敦煌本之外。而且《太平廣記》除「嘲誚」、「詼諧」門引錄有《啟顏錄》外，尚有「諷諫」門（卷 164）引有 2則（「優旃」、「簡雍」），「嗤鄙」門（卷 260）引有 1 則（「姓房人」），但「諷諫」和「嗤鄙」兩門，敦煌卷子中沒有。可見無論從類目或則數看，敦煌抄卷恐怕遺漏尚多，不能認為它就是該書的全抄本。[20]

敦煌古抄《啟顏錄》只有四十則笑話，硬要將它拆成十卷、八卷，實在太勉強。若要證明北宋初《太平廣記》所用底本，與敦煌本有一個共同的祖本，又欠缺可靠的證據。敦煌本原卷首行標題作「啟顏錄　　辯捷　　論難」，「辯捷」二字係衍文，雖然黃征在〈輯注本《啟顏錄》匡補〉中，以為：「抄卷人在抄完大標題『啟顏錄』三字後，接抄小標題『辯捷』，抄後發現抄錯，於是再寫『論難』二字以示改正。這種……情況在敦煌寫本中極為習見，……」[21]然而下一個小標題的提前出現，與通常誤衍的情況有所不同，似乎透露了抄寫者意圖更動原書順序的可能性。

總之，以目前我們所能掌握的資料而論，我們既無法證明隋代侯白嘗編撰《啟顏錄》，同樣也無法證明他一定沒做過此事。後晉劉昫（888-947）《舊唐書・經

---

[19] 同註 14，頁 24。

[20] 同註 13，頁 292-293。

[21] 文載《禪籍俗語言研究》2 期（1995 年 6 月），頁 78。

籍志》，間接反映了唐開元時期皇家藏書的確有題為侯白撰之十卷本《啟顏錄》；[22]同時，在民間也流通一種末署作者的單卷本。

四、宋代流傳的《啟顏錄》

宋太宗太平興國二年（977年）三月，詔李昉等人纂修《太平廣記》，於次年八月成書五百卷，目錄十卷，六年正月奉聖旨雕印。該書網羅中國先秦至宋初數百家野史、小說，依類編輯。因為有人說這部書並非後世學者所急需，就將板片收起來，其時流傳情況，不得而知。[23]不過從晁公武（約 1105-1180）《郡齋讀書志‧後志》卷二提到北宋末年蔡蓍（1064-1111）根據《廣記》編成《鹿革事類》三十卷、《鹿革文類》三十卷的記載，[24]推測北宋時應有印本流傳。南宋初期，晁公武、尤袤（1127-1194）、陳振孫等人都收藏過《廣記》。尤氏在《遂初堂書目》註明所藏乃「京本」，晁、陳二氏未嘗明白交代，相信亦係南渡以後刻本。宋刊本，到明代已不多見，也未嘗留下相關紀錄。清康熙時，孫潛曾以抄宋本校談愷（1504-1568）刻本，這一部校本現藏台灣大學圖書館特藏組。[25]嘉慶中，陳鱣（1753-1817）也曾經幫吳騫（1733-1813）用殘宋本來校許自昌（1578-1623）刻本，該書今藏北京中國國家圖書館善本部。[26]此外，中國國家圖書館藏有一部明代沈與文野竹齋鈔本；[27]上海圖書館藏明謝少南有嘉堂抄本，存四十卷。[28]目前問

---

[22] 按《舊唐書‧經籍志》係根據唐開元中毋煚《古今書錄》編成，反映其時皇家收藏的說法，參見拙撰：〈唐五代書目考〉，《書目季刊》16 卷 2 期（1982 年 9 月），頁 42-44。

[23] 參見王應麟編著：《玉海》（京都：中文出版社，1986 年 10 月），卷 54，頁 1079 下-1080 上。

[24] 臺北：臺灣商務印書館，1968 年 3 月，《國學基本叢書》本，頁 834。

[25] 國立臺灣大學編：《國立臺灣大學善本書目》（臺北：國立臺灣大學，1968 年 8 月），頁 25。按：原書誤題「清朱世祥手校」。

[26] 中國古籍善本書目編輯委員會編：《中國古籍善本書目（子部）》（上海：上海古籍出版社，1996 年 12 月），頁 738。

[27] 同註 26。

世較早而學界通行的則是無錫談愷在嘉靖末隆慶初（1567 前後）所雕印的版本。

談刻本《廣記》在目錄之前，刊有〈太平廣記引用書目〉，共計三百四十三種，有專書，也有單篇文章，《啟顏錄》亦名列其中。今檢閱談氏本，篇末原注「出《啟顏錄》」者凡六十六條。如果參考孫潛校本，沈氏野竹齋抄本，則情況稍有不同。例如：卷 245〈東方朔〉原不注出處，孫校本多出漢武帝聽侍從臣子「大言」（吹牛皮）一大段，文字稍有殘闕，但跟曾慥《類說‧啟顏錄》遺文核對，該篇實出自《啟顏錄》。同卷〈邊韶〉，原闕出處，沈氏抄本作「出《啟顏錄》」。同卷〈袁次陽〉，原注「出本傳」，內容大抵同於《後漢書‧烈女傳》，而孫校本文字頗有出入，注「出《啟顏錄》」。同卷〈孫子荊〉，原注「出《世說新語》」，孫校本、沈抄本並云「出《啟顏錄》」。李氏朝鮮成任（1421-1484）據宋本《太平廣記》編撰《太平廣記詳節》五十卷。卷 20「詼諧」門〈伊籍〉一條，注「出《啟顏錄》」，可補正談刻本《廣記》卷 245〈伊籍〉，注「出《三國志》」之缺失。因此，目前可知《太平廣記》所引《啟顏錄》，至少有七十一條，總數比敦煌本所載四十條還多。不過敦煌寫卷之「論難」門，〈佛是日兒〉（原無篇名，今代擬，後同）一條；「昏忘」門自〈王德〉至〈常青奴〉十四條；「嘲誚」門，〈張榮〉、〈賈元遜〉、〈侯白出城〉、〈侯白過村〉、〈九尾胡〉、〈憶（食追）吃〉、〈鈴語〉七條，皆未見《廣記》引述。姑且不論兩本相同篇章內容出入情況，吾人目前所見遺文佚篇已有九十三條。另外，《廣記》卷 246〈徐陵〉、卷 247〈徐之才〉，並注「出《談藪》」，今亦見於敦煌本「辯捷門」。[29]

北宋初李昉等編《太平廣記》所參考引用的《啟顏錄》相信是《舊唐書‧經籍志》著錄的十卷本，而非類似敦煌出土的單卷本。一方面是《廣記》引文至少

---

[28] 同註 26。

[29] 曹林娣，李泉輯注：《啟顏錄》，頁 9-10，曾取此二條以校敦煌本，並於按語中指出《廣記》註明出自《談藪》；程毅中、程有慶輯校《談藪》頁 41、44，亦錄此二條，並用敦煌本《啟顏錄》校補《廣記》引文。唯他們對兩書重出情況，均無任何考證說明。據陳振孫《直齋書錄解題》卷 11 小說家類的說法，《談藪》成書於隋文帝開皇年間，與侯白活動年代完全重疊，兩書關係如何，目前無法詳考。

有五十餘條超出單卷本，一方面是單卷本中的「昏忘」門十四條，《廣記》通通未引；「嘲誚」門十三條，僅有六條見於《廣記》。彼此間的落差太大了。

南宋時期，陳振孫收藏了一部八卷本《啟顏錄》，大概未題作者。該書「雜記詼諧調笑事。……多有侯白語，但訛謬極多。」[30]可惜沒有流傳下來。不過在高宗紹興六年（1170年）曾慥仿照唐馬總《意林》選取百家小說，採掇事實，編成《類說》五十卷。其卷十四刪錄侯白《啟顏錄》原文十七條。經與《廣記》遺文（含孫潛校宋本、沈與文抄本）比對，相同者十五條；另外，則有第五〈煮簀為筍〉、第六〈羊踏破菜園〉二條，不見於《廣記》。[31]因此，我們推測南宋初年曾慥所見《啟顏錄》，與李昉等人在北宋初所採錄的本子應該蠻接近，也可能與稍後陳振孫收藏的八卷本相差不遠。至於舊題朱勝非編《紺珠集》，其卷7摘抄《啟顏錄·孫紹》一條，[32]蓋轉載《類說》節文，而刪落更甚，可以不論。

元代初年，脫脫（托克托，1238-1298）修纂《宋史·藝文志》，其子部小說家類中載有：「皮光業《皮氏見聞錄》十三卷；《啟顏錄》六卷；《三餘外志》三卷。」[33]按照該書體例，若《啟顏錄》亦為皮光業所撰，當在書名之上加一「又」字。意者，此《啟顏錄》係無名氏書，而非皮氏著作。云「六卷」，又與陳氏《直齋書錄解題》所載「八卷」不同，未知其詳。

再者，就目前所知，唐代類書，如：歐陽詢（557-641）等編《藝文類聚》、徐堅（659-729）等編《初學記》、白居易（772-846）編《白氏六帖事類集》，均未引《啟顏錄》。北宋時期，除了《太平廣記》一書之外，李昉等編《太平御覽》、吳淑（947-1002）《事類賦》，也未引用《啟顏錄》。到了南宋，至少有以下六家所編類書，摘引了《啟顏錄》部份文字：馬永易《實賓錄》，引〈鄧玄挺〉一條；[34]

---

[30] 同註3。

[31] 宋曾慥編著，嚴一萍校訂：《類說》（臺北：藝文印書館，1970年8月），卷14，頁2。

[32] 臺北：臺灣商務印書館，1970年11月，影印明刊本，第7冊，頁11右。

[33] 同註4。

[34] 元陶宗儀編：《說郛·實賓錄》（臺北：新興書局，1972年4月），頁58下。

葉廷珪《海錄碎事》卷 1，引〈高敖曹〉一條；[35]無名氏《錦繡萬花谷・前集》卷
19，引〈王元景〉；同書卷 36，引〈羊踏破菜園〉，共二條；[36]陳元靚《歲時廣記》
卷 14，引〈千字文語乞社〉；同書卷 35，引〈歐陽詢〉，共二條；[37]祝穆《事文類
聚・前集》卷 42，引〈歐陽詢〉一條；《事文類聚・別集》卷 20 引〈李勣〉、〈子
在回何敢死〉二條；[38]謝維新等《古今合璧事類備要・續集》卷 39，引〈子在回
何敢死〉一條；同書卷 40，引〈裴略〉一條。[39]六家所引《啟顏錄》十一條次，
扣除重複，實得九條。除了《實賓錄》及《錦繡萬花谷・前集》卷 19 所引〈鄧玄
挺〉、〈王元景〉兩條，分別見於《太平廣記》卷 250、卷 247 之外，另七條並見
於《太平廣記》及《類說》卷 14《啟顏錄》。總之，南宋諸家所編類書之引文，
未有新增條目。

五、結語

　　唐朝所流傳之笑話集《啟顏錄》，除了敦煌寫卷一種四十條之外，並無其他材
料存世。宋代《太平廣記》、《類說》兩書引錄遺文七十三條（不含《廣記》卷 246
〈徐陵聘魏〉；卷 247〈徐之才〉，原注「出《談藪》」二條），其他各種類書引文，
洎至阮閱（約 1127 年前後在世）《詩話總龜・前集》卷 39 引〈歐陽詢〉、卷 41 引
〈李榮〉；[40]程大昌(1123-1195)《考古編》卷 8 引〈論孔子弟子〉；[41]史容(約 1137-1212)
《山谷外集詩注》卷 5 引〈羊踏破菜園〉，[42]也都未超出《廣記》、《類說》二書所

---

[35] 臺北：新興書局，1972 年 8 月，影印明刊本，頁 88。

[36] 上海：上海辭書出版社，1992 年 12 月，影印明刊本，頁 165 上、304 下。

[37] 臺北：新興書局，1977 年 8 月，影印清刊本，頁 2486-2488、3150。

[38] 京都：中文出版社，1989 年 7 月，影印明刊本，頁 484 下、1721 上。

[39] 臺北：新興書局，1971 年 3 月，影印明刊本，頁 1293 下、1298 下。

[40] 宋・阮閱編著：《詩話總龜・前集》(北京：人民文學出版社，1987 年 8 月)，頁 379、402。

[41] 宋・俞鼎孫、俞經編輯：《儒學警悟・考古編》(臺北：大立出版社，1982 年 6 月)，頁
166 上。

[42] 臺北：藝文印書館，1968 年 10 月，影印清刊本，頁 1346。

載。因此，我們可以確定《啟顏錄》現今存世遺文應為九十五條。至於唐、宋史志及公私書錄所載《啟顏錄》，內容到底如何，因原書不傳，則不得而知矣。

羅聯添教授八秩晉五
壽 慶 論 文 集
2011 年 11 月 頁 605-642

華山民間傳說初探

——以文獻資料為範圍

丁 肇 琴*

提 要

　　本文從觀光旅遊叢書、普通大眾讀物、田野調查記錄、方志文叢四類八種書籍中，歸納出流傳最普遍的華山民間傳說為〈劈山救母〉、〈趙匡胤賣華山〉、〈吹簫引鳳飛華山〉、〈華山來歷的傳說〉、〈回心石和投書崖〉、〈毛女〉、〈華山石洞的來歷〉等七篇，再從歷史或相關文本加以考察。最後整理出其特色為：一、多為地方風物傳說，凸顯華山地形險峻，且有相互生發的現象。二、歷史悠久，起自遠古，以迄唐代、金朝等。三、與歷史人物或神仙有密切關聯，亦可視為人物傳說，內容多與道教有關。四、情節動人，並經口述者「仙化」，對史實有移花接木、張冠李戴的現象。五、不為名人隱諱缺點，也表揚他們的優點；歌頌仙凡間的愛情、親情，充分展現人民的心聲。六、土特產及習俗傳說闕如：華山地形陡峭，乏人居住，因此缺少土特產及習俗傳說，與泰山傳說大異其趣。

關鍵詞：巨靈神、民間傳說、沉香、陳摶、華山。

---

* 世新大學中國文學系副教授。

華山民間傳說初探

——以文獻資料為範圍

一、前言

筆者近年因寫了三篇有關東嶽泰山傳說的論文，遂想把其他四嶽的民間傳說也做一番整理。路途遙遠，實際做田野調查困難重重，便嘗試從相關書籍去尋找，找到一些材料，如大家耳熟能詳的趙匡胤和陳摶賭華山、蕭史弄玉歸隱華山、沉香劈山救母等，還有一些是與華山地形相關的，如華山石洞和巨靈仙掌等。

通常山嶽傳說和地形關係比較密切，巨靈仙掌的傳說便是結合神話以說明華山天然特殊的形狀，而華山石洞則是道士開闢修行場所的見證。此外華山民間傳說與歷史人物特別有關聯，除了上述赫赫有名的睡仙陳摶和宋太祖趙匡胤外，尚有老子、楊震、呂洞賓、韓愈、宋太宗等人。這些人物涵蓋宗教、政治和文學領域，尤其以宗教人物居多。

前賢在山嶽與文學及文化的研究成果方面，以《山岳與象徵》[1]一書最為卓著。此書匯集了三十四篇山嶽文化研究的相關論文，有列舉諸山總論者，亦有單就某山立論者，其中賈二強〈論唐代的華山信仰〉[2]一文，主要從山川崇拜、政治現實、民間信仰等方面論述唐代的華山信仰，對筆者探討現當代的華山傳說啟發甚大。臺灣則有兩本碩士論文論及華山民間傳說：江亞玉的《二郎神傳說研究》[3]和李瓊

---

[1] 游琪、劉錫城主編：《山岳與象徵》（北京：商務印書館，2004 年）。

[2] 同前注，頁 225-243。

[3] 江亞玉：《二郎神傳說研究》（臺中：東海大學中文所碩士論文，胡萬川教授指導，1987 年）。

雲的《沉香故事研究》,[4]筆者亦斟酌參考其論點。

　　以下先介紹華山概況,其次說明如何選取傳說文本,再依序論述較重要的華山民間傳說,嘗試對具有代表性的民間傳說做一番初步的考察。

二、華山概述

　　華山古稱西嶽,是中國著名的五嶽之一,位於陝西省華陰市境內。它南接秦嶺,北瞰黃河和渭水,素有「奇險天下第一山」之稱。

(一) 華山的結構與命名

　　華山是由花崗岩體構成的,根據科學儀器測定,它的地質年齡約為一億二千萬年。[5]在五嶽之中,華山以險峻著稱,登山之路蜿蜒曲折,長達十二公里,到處都是懸崖絕壁,有「自古華山一條路」的說法。華山五峰中,以東峰(朝陽峰)最適合觀賞日出;西峰(蓮花峰)的東西兩側狀如蓮花,是華山最秀奇的山峰;南峰(落雁峰)是華山最高峰,海拔二千一百六十點五公尺;中峰(玉女峰)相傳曾有玉女乘白馬入山間;北峰(雲臺峰)峰頂平坦如雲中之臺,故名。[6]

　　華山與泰山等其他山嶽並稱,最早見於《爾雅‧釋山第十一》:「河南華、河西嶽、河東岱、河北恆、江南衡。」[7]至於華山命名的由來,則有兩種不同的說法:東漢班固《白虎通義‧巡狩》云:「西方為華山者,華之為言穫也。言萬物成熟,可得穫也。」[8]認為「華」是「穫」的通同字。另一說法是北魏酈道元《水經注》:「華陰……縣有華山。《山海經》曰:其高五千仞,削成而四方,遠而望之,又若

---

[4] 李瓊雲:《沉香故事研究》(桃園:中央大學中文所碩士論文,洪惟助教授指導,1993 年)。

[5] 詳見田澤生編著:《西嶽華山》(北京:科學出版社,1982 年),頁 17-25。

[6] 本段參考李豐編輯:〈倚天奇秀 西嶽險峰——華山〉,國際在線網站
　　http://big5.cri.cn/gate/big5/gb.cri.cn/3321/2005/04/30/421@533439.htm(瀏覽日期 2008/09/02),
　　頁 1。

[7] 晉‧郭璞注、宋‧邢昺疏:《爾雅注疏》(臺北:藝文印書館,1973 年),頁 116。

[8] 漢‧班固:《白虎通義‧巡狩》(臺北:臺灣商務印書館,1986 年,景印文淵閣四庫全書第850 冊),頁 116。

華狀。」[9]是說華山遠望像是花的形狀，所以稱為華山，因為花和華二字在古代常可以通用。[10]

（二）華山的名勝古蹟

華山的名勝古蹟很多。廟宇道觀、亭臺樓閣、雕像石刻隨處可見，華山上比較著名的古蹟有玉泉院、真武宮、金天宮（白帝祠）等景點。華山以北七公里處的西嶽廟是古時祭祀西嶽華山神的廟宇。

華山是中華民族文化的發祥地之一，據清代著名學者章太炎先生考證，「中華」、「華夏」皆因華山而得名。[11]《尚書》裡就有舜巡守四岳的記載；[12]《史記・封禪書》中也沿用《尚書》文字，並說：「禹遵之。」[13]漢武帝、武則天、唐玄宗等帝王都曾到華山進行過大規模的祭祀。

華山還是道教勝地，為第四洞天，在華山修煉的道士以陳摶、王重陽、賀志真最著名。山上現存道觀二十餘座，其中玉泉院、東道院、鎮岳宮被列為全國重點道教宮觀。[14]

華山的最佳旅遊時間是每年的四月到十月，農曆三月十五日是朝山日，有盛大的廟會和慶祝活動。華山四季景色多變，不同季節可欣賞到「雲華山」、「雨華

---

[9] 北魏・酈道元注、民國・楊守敬、熊會貞疏：《水經注疏・卷十九》（南京：江蘇古籍出版社，1998 年），頁 1660。

[10] 段玉裁認為：小篆的「花」和「華」音義皆同。詳見其《說文解字注》（臺北：藝文印書館，1973 年），頁 277。

[11] 章太炎先生以為中國領土以雝、梁二州為根本，「雝州之地，東南至於華陰而止。梁州之地，東北至於華陽而止。就華山以定限，名其國土曰華。……《說文》云：夏，中國人也。」詳見其〈中華民國解〉，《章太炎選集》（臺北：帕米爾書店，1979 年），頁 31-41。

[12] 屈萬里：《尚書釋義・堯典》：「歲二月，東巡守，至于岱宗，柴；……五月，南巡守，至于南岳，如岱禮。八月，西巡守，至于西岳，如初。十有一月，朔巡守，至于北岳，如西禮。」（臺北：中國文化大學出版部，1980 年重排本），頁 31。按：十三經注疏本將此段文字歸於〈舜典〉。

[13] 司馬遷：《史記・封禪書》（臺北：鼎文書局，1984 年），頁 1356。

[14] 詳見李高田：〈獨具魅力的華山自然及人文景觀〉，《旅遊》，11 期（1994 年），頁 18。

山」、「霧華山」、「雪華山」。[15]

三、華山民間傳說的搜集與分類

　　研究泰山民間傳說，可循著「忠實記錄、慎重整理」的《泰山民間故事大觀》[16]這本標竿式的著作去從事；但研究華山民間傳說，並沒有這種現成的總集，所以首先便遭遇到搜集材料的問題。筆者嘗試從各種相關書籍去尋找，小有斬獲。至於華山民間傳說的類別，與泰山民間傳說亦不甚相同，因為它們幾乎都是透過一個或幾個人物的故事，來解釋華山的特殊地形，所以既是人物傳說，也可以算是地方風物傳說。

　　以下就先依書籍性質區分為觀光旅遊叢書、普通大眾讀物、田野調查記錄、方志文叢四類，再按照出版年為序，列舉各書加以說明：

（一）觀光旅遊叢書

　　華山是著名的觀光旅遊區，有些介紹華山風光的書也會談及華山的傳說，如《中國山川掌故與傳說》、《華山攬勝》皆是。

1.《中國山川掌故與傳說》[17]

　　這是《中國旅遊知識叢書》十五冊中的第三冊。書中第六章為〈神韻天成華山險〉，介紹的民間傳說有〈華山來歷的傳說〉、〈夷齊餓死首陽山〉、〈回心石和投書崖〉、〈沉香劈山救生母〉、〈趙匡胤賭輸華山〉、〈吹簫引鳳飛華山〉共六篇，是按照旅遊路線而帶出的華山相關傳說。但第二篇〈夷齊餓死首陽山〉並非華山傳說，實為五篇。

2.《華山攬勝》[18]

　　此書分二十一章，係綜合性介紹華山美景之書，雖非華山傳說專書，但第三

---

[15] 〈倚天奇秀　西嶽險峰——華山〉，國際在線網站，頁2。

[16] 陶陽、徐紀民、吳綿編：《泰山民間故事大觀》（北京：文化藝術出版社，1984年）。

[17] 柳莘編著：《中國山川掌故與傳說》（北京：中國展望出版社，1984年）。

[18] 穆忠民、潘學森：《華山攬勝》（北京：中國青年出版社，1989年）。

章〈峪道漫行觀勝景〉提及華山有七坪、八臺、八景和六大傳說。七坪、八臺和八景是指華山的地名和景觀，而六大傳說則是指有關陳摶、賀祖、毛女、三聖母、蕭史玉女、仙掌的傳說。[19]其他各章所涉及的傳說尚有：玉泉傳說（見第二章）、高蓬頭傳說（見第三章及第十四章）、王柯砍柴傳說（見第四章）、孝子峰傳說（見第八章）、楊震傳說（見第十章）、李白傳說（見第十一章）、明太祖傳說、千里馱水傳說（見第十四章）。此書介紹的華山傳說雖多，但所述較為簡要，且未注明出處來源。

（二）普通大眾讀物

這裡是指一般人皆可閱讀並非學術性的書籍，其中也收有華山的傳說材料。

1.《西嶽華山》[20]：

這是一本深入淺出的科普讀物，內容偏重在華山的地形結構和科學分析方面，但也涉及一些地方風物傳說的介紹和說明，如「巨人掰山」、「千葉蓮」、「希夷峽」、「張超谷」、「斧劈石」、「水簾洞」、「魚石」、「蒼龍嶺」、「老君犁溝」、「賀老洞」、「玉女峰」、「趙匡胤賣華山」等。書中對這些傳說雖然只是簡單幾筆帶過，但也常從地理學或氣候學的角度提出解釋，頗有參考價值。

2.《三山五岳及傳說》[21]：

本書缺少序跋之類的介紹文字，但版權頁上註明為「（1）山──簡介──中國（2）民間故事──作品集──中國」，故當係針對山嶽所撰之書，其中三山（喜馬拉雅山、崑崙山、天山）及五嶽都分為「概述」、「形成」及「傳說」等部分。〈有關華山的種種傳說〉中共收有〈關西夫子〉、〈韓愈投書〉、〈巨靈擘山〉、〈吹簫引鳳〉、〈破鏡重圓〉、〈黃雀銜環〉、〈劈山救母〉、〈毛女仙姑與秦宮役夫〉、〈趙匡胤賣華山〉九篇，惜均未標明講述者與採錄者，亦未分類。

筆者以為第六篇〈破鏡重圓〉講述楊素（華陰人）成人之美，讓徐德言和樂昌公主破鏡重圓的故事，和華山的關係不夠密切，可以剔除在外，實為八篇。這

---

[19] 同前注，頁 30。

[20] 田澤生編著：《西嶽華山》（北京：科學出版社，1982 年）。

[21] 迪恩編著：《三山五岳及傳說》（天津：百花文藝出版社，2004 年）。

八篇當中〈韓愈投書〉、〈吹簫引鳳〉（與〈玉女峰〉大同小異）、〈劈山救母〉、〈趙匡胤賣華山〉多已見其他各書。〈關西夫子〉和〈黃雀銜環〉都與楊震父子有關，〈巨靈擘山〉與〈毛女仙姑與秦宮役夫〉也是華山地區極有名的傳說。

（三）田野調查記錄

田野調查記錄通常會注明口述者及採集者的姓名、時間、地點等資料，故較可靠，以下三書是根據田野調查記錄編成的。

1.《陝西民間傳說故事集》[22]：

本書未對傳說故事分類，但都注明搜集整理者，有些也注明口述者。全書只有三則關涉到華山：〈趙匡胤賣華山〉、〈劈山救母〉、〈華山石洞的來歷〉，篇數雖少，但確實和華山關係密切。

2.《陝西民間故事集》[23]：

全書體例謹嚴，每篇皆標明搜集整理者，大多數都記錄了口述者的姓名。分類較細，分為神話與起源傳說、地方風物傳說、習俗土特產及其他傳說、歷史人物故事、傳說人物故事、生活故事、幻想故事、動植物寓言故事和笑話八類。此書收了九則華山民間傳說，其中〈玉女峰〉、〈沉香劈華山〉、〈韓愈投書蒼龍嶺〉、〈華山石洞的來歷〉、〈斧劈石〉、〈牛頭山〉、〈混元石與老君頂〉、〈聞仙溝的故事〉等八則被歸在「地方風物傳說」類，只有一則〈和合二仙〉歸在「幻想故事」類。

3.《中國民間故事集成‧陝西卷》[24]：

此書體例最為謹嚴，每篇皆標明講述者與採錄者的姓名、年齡、籍貫、職業、教育程度，以及採錄的時間、地點。書中將傳說分為人物傳說、地方傳說、動植物傳說、土特產傳說、民間工藝傳說五類。

---

[22] 高少峰編選：《陝西民間傳說故事集》（西安：陝西省文化文物廳、中國民間文藝研究會陝西分會，1984年）。

[23] 陳慶浩、王秋桂主編：《陝西民間故事集》，《中國民間故事全集》（臺北：遠流出版公司，1989年），第27集。

[24] 中國民間文學集成陝西卷編輯委員會：《中國民間故事集成‧陝西卷》（北京：中國ISBN中心出版，1996年）。

是書所收五則和華山有關的傳說：〈蕭史與弄玉〉、〈趙匡胤賣華山〉、〈華嶽仙掌〉、〈劈山救母〉、〈老君犁溝〉，全被列在「人物傳說」類。

（四）方志文叢

地方志為了保存完整的地方史料，對該地名勝、人物、物產等相關的神話和傳說也多所記錄。據謝彥卯〈歷代華山志考略〉，華山自北宋至民國即有十二種相關志書，但有些已佚，有些未見刊刻流傳。[25]筆者找到一本新修的《華山志》，略述如下：

《華山志》[26]這是一本近年新修出版的華山地方志，內容相當豐富，被北京故宮博物院鄭欣淼院長譽為「是華山的通史，是一部頗有特色的華山百科全書」。[27]筆者在此書的〈附錄三‧神話傳說〉、〈附錄四‧華山仙真〉、〈附錄五‧奇聞軼事〉中發現了不少有關傳說的資料，尤其是〈附錄三‧神話傳說〉下又依內容分為「關於華山的形成」、「人神戀愛的贊歌」、「對神靈的禮贊」、「對神靈的嚴肅批判」四類，各類都有一些實例說明，值得參考。至於〈附錄四‧華山仙真〉和〈附錄五‧奇聞軼事〉，多摘錄神仙傳記和筆記小說，有些可證明如今仍流傳在民間的傳說確實源遠流長。

（五）整理結果

綜觀以上四類八書，多少都記載了一些與華山有關的傳說，但詳略不一，有正式採錄的，也有屬於介紹性質的。第三類中有兩本是做了分類的，但分得不同，《陝西民間故事集》中的華山傳說偏重地形解釋，所以多歸在「地方風物傳說」類；《中國民間故事集成‧陝西卷》裡的華山傳說著重人物關係，所以全列在「人物傳說」類；至於第四類的《華山志》因為把「神話傳說」放在一起，所以分類又與上述二書迥異；另外五本沒有分類。至於各書所收錄的傳說，筆者歸納的結果如下（統計表置於文末）：

1.八本皆收錄者一篇：〈劈山救母〉（或題為〈沉香劈山救生母〉、〈沉香劈華山〉、

---

[25] 詳見謝彥卯：〈歷代華山志考略〉，《圖書館理論與實踐》，第 5 期（2003 年），頁 71-72。

[26] 韓理洲主編：《華山志》（西安：三秦出版社，2005 年）。

[27] 同前注，〈序言〉，頁 2。

〈斧劈石〉[28]）。

2.有七本收錄，僅一本未收錄者二篇：〈趙匡胤賣華山〉（或題為〈趙匡胤賭輸華山〉）、〈吹簫引鳳飛華山〉（或題為〈玉女峰〉、〈蕭史與弄玉〉、〈吹簫引鳳〉）。

3.有五本收錄，三本未收錄者二篇：〈華山來歷的傳說〉（或題為〈巨靈擘山〉、〈華嶽仙掌〉）、〈回心石和投書崖〉（或題為〈韓愈投書蒼龍嶺〉、〈韓愈投書〉）。

4.有四本收錄，四本未收錄者一篇：〈華山石洞的來歷〉（或題為〈賀祖〉）。

5.有三本收錄，五本未收錄者二篇：〈毛女〉（或題為〈毛女仙姑與秦宮役夫〉）、〈楊震傳說〉。

6.有二本收錄，六本未收錄者二篇：〈老君犁溝〉、〈高蓬頭傳說〉。

可見華山民間流傳最普遍的傳說，不外是上述的〈劈山救母〉、〈趙匡胤賣華山〉、〈吹簫引鳳飛華山〉、〈華山來歷的傳說〉、〈回心石和投書崖〉、〈華山石洞的來歷〉、〈毛女〉、〈楊震傳說〉等諸篇，與《華山攬勝》所謂的「六大傳說」相當吻合，只多出了兩篇，一是和唐朝大文豪韓愈有關的〈回心石和投書崖〉，一是關於東漢大學者楊震的傳說。

從以上諸篇傳說的題目和內容來看，幾乎都是地方風物傳說，但這些傳說裡也都有一或兩個中心人物，所以被《華山攬勝》歸為陳摶、賀祖、毛女、三聖母、蕭史玉女、仙掌的六大傳說；《中國民間故事集成·陝西卷》中更是把五則華山傳說全歸屬在「人物傳說」類，可見華山民間傳說和人物之間是緊密相連的。再分析這些傳說中的主要人物，陳摶、賀祖（或郝大通）是著名的道士，三聖母和巨靈為神仙，毛女、蕭史、玉女則是修仙者，足以證明華山傳說和宗教（尤其是道教）關係十分密切。

上述這些傳說確實是最重要的華山民間傳說，以下就依歸納的順序論述，楊震的傳說實為楊震之父楊寶行善得報之事，受篇幅所限，暫時擱置。由於各書文本不盡相同，討論時將選取較合適的一篇文本為主，並參酌其他相關異文。

---

[28] 《西嶽華山》之〈斧劈石〉實述沉香劈山救生母故事，與《陝西民間故事集》中之〈斧劈石〉（云「斧劈石」為二郎神楊戩所丟的石墩，被沉香劈成兩半）名同實異。

四、華山著名傳說

（一）〈劈山救母〉

此則傳說或題為〈沉香劈山救生母〉、〈沉香劈華山〉，是華山最富盛名的傳說，經各類說唱、[29]戲曲[30]渲染後，情節愈加豐富，目前多以「寶蓮燈」為名。

「寶蓮燈」乃華嶽三娘子所有的寶物，具有法力，可以驅除惡瘴，救護生靈，又稱寶蓮神燈或紅蓮寶燈，當劉氏夫婦從京城登上華山時，狂風大作，方向不清，三娘子就用這盞寶蓮燈為他們指點路途；後來二郎神把三娘子壓在華山下，便沒收了寶蓮燈，使她無力抵抗；直到沉香劈山救出母親，寶蓮燈才重返三娘子身邊。

華山傳說中原本完全未提及寶蓮燈，但說唱家和編劇家將寶蓮燈貫串於沉香劈山救母故事中，使相關的影劇更添神祕與美感。陳彥認為根據秦腔改編的舞劇和河北梆子《寶蓮燈》使「寶蓮燈」成為劇作的「橋梁和紐帶」，是深諳傳統戲曲編織法則的重大修補和改造。[31]再以筆者的經驗為例，幼時即在臺北看過由林黛、鄭佩佩主演的電影《寶蓮燈》，數年前還觀賞了黃香蓮主演的歌仔戲《寶蓮燈》，在未深入了解〈劈山救母〉這則傳說前，筆者對沉香劈華山救母的理解，幾乎全來自影劇《寶蓮燈》。

1.傳說內容大要

　　華山西峰頂有裂成三段的巨石叫「斧劈石」，旁豎一把七尺多高的月牙鐵

---

[29] 如寶卷有《沉香寶卷》、《沉香太子全傳》、《寶蓮燈救母全傳》，彈詞有《寶蓮燈華山救母全傳》，南音有《沉香太子》，鼓詞有《沉香救母雌雄劍》，太平歌詞有《二郎劈山救母》，詳見杜穎陶編：《董永沉香合集・下卷・沉香集》（臺北：明文書局，1981 年），頁 167-350。

[30] 宋元南戲有《劉錫沉香太子》，元人雜劇有張時起的《沉香太子劈華山》、李好古的《巨靈神劈華山》，以及民國後京劇和各地方戲的《寶蓮燈》等。詳見李劍平主編：《中國神話人物辭典・三聖母條》（西安：陝西人民出版社，1998 年），頁 22。

[31] 陳彥：〈秦腔・華山・寶蓮燈〉，《美文》，第 10 期（2007 年），頁 51-54。

斧。傳說這是沉香劈山救母的地方。

沉香之母是玉皇大帝的三女兒。因在蟠桃會上和金童相對一笑，被玉帝貶到華嶽廟旁的雲映宮，金童也打下凡間。

金童投胎劉家，取名劉璽。上京趕考時，路過華嶽廟，進宮求籤。恰巧三聖母外出赴宴，他連抽三枝空籤，氣得在牆上寫詩後揚長而去。

三聖母回宮看了題詩後大怒，遂降下狂風暴雨，把劉璽打得跌倒在地。但她見劉璽相貌不凡，心生愛慕，遂請月老為媒，點化一座「仙莊」，與他結為夫妻。過了百日，劉璽上京趕考，三聖母懷孕了。

此事被孫猴子得知，就譏笑二郎神，不知妹子嫁了凡人已身懷六甲。楊戩羞愧難當，馬上把三聖母壓在華山西峰頂的大石頭下。

劉璽上京考取進士，做了洛州知縣。三聖母生下一子取名沉香，交給丫鬟靈芝送往洛州。

沉香十幾歲時在學堂讀書。一天被秦國舅的兒子秦官保譏笑沒娘，失手打死秦官保。回家得知真情，沉香決心救出母親，逃到華山腳下，遇見霹靂大仙。大仙收他為徒，每天在石洞裡勤練武藝。

一天沉香練完武，走進石洞深處，吃了麵牛麵虎和仙桃仙果，變得力大無窮。霹靂大仙對他說：「你可以上山救母親了。」又贈他一把月牙斧。

沉香提斧奔上華山，大喊「母親」，卻遍尋不著。沉香大哭，山神告訴他：「你娘在西峰頂壓著。開山鑰匙在你舅二郎楊戩那兒。」給他三顆藥丸，叫他見機行事。

沉香到了南天門，和楊戩大打出手。三顆藥丸先後擲出後，二郎神落敗，把鑰匙給了沉香。

沉香登上西峰，大喊：「娘呀！」立即聽到「兒呀，娘在這裡」的回聲。他朝著頂峰，高舉鐵斧奮力劈下，峰頂裂開，三聖母徐徐走了出來。

當年沉香放聲大哭的地方，後來就叫「孝子峰」。

劉璽在洛州聽到沉香救出了三聖母，便棄官到華山。現在毛女洞隔澗石壁

上的「劉璽台」，就是當年劉璽隱居的地方。[32]

2.傳說內容分析

這是一則典型的仙話。三聖母和金童違反天規，一受貶一下凡，卻在華山又續前緣結為夫婦；二郎神得知三聖母再犯天條，遂把她壓在華山西峰底下。後來三聖母和劉璽生的兒子沉香擊敗舅舅二郎神，母子才得團圓。故事中有浪漫的愛情，也有親情和法理的衝突——兄妹成仇、舅甥格鬥等，曲折動人。前半鋪敘劉璽和三聖母的愛情，後部則以沉香救母為重心，同時也是整個故事的重心。李瓊雲《沉香故事研究》以寶卷作品為研究中心，指出沉香故事主要涵括「人神婚戀」及「劈山救母」二段故事，[33]這點和傳說並無二致。

人物方面，第一男主角當然是沉香，其次當屬脾氣暴躁的二郎神。二郎神在傳說前半是不顧手足之情的嚴兄，後來仍是不認外甥沉香的狠舅，但因沉香有備而來，不得已才交出開山的鑰匙。

3、相關傳說比較

山東臨沂地區也有二郎神救母的仙話傳說，大意如下：

> 玉皇大帝的大女兒偷偷逃出天宮，與凡人結為夫妻，被玉皇抓回關進天牢，生下一男一女雙胞胎，她把孩子交給六個妹妹撫養。一夜天兵偷偷把她放了。玉皇知道後，拾起天宮門外的一隻石獅子朝她丟去，石獅子變成一座大山把她壓在山底。其兒楊二郎長大後，玉皇派他到人間擔山填海。一天他來到獅子山下，聽到哭聲，仔細一看，壓在山底的正是母親。他拔出開山神斧，把獅子山劈為兩半，但使勁過猛，娘也被壓死。楊二郎哭了一場，把娘埋了。每年三月三都要乘風駕雲上墳祭母。[34]

---

[32] 此係筆者撮要而寫，原文詳見閔智亭講述，于力採錄：〈劈山救母〉，《中國民間文學集成·陝西卷》，頁 231-233。又見于力搜集整理：〈劈山救母〉，《陝西民間傳說故事集》，頁 42-46。

[33] 李瓊雲：《沉香故事研究》，頁 6-8。

[34] 詳見姜彬主編：《中國民間文學大辭典·仙話·二郎救母條》（上海：上海文藝出版社，1992

這則仙話情節和〈劈山救母〉類似，都是母親（玉皇大帝的女兒）被壓在山底，兒子去救；但同中有異，〈劈山救母〉是有計畫的救母行動，結局母子團圓；〈二郎救母〉則是巧遇生母，展開救援後母親反被壓死。至於一為華山，一為桃山，則是傳說流播的地緣關係。〈劈山救母〉中的楊二郎是阻撓外甥沉香救母的反派人物，但在〈二郎救母〉中他卻是救母心切的孝子，形象截然不同。二郎神既然曾劈山救母，為何又要阻止外甥沉香劈山救母呢？這個疑團得從其他的民間作品去找答案。

袁珂曾說：

> 沉香救母神話，[35]故事的時代背景也說是發生在漢代，但古書對此無正式記錄，只是在近代的唱本鼓詞中見到此一神話的梗概。[36]

袁珂此說是因為他看到清代抄本的寶卷〈沉香寶卷〉和〈新編說唱沉香太子全傳〉[37]都是以漢朝為背景，但彼時尚無科舉制度，所謂的士子劉向「上京趕考」實無可能。到了彈詞〈新編說唱寶蓮燈華山救母全傳〉把時代放在「大唐」，比較合情

年），頁 255-256。另見鄭土有、陳曉勤編：《中國仙話·天仙仙話·大姐下凡條》（此條宋秀君講述，張崇鋼搜集整理，流傳於山東臨沂地區）（上海：上海文藝出版社，1997 年），頁 48-50。

[35] 袁珂主張廣義的神話，認為傳說和仙話都包括在神話中，詳見其〈神話研究的主體結構——廣義神話〉，收於袁珂著，賈雯鶴整理：《袁珂學述》（杭州：浙江人民出版社，1999 年），頁 25-60。

[36] 袁珂：《中國神話史·第十三章　民間流傳的神話》（臺北：時報文化出版公司，1991 年），頁 349。

又感謝匿名評審提供珍貴資料：山西人民出版社 1994 年影印之《寶卷》初集〈沉香寶卷〉（第 38 冊，抄本）云：「且說唐朝山東青州府安邱縣有一家，姓劉名安表，字邦瑞，……」將時代訂在唐朝，較合情理。（筆者按：此套書籍當年影印出版後不久，即遭大陸公安部、新聞出版署禁止發行，故極為罕見。）

[37] 杜穎陶編：《董永沉香合集·下卷·沉香集》，頁 167-181 及頁 182-214。

合理；但開篇唱詞後仍有以下一段說詞：

> 話說西漢明帝年間，湖廣荊州府有一書生楊天佑，在桃山洞中修煉；斗牛
> 宮張仙姑下凡，與他配合姻婚，生下一男一女：男名二郎，女名三娘。事
> 被玉皇聞知，大怒，降旨將仙姑壓在桃山受苦。後來二郎劈山救母，玉帝
> 見喜，二郎封為西川灌口妙道真君，三娘封為西嶽華山三仙聖母，兩處享
> 受香火。舊事少提，且說劉錫離了揚州，一路曉行夜宿，直奔長安而行。[38]

很明顯的說唱人是把「二郎劈山救母」當作開場（入話）。故江亞玉的研究也說：
二郎神與沉香二者故事的結合是從清代民間說唱開始，如太平歌詞〈新出二郎劈
山救母全段〉中還是二郎劈山救母，後來在彈詞〈新編說唱寶蓮燈華山救母全傳〉、
寶卷〈新刻寶蓮燈救母全傳〉中沉香才出現，取代二郎劈山的主角地位，成為華
嶽三娘之子，而二郎神則被安排為沉香的舅父，二人分庭相抗。[39]

　　比較〈劈山救母〉和〈二郎救母〉兩篇傳說，雖然都是「救母」的故事，但
內容上前者比後者繁複許多，增加了仙凡之間的愛情，人物之間的衝突，地點又
明確依附在著名的華山上，應該是較晚形成的作品，這和江氏研究的結論「沉香
故事以人神婚戀為基礎，吸收劈山救母故事，迭經增飾轉化」[40]也相當吻合。

（二）華山著名傳說之二——〈趙匡胤賣華山〉

　　這是一篇膾炙人口的傳說，從題目看不出還有另一位男主角陳摶，但趙匡胤
賣華山的對象就是陳摶。

　　陳摶是著名的隱士、道士，一般人對他印象最深的應該是他的睡功，有所謂
「小睡十八載，大睡三十六春」之說。[41]但在華山的民間傳說裡，陳摶的名字卻

---

[38] 同前注，頁245。

[39] 江亞玉：《二郎神傳說》，頁157。

[40] 同前注，頁183。

[41] 此據趙洪、靜波：《華山記遊》（西安：陝西人民出版社，1957年），頁9。而元‧脫脫等：
《宋史‧卷四百五十七隱逸上‧陳摶傳》則較保守，云：「每寢處，多百餘日不起。」（臺

和未登基時的宋太祖趙匡胤連在一起，而且趙匡胤還被形容成是一個無賴流氓，因陳摶用計點化他，他才醒悟。兩人交手的地點就在華山，各書所載的說法只在細節上稍有差異，但都頗富野趣。

1.傳說內容大要：

> 趙匡胤年輕時好賭博，還常用盤龍棍打人。有一年他在家鄉闖了禍，逃到陝西華陰。
>
> 傳說陳摶早年騎驢，在路上曾望見一老漢挑擔筐，筐裡盤著兩條龍，細瞧是趙匡胤和趙二舍，就笑說：「從此天下要定了！」所以他早知道趙匡胤日後會當皇帝，也算到這天趙要來華山峪避難，便化作一個賣桃老漢。趙匡胤又渴又飢，看到桃擔，就狼吞虎嚥吃起來了。吃完陳攔住他要一文錢。趙說：「老先生，俺一文錢也沒有呀！」陳要趙在地上滾一下，趙正要滾，陳摶又攔住，勸他：「為啥不去吃糧當兵？」指點他去潼關投靠柴榮。
>
> 趙到了潼關，連打三場勝仗，柴榮升他做總兵。後來趙到華陰，沒找著賣桃老漢，卻在玉泉院遇見道士陳摶，便和陳下棋，二人各勝一局。陳又引趙到東峰山頂（後稱「博臺」）下棋，趙連輸四盤，把軍刀、戰馬都輸了！但他不服，還要對局，脫口而出：「我輸華山！」立下文約又輸了。
>
> 陳拉起趙的戰馬和軍刀就跑，趙急得大喊：「除非你是大羅神仙，我才不趕你。」陳說：「謝主隆恩！」又說趙日後有九五之尊。趙想奪回文約，伸手「啪」一掌，反落下手印，成了華山「仙掌」（關中八景之首）。趙匡胤又伸手搶文約，陳摶一噓氣，文約登時飛到對面三公山石壁上（俗名「貼文約處」）。陳交還馬匹和軍刀，趙只得走了。
>
> 後來趙匡胤登天子位，三次詔請陳摶出山扶保大宋，陳都沒答應。陳雖然沒有應詔，但華山是趙匡胤下棋輸給陳摶的，所以華山便有「自古不納糧」

北：鼎文書局，1983年），頁13420。

之說。[42]

這則傳說的內容非常豐富，從陳摶和趙匡胤的互動中，說明了華山「博臺」、「仙掌」[43]和「貼文約處」幾個景點的由來；又透過整個故事解釋陳摶的先知先覺和華山「自古不納糧」的緣故。

2.傳說與史實的比較

「傳說總是與一定的歷史人物、歷史事件有聯繫……但傳說的反映不是史實的忠實記錄，而是對史實（或借助史實）進行添枝加葉、加油調醋式的加工製作。」[44]這則傳說正可以證實程薔的說法。我們翻開《宋史‧太祖本紀》，並沒有陳摶點化趙匡胤從軍的記載，倒是有下列文字：

> 漢初，漫遊無所遇，舍襄陽僧寺。有老僧善術數，顧曰：「吾厚貺汝，北往則有所遇矣。」會周祖以樞密使征李守真，應募居帳下。[45]

很明顯可以看出：點化趙匡胤的是襄陽僧寺的老僧而非陳摶，老僧他出錢鼓勵趙匡胤向北方發展，趙果然到了周世宗柴榮的帳下。以這段史實對照上述的傳說來看，只有趙匡胤投靠柴榮這件事是真實的，其他如地點是襄陽而非華山，影響趙匡胤的人物是老僧而非陳摶，方式也和下棋毫無關聯，只是單純的贊助盤纏讓趙匡胤得以成行。但不能否認的是：這個老僧帶有神祕的特質，他能看出趙匡胤的潛力，和傳說中的陳摶很相似。

再看《宋史‧卷四百五十七隱逸上‧陳摶傳》，其中也毫無陳摶與宋太祖的糾葛，反倒是與周世宗和宋太宗先後有君臣之誼：

---

[42] 此為筆者撮要而寫，詳見華山道士閔智亭等口述，高少峰搜集整理：〈趙匡胤賣華山〉，《陝西民間傳說故事集》，頁 36-42。又見《中國民間故事集成‧陝西卷》，頁 98-101。

[43] 「仙掌」的傳說另有「巨靈掰山」一說，詳下文論〈華山來歷的傳說〉節。

[44] 程薔：《中國民間傳說‧二 傳說的產生》（杭州：浙江教育出版社，1986 年），頁 39。

[45] 《宋史‧卷一‧太祖本紀》（臺北：鼎文書局，1983 年），頁 2。

周世宗好黃白術，有以摶名聞者。顯德三年（956 年），命華州送至闕
下。留止禁中月餘，從容問其術，摶對曰：「陛下為四海之主，當以致治
為念，奈何留意黃白之事乎？」世宗不之責，命為諫議大夫。固辭不受。
……

太平興國（976 至 983 年）中來朝，太宗待之甚厚。九年（984 年）復來
朝，上益加禮重，謂宰相宋琪等曰：「摶獨善其身，不干勢利，所謂方外之
士也。摶居華山已四十餘年，度其年近百歲。自言經承五代離亂，幸天下
太平，故來朝覲。與之語，甚可聽。」……上益重之，下詔賜號希夷先生。
……

端拱初，忽謂弟子賈德昇曰：「汝可於張超谷鑿石為室，吾將憩焉。」二
年（989 年）秋七月，石室成，摶手書數百言為表，其略曰：「臣摶大數有
終，聖朝難戀，已於今月二十二日化形於蓮花峰下張超谷中。」如期而
卒，經七日支體猶溫。有五色雲蔽塞洞口，彌月不散。……[46]

傳說中陳摶鼓勵趙匡胤去投效柴榮，但史實裡陳摶即使被送到京城，卻仍對周世
宗柴榮不假辭色，甚至有責怪之意，幸而世宗並不計較。陳摶也拒絕諫議大夫的
官銜，顯然他對世宗並無好感。但陳摶和宋太宗的關係則十分良好，他主動「來
朝」，太宗也對他很禮遇，賜號「希夷先生」。陳摶安排自己的後事時，還親筆上
表向宋太宗報告。

　　和史實對照，傳說的內容顯然是移花接木的結果，陳摶是襄陽寺僧的化身，
趙匡胤的角色則雜糅了趙匡胤、趙匡義兄弟二人。因為陳摶是華山名人，所以傳
說讓他和宋代的開國皇帝拉上關係，並引申出華山有「自古不納糧」之說。根據
《宋史》，「趙匡胤賣華山」純屬子虛烏有，「自古不納糧」之說也就不攻自破了。
加上華山本身並非農業生產區，只有藥草比較值錢而已，無所謂納不納糧，但「自

---

[46] 《宋史‧卷四百五十七‧隱逸上‧陳摶傳》，頁 13420-13422。

古不納糧」之說確實可以抬高華山的身價，這大概就是這則傳說流傳普遍的原因吧。

（三）〈吹簫引鳳飛華山〉

1.傳說內容大要：

> 春秋時代秦穆公四十多歲時，膝下只有一子，沒有女兒。一天，鄰國使者執璞玉進見。穆公召來玉匠取出寶玉，讓群臣觀賞。這時宮人來報：「恭喜大王，三娘娘生了一位公主。」
>
> 小公主哭個不止，但宦官把玉送進來，公主卻立刻不哭了。公主滿週歲抓週，對那美玉愛不釋手，穆公就說：「給她取名叫弄玉吧。」
>
> 公主長到十多歲，姿容無雙，聰穎絕倫，常一人待在幽室裡，操笛吹笙。穆公就叫玉匠把那美玉雕成一架「碧玉笙」給她。公主到了十二、三歲，能吹出百鳥的叫聲和各種曲調。她吹的鳳凰鳴叫，就像真的，故人們說她能做「鳳凰鳴」。穆公特意築了一座「鳳樓」，讓她居住。
>
> 某夜，弄玉公主遣侍女設香壇賞月，吹奏起鳳凰的曲子。忽然，一陣裊裊的曲音，和著笙聲，細聽是從東方天際飄下的洞簫聲。一連幾夜，都是如此。於是公主特意吹奏了一曲「鳳求凰」，才回房就寢。
>
> 夢中她見到一個少年，羽冠鶴氅，身跨彩鳳，從空而來。他手持紫玉簫，徐徐品奏。公主聽得心神蕩然，曲畢，即問：「此何也？」那少年答曰：「華山吟第一弄！」並說：「我叫簫史，居於華山明星崖，因有夙緣，才應曲而來。」說畢，又飄然乘鳳而去。
>
> 第二天，公主把所夢告訴父王。穆公即派大將孟明去華山尋訪。孟明到華山明星崖找到簫史，請回秦宮。秦穆公見他舉止瀟灑，就以上賓之禮待之。公主也發出慨嘆：「真乃夢中之郎也！」穆公對簫史說：「八月十五日，月圓於天，人團於地。」當眾把公主許給簫史。
>
> 簫史和公主深居鳳樓，相敬如賓。簫史不食粟粒，只飲酒數杯。公主也習其導氣之法。每到星夜，他們就把悠揚的笙簫聲送出宮牆。一晚奏完笙簫

後，簫史對公主說：「我懷念華山幽靜的生活。」拿出紫玉簫品奏一曲，從空飛來赤龍彩鳳。於是簫史乘龍，弄玉跨鳳，東去華山了。

據說，簫史、弄玉到了華山中峰，依然夜夜吹奏笙簫。不知過了多少年，他們就飛升了。從此，人們都把中峰叫「玉女峰」，並修建了玉女祠，在品簫台上還修了「引鳳亭」。

今天玉女峰上還保有玉女洗頭盆，盆中清水冬不結冰，夏不汙腐。另有玉女梳妝台、玉女洞、簫史洞、龍窟等有關簫史、弄玉的名勝古蹟。[47]

2、與《列仙傳·蕭史》比較

這則傳說的男主角簫史或作「蕭史」，寫作「簫史」可能和他擅長吹奏洞簫有關。作「蕭史」則比較像一般的姓氏。《列仙傳》中記有蕭史其人：

> 蕭史者，秦穆公時人也。善吹簫，能致孔雀白鶴於庭。穆公有女字弄玉好之，公遂以女妻焉。日教弄玉作鳳鳴，居數年，吹似鳳聲，鳳凰來止其屋，公為作鳳臺，夫婦止其上，不下數年。一日，皆隨鳳凰飛去，故秦人為作鳳女祠於雍宮中，時有簫聲而已。[48]

和之前的傳說比較，人物、時代、事件內容大抵相同，但也有一些顯著的差異，如傳說中弄玉從小就喜歡吹笙，並且能做「鳳凰鳴」；但《列仙傳》所記卻是弄玉嫁給蕭史後，才向丈夫學吹簫，「吹似鳳聲」，之前並無弄玉擅長吹奏笙管的說法；又傳說中秦穆公早就為弄玉建造鳳樓，《列仙傳》則是婚後數年，「鳳凰來止其屋」後，秦穆公才為弄玉作鳳臺。換句話說，傳說的重點在弄玉公主身上，弄玉有音樂才華，才嫁給志同道合的蕭史，再一起歸隱華山成仙；《列仙傳·蕭史傳》則恰恰相反，是由蕭史帶出弄玉，後來夫婦二人直接隨鳳凰飛去，沒有到華山隱居的

---

[47] 此為筆者撮要而寫，原文詳見郭守義搜集整理：〈玉女峰〉，《陝西民間傳說故事集》，頁31-35。

[48] 王叔岷撰：《列仙傳校箋·卷上·蕭史》（臺北：中央研究院中國文哲研究所籌備處，1985年），頁80。

情事，所以二者結尾也不相同。秦人所建的鳳女祠在雍（春秋時秦都）宮中，華山則有不少和弄玉有關的名勝古蹟。

3.弄玉公主和文嬴（懷嬴）夫人

　　由於華山就在春秋時代秦國的領土內，所以有這樣一則關於秦穆公公主的傳說並不足為奇。如果從歷史上去找證據，秦穆公共有四十個兒子，[49]另外至少有一個著名的女兒——文嬴（懷嬴）夫人，先嫁夷吾（晉懷公），再嫁晉文公重耳。根據《左傳》的記載，她個性慓悍，新婚時曾怒責重耳，嚇得重耳「降服自囚」；文公亡故後，她又命晉襄公釋放在秦晉殽之戰所俘的三位秦將。[50]可見她和喜愛音樂、嚮往隱居的弄玉公主截然不同。傳說中說秦穆公只有弄玉一個寶貝女兒和史實不符，但如《列仙傳》所述屬實，則可以看出民間傳說的另一種特質，寧可選取弄玉這種清新形象的公主，而不願採取有兩次政治婚姻，影響力較大的文嬴夫人。

（四）〈華山來歷的傳說〉

1.傳說起源的探討

　　這則傳說是說明華山的來歷與河神巨靈有關，起源甚早，如見於晉代干寶的《搜神記・卷十三》的記載：

> 二華之山，本一山也。當河，河水過之而曲行。河神巨靈，以手擘開其上，以足蹈離其下，中分為兩，以利河流。今觀手迹於華嶽上，指掌之形具在。腳跡在首陽山下，至今猶存。故張衡作〈西京賦〉所稱「巨靈贔屭，高掌遠跡，以流河曲」，是也。[51]

干寶記這則神話故事時，還引東漢人張衡〈西京賦〉的文字為證，可見這種說法

---

49 漢・司馬遷：《史記・卷五・秦本紀》云：「繆公子四十人。」繆公即秦穆公。（臺北：鼎文書局，1981 年），頁 195。

50 關於文嬴（懷嬴）夫人的事蹟，可參看《左傳》僖公十七年、二十三年、三十三年之記載。

51 晉・干寶撰，汪紹楹校注：《搜神記》（臺北：里仁書局，1982 年），頁 159。

早在東漢時期已有流傳。後來北魏著名的地理學家酈道元在《水經注》中也說「河神巨靈，手盪腳蹋，開而為兩，今掌足之跡仍存」。[52]唐代大詩人李白在〈西岳雲臺歌〉中，描寫華山由於「巨靈咆哮掰兩山」才使黃河「洪波噴流射東海」。[53]足見這則傳說的源遠流長。

烏丙安先生的《民俗學原理・第三論 民俗符號論》指出神話思維的聯想方式有四種：原始的相似聯想，原始的相近聯想，原始的對比聯想，原始的因果聯想，古代神話多半是由於這些聯想方式而形成的。[54]本篇即屬於第二種「原始的相近聯想」和第四種「原始的因果聯想」的結合，因為華嶽有類似仙掌的痕跡，首陽山下又有類似仙人的腳印，所以就把這種地理形貌的成因聯想為是巨靈神用手腳掰開兩山的結果。雖然現在看來，這種聯想方式顯得很粗糙，也不合乎科學精神，但它確實是先民理解大自然的一種態度，我們應予尊重。

2.傳說內容大要及仙化情況

目前民間流傳的說法基本面貌仍與古代類似，如：

> 華山原來和山西的中條山是一個完整的山。突然間黃河洪水泛溢成災，恰有河神巨人巡河，見此情景，遂運用他的神力，以手掰大山，以腳用力蹬，大吼一聲，終於將大山掰為南北兩半。為黃河打開了東去大海的通渠。由此，北半山成了山西的中條山，據說如今中條山的首陽山上還留有巨靈的足跡。南半山卻成了四面如刀切削的華山，如今東峰的峭崖上還留著巨靈巨大的掌跡，西峰的嶺脊上還有另一隻腳印呢！[55]

---

[52] 漢・桑欽撰，後魏・酈道元注，王國維校注：《水經注校・卷四》（臺北：新文豐出版公司，1887 年），頁 116。酈氏以為諸語為左丘明《國語》所云，王氏按語中指為誤記。

[53] 唐・李白撰，清・王琦注：《李太白集注》（上海：上海古籍出版社，1992 年），頁 150。

[54] 烏丙安著：《民俗學原理》（瀋陽：遼寧教育出版社，2001 年），頁 236。

[55] 此為筆者撮要而寫，原文詳見田澤生編著：《西嶽華山》（北京：科學出版社，1982 年），頁 64。又柳莘編著之《中國山川掌故與傳說》中〈華山來歷的傳說〉（頁 91-92）與此大略相同。

這則故事很容易讓人聯想到「女媧鍊石補天」的神話[56]，女神女媧辛苦地鍊五色石來補蒼天，並沒留下什麼證據；河神巨靈力大無窮，應該是位男士，他手掰大山，分為兩半，在首陽山和華山都留下了痕跡。由於巨大的掌跡長存至今，歷代的文人騷客都要傳錄或歌詠一番，所以「華嶽仙掌」早已成為關中八景之一。[57]

但道士口傳的〈華嶽仙掌〉則在故事前半部添加了許多道教色彩，如洪水是在某年三月三暴發的，因為孫大聖在王母娘娘的蟠桃會上摸了老壽星的頭，老壽星一驚把酒灑下天庭，變成洪水淹了人間。舜先後派鯀、禹父子治水都沒成功，白帝少昊也沒辦法，玉皇大帝才傳旨河神巨靈仙去治水。[58]顯然成為一則「仙化」了的「神話」，河神巨靈成了玉皇大帝的部下河神巨靈「仙」，他被派去治水，而非在巡河時主動去解救百姓。總之，濃厚的宗教色彩反而不如古籍原文來得自然生動。

3.王涯的〈太華仙掌辨〉

雖然「巨靈掰山」的神話或「華嶽仙掌」的仙話屢見記載，但也有人心存疑問，如唐人王涯就有〈太華仙掌辨〉一文：

> 西嶽太華，華之首峰，有五崖比壑破巖而列，自下遠而望之，偶為掌形。舊俗土記之傳者皆曰：……有巨靈於此，力擘而剖其中，跬而北者為首陽，絕而南者為太華。河自此洩，茫洋下馳，故其掌跡猶存，巨靈之跡也。
>
> 余聞而惑之，乃往觀，曰：「誕哉！此說乎！夫所謂神者，非人也。其動

---

56 詳見漢‧劉安撰，劉文典集解：《淮南鴻烈集解‧卷六‧覽冥篇》（臺北：臺灣商務印書館，1969 年），頁 261-263。

57 關中八景為陝西關中一帶的奇異景象，包括華嶽仙掌、驪山晚照、灞柳風雪、草堂煙霧、雁塔晨鐘、曲江流飲、咸陽古渡、太白積雪等。此據閻成功：《陝西風物趣事‧關中八景》（西安：西安旅遊出版社，1991 年），頁 146-152。

58 講述者：李志信（華山道長，79 歲），採錄者：郭守義。詳見《中國民間故事集成‧陝西卷》，頁 230-231。

無聲，其形無跡……苟有聲可聞，形可見，非神之所為，則皆人力之能及也。烏有神之作力，而有人跡乎？」……[59]

王涯一開始就說太華仙掌是「偶為掌形」，引出舊說；再親自前往觀察，提出神的作為應是沒有形跡的，怎麼可能會留下「巨靈之跡」呢？又說若真是大禹時事，《禹貢》中為何沒有記載？而且山谷本來就有各種形狀，有些像虎牙，有些像熊耳或牛首、雞頭等，難道也是神去造作的嗎？最後又批評張衡〈西京賦〉的說法是「果謬悠而無據也，將假文神事以飾其辭與？為思而有關與？」[60]王涯撰寫此文不但親自實地考察，還從史籍中去找證據，又指出山谷的形狀原本就各有不同，像動物的一部分並不足為奇。言下之意，像人的手掌也很正常，認為張衡「仙掌」之說沒有根據，只是修飾文辭或思考欠周吧。

4.巨靈神擘華山→二郎神斧劈桃山→沉香劈華山

由於這則傳說形成的時代甚早，「擘山」和「劈山」在動作上又有些類似，所以袁珂曾言：

> 元人雜劇雖已有《沉香太子劈華山》等名目，而未經記錄的二郎神斧劈桃山神話便早在民間流傳了。其實桃山、華山，也都當是傳說中一地的異名。……故二郎神斧劈桃山，可以傳為沉香斧劈華山；而劈華山又有古代巨靈神劈（「劈」疑當作「擘」）華山神話作它的藍本。這樣摹擬、替代、傳承、發展，神話的內容就逐漸豐富起來了。[61]

依照袁珂的推理，則巨靈神擘華山當是華山神話傳說的始祖，之後才會產生像沉香劈華山的傳說。那為什麼現在最盛行的華山傳說不是巨靈神擘華山，而是沉香

---

[59] 唐‧王涯：〈太華仙掌辨〉，收於清‧沈青崖等編纂：《陝西通志‧卷九十四》，原頁28-30。詳見《欽定四庫全書》（臺北：臺灣商務印書館，1986年），第556冊，頁502-503。

[60] 同前注。

[61] 袁珂：《中國神話史‧第十三章　民間流傳的神話》，頁352。

劈華山？許鈺的說法很值得參考：

> 遠古時期傳說與神話很難截然分開。……傳說不像神話那樣只以原始思維
> 為基礎，隨著社會文化的發展和人類思維的進步，一些古代神話在流傳過
> 程中往往發生種種變化，新的神話的產生也漸漸減少，以致消失。傳說在
> 原始時期以後繼續繁榮發展，直至現代仍然有新的創作出現。[62]

指出傳說是會增生滋長的，反之神話卻是逐漸變化甚至減少而凋零。沉香劈華山
的傳說隨著社會文化的發展而廣為人知，巨靈神擘華山的神話則日趨沒落，即是
相當明顯的對照。對此李瓊雲也有進一步的解釋：

> 因沉香故事，主要藉由「劈山」一事表彰孝道精神，既符合傳統教化，又
> 滿足平民單純期望，是以沉香故事，廣為民間流傳，各類說唱、地方戲曲
> 等，多有搬演該故事者，而巨靈劈山故事已漸褪色、湮滅。[63]

　　另外筆者以為，從這三則傳說主人翁的身分和他們擘山或劈山的方法、使用
的工具，也可以看出其傳說演變的痕跡：巨靈是神，他只消用他的手和腳就可以
完成艱巨的擘山任務。二郎神是玉皇大帝的大女兒與凡人所生，已被玉皇大帝承
認並派遣工作，所以他用開山神斧就能把獅子山劈為兩半，甚至還因使勁過猛而
壓死母親。沉香雖是華山三聖母所生，卻是凡人，他為了救母先跋山涉水到華山，
再拜師學藝，好不容易才打敗舅父，得到開山鐵斧。可見劈山的過程是愈來愈難
的。前已言及如今「沉香劈山救母」傳說盛行，與其內容屢經戲曲渲染，情節愈
加豐富有關；相對的「巨靈神劈華山」的傳說只有元人李好古的《巨靈神劈華山》
雜劇，但已亡佚，缺少傳承，幸而華山上還保有所謂的仙掌遺跡，巨靈神擘華山

---

[62] 鍾敬文主編：《民俗學概論·第九章 民間口頭文學（上）》（上海：上海文藝出版社，1998
年），頁 245。按：該章執筆人為許鈺。

[63] 李瓊雲：《沉香故事研究》，頁 60。

傳說才得以留存。

5.科學解釋與直覺感受

科學家則把「仙掌」解釋為地質風化作用形成的自然現象：

> 華山花崗岩露出地表後，產生了各種作用的節理裂隙。並在上升剝蝕過程
> 中，為外動力割切出許多大的斷崖和小的岩壁來。這些大小的直立的破裂
> 岩壁，方向各異，往往組成略顯柱狀的岩塊。……這些岩面，經過長期的
> 細流浸漬，於是形成各種氧化物，如氧化鐵就成黃色。這樣，日子一久，
> 岩面就為黃色白色的氧化物所塗汙。由於氧化物順流水往下發展，最後形
> 成色帶。這就更突出了棱柱的手指色彩。[64]

時至今日，科學解釋當然是較能為一般人所接受的，但當人們看到華山特殊的形
貌，可能又難免會說：「這就是華嶽仙掌，真像仙人的大手掌，怪不得都說有什麼
巨靈神呢！」科學是理性的，文學是感性的，更何況「華嶽仙掌」的傳說從東漢
張衡算起，已流傳了近二千年之久。我們只能說，這是百姓庶民美麗的想像和豐
沛的感情匯合而成的結晶，代代相傳，實在沒有必要用科學或迷信的理由去泯滅
它的存在。

（五）〈回心石和投書崖〉

西嶽華山的蒼龍嶺上，有一處名勝叫「韓退之投書處」。韓退之就是唐代大名
鼎鼎的古文家韓愈，他為什麼在華山的蒼龍嶺上投書？給誰投書？追溯這則傳說
的起源，應當是李肇《唐國史補》的一段記載：

> 韓愈好奇，與客登華山絕峰，度不可返，乃作遺書，發狂慟哭。華陰令百
> 計取之，乃下。[65]

---

[64] 田澤生編著：《西嶽華山》，頁 67-68。

[65] 唐·李肇：《唐國史補·卷之中十》（收於《和刻本漢籍隨筆集·第六集》）（東京：汲古書
院，1973 年），頁 27。

說韓愈是在好奇心的驅使下，登上華山的絕峰，又估量自己沒法下山，所以寫了遺書，後來是華陰縣令想盡各種計策，好不容易才把韓愈弄下山來。

1.傳說內容大要：

如今流傳的〈韓愈投書蒼龍嶺〉就複雜多了，扯上了韓湘子等人，蒙上一層仙氣：

> 傳說八仙之一的韓湘子是韓愈的姪兒，[66]他要度化叔父成仙，便勸他去「洗人肺腑」的華山一遊。
>
> 韓愈被說動了，不顧摯友黃西壁反對，帶著書童、家人從青柯坪出發。一路上韓愈心花怒放。不一會兒，迎面塹岩聳拔，絕壁千仞，一道鐵索斜掛長空，驀然見「回心石」三個大字擋住去路。
>
> 韓愈吩咐擺開筆硯，揮筆寫道：「千古回心石，嵯峨無人識。狂客猶駐足，昌黎且不服！」又題款云：「癸酉初月，昌黎華山之覽，雖見回心石而不回也。」
>
> 韓愈登上蒼龍嶺，就地酣睡。一個時辰後，韓愈起來，只見峭壁陡立，問此處何名？老家人說：「乃蒼龍嶺也！」
>
> 韓愈不由大驚。原來韓湘子用陰陽扇對著華山扇了幾下，華山立刻搖晃起來，峭壁欲塌。韓愈說：「我現在害怕了！」連飲三杯酒，說：「我……我不下山了！」接著涕淚而下。
>
> 哭了一陣，韓愈命書童擺開筆硯，提筆給好友黃西壁寫了一封信。信中寫道：「華山有絕頂之險，昌黎有絕人之膽。五尺書生，看鴻鵠而起飛志，手足情同，良言逆耳，悔之晚矣，……望兄揀叩山之骨，葬於……。」書成，韓愈在蒼龍嶺上把書信扔下山關。從此，這裡便成了一處名勝。

---

[66] 韓湘為韓愈姪兒韓老成（十二郎）之子，故實為韓愈的姪孫。宋‧劉斧編《青瑣高議‧韓湘子》則云「韓湘」為「唐韓文公之姪也」。詳見筆者〈韓湘子是韓愈的姪子？〉，《中央日報‧長河版》（1992年8月29日）。

> 韓湘子見蒼龍嶺上有一書束飄然而下，連忙接過來，當看到「良言逆耳，
> 悔之晚矣」時，長嘆曰：「老叔終缺仙緣，只能為一代文豪，當不成神仙
> 了！」
> 果然韓愈當了文豪，詩詞文章天下聞名，只是成不了神仙。[67]

和李肇的記載相較，這則傳說坐實了華山絕峰就是蒼龍嶺，遺書就是寫給好友黃
西壁。但李肇原文是說韓愈和客登華山，傳說則是韓愈和書童家人登華山，且登
山是受韓湘子慫恿的，登山的動機不相同。至於上山容易下山難，韓愈在山上哭
泣、寫遺書這些是相同的。又因陪同的對象不同，所以寫書信的對象也就不一樣
了。二者最大的差異在結尾，李肇凸顯了華陰令的智慧「百計」，傳說則未言韓愈
最後如何下山，只是惋惜韓愈沒能通過華山蒼龍嶺的考驗，做不成神仙。

2.韓愈何年登華山？

　　至於韓愈到底是何時登華山的？李肇沒寫，傳說中韓愈題詩落款為「癸酉初
月」，即唐德宗貞元九年（西元 793 年）。依〈韓愈年表〉，當時韓愈才二十六歲，
前一年剛考上進士，此時仍在長安準備應博學宏辭科，[68]雖可能去華山旅遊，但
缺乏其他佐證。一說是在唐憲宗元和十五年夏天（西元 820 年），韓愈在赴潮州刺
史的途中曾去華山。[69]但韓愈元和十四年「正月諫迎佛骨，貶潮州刺史。冬，移
袁州（今江西宜春）刺史。」元和十五年夏天韓愈仍在袁州任上，「九月召授國子
祭酒，冬暮至長安。」，[70]衡量當時的交通條件，那年韓愈不可能有機會去華山。
事實上，韓愈曾在京城長安為官多年，華山距離長安不遠，以韓愈喜好遊山玩水
的個性，他應當去過華山，這可從他自己的詩文中找到證據：

---

[67] 此係筆者撮要而寫，原文詳見唐光玉搜集整理：〈韓愈投書蒼龍嶺〉，收於陳慶浩、王秋桂
主編：《陝西民間故事集》，頁 43-47。

[68] 詳見羅聯添：《韓愈研究·韓愈年表》（臺北：學生書局，1988 年），頁 445-446。

[69] 詳見《中國旅遊指南》編委會編：《中國旅遊指南·華山》（北京：中華書局，2000 年），頁
44-46。

[70] 詳見羅聯添：《韓愈研究·韓愈年表》，頁 450-451。

洛邑得休告，華山窮絕陘。倚巖睨海浪，引袖拂天星。日駕此迴轄，金神所司刑。泉紳拖脩白，石劍攢高青。磴蘇溝拳踢，梯飆颭伶俜。悔狂已咋指，垂誡仍鐫銘。[71]

〈答張徹〉這首詩很長，以上摘錄的部分正是韓愈登華山的實錄，可以看出華山的險峻，「悔狂已咋指，垂誡仍鐫銘。」二句尤其可以略見韓愈雖有悔意，仍不免鐫銘記遊。方世舉注云：

十八年公為四門博士，謁告歸洛，因游華山。[72]

是指貞元十八年（802），當時韓愈三十五歲，正值壯年，為四門博士，曾經請告回洛陽，又到華山遊覽。此說比前第一說晚九年，比第二說早了十八年，應該比較可信。

（六）〈華山石洞的來歷〉

1.傳說內容大要及背景說明：

這則傳說在華山流傳十分普遍，和華山的地形險峻，質地堅硬以及修道風氣盛行有關：

華山的洞，相傳是郝老打的。郝老名大通，字廣寧，號太古，山東海寧縣人；生於金朝天春（按：「春」當為眷，天眷為金熙宗年號，1138-1140）年間。他幼年拜王重陽祖師學道。後來王重陽「羽化登仙」，他七個徒弟就四散修道去了。

郝老到河北趙州橋，每天在橋下閉目打坐，修真養性，三四年沒離開過。

---

[71] 唐·韓愈著，錢仲聯集釋：《韓昌黎詩繫年集釋·卷四·答張徹》（上海：上海古籍出版社，1998年），頁396-397。

[72] 同前注，頁403。

一天，王重陽化身為童子點化他，說：「不立功德，怎能得道成仙呢？」又指點他：「你到西嶽華山修煉。只要你能多做些於人有益的功德，自會有成道的一天。」郝老聽了，很快地收拾好衣鉢，投往華山。

那時華山還很荒涼。郝老見山上石頭堅硬，就決心開鑿石洞。他在北斗坪開始打洞，打了三年，洞剛打好，就有出家人來說：「請把這個洞讓給我們吧。」郝老就送給了他們。他又打第二個洞，打好以後，又有道友來要。就這樣，郝老用了多年功夫，打了七十二個洞，全被人家要去了。

一天，郝老轉到南峰南天門後邊。他叫兩個徒弟用繩子把他繫下去，在半山崖裡打洞。兩徒弟見師父成年累月地打洞，也沒傳給他們一點「道」，起了惡念，用刀將繩子割斷，把師父摔下山去了！

兩徒弟認為師父必死無疑，就收拾行李下山。他們剛走到「千尺幢」邊，突然見師父背著「褡褳」走來了。他們心裡明白：「咱師父一定是得道成仙啦！」一起伏地請罪。郝老見徒弟已知過悔改，也不責備他們，只說：「出家人應以慈悲為本，千萬不可生下惡念；要誠心修煉，多做些於人有功德的好事。」兩個徒弟連聲答應，就跟著師父繼續打洞。他們遇見師父的地方，就是回心轉意處，後來就叫做「回心石」。

郝老引了兩個徒弟回到南峰南天門，又打起洞來了。當他們剛打了半截，徒弟見有人來了，怕他們又來要洞，遂大聲喊道：「師父，有人來了！」這一聲喊不打緊，郝老立時坐下，瞑目「仙化」了！這個洞也就沒有打成。在半截洞子的斜上方，有一大石崖，崖上刻著「全真崖」三個大字。這裡是懸崖絕壁，那三個大字怎麼鑿上去？除非是得道成仙的人吧！

據說郝老和徒弟打洞時，把碎石頭碴子都擔到太白山去了，所以華山上沒留下碎石頭。[73]

---

[73] 此係筆者撮要而寫，原文詳見王一奇搜集整理：〈華山石洞的來歷〉，《陝西民間故事集》，頁48-53。亦見《陝西民間傳說故事集》，頁47-50。二文搜集整理者、內容均相同。

華山主峰為白色花崗岩構成，猶如一大沖天石柱，直插雲霄，山體四壁又如刀切斧劈，攀登極為困難。但愈是難以攻頂，對修道人士反而愈有吸引力，李之勤分析說：

> 冒險攀登華山的，多是一些追慕神仙的方術之士以及後來的道教人物。道教和佛教等提倡施財積德以求來世幸福的宗教有所不同，主張到遠離人寰的幽靜場所、洞天福地去煉丹合藥，服食修養，以求長生不老，得道成仙，乘雲駕霧，白日升天。所以高險難攀的西嶽華山，就被他們視為是「天真降臨之地」，「神仙聚會之所」，「大帝之別宮，神仙之窟宅」，「太極總仙之天」，成為他們競相嚮往的理想的修行之地。[74]

足見華山確實是道教的「聖山」，強烈吸引著道士們到那裡修行。但華山的花崗岩結構，使得修建房屋極為困難，因而才有鑿打石洞的變通作法。

　　傳說中提及郝老到華山打第一個石洞，就花了三年之久，其艱辛可想而知；之後共打了七十二個洞還供不應求，更證明了華山的修道人士持續增加。又篇中的「回心石」已見於前節有關韓愈的傳說，乍看似乎有些矛盾，為何唐代已有「回心石」，到了金代又再度出現呢？筆者以為，可以從華山是石山的角度思考，華山攀登不易，遍地皆石，故以「回心石」為名的景點可能不只一處；再者此二篇中的「回心石」立意不同，此篇以徒弟「知過悔改」的新意呈現，而且是情節的樞紐，關係著郝老後來能否成仙，更值得我們重視。

2.賀祖或郝老？

　　前曾提及六大傳說中有賀祖之傳說，此處則以「郝老」代之。主要是《陝西民間傳說故事集》在此篇後注(1)云：

> 華山的洞，有的說是賀志貞（按：「貞」當作「真」）打的；有的說是郝太

> 古打的；但在口頭流傳中，以後者為多，故從之。[75]

「郝」與「賀」音近，或許容易混淆。但二人名字不同，時代籍貫也不一樣。賀祖是元代隴西人[76]，比郝老晚一些。但不論是郝老或賀祖，傳說中二人都是苦幹實幹的鑿了七十二個洞，曾被兩個徒弟陷害，有驚無險，因此修道成功。故事本身具勵志精神，又有戲劇性的變化，在民間流傳極廣。賀祖傳說較為簡略，主要是說明「回心石」的由來；郝老則十分詳盡，從他當徒弟說起，師傅王重陽點化他到華山，鼓勵他多做些於人有益的功德，於是他便不停地鑿洞送人。在故事結尾，郝老是被徒弟的喊聲喊得「仙化」了，所以最後一個洞沒完成。另外還有一個解釋性的結尾是說明華山沒有碎石碴的緣故，因為都擔到太白山去了。

3.與全真派的關係

這則傳說提到兩個道教的重要人物王重陽和郝大通，王重陽（1112-1170 年）為道教全真派創始人，有七大弟子，世稱「北七真」。郝老郝大通就是北七真之一，[77]世稱華山郝祖，流傳華山派。[78]這則傳說其實是全真派教義的呈現，王重陽創全真派主張儒道釋三教合一，並要求道徒出家修行。傳說一開就約略提出這段史實，郝老每天在橋下打坐，修真養性，三四年沒離開過。白如祥說：

> 郝大通曾於石橋下趺坐六年，持戒不語，兒童在他身上戲耍也不動，不管
> 寒暑風雨，都一動不動。[79]

與傳說相當吻合，但傳說又稍有變化，說兒童在郝大通面前磨磚，郝大通與他問

---

[75] 此注僅見於《陝西民間傳說故事集》頁 50，未見於《陝西民間故事集》。

[76] 《華山攬勝》，頁 44。《西嶽華山》頁 95 亦云為元代人。

[77] 周立升：〈全真道的創建與教旨〉，《文史哲》，第 3 期（2006 年），頁 71。

[78] 〈全真七子：郝大通〉，《百度百科》http://baike.baidu.com/view/678298.htm（2009/1/23 瀏覽）

[79] 白如祥：〈出世與入世的有機結合：王重陽倫理思想之特色〉，《理論學刊》，第 9 期（總第 175 期）（2008 年 9 月），頁 69。

答，發現童子竟是師父王重陽變的，才受指引往華山修煉。而郝大通到了華山，一直打石洞送人，正是全真派出家苦行的實踐，符合所謂「多做些於人有益的功德」，雖然他自己始終沒有棲身之所，但終究得道成仙了。這則傳說表面上是講一個出家人慈悲為懷，背後卻真實體現了全真派的苦行精神。

（七）〈毛女仙姑〉

這則傳說在前述八書中共出現三次，其中以《三山五岳及傳說》中的〈毛女仙姑與秦宮役夫〉[80]較為完整，但該篇未註明講述者或搜集整理者，故此處改採由《陝西民間傳說故事集》編選者高少峰搜集整理的〈毛女仙姑〉文本。

1.傳說內容大要：

> 毛女仙姑名叫玉姜，是秦始皇從楚國擄來的少女，擅長撫琴。秦始皇在驪山下修建陵園。挑選了五百個童男、童女，還有太監、宮娥等，準備讓他們為自己殉葬。
>
> 老太監張夫也在殉葬的名單上，他想自己老了無所謂，但那些天真的宮女太可憐，他決定要領她們逃出去。
>
> 一個夜裡，張夫駕了輛彩車，載了一群宮娥，說是去驪山為皇帝求長生不老之藥，守門的衛士就讓老太監出去了。
>
> 玉姜和幾個姊妹，直向東逃，後來只剩下她和老太監兩人。一天，他們逃到守秦境內（今華陰縣），忽然追兵來了！他們就拐進了華山，跑到莎蘿坪，峻嶺當前，再也無法走了。這時玉姜「哇」的一聲哭了，祈求神靈搭救。說也奇怪，天空雲頭上站立著一位老母。老母把如意拐杖一伸，說：「玉姜還不快跑！」一條平坦的小徑伸展在眼前，玉姜忙攙扶著老太監踏去。原來王母娘娘那日想看一看這「奇險天下第一」的華山，聽到玉姜的呼救聲，她就助了玉姜一拐杖。
>
> 玉姜攙扶老太監跑進一個石洞。老太監勞累飢餓，又受了驚嚇，不久就離

---

[80] 迪恩編著：《三山五岳及傳說》，頁 111-113。

開了人間。玉姜流淚撫琴，把老人埋葬了。現在毛女峰上的「張夫洞」就是老太監住過的地方。

玉姜進山以後，飢了就吃松子、柏實、人參、黃精，渴了就飲泉水。

一天，煉丹道人陶宏景上山採藥，看見一個遍體綠毛、顏面漆黑的怪物，嚇了一跳，大聲問道：「你是人還是妖怪？」那怪物說：「我是人！」又反問：「秦始皇還在不？」陶宏景說：「秦朝早就亡了，如今是漢朝！」陶宏景又問道：「你從秦朝活到漢朝已經兩百多年，為什麼還沒有得道成仙？」又說：「你只要早晚虔誠朝拜北斗，終會有成仙的一天。」

打那以後，玉姜每日早晚朝拜北斗，不知過了多少年，終於飛升而去。

此後，人們把玉姜住過的山峰叫「毛女峰」，把她住過的洞叫「毛女洞」，把她朝拜北斗的地方叫「拜斗坪」。後來人們就在峰下修了一座「毛女峰下院」，塑了端莊秀麗的像來紀念她。[81]

2.〈毛女仙姑〉與〈毛女仙姑與秦宮役夫〉比較

　　〈毛女仙姑〉的傳說與〈毛女仙姑與秦宮役夫〉內容雖大體類似，但細節略有不同，茲條述如下：

（1）〈毛女仙姑與秦宮役夫〉傳說中，玉姜和張夫都修成了仙，但〈毛女仙姑〉中只有玉姜修成仙，張夫到華山後不久就亡故了。

（2）〈毛女仙姑與秦宮役夫〉中的張夫是修秦始皇陵墓的役夫，〈毛女仙姑〉中的張夫則是老太監。

（3）〈毛女仙姑與秦宮役夫〉傳說中張夫除了帶玉姜外，還帶了六個女子一起逃亡，但這六個女子逃到渭南就躲進窰洞中至老死，那兒並有泉水名六姑泉。〈毛女仙姑〉中則說張夫帶了一群宮娥逃出，最後只剩下他和玉姜，沒有提六姑泉。

81　此係筆者撮要而寫，原文詳見鄭土有、陳曉勤編：《中國仙話‧地仙仙話‧毛女仙姑條》（此條高少峰搜集整理，流傳於陝西華山一帶），頁263-266。

（4）〈毛女仙姑〉中有王母娘娘顯靈救玉姜上華山的情節，〈毛女仙姑與秦宮役夫〉沒有。

（5）〈毛女仙姑〉中提及陶宏景在華山遇毛女，並指點她修仙之術；〈毛女仙姑與秦宮役夫〉沒有這段，但說獵人和樵夫常遇見綠毛黑面的二仙，並說直到唐朝，還有兩個採藥人在芙蓉峰下遇見二仙。

顯然這兩個文本一個是寫「雙仙」玉姜和張夫，另一個則是以玉姜為主，張夫只是好心的領路人，因為他帶玉姜到華山不久就死了。玉姜獨自一人在山上生活，吃松子、柏實、人參、黃精，久而久之，變成遍體綠毛、顏面漆黑的怪物「毛女」，又經陶宏景指點，早晚朝拜北斗才飛升成仙。筆者採用〈毛女仙姑〉的文本，除了之前的理由外，也因為本論文選定的是「毛女」的傳說，故不選用「雙仙」的〈毛女仙姑與秦宮役夫〉。

3.傳說與《列仙傳‧毛女》的比較

但就傳說而言，這兩個文本其實各有優劣。試以《列仙傳‧毛女》來做對照：

> 毛女者，字玉姜，在華陰山中，獵師世世見之。形體生毛，自言秦始皇宮人也，秦壞，流亡入山避難，遇道士谷春，教食松葉，遂不飢寒，身輕如飛，百七十餘年，所止巖中有鼓琴聲云。[82]

兩個文本都承襲了「毛女字玉姜」、「形體生毛」、「秦始皇宮人」、「入山避難」等元素，但各有所增減。最明顯的就是把「秦壞，流亡入山避難」改變成「秦始皇要宮人殉葬」，因而增加了張夫帶路逃亡至華山一段情節。原本在《列仙傳‧毛女》非常簡略，卻成了民間傳說中盡力發揮、感人肺腑的部分。講到秦始皇，誰都會舉出他焚書坑儒、修築長城等暴政，為什麼當時宮女玉姜要逃到荒涼的山野中呢？是畏懼宮中的惡勢力，還是不願再做看人臉色的女奴？「避難」一詞給人很大的想像空間，民間傳說在這裡選擇了「為秦始皇殉葬」的理由，而忽略「秦壞」到

---

[82] 王叔岷撰：《列仙傳校箋》，頁132。

底是「秦始皇崩」還是「秦朝滅亡」。依筆者的理解,「秦壞」比較像是改朝換代的意思,所以玉姜逃亡的原因未必是被列入殉葬名單,也可能是想脫離戰亂和宮廷生活。

另外,原本在《列仙傳》裡毛女是因「遇道士谷春,教食松葉」,才「不饑寒,身輕如飛」的;但〈毛女仙姑〉中根本未提谷春,是毛女自己找松子等物食用,後來經陶宏景指引朝拜北斗成仙,又說陶宏景當時是漢朝,這就真的顛倒錯亂了。先說谷春,他的事蹟也見於《列仙傳》,是漢成帝(西元前22-前7)時人,「為郎,病死,而屍不冷。」三年後復活,不肯回家。[83]至於陶宏(應作弘,清人避乾隆帝弘曆諱)景,他是南朝人(宋孝武帝孝建三年生,梁武帝大同二年卒,西元456-536年),齊武帝永明十年(西元492年)辭官後隱居在句容(今江蘇江寧縣東南)的句曲山,自號華陽陶隱居。他在句曲山隱居長達四十餘年,[84]怎可能跑到北方的華山去採藥?應該是陶弘景名氣比谷春大,加上「華陽」陶隱居的名號給人的錯覺,以為他就住在華山附近,所以才張冠李戴把谷春的功勞安在陶弘景身上了吧。

五、結語

本文從觀光旅遊叢書、普通大眾讀物、田野調查記錄、方志文叢四類八種書籍中整理出與華山有關的傳說,再加以歸納,得出流傳最普遍的華山民間傳說依序是〈劈山救母〉、〈趙匡胤賣華山〉、〈吹簫引鳳飛華山〉、〈華山來歷的傳說〉、〈回心石和投書崖〉、〈毛女〉、〈華山石洞的來歷〉等七篇,再從歷史或相關文本加以考察,得知華山這些著名的民間傳說的特色是:

(一)從傳說分類來說:

它們都是從華山特殊的地形和著名的景點衍生出來的地方風物傳說,不但能凸顯華山的險峻,而且有相互生發的現象。如巨靈神掰山、二郎神劈山和沉香劈

---

[83] 同前注,頁129。

[84] 唐·李延壽:《南史·卷七十六隱逸下·陶弘景傳》(臺北:鼎文書局,1981年),頁1897-1900。

山可視為一系列發展的傳說，巨靈神留下的仙掌和趙匡胤搶文約落下的手印有重疊部分，郝大通開鑿石洞也可視為一種小型的劈山活動。故「巨靈神掰山」可說是所有華山傳說的源頭，這源頭雖簡略粗糙，卻孳乳、發展出膾炙人口的〈劈山救母〉、〈趙匡胤賣華山〉等精采動人的民間傳說。

（二）從內容的時代背景來看：

它們都有悠久的歷史背景，早自開闢天地時期的〈華山來歷的傳說〉，春秋時代的〈吹簫引鳳飛華山〉，秦、漢之際的〈毛女〉、到唐代的〈回心石和投書崖〉、五代末期的〈趙匡胤賣華山〉、金朝的〈華山石洞的來歷〉。至於〈劈山救母〉的時代背景不可能在漢代，應該是唐朝比較合理，至遲也應當在宋、元相關戲曲形成以前。

（三）從牽涉的人物觀察：

華山民間傳說牽涉的人物眾多，有秦穆公、秦始皇、宋太祖等帝王，韓愈、陳摶、王重陽、郝大通等文學或宗教界名人，三聖母、二郎神、巨靈等神仙，此外還有道士、讀書人、宮女、太監（役夫）等。這些傳說和不少歷史人物或神仙有密切關聯，固然可視為人物傳說，但也透過人物而說明了玉女峰、華嶽仙掌、回心石、張夫洞等景點的由來。大體來說，這些傳說幾乎都與道教脫不了關係，從而證實華山確為道教聖地。

（四）與最早的史實或記載相較：

目前所見的民間傳說往往比原始記載動人，但有些傳說已經被口述者「仙化」，如關於〈華山來歷的傳說〉，道士口傳的內容增加了孫大聖、王母娘娘、玉皇大帝等仙人和蟠桃會，與原本素樸的面貌相去甚遠。另外還有將歷史移花接木、張冠李戴的現象，最明顯的例子就是〈趙匡胤賣華山〉，只有趙匡胤投靠柴榮是真的，點化趙匡胤的人物是老僧而非陳摶，地點根本不在華山，方式也和下棋無關。總之史實中陳摶與宋太祖毫無糾葛，反倒是與周世宗、宋太宗有君臣之誼。

（五）內容樸實真摯，無矯揉造作之態：

這些傳說不為主人翁隱諱缺點，但也表揚他們的優點。如絲毫不遮掩趙匡胤稱帝前的流氓行徑、韓愈的衝動和怯懦，卻誇大秦穆公的慈父形象，贊美巨靈、

郝大通為人服務的精神，也歌頌人間與仙界的愛情、親情，充分展現華山地區人民的心聲。

（六）土特產及習俗傳說闕如：

和泰山民間傳說相較，華山傳說在土特產及習俗傳說方面明顯地不足，這應當是與華山地形陡峭，乏人居住有關；但也因此華山能孕育出濃厚的道教文化，與泰山傳說以泰山女神信仰為中心大異其趣。

本文限於篇幅，無法將老子、楊震、呂祖、陳摶等其他傳說一一論述，僅就此七篇立論，難免有遺珠之憾，但或許能略窺華山民間傳說之一斑耳。

附表

華山民間傳說統計表（書名由左而右以出版年為序，V表示某篇出現在該書中）

篇名 ＼ 書名	《西嶽華山》	《中國山川掌故與傳說》	《陝西民間傳說故事集》	《華山攬勝》	《陝西民間故事集》	《中國民間故事集成·陝西卷》	《三山五岳及傳說》	《華山志》
劈山救母	V	V	V	V	V	V	V	V
趙匡胤賣華山	V	V	V	V		V	V	V
吹簫引鳳飛華山	V	V		V	V	V	V	V
華山來歷的傳說	V	V				V	V	V
回心石和投書崖	V	V			V		V	V
華山石洞的來歷	V		V	V	V			
毛女				V			V	V
楊震傳說				V			V	V
老君犁溝	V					V		
高蓬頭傳說				V				V

　　本文原載於《大同大學通識教育年報》第六期，經「大同大學通識中心」授權轉載，特此註明。

羅聯添教授八秩晉五
壽 慶 論 文 集
2011 年 11 月 頁 643-667

《西遊記》與《西遊記李卓吾評本》三教思想的比較

——兼論李評本與李卓吾思想的異同

周 昌 龍[*]

提 要

三教合一的說法普遍存在於明代文獻中，但三教合一的內涵意義是什麼？在怎樣的形式和條件下合一？主從關係又各如何？這些深一層的問題，恐怕並不容易回答，原典文獻接觸越多，發覺越是人言言殊的局面，表面上，大家都在說「三教合一」，實際上，各家所說三教「合一」的內在涵義可能都不一樣。本文以《西遊記》小說及從其衍生的《李卓吾先生批評西遊記》二書為例，分析這二本具密切關係之著作中所呈現的三教思想，再比較李卓吾本人三教思想之異同，以發現所謂三教合一問題的複雜性，試圖為思想史研究注入一些新的觀點。

關鍵詞：三教、三教思想、西遊記、李卓吾

---

[*]國立暨南國際大學中文系暨華語文所合聘教授兼華語文研究所所長。

《西遊記》與《西遊記李卓吾評本》三教思想的比較
——兼論李評本與李卓吾思想的異同

一、前言

　　自南北朝以來，儒釋道即並稱「三教」，《北史·李孝伯傳》附士謙傳：「士謙善談玄理。……客又問三教優劣，士謙曰：佛，日也；道，月也；儒，星也。」[1]從答問中，可知三教之稱已為當時之流行概念。成書於南宋的《翻譯名義集》載，吳主問三教，尚書令闞澤對曰：「孔老設教，法天制用，不敢違天；佛之設教，諸天奉行。」[2]此錄所載固未必一一如實，但若記載可信，則三國時已有此稱。元代大儒吳澄（草廬，1249-1333）將三教之名遠溯晉唐，[3]其說當即據此。翻《道藏》中文獻若隋唐間沙門道宣（596-667）所作《記古今佛道論衡》，[4]知六朝以來，釋道間常有三教優劣論辯。唐宋以還，三教教義互融者亦頗多。元代以異族統治，蒙古本信仰薩滿教與藏傳佛教（佛教密宗），為求生存，傳統三教始能真正平等對待對方。[5]其間有識見又兼有實力的非漢族政治家如耶律楚材（1189-1243）等，即大力鼓吹三教平等。耶律氏云：「三聖人之教鼎峙于世，不相凌奪，各安攸居，

---

[1] 唐·李延壽：《北史》（臺北：鼎文書局，1979年），卷33，頁1234。

[2] 宋·釋法雲：《翻譯名義集》（合肥：安徽教育出版社，2002年）。

[3] 元·吳澄：《吳文正集》（臺北：商務印書館，1971年，四庫全書珍本），頁3上。

[4] 見《大正大藏經》（日本東京），2104號，頁1924-1932。

[5] 可參考 Liu Ts"un-yan and Judith Berling, "The Three Teachings in the Mongol-Yuan Period", in Hok-lam Chan and Wm. Theodore de Bary, eds., *Yuan Thought: Chinese Thought and Religion under the Mongols*. New York: Columbia University Press, 1982, pp.479-512.

斯可矣。」；[6]又曰：「吾夫子之道治天下，老氏之道養性，釋氏之道修心。」[7]明太祖得國後，三教並立即成為官方政策，御制〈三教論〉云：「三教之立，雖持身榮儉之不同，其所濟給之理一。然于斯世之愚人，于斯三教有不可缺者。」[8]三教合一思想，亦進入有明一代之主流思想，不但思想界中堅人物如王龍溪（王畿1498-1583）、李卓吾（李贄，1527-1602） 等一再申述，連通俗小說《西遊記》中亦有充份反映。

　　三教合一的說法普遍存在於明代文獻中，但三教合一的內涵意義是什麼？在怎樣的形式和條件下合一？主從關係又各如何？這些深一層的問題，恐怕並不容易回答，原典文獻接觸越多，發覺越是人言言殊的局面，表面上，大家都在說「三教合一」，實際上，各家所說三教「合一」的內在涵義可能都不一樣。本文以《西遊記》小說及從其衍生的《李卓吾先生批評西遊記》二書為例，分析這二本具密切關係之著作中所呈現的三教思想，再比較李卓吾本人三教思想之異同，以發現所謂三教合一問題的複雜性，試圖為思想史研究注入一些新的觀點。

　　《西遊記》小說有繁本和簡本二個系統。繁本現存最早的通行本是萬曆壬辰二十年（1592） 金陵世德堂《新刻出像官版大字西遊記》二十卷一百回本。徐朔方逐字對勘後指出，《李卓吾先生批評西遊記》這個評點本，在版本上最接近世德堂本。[9]簡本現見較早的版本，有明余象斗編《四遊記》中之《西遊記傳》，作者陽致和（楊志和）。此書之原本為現藏於牛津大學之陽致和《新鍥三藏出身全傳》四卷，由龍彼得 （Piet van der Loon）和杜德橋（Glen Dudbridge）二位漢學家發現。又有朱鼎臣《鼎鍥全相唐三藏西遊釋厄傳》十卷，隆慶、萬曆間刊本，現藏

---

[6] 元・耶律楚材撰，清・李文田注：《西遊錄注》（臺北：廣文書局，1969 年）。

[7] 元・耶律楚材撰：〈寄趙元帥書〉，《湛然居士文集》（臺北：藝文印書館，1966 年《百部叢書集成》影印《漸西村舍叢刊》本）第 3 冊，卷 8，頁 19 下。

[8] 明・太祖撰，姚士觀，沈鈇編校：《明太祖文集》收錄於《文淵閣四庫全書》（臺北市：臺灣商務印書館，1983 年），第 1223 冊，卷 10，頁 108。

[9] 徐朔方，李卓吾評本：〈前言〉，《西遊記》（上海：上海古籍出版社，1994 年），頁 1-6。本文所引李評本文字及頁碼，皆出此本，簡稱李評，不再加注。

臺北國家圖書館。繁、簡本孰先孰後問題，從胡適《西遊記考證》問世以來，即成懸案。至《西遊記》小說作者為誰，是否吳承恩（約 1506-1582）？這些陳年公案，研究者大不乏人，討論亦時見精采。對這些問題有興趣的讀者，可以參考柳存仁、杜德橋、太田辰夫等國際漢學家相關巨著，[10]本文不再贅述。討論百回本《西遊記》小說之思想時，本文隨俗假定小說作者為吳承恩。這只是權宜方便，不代表筆者支持或反對吳作說。

　　《李卓吾先生批評西遊記》如同眾多掛名李卓吾的評點本一樣，著作權大都有問題。原書在「凡例」中援引《袁中郎集》文中對趣字的詮解，卷首又有幔亭過客（袁晉 1592- 1674）題詞，著書者當為李氏後輩，可能更在袁中郎（宏道，1568 -1610） 之後。本文有興趣知道的，乃是評點中所顯示的三教思想，在與小說原著之三教思想對照時，所出現的內涵差異情況。至於評本作者是卓吾老子或另有其人，其實並不影響本文題旨。只不過，李卓吾三教思想本身是思想史研究上的重要課題，在哲理上屬上層思想；李評本是通俗評點，反映了大眾社會的觀點。趁此機會，順便探討一下李評本作者的三教立場與李卓吾思想之異同，及其是否具有淵源關係，瞭解上下層思想的滲透流注，應該是有意義也很有趣的事。

二、百回本《西遊記》小說的新寓意

　　百回本《西遊記》小說的清代各種刻本，如陳士斌《西遊真詮》、張書紳《西遊新說》、劉一明《西遊原旨》、汪象旭《西遊證道書》、張逢原《西遊正旨》等，已對書中主旨作出各種詮釋，有說是大學正心誠意的講義，有說是金丹提煉的奧訣，有說演繹五行相剋，也有說是禪門修煉方法，五花八門，不一而足。而李評本卷首幔亭過客（袁晉 1592-1674）題詞已云：「說者以為寓五行生剋之理，玄門

---

[10] 分見 Liu Ts'un-yan（柳存仁）, *Buddhist and Taoist Influences on Chinese Novels*（佛道教影響中國小說考）（Wiesbaden, 1962），Vol.2.　及 Glen Dudbridge（杜德橋）：〈西遊記祖本考的再商榷〉，《新亞學報》，6 卷 2 期 （1964 年）、太田辰夫：《西遊記の研究》（東京：研文出版社，1984 年）。

修煉之道。」則明清之際實已有此類詮解，初不待清刻本之出現。幔亭過客並不贊成五行、修煉等說，而是從三教合一觀點詮解《西遊記》作旨，謂「三教已括於一部。能讀是書者，于其變化橫生之處，引而伸之，何境不通？何道不洽？而必問玄機於玉匱，探禪蘊於龍藏，乃始有得于心也哉？」而他所謂的三教合一，實以儒家心性修養統攝佛之禪慧，認為西遊故事只是人心中佛與魔的變化，並不帶什麼神秘性。他說：

> 是知天下極幻之事，乃極真之事；極幻之理，乃極真之理。故言真不如言幻，言佛不如言魔。魔非他，即我也。我化為佛，未佛皆魔。魔與佛，力齊而位逼，絲髮之微，關頭匪細；摧挫之極，心性不驚。此《西遊》之所以作也。[11]

民國以後，胡適和劉大杰都說《西遊記》是最成功的神話文學，主張回歸純文學觀點，清掃所有各種修養論和修煉論的說法。但另一方面，海外漢學家如余國藩等，却又繼續發展內丹寓言等說，說法也較前更具學術性和說服力。[12]百回本《西遊記》小說的寫作題旨和中心思想，依然莫衷一是。

在能夠進一步探討問題之前，先要澄清一種常被提出的困惑：如果《西遊記》並非個人原始創作，而是所謂「世代累積型集體創作」的話，所謂題旨作意，所謂中心思想云云，豈非捕風捉影之談？首先必須承認，《西遊記》小說的故事內容確有不少是集體累積成果，從宋元之際《大唐三藏取經詩話》話本、元初吳昌齡《西天取經雜劇》（已佚）、元末楊景賢《西遊記雜劇》 六本廿四齣，現存《永樂大典》「夢」字條下所載魏徵夢斬涇河龍故事約 1200 字 ，以及朝鮮古籍《朴通事

---

[11] 幔亭過客（袁晉）：李卓吾評本《西遊記》卷首題詞（上海：上海古籍出版社，1994 年），頁 1。

[12] 分見胡適：《西遊記考證》（臺北：遠流出版公司，1986 年），頁 67。劉大杰：《中國文學發展史》第廿六章「明代的小說」。余國藩：《余國藩西遊記論集》（臺北：聯經出版公司，1989 年）。

諺解》（西元 1423 年刊行） 所載車遲國故事約 1100 字等情況看來，今本《西遊記》小說在故事內容方面，的確有不少早期來源。

但所謂累積者充其量也只限於故事內容方面。吳承恩所作百回本《西遊記》小說，全書有一種極具原創性的統一風格，這主要表現在三方面：文字，寓意，和作者本人的三教思想。百回本《西遊記》在文字風格上的成就，肯定者已多，不必再作討論。這裏將貫穿全書的寓意和三教思想試作分析。

百回本《西遊記》小說不止是一部神話文學或神魔小說，它通篇貫串着一個安頓自家身心性命的寓意。小說第一回趁石猴訪道的機會點出全書題旨說：「不遠不遠，此山叫做靈臺方寸山，山中有座斜月三星洞」（頁 11）。[13]李評在此夾批說：「靈臺方寸，心也」；「斜月象一鈎，三星象三點也，是心。言學仙不必在遠，只在此心。」；「一部《西遊》，此是宗旨」（頁 11）。李評這個夾注確是畫龍點睛之語，小說內容後來一再證明西天靈山就在自心靈臺，而取經途中種種歷難就是自心佛魔之爭這個寓意的存在。小說第十四回回目：「心猿歸正，六賊無蹤。」點出自心收束與消除六根六意之間的緊密關係，是作者又一次忍不住現身說法，文中插詩云：

> 佛即心兮心即佛，心佛從來皆要物。若知無物又無心，便是真如法身佛。法身佛，沒模樣，一顆圓光涵萬象。（頁 171）

這佛在自心，物亦在自心的說法，又見於第二十回：

> 法本從心生，還是從心滅。生滅盡由誰？請君自辨別。既然皆己心，何用別人說？（評：說出） 只須下苦功，扭出鐵中血。絨繩着鼻穿，挽定虛空結。拴在無為樹，不使他顛劣。莫認賊為子，心法都忘絕。（頁 255）

---

[13] 李卓吾評本《西遊記》前言，（上海：上海古籍出版社，1994 年）。以後引用《西遊記》小說或李評內文時，皆用此本，僅在括號內注明頁碼，不另加注。

第二十八回說到玄奘誤聽妖言，趕逐孫悟空，文中寫法却是：「却說唐僧聽信狡性，縱放心猿。」（頁 367），完全是象徵的手法。第五十六回：

> 靈臺無物謂之清，寂寂全無一念生。猿馬牢收休放蕩，精神謹慎莫崢嶸。
> 除六賊，悟三乘，萬緣都罷自分明。色除永滅超真界，坐享西方極樂城。
> （頁 749）

第七十八回：

> 一念才生動百魔，脩持最苦奈他何。但憑洗滌無塵垢，也用收拾有琢磨。
> 掃退萬緣歸寂滅，蕩除千怪莫蹉跎。管教跳出樊籠套，行滿飛昇滿大羅。
> （頁 1051）

心魔與靈臺的寓意始終貫串全書。到最後師徒一行終於抵達靈山，功德行將圓滿之際，第九十八回有這樣的描述：

> 那佛祖輕輕用力撐開，只見上溜頭決下一個死屍，長老見了大驚。行者笑道：「師父莫怕，那個原來是你。」八戒也道：「是你，是你。」沙僧拍着手，也道：「是你，是你。」那撐船的打着號子，也說：「那是你，可賀，可賀！」（頁 1318）

只因為唐僧是個凡胎肉身，充滿七情六慾；却又是求道的惟一主體，無可取代，所以孫悟空空有一身神通，也只能陪着他在千魔萬障中一程一程地慢慢捱上靈山。到這時，苦行功滿，肉身超越，玄奘便能立在無底船中，看着自己的凡身流走，從第一回到結束前的第九十八回，自心成佛的寓意在字裏行間貫徹始終，形成一種獨有的思想綫索。

　　孫悟空是本土的抑是舶來的猴種？這個爭議，從胡適〈西遊記考證〉一文發表以來，爭論者可能已達百家。[14]胡適比較《西遊記》與印度古神話史詩《羅摩延書》（*Ramayana* 胡譯《拉麻傳》）中的猴神哈奴曼（Hanuman）故事，斷言孫行者由印度行來。不管反對者如何堅守國粹陣地，讀過羅摩延書的人都會有種感覺，孫悟空和哈奴曼之間，確實有些相似基因，包括：哈奴曼一跳可以從印度跳到錫蘭，身體可以自由變大變小，而且專門喜歡進入別人的肚皮當中搞古怪等。然而，儘管這可以說明孫悟空的形象設計有一個參考對象，卻不能指稱這是「山寨版」。《太平廣記》引《古岳瀆經》，大禹治水時，為禍江淮的水神無支祁「形若猿猴」、「金目雪牙，頸伸百尺，力踰九象，搏擊騰踔，疾奔輕利」。禹將之降伏後，「徙淮陰之龜山之足下。」[15]這裏無支祁形若猿猴，又被壓在大山腳下，不是也有老孫的基因？朱熹《楚辭辨證》「天問」篇有注云：「如今世俗僧伽降無之祁」，據《宋高僧傳》，唐中宗問萬廻師：「彼僧伽者，何人也？」對曰：「觀音菩薩化身也。」[16]是知唐宋時有觀音或僧伽降伏無之祁的傳說，應也是《西遊記》觀音收伏孫悟空故事的藍本。清《納書楹典譜補遺》卷一收《西遊記》四齣，據孫楷第考證，所收者應出於楊景賢《西遊記雜劇》六本廿四齣中。[17]其中「定心」一齣說孫行者是「驪山老母親兄弟，無支祁是他姊妹」；「女國」一齣說：「無支祁把張僧拏在龜山上」。可見巫支祁的傳說在唐宋元明之間也喧騰一時，這法力高強、形似猿猴的巫支祁，既與觀音菩薩和壓在龜山足下等故事直接相關，當然有可能是孫悟空形象的另一個來源。

　　但無論從以往各種來源的傳說中吸取多少養份，到百回本《西遊記》寫成時，孫悟空新被賦予了一種深具哲思的新**寓意**：心猿。心猿與意馬相對，代表人心中

---

[14] 可參考磯部彰：〈元末西遊記における孫行者の形成〉，《集刊東洋學》38號，1977年。

[15] 「李湯」條下引《古岳瀆經》卷8。宋・李昉：《太平廣記(五百卷)》（臺北：新興書局，1962年），卷467，頁1272。

[16] 宋・贊寧：《宋高僧傳》（北京：中華書局），卷18，頁449。

[17] 孫楷第：〈吳昌齡與雜劇西遊記〉，《孫楷第集》（北京：中國社會科學出版社，2008年），頁289-320。

東馳西突的各種念頭。梁簡文帝〈蒙預懺悔詩〉:「三修祛愛馬,六意靜心猿」,較早使用了這個活潑新鮮的形象。百回本《西遊記》營造孫悟空這個人物時,乃連篇累牘地運用了這個象徵,如第七回詩云:「猿猴道體配人心,心即猿猴意思深。大聖齊天非假論,官封弼馬亦知音。馬猿合作心如意,緊縛牢拴莫外尋。」第十四回回目:「心猿歸正,六賊無蹤」等,指涉都極為明顯。真假猴王一回,小說文字更直接點出這是人有二心的結果。這些地方,形成了《西遊記》小說新的寓意和風格。

三、百回本《西遊記》的三教思想

百回本《西遊記》和同時代的封神演義一樣,是三教合一思想背景下的產物,這已有柳存仁教授等做過分析。[18]但如本文之前所述,三教合一思想的指涉內容相當複雜,百回本《西遊記》顯示的,到底是怎樣的一種三教思想?對原典作出逐句逐字分析後發現,《西遊記》作者通過其創作所要尋求的,主要是混合了儒釋道三教思想的一種養生延年之道。由於正統思想史著作很缺乏這方面的資料,百回本《西遊記》正好填補了這個空缺,意義至為重要。百回本《西遊記》第二回藉石猴和須菩提祖師的答問,對各種修煉求道方法都提出扼要批評,依次為:

(一) 術門之道:請仙扶鸞、問卜揲蓍……。

(二) 流字門中之道:儒、釋、道、陰陽……或看經,或念佛……。

(三) 靜字門中之道:休糧守谷,參禪打坐……。

(四) 「動」字門中之道:採陰補陽:攀弓踏弩,摩臍過氣。用方泡製:燒茅扛鼎,進紅鉛,煉秋石,並服婦乳之類。

這些術流,祖師都認為不能獲致長生不壞,故均非正道。值得注意的是,這當中包含了佛門的「參禪打坐」,因為它偏向了靜;也包含道教金丹派的「燒茅扛鼎」,因為偏於動。《西遊記》作者對動靜二法都不贊同,以為都不能求得長生不壞的大

---

[18] Liu Ts'un-yan, "The Prototypes of Monkey (His Yu Chi)", *T'oung Pao*, LI, no.1, pp.55-71.

道。

　　道教金丹術煉丹服食，以求長生延年，葛洪《抱朴子》已有相關記載，李約瑟、魯桂珍、何丙郁諸先生合撰的《中國科技史》第五卷中，對此有堅實研究。隋以後又有所謂內丹之法，乃以自身為丹爐，調煉自身的精、炁和神，通過導引行氣諸法，護元陽、調坎離，達致人體水火相濟，結成「聖胎」。此法最早見於隋蘇玄朗《旨道篇》〈龍虎金液還丹通玄論〉，唐末五代有鍾離權、呂洞賓、陳摶諸大家宣揚，南宋金元分為南北宗，北宗主先性後命清修丹法，南宗奉先命後性命功運丹法，元末由全真教集其成，流傳明清。南宋曾慥《道樞》卷七〈火候篇〉：「內丹之基，資火乃成。周天之度，勿失常經。」[19]這是將內丹配合周天度數的修煉。護元陽或元氣的方法，南宋蕭應叟有一套「妙」說，《元始無量度人上品妙經內義》載，人出生時元氣最足，男性得元氣三百八十四銖，但若未能守身，則男性六十歲時，元氣一般僅剩七十二銖左右。[20]調坎離的方法是：離指氣從心臟引導順向走向腹部，又稱：汞、日魂、火、青龍、姹女、白雪等。坎指氣從會陰逆向上引至腹部，與汞會合，又稱：鉛、月魄、水、白虎、嬰兒、黃芽等。[21]

　　百回本《西遊記》第二回，祖師批評了諸種術門之後，最後歸結到一種求得不死大道的方法是：

> 精炁神，謹固牢藏休漏泄，休漏泄，體中藏。……摒除邪欲得清涼（評：着眼）。得清涼，光皎潔，好向丹臺賞明月。月藏玉兔日藏烏，自有龜蛇相盤結。相盤結，性命堅，却能火裏種金蓮。攢簇五行顛倒用，功完隨作佛和仙。（頁 20）

---

[19] 宋‧曾慥編撰：《道樞》卷 7，收錄於《正統道藏》（臺北縣：藝文印書館，1977 年），第 34 冊，頁 27565。

[20] 宋‧蕭應叟：《元始無量度人上品妙經內義》卷 1，收錄於《正統道藏》（臺北縣：藝文印書館，1977 年），第 3 冊，頁 1877-1878。

[21] 參看柳存仁：〈民國以來之道教史研究〉，《和風堂新文集》（臺北：新文豐出版社，1997 年），頁 571-620。

很顯然這主張的是內丹法。書中第七回、第五十三回和第五十七回都有詩作清楚描述。第七回詩云:「爐中久煉非鉛汞,物外長生是本仙。變化無窮還變化,三皈五戒總休言。」第五十三回:「真鉛若煉須真水,真水調和真汞乾。真汞真鉛無母氣,靈砂靈藥是仙丹。嬰兒枉結成胎象,土母施工不費難。推倒傍門宗正教,心君得意笑容還。」第五十七回:「身在神飛不守舍,有爐無火怎燒丹?黃婆別主求金老,木母延師奈病顏。」(頁768)書中類似描述至少還有十多處,另列附表於本文之末,以醒眉目。

　　唐孫思邈《備急千金要方》曰:「養性者,不但餌藥餐霞,其在兼于百行。百行周備,雖絕藥服餌,足以遐年。」這是道教養生思想走向儒學化,變成儒道兼修的養生法,其中,德行工夫在延年養生的功效上,似更勝於服食,這是一向由道教或更早期陰陽方士獨擅的領域,回歸儒學舊疆,其中之意義值得治思想史的人注意。曾慥《道樞》卷三〈碎金篇〉:「漆圓之玄,竺乾之空,均乎正心,與儒同功。」這又融儒釋道三家工夫為一,將道之玄虛,佛之真空,比附為儒門之正心。上面說南宋內丹派分南北二宗,一主先性後命,一奉先命後性,其中命指形身,性指品格。張伯端的《悟真篇》主性命雙修,養生延年為命功,人格修養為性功。李道純(ca.1264-1294)《中和集》說得更清楚:

> 先持戒定慧而虛其心,後煉精氣神而保其身。身安泰則命基永固,心虛澄則性本圓明。性圓明則無來無去,命永固則無死無生。至于混成圓頓,直入無為,性命雙全,形神俱妙也。[22]

持戒定合慧觀是禪法,煉精炁神是道教內丹法,心澄性明是儒佛並說,這樣的修為叫作性命雙全,這是養生家的三教合一思想,金丹南宗白玉蟾(1194-1229)《海

---

[22] 宋・李道純:《中和集》卷4,收錄於《正統道藏》(臺北縣:藝文印書館,1977年),第7冊,頁5255-5256。

瓊白真人語錄》說:「丹者,心也;心者,神也。陽神謂之陽丹,其實皆內丹也。」[23]丹與心並說,將內丹與儒門正心功夫合為一談。這種雙修模式,在百回本《西遊記》中也有反映,如第五十六回:「心有兇狂丹不熟,神無定位道難成。」(頁759) 第七十一回:「色即空兮自古,空言是色如然。人能徹悟色空禪,何用丹砂炮煉?德行全修休懈,工夫苦用熬煎。有時行滿去朝天,永注仙顏不變」(頁953)等例皆是。後一例似乎更將禪悟和德行的重要性置於內丹修煉之前,和孫思邈的說法相同。不過這個優先順序並未貫徹全書,有時順序會顛倒過來,強調雖有本性,而內丹亦不可無,如第二十二回:「五行匹配合天真,認得從前舊主人。煉己立基為妙用,辨明邪正見原因。今來歸性還同類,求去求情共復淪。二土全功成寂寞,調和水火沒纖塵。」(頁290)

德行內丹並重之外,百回本《西遊記》小說更突出了禪門要典《摩訶般若波羅蜜多心經》的重要性。《心經》本是梵文經典,有唐玄奘的翻譯本,是大乘佛教中般若智慧的代表著作。禪學盛行後,《心經》又成了見性成佛的代表作,深受士大夫重視。《太平廣記》九十二引《獨異志》及《唐新語》,已將心經的來源神話化及去印度化,強調這本經典另有神秘來歷,且具有神奇法力。書載:

> 沙門玄奘……行至罽賓國……至夕開門,見一老僧,頭面瘡痍,身体膿血,牀上獨坐,莫知來由。奘乃禮拜勤求。僧口授《多心經》一卷,令奘誦之,遂得山川平易,道路開闢,虎豹藏形,魔鬼潛跡。遂至佛國,取經六百餘部而歸。其《多心經》,至今誦之。[24]

《西遊記》作者基本上採取了《太平廣記》對《心經》來源的創意性說法,安排由烏巢禪師口傳。這一段見第十九回「浮屠山玄奘受心經」,故事是這樣敘述的:

[23] 宋・白玉蟾:《海瓊白真人語錄》卷 1,收錄於《正統道藏》(臺北縣:藝文印書館,1977年),第 55 冊,頁 44387。

[24] 玄奘條引《獨異志》及《唐新語》《太平廣記》卷九十二。宋・李昉:《太平廣記(五百卷)》,卷 92,頁 461。

三藏再拜，請問西天大雷音寺還在那裏？禪師道：「遠哩，遠哩！只是路多虎豹難行。」三藏慇懃致意，再問：「路途果有多遠？」禪師道：「路途雖遠，終須有到之日，却只是魔障難消。」我有《多心經》一卷……若遇魔障之處，但念此經，自無傷害。

《摩訶般若波羅蜜多心經》：「……色不異空，空不異色；色即是空，空即是色，受、想、行、識，亦復如是。舍利子是諸法空相，不生不滅，不垢不淨，不增不減……乃至無意識界，無無明，亦無無明盡；無老死，亦無老死盡……心無罣礙，無罣礙故，無有恐怖，遠離顛倒夢想，究竟涅槃。……」

此時，唐朝法師，本有根源，耳聞一遍《多心經》，即能記憶，至今傳世。此乃修真之總經，作佛之會門也。（頁251）

以後文中不斷提起心經，包括：

第三十一回 （行者道）你記得那烏巢和尚的《心經》云：……但只是「掃徐心上垢，洗淨耳邊塵」。（頁417）

第四十三回 行者笑道：「你這老師父，忒也多疑！做不得和尚。我們一同四眾，偏你聽見什麼水聲。你把那《多心經》又忘了也。」唐僧道：「《多心經》乃浮屠山烏巢禪師口授……你知我忘了那句兒？」行者道：「老師父，你忘了無眼耳鼻舌身意（着眼）。……如此謂之袪除六賊。你如今為求經，念念在意；怕妖魔，不肯捨身；要齋吃，動舌；喜香甜，嗅鼻；聞聲音，驚耳；觀事物，凝眸。招來這六賊紛紛，怎生得西天見佛？」（頁572） （評：行者說《心經》處大是可思。）

第八十五回 行者笑道：「你把那烏巢禪師的《密多心經》早已忘了……佛在靈山莫遠求，靈山只在汝心頭。人人有個靈山塔，好向靈山塔下修（着眼）。……心淨孤明獨照，心存萬境皆清。……但要一片志誠，雷音只在

眼下。似你這般恐懼驚性，神思不安，大道遠矣，雷音亦遠矣。」（頁
1046-1047）

值得注意的是：故事中孫悟空每次提起《心經》時，都是向唐三藏強調袪除
眼耳鼻舌身意「六賊」，去掉「六賊」，才能到達「靈山」，因為「佛在靈山莫遠求，
靈山只在汝心頭。」掃徐心垢，即現靈山，西天求經云云，只是寓言。志誠求之，
「雷音只在眼下」，否則，就像第八十七回說的：「就到了天竺國，也不是如來住
處，天竺國還不知道離靈山有多少路哩！」（頁1173）色即是空，空即是色的《心
經》主旨，在這裏除色空不二的主旨外，重點更被轉移到「心淨孤明獨照，心存
萬境皆清」的佛性論甚至心性論注解。第二十四回唐三藏又再問幾時方可到時，行
者道：「你自小走到老，老了再小，老小千番也還難。只要你見性志誠，念念回首
處，即是靈山。」（評：着眼）（頁310）主題思想表現得至為清楚。

另一點同樣值得注意的是：前引《太平廣記》所述「僧口授《多心經》一卷，
令奘誦之，遂得山川平易，道路開闊，虎豹藏形，魔鬼潛跡」一段，依照文字本
身及《太平廣記》一貫編輯立場，所說虎豹妖魔消跡辟易、山川道路為之開坦等
情，乃是「真實」層的意義，原作者以述異心態傳述「實」事，說虎豹藏形，那
就真相信或希望讀者相信實際發生了虎豹藏形的事。《西遊記》則全是象徵的手
法，作者抱定「心淨孤明獨照，心存萬境皆清」的宗旨，認為羣妖亂起，六賊紛
紛，都只是人心的起念。包括唐僧念念要去西天取經，這起念本身，也就構成了
一種障，所以要回歸《心經》所示諸法空相、心無掛碍的本來面目，掃淨心垢，
心魔自然消除。妖魔也者，其實只是自心心魔，並非真有虎豹攔路。以《西遊記》
繁簡本作比較，簡本系統的陽至和《新鍥三藏出身全傳》卷二「唐三藏起程往西」
則，有首西江月詞，末二句云：「禪僧入定理殘經，正好煉丹養性」（頁六上）。同
屬簡本系統的朱鼎臣《鼎鍥全相唐三藏西遊釋厄傳》改為「正好煉心養性」。朱本
較陽本後出，[25]將煉丹改為煉心，更符合禪門要求，蓋禪僧煉丹，實屬不倫。百

---

[25] 柳存仁：〈西遊記簡本陽、朱二本之先後及簡繁本之先後〉，《和風堂新文集》，頁

回本《西遊記》此處又改為「正好煉魔養性」，用煉魔取代煉心，實更靠近佛魔一源、袪除心魔之主題，知此一字之改，並非輕易，更非無故。

由上可知，《西遊記》基本宗旨不離養生，養生之道則集內丹、禪悟與儒行三者於一爐，其中實以內丹修煉為得道之基本工夫，用丹法合禪法，又以儒釋融合之《心經》為超越境界，最終目的在全真全德、注顏長生，此百回本《西遊記》小說三教合一之內涵也。

四、《西遊記》李評本的內涵思想

《李卓吾先生批評西遊記》是現存明刻本《西遊記》小說四種中惟一的評點本，徐朔方先生逐字對勘後，認為它在版本上最接近世德堂本即現存最早的明刻百回本《西遊記》小說。評點者應該不是李卓吾本人，但思想上與卓吾老子可能頗有淵源。作為評點者，李評本有些地方對小說作者內丹修煉的描述作出了呼應，全書總共有四處，臚列如下：

> 第三十六回　（行者曰）此乃先天採煉之意，我等若能溫養二八九成功，那時節見佛容易，返故田亦易也。李評：「一口說出，不留些子。」（頁482）
>
> 第四十一回　非天火，非野火，乃是妖魔修煉成三昧火。五輛車兒合五行，五行生化火煎炭。肝水能生心火旺，心火致令脾土平。脾土生金金化水，水能生木徹通靈。生生化化皆因火，火遍長空萬物榮。妖邪久悟呼三昧，永鎮西方第一名。李評：「從此看來，病亦是火，藥亦是火，要知要知。」（頁546）
>
> 第五十回　晝夜綿綿息，方顯真功夫。李評：「着眼。」（頁667）
>
> 第六十一回　火焰山遙八百程，火光大地有聲名。火煎五漏丹難熟，火燎三關道不清。時借芭蕉施雨露，幸蒙天將助神功。牽牛歸佛休顛劣，水火

699-730。

相聯性自平。

坎離既濟真元合，水火均平大道成。李評：「說出。」（頁825）

　　除了上述這四處之外，李評本再不曾提到內丹之術，也很少再說佛談道。有一處，評者對道教方術似乎還頗有微詞，這見於第二回，小說云：「雖已成形，尚未經水火煆煉。」評者說：「道家只在水火既濟，才能得手。」（頁18）另一處，小說明明用了內丹術語「嬰兒」，評點者却作了道家和儒家正統哲理的詮解，第一回總評引小說「子者兒男也，系者嬰細也，正合嬰兒之本論」之後，評點說：「（嬰兒）即是莊子『為嬰兒』，孟子『不失赤子之心』之意。」這種創意的誤讀法簡直可開現代詮釋學的先河了。

　　李評本連篇累牘出現的，是站在儒家立場的成聖理論。第一回評：「此物原是外王內聖的，故有美猴王、齊天大聖之號。」（頁7）第一回總評開宗明義就說：「『不入飛鳥之叢，不從走獸之類，』見得人不為聖賢，便為禽獸，今既登王入聖，便不為禽獸了……人何可不為聖賢而甘為禽獸乎！」（頁14）到第一百回在總評總結說：「你看若猴若豬若馬，俱成正果，獨有人反信不及，倒去為猴為豬為馬，却不是大顛倒乎！」「人生難得，只為他可作佛成祖故。若不用他作佛成祖，真禽獸不如矣。」（頁1353）總結處用了作佛成祖字眼，意義則等同成聖，見得評點者的心性論，是綜合儒佛二家的。

　　發揮儒家義理時，李評本與當時流行的陽明學觀點如出一轍。第一回評：「今世上那一個有本事鑽進去討出個源頭來。」（頁5）「人人俱有此洞天福地，惜不曾看見耳。」（頁6）「那個沒有家當？只是不能受用。」（頁6）第四回評：「定要做齊天大聖，到底名根不斷，所以還受人束縛，受人驅使。畢竟併此四字抹殺，方得自由自在。」（頁54）「齊天大聖府內設安靜、寧神兩司，極有深意。若能安靜寧神，便是齊天大聖；若不能安靜寧神，便是個猴王。」（頁54）第十五回總評：「篇中云：『那猴頭專倚自強，他肯稱讚他人？』這是學者第一個魔頭，讀者亦能着眼否？」（頁197）第三十五回評：「魔固不可有，寶亦不可有。有此寶貝，到底累人，何若并去之為妙也。真是眼中着不得瓦屑，亦着不得金玉之屑。

知此者有幾人哉！」（頁469） 五十七回總評：「篇中『直迷了一片善緣』却是一句有眼的說話。不獨惡緣迷人，善緣亦是迷人，所以說好事不如無。學問以無善無惡為極則也，若有善，便不善了，所以說善緣迷人。惜知此者少耳。」（頁772）第五十二回總批：「人人有個主人公，若能常常照管，決不到弄圈套時節矣。」（頁703） 五十六回：「此回極有微意：吾人怒是大病，乃心之奴也，非心之主也。一怒，此心便要走漏懲忿。不遷怒，此聖學之所拳拳也。讀者着眼。」七十七回：「主人公一到，魔自散矣。」（頁1047） 總評：「有文殊、普賢、如來，便有青獅、白象、大鵬。即道學先生人心道心之說也，勿看遠了。」（頁1048）

討源頭、家當、名根、主人公等，都是陽明學常見的議題。人心道心，是理學最初話頭。眼中瓦屑金玉屑皆着不得，及善惡緣皆迷人之語，直接呼應無善無惡四無之旨，直探江右王學和王學左派的爭執點。怒為心之奴一節，直接點出不遷怒方是聖學。這些地方，明顯表現出李評本的儒學立場。

與王龍溪、何心隱、顏山農、李卓吾等傾向三教一源論的陽明學思想家一樣，李評本在發揮心為自然主宰的現成良知論時，常會融滙佛道家語，這些地方並不表示話語主體只投向釋家或儒門，而是在使用儒家心學中時髦的三教合一語彙。如第一回評：「無父母就是自家做祖了。」（頁6）第二回評：「不滅此魔，終不成道。」（頁26）同回總評：「若成道之後，不滅得魔，道非其道也。所以於小猴歸宿處露二語曰：『脚踏實地，認得是家鄉』，此滅魔成道之真光景也。」（頁27）第六回總評：「千變萬化，到大士手內即住，亦有微意。蓋菩薩只是自在兩字，由他千怪萬怪，到底跳不出自在圈子，此作者之意也。」（頁78）第七回總評：「齊天勦斗，只在如來掌上，見出不得如來手也。如來非他，此心之常便是；妖猴非他，此心之變便是。饒他千怪萬變，到底不離本來面目。常固常，變亦常耳。」「妖猴刀砍斧剁，雷打火燒，一毫不能傷損。亦有微意：見此性不壞。」（頁88）可以看出，李評千言萬語，要說的其實只是心性二字。此心恆常，此性不泯，魔患便不得而侵，成聖成佛之道，只是如此。正如李評本第十三回總評說：「心生總總魔生，心滅種種魔滅，一部《西遊記》，只是如此，別無些子剩却矣。」（頁168）

較諸小說原典，李評的儒家立場顯然更加突出，成道觀點也更為單純。《西遊

記》小說作者固然也看重心性，但他同時也有相當濃厚的神秘主義和魔幻主義傾向，更有傾心內丹術的背景，如小說第二回說：

> 悟空道：「弟子近來法性頗通，根源日漸堅固矣。」（須菩提）祖師道：「你既通法性，會得根源，已注神體，却只是防備着三災利害，……此乃非常之道，奪天地之造化，侵日月之玄機。丹成之後，鬼神難容。雖駐顏益壽，但到了五百年後，天降雷災打你，須要見性明心，預先躲避。……再五百年後，天降火災燒你，這火不是天火，亦不是凡火，喚做陰火，自本身湧泉穴下燒起，直透泥洹宮，五臟成灰……再五百年，又降風災吹你……喚做贔風，自額門中吹入六府，過丹田……所以都要躲過」。（頁 20-21）

在小說作者的敘述中，內丹養身之術既奪了天地造化之功，故會惹來鬼神嫉妒，帶來三災六難。第一次災難（天降雷災打你）來臨時，還可以靠「見性明心」防備；但之後再陸續來到的災難，像「陰火自本身湧泉穴下燒起，直透泥洹宮」，「贔風自額門中吹入六府，過丹田」等，寫的都是內丹修煉過程中自身潛存的危險，只能靠更高的法術（內丹術）避過，非明心見性所能為力的了。面對小說作者相對複雜的三教思想表述，李評傾向於用解構的方式消除小說中非理性成份，將一切回歸心性解釋，如第十五回總評：「心猿歸正、意馬收韁，此事便有七八分了。」（頁 197） 第三十四回：「轉轉變化，人以為奇矣、幻矣，不知人心之變化實不止此也。人試思之，定當啞然自笑。」（頁 456） 第四十回：「讀者試思：畢竟金丹在老祖爐內否？恐離恨天兜率宮不在身外也。」（頁 526） 第八十一回：「人試思之：陷空山無底洞是怎麼東西？若想得着，定是大笑又大哭也。」（頁 1099）

　　李評的思想傾向，其實相當接近李卓吾，跟卓吾老子之間，應該有些淵源關係。李贄思想在明末瘋魔一時，也飽受攻擊。他出入儒釋，有一種非僧非儒，亦僧亦儒的自我制定行為規範的動作，在思想上更打破出世與入世的差別，強調成佛只是一種「自家智慧」，在家可也，出家可也，而且成佛即成人，出世即入聖，將儒家的個人主義理想帶入佛學最高境界，實在是晚明個人主義思想極出色的展

開。他擺脫家累（當然是將家庭先安頓了），却不排斥現世生活；身穿僧服，而服膺儒教。批評者說他肆無忌憚，究其實，他乃是在儒之入聖與釋之出世兩種生活方式中擷長捨短，本個人良知真心重訂生活行為規則，做一個「自生自死，自去自來」的丈夫豪傑。[26]細讀李評本，知道李評在許多地方都有卓吾思想的影子，可視為李卓吾思想的通俗版。

李贄強調成佛是自我完成，並不能離開我這個主體去另尋一個西天彼岸。《焚書》卷三〈心經提綱〉說：「不信經中分明贊歎空即是色，更有何空？色即是空，更有何色？無空無色，尚何有有無于我挂碍而不得自在耶？然則觀者但以自家智慧時常觀照，則彼岸當自得之矣。」[27]針對某些錯認形式為內容、執著「西方佛土」必欲往生者，卓吾忍不住施展遊戲文章手段，幽其一默云：

> 蒙勸諭同皈西方，甚善。但僕以西方是阿彌陀佛道場，是他一佛世界。若願生彼世界者，即是他家兒孫。既是他家兒孫，即得暫免輪迴，不為一切天堂地獄諸趣所攝是的。……雖生彼，亦有退墮者。以佛又難見，世間俗念又易起，一起世間念即墮矣。是以不患不生彼，正患生彼而不肯住彼耳。此又欲生西方者之所當知也。若僕則到處為客，不願為主，隨處生發，無定生處。既為客，即無常住之理，是以但可行游西方，而以西方佛為暫時主人足矣。非若公等發願生彼，甘為彼家兒孫之比也。[28]

《西遊記》李評在這個問題上有直接呼應，第九十六回總評針對東土西土的問題，語帶諷刺地說：

---

26 參看周昌龍：〈明清時期中國近代新自由傳統的建立：以李卓吾為中心的研究〉，《自由主義與中國近代傳統》（香港：香港中文大學出版社，2002年），頁41-68。

27 李贄：〈心經提綱〉，《焚書》收錄於張建業主編：《李贄文集》（北京：社會科學文獻出版社，2000年）第1冊，卷3，頁94。

28 李贄：〈與李惟清〉，《焚書》收錄於張建業主編：《李贄文集》第1冊，卷2，頁56。

或問：「今人修西方，只為身在東土耳，那寇員外已在西方矣，緣何又修？」
曰：「東人要修西方，西人要修東土。總只是在境厭境，去境羨境。如今
在家人偶到僧房道舍，便生羨慕，殊不知僧道肚裏又羨慕在家人也。」（頁
1296）

　　李贄依陽明學強調良知本心，又沿佛說真空，說最上一機，但另一方面，針
對愚夫愚婦，李贄認為宗教戒律和地獄報應等說也不能說沒有。所以李卓吾有《因
果錄》等著作鼓吹報應，《焚書》〈鬼神論〉也說：「乃後世獨諱言鬼，何哉？非諱
之也，未嘗通於幽明之故而知鬼神之情狀也。」「後之君子，敬鬼可矣。」[29]這種
對待地獄鬼神的態度，李評是贊同的。第十回總評：「說雖荒唐，然說地獄處亦能
喚醒愚人，有大功德也。」（頁 129）　是其明證。與此相關的一個議題是，既然
人人有現成良知，滿街都是聖人，是不是就不需要下道德工夫，不需要戒律了？
李卓吾認為，對尚未能自修其身的一般男女而言，規範戒律等仍有其必要。他要
求芝佛院的僧眾持戒，並為自己身後立下「豫約」，要求僧眾在他死後「加謹僧律」，
對「早晚山門」、「早晚禮儀」、「早晚佛燈」等都有約束，[30]並不因為主張現成良
知就鬆弛律學。李評這方面的態度較卓吾更保守，他基本上是宗密先頓後漸或江
右王學良知只是端苗有待工夫擴充的立場，第十二回總評說得很清楚：

菩薩自在，佛祖如來已將自性本來面目招出，只此已了，緣何又要取經？
大有微意：蓋性教不可偏廢，天人斷當相湊，有性不學也不濟事。所以取
經者，見當從經論入也。不從經論入者，此性光終不顯露，此孔夫子所以
亦從學字說起。（頁 156）

卓吾常攻擊假道學，李評對此也未曾放過，第四回評說：「何聖之多也！極像講道

---

[29] 李贄：〈鬼神論〉，《焚書》收錄於張建業主編：《李贄文集》第 1 冊，卷 3，頁 85、87。

[30] 見李贄《焚書》中〈安期告眾文〉、〈告佛約束偈〉、〈戒眾僧〉、〈豫約〉等文。據〈豫
約〉所言，李贄亦曾為芝佛院僧眾訂立〈約束冊〉，似未流存。

學先生，人人以聖自稱。」（頁 52） 第五十七回：「打死唐僧，亦是快事。不然，這等腐和尚不打死他如何！」（頁 772） 同回又評：「天下無一事無假。唐僧、行者、八戒、沙僧、白馬都假到矣，又何怪乎道學之假也！」（頁 772）

最明顯的思想呼應之處，是在「怕死」這個區分儒佛根本立場的主題上。儒家面對死亡這個事實時，自孔子以來都是「未知生，焉知死」這種豁達理智的正統態度。但這樣究竟有沒有認真面對了死亡？却是一個可以引起討論的問題。佛從如何避免生死輪廻之苦這個問題出發，對有些特別認真對待死亡的士大夫產生強烈的吸引力。李卓吾就是在淡薄儒門中公開承認自己「怕死」的人，因為怕死，所以不惜開罪道學名教。卓吾直言：

> 自朱夫子以至今日，以老佛為異端，相襲而排擯之者，不知其幾百年矣。弟非不知。而敢以直犯眾怒者，不得已也，老而怕死也。[31]

所謂怕死，當然不是字面上的簡單意義，否則何能以直犯眾？怕死是怕未聞大道就此糊塗了却一生，所以卓吾說：

> 此道也，非果有夕死之大懼，朝聞之真志……未可遽以與我共學此也。[32]

李卓吾認為，聖人與佛是自古最怕死的，所以要「窮究生死之因，直證無生」，知大道其實只是一動一靜，「父母已生後（動），即父母未生前（靜）」，並沒有另一種未生前的消息，亦即無所謂彼岸。既無未生，當然也無生；「無生則無死，無死則無怕，非有死而強說不怕。」[33]顯然，卓吾並不視佛教為一種死後的靈魂解脫，而是將左派王學中「無」的觀點與佛理啣接，宣布個人可以通過對一動一靜

---

[31] 李贄：〈復鄧石陽〉，《焚書》收錄於張建業主編：《李贄文集》第 1 冊，卷 1，頁 11。

[32] 李贄：〈答李見羅先生〉，《焚書》收錄於張建業主編：《李贄文集》第 1 冊，卷 1，頁 6。

[33] 李贄：〈觀音問十七條・答自信〉，《焚書》收錄於張建業主編：《李贄文集》第 1 冊，卷 4，頁 160。

之道的領悟而超越生死。由於道的動靜不外乎氣，形體生命自然的動不會妨礙精神的超越，因此，內在自由的獲取再不必以消滅人欲為前提，成佛不必先排拒人事。卓吾所謂「學者只宜于倫物上識真空」，[34]規定真空要在日常倫物上加以識透，真空為倫物上之空，非空中之空，就是這個道理。

「怕死」這個主題，是《西遊記》小說和李評本所共有的。小說第一回：

> 美猴王享樂天真，何期有三五百載。一日，與群猴喜宴之間，忽然憂惱，墮下淚來。……「將來年老血衰，暗中有閻王老子管着。」……眾猴聞此言，一個個掩面悲啼，但以無常為慮。…….「大王若是道心遠慮，真所謂道心開發也。」……這句話，頓教跳出輪廻網，致使齊天大聖成。（頁 8）

李評本在這段文字稍後先有評語說：「如此勇決，自然跳出生死。」（頁9） 又在回後總評說：「若如佛與仙與神聖，三者躲過輪廻。」（頁14） 第二回總評：「樣樣不學，只學長生，猴且如此，而況人乎！」（頁 27）第三回總評：「把生死簿子一筆勾消，此等舉動，真是天生聖人，不可及也。」（頁41）第三十九回總評：「金丹到手，死者可活。緣何世人活者反要弄死？可恨！可恨！」（頁 526） 這些地方，充份顯示評點者不同於傳統儒家的生死學立場。

不過，李評的思想也有不同於李卓吾的地方。李贄如同多數激進的王學思想家一樣，將朱熹視為道學先生的源頭，對其天理秩序及居敬工夫殊無好感。李評本第二十八回却公開贊同居敬工夫，回後總評說：「心猿一放，就有許多磨折，可不慎之！真正只有敬字打不破也。」（頁372）

卓吾對兩性關係有相對進步的看法，李評對婦女則充滿性恐懼與性歧視，似乎本身也是個元陽養生論者。李評本中對婦女無理取鬧的評論觸目皆是。如：第二十三回小說說到觀音大士等化身美女色誘試煉唐僧師徒，豬八戒中計，被綑縛於林中，李評就說：「不知若娶成了，其綑不知又當何如？人試思之，世上有那一

---

[34] 李贄：〈答鄧石陽〉，《焚書》收錄於張建業主編：《李贄文集》第 1 冊，卷 1，頁 4。

個不在緟裏者否？」（頁 305）第二十七回總評：「誰家沒有個白骨夫人，安得行者一棒打殺！」（頁359）第二十九回：「那怪尚不是魔王，這百花羞（公主）真是個大魔王，人若不信，請各自思之。」（頁 384）第三十一回：「可笑奎木星不到天上點卯，反在公主處點卯。或戲曰：世上有耶那一個不在老婆處點卯的？」（頁 413）五十五回：「人言蠍子毒，我道婦人更毒。」（頁 745）五十九回：「羅剎女遺焰，至今尚在。或問在何處？曰：遍地都是。只是男子不動火，他自然滅熄了。」（頁 797）第七十二回：「女子最會縛人，誰人能解此縛？」（頁 978）八十二回：「妖精多變婦人，婦人多戀和尚，何也？作者亦自有意。只為妖精就是婦人，婦人就是妖精。妖精婦人婦人妖精，定偷和尚故也。」（頁 1114）

更有些地方言語過於下流惡謔，不像是李卓吾這種人格的人會說的。如八十三回評：「半截觀音，不知是上半截，不知是下半截？請問世人還是上半截好，還是下半截好？一笑，一笑。」（頁 1127）第九十五回評：「向說天下兔兒俱雌，只有月宮玉兔為雄……今亦變公主，……想是南風大作耳。」（頁 1284）

順帶一提，如果將《西遊記》李評本，和同樣是題名李卓吾先生評的《水滸傳》李評本相比較，又會如何呢？恐怕兩本的評者也不是同一個人。這裏只能先舉一個例子：《西遊記》第四回：「悟空卻才躬身答應道：老孫便是。」李評：「猴猻不知體面固矣。」（頁 46）《水滸傳》的李評在這些地方不會作出負面批評，反而會大加讚歎：「佛」或「活佛」，如同評點魯智深和李逵的許多行為時一樣。

五、結論

李卓吾也常被說成是三教合一的思想家，他思想體系中的儒佛關係，可以用他自己的一段話來說明：「若無山河大地，不成清淨本原矣。故謂山河大地即清淨本原可也。若無山河大地，則清淨本原為頑空無用之物。」[35]這裏的主從關係表現得很清楚，山河大地或者說是日用倫常這些實事實物，讓清靜本原變得真實有

用，使明德可落實於親民，否則清靜本原只是虛空，佛也只是虛空而非真空。這是儒家新心性論（新理觀）主體下的佛學思想，非佛家明心見性，亦非道家內丹養生，目的在建立與宇宙生命同體之主體。

《西遊記》小說和李評本的思想都無法企及李卓吾所見的深度，二者都在較通俗的層次呈現不同程度的三教混合傾向。小說作者承襲宋元以來性命雙修的德行內丹並重路數，將靈山與內丹交義推演，成就了一部繽紛陸離的魔幻寓言小說。李評本評點者對內丹並無太大興趣，企圖以儒佛合一的心性論為評論主軸，解構小說的魔幻情節，在較通俗的意義層面回歸心性主體。

附錄：百回本西遊記小說中的煉內丹術資料

第一回　　1. 二陽交泰產羣生，仙石胞含日月精，借卵化　完大道，假他名姓配丹成。

　　　　　2. 教你姓猻倒好。猻字去了獸旁，乃是箇子系，子者男子也，系者嬰細也，正合嬰兒之本論。

第二十四回　色乃傷身之劍，貪之必定遭殃，佳人二八好容　，更比夜义兇壯。只有一個原本，再無微利添囊，好將資本謹收藏，堅守休教放蕩。

第三十一回　義結孔懷，法歸本性，金順木馴成正果。心猿木母合丹元，共登極樂世界。經乃修行之總徑，佛配自己之元神。兄和弟會成三契，妖與魔色應五行。剪除六門趣，即赴大雷音。（評：說出）

第三十五回　本性圓明道自通，翻身跳出網羅中。修成變化非容易，煉就長生豈俗同？清濁幾番隨運轉，關開數刼任西東。逍遙萬億年無計，一點神光永注空。

第三十六回　（行者曰）此乃先天採煉之意，我等若能温養二八九成功，那時節見佛容易，返故田亦易也。（評：一口說出，不留些子。）「前弦之後後弦前，藥味平平氣象全。採取歸來爐中煉，志心功果即西天。」……（沙僧道）「水火相攙各有緣，全憑土母配如然。三家同會無爭競，水在長江月在天。」

第三十九回 西方有訣好尋真，金木和同却煉神。丹母空懷檬幢夢，嬰兒長恨杌
　　　　　樗身。

第四十一四 非天火，非野火，乃是妖魔修煉成三昧火。五輛車兒合五行，五行
　　　　　生化火煎炭。肝水能生心火旺，心火致令脾土平。脾土生金金化水，
　　　　　水能生木徹通靈。生生化化皆因火，火遍長空萬物榮。妖邪久悟呼
　　　　　三昧，永鎮西方第一名。（評：從此看來，病亦是火，藥亦是火，要
　　　　　知要知）。

第五十回 晝夜綿綿息，方顯真功夫（着眼）

第五十四回 女帝真情，指望和諧同到老；聖僧假意，牢藏情意養元神。

第五十九回 休教差別走西東，緊鎖牢籠（說出）。收來安放丹爐內，煉得金烏一
　　　　　樣紅。

第六十一回 火焰山遙八百程，火光大地有聲名。火煎五漏丹難熟，火燎三關道
　　　　　不清。時借芭蕉施雨露，幸蒙天將助神功。牽牛歸歸休顛劣，水火
　　　　　相聯性自平。
　　　　　坎離既濟真元合，水火均平大道成（說出）。

第六十二回 十二時中忘不得，行功百刻全收，五年十萬八千周。休教神水調，
　　　　　莫縱火光愁。水火調停無損處，五行聯絡如鈎，陰陽和合上雲樓。
　　　　　乘鸞登紫府，跨鶴赴瀛洲。

第八十二回 我若把真陽喪了，我就身墮輪回，打在那陰山背後，永世不得翻身。

第九十九回 陰魔作號，欲奪所取之經……行者氣呼呼的道：「……我等保護你
　　　　　取獲此經，乃是奪天地造化之功，可以與乾坤並久，日月同明，壽
　　　　　享長春，法身不朽。此所以為天地所不容，鬼神所忌，故來暗奪之
　　　　　耳。」

羅聯添教授八秩晉五
壽　慶　論　文　集
2011 年 11 月頁 669-708

錢鍾書論李賀
——朝向一個中西比較詩學理論體系的建立

楊　文　雄[*]

提　要

　　錢鍾書以詩話體撰寫《談藝錄》《管錐編》，向來被誤以為無系統可言。但錢氏以較多篇幅論列李賀，在一種廣闊的中西比較詩學視野中進行詩學的建構，從模仿論（宇宙）、表現論（作者）、客觀論（作品）、實用論（讀者）四方面來印證，期以契合艾氏藝術四要素說。

　　首言模仿說，中國看似沒有和西方相近的模仿說，但錢氏卻從李賀「筆補造化天無功」一語發揮，認為「模寫自然」和「潤飾自然」二說若反而實相成，是符合西方模仿說的。次言表現說，錢氏從宋代詩人風格批評以及清人姚文燮等人「欲以本事說長吉詩」的不當，證明他能闡釋和解析知人論世的作者論。三言客體說，「就作品論作品」的內在研究，對錢氏而言是強項，他對李賀詩歌的語言有多方解說與評析，總論語言與分論意象、比喻、代詞以及矛盾語、通感（也稱轉移感覺的意象）等。錢氏雖沒批評李賀有矛盾語，但他對矛盾語豐富的分析可以旁證他對李賀作品的理解與重視。四言實用說，討論作品對讀者影響的「讀者理論」正盛行，錢氏不但深入理解接受美學理論，並運用在傳統「詩無達詁」上給予新的闡釋；還就前人義訓重文本「上下文」猶如西方的「闡釋循環」，補充了中國文論的精華意蘊。另外錢氏還實際操作了「影響研究」和「接受研究」的眾多

[*] 國立成功大學中國文學系退休教授。

實例，彷彿寫了一部李賀接受史。

　　總結全文脈絡，錢氏早在四十年代就認同中西「冥契」「契合」的觀念，再加「凡所考論，頗採二西之書，以供三隅之反」的自道，誠如有人企圖為他構建〈「錢學」體系論〉，毋寧更希望錢氏為我們建立一套溝通中西的文論話語系統。並透過德人哈貝馬斯「交往理性」概念的呼籲，建立一種文化共同體、文化交往主義，為中西比較詩學的理論體系之研究開拓更美好的未來。

關鍵詞：錢鍾書、李賀、比較詩學、M.H.艾布拉姆斯（Abrams）、藝術四要素

錢鍾書論李賀
——朝向一個中西比較詩學理論體系的建立

前言

　　記得二十幾年前，海外訛傳錢鍾書先生（1910-1998）過世，旅美學人夏志清（1921-）曾撰有〈追念錢鍾書先生——兼談中國古典文學研究之新趨向〉[1]一文悼念。稱許錢著《談藝錄》是「中國詩話裡集大成的一部巨著，也是第一部廣採西洋批評來詮註中國詩學的創新之作」，並舉二則李賀（790-816）的詩評以見錢氏的博學和眼力。引起另一位以「新批評」方法研究中國古典詩的英美學者顏元叔（1937-）的反對，他把《談藝錄》視為「一部現代人的舊式書，一部詩話而已。」詩話批評竟是〈印象主義的復辟〉？[2]認為錢著只是一部舊式的詩話而已，用不著推崇。這是台灣學界首次公開針對錢著的詩話式手法的批評，後來雖有黃維樑（1947-）的〈詩話詞話和印象式批評〉來解圍：「難道印象式批評和新批評式的批評，竟是殊途同歸的嗎？二者的差別，是否只在所用語言繁簡之異？」，[3]甚至夏志清追著〈勸學篇——專覆顏元叔教授〉一文相挺，批評「顏元叔『方法至上』辯護無知（ignorance）的態度」！[4]這是當時的一場論戰，而論戰的焦點竟是錢鍾書用詩話體寫的《談藝錄》！

---

[1] 文刊「人間」副刊，《中國時報》（1976 年 2 月 9、10 日），收入夏志清：《人的文學》（臺北：純文學出版社，1977 年），頁 177-194。

[2] 文刊「人間」副刊，《中國時報》（1976 年 3 月 10 日、11 日）。

[3] 文刊黃維樑：《中國詩學縱橫論》（臺北：洪範書店，1977 年），頁 1-26。

[4] 文見註一，《人的文學》，頁 195-221。

　　回想起這一段歷史並非毫無意義。今天海峽兩岸的人文學界都在尋求中國詩學（文學理論）的研究進路，或許錢氏用詩話體撰述《談藝錄》、《管錐編》的批評手法已不合時宜，但我們也許應該聽聽他自己的見解：

> 「眼裡只有長篇大論，瞧不起片言隻語，甚至陶醉於數量，重視廢話一噸，輕視微言一克，那是淺薄庸俗的看法——假使不是懶惰粗浮的借口」。
>
> 「此書（指：隨園詩話）所以傳頌，不由於詩，而由於話。往往直湊單微，雋諧可喜，不僅為當時之藥石，亦足資後世之攻錯。」
>
> 「我的和詩有一聯：『中州無外皆同壤，舊命維新豈舊邦』；我採用了家鉉翁〈中州集序〉和黃庭堅〈子瞻詩句妙一世〉詩的詞意，想說西洋詩歌理論和技巧可以貫通於中國舊詩的研究。」[5]

以上三段引文看似錢氏借口或夫子自道，無非都有其理由，而且也關注到比較詩學的問題。當然，我們更應聽聽專家的聲音，如殷國明在〈以天窺管、以海測蠡——錢鍾書的文學理論發現〉[6]專章談到：「其實，錢鍾書的文論，尤其是《管錐編》，與其是在評論文學，不如說是自我性情的一種藝術遨遊，他是在為自己的精神世界創造一種空間。這是一種頗帶有私人性質的批評寫作方式，所以他不僅並不在意去營造一種理論體系……就此來說，錢鍾書不僅創造了一種獨特的文體，而且體現了一種新的批評觀念。」殷氏視錢著詩話體的批評研究是唯一能夠保存和表現錢氏自我的方式，並期待建立中國自己的文學批評觀念系統。尤有進者，像比較文學家曹順慶（1954-）在〈中西詩學對話：現實與前景〉一文即指陳錢著博識會通值得效法之處：

---

[5] 上篇見錢鍾書：〈錢鍾書作品集 7〉《七綴集》（臺北：書林出版有限公司，1990 年），頁36。本文以下用到錢著版本同此，不再加註。中篇見《談藝錄》，頁 195；下篇見〈錢鍾書作品前言〉，《七綴集》。

[6] 殷國明：《20 世紀中西文藝理論交流史論》（上海：華東師範大學出版社，1999 年），頁222-252。

至於古人詩文平常說的「得意忘言」、「到岸捨筏」等方法，錢先生更是深得其妙。尤為重要的是，錢先生在《談藝錄》中引用了從柏拉圖、亞里士多德、康德、黑格爾、歌德直至尼采、海德格爾、英伽頓等五百餘人的論著，內容包括傳統西方文論及精神分析、新批評、結構主義、接受美學等等，並將之與中國的文學、文論加以比較。但卻并未走向以西方文論為圭臬的「獨白」，而是汲取傳統文論精華的同時，堅持開放性，廣取博採，溝通中西，互相闡發；堅持以為，「東海西海，心理攸同；南學北學，道術未裂」（《談藝錄‧序》），這種態度，是值得我們效法的。[7]

曹氏的歸納契合錢氏之言：「我們講西洋，講近代，也不知不覺中會遠及中國，上溯古代。人文科學的各個對象彼此繫連，交互映發，不但跨越國界，銜接時代，而且貫串著不同的學科。」[8]這段近似研究方法的體悟，不單從《談藝錄》開其端，博觀的《管錐編》更凸顯他以詩話體的批評方式，已充分吸收並融會了古代「詩話」和讀書筆記以及西方現代文論的各種優點，變成錢氏積學廣識詩藝之道的中西「博通」境界。總之，錢氏《談藝錄》《管錐編》這兩部大作，可以視為「比較詩學」的碩果標誌。

比較詩學顧名思義是文學批評理論的比較研究，也可以說是比較式的文學批評學，錢著《談藝錄》、《管錐編》都應算是以中國文學理論為主要研究對象的比較詩學。錢氏并曾提出明確的定義：「文藝理論的比較研究即所謂比較詩學是一個重要而且大有可為的研究領域。如何把中國傳統文論中的術語和西方的術語加以比較和互相闡發，是比較詩學的重要任務之一。」[9]他雖然喜歡沈潛在中國古代典

---

[7] 文刊樂黛雲主編：《欲望與幻象——東方與西方》（國際比較文學學會第十三屆年會中國學者論文集）（南昌：江西人民出版社，1991 年）頁 198-218。

[8] 同註 5，錢鍾書《七綴集》，頁 138。

[9] 文見張隆溪：〈錢鍾書談比較文學和「文學比較」〉；原刊《讀書》（北京：三聯書店，1981年），10 期（1981 年）。本文見《中國古代文論研究方法論集》（濟南：齊魯書社，1986

籍,博覽群書,在中西比較視野中展開詩學論述。但也為了建立中國本位「話語」系統,以詩話體寫了《談藝錄》、《管錐編》,常被誤會為缺乏系統,甚至被貶為「印象式批評」。其實,由前面這段話可見錢氏才是真正的比較詩學探索者,在一種最廣闊的中西文化詩學視野中進行比較詩學的建構。

總說

錢鍾書關於李賀的論述,依今人徐傳武的統計約有數萬之多:「主要集中在《談藝錄》中,《談藝錄》書本集有九則,「補訂」部分有十九則,「補訂補正」部分還有七則,另外,《七綴集》、《管錐編》等文章中也有涉及。」[10]所涉及範圍多少都有錢氏的觀點,我們統稱之為「錢鍾書李賀論」。而錢氏之所以以較多的篇幅多方討論李賀,當以李賀詩「新巧險怪」的藝術特色和西方的文藝理論有相合之處,據台灣最早專文研究李賀的詩人余光中(1928-)〈象牙塔到白玉樓〉一文,加以肯定:「真的,長吉是屬於現代的,不但意象主義和超現實主義,即使象徵主義的神龕之中,也應該有他先知的地位。」「來龍去脈已有錢默存先生詳加條析。據我所知,歷來對李賀的批評,以《談藝錄》一書最為持平而且深入。其他的文字,往往不能直攫李賀創作的核心,去探古錦囊中的真象。」[11]再加上海外漢學界的推波助瀾,杜國清(1941-)〈李賀研究的國際概況〉談到:「唐代詩人李賀的研究已成為國際性的一椿盛舉。……有關李賀的研究資料之多,英日學者鑽研用心之勤,在國際漢學研究上,大有異軍突起之勢。」[12]但個人勿寧相信應是錢氏研究方法的思考和抉擇,正如他在《談藝錄》序中所說的「頗採二西之書,以供三隅

年),頁221-228。

[10] 徐傳武:〈錢鍾書論李賀詩談片〉;《李賀論稿》(臺中:廣陽譯學出版社,1997年),頁42-49。詳細資料索引請參考陸文虎編:《管錐編談藝錄索引》(北京:中華書局,1990年)。

[11] 余光中:《消遙遊》(臺北:文星書店,1965年),頁63-95。

[12] 刊現代文學編委會編:《現代文學》(臺北:遠景出版社,1977年),復刊第2期,頁133。

之反」，因「東海西海，心理攸同；南學北學，道術未裂。」在《談藝錄》中不論
是闡明或是批判一種理論，都是盡量以大量中外文學事實來加以證明，例如他分
析「模寫自然」和「潤飾自然」，前者從亞里斯多德（384B.C.-322B.C.）到韓愈
（768-824），後者從克利索斯當（?40-120）到李賀，說明中外都有同樣的理論，
因此是普遍的規律。[13]正如鄭朝宗說他「借用西方的術語和理論來闡釋中國的文
學現象，其終極目的如同上面所說是在於說明天地間有此一種共同的文藝規律、
共同的詩心、文心而已。」[14]其實，負責編輯錢氏兩部大書的周振甫（1911-2001）
最了解錢氏為文的詩心、文心，在替蔡田明（1956-）的《《管錐編》述說》作〈引
言〉，有很深入的剖析：

> 他的《管錐編》對零碎的古人「片言隻語」幾乎都進行歸納或演繹或集合，
> 不使這些「益人神智」的思想火花「脫離系統」，盡量讓其「萌發」構成系
> 統。
> 他把詩文中闡發人心文心的「片言隻語」納入到心理學、邏輯學、文藝學
> 等學科術語中，使「含糊」變得「清晰」，使「零碎」變 成系統。
> 在這裡，蔡田明指出《管錐編》不僅有「見林」和「大判斷」的宏觀，也有「見
> 樹」和「小結裏」的微觀。既有控制系統的研究，也有綜合的研究。[15]

總之，錢氏是採用以西方文藝理論闡明中國文學現象的所謂「闡發研究」，並尋求
既能運用於西方文藝現象又能適用於中國文藝現象的共同規律。今天我們研究錢
鍾書論李賀，也是試著探索要找出共同的規律或理論框架，例如美國批評家艾布
拉姆斯（M.H.Abrams，1912-）在他的名著《鏡與燈》（*The Mirror and the Lamp：
Romantic Theory and the Critical Tradition*）中提出藝術四要素（即世界、作者、作

---

[13] 《談藝錄》，頁 60-61。下面的章節將有較詳細的討論。

[14] 鄭朝宗：〈研究古代文藝批評方法論上的一種範例──讀《管錐編》與《舊文四篇》〉；錢
    鍾書《七綴集》，頁 209。

[15] 蔡田明：《《管錐編》述說》（北京：中國友誼出版公司，1991 年），頁 6。

品和讀者）的理論，[16]而錢氏的李賀論或多或少都可以契合艾氏所定的四個文學藝術批評理論之基點。

　　艾布拉姆斯的藝術四要素說，認為任何內涵比較廣泛的文學藝術批評與理論，一定會牽涉到這四種元素：世界（Universe），作家（Artist），作品（Work），讀者（Audience）。有的強調作品反映客觀世界；有的強調作品如何表現作家的思想和心靈特徵；有的注重作品本身；有的強調作品對讀者的認識和教育意義。批評家依從上述四個基點出發，結果依次演變成四種內涵廣泛的文學批評理論：（一）模仿說（Mimetic theory）；（二）表現說（Expressive theory）；（三）客體說（Objective theory）；（四）實用說（Pragmatic theory）。中外學者吉布斯（1931-，Donald A. Gibbs）、王靖宇（1934-）和劉若愚（1926-1986）等人都曾以之為分類框架，劉氏甚至於寫成《中國文學理論》一書。[17]其中吉布斯著有〈阿布拉姆斯藝術四要素與中國古代文論〉[18]一文，雖是套用的例子，但試圖將中國傳統文學批評理論也納入艾布拉姆斯的架構之中，對架構中西文學理論的概括工作也有其正面的意義。今人張首映《西方二十世紀文論史》視二十世紀西方文論為一大系統，把艾氏說法甚至擴大為四個子系統——作者系統、作品系統、讀者系統、世界系統；每個子系統統屬著孫系統即相關流派，如：

> 作者系統包括表現主義、象徵主義、直覺主義、精神分析、心理分析、 新人文主義等；作品系統包括形式主義、語義學、英美新批評派、語言符號學、現象學、結構主義及其 敘述學等；讀者系統包括閱讀現象學、文學

16　M.H.艾布拉姆斯：《鏡與燈——浪漫主義文論及批評傳統》（酈稚牛等譯，北京：北京大學出版社，1989 年），頁 1-40。

17　劉若愚：《中國文學理論》（杜國清譯，臺北：聯經出版事業公司，1991 年）。劉氏四階段六理論的修正立說，已超出本文範圍，不擬討論。

18　文刊《中西比較文學論集》（溫儒敏編，北京：北京大學出版社，1988 年），頁 44-51。另外王曉路：《中西詩學對話——英語世界的中國古代文論研究》（成都：巴蜀書社，2000 年），頁 154，提到林理彰用以研究王士禛；王靖宇對金聖嘆的研究以及楊力宇的中國古典小說的研究等等。

闡釋學、接受美學、解構批評、讀者反應理論等。[19]

張氏所論之各相關流派幾已含括當今最新文論體系，錢氏論李賀當然不可能全部對號入座，但大多數都曾經為他所經眼或使用過。而且他向來反對建立龐大的體系，因為「往往整個理論系統剩下來的有價值東西只是一些片段思想」。[20]他反對體系並不否認規律，甚至認為「藝之為術，理以一貫，藝之為事，分有萬株」，重要的是去發現那些「隱於針鋒粟顆，放而成山河大地」[21]的普遍規律。現在就以錢氏研究李賀的「針鋒粟顆」所總結出來比較詩學的共同規律，突破各種學術界限，以尋求中西共同的詩心和文心。以下擬依次就模仿說（世界）、表現說（作者）、客體說（作品）與實用說（讀者）四方面加以討論，證明錢氏李賀論可以契合艾氏四要素說。

分論

〈之一〉

首言「模仿說」，西方雖然強調作品與宇宙自然的關係，但中國的文學甚至文論並沒有與西方觀點相同的「模仿說」，誠如林理彰（Richard John Lynn，1940）所說：「『摹仿』在中國詩歌理論中指涉作品與宇宙的關係時，並不是一個恰當的術語，因為摹仿的意義……在中國卻並沒有發展出與之相應的諸如柏拉圖的『超驗』理想形式或亞理士多德的『宇宙』觀。」[22]話雖如此，但錢氏在揭示李賀的「筆補造化天無功」是「道術本源，藝事極本」的文學主張之餘，以中國傳統詩

---

[19] 張首映：《西方二十世紀文論史》（北京：北京大學出版社，1999 年），頁 21-23。另有朱耀偉：《當代西方文學批評理論》（臺北：駱駝出版社，1992 年），前言提及「本文、詮釋、文化及少數論述」四個模子以及葉維廉：〈比較文學叢書總序〉，《比較詩學》（臺北：東大圖書公司，1983 年）擴及「語言」，都可供參考。

[20] 錢鍾書：〈讀《拉奧孔》〉；《七綴集》，頁 36。

[21] 錢鍾書：《管錐編》，頁 1279、496。

[22] 林理彰（Richard John Lynn.）：《*Chinese Poetics*》In A Preminger and T. Brogan, eds. The New Princeton Encyclopedia of Poetry and Poetics. Princeton University Press. 1993.此處引文採用註 18 王曉路的譯文，見該書頁 83。

話作基礎，抉剔幽微，鉤稽梳理，從大量的中外文學現象和理論觀點加以比較研究，竟找出了兩者的相關性，《談藝錄》第十五則「模寫自然和潤飾自然」是這樣說的：

> 長吉〈高軒過〉篇有「筆補造化天無功」一語，此不特長吉精神心眼之所在，而於道術之大原、藝事之極本，亦一言道著矣。夫天理流行，天工造化，無所謂道術學藝也。學與術者，人事之法天，人定之勝天，人心之通天者也。《書‧皋陶謨》曰：「天工，人其代之。」《法言‧問道》篇曰：「或問雕刻眾形，非天歟。曰：以其不雕刻也」。百凡道藝之發生，皆天與人之湊合耳。顧天一而已，純乎自然，藝由人為，乃生分別。綜而論之，得兩大宗。一則師法造化，以模寫自然為主。其說在西方，創於柏拉圖，發揚於亞理斯多德，重申於西賽羅，而大行於十六、十七、十八世紀。其焰至今不衰。莎士比亞所謂持鏡照自然者是，昌黎〈贈東野〉詩「文字覷天巧」一語，可以括之。「覷」字下得最好；蓋此派之說，以為造化雖備眾美，而不能全善全美，作者必加一番簡擇取捨之工。即「覷巧」之意也。二則主潤飾自然，功奪造化。此說在西方，萌芽於克利索斯當，申明於普羅提諾。近世則培根、牟拉托利、儒貝爾、龔古爾兄弟、波德萊爾、惠司勒皆有悟厥旨。唯美派作者由信奉之。但丁所謂：「造化若大匠製器，手戰不能如意所出，須人代之斲範」。長吉「筆補造化天無工」一句，可以提要鉤玄。此派論者不特以為藝術中造境之美，非天然境界所及；至謂自然界無現成之美，只有資料，經藝術驅遣陶鎔，方得佳觀。此所以「天無功」而有待於「補」也。竊以為二說若反而實相成，貌異而心則同。夫模寫自然，而曰「選擇」，則有陶甄矯改之意。　自出心裁，而曰「修補」，順其性而擴充之曰：「補」，刪削之而不傷其性曰「修」，亦何嘗能盡離自然哉。師造化之法，亦正如師古人，不外「擬議變化」耳。故亞里斯多德自言：師自然須得其當然，寫事要能窮裡。蓋藝之至者，從心所欲，而不逾矩：師天寫實，而犁然有當於心；師心造境，而秩然勿倍於理。莎士比亞嘗曰：「人藝足補天

工，然而人藝即天工也。」圓通妙澈，聖哉言乎。人出於天，故人之補天，即天之假手自補，天之自補，則必人巧能泯。造化之秘，與心匠之運，沆瀣融會，無分彼此。及未達者為之，執著門戶家數，懸鵠以射，非應機有合。寫實者固牛溲馬勃，拉雜可笑，如盧多遜、胡釘鉸之倫；造境者亦牛鬼蛇神，奇誕無趣，玉川、昌谷，亦未免也。[23]

錢氏長文除了點出李賀「出神入幽」的造境技巧，更能就中外文論歷史分別剖析綜合。關於造藝途徑，歷來有兩派意見：一則「師法造化，以模寫自然為主」，西方的柏拉圖（427B.C.-347B.C.）、亞里斯多德（384B.C.-322B.C.）、西賽羅（106B.C.-43B.C.）、莎士比亞（1564-1616）等均持此觀點。韓昌黎詩句「文字覷天巧」則是對這一觀點的最好概括；二則「主潤飾自然，工奪造化」，西方的克利索斯當（?40-120）、普羅提諾（?204-270）、培根（1561-1626）、牟拉托利（1672-1750）、波德萊爾（1821-1867）等均持此觀點，李賀「筆補造化天無功」的主張可以提要鉤玄。兩種觀點，針鋒相對，而錢先生卻獨具慧眼地揭示了它們之間邏輯上的「同構關係」：「二說若反而實相成，貌異而心則同」。因為不論是模寫自然的「覷」（選擇），還是潤飾自然的「補」（修補），都不能完全脫離自然，而是師法自然。但這種師法不外「擬議變化」而已，而非拘泥不化。「蓋藝之至者，從心所欲，而不逾矩：師天寫實，而犁然有當於心；師心造境，而秩然勿倍於理。」這些見解不僅理清了上述兩派主張的來龍去脈、本質異同，而且闡明了作者充滿辯證的造藝觀念，給人以深刻的啟發。最後雖點到西方寫實者的牛溲馬勃，拉雜可笑；甚至認為盧仝（?795-835）和李賀等造境者亦牛鬼蛇神，奇誕無趣。都可視為錢氏盡到一個文評家的責任，從理論到實際都兼顧到了，但還不夠，他在〈補訂〉裡又說：

長吉尚有一語，頗與「筆補造化」相映發。〈春懷引〉云：「寶枕垂雲選春

---

[23] 《談藝錄》，頁60-62。

夢」；情景即〈美人梳頭歌〉之「西施曉夢絲帳寒，香鬟墜髻半沈檀」，而「選」字奇創。……作夢而許操「選」政，若選將、選色或點戲、點菜然，則人自專由，夢可隨心而成，如願以作。醒時生涯之所缺欠，得使夢完「補」具足焉，正猶「造化」之能以「筆補」，躊躇滿志矣。周櫟園《賴古堂集》卷二十〈與帥君〉：「機上肉耳。而惡夢昔昔（即夕夕）嬲之，閉目之恐，甚於開目。古人欲買夢，近日盧得水欲選好夢」；堪為長吉句作箋。[24]

錢氏在這裡對「筆補造化」作了補充。「醒時生涯之所缺欠，得使夢完『補』」，這是補生活中所缺欠的好夢；又身為「機上肉」，夜夜被惡夢所擾，這是補生活中苦難的惡夢。周振甫認為：「這種選夢，是反映醒時生活以外的筆補造化，所以『頗與「筆補造化」相映發』了。經過這樣補充，顯示作品反映生活的複雜性，看得更全面和深刻了。」[25]也證明了錢氏對模仿說的重視及其辨析綜合能力的高明。

〈之二〉

次言「表現說」，據艾氏的說法：「主要探討文學作品與作者的關係。它把詩歌解釋為感情的表達、流露和噴發，或者是詩人的想像力作用其直覺、思維和感情的結果。他評價作品的依據是要看作品是否真實而充分地反映了作者的想像與意境。同時，這種文學評論方式總要在作品中發掘作者自覺或不自覺地表露出的個人氣質與私人經歷。」[26]中國人很早就有相近的看法，不單談詩人的經歷，也會談到詩人的氣質風格甚至連繫到時代和環境，如孟子（？372B.C.-？289B.C.）〈萬章‧上下〉談到從「以意逆志」到「知人論世」的說法就是。「以意逆志」著重指準確地把握作品的內容及作者的情志，「知人論世」著重指瞭解與作品有關的作者

---

[24] 《談藝錄》，頁382。

[25] 周振甫、冀勤：《《談藝錄》導讀》（臺北：洪葉文化事業有限公司，1995年），前言，頁5-6。

[26] 艾布拉姆斯：《歐美文學術語詞典》（《A Glossary of Literary Terms》，朱金鵬等譯）（北京：北京大學出版社，1990年），頁66。

生平經歷與時代環境。依文評家論述的說法是：

> 「知人論事」與「以意逆志」兩種方法是相輔相成的，聯繫作者生平與其
> 時代，可以更好地認識作品。王國維〈玉溪生年譜會箋序〉所說：「是故由
> 其世以知其人，由其人以逆其志，則古詩雖有不能解者寡矣。」而反過來
> 通過理解作品，也可窺測作者的思想與其社會環境。《孟子‧告子下》中對
> 於〈小弁〉、〈凱風〉兩詩的評釋就是兼用了這兩種方法。[27]

今人著作中也有強調「作者理論」而加以發揮的，如蔣成瑀《讀解學引論》[28]的
第二章〈叩問作者的底蘊〉，談到作者理論的成因、中國的作者理論（如：以意逆
志、知人論世、理學家的傳心說以及清代的吟詠、沉潛說）、西方的作者理論和對
作者理論的評述等都足供參考。中國舊式說詩人也貫用此法，如繆鉞（1904-）在
為中國評詩名家葉嘉瑩（1926-）著作寫〈題記〉，特別舉其評詩四端（曰，知人
論世；曰，以意逆志；曰，縱觀古今；曰，融貫中西。）中的這兩大特點加以申
說：「葉君論述古代詩人，先說其歷史背景，思想性格，為人行事以及撰述某詩篇
之時、地及人事關係，然後因跡求心，進而探尋詩人之幽情深旨，遠想遐思，遂
能得魚忘筌，探驪得珠；並就詩人性格、思想內容，剖析其藝術風格之所以形成，
意境韻味之所以獨異。此葉君論詩知人論世、以意逆志之特點也。」[29]錢鍾書作
為中國古典詩說詩人的代表，當然也會有相同的觀點，如：

> 作品在作者所處的歷史環境裡產生，在他生活的現實裡生根立腳。但是他
> 反映這些情況和表示這個背景的方式可以有各色各樣。
> 一首詠懷古跡的詩雖然跟直接感慨時事的詩兩樣，但是詩裡的思想感情還
> 會印上了作者身世的標記，恰像一首詠物詩也可以詩中有人，因而幫助讀

---

[27] 顧易生等：《先秦兩漢文學批評史》（上海：上海古籍出版社，1990年），頁118。

[28] 蔣成瑀：《讀解學引論》（上海：上海文藝出版社，1998年），頁47-103。

[29] 葉嘉瑩：《迦陵論詩叢稿》（石家莊：河北教育出版社，1997年），頁7。

者知人論世。[30]

上面所舉係錢氏《宋詩選註》的序文，裡頭談到了「知人論世」，該書所選各家前面都撰有〈小序〉，對作者的批評論述雖長短不一，卻可證明錢氏從評論宋代詩人的生平風格來強調知人論世，強調通曉他所處的那個時代。如「研究韓愈、孟郊、李賀等風格奇特的作家，我們得留神，別把現在看來希罕而當時是一般共同語言也歸功於他們的自出心裁，或者歸罪於他們的矯揉造作。」[31]這一段話是錢氏在對錢仲聯（1908-）所著《韓昌黎詩系年集釋》的批評，並對這一原則加以運用的說明。他又在《談藝錄‧一三》談論『李賀詩境』，錢氏以李賀詩與杜甫（712-770）、李白（701-762）、韓愈（768-824）、孟郊（751-814）等人的詩相比較，談他們風格的異同，也評論了杜牧（803-852）〈李昌谷詩序〉所說「牛鬼蛇神」風格的看法。

另外，錢氏對李賀當時的時代背景和他個人的處境都有深入的剖析，如錢氏《談藝錄‧一四》道及對李賀詠嘆時光短暫的理解，錢氏說：「細玩昌谷集，舍侘傺牢騷，時一抒洩而外，尚有一作意，屢見不鮮。其於光陰之速，年命之短，世變無涯，人生有盡，每感愴低徊，長言永嘆。」李賀雖怕「風減春姿老」，但的確是想「有所作為」，有的詩的確表現了詩人對現實的揭露和諷刺，如〈呂將軍歌〉、〈艾如張〉、〈公無出門〉等，所以錢氏《談藝錄‧七》又說：「蓋長吉振衣千仞，遠塵氛而超世網。其心目間離奇俶詭，眇人間事。所謂千里絕跡，百尺無枝，古人以與太白併舉，良為有以。若偶然諷喻，則又明白曉暢，如〈馬詩〉二十三絕，借題抒意，寄托顯明。又如〈感諷〉五首之第一首，寫縣吏誅求，樸老生動，真少陵〈三吏〉之遺。豈姚氏所謂『聞之不審』者乎。」這裡雖把李賀和李白并舉，但卻意在突顯李賀詩和杜甫的〈石壕吏〉、白居易（772-846）的〈秦中吟〉等詩相像的意趣，以及對當時政府的苛政和官員的殘暴之不滿；更不像姚文燮

---

[30] 錢鍾書：《宋詩選註》（北京：人民文學出版社，1997 年），頁 3、5。

[31] 錢鍾書：〈錢仲聯著《韓昌黎詩系年集釋》〉，原刊《文學研究》2 期（1985 年），今見舒展：《錢鍾書論學文選》（廣州：花城出版社，1990 年），第六卷，頁 221-232。

（1628-1693）所謂的「聞者不審」。其實，清人姚文燮以史證詩說法也太言過其實了，姚氏在《昌谷詩註・序》中，竟以為李賀孤忠沈鬱之志、憂時愛國之衷可和屈原杜甫等量齊觀。所以錢氏在《談藝錄・七》全是針對清人姚文燮《昌谷詩註》、朱軾（1665-1736）《箋註長吉詩》、陳本禮（?-?）《協律鉤元》等人的針砭，所謂「欲以本事說長吉詩」，以時事附會李賀詩，錢氏批評他們說：「不解翻空，務求坐實，尤而復效，通人之蔽。將涉世未深、刻意為詩之長吉，說成寄意於詩之屈平。」「皆由腹笥中有《唐書》兩部，已撐腸成痞，探喉欲吐，無處安放。於是併長吉之詩，亦說成史論。」錢氏是認同《澗于日記》所說「考據家不足與言詩」的看法的，反而批評姚氏「生千載之後，逞其臆見，強為索隱，夢中說夢之譏，適堪夫子自道耳。」而認定這種考據家借「知人論世」之名而吠聲射影的不當。但評論家周誠真（1923-）卻有不同意見：「姚經三在《昌谷集註》裡的『必求某人某事以實之』的以史證詩的作法，固然很多穿鑿附會的地方；但是錢鍾書把他的解說全盤否定，也非善讀長吉。」[32]這裡是周誠真對錢氏的誤會，錢氏只是強調「以時事附會李賀詩」的不當，而非全盤反對「知人論世」。以下錢氏有很嚴正的辯證：

　　我們可以參考許多歷史資料來證明這一類詩歌的真實性，不過那些記載儘管跟這種詩歌在內容上相符，到底只是文件，不是文學，只是詩歌的局部說明，不能作為詩歌的唯一衡量。也許史料裡把一件事情敘述得比較詳細，但是詩歌裡經過一番提鍊和剪裁，就把他表現的更集中、更具體、更鮮明，產生了又強烈又深永的效果。反過來說，要是詩歌缺乏這種藝術特性，只是枯燥粗糙的平鋪直敘，那末，雖然它在內容上有史實的根據，或者竟可以補歷史紀錄的缺漏，它也只是押韻的文件，例如下面王禹偁〈對雪〉的註釋裡所引的李復〈兵餽行〉。因此，「詩史」的看法是個一偏之見。詩是有血有肉的活東西，史誠然是他的骨幹，然而假如單憑內容是否在史書上

---

[32] 周誠真：《李賀論》（香港：文藝書屋，1971年），頁85。

信而有徵這一點來判斷詩歌的價值，那就彷彿要從愛克斯光透視裡來鑑定圖畫家和雕刻家所選擇的人體美了。[33]

接著上文的下一段，他說：「文學創作的真實不等於歷史考訂的事實，因此不能機械地把考據來測驗文學作品的真實，恰像不能天真地靠文學作品來供給歷史的事實」，可見錢氏反對用「時事附會」和「考史」的方法來研究古典文學。總之，錢氏不單能就文學論文學，把「詩」和「史」分清楚，而且活用作者理論，對中國的知人論世說作完滿的闡釋和解析，比之西方作者理論說法也無愧色。

〈之三〉

三言「客體說」，艾氏認為「把文學作品看成是獨立於詩人、讀者和外部世界的事物來加以研究。同時，它還把作品說成是一個「自給自足的實體」或「自身的內在世界」，因此要以其複雜性，一致性、均衡度、整體性和作品各組成部分間的相互關係等「內在」準則來對它進行分析與評價。這是本世紀二十年代以來，一些重要的批評家使用的批評方法，其中包括「新批評派」（New Critics）、「芝加哥文評派」（Chicago School）、歐洲「形式主義」（Formalism）的倡導者們和一些法國「結構主義」（Structuralism）批評家。」[34]艾氏這裡在強調「就作品論作品」，有人甚至視為「藝術論」。藝術論者，肯定文學作品，一如繪畫、雕塑等藝術，有它獨立自主的藝術生命，所以評價的手法，主要是小心細密地考察作品的內在藝術性之完整。作品的結構，語言的成功是分析作品、評價作品的要點，也是作品系統文論的要點。

從事作品系統文論研究的主要有形式主義、英美新批評派、結構主義、符號學等，始作俑者是形式主義文論。形式主義（Formalism）文論乃是受語言學影響發展起來的。20 世紀初，瑞士語言學家索緒爾（Fredinand de Sausure, 1857-1913）

---

[33] 同註 30，頁 3。進一步討論詩史說法，請參考郝潤華：《《錢注杜詩》與詩史互證方法》（合肥：黃山書社，2000 年）。

[34] 同註 26，頁 66。

的《普通語言學教程》問世，動搖了人們對傳統語言學的看法。俄國形式主義者得風氣之先，率先自覺接受索緒爾影響，尤其在研究方法上，「文學性」和「陌生化」一直是形式主義的兩面旗幟。首由符號學大師雅各布遜（Roman Jakobson，1896-1982）提倡的「文學性」（Literariness）：「文學研究的主題不是籠統的文學，而是『文學性』，就是使一部作品成為文學作品的東西。」[35]而「文學性」是建構在符號傳達過程中，「能指」（signifier）不順利的指向「所指」（signified），而指向符號自身，換做雅各布遜的話，就是「能指的自指性」，這種說法同形式主義一般，強調文學的特異性，同樣是對文學本質的反思。另有什克洛夫斯基（V Shklovsky，1893-1984）提出「藝術即形象思維」和「陌生化」[36]（Ostranenie，一譯為「奇異化」defamiliarization）原理，所謂「陌生化」，即文學作品自身的一種創造性原則，而這種創造性原則是文學生命賴以延續的基本條件，舉凡歷時性的文學體裁之轉變，或者共時性的文學作品存在之價值，都服膺在「陌生化」這個統合的基本原則之下，這是俄國形式主義文論之於文學作品最大的貢獻。他們提出韻律、節奏與語意的三大違背，為的就是要給人耳目一新的新感官效果，使其具備文學作品應有的基本特質。另外還必須提到穆卡洛夫斯基（Jan Mukarovsky，1891-1975），穆氏向來重視文學語言——「詩的語言」的討論，著有〈標準語言與詩的語言〉專文。提倡藝術作品是一個有機體，每一個別的藝術品都是一個結構，其中「能指」詞和「所指」詞是由一整套複雜的關係支配，應當就符號本身來研究符號，而不是把它們視為外界現實的反映。

尤有進者，更為詳盡的「以作品為中心」說法的「作品本體論」，就是英美「新批評」，其以細部文字技巧的方式，證成作品之文學特異性。新批評的實踐是通過

---

[35] 雅各布遜：《最近的俄羅斯詩歌》（布拉格：1921 年），頁 11。這裡採用註 19，張首映《西方二十世紀文論史》頁 131 的譯文。可參考方珊：《形式主義文論》（濟南：山東教育出版社，1999 年），頁 101-107。

[36] 什克洛夫斯基，劉宗次譯：〈作為手法的藝術〉，什克洛夫斯基《散文理論》（南昌：百花洲文藝出版社，1994 年），頁 4-23。可參考張冰：《陌生化詩學》（北京：北京師範大學出版社，2000 年），第三章。

細讀法（close reading）對文學作品作詳盡的分析和詮釋。在新批評家的細讀式分析中，有些概念和術語是常常使用的如：燕卜蓀（William Empson，1906-1984）的「複義性」（ambiguity）；[37]布魯克斯（Cleanth Brooks，1906- ）的「反諷」（irony）[38]和「矛盾語」（paradox）；[39]愛倫退特（Allen Tate，1888-1979）的「張力說」（tension）[40]以及維姆薩特（William K. Wimsatt，1907-1975）的「象徵與隱喻」（symbol and metaphor）[41]等等。新批評家用這些概念強調詩的含意和肌質的複雜性，而他們的細讀法也確實在詩的分析中，取得了最出色的成果。新批評派在研究文學作品內在構成的同時，對科學語言與文學語言的區別進行了重點分析，這方面最有代表性的是瑞恰茲（I. A. Richards，1893-1980）。瑞恰茲採取二分法，強調對立雙方的和諧與平衡，其理論因此命名為「張力的詩學」。瑞恰茲在《文學批評原理》（*Principles of Literary Criticism*）[42]中，從兩個方面論證了文學語言的特性，符號語言是「參證的」，文學語言是「情感的」。文學語言講求多義性、複雜性、含混性。文學語言的含混性具有「言外之意、弦外之音、象外之象」的意義，文學語言的含混性給人們帶來一定的美感，讓人揣摩、品賞，在一種撲朔迷離的意象之中把握其中的要義。

　　文學作品之所以是文學作品，就因為它具有文學的「形式」。錢氏《談藝錄》、《管錐編》無論在衡文論詩，還是考證箋釋，對藝術形式的探討都視為評論的焦

---

[37] 燕卜蓀：《朦朧的七種類型》（Seven Types of Ambiguity）（杭州：中國美術學院出版社，1996 年）。Ambiguity，有譯為「複義」、「多義」或「含混」的，書名中譯為《複義七型》較妥。

[38] 布魯克斯，趙毅衡編：〈反諷──一種結構原則〉，《「新批評」文集》（天津：百花文藝出版社，2001 年），頁 376-395。

[39] 布魯克斯：〈悖論語言〉，《「新批評」文集》，頁 353-375。Paradox 有譯為「詭論」、「矛盾語」，台灣多作「矛盾語」解。

[40] 艾倫退特：〈論詩的張力〉，《「新批評」文集》，頁 120-138。

[41] 維姆薩特：〈象徵與隱喻〉，《「新批評」文集》，頁 396-406。

[42] 瑞恰茲，楊自伍譯：《文學批評原理》（南昌：百花文藝出版社，1992 年）。參考第三十四章。

點。緊緊圍繞文學「本文」，他認為「盡舍詩中所含，而別求詩外之物，不屑眉睫之間而上窮碧落，下及黃泉，以冀弋獲。此可以考史，可以說教，而非談藝之當務也。」[43]直指「談文談藝」就必須從作品實際出發。「新批評」討論文學作品的形式大約包括有：語言（包括韻律、節奏）、結構肌質（包括語式、語詞）諸多方面；也有以「文學語言的藝術加工說」，提出聲韻的調配、詞語的修飾、語序的變化、句式的選擇和文學語言的辯證原則等，向新陽的《文學語言引論》[44]就提出比喻、擬人、借代、誇張、通感等研究方法。個人曾著有《李賀詩研究》[45]以「新批評」重視語言討論李賀詩的內在研究，從語法、色彩、麗藻、典故、語義類型以及塑造意象的特殊技巧（心理意象、喻詞意象、象徵意象）立論，也討論到比喻、借代、夸飾、擬人和矛盾語，並以錢氏對李賀的論述作為佐證。可見李賀「作品論」的精彩，在這裡理應全面討論錢氏李賀論的批評手法，但錢氏《談藝錄》《管錐編》對形式主義派以及新批評派艾略特（1888-1965）、瑞恰茲、布魯克斯和維姆薩特等的著作和觀點雖然多有徵引，大抵是蜻蜓點水，很難系統論列。再加單篇論文篇幅限制，這裡僅能有所選擇地就錢氏對語言、意象、比喻、代詞、矛盾語和通感等項論述加以討論，以期符合「作品本體論」的要求。

首先談到錢氏論詩的總綱領，《談藝錄》開卷頭一篇〈詩分唐宋〉是一篇綱領性的文字：

> 余竊謂就詩論詩，正當本體裁以劃時期，不必盡與朝政國事之治亂盛衰吻合。……詩自有初、盛、中、晚，非世之初、盛、中、晚。……唐詩、宋詩，亦非僅朝代之別，乃體格性分之殊。天下有兩種人，斯分兩種詩。唐詩多以丰神情韻擅長，宋詩多以筋骨思理見勝。……固知文章流別初不拘名從主人之例，中外一理也。

---

[43] 錢鍾書：《管錐編》，頁110。

[44] 向新陽：《文學語言引論》（武昌：武漢大學出版社，1992年），頁49-146。

[45] 楊文雄（1946-）：《李賀詩研究》（臺北：文史哲出版社，1980年），頁125-196。

錢氏自謂「就詩論詩」，就是藝術自足論（Antonomy）的手法！就是講求「就作品論作品」的「內在研究」。西方 20 世紀文論中的所謂作品系統流派統稱為「本體論批評」（ontological criticism）或「文本批評」（textual criticism），包括形式主義、英美新批評、結構主義和文藝符號學等，都從文學特異性立場出發，像「新批評」那樣，為文學進行辯護。因為文學注重形式，所以錢鍾書特別注重文學作品的「語言」。他說：「若詩自是文字之妙，非言無以寓言外之意」，「詩藉文字語言，安身立命：成文須如是，為言須如彼，方有文外遠神、言表悠韻，斯神斯韻，端賴其文其言。」[46]可見錢氏如西方形式文論看重文學語言，底下即有多種例子可以證明：

> 近世俄國形式主義文評家希克洛夫斯基（Victor Shklovsky）等以為文詞最易襲故蹈常，落套刻板，故作者手眼須使熟生（defamiliarization），或亦曰使文者野（rebarbarization）。
> 俄國形式論宗（Formalism）許克洛夫斯基（Victor Shklovsky）論文謂：百凡新體，只是向來卑不足道之體忽然列品入流。誠哉斯言，不可復易。竊謂執此論推，雖百世以下，可揣而知。
> 又按捷克形式主義論師謂「詩歌語言」必有突出處，不惜乖違習用「標準語言」之文法詞律，刻意破常示異，故科以「標準語言」之慣規，「詩歌語言」每不通不順（Jan Mukarovsky："Standard Language and Poetic Language"）實則瓦勒利反覆申說詩歌乃「反常之語言」，於「語言中自成語言」。西班牙一論師自言開徑獨行，亦曉會詩歌為「常規語言」之變易，詩歌之字妥句適即「常規語言」中之不妥不適。當世談藝，多奉斯說。[47]

錢氏上面所舉形式主義文論家希克洛夫斯基論及「陌生化」「使熟者生，使文者

---

[46] 錢鍾書：《談藝錄》，頁 100、412。

[47] 錢鍾書：《談藝錄》，從上到下頁碼依次為 320、35、532。這裡錢氏「變易」，或可當「變異」解。可參考陳松岑《語言變異研究》（廣州：廣東教育出版社，1999 年），頁 47-76。

野」；穆克洛夫斯基重「詩歌語言」要「破常示異」；法國文論家瓦勒利（Paul Valery，1871-1945）倡「反常語言」和西班牙文論家主「常規語言之『變易』」，都重在語言的「變異」。甚至英國語言學家查普曼（Raymond Chapman）也關注到這一點：「文學語言中有關變異的整個概念是最重要的」。[48]眾口鑠金，可見中外英雄所見相同，語言是文學的媒介，「變異」竟然「主宰」了文學語言。

次說「意象」（Imagery），錢氏也有討論到意象，如：

> 詩也者，有象之言，依象以成言；捨象忘言，是無詩矣，變象易言，是別為一詩甚且非詩矣。故《易》之擬象不即，指示意義之符（sign）也；《詩》之比喻不離，體示意義之跡（icon）也。不即者可以取代，不離者勿容更張。王弼恐讀《易》者之拘象而死在言下也，《易略例・明象》篇重言申明曰：「故言者所以明象，得象而忘言；象者所以存意，得意而忘象。……然則忘象者乃得意者也，忘言者乃得象者也……」。[49]

錢氏這裡除了說明詩重「意象」，並舉王弼（226-249）把意、象、言分成三個層次，說明意與象的關係，要靠「言」來具現，這個「言」就是「意象語」。另外，錢鍾書在〈詩可以怨〉中談到：「很懂詩要寫得具體有形象，心情該在實際事物裡體現（objective correlative）。」這個 objective correlative 有翻作「客觀對應物」，是英國大詩人艾略特（T. S. Eliot, 1888-1965）提出的：「我們所討論的這些詩人……當他們寫得最出色時，他們致力於試圖找到思緒和感情在文字上的對應物這一任務。」[50]這裡所謂 "思緒和感情在文字上的對應物" 也就是「客觀對應物（objective correlative）」。在艾略特看來，詩既不是詩人去傳達個人情感，又不是詩人把自己

---

[48] 查普曼，王晶培譯：《語言學與文學》（Linguistics And Literature）（臺北：結構出版群，1989 年），頁 67-68。

[49] 錢鍾書：《管錐編》，頁 12。可參考張漢良〈論詩的意象〉，《現代詩論衡》（臺北：幼獅文化公司，1977 年），頁 1-25。

[50] 艾略特著，裘小龍譯：〈玄學派詩人〉，趙毅衡編：《「新批評」文集》，頁 48。

頭腦中的思想與感情直接傳達給讀者，而是通過尋找某種媒介物即「客觀對應物」來進行傳達。比如說，一些物體、一種情景、一串事物，都可以作為某種特殊情感的對應物，也就是我們所說的「意象」。

意象通常分為「靜態意象」（或稱「名詞意象」）和「動態意象」（或稱「動詞意象」），據杜國清（1942-）〈論〈漢字作為詩的表現媒介〉〉一文談到：

> 詩的語言有兩種。一是意象式的（imagistic），一是陳述式的（prepositional）。這兩種語言的表現方式，代表兩種不同的感覺和思考心態。前者訴諸知覺（perception），後者訴諸概念（conception）。在表現上，前者多用名詞，傾向於空間的構圖呈現為靜態的、客觀的具現；後者多用動詞，傾向於時間的連續，呈現為動態的、主觀的斷言。在言語表現上，前者依賴字與字之間的肌理關係（texture），後者注重句子在構成上的句法（syntax）。在藝術型態上，前者屬於繪畫性，後者屬於音樂性。在感受上，前者往往依賴直覺，後者往往依靠推論。在古典詩中，前者多為律詩句型，後者多為古詩句型。這兩種句型，在中國古典詩中，各有其作用，不能偏廢。菲諾洛莎以動詞為句子的要素，顯然屬於後者。[51]

這裡杜氏清楚地從語法分別了「靜態意象」（或稱「名詞意象」）和「動態意象」（或稱「動詞意象」）；並引出西方詩藝家菲諾洛莎（E.F.Fenollosa,1853-1908）認為漢字做為詩的表現媒介，優於印歐語言的地方就在於「及物動詞」和「隱喻」的使用。關於詩中動詞的使用，進一步發揮的是高友工（1929-）和梅祖麟（1933-）合著的〈唐詩的語法、用字和意象〉：「任何一個動作必須牽涉到一個主動者與一個受動者。引發行為的主動者是主語，表示行為的是動詞，承受行為的是賓語。行為是力，移轉於主賓兩點之間。因此主—動—賓的語句直接反映出自然界的現

---

[51] 杜國清：〈論〈漢字作為詩的表現媒介〉〉，《中外文學》第八卷第九期（1980年2月），頁14-26。

象，使語言接近物體。同時，由於語言必含有動詞，使得所有的語句成為一種戲劇性的詩歌」[52]故可說塑造動態意象主要靠動詞，尤其是及物動詞。及物動詞把力的轉移表現於主詞賓語之間，維持其關係。傳統詩論家在討論「詩眼」時，主要即著眼於動詞的驅遣，例如：「用什麼樣的動詞最妥切」，「詩句中什麼位置最適於動詞運用」。茲以王國維「人間詞話」為例，他舉「紅杏枝頭春意鬧」這一句，以為著一「鬧」字，境界全出。又如王安石名句「春風又綠江南岸」的「綠」字亦然。既可表現具體的靜態意象又可兼具「力」的轉移的動態美，有具體感又富戲劇性，成為衡量動態意象的最好標準。前人已看出李賀利用動詞造就奇險風格，如明代方以智（1611－1671）《通雅‧卷首三》談到「長吉好以險字作勢」即其例。近人以錢氏獨具慧眼，看出李賀偏愛凝重鋒利字。他說：

> 長吉化流易為凝重，何以又能險急。曰斯正長吉生面別開處也。其每分子之性質，皆凝重堅固；而全體之運動，又迅疾流轉。故分而視之，詞藻凝重；合而詠之，氣體飄動。……故其動詞如「石破天驚逗秋雨」、「老魚跳波瘦蛟舞」等……。（《談藝錄‧九》）

除了上面那種凝重鋒鋩的動詞外，李賀在動詞的運用上另有高招，錢氏又指出：

> 此外動字、形容字之有硬性者，如〈箜篌引〉之「空山凝雲頹不流」……。皆變輕清者為凝重，使流易者具鋒鋩……。長吉之屢用「凝」字，亦正耐尋味。至其用「骨」字、「死」字、「寒」字、「冷」字句，多不勝舉，而作用適與「凝」字相通。（《談藝錄‧九》）

即指出李賀採用「飄疾」「迅捷」的動詞，帶動全句，使凝重呆滯之感化為流轉飄

---

[52] 高友工、梅祖麟：〈論唐詩的語法、用字與意象〉，《中外文學》第一卷第十期（1973 年 3 月），頁 30-63。

動之美，正如錢氏所說的「言物態則凝死忽變而為飛動」之意。另外，錢氏也認為「長吉穿幽入仄，慘澹經營，都在修辭設色」，李賀好取金石硬性物作比喻，好比外人戈蒂埃好「鏤金刻玉」，謂其詩如「寶石精鏐，堅不受刃」，既是寶石精鏐當然色澤鮮豔，所塑造的意象自然「綺麗」，引起鮮明的感覺：

> 戈蒂埃（Gautier）作詩文，好鏤金刻玉。其談藝篇亦謂詩如寶石精鏐，堅不受刃乃佳，故當時人有至寶丹之譏。近人論赫貝兒（F. Hebbel）之歌詞、愛倫坡（E. A. Poe）之文、波德萊爾（Baudelaire）之詩，各謂三子好取金石硬性物作比喻。竊以為求之吾國古作者，則長吉或其倫乎。如〈李憑箜篌引〉之「崑山玉碎鳳凰叫」，「石破天驚逗秋雨」……。（《談藝錄‧九》）

最特殊的是，李賀愛用「啼」、「泣」等字，錢氏說：

> 長吉好用「啼」「泣」等字。以詠草木者則有如〈箜篌引〉之「芙蓉泣露香蘭笑」，〈蘇小小墓〉之「幽蘭露，如啼眼」……。豈有如長吉之連篇累牘，強草木使償淚債者哉。殆亦僕本恨人，此中歲月，都以眼淚洗面耶。……惟〈宮娃歌〉之「啼蛄弔月鉤闌下」，〈將進酒〉之「烹龍炮鳳玉脂泣」，一則寫景幽悽，一則繪聲奇切，真化工之筆矣。（《談藝錄‧一一》）

錢氏不單拈出李賀詩的意象特色，也帶出李詩何以悲憤的原因，可見錢氏是李賀的知音。

三說「比喻」，錢氏說：

> 長吉賦物，使之堅，使之銳，余既拈出矣。而其比喻之法，尚有曲折。夫二物相似，故以此喻彼；然彼此相似，祇在一端，非為全體。苟全體相似，則物數雖二，物類則一；既屬同根，無須比擬。長吉乃往往以一端相似，推而及之於初不相似之他端，余論山谷詩引申《翻譯名義集》所謂：「雪山

似象，可長尾牙；滿月似面，平添眉目者也。」如《天上謠》云：「銀浦流
雲學水聲。」雲可比水，皆流動故，此外無似處；而一入長吉筆下，則雲
如水流，亦如水之流而有聲矣。〈秦王飲酒〉云：「羲和敲日玻璃聲。」日
比琉璃，皆光明故；而來長吉筆端，則日似玻璃光，亦必具玻璃聲矣。同
篇云：「劫灰飛盡古今平。」夫劫乃時間中事，平乃空間中事；然劫既有灰，
則時間亦如空間之可掃平矣。他如〈詠懷〉之「春風吹鬢影」，〈自昌谷到
洛後門〉之「石澗凍波聲」，〈金銅仙人辭漢歌〉之「清淚如鉛水」，皆類推
而更近一層。（《談藝錄・十》）

錢氏在〈讀《拉奧孔》〉一文特別強調「比喻」是文學語言的特點，並談到「一言
蔽之，即『詩學』（poetic）亦須取資於修辭學（rhetoric）耳」（《談藝錄・七二》）。
正如布魯克斯（C. Brooks）所言：「詩人必須用比喻寫作，正如 I. A. Richards 指
出的，所有微妙的情緒狀態只有比喻才能表達。詩人必須靠比喻生活。」[53]他首
先肯定比喻對寫詩的重要性，他這裡所謂的比喻（analogy），就是一般所謂以彼
喻此的比喻，及依據兩者之間的相似點所進行的修辭手法。錢氏探討比喻之法多
方，有「博喻」「曲喻」「曲喻與雙關」「喻之二柄」「喻之二柄異邊」[54]等等。限
於篇幅，這裡只討論最重要的「隱喻」。談古典詩的「隱喻」最可參考的是高友工
和梅祖麟的〈唐詩的語意研究：隱喻與典故〉，[55]他們談到隱喻主要有兩種：「以
名詞為中心的隱喻」以及「以動詞為中心的隱喻」，利用指示法、繫詞法、使成法、
歸屬法，以使手段（Vehicle）與寓意（Tenor）都出現的隱喻。後者係著重動詞的

---

[53] 布魯克斯（Cleanth Brooks）：《*The Well Wrought Urn*》（臺北：雙葉書店，1984 年），頁
9。

[54] 可參考田建民：〈錢鍾書比喻的風格特色〉，《詩興智慧——錢鍾書作品風格論》（石家莊：
河北教育出版社，2002 年），頁 174-211。季廣茂《隱喻視野中的詩性傳統》（北京：高等
教育出版社，1998 年）。

[55] 高友工、梅祖麟：〈唐詩的語意研究：隱喻與典故〉，《中外文學》第四卷第七期（1975
年 12 月），頁 116-129。

隱喻，因為動詞對於隱喻的造就比形容詞等詞類重要，比如杜甫「雲籠遠岫愁千片」中「雲」「愁」並列，顯不出比較的焦點必須用了動詞「籠」，使各詞有所依附，隱喻的性質才能產生，可見以動詞為中心的隱喻較重要。方瑜（1945-）〈李賀歌詩的意象與造境〉[56]把李賀詩的意象分為「類推比擬意象」和「混成意象」，就其界定之定義區分，前者應屬「以名詞為中心的隱喻」，後者是「以動詞為中心的隱喻」。

錢氏在所引上文即注意到李賀有這兩種特殊技巧：（一）類推比擬意象（以名詞為中心的隱喻），照錢氏上文所舉之意，即以大異而小同之兩物，以其「部分相似點（analogy）」做為橋樑，類推其大異之處，也具有相似性質，重名詞物態的類比。高友工稱此種為「擴大的隱喻」，靠「神話性思考方式先建立起對等關係然後理論性思考輔之以推理的成分。」錢氏所舉李賀名句：「銀浦流雲學水聲」（天上謠）；「羲和敲日玻璃聲，劫灰飛盡古今平」（秦王飲酒），都經錢氏上文解析，應屬類推比擬意象。（二）另外錢氏所舉「石澗凍波聲」（自昌谷到洛後門）；「春風吹鬢影」（詠懷二首之一）等應屬「混成意象」，大致靠動詞來造就隱喻的效果，故把混成意象歸屬於以動詞為中心的隱喻。余光中在〈象牙塔到白玉樓〉談到在呈現一個意象的時候，把二個不同的感官經驗藉由類比而混成一個複雜的情境，而達成極為濃縮的效果……「『石澗凍波聲』一句中，液體的水波凝結成固體的冰；這原是視覺與觸覺的變化，可是連帶將聽覺的『波聲』也給凍住了。用一個『凍』字，代替了結冰和寂靜的兩態」，[57]也即將不同的感官經驗加以混融，靠一動詞「凍」來表現，使物態更鮮明突出。以上論述足以證明錢氏「比喻」方法對李賀研究的運用實在高明。

四說「代詞」，錢氏說：

長吉又好用代詞，不肯直說物名。如劍曰「玉龍」，酒曰「琥珀」，天曰「圓

---

[56] 方瑜：〈李賀歌詩的意象與造境〉，《中晚唐三家詩析論》（臺北：牧童出版社，1975 年），頁 1-56。

[57] 同註 11，余光中，頁 63-95。

蒼」，秋花曰「冷紅」，春草曰「寒綠」……。蓋性僻耽佳，酷好奇麗，以
為尋常事物，皆庸陋不堪入詩。力避不得，遂從而飾以粉堊，繡其鞶悅焉。
微情因掩，真質大傷。牛鬼蛇神，所以常破也；代詞尖新，所以文淺也。
張戒《歲寒堂詩話》卷上謂長吉詩「只知有花草蜂蝶，而不知世間一切皆
詩」，實道著長吉短處…若陶、杜、韓、蘇大家，化腐為奇，盡俗能雅，奚
奴古錦囊中，固無此等語。蹊徑之偏者必狹，斯所以為奇才，亦所以非大
才歟。（《談藝錄·一二》）

代詞，本由隱喻變化而出，屬於名詞為中心的隱喻，修辭家把它列為另一類，包
括簡單的替代法和部分代全體（如李賀〈江樓曲〉的「抽帆歸來一日功」，以帆代
船。）兩種方法。李賀擅長簡單替代法來造就新鮮的隱喻，他在詩中，往往避免
直呼其名，自撰新詞（亦即所謂代詞）以形容其質感。講求暗示性，和西洋象徵
主義特質相近。

　　五說「悖論」（paradox 或稱「矛盾語」），錢氏曰：

聖人云：受國之垢，是為社稷主；受國之不祥，是謂天下主。正言若反。
按蘇轍《老子解》云：「正言合道而反俗，俗以受垢為辱、受不祥為殃故也。」
他家之說，無以大過，皆局於本章。夫「正言若反」，乃老子立言之方，《五
千言》中觸處彌望，即修辭所謂「翻案語」（paradox）與「冤親詞」
（oxymoron），固神祕家言之句勢語式耳。（《管錐編·一九》）

這裡用西方修辭學之「翻案語」與「冤親詞」來概括老子的反邏輯句式，也是錢
氏的獨創。悖論（paradox）原是一種辭格，也是新批評學派很重要的術語，別用
它來描述文學語言的本質特徵，布魯克斯主張「詩的語言」就是「矛盾語言」（The
Language of Paradox）。他說：「悖論正合詩歌的用途，並且是詩歌不可避免的語
言。科學家的真理要求其語言清除悖論的一切痕跡；很明顯，詩人要表達的真理

只能用悖論語言。」[58]Paradox 可譯作「矛盾」，錢氏解作「翻案語」，或作「正言若反」。有譯為「似非而是」，或「既謬乃真」，亦即表面上不近情理，而感受上卻甚神似，前人有稱之為「無理而妙」，或稱「反常合道」。上引蘇轍（1039-1112）的話，其兄蘇東坡（1037-1101）也同其旨趣，如：《詩人玉屑》卷十引蘇東坡話說：「詩以奇趣為宗，反常合道為趣」，詩學家黃永武（1936-）加以闡述：「他說的『反常合道』，即是一反日常的陳舊句式與陳舊想像，寫出與常理彷彿相反的詩句，從『脫腸俗口』的立場看，像是不合事情常理，從詩人的靈思看卻是合理愜意的。」[59]清人史梧岡（1693-1779）《西青散記·卷四》也有類似看法：「詩以無為有，以虛為實，以假為真，每出常理之外，極世間癡絕之事，未妨形之於言。」這種看法即是詩的反邏輯性，現代詩人有稱之為「形上的比喻」，乃因形上比喻有「似非而是」的特性，常被認為不合邏輯之故。其實在唐代三大詩人李白、杜甫、王維作品中也有這種例子，如「白髮三千丈，離愁似個長」「山從人面起，雲傍馬頭生」「江流天地外，山色有無中」，葉維廉（1937-）加以說明：「每一景中皆有不容置信的無稽（如用理智分析的話），但每一景緻均有其微妙的『真實性』。」[60]難怪新批評推崇矛盾語，李賀也喜用這種技巧去塑造意象，如：「幾回天上葬神仙，漏聲相將無斷絕」（官街鼓）；「天若有情天亦老」（金銅仙人辭漢歌）。首句是一個很成功的矛盾語意象，連獲得永生、長生不老的神仙也會死，神仙鬥不過時間的洪流，造成一種強烈的對比，使人驚覺，而達到反諷的效果。W.C. Golightly 認為這兩句如余光中所說：「包涵了一個具有喚引特性的矛盾語法，而此矛盾語法的決斷性在中國古典詩中是無與倫比的。」[61]次句預設一個不可能企及的情境，天本無情，天如有情，也會像有情之物一樣老去，由於事實上之相反情境，構成拍擊

---

[58] 同註 53，布魯克斯：〈悖論語言〉，頁 3-21；趙毅衡《「新批評文集」》，頁 353-375。

[59] 黃永武：〈「反常合道」與詩趣〉，《中國詩學·設計篇》（臺北：巨流圖書公司，1976 年），頁 249-275。

[60] 葉維廉：〈詩的再認〉；葉維廉：《秩序的生長》（臺北：志文出版社，1971 年），頁 116-137。

[61] W.C. Golightly：〈李賀詩中的超現實意象〉，《幼獅文藝》第三七卷第五期（1973 年 5 月），頁 4。

力，形成詩的張力。難怪司馬光（1019-1086）《續詩話》認為此句奇絕無對。

　　錢氏論及「悖論」（或稱「翻案語」），雖然沒有批評到李賀。但他在《宋詩選注》中注王禹偁（954-1001）「數峰無語立斜陽」詩的精彩解說中，指出了這種「正話反說」的道理：

> 按邏輯來說，「反」先包含有「正」，否定命題預先假設著肯定命題。詩人常運用這個道理。山峰本來是不能語而「無語」的，王禹偁說它們「無語」……並不違反事實，但同時也彷彿表示它們原先能語、有語、欲語，而此刻忽然無語。

另外，錢鍾書《管錐編》第三冊（1059 頁）有「正言若反」的許多例子：「可憎夫婿」即「如意郎君」；「臉兒上掛著可憎」即「滿面兒掛堆著俏」等等。都可從旁證明錢鍾書對矛盾語的理解與重視。

　　六說「通感」（synaesthesia），錢氏〈通感〉一文談到：

> 中國詩文有一種描寫手法，古代批評家和修辭學家似乎都沒有理解和認識。宋祁〈玉樓春〉有句名句：「紅杏枝頭春意鬧。」……方中通說「鬧」字「形容其杏之紅」，還不夠確切；應當說：「形容其花之盛（繁）。」「鬧」字是把事物無聲的姿態說好像有聲音的波動，彷彿在視覺裡獲得了聽覺的感受。……這是「通感」（synaesthesia）或「感覺挪移」的例子。在日常經驗裡，視覺、聽覺、觸覺、嗅覺、味覺往往可以彼此打通或交通，眼、耳、口、鼻、身各個官能的領域可以不分界線。顏色似乎會有溫度，聲音似乎會有形象，冷暖似乎會有重量，氣味似乎會有體質。諸如此類，在普通語言裡經常出現。譬如我們說「光亮」，也說「響亮」，把形容光輝的「亮」字轉移到聲響上去，正像拉丁語以及近代西語常說「黑暗的嗓音」、「皎白

的嗓音」，就彷彿視覺和聽覺在這一點上有「通財之誼」。[62]

錢氏《通感》全文，通過對中外詩歌、詩論的大量考察、比較，發現了一個很少有人理解和認識的中國詩文描寫手法：「通感」或「感覺挪移」。他指出：「在日常經驗裡，視覺、聽覺、觸覺、嗅覺、味覺，往往可以彼此打通或交通，眼、耳、舌、鼻、身各個官能的領域可以不分界線。顏色似乎會有溫度，聲音似乎會有形象，冷暖似乎會有重量，氣味似乎會有體質」。把這些日常經驗應用到詩文描寫中去，便是「通感」。如「紅杏枝頭春意鬧」中的「鬧」字，就是一個典型的例子，把無聲的事物描寫成有聲，把視覺的感受變通為聽覺的感受。這種例子在西洋詩文中，從荷馬史詩到十九世紀象徵派詩歌中，都可以找到，這是一條貫通古今中外的藝術原則。錢鍾書以淵博的學識、敏銳的眼光將其發揮，是對中國古代文論研究的一個重要貢獻。

所謂「轉移感覺」，即是五官感覺的轉換，即以一種感覺取代另一種感覺。文評家有稱之為「共生感覺」或「綜合感覺的隱喻」，劉若愚以為不妥，應稱為「轉移感覺的意象」（transaesthetic images）較適當。黃永武在〈談意象的浮現〉特別指出李賀最擅長這種技巧：「故意將接納感官交綜運用，造成印象與感官間的錯綜移屬，使意象更活潑生新」。[63]這種技巧，在修辭學上稱為「移就」，或叫「遷德」，平常用語也有這種例子，如耳食、食言、言談無味、目擊等，用久即失新鮮感，李賀卻善於此道，如：「玉釵落處無聲膩」（美人梳頭歌）；「楊花撲帳春雲熱」（蝴蝶飛），首句言玉釵掉落的感覺，轉移到滑膩的觸覺上，把美人梳頭那種優雅的氣氛表露無餘。次句由視覺感官轉移到聽覺或觸覺，或嗅覺移就味覺觸覺的，例子繁多茲不多贅。西方的象徵主義普遍用這種技巧，最有名的是波德萊爾（Baudelaire，1821-1867）的〈聯繫〉：「芬芳、色彩和聲音相呼應／某些芬芳新鮮如嬰兒之肌膚／甜美如洋簫，碧綠如草原」。常用這種技巧的余光中特別指出李

---

[62] 同註 5，錢鍾書：《七綴集》，頁 65-81。

[63] 同註 59，黃永武：《中國詩學・設計篇》，頁 17。

賀詩中充分表現這種特質：「波德萊爾時常將不同的感官經驗交融在一起，以增加彼此的濃度。他曾說，香味芬芳如木簫，翠綠如草原，新鮮如童膚；在短短的兩行詩中，便交融的嗅覺，聽覺，視覺和觸覺。」[64]又藍波（A.Rimband，1854-1891）的「母音歌」，用五個母音字母分別代表五種色彩，分別轉移為觸覺、聽覺、嗅覺等心理意象，也是一個有名例子；錢氏曾談到李賀詩的例子以及〈通感〉結尾所舉：「英國詩人布萊克（Willian Blake）曾把『眼瞎的手』（blind hand）來形容木鈍的觸覺，這和『耳聾』的鼻子真是天生巧對了。」有同工之妙。上所舉九世紀的李賀運用這種技巧如此地純熟，可以和十九世紀後期的象徵主義握手言歡，甚至比肩！而錢氏在〈通感〉、《管錐編》中所舉例子不勝枚舉，都說明了錢氏對李賀詩的了解與貢獻。

總之，錢氏在「作品本體論」上，雖較少對結構主義、符號學等多所著墨，但其餘形式主義和新批評等理論的闡發都非常深入精彩，尤其所撰兩部大作的論述方式比之「新批評」的「細讀法」有過之而無不及，如錢氏解讀李賀的〈惱公〉詩即其顯例。 錢氏認為，〈惱公〉一詩「奇語絡繹，故不乏費解處，然莫名其器者亦無妨欽其寶。鄙心所賞，尤在結語：『漢苑尋官柳，河橋閡禁鐘。月明中婦覺，應笑畫堂空。』」（《談藝錄補訂・46 頁》）他認為這首詩「妍媸雜陳」，而「寶」就在結語。詩人用的是「與古為今，脫胎換骨」的細讀手法，不但能對李賀作品深加解析，並隱隱建立了批評門徑，讓後人效法學習。

〈之四〉

四言「實用說」，艾氏說：「認為文學作品的創作目的在於對讀者產生藝術感染作用（如：給觀眾以美感、教益或引起各種感情衝動等），並且以此作為評價作品的標準。這種理論曾統治著羅馬時代到十八世紀的文學論壇，如今又通過「修辭學批評」（Rhetorical Criticism）和羅蘭・巴爾特（Roland Barthes）等人的「結構主義」理論得到振興。修辭學批評方法強調作者藉以引導讀者理會作品的藝術

---

[64] 同註 11，余光中：《逍遙遊》，頁 92。

技巧，而結構主義批評家則把文學作品分析成誘導讀者理解的一套系統性文字符號的遊戲。」[65]這種專門討論作品對讀者的影響的「讀者理論」從六十年代開始再次盛行，以「讀者」為中心的理論當道，如前面《西方二十世紀文論史》提過的讀者系統計有：文學現象學、文學闡釋學、接受美學、後結構主義等，其中最重要的是接受美學理論。可以說，「接受美學」的理論是高高舉起讀者一方的理論，所謂「讀者是文學的上帝」，是把讀者作為研究的主要對象的理論。這些理論或多或少錢氏都曾研究過。

上個分論專論「作品本體論」，作品本體論排斥社會歷史因素，扭轉了十九世紀歷史主義─實證的外部研究方法，帶動古典文學研究方向的新契機。雖然為作品內部研究敞開了大門，但作品自足性並非作品封閉性，作品容許讀者和批評家的批評，證明作品還有開放性。開放性就是指作品的接受型態，任何作品都是給人看的，即便供作者自己欣賞，那他也只是一位特定身份的接受者而已。從作品角度言，是開放性；從接受角度言，是可批評性。所以，錢氏這裡的研究路數就從作品轉向了「讀者」，即重視讀者或批評者、作品的解釋者、接受者。這種「讀者主體論」，剛好和錢氏的一段話相近：

> 古典誠然是過去的東西，但是我們的興趣和研究是現代的，不但承認過去東西的存在，並且認識到過去東西的現實意義。[66]

錢氏這段話的意思就是後代讀者「賦予」作品以新的意義，作品的意義隨著批評者的解釋轉移，文本極具開放性，正如我們所謂的「作者未必然，讀者何必不然」的「讀者」觀念。其實中國老早就有這種觀念，所謂「知音說」、「詩無達詁」，現在已成中外文論的常談。作品的特點就正如錢氏所言：「古人立言，往往於言中應有之義，蘊而不發，發而不盡」，等待讀者去「參稽會通」，他舉了康德評柏拉圖

---

[65] 同註 26，艾布拉姆斯，頁 66。

[66] 錢鍾書：〈古典文學研究在現代中國〉，《錢鍾書選集‧散文卷》（海口：南海出版公司，2001 年），頁 61。

提倡理念（Idée）時談到「作者於己所言，每自知不透；他人參稽會通，知之勝其自知，可為之鉤玄抉微，談藝者亦足以發也。」[67]其意如照接受美學的行話說，作品有許多「未定點」有待讀者補充。錢氏接著進一步發揮，他說：「夫言情寫景，貴有餘不盡。然所謂有餘不盡，如萬綠叢中之著點紅，作者舉一隅而讀者以三隅反，見點紅而知嫣紅妊紫正無限在。其所言者情也，所寫者景也，所言之不足，寫之不盡，而餘味深蘊者，亦情也、景也。」[68]所謂「餘味深蘊」，也就是作品向讀者敞開的開放性，出現很多的「空白」（Blanks 或 Gaps），接受美學稱之為作品的「未定性」、作品的「召喚結構」（Appellstruktur）。[69]按照接受美學代表伊瑟爾（W.Iser，1942- ）的觀點，文學作品中存在著意義空白和不確定性，各語意單位之間存在著連接的「空缺」，以及對讀者習慣視界的否定會引起心理上的「空白」，所有這些組成文學作品的否定性結構，成為激發、誘尋讀者進行創造性填補和想像性連接的基本驅動力，這就是文學作品召喚性的含義。由此可見錢氏條貫中外文論的地步。

相通此理的說法，中國本有「詩無通詁、達詁」的命題。錢氏指出，這一命題「實兼含兩意：暢通，一也；變通，二也。」先看「暢通」，他說：

> 詩之「義」不顯露（inexplicit），故非到眼即曉、出指能拈；顧詩之義亦不游移（not indeterminate），故非隨人異解、逐事更端。詩「故」非一見便能豁露暢「通」；必索乎隱；復非各說均可遷就變「通」，必主於一。既通（disclosure）正解，餘解杜絕（closure）。[70]

說明詩「暢通」之不易，並進一步說明「變通」的意涵及其源流：「蓋謂『義』不

---

[67] 錢鍾書：《談藝錄》，頁 325。

[68] 錢鍾書：《談藝錄》，頁 227。

[69] 出自伊瑟爾的〈本文的召喚結構〉，《閱讀活動——審美反應理論》（金元浦等譯，北京：中國社會科學出版社，1991 年），頁 220-254。

[70] 《談藝錄》，頁 609。

顯露而亦可游移，「詁」不「通」「達」而亦無定準，如舍利珠之隨人見色，如廬山之「橫看成嶺側成峰」。皋文纘漢代「香草美人」之緒，而宋、周、譚三氏實衍先秦「賦詩斷章」之法（參觀《管錐編》二二四至五頁），猶禪人之「參活句」，亦即劉須溪父子所提撕也。」[71] 首以「舍利珠隨人見色」和「廬山成嶺成峰」象喻「變通」，說明此方法認定「作者未必然，讀者何必不然」、「作者之用心未必然，而讀者之用心未必不然」之意。這種「變通」說法，「或揣度作者本心」，「或附會作詞本事」「或全寓寄托」，乃是漢代以來箋說《詩》《騷》比興之法或「香草美人」的傳統。更是先秦「賦詩斷章」傳統的引伸，同禪宗所謂「參活句」理有相通。相對於中國這種文論觀念的是，西人諾瓦利斯（Novalis，1772-1801）和瓦勒利（Paul Valery）有同類論述：

諾瓦利斯嘗言：「書中緩急輕重處，悉憑讀者之意而定。讀者於書，隨心施為。所謂公認準確之讀法，初無其事。讀書乃自由操業。無人能命我當何所讀或如何讀也。」瓦勒利現身說法，曰：「詩中章句並無正解真旨。作者本人亦無權定奪」；又曰：「吾詩中之意，惟人所寓。吾所寓意，只為我設，他人異解，並行不倍」。足相比勘。其於當世西方顯學所謂「接受美學」（Rezeptionsasthetik），「讀者與作者眼界融化」（Horizontverschmelzung）、「拆散結構主義」（Deconstructivism），如椎輪之於大輅焉。

德國論師（H. G. Gadamer）嘗稱瓦勒利主張「堤防盡決之闡釋虛無主義」。所謂讀文學著作時，他人之經歷為己所私有，即「作者不必然」，而「讀者何必不然」，以我心度他心，抑他心而我心奪之歟。……古之詩人，原本性情，讀者各為感融，其理在可解不可解之間。意亦「無寄託」之「詩無通故達詁」，而取禪語為「喻」也。「詩無通故達詁」已成今日西方以語言學論詩者之常談。吾國古人所謂「寄託」，只是一端。

竊謂倘「有寄託」之「詩無通故達詁」，可取譬於蘋果之有核，則「無寄託」

---

[71] 《談藝錄》，頁 610。

之「詩無通故達詁」，不妨如法國論師（R. Barthes）喻為洋蔥之無心矣。[72]

所選之文上篇依次談到「接受美學」、「闡釋學」的「視界融合」（讀者與作者眼界融化）和「後結構主義」（拆散結構主義，也稱「解構主義」），可見錢氏對西方文論的嫻熟。接著下篇舉現象學家伽達默爾（H. G. Gadamer，1900-）認同瓦勒利的闡釋觀點；並進一步把「詩無達詁」的涵意分為中國所謂「有寄託」的蘋果之核，和法人解構主義學家羅蘭巴特（Roland Barthes，1915-1980）所謂「無寄託」的無心洋蔥，錢氏在這裡化用羅蘭巴特的比喻指出中國文論和現代西方「本文」理論的聯繫與區別。並在《談藝錄補訂・285 頁》有更具體的說解：「法國新文評派宗師言誦詩讀書不可死在句下，執著『本文』；所謂『本文』，原是『本無』，猶玉蔥層層剝揭，內蘊核心，了不可覓。」可見錢氏不單能綜合西方文論並有自己的創見。

而西方幾個以「本文」的多義性和開放性為中心的「讀者」理論，從現象學強調「意向性」（intentionality），主張文本的感受的開放性；闡釋學強調理解的關鍵在「視界融合」，到接受美學的「召喚結構」，甚至於後結構主義導致了對於經典文本「拆散」、「解構」的「語言顛覆」，都始終伴隨著解讀、理解、闡釋的活動。所以另一接受美學代表姚斯（H. R. Jauss，1921-）特別指出文學作品的生命是體現於生產（作家創作）——文本（作品）——接受（讀者閱讀）這三個環節的動態過程之中，他說：「一部文學作品，並不是一個自身獨立、向每一時代的每一讀者均提供同樣的觀點的客體。它不是一尊紀念碑……像一部管弦樂譜，在其演奏中不斷獲得讀者新的反響，使本文從詞的物質形態中解放出來，成為一種當代的存在。」[73]在這樣一個文學認知活動過程中，形成一個「闡釋循環」，錢氏在《管錐編・左傳正義三》提到這個詞：「解會賞析之道所謂『闡釋之循環』者」，並進

---

[72] 上篇，《談藝錄》，頁 610-611；下篇，舒展：《錢鍾書論學文選》第 3 卷，頁 52-53。

[73] 姚斯：《走向接受美學》（*Toward an Aesthetics of Reception*）、霍拉勃（Robert C. Holub）：《接受理論》（*Reception Theory*），輯為周寧、金元浦譯：《接受美學與接受理論》（瀋陽：遼寧人民出版社，1987 年），頁 26。

一步加以解說：

> 乾嘉「樸學」教人，必知字之詁，而後識句之意，識句之意，而後通全篇
> 之義，進而窺全書之指。雖然，是特一邊耳，亦祇初桄耳。復須解全篇之
> 義乃至全書之指（「志」），庶得以定某句之意（「詞」），解全句之意，庶得
> 以定某字之詁（「文」）；或並須曉會作者立言之宗尚、當時流行之文風、以
> 及修辭異宜之著述體裁，方蓋知全篇或全書之指歸。積小以明大，而又舉
> 大以貫小；推末以至本，而又探本以窮末；交互往復，庶幾乎義解圓足而
> 免於偏枯，所謂「闡釋之循環」（der hermeneutische Zirkel）者是矣。[74]

這裡提到前人義訓重本文「上下文」，但要義解圓足而免于偏枯，就要注重「考『詞』之終始」的探本窮末交互往復，猶如西方的「闡釋循環」。正由於錢氏對這種西方文論方法的熟悉，難怪有學者說：「他的學術著作，其中比較謹嚴的部分接近伽達默爾的闡釋學。錢鍾書的基本闡釋方法，也就是所謂『讀者與作者眼界融化』。他對於中國古典文化的闡釋，同時顧及共時性和歷史性的因素。通過對於經典文本的創造性解讀，錢氏補充了中國文化精華的意蘊。這是他得益於德國現代闡釋學的地方。」[75]這裡雖指出闡釋學對錢氏的影響，但也肯定了錢氏闡發中國文論的能力。

另外，在實際地操作研究李賀的讀者理論中，必須注意到『接受美學』形成作品影響史的兩大環節——「影響研究」和「接受研究」，亦即李賀作為詩人之前的讀者「接受研究」或受前人影響的「影響研究」，通通稱之為「李賀接受史」。錢氏在《談藝錄》中特列兩小節談李賀前人的影響和後人的接受，如討論到鮑照（?414-466）、杜甫、韓愈、李白等的「影響研究」，有：

---

[74] 《管錐編》，頁 171。

[75] 胡河清：〈第四章錢鍾書與現代西學〉，《真精神舊途徑——錢鍾書的人文思想》（石家莊：河北教育出版社，2002 年），頁 65。

《閱微草堂筆記》謂「秋墳鬼唱鮑家詩」，當是指鮑照，照有〈代萬里行〉、〈代挽歌〉。頗為知言。長吉於六代作家中，風格最近明遠。(《談藝錄‧八》)

長吉詩境，杜韓集中時復有之⋯⋯而長吉詩如〈仁和里雜敘皇甫湜〉、〈感諷〉五首之第一首、〈贈陳商〉等，朴健猶存本色，雅似杜韓。〈開愁歌〉亦為眉疏目爽之作。〈苦晝短〉奇而不澀，幾合太白、玉川為一手。〈相勸酒〉亦殆庶太白；然而異者，太白飄逸，此突兀也。〈春歸昌谷〉及〈昌谷詩〉，句似昌黎五古整鍊之作。〈北中寒〉可與韓孟〈苦寒〉兩作驂靳。昌谷出韓門，宜引此等詩為證。」(《談藝錄‧一三》)

所引兩節即論及鮑照、李白、杜甫和韓愈的影響以及同盧全（?773-?812）、孟郊的風格相類。另外，《談藝錄‧七》談到接受李賀影響的詩人：

唐自張太碧〈惜花〉第一第二首、〈遊春引〉第三首、〈古意〉、〈秋日登岳陽樓晴望〉、〈鴻溝行〉、〈美人梳頭歌〉，已濡染厥體。同時莊南傑〈樂府〉五首，稍後則韋楚老〈祖龍行〉、〈江上蚊子歌〉，亦稱殆庶。⋯惟李義山才思綿密，於杜韓無不升堂嗜戟，所作如〈燕臺〉、〈河內〉、〈無愁果有愁〉、〈射魚〉、〈燒香〉等篇，亦步昌谷後塵。宋自蕭貫之〈宮中曉寒歌〉，初為祖構。金則有王飛伯，元則有楊鐵崖及其門人，明則徐青藤，皆掎摭割裂，塗澤藻繪。

其中論及「接受研究」的，在唐的有李賀同時的張碧（?-?）、莊南傑（?-?），其後的韋楚老（?-?），晚唐的李商隱（?813-?858）接受李賀的影響最多，長吉好用「啼」「泣」等字，錢氏在《談藝錄‧附說九》說他：「李義山學昌谷，深染此習。如「幽淚欲乾殘菊露」、「湘波如淚色漻漻」⋯⋯，皆昌谷家法也。」後來的北宋有蕭貫（992-1037），金有王鬱（1204-1232），元有楊維楨（1296-1370）及其門人以及明朝的徐渭（1521-1593）等人接受其影響，甚至可以補充清代接受的詩人，寫一部

李賀接受史。總之，錢氏在「讀者」閱讀理論方面，從理論到實際的批評運作都有圓滿的闡發，完全達到「實用論」專論「讀者」的要求。

結語

從「總說」的設定到四個「分論」的析解，也可證明錢氏李賀論是「契合」艾氏藝術四要素的說法的。其實錢氏在四十年代就說過這樣的話：「余四十年前，僅窺象徵派冥契滄浪之說詩，孰意彼上比來竟進而冥契滄浪之以禪通詩哉。」[76]所謂「冥契」，應是暗合之意。另外在《管錐編》也談到：「西方神秘宗亦言『契合』（Correspontia），所謂：『神變妙易，六根融一』。然尋常官感，時復『互用』，心理學命曰『通感』（Synaesthesia）；徵之詩人賦詠，不乏其例。」[77]這裡「契合」「互用」「通感」意思是相通的，再加以錢氏自道：「凡所考論，頗採二西之書，以供三隅之反。」所以有評論家這樣認為：

> 鑑於錢氏對俄國形式主義、德國闡釋學、法國新文評派以及接受美學、解構主義等現代西方語言哲學、美學流派早有深徹的研讀之事實，則《管錐編》的建構方式中未必就沒有自覺的現代美學追求之意圖在內吧。[78]

錢氏自覺的現代美學或文論系統的追求意圖應是有的，有很多評論家曾討論錢氏是否建立了系統理論？像張培鋒的〈「錢學」體系論〉就提出「非線性、開放性結構」作為「錢學」體系的基本特徵；「語言──情感辯證法」是「錢學」體系的內在邏輯，並認為：「錢鍾書從多層面論述了藝術與宗教、歷史、哲學等的辯證關係，

---

[76] 《談藝錄》，頁 596。

[77] 《管錐編》，頁 482-483。

[78] 胡河清：〈第五章錢鍾書語言研究的當代文化意義〉，《真精神舊途徑──錢鍾書的人文思想》（石家莊：河北教育出版社，2002 年），頁 84。

從而確定了藝術自身本質上的特徵和價值，實際上形成了博大而獨特的學術體系。但是，我們無法將這些內容剔取出來，按照傳統的學科體系分門別類地編排。這些內容在錢鍾書那裡是渾沌的整體。」[79]所以難怪另有評論家也喜歡談論以下的話題，所謂：「錢鍾書的《談藝錄》與傳統詩話迥然不同，他既繼承了傳統詩話的優長，兼容百家之說，同時又自創一格，自成一家。尤其是用古人所難以具有的現代意識的靈光來燭照傳統的詩學，用前人所不曾具備的西學來激活傳統的詩論。……錢鍾書的眼光不僅是民族的，而是世界的。因此，《談藝錄》明顯地優於一切前代詩話，是『中國詩話的里程碑』。」[80]我們當然肯定《談藝錄》是「中國詩話的里程碑」，但勿寧更希望錢氏為我們建立一套文論話語系統，可以為後輩學習效法。

錢氏既然為人所尊奉，個人曾有效顰之作，以錢氏李賀論作證，用「新批評」方法著有《李賀詩研究》，但只注意到「作者」和「作品」的研究，而誤漏了「讀者」；第二本書《詩佛王維研究》[81]雖也參考了錢氏的「出位之思」和詩畫關係的討論，但僅算是一部研究詩學比較的書，也不及「讀者」；要等到寫《李白詩歌接受史》[82]時，才注意到「讀者」理論，總算符合了艾氏「四要素說」的理論系統。由此可以反證錢氏在《談藝錄》的李賀論是多麼了得，那麼早就構建了自己的理論體系，令人佩服得五體投地。今後，「錢學」當然是顯學，如何把中西比較詩學或是比較文學奠基在錢學既有的基礎上，加以發揚光大，是比較文學界的要事。並注意到觀念的革新，避免比較詩學的弊病——胡亂類比。正如曹衛東所著《交往理性與詩學話語》的論述，注意到比較文學的危機及其出路問題，不妨嘗試選用德國當代社會哲學家哈貝馬斯（Juergen Habermas）的交往理性概念，來對作為

---

[79] 張培鋒：〈「錢學」體系論〉，《錢鍾書研究集刊》（上海：三聯書店），第一輯（1999年11月）。

[80] 王衛平：〈第一節《談藝錄》——中國詩話的里程碑〉，《東方睿智學人——錢鍾書的獨立個性與魅力》（石家莊：河北教育出版社，2002年），頁173-174。

[81] 楊文雄：《詩佛王維研究》（臺北：文史哲出版社，1988年）。

[82] 楊文雄：《李白詩歌接受史》（臺北：五南圖書出版公司，2000年）。

現代性話語的比較文學加以重建：

> 具體到比較文學而言，我們認為，無論是形象學研究，還是文化相對主義
> 批判……不妨嘗試一下哈貝馬斯的作法，在他的哲學方法論、認識論以及
> 語言哲學基礎上，建立一種文化共同體主義（Kultureller
> Kommunitarismus），或曰文化交往主義（Kultureller Dialogismus），要求做
> 到不但能夠徹底拋棄文化中心主義，而且能夠有效地解決文化相對主義並
> 且還能夠把中西文化關係推向深入，進而把文化現代性設計在中國和全球
> 加以推廣。[83]

所論無非透過哈貝馬斯的「交往理性」概念，重視「多元聲音中的理性同一性」，建立一種文化共同體、文化交往主義。不論東西方都在思考一個更有效的方法，把中西文論或文化推向更深入更廣泛的境地，而「錢學」作為中國文論的基石，必然成為我們研究的後盾，或可期待中西比較詩學的研究更為豐碩。

　　本文原為參加香港大學所舉辦「錢鍾書與 20 世紀中國學術國際研討會」論文，後因故未正式發表。回想約三十年前，初出道所寫《李賀詩研究》一書時，曾叩羅聯添老師台大研究室門扉，除得解李賀和韓愈關係的考據並借出一大落唐代文學研究著作。今權以此文為羅聯添老師八十五大壽紀念賀文。

---

[83] 曹衛東：《交往理性與詩學話語》（天津：天津社會科學院出版社，2001 年），頁 175-176。

羅聯添教授年表

1927 年　　　生於福建永安。

1948 年 8 月 1 日　自福建福州乘鷺江輪到臺灣，自基隆上岸。

1948 年 8 月 11 日　參加臺大招生考試，獲錄取，入中文系就讀。

1951 年 10 月　以〈柳子厚年譜〉為題，撰寫畢業論文，戴君仁教授指導。

1952 年 8 月　卒業後，到高雄鳳山陸軍官校受預備軍官訓練一年。

1953 年 9 月　參加就業考試及格，分發至省府機構任公職一年。

1954 年 8 月　受聘為臺大中文系助教。

1958 年 6 月　發表〈柳子厚年譜〉，《學術季刊》6 卷 4 期，頁 1-19。收入《唐代四家詩文論集》，又擴充為《柳宗元事蹟繫年暨資料彙編》，國立編譯館出版，見 1981 年。

1958 年 7 月　發表〈劉夢得年譜〉，《文史哲學報》8 期，頁 181-295。增訂後收入《唐代詩文六家年譜》。

1958 年 8 月　升等為臺大中文系講師。

1962 年 8-9 月　發表〈張籍年譜〉，《大陸雜誌》25 卷 4 期，頁 14-19；5 期，頁 15-22；6 期，頁 20-29。增訂後收入《唐代詩文六家年譜》。

1963 年 1-4 月　〈劉賓客嘉話錄(顧文本)校補及考證〉，《幼獅學誌》2 卷 1 期，頁 1-39；2 期，頁 1-50。收入《唐代文學論集》（下）。

1963 年 6 月　〈張籍之交遊及其作品繫年〉——〈張籍年譜〉附錄之一、二、三，《大陸雜誌》26 卷 12 期，頁 14-18。

1963 年 8 月　升等為臺大中文系副教授。

1963 年 11 月　〈張籍軼事及詩話〉──〈張籍年譜〉附錄之四、五，《大陸雜誌》
　　　　　　　27 卷 10 期，頁 13-16。收入《唐代詩文六家年譜》。

1965 年 8 月　〈白香山年譜考辨〉，《大陸雜誌》31 卷 3 期，頁 10-15。收入《白
　　　　　　　樂天年譜》。

1966 年 1-2 月　〈白居易中書制誥年月考〉，《大陸雜誌》32 卷 2 期，頁 10-15；3
　　　　　　　期，頁 24-30。收入《白樂天年譜》。

1966 年 8 月　赴美哈佛大學訪問研究一年。

1967 年 11 月　〈白居易作品繫年〉，《大陸雜誌》38 卷 3 期，頁 23-34。收入《白
　　　　　　　樂天年譜》。

1968 年 8 月　升等為臺大中文系教授。

1969 年 2 月　〈讀白居易的秦中吟〉，《思與言》5 卷 4 期，頁 7-13，改題〈白居
　　　　　　　易秦中吟寫作的背景〉，收入《唐代文學論集》（下）。

1969 年 3 月　從此年三月起，將近二十年參與大專聯考命題作業，所擬作文題〈一
　　　　　　　本書的啟示〉、〈人性的光輝〉、〈燈塔與燭火〉等，以為得當，獲佳
　　　　　　　評。

1969 年 3 月　編〈近六十年來日韓歐美唐代文學論著集目〉，《書目季刊》3 卷 3
　　　　　　　期，頁 15-42。收入《唐代文學論著集目》，又擴充為《隋唐五代文
　　　　　　　學論著集目正編》、《續編》。

1969 年 3 月　〈韋應物事蹟繫年〉，《幼獅學誌》8 卷 1 期，頁 1-72，改題〈韋應
　　　　　　　物年譜〉，收入《唐代詩文六家年譜》。

1969 年 12 月　〈唐司空圖事蹟繫年〉，《大陸雜誌》39 卷 11 期，頁 14-81，改題
　　　　　　　〈司空圖年譜〉，收入《唐代詩文六家年譜》。

1970 年 6 月　〈白居易散文校記〉，臺灣大學文學院《臺大文史哲學報》19 期，
　　　　　　　頁 297-591，修訂再版為專書，學海出版社出版。

1971 年　　　參與修訂周何本高中國文教科書，為時約二年。

1971 年　　　擔任論文指導教授──梁東淑《王禹偁及其詩》，國立臺灣大學中
　　　　　　　國文學研究所。

1972 年 6 月　本學年度臺大中文系第一次系務會議，受推為代表，由系主任召集，研擬有關本系聘任升等辦法。

1973 年 9 月 8 日　臺大中文系第 25 次學術討論會主講「有關韓愈的問題」。

1973 年 12 月　〈李翱研究〉，《國立編譯館館刊》2 卷 3 期，頁 55-90。改題〈李翱年譜〉，收入《唐代詩文六家年譜》。

1973 年　擔任論文指導教授——呂正惠《元白比較研究》，國立臺灣大學中國文學研究所。

1974 年 3 月　〈獨孤及考證〉，《大陸雜誌》48 卷 3 期，頁 21-42。改題〈獨孤及年譜〉，收入《唐代詩文六家年譜》。

1974 年 3 月　〈毗陵集及其偽文〉，《書目季刊》7 卷 4 期，頁 3-8。收為〈獨孤及年譜〉附錄。

1974 年 12 月　〈李文公集源流、佚文及偽文〉，《書目季刊》8 卷 3 期，頁 25-28。收為〈李翱年譜〉附錄。

1974 年 12 月　〈韓愈家庭環境及其交遊〉，《國立編譯館館刊》3 卷 2 期，頁 47-79。改題收入《韓愈研究》。

1975 年 1 月　受推選為五人小組之一，研擬刪減研究所入學考試專科可選學科，決議由 40 種刪為 24 種。

1975 年 6 月　〈韓愈事蹟考述〉，《國立編譯館館刊》4 卷 1 期，頁 1-52，收入《韓愈研究》。

1976 年 6 月　〈韓文淵源與傳承〉，《書目季刊》10 卷 1 期，頁 47-56。收入《韓愈研究》，又收入《中國文學史論文選集續編》，臺北：學生書局，頁 370-390。

1976 年 9 月 25 日　臺大中文系第 69 次學術討論會主講「唐代文學史的兩個問題」。

1976 年 12 月　〈韓文辭句來源與改創〉，《書目季刊》10 卷 3 期，頁 81-91。收入《韓愈研究》。

1977 年 3 月　《韓愈》，臺北：河洛出版社；臺北：國家出版社，1982 年，140 頁。

1977 年 6 月　　〈韓愈的交遊（續篇）〉，《國立編譯館館刊》6 卷 1 期，頁 41-54。收入《韓愈研究》。

1977 年 11 月　《韓愈研究》，臺北：學生書局，409 頁。1988 年增訂三版，457 頁。

1977 年 12 月　〈唐代文學史兩個問題的探討〉，《書目季刊》11 卷 3 期，頁 11-21。收入《唐代文學論集》（下）。

1977 年 12 月　〈隋唐五代文學理論的發展與演變〉，《國立編譯館館刊》6 卷 2 期，頁 1-19。收入《唐代文學論集》（上）。

1978 年 5 月　　《中國文學史論文選集》(一)、(二)，臺北：學生書局；(三)，1979 年 3 月；(四)，1979 年 4 月，共 1758 頁。

1978 年 9 月　　〈唐宋三十四種雜史筆記解題〉，《書目季刊》12 卷 1、2 期合刊，頁 57-66。收入《唐代文學論集》（下）。

1978 年 9 月　　《隋唐五代文學批評資料彙編》，臺北：成文出版社，289 頁。

1979 年 3 月　　〈柳宗元兩篇山水記的分析〉，《中國文學史論文選集》（三），頁 1073-1081。收入《唐代四家詩文論集》。

1979 年 6 月　　〈唐代三條文學資料考辨〉，《書目季刊》13 卷 1 期，頁 53-57。收入《唐代文學論集》（下）。

1979 年 6 月　　〈唐代詩人軼事考辨〉，《國立編譯館館刊》8 卷 1 期，頁 113-129。收入《唐代文學論集》（下）。

1979 年 7 月　　《唐代文學論著集目》，臺北：學生書局，132 頁。1984 年 11 月增訂再版，168 頁。

1979 年 12 月　〈韓文公的郡望與籍貫〉，《書目季刊》13 卷 3 期，頁 13-17。收入《韓愈研究》。

1979年　　　　擔任論文指導教授——姚垚《皮日休、陸龜蒙唱和詩研究》，國立臺灣大學中國文學研究所。

1979 年　　　　擔任論文指導教授——方介《柳宗元思想研究》，國立臺灣大學中國文學研究所。

1979 年　　　　擔任論文指導教授——張肖梅《劉禹錫研究》，國立臺灣大學中國文學研究所。

1980 年 12 月　〈柳宗元二篇議論文分析〉，《中外文學》9 卷 7 期，頁 34-57，收入《唐代四家詩文論集》。

1980 年　　　　擔任論文指導教授——王毓秀《張說研究》，國立臺灣大學中國文學研究所。

1981 年 2 月 14 日　臺大中文系第 99 次學術討論會擔任特約討論，主講者為楊承祖教授，講題「傳記研究與作品詮釋——從杜詩『王翰願為鄰』談起」。

1981 年 9 月　《柳宗元事蹟繫年暨資料類編》，臺北：國立編譯館中華叢書編審委員會，527 頁。

1981 年 11 月　〈張籍上韓昌黎書的幾個問題〉，《臺靜農先生八十壽慶論文集》，頁 353-385，臺北：聯經出版公司。收入《唐代文學論集》（下）。

1981 年 11 月　《國學論文選集》，臺北：學生書局，610 頁。

1981 年　　　　擔任論文指導教授——金龍雲《杜甫寫實諷喻詩歌研究》，國立臺灣師範大學國文研究所。

1982 年 9 月　〈唐宋古文的發展與演變〉，中華文化叢書——《中國文學的發展概述》，頁 121-184，中華文化復興運動推行委員會主編。收入《唐代文學論集》（上）。

1982 年　　　　擔任論文指導教授——吳洙亨《杜牧之研究》，國立臺灣大學中國文學研究所。

1983 年 12 月　〈杜甫「忤下考功第」的年歲與地點〉，《中國書目季刊》17 卷 3 期，頁 17-23。收入《唐代文學論集》（下）。

1983 年 12 月　〈唐代詩文集的校勘問題〉，《國立編譯館館刊》12 卷 2 期，頁 1-16。收入《唐代文學論集》（下）。

1983 年　　　　獲教育部民國 72 學年度大學校院教授傑出研究獎（連續獎助二年，72 年 8 月-74 年 7 月）。

1983 年　　　擔任論文指導教授──王小琳《大曆詩人研究》，國立臺灣大學中國文學研究所。

1983 年　　　擔任論文指導教授──吳正恬《韓愈交遊考》，國立臺灣大學中國文學研究所。

1984 年 6 月 2 日　臺大中文系第 139 次學術討論會擔任特約討論，主講者為博士班應屆畢業生何寄澎，講題「釋契嵩對古文家排佛的反應」。

1984 年 9 月　《中國文學史論文精選》，臺北：學海出版社，1008 頁。

1984 年　　　偕同葉慶炳、張敬、張亨、彭毅等教授赴韓國漢城(首爾)、全州等地訪問。

1984 年　　　擔任論文指導教授──金容杓《柳宗元散文研究》，國立臺灣大學中國文學研究所。

1984 年　　　擔任論文指導教授──蔡振璋《柳宗元山水文學研究》，東海大學中國文學研究所。

1985 年 2 月　〈韓詩特色〉，《中國文學史論文選集續編》，頁 391-400，收入《韓愈研究》。

1985 年 2 月　《中國文學史論文選集續編》，臺北：學生書局，561 頁。

1985 年 3 月　〈論唐代古文運動的幾個問題〉，《韓國中國學報》25 輯（第四次中國學國際大會特輯），頁 43-57。收入《唐代文學論集》（上）。

1985 年 5 月　〈唐代進士科試詩賦的開始及其相關問題〉，《中國歷史學會史學集刊》，17 期，頁 9-20。收入《唐代文學論集》（下）。

1985 年 6 月　〈論唐人上書與行卷〉，《鄭因百先生八十壽慶論文集》（下），頁 636-753。收入《唐代文學論集》（上）。

1985 年 8 月　就任臺大中文系系主任暨中文所所長。

1985 年 8 月　〈長恨歌與長恨歌傳一體結構問題及其主題探討〉，《傅樂成教授紀念論文集》──《中國史新論》，頁 505-520。收入《唐代文學論集》（下）。

1985 年 11 月　〈韓柳比較〉，《中國文學講話（六）隋唐文學》，臺北：巨流圖書

公司，頁 361-374。改題〈韓柳比較評論〉，收入《唐代四家詩文論
集》。

1985 年 11 月　〈韓愈古文之淵源、創作與特徵〉，《中國文學講話（六）隋唐文學》，
臺北：巨流圖書公司，頁 333-345，收入《韓愈研究》。

1985 年 11 月　〈唐代古文的發展與演變〉，《中國文學講話（六）隋唐文學》，臺
北：巨流圖書公司，頁 317-332。收入《唐代文學論集》（上）。

1985 年 11 月　〈柳宗元山水記與論辯文的分析〉，《中國文學講話（六）隋唐文學》，
臺北：巨流圖書公司，頁 347-360。收入《唐代四家詩文論集》。

1985 年 12 月　〈唐代牛李黨爭始因問題再探討〉，《國立編譯館館刊》14 卷 2 期，
頁 15-24。收入《唐代文學論集》（下）。

1985 年　　　擔任論文指導教授──劉素玲《宋儒論韓愈排佛與師道》，國立臺
灣大學中國文學研究所。

1985 年　　　擔任論文指導教授──徐玉美《姚合及其詩研究》，國立臺灣師範
大學國文研究所。

1986 年 7 月　《白居易散文校記》（增訂再版），臺北：學海出版社，313 頁。

1986 年 7 月　《唐代詩文六家年譜》，臺北：學海出版社，600 頁。

1986 年 12 月 29 日　第二屆國際漢學會議文學組宣讀論文，題為：「白居易詩評
論的分析」，中央研究院主辦。

1986年　　　創辦《臺大中文學報》(半年刊)，臺靜農題署；又《中國文學研究》
(刊載研究生論文)，王叔岷題署。

1986年　　　獲國家科學委員會民國 75 學年度傑出研究獎（連續獎助二年，75
年 8 月-77 年 7 月），獲獎證書字號：七五傑獎字第○一五號。

1987 年 4 月　〈韓愈〈原道〉篇寫作的年代與地點〉，《毛子水先生九五壽慶論文
集》，臺北：幼獅文化事業公司，頁 187-194。收入《唐代四家詩文
論集》。

1987 年 5 月　〈從兩個觀點試釋唐宋文化精神的差異〉，《中古史研討會論文集之
二──唐宋史研究》，頁 107-112。收入《唐代文學論集》（上）。

1987 年 11 月　《國學論文精選》，臺北：幼獅文化事業公司，620 頁。

1988 年 1 月 29-31 日　第一屆國際唐代學術會議宣讀論文，題為：「白居易與佛道關係重探」，國立臺灣大學中國文學研究所與唐代研究學者聯誼會合辦。

1988 年 5 月　辭任臺大中文系系主任暨中文所所長。

1988 年 6 月 4 日　臺大中文系第 180 學術討論會擔任特約討論，主講者為博士班應屆畢業生郭玉雯，講題「宋代詩話中的奪胎換骨法」。

1988 年 12 月　〈宋儒對韓愈〈原道〉篇批評及其迴響〉，《書目季刊》22 卷 3 期，頁 62-70。收入《唐代四家詩文論集》。

1988 年　以〈白居易與佛道關係重探〉一文獲國家科學委員會研究獎勵優等獎。

1988 年　擔任論文指導教授──黃珵喜《韓愈事蹟繫年考》，東吳大學中國文學研究所。

1989 年 2 月　〈白居易與佛道關係重探〉，《第一屆國際唐代學術會議論文集》，頁 25-76。收入《唐代文學論集》（下）。

1989 年 5 月　《唐代文學論集》（上下），臺北：學生書局，816 頁。

1989 年 6 月　〈白居易詩評論的分析〉，《中央研究院第二屆國際漢學會議論文集》，頁 395-419。收入《唐代文學論集》（下）。

1989 年 7 月　《白樂天年譜》，臺北：國立編譯館中華叢書編審委員會，382 頁。

1989 年 12 月　〈李白事蹟三個問題探討〉，《臺大中文學報》3 期，頁 29-54。收入《唐代四家詩文論集》。

1989 年　以〈白居易詩評論的分析〉一文獲國家科學委員會研究獎勵甲種獎助一年。

1989 年　擔任博士論文指導教授──方介《韓柳比較研究──思想、文學主張與古文風格之析論》，國立臺灣大學中國文學研究所。

1989 年　擔任論文指導教授──金卿東《張籍、王建社會詩研究》，國立臺灣大學中國文學研究所。

1990 年 1 月　《國學導讀》（與戴景賢、張蓓蓓、方介聯合編著），臺北：巨流圖書公司，778 頁。

1990 年 11 月　受邀出席南京大學舉辦唐代文學國際研討會。同時受邀前往者，有政大教授王夢鷗、師大教授汪中等多人。

1990 年 11 月 21 日~25 日　唐代文學國際學術討論會宣讀論文，題為：「論韓愈古文幾個問題」，南京大學主辦。

1990 年　以〈李白事跡三個問題探討〉一文獲國家科學委員會研究獎勵甲種獎助一年。

1990 年　擔任博士論文指導教授——王基倫《韓歐古文比較研究》，國立臺灣大學中國文學研究所。

1991 年 12 月　〈論韓愈古文幾個問題〉，《漢學研究》9 卷 2 期，頁 275-303。收入《唐代四家詩文論集》。

1991 年　以〈論韓愈古文幾個問題〉一文獲國家科學委員會研究獎勵甲種獎助一年。

1992 年 10 月　〈論平淮西碑〉，《中國唐代學會會刊》3 期，頁 13-22。收入《唐代四家詩文論集》。

1992 年　擔任論文指導教授——呂惠貞《元稹及其詩研究》，國立臺灣大學中國文學研究所。

1992 年　擔任論文指導教授——陳凱莉《唐代遊士研究》，國立臺灣大學中國文學研究所。

1993 年 6 月　〈李白〈蜀道難〉寓意探討〉，《王叔岷先生八十壽慶論文集》，臺北：大安出版社，頁 177-204。收入《唐代四家詩文論集》。

1993 年 6 月　〈李白〈蜀道難〉寫作年代考辨〉，《第二屆國際唐代學術會議論文集》，頁 35-46。收入《唐代四家詩文論集》。

1993 年　獲國家科學委員會聘為民國 82 學年度胡適紀念講座教授（82 年 8 月-83 年 7 月）。

1994 年 7 月　自臺大中文系教授一職退休離職。

1994 年	擔任博士論文指導教授──金容杓《曾鞏散文研究》，國立臺灣大學中國文學研究所。
1996 年 7 月	《中國文學論著集目正編》，臺北：五南圖書出版公司，3640 頁。
1996 年 12 月	《唐代四家詩文論集》，臺北：學海出版社，394 頁。
1996 年	與周學武共同擔任論文指導教授──黃晴惠《初唐四傑傳記考辨及其文學思想研究》，國立臺灣大學中國文學研究所。
1997 年 12 月	《中國文學論著集目續編》，臺北：五南圖書出版公司，2845 頁。
1998 年 3 月	《韓愈傳》（《韓愈》一書改名，修訂三版），臺北：國家出版社，208 頁。
2003 年 6 月	《韓愈古文校注彙輯》（與方介、王基倫、邱琇環、潘呂棋昌、謝佩芬聯合編輯），臺北：國立編譯館，四冊，3630 頁。
2003 年 6 月	《韓愈古文校注彙輯附編》，臺北：國立編譯館，一冊，1208 頁。
2004 年 10 月	《唐代文學研究論著集成》（與傅璇琮聯合主編），西安：三秦出版社，1162 頁。
2009 年 9 月	《臺靜農先生學術藝文編年考釋》（上下），臺北：學生書局，1055 頁。〈序〉萬餘言，《書目季刊》41 卷 3 期、安徽大學出版《古籍研究》52 期，刊載。

國家圖書館出版品預行編目資料

羅聯添教授八秩晉五壽慶論文集

編輯委員會編. – 初版. – 臺北市：臺灣學生，2011.11
面；公分

ISBN 978-957-15-1552-6 (精裝)

1. 中國文學 2. 文學評論 3. 文集

820.7   100022691

羅聯添教授八秩晉五壽慶論文集

主　　　編：羅聯添教授八秩晉五壽慶論文集編輯委員會
出 版 者：臺 灣 學 生 書 局 有 限 公 司
發 行 人：楊　　　雲　　　龍
發 行 所：臺 灣 學 生 書 局 有 限 公 司
　　　　　臺北市和平東路一段七十五巷十一號
　　　　　郵 政 劃 撥 帳 號 ： 0 0 0 2 4 6 6 8
　　　　　電　話 ： (0 2) 2 3 9 2 8 1 8 5
　　　　　傳　真 ： (0 2) 2 3 9 2 8 1 0 5
　　　　　E-mail：student.book@msa.hinet.net
　　　　　http://www.studentbook.com.tw
本 書 局 登
記 證 字 號：行政院新聞局局版北市業字第玖捌壹號
印 刷 所：長 欣 印 刷 企 業 社
　　　　　新北市中和區永和路三六三巷四二號
　　　　　電　話 ： (0 2) 2 2 2 6 8 8 5 3

定價：新臺幣一○○○元

西 元 二 ○ 一 一 年 十 一 月 初 版